LES FRÈRES DARCY

L'INTÉGRALE DE LA TRILOGIE

ALIX NICHOLS

Traduction par
MARIANNE GERMAIN ET CATHERINE DUCROUX

TITRE ORIGINAL : THE DARCY BROTHERS

Ce roman est une œuvre de pure fiction. Les noms, les personnages, les lieux et les situations sont le fruit de l'imagination de l'auteure ou sont utilisés de manière fictive. Toute ressemblance avec des faits réels, des lieux ou des personnes existantes ou ayant existé, ne saurait être que pure coïncidence.

ISBN : 979-10-359-0674-0

TABLE DES MATIÈRES

MON MEILLEUR ENNEMI

POUR UNE AMOURETTE

DROIT AU COEUR

AVANT-PROPOS

Si vous êtes fan de comédies romantiques, vous allez adorer cette série best-seller international !

Les comédies romantiques comprises dans cette intégrale sont:

TOME 1 : MON MEILLEUR ENNEMI

Tout les sépare. Seule la haine mutuelle les réunit...

ATTENTION : Tout comme dans *Orgueil et préjugés*, la source d'inspiration de ce livre, attendez-vous à rencontrer un monsieur Darcy riche, beau et ténébreux et une jeune femme fougueuse qui ne le supporte pas !

Mais contrairement à *Orgueil et préjugés*, ce roman contient aussi des nus artistiques dudit monsieur Darcy, un faux mariage et des nuits de passion à Paris.

TOME 2 : POUR UNE AMOURETTE

Une assistante qui a le nez dans les livres. Un PDG séducteur. Une fête de Noël qui change tout...

GARANTIE : Des fous rires, des scènes d'amour torrides, un bébé en secret et une happy end !

TOME 3 : DROIT AU COEUR

Il avait bloqué le pénalty, mais son cœur était resté sans défense...

ATTENTION : Vous trouverez dans ce roman un beau sportif de haut niveau et une jeune femme qui découvre la sensualité grâce à lui.

Ce livre contient également : un chien qui n'en fait qu'à sa tête, des parents qui se mêlent de tout, des voisins excentriques, la canicule à Paris et un château en Bourgogne.

DE LA MÊME AUTEURE

Série « Bistrot La Bohème »

Deux cavaliers sur l'échiquier

(nouvelle-compagnon de la série)

Un cadeau d'hiver

A propos d'Emma

Un rêve inattendu

A tort ou à raison

Chloé la diabolique

Série « Les frères Darcy »

Mon meilleur ennemi

Pour une amourette

Droit au coeur

Un cowboy dans la grotte

(nouvelle-compagnon de la série)

Série « Jeux dangereux »

Un jeu risqué

Un jeu trouble

Un jeu presque parfait

MON MEILLEUR ENNEMI

TRADUIT PAR CATHERINE DUCROUX

PARTIE I
LA PROPOSITION

1
DIANE

C'est une vérité universellement reconnue qu'un célibataire pourvu d'une belle fortune ne peut être qu'un gosse de riche gâté pourri. C'est soit ça, soit un connard d'arriviste qui a forcé son chemin vers ladite fortune, laissant des corps mutilés dans son sillage.

L'assistante au look féroce retourne à son bureau et me lance :

— Monsieur Darcy est toujours en réunion.

— Pas de souci, dis-je en souriant gentiment. Je peux attendre.

Je pose mes mains sur mes genoux et je regarde le portrait ornant — ou devrais-je dire défigurant — le mur en face de moi.

Sur la photo, on voit le comte Sébastien d'Arcy du Grand-Thouars de Saint-Maurice, fils aîné du feu comte Thibaud d'Arcy du Grand-Thouars de Saint-Maurice et héritier d'une fortune estimée à environ un milliard d'euros. Il ne s'agit pas là d'un bon portefeuille d'actions ou des bénéfices d'une start-up qui a bien marché. Oh que non ! La fortune des d'Arcy se compose de biens qui ont été transmis — sans interruption et en s'accumulant — depuis le Moyen Âge.

Même Robespierre et ses copains de la Terreur n'avaient pas réussi à saisir ce magot !

Vous vous rendez compte ?

Après la disparition prématurée de son père, il y a dix ans, le jeune Sébastien est retourné vivre dans l'hôtel particulier des d'Arcy au cœur du Marais, et a repris les rênes du business familial. Un bleu de vingt-trois ans à l'époque, on pourrait s'attendre à ce qu'il prenne un tas de mauvaises décisions et coule la boîte ou, du moins, en diminue la valeur.

Et bah, non.

Sébastien Darcy a fait des Parfums d'Arcy le premier producteur européen de parfums, un exploit que ni son illustre grand-père ni son malheureux père n'avaient pu accomplir.

Selon mes recherches, il y a également une dizaine d'années, le nouveau comte a choisi de s'appeler « Darcy », laissant tomber la particule et le reste de son nom à rallonge. Je suis sûre qu'il a fait ça uniquement pour convaincre ceux en dessous de lui — y compris la plupart des habitants de ce pays qui a guillotiné sa famille royale — de croire qu'il se voit comme leur égal. Qu'il est comme tout le monde.

Tu parles !

Sébastien Darcy est un aristocrate fortuné de la vieille noblesse et en même temps un requin sans scrupule en affaires. Il se qualifie dans deux catégories à la fois : gosse gâté de riches et connard d'arriviste. En fait, il est le champion dans les deux catégories.

Et il n'y a pas de mots assez gros pour exprimer à quel point je le déteste.

Le visage dur de l'homme dans le portrait semble esquisser un sourire. Je frémis, mes nerfs tendus au point de craquer. Est-ce qu'ils vont me mettre dehors si je m'avance vers le mur et crache sur la photo ?

Sans aucun doute.

Je jette un coup d'œil à la Cerbère assise entre moi et le bureau de Darcy. Elle semble mi-femme, mi-pitbull. Je parie qu'elle serait ravie de trouver autre chose que du papier entre les mâchoires de son robuste perforateur.

Ma main, par exemple.

Mais je ne suis pas venue ici pour me bagarrer avec l'assistante de Darcy. Avalant ma salive, je baisse les yeux et je change de position en me poussant vers le fond du fauteuil. Mes genoux sont rapprochés et pliés sur le côté, tout comme la gentille petite souris que je m'efforce d'incarner.

Après avoir attendu trois semaines, je fais attention à ne pas éveiller de soupçons dans l'esprit de la Cerbère afin qu'elle n'annule pas mon rendez-vous avec Darcy.

On reste concentré, Diane !

Je ne dois pas oublier que je suis venue ici pour déclarer la guerre en crachant sur le visage du comte Sébastien Darcy et non sur sa représentation photographique.

Je regarde à nouveau la photo, disposée en parfaite symétrie entre les portraits de son grand-père, Bernard, fondateur de la société, et de son père, Thibaud, qui a failli la ruiner. Je connais ces détails parce que je me suis renseignée.

Au cours de mes recherches durant une semaine entière, j'ai mis au jour toutes les informations qu'offrait Internet sur Sébastien Darcy et sa famille. J'espérais trouver du linge sale, j'ai été servie. Le seul hic est que ce linge a déjà été aéré en public et ne constitue plus un scoop. Donc, complètement inutile comme levier.

La Cerbère lève les yeux de son smartphone.

— Monsieur Darcy sera en retard. Cela vous dérange-t-il d'attendre un peu plus longtemps?

— Aucun problème, dis-je en souriant poliment. Je suis libre tout l'après-midi.

Elle lève un sourcil comme si avoir l'après-midi libre était quelque chose de répréhensible.

Oh, comme j'aurais aimé tirer la langue maintenant !

Mais au lieu de cela, j'élargis mon sourire déjà anormalement radieux.

Elle fronce les sourcils, l'air pas trop convaincu.

Je me détourne d'elle et je regarde à nouveau le portrait de Darcy. En plus du scandale maintenant obsolète, mes recherches ont révélé qu'il est proche de son frère Raphaël, ainsi que d'un ami de longue date, Laurent machin-chose.

Notre homme-requin a même réussi à avoir une relation sérieuse pendant une grande partie de l'année dernière. Héritière d'une chaîne de supermarchés, sa petite amie a gracié par sa présence plein de soirées, galas et dîners mondains où elle a été photographiée au bras de Darcy.

Apparemment, il était tellement épris de sa dulcinée que, selon la presse people, il allait la demander en mariage. C'est à ce moment-là qu'elle l'a largué, il y a environ six mois.

Grand bien lui fasse !

Sébastien Darcy n'a pas le droit d'être heureux quand la vie de mon père est en ruine. Je ne m'arrêterai pas tant que je n'aurai pas écrasé cet homme, même si cela me mène en prison — ou en enfer — vu les méthodes que je compte employer.

De toute façon, je n'irai pas au paradis, pas après ce j'ai fait récemment. Tenez-vous bien : j'ai cassé les bras et les jambes de la poupée vaudou de Darcy. Il n'y a plus de marche arrière après avoir fait ce genre de chose.

La prochaine étape est d'ouvrir les yeux des gens sur qui il est vraiment, et de lui faire mal de diverses manières, grandes et petites. Et puis, juste avant de donner le coup de grâce, lui révéler qu'il l'a bien cherché.

C'est pourquoi ma première démarche consiste à lui montrer mon visage et à faire en sorte qu'il garde un mauvais souvenir de notre rencontre. Comme ça, quand les vraies emmerdes arriveront, il aura une petite idée de qui est derrière.

La Cerbère me sort du monde de mes rêves :

— La réunion de M. Darcy n'est pas encore finie.

— Pas de souci, je peux...

— Non, me coupe-t-elle la parole. Cela ne sert à rien d'attendre. Tout de suite après la réunion, il est attendu à une réception privée dans le 9e arrondissement.

Je me lève.

Elle jette un coup d'œil à mon annulaire nu.

— Mademoiselle, je peux vous proposer le vendredi 12 décembre. C'est dans deux mois, mais c'est le seul...

— Merci, mais ce ne sera pas nécessaire, dis-je en me dirigeant vers la porte.

Je sais exactement à quelle réception Sébastien Darcy se rend ce soir.

2
SÉBASTIEN

TROIS MOIS PLUS TARD

— Il pourrait neiger ce soir, dit Octave en tenant mon manteau pendant que j'enveloppe une écharpe autour de mon cou. Monsieur prendra-t-il son souper à la maison ?

Comme toujours, je grimace quand il dit « monsieur », mais je fais de mon mieux pour ne pas montrer mon mécontentement.

Grand-père Bernard avait engagé Octave avant ma naissance. À peu près de même âge que mon père, grand gaillard, Octave a travaillé pour ma famille pendant une trentaine d'années, en débutant sur un poste de valet pour devenir majordome aujourd'hui. Il a vu Raphaël, Noé et moi dans un tas de situations embarrassantes dans lesquelles les jeunes garçons se mettent. Je lui ai demandé mille fois de m'appeler Sébastien.

Rien n'y fait.

Octave Rossi clame que son respect pour mon nom de famille, mon titre, et mon statut dans la société est trop fort pour qu'il puisse laisser tomber le « monsieur ».

J'ai arrêté de le lui demander.

— Oui, dis-je en réponse à sa question. Mais je rentrerai tard, alors dites à Lynette de préparer un truc léger. Et ne m'attendez pas.

Il hoche la tête.

— Oui, monsieur.

Il y a de fortes chances pour qu'il ne soit pas encore couché quand je rentre.

Depuis que je suis retourné vivre dans l'hôtel particulier après le décès de Papa, Octave a été d'une aide précieuse. Personne, pas même Maman — surtout pas Maman —, n'a jamais autant fait pour moi. Il gère dix mille choses, du paiement de la facture d'électricité à l'embauche des entreprises pour réaliser des travaux qui s'imposent, en passant par la planification des menus des réceptions. Tout cela est traité avec une rapidité et efficacité remarquables.

Lorsqu'il m'a proposé de m'aider avec ma correspondance, j'ai insisté pour doubler son salaire. Malin, j'ai argumenté qu'il m'épargnerait le coût d'un deuxième assistant personnel pour les affaires privées.

Il a cédé seulement après que j'ai menacé de déménager et de vendre la demeure.

Je lui fais confiance plus qu'à quiconque.

— Bonjour Sébastien ! On va au bureau ? me demande mon chauffeur, Greg.

Lui, il n'a aucun problème à m'appeler par mon prénom.

—Nous ferons un détour, dis-je en montant dans la Toyota Prius. J'ai besoin de voir quelqu'un d'abord.

Je lui donne l'adresse et il me conduit au Franprix rue de la Chapelle, dans le 18e arrondissement de Paris. Greg gare la voiture et je me dirige vers le supermarché, scrutant les comptoirs des caissiers alignés parallèlement à la vitrine du magasin.

Elle est là !

Diane Petit sourit à une cliente en lui tendant un sac plastique avec ses achats. Elle aura terminé dans une dizaine de minutes, selon le détective privé que j'ai embauché pour la localiser et la suivre. Je vais lui parler alors.

Dans l'immédiat, je fais semblant d'étudier le choix des piles et des cartes-cadeaux présentées non loin de son poste. Ce que je suis en train de faire en réalité, c'est de surveiller furtivement la barjo qui m'a écrasé un gâteau à la crème sur la figure devant quelques dizaines de personnes en octobre dernier. À ce moment-là, la seule chose que j'avais remarquée d'elle à travers ma surprise et ma colère, c'était qu'elle était plutôt mignonne.

J'ai amplement eu l'occasion d'étudier son joli visage et sa belle ligne dans les nombreux gros plans fournis par le détective au cours des dernières semaines.

J'ai étudié Diane dans toutes sortes de situations et de circonstances — au travail avec ses clients, avec ses amis et dans les rues avec son appareil photo, immortalisant les scènes de la vie parisienne. C'est une belle femme, certes, mais il y a aussi quelque chose d'attachant chez elle, quelque chose d'innocent et de très non-parisien.

En dépit de son assaut extravagant lors de la fête de Jeanne, Diane Petit est une jeune provinciale sans histoire ni chichi.

J'ai beaucoup appris sur elle depuis cette soirée mémorable. Je sais qu'elle travaille à temps partiel dans ce supermarché, qu'elle vit dans un immeuble du 14e et qu'elle passe pas mal de temps avec sa sœur adoptive Chloé, une collègue du nom d'Élodie et une serveuse qui s'appelle Manon.

Elle aime prendre des photos, aller au cinéma, manger du chocolat et boire des cappuccinos.

Plus important encore, je sais pourquoi Diane a fait ce qu'elle a fait ce soir-là à La Bohème.

Et je compte en faire bon usage.

Quelqu'un pousse mon dos du doigt.

— Qu'est-ce que vous faites là ? demande Diane alors que je me retourne.

— Je suis venu vous donner une chance de présenter des excuses.

Elle sourit.

— Vous perdez votre temps.

— Pas d'excuses, alors ?

— Vous êtes ici pour me faire savoir que vous allez régler vos comptes avec moi, pas vrai ? dit-elle en gonflant la poitrine. Lisez sur mes lèvres : Je n'ai pas peur de vous.

— Ce n'est pas la raison pour laquelle je suis ici.

— Au fait, comment m'avez-vous trouvée ?

— J'ai embauché un professionnel qui vous a retrouvée en quelques jours.

Elle incline la tête sur le côté.

— Et vous avez attendu trois mois avant de venir me confronter. Pourquoi ?

— Je voulais savoir ce que vous vouliez. J'ai donc donné à mon détective le temps de compiler un profil solide.

J'hésite avant d'ajouter :

— En plus, votre sœur adoptive a été blessée, et vous étiez assez occupée à gérer tout ça. Je voulais attendre que Chloé soit complètement rétablie.

— Vous connaissez Chloé ?

Elle a l'air surprise.

— Bien sûr, dis-je en haussant mes épaules. Jeanne nous a présentés.

Elle laisse échapper un soupir.

— Qu'est-ce que vous voulez, Darcy ?

— Juste vous parler.

— De quoi ?

— J'ai une proposition qui pourrait vous intéresser.

Elle me dévisage.

— À moins que votre proposition ne me donne une baguette magique pour vous transformer en porcelet, elle ne m'intéresse pas.

— Je ne peux évidemment pas faire ça, mais ce que je peux faire, c'est...

— Hé, Élodie, c'est toujours d'accord pour le ciné ? s'exclame Diane en se tournant vers une caissière qui passe.

Élodie sourit.

— Seulement si toi et Manon me laissez choisir le film.

— Ça me va, mais je ne peux pas répondre pour Manon.

Tandis que Diane et Élodie discutent de l'heure et du lieu de leur sortie, je décide qu'il serait préférable d'annoncer ma proposition ailleurs qu'ici. De préférence, sur mon terrain plutôt que sur le sien.

— Pouvons-nous aller dans un endroit plus calme ? je demande à Diane après le départ d'Élodie.

Elle soupire.

— OK, mais ne le prenez pas comme un bon signe.

— Compris.

Rien ne m'empêche de le prendre comme un pas dans la bonne direction, toutefois.

Elle me suit à l'extérieur, puis vers la voiture.

— Au Big Ben, s'il te plaît, dis-je à Greg.

Il acquiesce et, trente minutes plus tard, Diane et moi-même sommes assis dans à une table privée dans le «gentlemen's club» parisien que Raphaël et moi avons acheté il y a trois semaines. Nous avons conservé l'ancien manager, qui fait un travail admirable.

Je continue à venir ici avec Laurent ou Raph, en tant que client de longue date qui apprécie l'élégance discrète de ce lieu et sa sélection inégalée de whiskies. Je ne serais pas surpris que le personnel ne se rende même pas compte que le club a changé de mains. Cela ne me gêne pas du tout et, en plus, ainsi je n'ai pas besoin de leur faire la causette.

— Alors, dit Diane après que le serveur apporte mon expresso et son cappuccino. Quelle est la nature de votre proposition ?

— Épousez-moi.

Elle cligne des yeux et éclate de rire comme si je venais de dire quelque chose de complètement absurde. En même temps, je réagirais pareil à sa place, sans explication préalable.

Peut-être que je devrais recommencer.

— Voici le deal, dis-je. Vous et moi, on va *sortir ensemble* jusqu'en avril.

Je fais des guillemets avec mes doigts quand je dis « sortir ensemble ».

Elle me regarde comme si j'avais perdu la tête.

— Vous allez emménager chez moi en mai, je continue. Environ un mois plus tard, nous allons nous marier.

Diane fait un mouvement circulaire avec son index au niveau de sa tempe et ses lèvres articulent silencieusement : « Fou furieux. »

— Un mois après le début de notre mariage, je vais vous tromper, je continue sans me laisser décontenancer et en mettant le mot « tromper » entre guillemets aériens.

Elle me regarde longuement.

— Ensuite, vous me quitterez, dis-je.

— Pourquoi ?

— Cela ne vous concerne pas. Ce que vous devez savoir, c'est que je suis prêt à payer cinquante mille euros pour une fausse relation d'une durée de six mois maximum.

— Pourquoi ? demande-t-elle de nouveau.

— Vous n'avez pas besoin de savoir.

— OK, laissez-moi vous demander quelque chose que j'ai vraiment besoin de savoir, dit-elle en arquant un sourcil. Pourquoi *moi* ?

Je hausse les épaules.

— Si vous continuez à ignorer mes questions légitimes, dit-elle, je me barre d'ici avant que vous ayez le temps de terminer votre expresso.

— Vous êtes parfaite pour un plan que je voudrais mettre en œuvre, dis-je. Et pour vous inciter à jouer votre rôle du mieux possible, je quadruplerais vos honoraires si mon plan aboutit.

— Comment saurai-je que votre plan a réussi, si vous ne me dites même pas ce que c'est ?

— Croyez-moi, vous le saurez, dis-je en souriant. Tout le monde dans mon entourage le saura.

Diane se penche en arrière, les bras croisés sur la poitrine.

— Vous devriez trouver une autre candidate pour votre plan foireux. Je vous ai quand même humilié en public, souvenez-vous ?

— Oh que oui, dis-je. Mais ce qui compte, c'est que les autres s'en souviennent sûrement aussi. Une photo de ma gueule recouverte d'un gâteau à la crème s'est même retrouvée dans un tabloïd ou deux.

Elle me fait un sourire satisfait.

— À l'époque, je reprends, j'ai dit à tout le monde que je ne vous connaissais pas, mais ce n'est pas un problème. Je peux facilement changer mon histoire et avouer que nous sortions ensemble.

— Ça n'a aucun sens.

— Croyez-moi, ça en a — et beaucoup — à la lumière de mon plan.

— Que je ne connais pas, dit-elle, parce que vous insistez à le garder secret.

Pas faux.

— Quoi qu'il en soit, dis-je, j'annoncerais à tout le monde que nous nous sommes réconciliés.

Elle ne dit rien.

— Mademoiselle Petit... Diane, dis-je en m'inclinant vers elle. Vos parents — et vous-même — vos finances sont loin du beau fixe en ce moment. Je propose une solution facile à vos malheurs.

— Ah ! fait-elle avec une lueur de colère dans ses beaux yeux. *Dixit* la personne qui a causé nos malheurs !

Elle a raison, bien sûr, mais pas tout à fait.

Avant de l'engloutir, j'ai proposé à son père de racheter son entreprise. L'offre n'était pas spécialement généreuse, mais elle était raisonnable, compte tenu des circonstances. L'atelier artisanal de Charles Petit n'était pas rentable. En fait, il ne m'intéressait guère, à l'exception de deux ou trois de ses parfums vedettes qui valaient le prix que j'avais offert.

Charles est un piètre homme d'affaires, mais c'est un véritable artiste. Il créait les parfums qu'il vendait, et il a également créé pour d'autres. Je lui aurais proposé un emploi dans l'un de mes laboratoires si je n'avais pas été pas sûr à cent pour cent qu'il le refuserait.

En fait, il a également refusé mes cinquante mille euros, me traitant de salaud et de quelques autres épithètes que je ne répéterai pas devant une dame. Cinquante mille euros, ce n'est pas une fortune, mais vu qu'il n'avait aucune chance contre moi, il aurait dû prendre l'argent.

C'était mieux que rien.

Mais Charles Petit s'est laissé guider par l'émotion plutôt que par la raison. Et il a fini avec rien. Pire que rien, en fait. J'ai entendu dire qu'il s'était mis à boire, que sa femme l'avait quitté et qu'il avait fait une crise cardiaque. Ou était-ce un AVC ?

Quoi qu'il en soit, je pense qu'au moins certains de ces malheurs auraient pu être évités s'il m'avait vendu sa boîte.

J'ouvre la bouche pour dire tout cela à Diane, mais je réalise qu'elle doit déjà connaître l'histoire de mon offre refusée. Elle doit penser, comme son père, qu'elle était indécente.

— Pouvons-nous zapper nos fiançailles et nos noces à la con, dit Diane, et aller directement à la partie où vous rampez aux pieds de mon père en le suppliant d'accepter un chèque de deux cent mille euros dans l'espoir il vous pardonne un jour ?

Je soupire et je secoue la tête.

Elle se lève.

— Alors, ma réponse est non.

— Prenez quelques jours pour y réfléchir, s'il vous plaît. Je vous contacterai la semaine prochaine, dis-je en mettant un billet de vingt euros sur la table. Puis-je vous raccompagner ?

— Oh ! que c'est aimable à vous, Monsieur Darcy !

Elle montre ses dents dans un sourire qui n'essaie même pas de passer pour un vrai, avant d'ajouter :

— Je préfère le métro.

3

DIANE

Élodie me lance un regard paniqué, serrant son faux sac Chanel sur sa poitrine.

— Rappelle-moi encore une fois pourquoi on est dans un bus à l'heure de pointe ?

C'était une erreur, je le reconnais. Mais je ne l'admettrai pas à voix haute.

— Ce bus nous amène directement au bistro dont je t'ai parlé, dis-je. Comme un taxi.

— Un taxi, mon œil, dit Élodie d'un ton moqueur. Quand je prends un taxi, je m'étale confortablement et je donne à ce bébé — elle montre son sac — son propre siège. Alors que maintenant...

Elle bouscule la femme à sa gauche.

— Madame, vous marchez sur mon pied !

La femme s'excuse et se pousse un peu, ce qui n'est pas une mince affaire compte tenu du monde dans le bus.

Élodie se retourne vers moi.

— Tu m'as dit que le bistro était dans le 9e, non ?

Je confirme.

— À ce rythme, dit-elle, il nous faudra une heure pour y arriver.

Je suis sur le point de suggérer qu'on descende et qu'on cherche la station de métro la plus proche lorsque deux écoliers se lèvent de leurs sièges et se dirigent vers la sortie. Nous prenons leurs places immédiatement.

— Ah, dit Élodie. C'est mieux. Toujours pas comme dans un taxi, mais mieux quand même.

Nous sommes dans ce bus parce que j'emmène Élodie fêter un truc à La Bohème, mon bistrot préféré à Paris. Peut-être encore plus que ses superbes cappuccinos et sa mousse au chocolat hors pair, j'adore ce bistro parce qu'il abrite deux filles formidables — Manon et Jeanne.

La serveuse en chef, Manon, est ma copine de salle de sports et de cinéma, et elle est la personne la plus gentille que je connaisse. Jeanne, la propriétaire du bistro, possède un tel don pour vous remonter le moral qu'elle devrait facturer une surcharge chaque fois qu'elle tient le bar. Jeanne a aussi un frère, Hugo, qui est le fiancé de ma sœur Chloé. En d'autres mots, elle est presque de la famille.

C'est pas cool, ça ?

Malgré nos liens, je m'attendais à ce qu'elle me déclare *persona non grata* pour avoir gâché sa dernière réception et agressé l'un de ses invités. L'invité en question, Sébastien Darcy, est l'ami et le soutien politique du mari de Jeanne. Évidemment, cela fait de mon coup du gâteau à la crème dans la figure un affront encore plus grave.

Mais Jeanne a simplement ri de l'incident en disant que la réception avait été ennuyeuse à mourir. Je n'ai fait que régler le problème de manque d'animation.

Le duo Jeanne-Manon me fait sentir très à l'aise à La Bohème. À tel point que j'oublie que je suis loin de chez moi, dans une métropole de onze millions de personnes, avec les banlieues. La grande majorité de ces gens, entassés dans de petits appartements, ont l'intime conviction d'être les représentants les plus évolués de la race humaine. Ici, à Paris, si vous dites bonjour à un inconnu dans la rue, il va penser que vous êtes soit une tarée, soit une pute...

— Au fait, comment avance ta *quête* ? je demande à Élodie.

La *quête* est un raccourci pour la nouvelle mission que s'est fixée Élodie: localiser un milliardaire convenable et faire en sorte qu'il l'épouse.

Élodie définit « Monsieur convenable » comme étant actuellement célibataire, raisonnablement jeune et passablement beau. Elle a lancé le projet il y a trois mois, le jour de ses vingt-six ans. Depuis, elle y travaille d'arrache-pied.

Sans trop de succès, à en juger par les résultats... ou, plutôt, par leur absence.

Bon, allez, je suis trop sévère. Trois mois, c'est rien quand on cherche une âme sœur qui répond à des critères super précis et au cahier des charges d'un hôtel cinq étoiles.

— J'ai bien progressé, déclare Élodie.

J'écarquille les yeux.

— Je veux un nom !

— Pas si vite, ma cocotte. Mes progrès sont théoriques à ce stade.

— Oh.

— S'il te plaît, épargne-moi tes « oh », dit Élodie en faisant la moue. Toi, tu te lancerais dans un business sans avoir au préalable mené une étude de marché ?

— Euh... Probablement pas, dis-je avant de plisser les yeux. Tu abordes tous tes rêves comme un business ?

Elle hausse les épaules.

— Pas tous, seulement ceux qui valent la peine d'être poursuivis. Quoi qu'il en soit, comme le dit le dicton, quand on passe à la pratique sans la théorie, on tombe dans le fossé.

— Il n'existe pas, ton dicton.

— T'es sûre ? fait-elle en levant le menton. Eh bien, dommage. C'est un bon dicton. Quoi qu'il en soit, j'ai une position beaucoup plus solide aujourd'hui qu'il y a trois mois, car j'ai fait assez de recherches pour rédiger une thèse sur le sujet.

— Alors, rédige-la.

Élodie est la personne la plus amusante que je connaisse, et je l'aime de tout mon cœur, mais son pragmatisme me fait parfois grincer les dents. Ceci dit, je suis bien consciente que je ne suis qu'une plouquette qui n'a pas encore compris ni assimilé les mœurs des grandes villes.

— Ha ha, très drôle, dit Élodie avant d'ajouter : Quoi qu'il en soit, j'ai maintenant lu tous les tutoriels et les articles que j'ai pu trouver et j'ai analysé plusieurs études de cas.

— Je suis admirative.

— Moi aussi, dit-elle avec un clin d'œil. Je n'ai jamais rien fait avec autant de sérieux dans toute ma vie.

— Mesdames, messieurs, dit le chauffeur dans le haut-parleur, ce bus ne s'arrête pas à l'Opéra. Vous pouvez attendre le prochain ou emprunter un autre itinéraire.

Les gens râlent et commencent à se diriger vers les portes.

J'écarte mes bras pour m'excuser.

Élodie roule ses yeux.

Nous descendons et continuons notre route en utilisant le moyen de transport le plus fiable à Paris : nos pieds.

L'air est froid et humide, ce qui n'est pas surprenant en février. Au moins, il ne pleut pas. Je lève les yeux vers le ciel de plomb et je modère mon sentiment de gratitude. Il ne pleut pas *pour l'instant*.

— Veux-tu partager tes découvertes théoriques ? je demande à Élodie, en glissant mon écharpe dans mon manteau pour tenter de me protéger du vent.

Élodie réfléchit.

— OK. Mais seulement parce que tu es mon amie et que tu paies toujours pour moi quand on prend un verre.

—Aww, fais-je d'un ton faussement ému en posant ma main sur le cœur. Tu as placé « mon amie » avant « tu paies pour moi ». Tu es vraiment quelqu'un de merveilleux !

— Écoute-moi bien parce que je ne répéterai pas, dit Élodie, choisissant d'ignorer mon ironie. La chose la plus importante à faire consiste à se mettre là où les milliardaires traînent.

— Dans les banques suisses ?

— Par exemple.

Elle sourit, imperturbable, avant de poursuivre :

— Tu ne crois quand même pas que Kate aurait décroché William si sa maline mamounette ne l'avait pas envoyée à l'Université de Saint-Andrews, là où fait ses études la crème de la noblesse britannique ?

— Je dois avouer que je n'ai pas réfléchi à cette question.

— Alors, dis merci pour t'avoir ouvert les yeux.

— Merci, dis-je énergiquement. Mais nous avons un problème — je suis trop vieille pour aller à l'université et, de toute façon, c'est pas mon truc.

— Ne t'en fais pas, dit-elle. C'était juste un exemple.

— Ouf, dis-je en m'efforçant de garder mon sérieux. Quel soulagement !

Elle me regarde en biais et secoue la tête.

— Tout ça, ce n'est pas pour rire, Diane. Ce sont des conseils précieux. Je prendrais des notes si j'étais toi.

— Désolée, ma chérie. Continue.

— Je vais te donner quelques pistes concrètes, dit-elle. Fais de l'équitation, inscris-toi dans un club de golf ou va skier dans une station haut de gamme. Si tu cibles un homme en particulier, va exactement là où il va.

— Certains appelleraient ça du harcèlement.

— Moi, j'appelle ça prêter main-forte au destin.

— OK, dis-je. Qu'est-ce qu'on fait s'il s'agit d'un pervers richissime qui fréquente les clubs sado-maso ? Devrais-je m'inscrire aussi ? Et sinon, devrais-je devenir une des nombreuses épouses d'un cheikh du Golfe ? Où traces-tu la ligne rouge ?

— Là où il m'achète des pompes Louboutin, des lunettes de soleil Prada et des sacs à main Chanel, dit-elle en levant un sourcil. Si je peux parcourir le monde à bord de son jet privé et avoir ma propre aile dans son palais, plus trois ou quatre bonnes à mon service, alors on y va. Je le ferais.

Je m'arrête et je pose mes mains sur mes hanches.

Élodie s'arrête aussi.

— T'es sérieuse, là ? je demande, ma voix trahissant mes sentiments d'incrédulité et d'inquiétude pour elle. Reprenons. Je te parle d'un homme pour qui tu ne serais pas la seule, qui n'aurait pas pour toi la considération que tu mérites.

Élodie penche la tête sur le côté.

— Tu as raison. J'exigerais dix bonnes, mon propre palais et mon propre jet privé.

Je suis trop abasourdie pour répliquer.

— Quoi ? fait-elle. Ne me regarde pas comme ça. Tout le monde a un prix, et toi aussi.

— Je ne crois pas, non.

— Mais bien sûr que si. Tu as juste trop honte de l'avouer, ce qui est en vérité un peu triste.

Est-ce qu'elle le pense vraiment ?

— Ou peut-être que tu te fais des illusions, te racontant que tes sentiments ne peuvent pas être achetés, dit-elle. Ce qui est encore plus triste.

— S'il te plaît, crois-moi quand je dis que je me fiche de l'argent, je m'exclame en la fixant des yeux. Ça ne me dérange pas d'en avoir juste assez pour vivre, mais je ne ferais aucun compromis pour épouser un homme riche.

Élodie lève ses yeux vers le ciel. J'ai comme l'impression qu'elle ne me croit pas.

— Si tu veux toute la vérité, dis-je, je trouve les hommes riches répugnants. Ils sont si arrogants, tellement convaincus de leur supériorité ! Ils me dégoûtent.

— Quoi, tous ?

— Sans exception. Ils confondent leur chance avec la providence divine, et leur manque de scrupules avec un sens des affaires.

Élodie plisse les yeux.

— On dirait que tu parles d'un homme riche en particulier. Et je pense que c'est Sébastien Darcy.

Au moment où elle mentionne son nom, je me rends compte que j'ai passé ces dernières semaines à faire exactement ce que Élodie vient de me conseiller de faire : me renseigner sur un homme riche.

Mais il y a une différence.

Je n'ai pas enquêté sur lui pour me donner une chance de l'épouser. J'ai fouillé dans sa vie dans l'espoir de trouver une arme pour le détruire.

Je n'en ai trouvé aucune.

Et puis, il y a trois jours, il s'est pointé sur mon lieu de travail et m'en a remis une.

Bon, ce qu'il m'a tendu est un bâton plutôt qu'une hachette. Mais c'est à moi de prendre ce bâton et de le tailler en lance. Nos ancêtres ont bien tué des mammouths avec des lances. Je devrais être capable d'embrocher un homme.

— Il est canon, d'ailleurs, dit Élodie. Je l'épouserais même s'il était un simple millionnaire.

— C'est un connard.

— Qui ne l'est pas ?

— D'accord, disons que tu as rencontré le milliardaire de tes rêves, dis-je en me remettant à marcher. Que se passe-t-il ensuite ?

— Ensuite, mon cher Watson, je le fais tomber follement amoureux de moi.

— Rien que ça, hein ? je demande. Et tu t'y prendrais comment ?

— En étant magnifique, classe et sûre de moi.

Je me racle la gorge de manière audible.

— Qu'est-ce que c'était censé vouloir dire ? demande-t-elle en se tournant vers moi.

— Toi et moi, nous sommes des caissières, pas vrai ?

Je lui jette un regard dur avant de poursuivre :

— On pourrait nous appeler mignonnes, mais magnifiques et classes... pas sûr.

Je m'attends à ce qu'elle proteste qu'on peut être classe pour pas cher, mais au lieu de ça, elle passe son bras autour de mes épaules et les serre doucement.

— Enfin, dit-elle avec un sourire approbateur. Diane Petit a démontré qu'il y a une réaliste qui se cache derrière ses principes.

Ses paroles me froissent un peu.

— Ma chérie, dit Élodie en tournant sur la rue Cadet. Je vais récompenser ton honnêteté en te donnant le conseil le plus important qu'on t'ait jamais donné.

Je m'arrête à nouveau et croise les bras sur ma poitrine.

— Je suis tout ouïe.

— Je te file ce tuyau, dit Élodie, parce que nous sommes des meilleures amies et que je veux que tu me sois redevable.

Je secoue la tête.

— On ne peut pas lier ces deux raisons avec un « et ». Elles s'annulent mutuellement. C'est soit parce que nous sommes des meilleures amies, soit parce que tu veux que je te sois redevable.

Elle réfléchit pendant un bref moment.

— Je veux que tu me sois redevable.

— OK, c'est quoi ton tuyau ?

— C'est un raccourci que très peu de femmes connaissent.

— Je t'écoute.

— Il faut s'arranger pour développer un réel intérêt et un certain niveau de compétences dans un des domaines qui passionnent le milliardaire qu'on cible.

Je grimace.

— Des trucs comme le foot ?

— Si c'est sa came.

— Je vois.

— Ça peut être toutes sortes de choses, dit Élodie en comptant sur les doigts de sa main gauche. Voitures de sport. Films de guerre. Armes à feu. Gadgets high tech. Jeux vidéo.

— Je pense que c'est une perte de temps, les jeux vidéo, dis-je.

— Peu importe ce que tu penses. Ce qui compte, c'est ce que tu dis.

Elle passe à la main droite.

— Les arts martiaux. Les vins. La politique. Le porno. La photographie d'art.

Mes sourcils se dressent.

Elle rit.

— Le dernier était un piège pour vérifier si tu faisais attention. Personne, sauf toi, ne s'intéresse à la photographie d'art.

— Je connais des hommes qui aiment ça.

— Sont-ils riches ?

Je secoue la tête.

— Ha ! C'est bien ce que je pensais.

Nous arrivons à La Bohème et je m'arrête devant l'entrée en tirant Élodie par la manche pour l'empêcher de continuer.

— OK, dis-je. Finissons cette conversation avant d'entrer. Disons que tu es devenue une amatrice de vins ou une férue de voitures de sport. Comment est-ce que cela garantit que ton milliardaire tombera à tes pieds comme une guêpe électrocutée ?

— C'est scientifique, tête de nouille, dit-elle. Imaginons que ton milliardaire aime Star Wars et le foot. Tu lui sors une citation bien placée de Yoda et il se dit, « Oh, oh, trop cool, cette nana ! » Ensuite, tu lui fais une analyse du dernier match du PSG et son corps libère encore plus d'hormones du bonheur. Et, sans qu'il s'en rende compte, son cerveau apprend à associer cet état euphorique à toi. Cela le conduit à conclure que tu es son âme sœur, ce qui l'amène à te demander en mariage.

— Génial, dis-je.

Mais alors, qu'en est-il du milliardaire qui me demande en mariage non pas parce qu'il s'intéresse à mon âme — ou même à mon corps —, mais parce qu'il veut mon aide pour mettre en œuvre un plan louche ?

J'ouvre la porte du bistro et je décide de garder cette interrogation pour moi.

4
DIANE

Élodie s'installe au bar.

Manon nous tend deux grands verres de vin chaud.

— Alors, qu'est-ce qu'on fête ? me demande Élodie.

Le vin sent la cannelle et l'orange. Cela m'aide à me détendre et à dégeler mon cerveau. C'est agréable au-delà de ce que les mots peuvent exprimer. Franchement, qui a besoin de sexe quand on peut se balader dans le froid et ensuite boire ce nectar des dieux ?

J'attrape la cuillère dans mon verre et retire la demi-tranche d'orange qui me faisait des yeux doux depuis un moment.

— As-tu entendu parler de *Voilà Paris ?* je demande à Élodie.

— La revue people ?

— Oui, enfin, eux, ils s'appellent un magazine féminin, mais c'est vrai que les potins sont leur principal fonds de commerce, dis-je.

Je mords dans ma tranche d'orange avant de continuer :

— Ils ont acheté certaines de mes photos le mois dernier et maintenant, ils me recrutent comme photojournaliste freelance.

Élodie fronce les sourcils.

— Tu vas devenir une paparazzi ?

Je secoue la tête, incapable de parler à cause du vin dans ma bouche.

— Ils font aussi des articles, pas seulement des potins sur la vie des *people*, dit Manon.

J'avale le vin.

— Selon notre contrat, si je produis des images amusantes avec des légendes originales, ils me laisseront faire les articles qui vont avec.

— Félicitations, Diane !

Manon me fait un *high-five* et part s'occuper des autres clients.

— Oui, félicitations, dit Élodie avec beaucoup moins d'enthousiasme. Est-ce que cela signifie que tu vas démissionner du supermarché ?

— Je ne peux pas. Mes photos paieront peut-être les cafés et les cinoches, mais il y a, malheureusement, un tout petit souci : le loyer.

Élodie sourit et dresse la tête.

Nous passons une heure de plus à La Bohème avant de rentrer. Élodie attrape un RER jusqu'à la maison de ses parents où elle habite, et je prends le métro pour me rendre à l'appartement de Chloé au 14ᵉ. En fait, je devrais arrêter de dire que c'est l'appart' de Chloé. Maintenant qu'elle a emménagé avec Hugo et que j'ai repris le bail, le petit deux-pièces est officiellement le mien.

Le lendemain matin, je me réveille avec une migraine trop forte pour les deux verres de vin chaud que j'avais bus la nuit dernière. Puis je me souviens que j'ai à peine dormi. J'ai pesé le pour et le contre de l'offre de Darcy, comme je l'avais fait la veille et la nuit d'avant.

J'avale une aspirine et je me dirige vers la douche.

La proposition de Darcy remplit mes pensées depuis trois jours maintenant. Si j'écoute la voix de la raison, je devrais l'accepter. Fondamentalement, cela donnerait deux scénarios.

Le premier : je joue à son jeu et j'empoche l'argent pour Papa.

Le deuxième : je fais semblant de jouer à son jeu, mais en réalité, je saisis l'occasion de fouiller chez lui et de mettre la main sur des infos compromettantes. Une fois que j'ai ces informations et des preuves, je fais publier le tout dans *Voilà Paris,* ou bien je les divulgue dans un journal plus sérieux, en fonction de la nature du scoop.

Puis je croiserais les doigts pour que cela endommage sérieusement les finances de Darcy ou, du moins, ternisse sa réputation. Et ainsi, Papa serait vengé.

Mon cerveau préfère la première option, alors que mes tripes crèvent de la deuxième. Ce qui est chouette, c'est que j'en sors gagnante dans les deux cas, et Papa obtient soit des sous, soit de la satisfaction. Soit les deux, si je peux déterrer un truc vraiment sordide chez Darcy et être assez patiente pour le conserver jusqu'à ce que je sois payée. Cela ferait de moi une vraie vilaine, mais je l'assumerais. Après tout, être impitoyable n'est pas la prérogative des hommes.

Sébastien Darcy est un vautour. Il mérite de gouter à sa propre cruauté.

C'est à cet instant crucial, juste après avoir shampouiné mes cheveux et avant de les rincer, que je décide de l'épouser.

* * *

Nous nous voyons dans son bureau, car la journée de Darcy ne comporte qu'un seul créneau de trente minutes qui pouvait être libéré.

— Je suis ravi que vous ayez pu constater que mon offre représentait une opportunité unique pour vous et votre famille, dit-il, me dirigeant vers la zone détente de son gigantesque bureau avec des fauteuils en cuir et une table basse design.

Son arrogance est insupportable, mais je tiens ma langue. Si je veux que mon plan réussisse, il faut qu'il me fasse confiance.

La Cerbère entre avec un plateau rempli de boissons, de jolis petits sandwiches et de pâtisseries alléchantes. Elle me lance un regard perplexe, ce qui me dit qu'elle se souvient de la petite souris et de son rendez-vous annulé en octobre, et qu'elle m'avait mal cernée.

— Pourriez-vous m'indiquer le pourquoi de votre offre ? je demande à Darcy. Cela m'aiderait de mieux comprendre dans quoi je m'embarque.

Plutôt que de m'asseoir, je me dirige vers la baie vitrée et j'admire la vue qui est époustouflante.

— Je l'ai expliqué la dernière fois, dit-il. Et je peux vous assurer que ce n'est ni illégal ni dangereux.

Je me retourne et je le regarde.

— Vous ne m'avez rien expliqué. Vous avez juste dit : « J'ai besoin que vous soyez ma prétendue petite amie pendant quelques mois, puis ma prétendue épouse pendant encore un mois environ. »

— Et c'est tout ce que vous avez besoin de savoir, dit-il, la voix sèche. C'est à prendre ou à laisser.

Très bien. Ne me le dis pas. Je finirai par le savoir tôt ou tard.

— Voulez-vous vous asseoir s'il vous plaît ? dit-il en pointant le canapé du doigt. J'aimerais que vous lisiez le contrat.

Ah, alors il y a un contrat écrit ! J'aurais dû m'y attendre.

Je me dirige vers l'un des fauteuils, je m'installe et j'attrape un éclair.

— Je ne vais pas signer votre contrat tout de suite.

— Ce n'est pas ce que je vous demande, dit-il en s'asseyant en face de moi. Vous pouvez l'étudier ce soir chez vous, et m'appeler demain matin. Mais vous ne pouvez en discuter avec personne.

C'est pourquoi vous devez signer *ceci* avant de pouvoir lire le contrat.

Il pousse une feuille de papier à travers la table basse. Le titre en haut de la page indique « Accord de confidentialité ».

Petit malin !

Je lis et je signe l'accord tandis que Darcy avale quelques sandwiches, expliquant qu'il n'a pas encore eu le temps de manger.

Qui aurait pu croire que les milliardaires sont des gens si occupés ?

— Nous allons tirer profit de votre coup de théâtre à la fête de Jeanne et Mat, dit-il en s'essuyant les doigts avec une serviette.

— Comment ?

— Je dirai à tout le monde que nous avions eu une relation discrète pendant quelques mois, jusqu'à ce que vous ayez eu l'impression que je vous trompe. Mais maintenant, le malentendu est résolu et nous sommes de nouveau ensemble, follement amoureux.

Je plisse les yeux.

— Pourquoi inventer des explications à ce que j'ai fait alors que vous pouvez tomber *follement amoureux* d'une nouvelle fille, sans avoir rien à expliquer à qui que ce soit ?

— Parce que ce que vous avez fait laisse penser que vous êtes le genre de femme qui ne supporte pas d'être cocue.

— Et c'est bien ? Parce que...

— Je ne peux pas vous le dire, mais croyez-moi, c'est bien. En fait, c'est parfait pour mon plan.

Je soupire.

— Si vous le dites.

— On regarde rapidement le contrat ? Il jette un coup d'œil à sa montre. Ma réunion commence dans quinze minutes.

J'ouvre la chemise cartonnée et regarde le gros document à l'intérieur.

— Tout le bla-bla juridique, on pourra s'y attarder la prochaine fois, après qu'on se sera mis d'accord sur les conditions, dit Darcy.

J'acquiesce.

— Vous pouvez aller directement à cette partie.

Il tourne plusieurs pages et pointe un paragraphe du doigt.

— Veuillez lire ceci et dites-moi si vous avez des questions. Ou, si vous préférez, je peux vous résumer le contenu, paragraphe par paragraphe.

— Cher monsieur, dis-je d'un ton moqueur. Venant d'une famille scolarisée dans des écoles privées de père en fils, vous n'êtes peut-être pas au courant que le petit peuple bénéficie d'une éducation universelle gratuite depuis les années 1880.

Il cligne des yeux, clairement interloqué.

— Je suis désolé. Je ne voulais pas vous offenser.

— Non, c'est moi qui regrette de briser vos illusions aristocratiques, dis-je. Mais l'heure est venue de vous apprendre la vérité : de nos jours, les caissiers savent lire.

— J'essayais simplement d'être utile.

Je le sais. Et ça m'agace.

Je serais beaucoup plus à l'aise avec lui s'il cessait de cacher son vrai visage, qui est hideux, derrière ce masque de politesse.

Darcy regarde à nouveau sa montre et tape son index sur le passage mis en évidence.

— Lisez ceci à la maison, puis relisez-le et notez toutes vos questions. Je vous appellerai demain soir.

J'ai une grosse envie de me mettre au garde à vous et de hurler : *Oui, patron ! À vos ordres, patron !* dans son oreille.

Mais je me retiens.

— Oui, monsieur, dis-je en baissant la tête avec une obéissance exagérée, constatant au passage la beauté de sa main.

Darcy a des poignets fins, des paumes grandes et des doigts longs. Tout au moins, à la main droite, qui est en train d'épingler le contrat à la table.

Espérons que sa main gauche est toute petite !

Ou super grosse.

Ou excessivement poilue.

Il ne mérite pas deux belles mains.

— L'essentiel de ce paragraphe, dit Darcy, est que vous reconnaissez que vous entrez dans une transaction financièrement compensée avec moi que nous ferons apparaître comme une relation, mais qui n'en sera pas une, ni sur le plan physique ni émotionnellement.

Une relation avec une ordure !

Non, merci.

— Sans problème, je l'assure.

— Il est dit aussi quelque part par ici...

Darcy glisse son doigt le long des lignes et s'arrête sur un paragraphe.

— Voilà, il est écrit ici que vous vous engagez à emménager avec moi au bout de deux mois environ de notre fausse relation.

— Est-ce vraiment nécessaire ?

— Notre couple doit être crédible pour que mon plan fonctionne, dit-il en faisant un geste de l'autre main, qui, malheureusement, a la même taille et pilosité que la première. Un mois plus tard, je vous demanderai en mariage et, au bout d'un mois encore, nous nous marierons.

— On aura l'air un peu trop pressés, vous croyez pas ? De plus, comment allez-vous simuler une cérémonie à l'hôtel de ville et...

— Je n'aurai pas à le faire. Nous allons nous rendre aux Bahamas pendant une semaine et nous nous *marierons* là-bas, dit-il en faisant des guillemets avec ces doigts.

— Eh beh, vous avez pensé à tout.

— En effet.

Il s'éclaircit la gorge avant de poursuivre :

— Comme vous pouvez le constater, le paragraphe ci-dessous

indique que les rapports sexuels ne sont pas une obligation, mais que vous devrez me toucher et m'embrasser en public.

— Super.

Il hausse les sourcils, visiblement surpris.

Merde ! C'est pas du tout ce que je voulais dire.

— Ce que je voulais dire, c'est que c'est super que le sexe ne soit pas requis. Cela n'aurait pas été possible.

Il hoche la tête.

— C'est bien ce que je pensais.

— Est-ce qu'on est vraiment obligés de s'embrasser ?

— Oui. Nos baisers n'ont pas à être torrides. Mais si nous ne nous embrassons jamais, notre relation n'aura pas l'air convaincante.

— OK, s'il le faut vraiment, dis-je avec un soupir. Donc, si j'ai bien compris, on sort ensemble, on emménage ensemble et on fait des bisous en public. Et ensuite ?

— Ensuite, on attend qu'une certaine personne… intervienne.

— Comme c'est énigmatique ! Je roule les yeux. J'espère que vous réalisez que je vais détester chaque instant de notre *aventure.*

— Vous ne serez pas la seule, dit-il. En tout état de cause, si rien ne se passe dans les six mois, nous nous séparerons et je vous paierai pour votre temps. Par contre, si mon plan fonctionne, vous serez une femme riche, ma chère Diane.

Ou alors, si *mon* plan fonctionne, mon cher Darcy, tu seras un homme ruiné.

PARTIE II
L'ÎLE

5
DIANE

— Belle Auxbois, elle t'a au moins dit qu'elle va y réfléchir ?

Je me tourne vers Papa, qui est affalé sur le siège passager, l'air furax. OK, on dirait que la réponse est non, la pop star n'a pas fait une telle promesse. Cela ne me surprend pas. La diva ne fait que se comporter comme tous les riches — on exploite qui on veut, quand on veut, aussi longtemps qu'on veut. Franchement, ce credo doit être la qualification la plus importante pour rejoindre le Rich Club.

La seule différence réelle entre Belle Auxbois et Darcy est que la fausse douceur et la voix angélique de la chanteuse ont induit en erreur des millions de personnes en leur faisant croire qu'elle est quelqu'un de gentil.

Papa et moi sommes dans sa voiture et je le ramène chez lui après sa séance de physiothérapie. Le pauvre déteste ces séances de tout son cœur. Je le comprends. Son thérapeute est une ogresse aux tendances sadiques. Elle aurait fait un formidable Grand Inquisiteur à une autre époque et dans un autre lieu, en arrachant des confessions de sorcellerie et d'hérésie à des innocents. Mais heureusement pour les médiévaux et malencontreusement pour nous, l'ogresse n'est pas un agent de la Sainte Inquisition. Elle bosse dans un hôpital public juste à l'extérieur de Marseille.

Il m'a fallu six week-ends avec mon père et autant des visites au centre de rééducation de l'hôpital pour décortiquer la méthode de la Reine des Trolls. Cela représente des heures à la regarder marcher et parler – en fait, « aboyer » serait un meilleur mot pour son style de communication – et à écouter des hommes et des femmes adultes demander grâce derrière sa porte.

Avez-vous déjà essayé de lire un livre pendant que votre papa chéri hurle à côté : « S'il vous plaît, je ne peux plus supporter ça ! » ?

Moi, je l'ai fait.

Et je n'ai pas aimé ça.

Quoi qu'il en soit, la maman grizzly est convaincue que la rééducation après un AVC doit être douloureuse pour être efficace. Et malheur à vous, si vous confondez ce qu'elle fait pour des massages. Parce que madame n'est pas une masseuse, oh non ! Elle n'est pas là pour malaxer les corps des clients afin qu'ils se détendent. Elle est là pour forcer les patients à se rétablir.

Ceci dit, je dois avouer que la santé de papa s'est améliorée de façon spectaculaire depuis que la Dominatrix lui a posé la main sur le dos pour la première fois. Il peut maintenant bouger les doigts et parler plus distinctement.

Et c'est la seule raison pour laquelle je ne l'ai pas poursuivie en justice.

La parade que j'ai trouvée consiste à charger mon smartphone à fond avant de nous diriger vers l'hôpital. Une fois à l'intérieur, je bouche mes oreilles avec les écouteurs et je laisse *System of a Down* couvrir les cris de Papa.

— Qu'est-ce que Belle a dit exactement quand tu l'as appelée ? je demande à nouveau.

Il se tourne vers moi.

— Rien à faire. Elle a cité le contrat.

Ce foutu contrat ! Il aurait dû me le montrer avant de signer.

— As-tu essayé de faire appel à son humanité ? je demande encore. Tu pourrais lui expliquer ce que son geste représenterait pour toi dans ta situation actuelle.

— Je l'ai fait, dit-il en soupirant et en se détournant pour regarder la route. Elle dit qu'elle est désolée, mais qu'elle ne peut pas m'aider.

— Elle peut même pas reconnaître que tu lui as donné un coup de main ? Ou qu'elle t'a consulté ?

— Le truc c'est que Madame Auxbois a été l'invitée d'une matinale à la télé il y a quelques jours, où elle a raconté au pays entier qu'elle avait concocté le parfum dans sa cuisine. Toute seule comme une grande.

Je souffle de frustration.

— Lamentable !

Non, mais quelle connasse !

Je jette un coup d'œil au visage déconfit de mon père et mon cœur se serre de pitié. Si je veux l'aider — et Dieu sait que je le souhaite plus que tout au monde —, je dois canaliser ma colère en quelque chose de constructif.

Tout n'est pas noir.

La première bonne nouvelle, c'est que le bras de papa est en train de retrouver sa mobilité. Ensuite, son élocution s'est tellement améliorée que j'en oublie combien j'avais du mal à le comprendre il y a un an. Il a rejoint les Alcooliques anonymes et n'a pas bu une goutte d'alcool depuis son AVC. Et enfin, j'ai une chance inespérée de faire souffrir son ennemi juré — Sébastien Darcy.

Nous nous sommes rencontrés brièvement hier pour signer le contrat et en régler les détails.

J'ai essayé de le faire renoncer à l'exigence de vivre sous son toit. Mais il est resté ferme. Il a insisté : son entourage immédiat devait croire que nous étions consumés par une folle passion. C'était crucial pour le succès de son plan. Petite maline, j'en ai déduit que son plan vise un membre de son entourage.

J'ai aussi essayé de le persuader de laisser Chloé et Élodie participer à notre charade. Chloé fait partie de la famille et Élodie est ma meilleure amie à Paris. Elles me connaissent bien, surtout Chloé. Ce serait compliqué de leur mentir.

La réponse de Darcy était non. Son frère Raphaël est la seule personne à part nous deux au courant du plan, et seulement parce qu'ils l'ont pondu ensemble. Hormis cette exception, personne ne doit savoir. Chaque copine ou membre de famille supplémentaire qu'on mettrait au courant augmenterait le risque de fuite et, par conséquent, de l'échec de son plan. Avec une lueur glacée dans les yeux, Darcy m'a rappelé que je m'étais engagée au secret en signant l'accord de confidentialité et que je ferais mieux de tenir mes engagements.

Oui, patron !

Celui qui a rédigé cet accord — j'imagine que c'était Darcy et son frangin, seuls dans leur coin, vu sa fixation sur la confidentialité — a laissé une brèche. Le texte est axé sur ma discrétion par rapport à la fausse relation et tout ce qui va avec. Mais il n'y a rien qui dit que ma bouche doit rester cousue sur des petits trucs, sans rapport avec ladite relation, que je pourrais découvrir par hasard... comme, par exemple, l'évasion fiscale ou la fraude financière.

Ou sur des trucs un peu plus gros, tel un meurtre.

J'ai presque bavé en me voyant trouver la preuve que la mort de Darcy père n'était pas accidentelle. Flash actu : il a été tué de sang-froid par son fils aîné, Sébastien. Le célibataire le plus convoité du pays sera inculpé, reconnu coupable et jeté en prison où il pourrira pour le restant de ses jours.

Elle est pas belle, la vie ?

— D'autres questions ? m'a demandé Darcy, me sortant de mon fantasme préféré.

Je lui avais dit que ma plus grande crainte concernait comment papa allait prendre la nouvelle de notre *association* quand elle parviendrait à ses oreilles.

— Il s'en remettra, a dit Darcy d'un ton pragmatique et sec.

Je me suis tordu les mains.

— Il ne m'adressera plus la parole. Je serais une traîtresse à ses yeux.

— Si ça peut vous consoler, ma mère pense que je suis un traître.

Ah bon ? Est-ce pour ça que Marguerite d'Arcy est restée au Népal où elle s'occupe de sa fondation caritative depuis plus de dix ans ? *Voilà Paris* l'avait appelée « la Mère Térésa française » dans un long article qu'ils lui avaient consacré il y a quelques années.

— Un traître ? Pourquoi elle pense ça ? ai-je demandé.

Il a soupiré.

— C'est une longue histoire.

Je me suis dit qu'il faudrait creuser.

Avant de nous dire au revoir, Darcy m'a informé que notre première sortie « d'après la réconciliation » serait une « petite escapade entre amis » à l'occasion du vingt-neuvième anniversaire de son frère Raphaël. Je lui ai fait remarquer que je ne connaissais personne dans son entourage. Il a dit qu'il avait invité Jeanne et Mathieu. Mathieu est un jeune politicien plein de promesses et qu'il soutient. Je suis amie avec Jeanne. Darcy et moi pourrions donc passer la plus grande partie du week-end à bavarder avec le couple. Cela nous permettrait d'avoir l'air *naturel*s.

J'ai acquiescé en baissant la tête pour qu'il ne me voie pas rouler des yeux.

Parce que personne n'est dupe, mec.

Tu ne souris jamais. Je ne t'ai jamais vu te tenir autrement que très droit, que ce soit sur des photos ou dans la vraie vie. Tu peux dire ou faire tout ce que tu veux, mais ton langage corporel, ta manière de parler et tes gestes crieront « aristocrate guindé ».

Oh, tiens, le comte Guindé !

Non, plutôt le roi Guindé.

Préparez-vous, Votre Majesté : je vais vous destituer.

6

DIANE

Je sirote mon thé glacé et je regarde par la baie vitrée les eaux de la Méditerranée.

Je ne suis plus dans le petit studio que Papa loue depuis le divorce, dans la banlieue industrielle la plus laide de Marseille. Oh que non ! Cet endroit est beau et sauvage, préservé de la folie des constructions. En fait, la seule construction ici est une villa discrète et écoénergétique donnant sur la plage.

La « petite escapade » dont m'avait parlé Darcy s'est avérée être un week-end à la mer pour plus de cinquante invités.

Sur une île grecque.

Une île grecque *privée.*

Les invités ont été transportés à Crète ce matin, par avion — privé, bien évidemment, tout de cuir blanc et boiseries polies. Dans les airs, j'ai rencontré le frère de Darcy, Raphaël — PDG d'un grand cabinet d'audit — son meilleur ami, Laurent, et bien d'autres personnes qui m'ont toutes regardée avec beaucoup de curiosité.

Après notre atterrissage, j'avais envie de voir les monuments, sauf qu'il s'est avéré que j'étais la seule à ne jamais avoir mis le pied en Crète auparavant. Même Jeanne, la seule autre personne « normale » de cette jet-set, l'avait visitée lorsqu'elle avait fait son tour d'Europe en auto-stop, à vingt ans.

— Une autre fois, m'a dit Darcy, très autoritaire, avant que nous soyons tous emmenés jusqu'à l'île de Ninossos, au sud de Crète, à bord d'un yacht recouvert de panneaux d'acajou.

Un yacht privé, naturellement.

Comment voulez-vous qu'un pauvre homme transporte ces invités à son île ?

— Papa adorait cet endroit, dit Darcy en se plantant à côté de moi. Il fait doux ici presque toute l'année.

Je peux certainement le croire, compte tenu du soleil et de la chaleur qui règnent actuellement en plein hiver. L'île est petite et maintenue dans son état naturel, à l'exception de cette villa. Perchée sur une colline et séparée de la plage de sable par des jardins en terrasses, elle offre une vue imprenable sur la mer.

Difficile de ne pas l'aimer.

— L'île est à Raphaël maintenant, dit Darcy.

Je lui jette un coup d'œil et me retourne rapidement, embarrassée par l'effet que son jean et sa chemise ont sur moi. *Merde !* Quand il porte l'un de ses costumes faits sur mesure, je peux me dire que ce n'est pas lui mais la coupe de son costard qui le rend canon. Chaque fois que je me surprends à mater son torse, je m'efforce d'imaginer un tailleur de la fameuse Savile Row à Londres, brandissant ses ciseaux de magicienne et transformant des messieurs mous en hommes virils.

Le problème, c'est qu'aucune personne saine d'esprit et aux yeux qui fonctionnent à peu près ne pourrait appeler l'homme qui se tient à côté de moi « mou ».

Je force un ricanement.

— Est-ce que ce bateau est aussi à Raphaël ?

Il hoche la tête.

— Et l'avion ?

— Nous en sommes copropriétaires, de même que du Big Ben.

— Je ne te voyais pas comme quelqu'un qui *partage*, même avec des membres de ta famille.

— Tu avais tort, dit-il. Je partage, et pas seulement avec la famille. Mon autre avion est utilisé pour les voyages d'affaires par les dirigeants et cadres commerciaux des Parfums d'Arcy.

Je fais claquer ma langue.

— Me voilà déçue ! Les milliardaires ne sont plus ce qu'ils étaient.

Il ne dit rien.

Je lui jette un œil. L'expression de Darcy est aussi impénétrable que d'habitude. Je m'attendais à ce qu'il éclate de rire ou… je ne sais pas… peut-être à un petit sourire ?

Oublie ça.

On s'en fiche de ce qu'il pense, de toute façon.

Je montre du doigt le groupe de jeunes gens qui prennent un bain de soleil et se divertissent sur la plage, à quelques dizaines de mètres de la villa.

— Je vais rejoindre Jeanne.

— Bien, dit-il. J'irai discuter avec le traiteur et le personnel, histoire d'être sûr que tout est prêt pour la fête de ce soir.

Je fronce les sourcils.

— C'est pas à Raphaël de le faire ? C'est *son* anniversaire.

— Raphaël doit se détendre et s'amuser aujourd'hui, dit Darcy. C'est *son* anniversaire.

O-o-o-K.

Avec un sourire figé, je lui tends mon verre vide et me dirige vers l'extérieur.

La première chose qui me saute aux yeux lorsque mes pieds touchent le sable c'est à *quel point* Raphaël est en train de s'amuser. Allongé sur le dos, le héros du jour laisse un sosie de Scarlett Johansson, assise à sa gauche, seins à l'air, étaler un écran solaire sur sa poitrine bronzée. Pendant ce temps, un clone topless de

Natalie Portman, à sa droite, rit à propos de quelque chose qu'il aurait dit.

Sérieusement ?

Je regarde autour de moi. Suis-je la seule à trouver la scène ridicule ?

Mais peut-être que le trio est en train de jouer *Deux sœurs pour un roi* pour une soirée Cosplay...

Ouais, ça doit être ça.

Je détourne les yeux, scrutant la foule à la recherche de Jeanne.

Honnêtement, à quoi je m'attendais ? Les riches sont tous comme ça — gâtés et odieux. Je suis sûre que le frère aîné de Raphaël fait pareil, lui aussi, quand il n'est pas dans une fausse relation avec une fille qui frémit à l'idée de l'embrasser. Sans parler d'un plan à trois avec lui. Mis à part mon antipathie envers Darcy, les plans à trois c'est vraiment pas ma tasse de thé. Je ne le ferais pas même avec un homme que je désire.

Si jamais je rencontre un tel homme...

— Hé, Diane ! s'écrie Raphaël en faisant un signe de la main enthousiaste tandis que « Scarlett » et « Natalie » me scrutent, dégageant des ondes nettement hostiles. Par ici !

Euh... *je ne pense pas.*

— Je cherche Jeanne.

— La femme de Mathieu ? Je l'ai vue à l'intérieur.

Il se lève et avance vers moi dans toute la gloire de son torse nu.

Je me demande si les pectoraux de son frère sont aussi bien définis que les siens. Ensuite je me demande pourquoi je me demande ça.

— Tu devrais demander à Séb de te faire visiter l'île, dit-il.

Je lui lance un regard noir pour signaler qu'il n'a pas besoin d'en faire des tonnes.

Il hausse les épaules avec un soupçon de défi, comme pour dire, *Je joue juste mon rôle et tu devrais faire de même.*

Malheureusement, il a raison. Il y a des sosies à portée de voix et, à en juger par leur calme soudain, elles sont toutes ouïes.

— Excellente idée, dis-je avec un sourire forcé. Tu viens souvent ici ?

— Quand je peux. C'est mon endroit préféré sur Terre.

— Et où est le troisième frère Darcy ? je lui demande. Il n'était pas dans l'avion, si je ne me trompe pas.

Le sourire de Raphaël s'efface un peu.

— Non, il n'y était pas.

— Je n'ai pas encore eu le plaisir de le rencontrer, dis-je.

Il est clair qu'il n'aime pas le tour que prend notre conversation, mais je ne peux pas m'en empêcher.

— Arrivera-t-il plus tard, dans un avion de ligne, comme un vulgaire millionnaire entassé en classe affaires ?

— Noé ne viendra pas, dit Raphaël, son sourire maintenant tendu. Il a quelques… affaires importantes à régler.

Le roi du week-end se découvre un intérêt soudain pour ses pieds, comme s'il venait de découvrir qu'il avait des orteils. J'ai l'impression qu'il n'en dira pas plus sur ce sujet.

Qu'importe !

Aucun des secrets de la famille Darcy ne résistera aux pouvoirs d'observation et de déduction de Diane Petit.

— Raphaël, reviens ici ! l'appelle Scarlett Johansson en brandissant la crème solaire. Tu as promis de me tartiner le dos.

Natalie Portman fait la moue.

— Et moi, j'attends toujours mon massage des pieds.

Raphaël me regarde, visiblement soulagé.

— J'adorerais bavarder davantage avec toi, mais le devoir m'appelle.

— Vas-y, dis-je.

Derrière moi, j'entends des pas.

Avant que j'aie le temps de me retourner, quelqu'un me passe le bras autour des épaules.

— Laisse-moi te montrer ce rocher, dit Darcy en posant un baiser sur mon front. Viens, *chérie*.

Je me donne l'air consterné.

— Ta gouvernante t'a pas appris à ne pas bondir sur des gens, *chéri ?*

Un sourire plisse les yeux de Raphaël qui se tourne vers Darcy.

— Est-ce que tout est sous contrôle ? La bouffe est livrée et les serveurs alignés ?

— Si tu veux vraiment savoir, dit Darcy, il y avait un petit problème avec la piscine. Le gardien n'arrivait pas à démarrer le nouveau système de chauffage.

— C'est pas grave, dit Raphaël.

— Tu as invité des gens à une fête au bord de la piscine, non ? dit Darcy d'un ton tellement « grand frère » qu'il me fait penser à Lionel. Tu ne voudrais pas qu'ils soient déçus.

— Tu as raison, dit Raphaël avant de s'adresser à moi. Nous devrions tous remercier la divinité en laquelle nous croyons qu'il existe des gens comme Séb. Ils rendent le monde meilleur.

Ouais, c'est ça.

— En parlant d'un monde meilleur, dit Raphaël en plissant le nez, tu as réussi à réparer le chauffage de la piscine ?

— J'ai réussi à trouver le manuel d'utilisation, déclare Darcy. Et Kostas a réparé le chauffage.

Raphaël donne une tape sur l'épaule de son frère.

— Bien joué ! Bon, je vais te laisser à ta petite amie.

— Viens, me dit Darcy en prenant ma main. Je vais te présenter Laurent et d'autres amis.

Je lui fais un faux sourire.

— J'ai hâte de les rencontrer !

Ce dont j'ai vraiment hâte, c'est de quitter cette île et de rentrer chez moi.

7
DIANE

Il est dix heures du soir, et la fête bat son plein.

Darcy et moi nous trouvons entre deux vieux oliviers, dans un petit cercle de gens habillés, dont la plupart sont des amis de Darcy. Les copains de son frère sont en maillot de bain. Ils gravitent autour de la piscine et du DJ, qui a transformé l'un des ponts en piste de danse.

Moi aussi, j'aurais bien aimé plonger dans la piscine et peut-être danser un peu. Mon âge et mon caractère me rapprochent davantage des « Raphaëlites » turbulents que des « Sébastienites » coincés. Mais ce que j'aimerais faire est sans importance. Je suis ici pour le travail, pas pour le plaisir. C'est ce que je me dis chaque fois que Darcy passe son bras autour de mon épaule ou pose sa main sur le bas de mon dos pour montrer à ses amis à quel point il est « amoureux ».

Il les prend vraiment pour des idiots.

Je ne peux pas me prononcer sur les hommes, mais je suis presque sûre que les femmes ont déjà compris notre petit jeu. Nos étreintes sont dépourvues de tendresse. Les regards que nous échangeons sont froids, et les mots d'amour que nous nous disons sonnent faux.

Mais c'est le problème de Darcy, pas le mien. Le contrat que nous avons signé n'exige pas que je doive être une bonne actrice. En ce qui me concerne, tout est nickel.

Le DJ lance un nouveau disque. C'est un artiste que je ne connais pas, mais j'aime bien. Il est si difficile de résister au rythme du morceau que tous les amis « terrestres » de Raphaël se mettent à danser. Un par un, ceux qui nageaient sortent de la piscine et se joignent aux danseurs. Les deux nanas de Raphaël balancent leurs corps agiles de façon suggestive, sans doute pour faire plaisir à leur « roi ».

Où est le roi, au fait ?

Je tourne la tête vers le barbecue. Le voilà en train de faire griller des fruits de mer, de la viande et des légumes. Tous ces produits – lavés, épluchés et découpés pour lui – sont acheminés vers lui depuis la cuisine. Une fois les brochettes sorties du grill, elles sont servies par le personnel de la restauration.

Je détourne le regard, essayant de ne pas ricaner de la manière dont des riches mettent la main à la pâte.

Un bruit attire mon attention vers la piscine d'où émerge une vision en forme de femme. Elle me fait penser à la *Vénus* de Botticelli. La coquille surdimensionnée en moins. Un bikini rouge en plus.

Aucune partie d'elle n'est belle, à proprement parler. Mais sa posture et sa manière de regarder les gens dégagent un tel aplomb qu'on ne peut s'empêcher de se demander si c'est une célébrité. Peut-être une princesse ou une duchesse de l'un de ces rochers autour de la Méditerranée ? Dans ma tête, je lance mon logiciel de reconnaissance faciale, en faisant défiler toutes les princesses que j'ai vues dans des magazines à potins consultés pendant ma semaine de « recherches » sur Darcy. Mais personne ne correspond à cette Vénus.

Peut-être qu'elle n'a pas de sang royal, après tout. Elle est juste une de ces rares femmes dont l'estime de soi se nourrit d'autre chose que de son apparence. Des choses comme l'argent, l'esprit, la réussite professionnelle, des compétences ou une expertise inégalée dans un domaine... Quoi que ce soit, il y en a des tonnes.

Tout autour d'elle, les têtes se retournent et les conversations s'arrêtent.

Vénus monte sur le deck et essore sa crinière de cheveux soyeux, son geste plein d'élégance.

Darcy suit mon regard.

— Geneviève Lougnon, héritière de la Maison de Champagne Lougnon. Elle est la meilleure amie de Raph depuis l'enfance.

Laurent me fait un clin d'œil.

— Ma mâchoire est tombée aussi quand j'ai vu Geneviève pour la première fois. Mais ne vous inquiétez pas, vous vous habituerez à son aplomb... un jour.

Laurent est chirurgien et le seul représentant des classes moyennes dans le cercle restreint des proches de Darcy.

Jeanne et Mathieu rejoignent notre petit groupe.

— Tu sais que j'ai failli refuser ton invitation ? dit Mathieu à Darcy.

Ce dernier hausse un sourcil, l'air surpris.

— C'est une chose d'accepter ton soutien à ma candidature au Parlement européen sur la liste des Verts, dont je te serais éternellement reconnaissant, déclare Mathieu. Mais c'est une autre chose de te laisser m'emmener en jet privé à une fête bling-bling au bord de la piscine sur ton île privée.

— Elle est à Raph, précise Darcy, toujours aussi tatillon. Je pensais que les Verts étaient en dehors de la division riche-pauvre.

— Aucun parti politique ne l'est vraiment, peu importe ce qu'ils prétendent, dit Mathieu en riant. Mais bon, cela aurait été pire si j'étais socialiste.

— Vous pensez que ça pourrait se retourner contre toi ?

Mathieu lui fait un clin d'œil.

— Si on m'interroge, je dirais que je suis venu ici dans le but d'étudier ta super maison à basse consommation d'énergie.

— Tu sais ce qui est drôle ? dit Jeanne à Darcy. Mathieu l'a fait — il a passé trois heures cet après-midi à explorer la villa et à prendre des notes.

Darcy sourit.

— Malheureusement, personne ne le croirait.

C'est la première fois que je le vois sourire. Son visage s'illumine et se transforme de la manière la plus inattendue. Il y a de la gaieté dans ses yeux. Sa bouche, généralement pressée dans une ligne dure, s'entrouvre, laissant apparaître ses dents blanches. Son corps se détend et la planche coincée en permanence dans son dos semble se dissoudre comme par magie. Il a l'air presque… charmant.

— Ça, c'est sûr, dit Mathieu.

Jeanne jette un regard affectueux à son mari – le genre de regard que ni Darcy ni moi ne pourrons jamais produire l'un pour l'autre, même si notre vie en dépendait.

— Hé, ma cocotte, dit-elle en se tournant vers moi. Chloé m'a parlé des difficultés de ton père pour faire reconnaître sa contribution au nouveau parfum de Belle Auxbois. Le pauvre !

Je balaye une mèche de cheveux qui me tombe dans les yeux.

— Belle a dit qu'elle le poursuivrait en justice si elle voyait le nom de mon père mentionné en lien avec ce parfum.

— C'est marqué dans le contrat ? me demande Mat. Il n'avait pas lu ses conditions quand il l'a signé ?

Je soupire.

— C'est pas aussi simple. Le contrat stipule qu'elle pourrait « souhaiter mais n'a pas l'obligation » de reconnaître la contribution de Papa. C'est écrit en tout petits caractères sur l'une des dernières pages. Quand il l'a lu avant de signer, il a vu que ce qu'il voulait y voir.

— Pauvre Charles, dit Jeanne en me serrant le bras. Il avait supposé qu'elle reconnaîtrait son « aide » comme l'ont fait d'autres célébrités avec qui il a travaillé dans le passé, non ?

J'acquiesce.

— Le chemin de l'enfer est pavé de suppositions, dit Darcy.

Ni son ton ni son expression ne trahissent une once de sympathie dont les paroles de Jeanne et de Mathieu étaient remplies.

Quel connard prétentieux !

Ceci dit, il n'a pas tort. J'ai perdu le compte du nombre de fois où Maman et moi avons prévenu Papa qu'il devait cesser d'être un idéaliste et apprendre à anticiper les aléas. Nous l'avons également supplié de s'attendre à ce que ses clients et ses associés tentent de tricher ou de l'arnaquer.

Parce que certains l'ont déjà fait dans le passé.

Donc, oui, je suis d'accord avec ce que Darcy a dit sur les suppositions menant droit à l'enfer. Mais mon accord ne rend pas sa remarque plus digeste. C'est la façon dont il l'a sortie – sur un ton truffé de supériorité – qui m'a exaspérée.

Il doit penser qu'il est tellement meilleur que Papa et tous ces ploucs provinciaux.

La colère monte dans ma gorge. Je sais que je devrais laisser tomber, mais ça me démange de répondre, c'est plus fort que moi. L'honneur de ma famille est en jeu.

Les Darcys contre les Petits.

Je prends un plateau de fruits de mer et je le tends à mon *petit ami*.

— Que celui qui n'a jamais fait de supposition me jette la première crevette.

Il me regarde dans les yeux sans rien dire.

Je pose le plateau.

— Je ne me sens pas bien. Ce doit être les huîtres ou juste une gastro.

— Je peux te donner un peu de mon Smecta, dit Jeanne. Je ne voyage jamais sans !

— T'inquiète, ça ira mieux demain matin. Une bonne nuit de sommeil et je serai en forme, dis-je agitant la main. Bonne nuit, tout le monde !

Tout le monde me souhaite une bonne nuit, et je me retire dans la maison.

Ai-je mentionné que je partage une chambre avec Darcy ?

Heureusement, elle est immense et possède un grand canapé en plus du double lit. Darcy avait offert de dormir sur le canapé. J'avais accepté immédiatement, sans me donner la peine d'insister par politesse pour qu'il prenne le lit. Son confort est le dernier de mes soucis.

Mais je ne me dirige pas tout de suite vers la chambre.

Inspirée par Mathieu, je me lance moi-même dans une petite « exploration » de la maison, en commençant par le sous-sol et la cuisine. Ensuite, je fouille le salon au rez-de-chaussée, puis je monte à l'étage pour accéder aux chambres. Frappant doucement à chaque porte, je me faufile à l'intérieur quand personne ne répond. Procédant ainsi, je couvre chaque niveau aussi vite que possible. Et aussi soigneusement que possible. Contrairement à Mathieu, mon objectif n'est pas d'apprendre comment cette villa économise de l'énergie.

Je cherche du « linge sale » pour l'utiliser contre Darcy.

Qui sait, je ne retournerai peut-être jamais à cet endroit. Alors, s'il s'offre une chance de trouver une pièce pleine de sacs de cocaïne, un congélateur rempli de morceaux découpés d'un corps humain, ou au moins un paquet de lettres compromettantes, je dois la saisir, cette chance.

Lorsque j'entre dans une chambre à coucher en face de la mienne, au premier étage, j'entends des voix familières. Je me fige. Elles viennent de l'extérieur. La fenêtre est entrouverte et les gens qui parlent en dessous sont Darcy et Raphaël.

Je m'accroupis sous la fenêtre et j'écoute.

— Ta fausse petite amie, elle est mignonne, dit Raphaël.

— Ça dépend de ta définition de « mignonne ».

La voix de Darcy est bizarre. Je pense qu'il est un peu ivre.

Il reprend :

— Tu veux peut-être dire *divertissante,* avec son accent rustique du Sud ?

— Non, je veux dire qu'elle est jolie.

— Vraiment ? dit Darcy – il *est* saoul ! – avant d'ajouter : Je ne la décrirais pas comme jolie. Fraîche, peut-être. Mais certainement pas jolie.

— T'est sérieux, là ?

— Une femme a besoin d'un minimum de *classe* pour être considérée comme jolie, dit Darcy avant d'ajouter : Diane Petit n'en a pas un nanogramme.

Aïe. Ça fait mal.

Raphaël murmure quelque chose puis dit plus fort :

— Alors, en aucun cas, tu ne sortirais avec elle pour de vrai ?

Je retiens mon souffle.

Juste par fierté, sans doute.

Darcy prend le temps avant de répondre.

— Je peux imaginer exactement *trois* circonstances dans lesquelles je sortirais avec elle pour de vrai. La première, je deviens fou. Personne n'est à l'abri. La deuxième, j'y suis contraint. Et la troisième, la survie de l'humanité tout entière en dépend.

Raphaël rigole.

— On dirait que tu n'as pas beaucoup d'égards pour ta future femme.

— C'est réciproque entre nous, dit Darcy.

Ça l'est, en effet.

8

DIANE

Le matin, je me suis réveillée aux gazouillis des oiseaux et aux murmures des vagues. Darcy était déjà sorti. Vingt minutes plus tard, je rejoignais les invités qui prenaient un somptueux petit-déjeuner sur la terrasse. Leurs visages reflétaient l'éventail complet de degrés de gueule de bois : de zéro pour Geneviève et ça montait jusqu'à cent pour Raphaël, avec toutes les étapes intermédiaires pour les autres convives.

J'ai salué Darcy par un « *Bonjour, chéri !* » le plus doux dont j'étais capable. Puisque la place à côté de lui était déjà occupée par son copain Laurent, je me suis assise à côté de Jeanne.

Et j'ai dit un grand merci à Laurent dans ma tête.

Quelques heures plus tard, nous sommes arrivés en Crète et montés à bord du jet en copropriété – aucune visite touristique cette fois-ci non plus. Vers cinq heures de l'après-midi, le chauffeur de Darcy m'a déposée devant mon immeuble. Enfin, je suis rentrée à la maison, frustrée et un peu déprimée après mon week-end avec les riches.

Je me sens beaucoup mieux maintenant, installée

confortablement dans un salon de beauté avec Élodie, où on nous fait des massages et des manucures.

— Qu'est-ce qu'on fête ? demande-t-elle alors qu'une dame vêtue d'une tunique blanche applique du vernis à ongles rouge sur son petit doigt. Je parie que c'est un truc énorme.

Je regarde mon pouce, qui est en train d'être peint en bleu.

— Pourquoi tu dis ça ?

— Quand tu as reçu une offre d'embauche du magazine de potin, tu m'as payé un verre. Cette manucure, ça coûte dix fois plus.

Je secoue la tête, cherchant la meilleure manière d'annoncer la nouvelle. De toute façon, Élodie découvrira ma « relation » avec Darcy par une connaissance commune ou une photo dans un tabloïd. Je préfère qu'elle l'apprenne par moi.

— Tu as gagné le jackpot d'Euro Millions, c'est ça ? demande-t-elle. C'était combien ?

Je souris.

— J'ai rien gagné du tout, comme d'hab'. Mais j'ai vendu quelques photos par le biais d'une base de données en ligne, et j'ai enfin été payée pour le mariage que j'ai immortalisé il y a trois semaines.

— Très bien, ça explique le *comment*, dit Élodie en plissant les yeux. Mais ça n'explique pas le *pourquoi*.

OK, Diane. Respire, et go !

— Je t'ai caché quelque chose d'important, dis-je. Et maintenant, je veux te l'avouer et m'excuser.

Elle laisse échapper un souffle autosatisfait.

— Je le savais ! Allez, raconte.

— Je sors avec quelqu'un. Et c'est en train de devenir… sérieux.

La mâchoire d'Élodie se détend.

— Quoi ? Depuis quand ? Qui est-ce ?

— Il s'appelle Sébastien, dis-je avant d'ajouter d'une voix toute douce : Darcy.

Elle se penche en avant, les yeux écarquillés d'incrédulité.

— Répète un peu ? Sébastien qui ?

— Darcy.

— Darcy comme dans d'Arcy du Grand-Thouars de Saint-Maurice, le jeune comte milliardaire à la tête des Parfums d'Arcy ?

— Eh bien...

— Le salaud qui a ruiné ton père ?

— Oui, je marmonne.

Elle scrute ses ongles pendant un long moment.

Je sais ce qu'elle a envie de dire et je le redoute.

— Hypocrite, finit-elle par lâcher sans me regarder.

Que puis-je dire en ma défense ?

Rien du tout.

Élodie grimace avant de déclamer d'une voix nasillarde :

— Je suis la Sainte-Diane. Je méprise tes rêves matérialistes, Élodie. Je ne sortirais jamais avec un milliardaire. L'argent n'a aucune importance pour moi.

Il est temps pour un autre mensonge.

— C'est pas pour son argent, dis-je. Il me plaît.

— Non, sans blague, dit-elle en roulant les yeux. Je ne vois pas comment on peut trouver attirant un milliardaire grand, beau et ténébreux ? Qui est, de plus, célibataire. Et jeune.

Et méchant.

Mais ça, je ne le dis pas.

Elle serre les lèvres.

— Où l'as-tu rencontré ?

— Il est ami avec le mari de Jeanne, Mathieu.

Élodie cligne des yeux.

— Jeanne de *La Bohème* ?

— Ouais, dis-je avant de m'enfoncer dans un mensonge. On a couché ensemble il y a quelques semaines. Au départ, c'était juste une histoire de sexe, mais les choses ont évolué très vite.

Élodie ne dit rien.

— Tu penses que tu peux me pardonner ? je demande en retenant mon souffle.

Elle se tait pendant un moment puis sourit.

— Il faut se méfier de l'eau qui dort, hein ?

Je souris en retour.

— OK, dit-elle. Je te pardonnerai à une condition.

— Je t'écoute.

— Présente-moi à son cercle d'amis.

L'attitude toujours pragmatique d'Élodie me fait marrer.

— Je te le promets.

— Alors, tu es pardonnée.

Ravie, je lui fais un bisou aérien.

— Hum, rembobinons à l'endroit où tu as dit que ça devenait sérieux, dit-elle. Qu'est-ce que tu entends par là ?

Que je vais l'épouser dans exactement deux mois.

— Juste que nous ne nous cachons plus, ce qui, soit dit en passant, facilitera ton accès au bercail.

Elle hoche la tête, les yeux brillants. Je peux presque voir de la fumée sortir de ses oreilles alors que son esprit envisage les opportunités qui pourraient s'ouvrir à elle. Espérons qu'Élodie rencontrera l'homme dont elle rêve grâce à Darcy. Comme ça, au moins, quelqu'un aura une fin heureuse lorsque notre farce sera terminée.

— Attends, dit Élodie. Alors tu vas démissionner du supermarché ?

Je fixe des yeux mes ongles magnifiquement peints.

— Hum, pourquoi ?

— Parce qu'il peut utiliser ses réseaux pour te trouver un meilleur job, tête de nouille ! dit-elle.

C'est tout à fait logique, mais ce n'est pas pour ça que je vais quitter mon poste. Je vais donner mon préavis plus tard dans la semaine parce que c'est prévu dans mon contrat avec Darcy.

À la page cinq.

Élodie et moi quittons le salon et nous dirigeons vers la salle de cinéma voisine pour un film d'action accompagné de pop-corn et d'oursons en gélatine.

— Hé, peut-être qu'il t'aidera à devenir photographe pour des magazines de mode, dit Élodie avec enthousiasme alors que nous nous affaissons dans nos fauteuils au fond de la salle sombre. Ce serait chouette !

Être photographe de mode est, effectivement, chouette... et absolument pas mon truc. Mais le commentaire d'Élodie me rappelle un autre sujet dont je voulais discuter avec elle.

— J'espère percer en tant que photographe par moi-même, dis-je. L'un des sites où j'ai téléchargé mes photos m'a demandé une série de portraits artistiques en noir et blanc.

— Waouh !

— Ils veulent des nus féminins de bon goût, dis-je avant d'ajouter : Veux-tu poser pour moi ?

Elle s'étouffe avec son pop-corn.

— T'es sérieuse ?

— Bah oui. Tu es jolie et tellement plus vraie que ces mannequins anorexiques ! je m'exclame. Et puis, c'est pas comme si j'avais de quoi payer un mannequin pour poser pour moi.

C'est comme une bouffée d'air frais de pouvoir dire quelque chose d'honnête. Ça va me manquer. Ça me manque déjà.

— Je suis flattée, dit Élodie. Mais je dois faire attention à mon image, compte tenu de mes projets.

— T'inquiète, ma louloute ! dis-je en me penchant vers elle. Je te promets qu'on ne verra rien de trop osé, comme un téton par exemple, sur les photos. La série portera plus sur les formes, les courbes, le grain de peau, le jeu de la lumière et d'ombres uniquement sur le corps.

Élodie se mordille la lèvre.

Je lui lance un regard suppliant.

— S'il te plaît ?

— Tu as déjà fait ce genre de photos avant ?

— Non, dis-je honnêtement. Tu serais mon premier nu.

— OK, dit-elle. Pourquoi pas. Ça pourrait être rigolo.

— Merci Élodie, tu es la meilleure ! je m'exclame en la serrant dans mes bras. Et, au fait, je partagerai mes honoraires.

Elle pouffe.

— Il fallait commencer par là, andouille !

Élodie, je t'aime !

Quand je rentre chez moi, mes pensées retournent à mon week-end grec. La nuit dernière, quand Darcy est entré dans notre chambre, j'étais déjà sous la couverture, feignant de dormir. J'ai même poussé quelques faux ronflements pour être convaincante. Vu que je suis une championne du faux ronflement qui sonne vrai.

Et puisque, de toute façon, *je n'ai pas un nanogramme de classe.*

En réalité, il m'a fallu plusieurs heures pour m'endormir. J'étais déçue par mes recherches infructueuses, vexée par la méchante remarque de Darcy et fatiguée par l'effort de faire croire que j'étais amoureuse de lui. Du coup, j'avais commencé à douter que mon plan fonctionne. Et si je ne trouvais aucune preuve incriminante ? Peut-être que Thibaud d'Arcy n'a pas été assassiné. Peut-être que les placards de la famille ont été vidés de vieux cadavres. Peut-être que les labos des Parfums d'Arcy n'injectent aucun composant cancérigène dans leurs arômes.

Et peut-être que Sébastien Darcy est le seul milliardaire au monde à ne pas planquer son argent dans les paradis fiscaux.

Non, je n'y crois pas.

Ce qui est plus probable, c'est que l'argent soit trop bien caché pour que je puisse le localiser.

Alors que notre « relation » est sur le point de devenir publique, certaines implications que j'avais choisi d'occulter au moment de la signature du contrat me remplissent d'horreur.

Papa sera anéanti. Il sera tellement déçu qu'il pourrait même arrêter de m'adresser la parole. Je vais devoir lui mentir, mentir à maman, à Chloé et à tous mes amis. Je vais passer les quatre à six prochains mois à faire semblant que j'aime l'homme que je déteste.

En contrepartie, j'obtiendrai au mieux deux cent mille euros et au pire cinquante mille. Si mon plan échoue, je ne vais tirer de mon calvaire ni vengeance ni satisfaction, juste de l'argent.

Voilà de quoi être terrifiée.

PARTIE III
LE CHÂTEAU

9
SÉBASTIEN

Je n'aime pas le mois de mars.

Le temps est tout aussi déprimant à Paris qu'en Bourgogne, à Londres, à Montréal, à New York et un peu partout dans l'hémisphère nord où je voyage pour les affaires ou les loisirs. Bien entendu, il y a toujours Tahiti et l'Australie, mais y aller prend trop de temps. Même Ninossos, l'île paradisiaque de Raph, devient trop grise en cette saison. Raph s'en moque, il est content d'y aller, qu'il pleuve ou qu'il vente. Moi, je préfère bouder dans une grande ville que sur un rocher au milieu de la mer.

Ceci dit, je n'ai pas beaucoup boudé ces derniers temps.

J'ai travaillé d'arrache-pied pour consolider les progrès réalisés par les Parfums d'Arcy au dernier trimestre et pour superviser le lancement de trois usines. Sans oublier Le Big Ben. Raph et moi avons acheté le club le mois dernier, et maintenant il a besoin tout notre concours pour retrouver son lustre d'antan.

Heureusement qu'Octave est là – toujours en bonne santé, remarquablement en forme et imperturbable – pour gérer l'hôtel particulier ! Parce que moi, dès que j'ai un moment libre, je le passe avec Diane.

Cette femme fait échouer toutes mes tentatives de bouder, même quand je m'y applique. Non qu'elle fasse un effort particulier pour me divertir, mais elle y parvient sans le vouloir. Parfois même, malgré elle.

Au cours des dernières semaines, elle m'a accompagné à plusieurs galas et soirées mondaines, où nous nous sommes tenu la main et avons souri devant les photographes. Je l'ai emmenée dîner dans des endroits d'exception, tels que La Tour d'Argent ou au Jules Verne, et prendre un verre au Royal Monceau et au Crillon. Elle n'a pas eu l'air impressionnée. Je lui ai acheté une montre Cartier et des boucles d'oreilles Chopard pour qu'elle soit plus présentable. Elle m'a donné une note signée indiquant qu'elle porterait ces articles tant qu'elle était sous contrat avec moi et qu'elle me les rendrait dès que ce serait fini.

Je n'arrive pas à la cerner.

La semaine dernière, elle a mentionné qu'elle aimait les comédies musicales. Je l'ai donc emmenée à New York pour en voir une à Broadway. Elle avait l'air d'apprécier et de passer un bon moment. Mais quand nous sommes rentrés à Paris, elle a exigé que je fasse baisser le niveau d'extravagance de ma cour d'excessive à juste galante.

Parce que, m'a-t-elle dit, elle ne veut pas de bonus.

La demande a été faite au moment même où j'allais embaucher une styliste pour elle. Non pas parce que les vêtements que porte Diane sont laids ou bon marché – ce qui est le cas, d'ailleurs –, mais parce qu'ils ne lui rendent pas justice. Maintenant que j'ai eu amplement l'occasion de l'observer de près et de la tenir, je *sais* qu'elle cache un corps délectable sous ses robes volumineuses et ses pantalons larges.

Et je veux voir ce corps dans une robe moulante qui s'arrête bien au-dessus du genou.

Aucune idée du pourquoi, mais voilà, j'en meurs d'envie.

— Diane, dis-je en lui offrant ma main pour l'aider à sortir de la voiture. Tu vas quitter ton travail et tu vas emménager avec moi dans moins de deux semaines. Il faut que tu me laisses mettre à niveau ta garde-robe.

Elle prend ma main et pose un pied sur le tapis rouge déroulé devant la boîte de nuit. Son pied est chaussé d'une grosse bottine bien usée, ce qui soulève la question suivante : est-ce tout ce qu'elle peut se permettre d'acheter avec son salaire ou est-ce ce qu'elle aime porter ? Au-dessus de la botte, une robe ample me rappelle la tenue traditionnelle que portent les femmes en Corée du Nord. J'entrevois une mince cheville entre la botte et la robe, et mes doigts brûlent de la toucher. Évidemment, je me retiens. Ça va passer. Ça finit toujours par passer.

— Qu'entends-tu par « mettre à niveau » ? me demande Diane.

— Très bien, je vais être plus précis, dis-je. J'aimerais t'acheter de nouveaux vêtements. Et des chaussures.

— Qu'est-ce qui ne va pas avec ce que je porte ? Pas assez *classe* pour toi ?

J'hésite, mais seulement une seconde.

— Oui.

Parfois, il faut être un peu brutal pour faire passer le message.

Je ferme la portière derrière elle et je dis à Greg de rentrer chez lui. Il m'assure que cela ne le dérange pas d'attendre, mais j'insiste. Est-ce par décence ou pour éviter que Diane ne me traite d'exploiteur sans vergogne ? Va savoir...

Elle est silencieuse alors que nous entrons dans le club et rejoignons mes amis dans l'un des plus grands boxes. Je décide de laisser tomber le sujet de sa garde-robe.

Pour l'instant.

À l'exception de Laurent, le reste du groupe dans le box, ce ne sont pas vraiment mes *amis* au sens originel du terme, celui d'avant Facebook. Ce ne sont que des gens qui me divertissent suffisamment pour passer quelques heures avec eux de temps en temps.

— Hé, regarde qui est là !

Laurent se lève pour nous saluer.

Les autres lui emboîtent le pas et, quelques minutes plus tard, ma *petite amie* et moi sommes assis dans l'un des fauteuils spacieux, serrés l'un contre l'autre, en sirotant des cocktails sophistiqués.

Contrairement à la dernière fois que j'ai passé du temps avec ce groupe, la conversation est ennuyeuse, dominée par Jean-François, qui n'arrête pas de vanter les mérites de sa nouvelle Ferrari. Cela fait maintenant au moins quinze minutes qu'il nous saoule, malgré les tentatives de Laurent et de son amie Yasmina pour changer de sujet. Les femmes étudient leurs ongles et même les hommes ont l'air de s'ennuyer.

— Allez, on danse, dit soudain Yasmina.

Elle attrape la main de Laurent et se lève.

— Excellente idée ! dit Laurent, visiblement soulagé, alors qu'il la suit vers la piste de danse.

Un à un, les occupants du box suivent l'exemple de Yasmina et, très vite, il n'y a que Diane, Jean-François et moi autour de la table. D'habitude, je ne danse pas, mais j'ai assez entendu parler de Ferrari pour le restant de mes jours. Diane aussi, à en juger par son expression.

Je me lève et je lui offre ma main.

— Une danse, *chérie* ?

— Avec plaisir, dit-elle en me lançant un sourire éblouissant.

Vu les circonstances, elle pourrait le penser pour une fois.

Diane n'est pas une danseuse extraordinaire, mais elle a un bon sens du rythme et sa façon de bouger est agréable à regarder, malgré sa tenue malheureuse. Ses yeux sont encore plus agréables à regarder.

Diane est la seule personne que je connaisse dont les yeux arborent toujours un petit sourire secret. Comme si elle pouvait voir quelque chose d'amusant dans toutes les choses et chez tout le monde, à tout moment. Même quand elle est en colère ou qu'elle boude, ce petit sourire est toujours là, illuminant son joli visage et remontant mon moral d'une façon inattendue.

Un éclair de lumière attire mon attention loin des yeux de Diane. Ah, des paparazzi. J'avais l'habitude de tourner le dos ou de m'éloigner chaque fois que j'en apercevais un. Mais ces jours-ci, leurs intérêts et les miens sont parfaitement alignés.

Je pose donc ma main sur le bas du dos de Diane et l'attire plus près de moi.

— Il y a un photographe derrière toi, je murmure à son oreille. Nous devons nous embrasser.

— Doux ou moyen ? chuchote-t-elle.

Diane a mis au point un « Indice de chaleur de bisous » à quatre niveaux pour nous aider à naviguer dans les eaux troubles de notre fausse relation. Son échelle va de *doux* à *très épicé*. Le premier est un picotin que nous utilisons pour nous saluer et nous dire au revoir en public. Le niveau *moyen* implique un temps plus long de contact et plus de pression, mais nos lèvres restent scellées. J'ai le droit de l'initier sans demander la permission, même si un petit mot pour la prévenir est toujours apprécié.

Le niveau *épicé* correspond à un baiser à bouche ouverte, suggérant un jeu de langues à un spectateur innocent.

Ce niveau nécessite une autorisation préalable et il est réservé aux occasions spéciales. Je me dis que nos futures fiançailles en seront une.

Enfin, le niveau quatre – *très épicé* – est un baiser sans retenue et passionné, « langues et tout », comme dit Diane. Elle dit aussi qu'elle l'a inclus dans son indice comme point de repère plutôt qu'une option viable. Diane est catégorique là-dessus : un baiser *très épicé* restera hors de portée, à moins que des circonstances exceptionnelles, telles qu'une fin du monde imminente ou un risque réel qu'on soit démasqués, ne le justifient.

Je caresse la joue de Diane avant de glisser ma main vers sa nuque.

— *Épicé*. On est dans une boîte de nuit.

Je sais que je prends un gros risque. Une danse dans une boîte de nuit est loin d'être une « occasion spéciale », on est d'accord. Ma demande n'est pas justifiée, et je m'attends à ce qu'elle roule les yeux et me réponde par un « pas question ».

Diane arque un sourcil comme pour dire qu'elle a besoin d'une justification.

Je la fixe juste du regard, sans rien dire.

Elle me fait un petit signe de tête.

Avant qu'elle puisse changer d'avis, je la tire vers moi avec ma main sur sa nuque et je presse ma bouche contre la sienne.

Mes objectifs, mon entreprise, le monde entier deviennent sans importance alors que son délicieux parfum me remplit les narines et que la douceur de ses lèvres me submerge, corps et esprit. Elles sont délicieuses, enivrantes. Juste parfaites.

Chaque fois que nous nous embrassons, je suis frappé de réaliser combien j'aime ça.

J'ai médité avec les meilleurs coachs en France et à l'étranger pour atteindre l'état de *relaxation en pleine conscience* dans lequel on se vide la tête, en oubliant tous ses soucis. Je jure que je n'ai pas encore trouvé de chemin plus court pour parvenir à cet état convoité qu'embrasser Diane Petit me fait atteindre.

Elle passe ses bras autour de mon cou et colle son corps contre le mien.

On entend un appareil photo cliquer.

J'effleure les lèvres de Diane, les entrouvrant avec ma langue.

Elle me laisse faire. La serrant fort, je caresse son dos. Ma main droite glisse vers son fessier glorieux et y reste. Mes doigts sont écartés, mais je n'ose pas appuyer. La tentation de glisser ma langue plus profondément dans sa bouche et d'en boire le goût est si forte que je peux à peine y résister.

Pas de langues, je me rappelle. Elle ne veut pas de langues. Elle était très claire sur ce point.

La main de Diane caresse mon cou et m'agrippe la nuque comme si elle éprouvait du désir pour moi.

On fait semblant. On fait semblant. On fait semblant...

Elle enlève sa main et s'écarte de moi.

— On y va ?

Je suis tellement enivré par ce qu'on vient de faire que j'ai besoin d'un moment pour revenir à la normale.

De même pour mon érection.

Diane se met sur la pointe des pieds et me chuchote à l'oreille :

— Maintenant, Sébastien. Si tu me prends par la main et qu'on file dehors comme s'il y avait feu au lac, tout le monde va croire qu'on est allés baiser.

10
SÉBASTIEN

Je hèle un taxi.

— 14 rue Didot, j'indique au chauffeur.

En général, j'accompagne Diane chez elle avant de rentrer à la maison. Parfois, je reste une petite heure, vérifiant mes e-mails sur mon smartphone ou lisant un livre pendant que Diane arrange son appartement ou édite des photos.

Elle appelle cela un « cinq à sept ».

Les rares fois où nous sommes allés à mon hôtel particulier après un rendez-vous, j'ai insisté pour qu'elle y reste la nuit, mais elle a toujours une bonne raison de retourner à son appartement.

En traversant la ville, j'ai douloureusement conscience de la cuisse de Diane qui frôle la mienne.

Ressaisis-toi, mec.

Elle n'est même pas mon genre. Je suis sûr que je réagis de cette façon parce que je n'ai pas eu de relations sexuelles depuis des mois, depuis qu'Ingrid m'a quitté. C'est simple : ce n'est pas lié à Diane, c'est juste moi qui suis resté trop longtemps sans femme. C'est décidé – je me taperai une nana dès que Diane et moi en aurons terminé, et je ne ferai pas le difficile. Le premier joli minois qui me tombe sous la main fera l'affaire.

Parce que d'ici là, bon sang, mon désir sera au sommet !

Je regarde par la fenêtre, surpris de voir que nous passons devant l'imposante porte rouge de l'Hôtel d'Hozier et d'autres bâtiments familiers de la rue Vieille-du-Temple. Le taxi nous emmène rive gauche en passant par le Marais. Cet itinéraire n'est praticable que de nuit. De jour, le maillage de rues à sens unique de mon quartier en fait un vrai cauchemar à traverser.

Mon hôtel particulier n'est qu'à quelques pâtés de maisons, caché derrière un jardin clos de murs, comme doit l'être un *hôtel particulier* parisien qui se respecte. Il n'appartient pas depuis très longtemps à la famille – un demi-siècle à peine –, mais j'espère qu'il le restera pour les générations à venir.

Une demi-heure plus tard, le taxi s'arrête devant l'immeuble de Diane. Je paie le chauffeur et suis ma promise dans les escaliers.

* * *

— Je ne suis pas très douée en cocktails, dit Diane en ouvrant l'une de ses armoires de cuisine. Mais je peux toujours nous préparer un gin-tonic.

Je m'assois à la table de la cuisine.

— Ça ira.

Ce que je voudrais vraiment, c'est un bon scotch, mais je m'étais déjà enfilé deux verres du meilleur whisky de la discothèque, alors un gin-tonic fera l'affaire. Ou n'importe quoi d'autre, d'ailleurs.

Diane me tend mon verre et s'assied en face de moi, remuant son propre verre entre ses mains.

— Quand tu m'as fait lire le contrat, commence-t-elle, tu as dit attendre qu'une certaine personne se manifeste.

— J'ai dit ça, moi ?

Elle acquiesce.

— S'est-elle manifestée ?

— Pas encore.

— De quelle manière penses-tu qu'elle va le faire ?

Je soupire et sirote lentement mon gin-tonic pour me donner un peu le temps de réfléchir. Diane a déjà bu la moitié du sien.

— Mon père nourrissait une véritable admiration pour ma mère, je lâche finalement. Il y a quinze ans, il a commis une terrible erreur et a couché avec une autre femme, une femme beaucoup plus jeune que lui, pour tout te dire. Cette femme a mis en ligne une vidéo, une *sex tape,* de leurs parties de jambes en l'air dès le lendemain de leurs ébats.

— Elle n'a pas essayé de faire chanter ton père d'abord ?

— Non, et c'est une preuve supplémentaire qu'elle était payée pour le séduire.

— Un piège à friqué, commente Diane.

J'acquiesce.

— Est-ce que ton père a essayé de discuter avec cette femme, d'en savoir plus sur ses motivations ?

— Impossible : elle s'est évaporée du jour au lendemain.

— Comment tes parents ont-ils surmonté cela ?

— Maman a dit qu'il avait violé les vœux sacrés du mariage et l'avait publiquement humiliée. Elle a fait ses bagages et l'a quitté.

— Elle est allée au Népal ? demande Diane.

— Je vois que tu es bien informée.

Elle arque un sourcil.

— En tant que ta *petite amie officielle* et bientôt *chère moitié,* il est de mon devoir d'être bien informée.

C'est pas faux.

— La première année, je continue, elle a pris un appartement à Versailles et un an plus tard, elle est allée s'installer au Népal.

— Qu'est-ce qu'elle fait là-bas, au fait ?

— Elle gère une œuvre de bienfaisance. Elle n'a pas remis les pieds à Paris depuis son départ.

— Sans blague ?

J'acquiesce.

— J'avais 19 ans quand elle a annoncé qu'elle quittait le pays, Raphaël avait 15 ans et Noah seulement 11. Raph et moi, nous avons choisi de rester ici avec papa. Noah est parti au Népal avec elle.

— Que s'est-il passé ensuite ?

— Papa… il a juste… perdu les pédales. La moitié du temps, il déprimait, et l'autre moitié il essayait de *se divertir*, souvent à l'aide de médicaments. Il y a dix ans, on l'a retrouvé mort.

Diane hoche la tête avec sympathie.

— Un suicide ?

— Une surdose, probablement, dis-je. Le rapport d'autopsie n'a pas été clair là-dessus.

— C'est une histoire très triste.

Je pose mon verre vide sur la table à côté de celui de Diane.

Elle remplit les deux.

— Alors, tu crois que quelqu'un a orchestré cette sombre histoire qui a conduit à la chute de ton père et va maintenant essayer de te faire la même chose ? C'est pas un peu tiré par les cheveux ?

Ça peut effectivement le paraître.

— Il y a un an, j'ai rencontré une femme. Je suis tombé amoureux. Elle est très belle et issue de l'une des familles les plus respectables et les plus riches du pays. Nous avons commencé à nous voir et les choses prenaient bonne tournure. Elle a emménagé chez moi. J'ai même pensé la demander en mariage.

Diane hoche la tête comme si elle le savait déjà. C'est fort possible, si elle lit des magazines à potins.

J'avale la moitié de mon verre et désigne celui de Diane.

— Va falloir rattraper ton retard.

— Ah oui ! s'exclame-t-elle avant d'en avaler une bonne gorgée. Et ensuite, qu'est-ce qui s'est passé ?

— Je suis soudainement devenu populaire auprès des jolies femmes.

Elle incline la tête sur le côté.

— Pourquoi soudainement ? Tu es riche, tu es beau...

— Attends, tu viens de dire que je suis beau ?

Diane porte son verre à ses lèvres et marmonne :

— Façon de parler...

Puis elle repose son verre et relève le menton en signe de défi.

— Disons que c'est ce que j'ai dit. Tu *es* un bel homme. Mais cela ne fait pas de toi un type bien.

Je réprime un sourire. Je ne sais pas pourquoi l'aveu de Diane me fait autant plaisir.

— Bien envoyé, je rétorque.

— Continue ton histoire.

— J'en étais où déjà ?

— Aux assauts d'allumeuses sur Darcy.

— Ah oui ! Alors, tout à coup, d'exquises créatures me tournaient autour. Naturellement, je suis devenu méfiant. C'était comme si quelqu'un essayait de rejouer l'histoire qu'avait connue mon père.

— Ou peut-être que tu te fais des films, dit-elle avec un clin d'œil.

Je souris.

— Tu as raison. Je suis paranoïaque. Qui voudrait me faire du mal, à moi le plus inoffensif et gentil gars du monde ?

Le visage de Diane n'a plus du tout l'air amusé. Je suis sûr qu'elle pense à son père maintenant et à ce que je lui ai fait. Ça me dérange. Je me demande... Est-ce qu'elle me déteste toujours autant qu'avant ? Ou est-ce que nos conversations et nos baisers, même faux, ont adouci sa façon de penser ? Y a-t-il une chance qu'elle apprécie réellement ma compagnie ?

Et mes baisers ?

Elle regarde ses mains, visiblement agacée.

Je ne devrais pas m'en soucier. Elle n'est *pas* ma petite amie, pas même une amie. Peu importe ce qu'elle pense de moi. Peu importe si elle aime me parler ou m'embrasser. Il ne s'agit *strictement que d'un contrat* entre nous, et ça va le rester.

— J'ai beaucoup d'intuition, dis-je pour rompre le silence. Et cette intuition me dit que quelqu'un tirait les ficelles de ces deux affaires, celle de mon père et la mienne.

— Et donc, comment s'est terminée cette prise d'assaut d'admiratrices ?

— Ingrid est devenue très jalouse, dis-je. Malgré les preuves de ma loyauté que je lui ai données, sa confiance était brisée. Elle n'arrêtait pas de dire qu'il n'y avait pas de fumée sans feu. Cela m'a rendu complètement dingue.

— Tu aurais dû lui parler de tes soupçons.

— Je l'ai fait. Mais elle s'était déjà trop éloignée de moi. Elle a répondu que je me cramponnais aux branches en inventant de ridicules théories du complot pour justifier mes écarts de comportement.

— Parce que tu veux dire que tu n'as pas *batifolé* du tout, c'est ça ?

— Bien sûr que non ! J'étais simplement poli avec ces femmes, je dis en la toisant. Quoi qu'il en soit, Ingrid et moi, on a rompu quelques semaines plus tard.

— Qui a largué qui ?

Je hausse les épaules.

— Elle m'a dit qu'elle partait. Je n'ai rien fait pour l'arrêter.

— Je vois.

— Miraculeusement, les aguicheuses ont disparu peu de temps après. Tu ne trouves pas ça étrange ?

— Peut-être bien...

— Quoi qu'il en soit, j'ai surmonté cette épreuve plus facilement que prévu. Je me suis plongé dans le travail et je suis passé à autre chose.

Elle sourit.

— Ton ennemi imaginaire a dû être fort déçu.

— Je t'assure qu'il ou elle est bien réel. Mais tu as raison, je crois que cette personne a regretté d'avoir mis son plan à exécution trop tôt. Je suis sûr que cette fois, il attendra que je sois marié pour lancer l'attaque.

— Ouais...

On dirait qu'elle essaie de se retenir de sourire.

Je me frotte le front.

— Diane. Je sais que ça peut paraître bizarre. Même Raphaël, qui a assisté à la débâcle de Papa, n'en est pas complètement convaincu... Mais moi, je *sais* que je suis sur la bonne voie.

L'expression de son visage perd son côté amusé et prend un aspect plus compatissant.

— Mets-toi à ma place, dis-je dans l'espoir de capitaliser sur cette graine de sympathie. Peux-tu imaginer à quel point il est difficile de soupçonner tout le monde autour de soi ? Je veux dire *vraiment tout le monde* – famille, amis, connaissances, employés de maison, concurrents, subordonnés... tout le monde !

Elle acquiesce.

— Ça doit être dur.

— Je me suis coupé de pas mal de personnes... Seul Raphaël – ainsi que toi à présent –est au courant de mes soupçons et de mon plan. Tous les autres doivent l'ignorer pour éviter les fuites.

— Sage décision.

S'ouvrir à Diane est un énorme soulagement pour moi. Son intelligence naturelle et sa curiosité l'empêchaient de jouer pleinement son rôle sans avoir l'intégralité du scénario. Non pas qu'elle n'ait pas fait du bon travail, mais... disons simplement que je suis impatient de l'avoir impliquée à cent pour cent.

— Il y a quelqu'un qui m'est très cher, poursuit Diane, quelqu'un qui n'allait pas bien pendant un bon moment – d'une façon différente de la tienne, mais quand même. Elle a vu un psy. Elle va beaucoup mieux maintenant.

Oh génial, il ne manquait plus que ça !

Elle doit penser que je suis devenu fou. *Cent pour cent impliquée, mon œil.* Pourquoi je lui ai raconté tout ça ? Pourquoi je n'ai pas gardé le secret sur mes intentions, comme je l'avais prévu ? Ce gin-tonic a dû me délier la langue.

— Je n'ai pas besoin d'un psy, je lui lance, agacé.

— Non, bien sûr.

Elle me regarde droit dans les yeux.

— Peu importe en fait. Je suis ici simplement pour faire un travail et récupérer mon pognon.

— Oui, bien sûr, dis-je.

— Et quand penses-tu que cet ennemi va se manifester ?

— Pendant notre lune de miel.

— Pourquoi à ce moment ? demande-t-elle.

— Pour être sûr de frapper pendant que le fer est encore chaud et pour maximiser l'effet dévastateur qu'il aurait sur moi.

— Et s'il décidait d'attendre ?

— Il – ou elle ou même eux – ne le fera pas, j'affirme. Il manque de temps et d'occasions. Avec mon ancienne petite amie, il n'a même pas attendu que nous soyons fiancés.

— Et tu es sûr que tu vas l'attraper cette fois ?

— Oh que oui ! Dès qu'une nouvelle admiratrice fera son entrée, je louerai les services d'un détective privé qui la suivra sept jours sur sept, 24 heures sur 24. Je serai prêt.

Elle acquiesce.

Nous finissons nos boissons en silence.

— Tu devrais rentrer chez toi à présent, dit Diane.

Elle a raison.

Je sors mon téléphone et j'appelle un taxi. Du repos me fera le plus grand bien.

Demain matin, je me lèverai à six heures et demie, comme

d’habitude. Je ferai une heure d’exercice puis j’irai au bureau. Les grasses matinées sont un luxe que je ne peux pas me permettre. Même le week-end. Il y a tout simplement trop de choses à faire : de nouveaux marchés à conquérir, d’anciens concurrents à décimer et un traître à démasquer.

11

DIANE

Je suis médusée au point que j'en oublie de fermer la bouche.

Le paysage qui s'ouvre devant moi alors que Greg quitte la sinueuse route de campagne et engage la voiture sur une allée de gravier bordée de grands chênes me coupe le souffle. Nous sommes au début du mois d'avril et les chênes centenaires sont sortis de leur léthargie hivernale. Leurs branches regorgent de bourgeons et de jeunes feuilles vert pâle. Je sors la tête et jette un coup d'œil par la vitre. De chaque côté de l'allée, des pelouses verdoyantes s'étendent au loin, sentant l'herbe fraîchement coupée.

Ah, j'aime cette odeur !

Ça me manque tellement à Paris.

Mais ce ne sont ni les majestueux chênes ni les vastes étendues d'herbe qui me coupent le souffle. Au bout de l'allée, le château d'Arcy du Grand-Thouars me subjugue. Un mélange de styles médiéval et Renaissance, il me rappelle le château des Milandes dans le Périgord, que j'ai visité avec mes parents, Lionel et Chloé à l'époque où Lionel était encore en bonne santé. Cette bâtisse est plus petite, mais tout aussi élégante et romantique. Quant à son grand escalier menant à l'entrée principale, il est digne d'un tapis rouge parsemé de stars de cinéma.

Je suis consciente de mon ridicule à me prendre pour Elizabeth à la vue de Pemberley, mais je ne peux pas m'en empêcher. La vue est trop belle.

Eh oui, je reste une gaucho indécrottable.

Eh non ! je ne pense pas que les privilèges devraient être donnés à la naissance – on devrait les gagner au mérite.

Eh oui ! encore une fois, je pense toujours que l'aristocratie avec ses titres archaïques, ses noms pompeux et ses airs de croire que tout lui est dû devrait être reléguée dans le passé.

Mais pour le moment, toutes ces considérations morales se cachent dans les recoins les plus profonds de mon cerveau, laissant place à la fascination.

— Que pensez-vous du château, Mademoiselle ? demande Greg en souriant dans le rétroviseur.

Je réalise que ma bouche est béante et je la ferme rapidement. Mes joues sont en feu.

Il tourne les yeux vers le château.

— Beau, n'est-ce pas ?

— Oh que oui !

— Monsieur Darcy a atterri à l'aéroport d'Auxerre il y a une heure, dit-il. Je ne suis pas sûr qu'il soit arrivé au château.

— Si, il est déjà là. Il vient de m'envoyer un texto. Raphaël est arrivé la nuit dernière en même temps que quelques autres personnes.

— Vous allez beaucoup vous plaire ici, dit Greg.

Je n'en suis pas si sûre.

Darcy a insisté pour que nous passions un long week-end dans le château de ses ancêtres en Bourgogne, arguant que ce serait étrange de ne pas emmener ici sa future fiancée. Aussi incroyable que cela puisse paraître, je n'ai jamais visité cette région. Eh bien, je vais maintenant avoir droit à un tour d'initiés !

Ne suis-je pas chanceuse ?

Au programme du week-end : visite du château, de son parc avec ses jardins à l'anglaise et de ses caves à vin. Nous avons aussi prévu de traverser des villages voisins et de tester leurs meilleurs restaurants. Mais le point culminant de notre week-end sera la principale attraction touristique locale : la grotte Darcy et son art rupestre de l'âge de glace.

Dès que Greg arrête la voiture, un jeune avec un sourire timide m'ouvre la portière en marmonnant un : « Bonjour et bienvenue au château. »

Avant que je ne puisse me présenter, il attrape mon sac de voyage et se précipite vers l'intérieur.

Je regarde dans sa direction en clignant des yeux.

— Merci, Roger, lui dit Darcy alors que les deux hommes se croisent dans l'escalier, l'un montant et l'autre le descendant.

Je note la tenue décontractée de mon *petit ami* et détourne rapidement les yeux. Son jean et son pull en cachemire épousent sa silhouette mince et musclée d'une façon discrète mais indéniablement virile.

Je suis sûre qu'il n'avait pas l'intention que ça soit sexy.

Sauf que ça l'est.

Il me donne un baiser niveau « doux ».

— As-tu fait bon voyage ?

— Oh, ça va, c'est seulement à deux heures de route de Paris.

— Ça aurait pu être deux heures *déplaisantes*, dit-il en haussant un sourcil.

Est-ce qu'il essaie de blaguer ? J'étudie les traits de son visage. Sa bouche ne sourit pas et il n'y a aucune strie autour de ses yeux ni aucun autre signe d'humour perceptible.

Hum… Difficile à dire.

Il le fait de plus en plus souvent – s'exprimer d'une façon que, venant de toute autre personne, je qualifierais de blagues. Mais venant de Darcy… il n'est tout simplement pas ce genre de personne.

Un homme peut-il développer son sens de l'humour après trente ans, comme certains développent de l'arthrite ou une calvitie précoce ?

— Ton château est splendide, je dis.

— Il n'a pourtant rien de spécial. La Bourgogne regorge de dizaines de châteaux similaires, et quelques-uns sont plus *impressionnants* que celui-ci. Mais il a bien une particularité qui le rend unique.

— Laquelle ?

Darcy lève une main, paume en avant, comme pour dire « *Minute* ». Il se tourne vers Greg, qui vient de garer la Prius entre la Ferrari rouge vif de Raphaël et une autre voiture de sport et se dirige maintenant vers nous.

— Madame Bruel vous conduira dans votre chambre, dit-il à Greg. Vous êtes libre de vaquer comme bon vous semble jusqu'au dimanche soir.

— Merci Sébastien. J'ai des amis sur Auxerre. Ce sera formidable de les revoir.

— Prenez la Prius, je conduirai la Lamborghini.

Darcy se retourne vers moi.

— La particularité de ce château est qu'il n'a jamais changé de propriétaire. Il a été construit par le chevalier Henri d'Arcy du Grand-Thouars à la fin du XVIe siècle.

— Oh, mon Dieu ! je m'écrie en collant la main sur ma bouche. Le possède-t-il toujours ? Est-il devenu un fantôme ? Est-ce qu'il traîne des chaînes ? Je peux le rencontrer ?

Les lèvres de Darcy forment ce sourire un peu tordu et maladroit que je déteste à cause de l'effet qu'il produit dans mon ventre.

— Ce que je voulais dire, reprend-il, c'est que le château est resté dans la famille. Son propriétaire actuel est mon frère Noah.

— Il est ici ? Est-ce que je vais enfin pouvoir le rencontrer ?

— Non. Il... um...

— Ne pouvait pas venir, je termine la phrase pour Darcy.

Noah ne se rend jamais à aucune fête ou événement organisés par ses frères aînés, pas même lorsque cet événement a lieu dans son propre château. La mère de Darcy non plus, d'ailleurs. Mais elle, au moins, a l'excuse de vivre au Népal.

Les traits de Darcy se durcissent.

— Au fait, dis-je pour changer de sujet et continuer sur un ton plus léger. Tu n'es propriétaire ni de l'île, ni du jet, ni du club, et maintenant tu me dis que le château ne t'appartient pas non plus.

— Exact.

J'arque un sourcil.

— Moi qui pensais attraper un *vrai* milliardaire...

— C'est le cas.

Il sourit à nouveau.

— J'ai hérité des Parfums d'Arcy, qui valent bien plus d'un milliard. C'est l'une des plus grandes entreprises familiales d'Europe. Sans parler des bricoles comme l'hôtel particulier à Paris et les appartements à Londres et à New York.

L'expression de fierté sur son visage est la même que celle que j'ai vue sur Liviu, le fils de neuf ans d'une amie de Jeanne. Il avait traîné sa mère à *La Bohème* pour pouvoir montrer à tout le monde son nouveau drone télécommandé.

Comme le dit le dicton, la seule différence entre les hommes et les garçons, c'est le prix de leurs jouets.

— Ouf ! je simule un soulagement. J'étais presque sur le point d'annuler le mariage.

Lorsque nous atteignons le sommet des escaliers et entrons à l'intérieur, une femme maigre d'une cinquantaine d'années me tend la main.

— Je suis Jacqueline Bruel, la gouvernante.

Je lui rends sa poignée de main.

— Diane. Très heureuse de faire votre connaissance.

— Tout le plaisir est pour moi, dit-elle avec un sourire sincère avant de me désigner un large escalier en bois à travers le hall. Mon bureau est au premier étage, deuxième porte à gauche. Frappez si vous avez besoin de quelque chose. Ou appelez-moi.

Elle se tourne vers Darcy.

— Je vais m'assurer que Diane a votre numéro, Jacqueline, dit-il en me conduisant à l'étage.

Contrairement à l'élégante villa de Ninossos et à l'hôtel particulier impeccablement entretenu, le château a l'air d'avoir connu des jours meilleurs. Tout ici est authentique et beau – mais tout menace également de s'effondrer à chaque instant.

Les lustres antiques seront les premiers à tomber, j'en suis sûre, suivis du plancher dont les lames craquent sous nos pieds.

— Ça a besoin d'un rafraîchissement, hein ? dit Darcy en suivant mon regard.

J'acquiesce.

— J'ai failli appeler Chloé il y a un mois, voyant quel beau travail de réhabilitation elle avait fait à *La Bohème,* avec goût en respectant le style, mais...

Il s'interrompt et soupire.

— Ce château est celui de Noé. Alors il faut au moins qu'il soit d'accord pour le restaurer.

Quand nous arrivons au deuxième étage, Darcy ouvre une porte qui grince et se dégonde presque en signe de protestation, laissant apparaître une pièce spacieuse.

— La chambre des maîtres, dit-il. Donc notre chambre. La salle de bain se trouve deux portes plus loin, sur la droite.

J'entre et regarde le grand lit à baldaquin, les hautes armoires et les commodes Art nouveau, ainsi que les taches de moisissure sur les murs. Le parquet est recouvert de beaux tapis, leurs motifs de fleurs bleues en parfaite harmonie avec le reste du décor.

Je cherche autour de moi un canapé comme celui de l'hôtel particulier de Paris, mais il n'y en a pas.

Darcy désigne une petite porte entre les armoires.

— Il y a une pièce adjacente juste là. Mes grands-parents, Bernard et Colette, qui ont été les derniers à rénover le château, faisaient chambre à part.

— Et je les en remercie ! dis-je, laissant tomber le poids de mes épaules de soulagement. Alors, qui sera là ce week-end ? J'ai vu la voiture de Raphaël dehors. Y aura-t-il d'autres personnes que je connais ?

— Geneviève, que tu as rencontrée à la fête d'anniversaire de Raphaël. Nous recevrons également le Dr Muller, c'est l'archéologue qui gère la grotte, et le maire du village avec sa femme. Tu rencontreras tout le monde au dîner ce soir.

Ah, je vois. La crème du bottin mondain du coin.

Quel dommage qu'Élodie ne puisse être ici aujourd'hui ! Elle a dû rester à Paris pour la fête donnée pour les 50 ans de son père, mais elle sera là demain matin. Darcy et moi irons la chercher à la gare.

J'ai hâte !

— Le dîner sera servi à vingt heures dans la grande salle, mais à quatre heures, nous nous retrouverons tous dans la cour pour visiter la grotte, annonce Darcy en se dirigeant vers la petite porte. Je te laisse te rafraîchir un peu.

— Quel est le code vestimentaire ? je demande.

Les usages en cours dans la bonne société me passent au-dessus de la tête, alors je préfère toujours me renseigner.

— Décontracté.

Il hésite une seconde puis ajoute :

— Du décontracté à ma façon.

Ha !

C'est la manière de Darcy d'admettre que ce qui passe pour du décontracté dans son milieu, c'est ce que les gens normaux appellent « apprêté ». *Mon* décontracté pour la mi-saison se compose de jeans larges bien usés et d'un pull ample. J'ai porté ce type de tenue lors de sorties censées être informelles avec les amis de Darcy. Eh bien, j'étais la seule. Les autres semblaient n'avoir pas reçu les mêmes consignes puisqu'ils étaient habillés comme pour un entretien à *Vogue*.

Quand Darcy a soulevé la question de m'acheter des vêtements il y a quelques semaines, j'ai promis de faire un effort. Et j'ai tenu promesse. J'ai acheté un jean et deux pulls dans un supermarché.

Au moins ils étaient neufs.

Pour les événements officiels qui nécessitent des robes, j'ai trouvé une solution qui ne demande de dépense supplémentaire ni à Darcy ni à moi.

J'emprunte.

Élodie et moi avons la même taille et mon idée initiale était de lui demander de me prêter une ou deux de ses petites robes noires qui conviendraient parfaitement pour toutes les occasions. Mais quelque chose m'en a empêché. Cela est peut-être lié à la façon dont Darcy me regarde, surtout lorsque je montre un peu de peau ou que je porte un pantalon plus serré que d'habitude.

C'est peut-être aussi dû à la façon dont mon stupide corps réagit à ces regards.

Ainsi, au lieu des petites robes noires sexy d'Élodie, j'ai choisi quelques-unes des robes informes de Manon qu'elle a conservées de sa période XL pour lui rappeler ce qui l'attend si elle reprend du poids. Ces robes m'engloutissent, leur épais tissu créant une barrière tel un bouclier entre moi et Darcy. Elles agissent comme des ceintures de chasteté. Et bien que cela m'agace et m'attriste d'en avoir besoin pour me cacher de Darcy, ainsi je ne prends aucun risque.

Dire que je n'ai même pas encore emménagé avec lui, c'est le pompon !

Hum, je me demande s'il existe une boutique en ligne proposant une version high-tech spéciale XXIe siècle d'une *véritable* ceinture de chasteté... Peut-être que je devrais en commander une.

Au cas où.

12

DIANE

Le docteur Muller, que j'imaginais être un vieux gentleman à la barbe blanche et affublé d'une canne, est en fait une jolie femme d'une petite trentaine d'années. Pourvue d'une puissante lampe-torche à la main, elle nous fait une visite guidée privée de la grotte Darcy, un vaste labyrinthe de grottes communicantes situées à seulement quinze minutes à pied du château.

Normalement, la grotte est ouverte au public même si, comme la plupart des grottes de France, elle se trouve sur un terrain privé.

Nous suivons le Dr Muller à travers des galeries et des salles de stalactites. Ici et là, des stalactites ressemblant à des glaçons grimpent chercher une étreinte avec les stalagmites. Quand les deux se fusionnent, on appelle cela des colonnes, explique le Dr Muller.

Nous nous dirigeons vers la salle des mammouths, qui abrite les plus anciennes peintures rupestres préhistoriques du pays. Le Dr Muller indique qu'elles ont autour de quarante mille ans.

Alors que nous sommes derrière elle, je ne peux pas m'empêcher de penser qu'elle ressemble davantage à un mannequin qui, selon toute vraisemblance, gagnerait sa vie en défilant sur des podiums plutôt qu'en arpentant des galeries souterraines. Son trench au genou et ses petites bottes bien ajustées attirent le regard vers ses jambes fines et galbées. Je parie que Darcy louche dessus en ce moment.

Même moi, une femme hétérosexuelle à cent pour cent, je ne peux m'empêcher de les admirer.

On ne peut nier que le Dr Muller est une bombe. Elle est intelligente, belle et élégante. Contrairement à moi, la *guillerette*, qui ne dispose pas d'un *nanogramme* de classe, selon les propres dires de mon futur ex-mari.

Pourquoi ne lui a-t-il pas demandé *à elle* de devenir sa fausse petite amie ?

Peut-être qu'il se la réserve pour quand il sera libéré de son ennemi et qu'il pourra avoir une véritable relation avec une femme convenable.

— Et voilà, dit le Dr Muller en se retournant. Nous sommes arrivés à la salle des mammouths. Je vous invite tous à contempler le plafond et les murs.

Des images saisissantes de mammouths, de lions et de rennes peintes en ocre et charbon parsèment la grotte. Les représentations sont simples et pourtant parfaitement dessinées, les animaux sont délicats et faciles à reconnaître malgré leur peu de détails.

— Je ne vois ni lapin ni renard, questionne Raphaël. Pourquoi donc ?

Le docteur Muller sourit.

— Les hommes préhistoriques de cette grotte ne dessinaient pas les animaux qu'ils chassaient.

— Ces peintures avaient-elles une fonction rituelle ? demande Geneviève.

— Nous le pensons, dit le Dr Muller en écartant une mèche de cheveux de son visage avec l'élégance d'une ballerine. Mais la vérité est que nous ne sommes certains de rien.

Je lève la main.

— Avez-vous trouvé des peintures représentant des humains ?

— Nous avons trouvé quelques représentations de femmes. Mais pas d'hommes. En tout cas pas d'hommes complets.

— Que voulez-vous dire ? demande Raphaël.

— Je veux dire : ça.

Le Dr Muller pointe sa lampe-torche vers le plafond sur un dessin qui semble familier.

Je regarde et réalise que c'est un pénis en érection. Ou, devrais-je dire dans ce contexte, un *phallus*.

Je lance un clin d'œil à Darcy.

— Un graffiti vieux de mille ans qui représente une quéquette et des couilles, eh bien ? Certaines choses ne changent jamais.

Juste avant de sortir de la grotte, j'aperçois une sculpture typiquement asiatique, immergée jusqu'au cou dans un petit étang formé par de l'eau ruisselant du plafond. Cette sculpture semble complètement hors contexte dans cette grotte préhistorique.

— Oh, ça, c'est un bouddha, dit le Dr Muller en suivant mon regard.

Je la fixe dans les yeux avant de répéter :

— Un bouddha.

Elle acquiesce.

Je me frappe le front.

— Mais bien sûr... que je suis bête ! C'est *le* célèbre Bouddha Baigneur de Bourgogne !

Darcy sourit.

En fait, ses lèvres s'étirent et il les entrouvre suffisamment pour que ce rictus puisse être considéré comme un sourire à part entière, le premier que je ne lui ai jamais vu faire.

Ça me fait fondre.

— Je peux expliquer ce qu'il fait ici, dit-il. Le Bouddha est prêté par le Louvre. Les conservateurs ont voulu voir ce que la variété particulière de bactéries de ce petit étang lui ferait.

— Il est ici depuis quinze ans maintenant, déclare le Dr Muller.

Je me tourne vers elle.

— Et ?

— Rien, dit-elle en écartant les mains. Aucun résultat particulier.

— Il faudrait que tu touches un mot à tes bactéries, dis-je à mon *petit ami*. Le Louvre compte sur elles.

— Oh, ça me rappelle un truc ! exclame le Dr Muller en direction de Darcy. Je dois discuter d'une question de toute urgence avec vous.

— Bien sûr, dit-il. Nous pourrons en parler après le dîner.

Elle ajoute quelque chose à voix basse, ne souhaitant manifestement pas que quelqu'un entende. Ça doit concerner les affaires, je me dis. Et être confidentiel. Peut-être a-t-elle surpris un membre de l'équipe en train de magouiller ou souhaite-t-elle négocier un poste supplémentaire de guide.

Quoi qu'il en soit, je suis contrariée… et agacée de l'être.

C'est alors que je vois Geneviève me regarder en train de détailler le Dr Muller en pleine discussion avec Darcy. Est-ce que je me fais des idées ou bien est-ce qu'elle jubile ?

Purée, qu'est-ce que j'ai hâte qu'Élodie soit là !

13
DIANE

Au dîner, je fais la connaissance du maire, un type adorable avec sa moustache, ses soixante-dix ans et son polo rentré dans son jean, à l'ancienne. Sa femme porte une veste en tweed rose et rit facilement de tout. Nous nous entendons immédiatement et discutons pendant presque tout le repas.

Alors que je commence à me dire que cette soirée n'est pas aussi affligeante que je le craignais, Darcy convie les invités à s'installer dans le salon pour une deuxième partie de soirée plus décontractée. Darcy et le Dr Muller se dirigent vers la fenêtre et entament une longue conversation. Geneviève accapare habilement la femme du maire, l'emmenant vers le canapé, derrière une imposante table basse.

— As-tu aimé la grotte ? elle me demande en me rejoignant.

Quelque chose me dit qu'en fait, elle s'en fiche. Sa question ne sert qu'à introduire un autre sujet.

— C'était impressionnant, dis-je honnêtement. J'ai adoré les peintures rupestres et j'ai appris beaucoup de choses.

Elle s'approche un peu plus de moi.

— Pénélope, c'est le prénom du Dr Muller. Cette femme, elle est étonnante, non ?

Et voilà.

— Absolument, dis-je.

— Tellement compétente, tellement pétillante ! Tu sais, elle est issue d'une longue lignée d'écrivains et d'universitaires.

— Tant mieux pour elle.

— Pénélope et moi sommes de très bonnes amies, dit-elle. J'ai tellement de respect pour sa réussite. À mes yeux, c'est plus important que l'argent ou les titres.

Elle me lance un long regard appuyé comme si elle essayait de déterminer si ses paroles avaient touché au but.

Je me retiens de lui répondre : « *Oui, j'ai bien compris tes insinuations malgré mon éducation limitée. Tu comptes me rappeler que je n'ai ni mérite ni argent, sans parler d'un titre. Tu sous-entends que je ne suis pas à ma place dans cette pièce. Mais tu sais quoi ? On est d'accord. Je ne suis pas des vôtres et je me demande ce que je fais dans cette galère. Si je n'étais pas liée par un contrat, je passerais mon temps avec Élodie et Manon à* La Bohème *au lieu de perdre de précieuses minutes de ma vie à écouter tes flatulences aristocratiques. Elles sentent aussi mauvais que les pets de la populace.* »

Malheureusement, je ne peux rien dire.

Fichu contrat !

C'est la première fois au cours des deux derniers mois que je me mords la langue aussi fort. J'ai déjà eu d'autres tentations du même genre, mais aucune d'entre elles n'a été aussi forte. Geneviève a été froide et indifférente, mais pas méchante. Tout comme les autres connaissances de Darcy.

La plupart de ses proches s'efforcent d'être amicaux sans se rendre compte qu'ils sont condescendants. Lorsque nous discutons, ils évitent les mots trop compliqués. Ils me trouvent « mignonne ». À leurs yeux, je représente la petite souillon dont Darcy s'est amouraché. Ils considèrent notre aventure comme son rite de passage, une exploration courageuse – et brève – du monde des roturiers.

Et je suis obligée de supporter toutes ces bêtises !

S'il y a une raison pour laquelle j'attends avec impatience l'annonce de nos fiançailles par Darcy, c'est pour voir l'expression de leur visage à ce moment-là. Surtout celle de Geneviève.

J'aperçois du coin de l'œil la forme de Darcy qui s'approche de nous.

— Puis-je te voler ma petite amie un instant ? il demande à Geneviève.

— Bien sûr, lui répond-elle avec un sourire pincé. Tu peux prendre ma place – j'allais discuter avec Raphaël, de toute façon.

Darcy pose son verre sur la table basse et s'assoit à côté de moi.

— J'espère que tu as apprécié ta première journée au château.

— Tout à fait, je dis. Jusqu'à il y a environ dix minutes.

Il ne demande pas pourquoi. Au lieu de cela, il me prend la main et la tient entre les deux siennes. Je lève mon regard vers son visage. Il me regarde avec une intensité qui aurait pu arrêter mon cœur de battre dans d'autres circonstances. *Oh la la !* Quiconque l'observant en ce moment dirait qu'il est fou de moi. Même moi, je dois me rappeler qu'il joue juste un rôle.

Et il est sacrément bon, comme dans tout ce qu'il fait.

Hum, voyons si je peux lui rendre la pareille. Je scrute ses prunelles marron foncé, remarquant une teinte que je n'avais pas vue auparavant. Un éclat d'or jaune. En fait, c'est de la couleur exacte du scotch qu'il sirotait avant de s'asseoir.

Est-ce que j'en sentirais la saveur sur sa langue si on s'embrassait ?

Juste à ce moment-là, il se penche pour m'embrasser et je murmure le nom de code *« très épicé »* sans pouvoir me retenir. Ses yeux marquent la surprise. Une fraction de seconde plus tard, il penche la tête et colle ses lèvres sur les miennes. Sa barbe du soir me picote le menton de la manière la plus agréable qu'il soit. Il passe sa langue sur mes lèvres et les mordille doucement. Je les lui offre. Sa langue pénètre profondément entre mes dents, contre mon palais et mes joues et pousse ma propre langue.

Darcy pousse, caresse, suce ma langue, livrant à ma bouche l'expérience la plus sensuelle et osée qu'elle ait jamais vécue.

Il fait l'amour avec ma bouche.

Le désir me submerge tel un éclair d'une douceur indicible. Je me retrouve penchée contre lui, m'offrant, en demandant encore plus. Moi qui méprise les couples qui ne peuvent pas retenir leur ardeur en public, je ne parviens pas à me détacher de lui.

Au diable ce que les autres en pensent !

Il a le goût du whisky mélangé à quelque chose d'essentiellement masculin. Ce goût, combiné à son parfum, me fait tourner la tête, me propulse dans un territoire inconnu qui frise l'abandon total. Mes seins pointent en direction d'une de ses mains, lui réclamant des caresses. Son autre main, je la veux entre mes cuisses, là, maintenant.

J'en ai *besoin* entre mes cuisses.

Il n'y a qu'un mot pour qualifier l'effet que me procure ce baiser : la folie.

Je perds la raison.

Et ça m'est égal.

Tout aussi brusquement qu'il a commencé à m'embrasser, Darcy s'arrête net et se recule.

Je respire de nouveau et rouvre les yeux.

Il me regarde. Il n'y a plus d'espièglerie ni la moindre nuance d'ambre dans ses yeux. Son regard est sombre et ses lèvres rouges à cause de notre baiser.

Il se retourne et dit quelque chose à quelqu'un sur sa droite.

Je cligne des yeux pour en éliminer la brume et me concentre sur l'homme à qui il parle.

C'est Raphaël.

L'audition me revient et avec elle, un profond sentiment de malaise.

— Je lui en parlerai lundi matin, à première heure, dit Raphaël.

Darcy hoche la tête.

— Fais-le, n'oublie pas.

À côté de Raphaël, Geneviève me scrute, feignant à peine d'écouter ce que lui dit sa « très proche » amie, Pénélope.

Pénélope, elle, regarde sa montre et se lève.

— Je devrais y aller, annonce-t-elle.

— Vous devriez rester, dit Darcy. Il est tard et il y a beaucoup de chambres vides dans ce château.

Elle hésite.

— Le village est à seulement vingt minutes. Je peux rentrer, je suis une grande fille.

— Pénélope, insiste Darcy avec de l'autorité dans sa voix. Je n'aime pas l'idée de vous savoir seule à conduire sur des routes de campagne, dans l'obscurité, à cette heure-ci.

Elle le regarde sans rien dire.

— Vous dormirez au château, annonce-t-il en sortant sont téléphone. Je préviens Jacqueline pour qu'elle puisse vous procurer tout ce dont vous avez besoin.

— C'est très gentil de votre part, Sébastien, répond Pénélope tout sourire. Je vous remercie.

J'approuve le geste de Darcy, mais je ne peux m'empêcher de souhaiter que Pénélope ait refusé. L'idée de la voir dormir dans l'une des chambres d'invité sous le même toit que Darcy m'est pour le moins déplaisante.

Est-ce qu'il va la rejoindre plus tard ce soir, afin qu'ils puissent poursuivre leur *conversation* ?

Non, il ne le fera pas. Il ne ferait jamais rien qui puisse nous faire démasquer. Cet arrangement est bien trop important pour lui.

Au moment où je soupire de soulagement, une pensée m'assaille.

Je suis jalouse.

Sinon pourquoi est-ce que je me préoccuperais du fait que Darcy et Pénélope passent la nuit ensemble ?

Détends-toi, ma grande.

Ce que tu éprouves est une variante du syndrome de Stockholm, lorsque les otages finissent par défendre le méchant parce qu'ils ont passé trop de temps trop proches de lui. La différence entre la version classique du syndrome et la mienne, c'est qu'au lieu d'adhérer à la cause de Darcy, je me rallie à son corps. D'un ralliement fervent.

Non, ça déconne là !

Répète après moi, Diane: « *Darcy est un imbécile. Il a ruiné mon père, ce qui a failli le tuer. Je ne peux pas désirer cet homme tout en planifiant sa chute. Mon rêve est de le voir détruit.* »

Excellent, ça !

Et maintenant le refrain.

Je le déteste.

Je le déteste.

Je le déteste.

14
DIANE

La peau d'Élodie scintille dans la douce lumière qui filtre à travers la haute fenêtre drapée de lin de cette pièce au plafond haut.

Je tripote les commandes de mon appareil photo.

— Tu peux pencher la tête un peu en arrière ?

— Comme ça ? demande Élodie.

— Oui, parfait.

J'appuie sur le déclencheur.

— Ne bouge pas.

Assise en califourchon sur une chaise en bois poli, elle me tourne le dos. La pâleur de sa peau contraste avec le bois sombre de la chaise et du plancher. J'étudie l'image sur mon écran de prévisualisation. C'est élégant et exempt de toute vulgarité, mais il y a une touche de délicieuse décadence qu'on ne peut que remarquer. Ça promet d'être parfait grâce à cet éclairage et à cet espace. Même si je pouvais me permettre d'avoir un studio professionnel pour mes portraits, je doute que je puisse trouver un meilleur cadre.

Je prends quelques clichés supplémentaires, toute à ma joie.

Ce sera le meilleur des trois shootings photo que nous avons réalisés jusqu'à présent. Cette séance a tout pour elle. Toutes les conditions y sont, dont trois en particulier : la beauté du corps d'Élodie, le charme shabby-chic de cette pièce et notre bonne harmonie stimulée par le meilleur Chablis de la cave à vin de Darcy.

— Tu en reprends ? je demande en attrapant la bouteille.

Elle prend son verre par terre et me le tend.

— Oui s'il te plaît. Tu penses qu'on aura terminé bientôt ?

— En fait, c'est déjà terminé, dis-je en remplissant son verre. J'allais prendre quelques photos de plus, juste au cas où. Mais si tu es fatiguée ou si tu as froid, on peut arrêter maintenant.

Avant qu'elle n'ait le temps de répondre, la porte derrière moi s'ouvre et Darcy entre. La surprise se lit dans ses yeux alors qu'il découvre la scène. Il semble encore endormi, les cheveux en bataille, pas rasé, et un verre de scotch à la main. Avec son jean usé et un vieux pull, le look est tellement en décalage avec sa personnalité que je ne peux pas m'empêcher de me demander s'il va bien.

Ensuite, je me souviens d'Élodie et je panique.

La pauvre doit être mortifiée. Elle va me tuer pour ça ! En plus, nos séances photo étaient censées rester secrètes, et personne ne devait savoir que c'était elle sur ces photos.

— Sors tout de suite ! je crie à Darcy.

— Je ne voulais pas être indiscret, dit-il avant de s'adresser à mon modèle, les yeux au sol : Je suis désolé, Élodie.

— C'est pas grave, répond-elle.

Il me regarde à nouveau en se retirant vers la porte.

— J'espère que je n'ai pas ruiné votre projet. Continuez, s'il vous plaît.

Je suis à deux doigts de l'engueuler.

À ma grande stupéfaction, mon amie se retourne, nue,

exposant pleinement à Darcy les parties les plus intimes de son corps qu'elle était tout à l'heure si soucieuse de cacher.

— Oh, bonjour Sébastien.

Les lèvres de Darcy se tordent en un rictus qui laisse place à un sourire poli.

— Bonjour, Élodie.

Elle prend son peignoir et l'enfile.

— Nous avions fini, en fait, et je partais. Alors pas d'inquiétude, vous n'avez rien gâché.

— Content de l'entendre, dit-il.

Élodie me lance un au revoir de la main.

— À plus tard !

— Je passe te prendre pour partir pour le restaurant, je réplique alors qu'elle se dirige vers la porte et la ferme derrière elle.

— Tu ne m'as jamais dit que tu faisais des portraits de nu, me dit Darcy.

— Notre contrat ne stipule pas que je te raconte tout.

— Est-ce que ça se vend bien ?

— Élodie et moi en sommes à notre troisième série, dis-je avec fierté. Alors ouais, mes nus semblent appréciés.

Il pointe ma caméra.

— Je peux en voir un ?

Mon premier réflexe est de dire non, mais je me souviens de l'attitude cavalière d'Élodie et je change d'avis. Comparées au spectacle non censuré qu'elle vient de lui présenter, mes photos sont tout juste interdites au moins 10 ans.

Je lui passe l'appareil.

Pendant qu'il scrute les photos, je l'étudie. Il aurait l'air de quoi, nu ? J'ai remarqué ses biceps un jour quand il portait un t-shirt. J'ai zieuté ses pectoraux à moitié visibles à travers ses chemises, d'innombrables fois. Son ventre est plat, ses épaules sont naturellement larges et ses hanches étroites. Tout suggère que c'est un beau mec. Ce que je ne sais pas, c'est si sa poitrine est velue. Je scrute ses avant-bras nus en guise d'indicateur. Hum... il doit probablement avoir des poils, mais pas trop. Si je trouve les bons réglages d'ouverture de l'objectif et d'exposition pour accentuer les jeux d'ombre et de lumière sur son torse, je pourrais prendre des photos fabuleuses.

— Tu voudrais poser pour moi ? je tente.

Il me lance un regard interrogateur.

— Seulement pour quelques photos... je balbutie.

Je m'attends à un refus sévère de sa part.

Il penche la tête de côté.

— T'es sérieuse ?

Le suis-je bien ?

— Absolument.

— Pourquoi ? Tu as du mal à trouver des modèles masculins ?

— Je n'ai pas cherché. Tu serais mon premier modèle.

Il jette un nouveau coup d'œil sur l'écran de contrôle de l'appareil.

C'est peine perdue. Il n'acceptera jamais mon offre effrontée. Jamais de la vie !

— Tu veux vraiment que je pose pour toi ? dit-il.

— Ouaip...

— Nu ?

J'acquiesce tout en précisant :

— Je rendrai les clichés aussi jolis et artistiques que ceux d'Élodie. Et je cacherai ton visage en shootant uniquement sur ton profil et par-derrière.

Il me tend l'appareil, un sourire plissant ses yeux.

— Seulement par amour de l'art...

Quoi ? Est-il en train d'accepter ma demande insensée ? Va-t-il vraiment le faire ?

Je me racle la gorge.

— Est-ce un oui ?

Il ne répond pas tout de suite. Une vague d'excitation honteuse court dans mes veines, me donnant le vertige. Elle me remplit les oreilles d'un bourdonnement agréable et m'étourdit. Darcy va se déshabiller devant moi. Il va tourner son corps de dieu grec selon mes indications. Je vais pouvoir me régaler de chaque centimètre de cette chair tendue et virile en toute impunité. Je prétendrai agir comme si j'étais une extension de mon appareil photo. À l'abri dans ce jeu de rôles artiste-modèle, je vais pouvoir parcourir à ma guise chaque trait de son beau visage.

Ça me choque à quel point j'ai envie qu'il dise oui.

— À une condition, prévient-il. Je garde mon pantalon.

Je fais de mon mieux pour cacher ma déception.

— Va pour le pantalon, dis-je, mais seulement le pantalon. Je veux que ta poitrine et tes pieds soient nus.

Il acquiesce.

— Je préparerai le décor pendant que tu te déshabilles, dis-je en essayant de faire « pro ». Nous devons nous dépêcher – cette lumière disparaîtra d'ici une vingtaine de minutes.

Il pose son verre sur le rebord de la fenêtre et passe son pull par-dessus sa tête avec la facilité d'un beau gosse qui ignore la pudeur.

Je ne bouge pas. Je le dévore du regard.

Il enlève ses baskets, ses yeux rivés aux miens.

Je regarde, comme hypnotisée.

Il retire ses chaussettes et se redresse.

— Tu ne devais pas t'occuper de quelque chose ?

— Euh, quoi ? je sors de ma transe. Oh, oui, merde ! Oui, c'est vrai.

Je me précipite autour de lui pour écarter la chaise et repousser légèrement le rideau. Mes joues sont en feu.

— Tu peux te mettre vers la fenêtre ? je demande.

Sans le regarder, je retourne à ma place, près de la table, et saisis mon boîtier.

Darcy se plante à droite de la fenêtre. Le haut de son corps est à tomber. Tous ses muscles bien dessinés et sa peau bronzée. Il dégage quelque chose d'incroyablement masculin. Un régal pour mon appareil photo.

Eh, eh, j'avais bien raison au sujet de son torse, poilu juste comme il faut.

— Appuie ta tête contre l'encadrement, je propose.

Il s'exécute.

Clic, clic, clic.

— Maintenant, tourne-moi le dos, lève les bras et place les mains de chaque côté de la fenêtre.

Il fait tout ce que je demande.

— Plus haut. Oui, comme ça. Penche-toi un peu en avant. Parfait. Ne bouge plus.

J'appuie sur le déclencheur.

— Laisse retomber ta tête contre ta poitrine... Bien... Maintenant, redresse-toi. Passe ta main droite derrière ton cou... Magnifique !

Je lui fais prendre une douzaine de pauses supplémentaires, chacune conçue pour mettre en valeur certains muscles de son dos et de sa poitrine, la courbe de ses épaules, la ligne de son cou puissant, sa mâchoire bien dessinée, ses abdos, ses hanches, son dos et ses pieds super sexy.

La beauté masculine est vachement sous-estimée !

—Que dirais-tu d'un nu ? je demande sur un coup de tête. Juste une photo, pour couronner la série.

Il me regarde sans rien dire. Son silence m'encourage.

— Je prendrai la photo de dos, rien d'indécent, et je la sortirai en noir et blanc. Allez, dis oui, s'te plait !

Son regard devient si intense que j'en suffoque. Littéralement. À un point que j'en oublie jusqu'à comment respirer. Quand il hoche la tête et me tourne le dos, je défaille avant de reprendre quelques inspirations qui me sauvent la vie.

Il vient d'hocher la tête ou je rêve ? Il va donc me faire un strip-tease, rien que pour moi.

Oh mon Dieu, oh mon Dieu, oh mon Dieu !

Incrédule, je le regarde dégrafer sa ceinture et descendre la fermeture éclair. D'un mouvement fluide, il baisse son jean et quitte ses sous-vêtements.

Mon regard parcourt ses mollets athlétiques et ses cuisses solides, et s'attarde sur ses fesses. Une partie de mon cerveau sait que je le regarde sans l'intermédiaire de l'appareil photo.

Une autre partie enregistre que ma culotte est toute mouillée.

— Alors ? demande Darcy sans se retourner. Tu le prends, ce cliché ?

Je lève le boîtier et j'appuie sur le déclencheur, encore et encore.

— C'est plus qu'une photo, dit-il.

— Il me faut quelques angles différents pour choisir la meilleure image.

Et pour les contempler ensuite.

— Voilà, c'est terminé, je dis un instant plus tard. C'était très gentil de ta part, Sébastien.

— Je t'en prie.

Je perçois un sourire dans sa voix quand il ajoute :

— Je suis content d'avoir pu t'aider, Diane.

Je me tourne vers la porte, étreignant mon appareil photo.

— Je te laisse un peu d'intimité pour te rhabiller.

— Merci.

Alors que je sors et que je referme la porte, je sais déjà que je vais passer des heures à examiner la série, à inventer de nouvelles façons de recadrer les photos, juste pour avoir une bonne excuse pour les contempler.

Surtout les dernières.

15
DIANE

Haïr un homme 24 heures sur 24, 7 jours sur 7, pompe votre énergie. Peut-on reprocher à une femme d'avoir besoin d'une pause ?

C'est rien d'autre que ça – juste une pause. Chaque fois que je me trouve à apprécier la compagnie de Darcy, je me dis que cela signifie simplement que je m'offre un répit après une période de haine continue. Malin, non ? Dans cette optique, il n'y a aucune raison de paniquer chaque fois que je me surprends à fantasmer sur le corps de Darcy ou à admirer un trait de son caractère.

Cette théorie est le seul moyen de justifier ce qui s'est passé en Bourgogne. Demander à Darcy de me donner un baiser « très épicé » était déjà assez grave. Je peux me dire que je l'ai fait pour rendre jalouse Geneviève, qui m'irritait le poil, mais comment expliquer que je me suis presque liquéfiée sous l'intensité de ce baiser ? Et comment expliquer que j'ai pu demander à Darcy de se déshabiller et de poser pour moi ? Un coup de folie ? Une tentative de mon inconscient de saboter mon propre plan ? Un aveu de ma défaite ?

Je préfère de loin l'hypothèse que *tout le monde a besoin d'un répit.*

Finalement, peu importe, revenons à nos moutons. Je suis debout à côté de Jeanne, au milieu du vestibule de *La Bohème*, regardant le long mur sans fenêtre qui fait face à l'entrée. À la demande de Jeanne, Chloé l'avait équipée de petits crochets et de cimaises afin de pouvoir servir de galerie d'art pour exposer les peintres locaux.

— Tes photos de toits parisiens seraient parfaites pour ma première exposition, déclare Jeanne.

— Je suis flattée, vraiment ! dis-je. Mais je ne voudrais pas que tu te sentes obligée de m'offrir cette opportunité simplement parce que je suis la sœur de Chloé.

— Si je t'offre de t'exposer c'est parce que j'adore ces photos, un point c'est tout !

Jeanne lance un clin d'œil en ma direction avant d'ajouter :

— Mais ne t'attends pas à ce que je paie pour les tirages sur papier.

— Quelle idée ! C'est absurde, ce serait même à moi de te payer pour que tu m'exposes, pas l'inverse !

Nous nous mettons d'accord sur la taille et le nombre de tirages, et Jeanne retourne derrière le comptoir. Je contemple encore le mur, toute à mon excitation. Afficher mon travail hors du monde virtuel, imprimé et encadré, c'est franchir une étape pour devenir une vraie photographe. Peu importe le nombre de photos que je vendrai, je n'attends aucun profit de cette exposition. Elle représente mon rite de passage d'amateur à professionnelle.

Manon passe près de moi avec un plateau garni et articule : « Cinq minutes. » Ce qui signifie qu'elle est sur le point de prendre une pause-café et qu'elle veut que je reste dans les parages. Je m'installe à une table près de la fenêtre et me plonge dans un polar.

La voix de Manon me tire de mon roman quelques minutes plus tard.

— Comment tu peux apprécier ce genre de littérature ?

— C'est quoi ton problème avec les romans policiers ?

Elle s'assoit et pose un cappuccino et un expresso sur la table.

— Toute cette violence, tous ces crimes...

— Ce que j'aime dans ces livres, c'est surtout l'intrigue et la détermination à coffrer le coupable, dis-je en penchant la tête en sa direction. Ce que, *moi,* je ne comprends pas, c'est comment tu peux aimer les romans d'amour.

— Par où commencer ? dit-elle en me lançant un regard rêveur. Le frisson de l'amour qui s'intensifie, le dépassement des obstacles, la garantie du dénouement heureux à la fin...

— Ça, ça n'arrive pas dans la vraie vie.

— Si tu veux dire que nous allons tous mourir à la fin, je suis d'accord, acquiesce-t-elle en me faisant un clin d'œil. Mais les livres d'amour ne parlent pas de la vie éternelle. Ils parlent d'amour éternel.

— Et ça existe, ça, l'amour éternel ?

Elle me regarde, perplexe.

— Tu viens de te fiancer. Tu ne devrais pas être un peu plus... optimiste ?

— Je devrais... je veux dire, oui, bien sûr, je le suis.

Je lance un regard à l'énorme diamant à mon doigt avant de poursuivre :

— C'est juste que... Les couples se font et se défont. Ou les gens restent ensemble, mais se détestent mutuellement. C'est la vraie vie, regarde autour de toi.

— D'accord, énonce-t-elle en hochant la tête, une étincelle de malice dans les yeux.

Puis elle se tourne vers le bar.

— Autour de moi, euh ? Voyons voir... Oh, tiens, voilà Jeanne !

Manon se retourne vers moi, rayonnante.

Je sais exactement ce qu'elle va dire.

— Aux dernières nouvelles, dit Manon, sa voix pleine de gaieté, Jeanne était toujours amoureuse de son mari Mathieu.

Je hausse les épaules.

— C'est l'exception qui confirme la règle.

— Et Chloé et Hugo ? m'interroge Manon en fronçant les sourcils. Combien de temps leur donnes-tu à ces deux-là ?

Très longtemps, en fait. Jusqu'à ce que la mort les sépare.

— Mes parents ont divorcé, je dis. Comme ceux de Sébastien, d'Élodie et beaucoup d'autres personnes que je connais.

— Je te l'accorde, réplique Manon. Tous les couples ne restent pas ensemble pour toujours. Dans la vraie vie, la moitié d'entre eux se séparent.

— Ah ! Tu vois.

— Mais l'autre moitié reste ensemble et continue à s'aimer, comme dans les romans d'amour. Et beaucoup de divorcés se remarient et sont heureux dans leur nouveau couple, insiste-t-elle en me tapotant l'épaule. On peut voir le verre à moitié plein ou à moitié vide, c'est juste une question de perspective.

— Ou une question de chance.

— Peut-être, dit-elle en se frottant le menton. Ou peut-être que le secret c'est de bien se connaître pour repérer la personne qui est faite pour nous.

— Repérer ? Ce n'est pas comme s'il y avait une alarme dans notre tête qui se mettrait à sonner.

Je serre mes mains autour de ma bouche :

— Driiiing, driiiing, alerte générale ! Cible en vue ! L'individu à trois heures est le type qu'il me faut. Je répète : cible à trois heures. Action, action, action !

— Ce n'est pas comme ça que ça marche, rétorque-t-elle avec un sourire pour le serveur, Amar, qui passe en regardant Manon comme si elle était la huitième merveille du monde.

— Ce n'est pas toujours évident du premier coup d'œil,

poursuit-elle, mais quand on a passé du temps avec lui, on sait que c'est le bon. Crois-moi.

Quelle chance elle a !

Moi, je n'ai jamais ressenti pour personne ce sentiment d'évidence.

Je suppose que je ne me connais pas encore assez bien.

16
SÉBASTIEN

Se refuser quelqu'un qu'on désire et qui vous désire également demande trop d'énergie. Peut-on reprocher à un homme d'avoir besoin d'une pause ?

Je soupçonnais que Diane avait un faible pour moi depuis mars, mais le voyage en Bourgogne a levé mes derniers doutes. Jamais je n'oublierai notre baiser « très épicé » ni le regard sur son visage quand elle m'a demandé de poser pour elle. Encore plus difficile d'oublier la joie qui a envahi ses jolis yeux quand j'ai accepté sa proposition. Sans parler de son désir refoulé qui rendait sa voix rauque quand elle me dirigeait ni de la couleur de ses joues quand elle s'est mise à prendre des photos.

Comment j'ai réussi à ne pas aller frapper à sa porte cette nuit-là, ça me dépasse.

Je regarde par la fenêtre de la voiture alors que je roule en direction du 9e arrondissement. Je dois rejoindre Diane et sa bande à *La Bohème* ce soir, où ils regardent une émission sur le nouveau téléviseur du bistrot. Mon plan initial était d'emmener Diane à l'Opéra, mais elle a dit qu'elle ne manquerait ce programme pour rien au monde.

Pourquoi diable ai-je acheté les billets sans vérifier d'abord si elle était disponible ? Je suppose que je voulais lui en faire la surprise. Comme si je ne savais pas déjà que Diane n'était pas le genre de femme qui saute de joie devant deux billets en fauteuils d'orchestre pour *La Traviata*.

Je souris et secoue la tête.

Elle est l'exact opposé de ce genre de femme.

Mises à part celles qui vivent dans des huttes faites de boue avec moins d'un dollar par jour, Diane est aussi éloignée de mes centres d'intérêt et de mon mode de vie qu'une femme occidentale peut l'être. Et c'est pourquoi je me suis interdit de frapper à sa porte en Bourgogne. Quel imbroglio ce serait de faire l'amour avec la femme que j'ai embauchée pour jouer le rôle de ma fiancée ! *Embauchée* et *jouer* sont ici les mots clés. Coucher avec elle pourrait donner à Diane de mauvaises idées. Et s'il y a bien une chose qu'un *gentleman* ne fait jamais à une femme – quelle que soit son origine sociale –, c'est de la laisser se bercer d'illusions.

Patience.

Encore deux petits mois de cette mascarade et elle sortira définitivement de ma vie.

Je gare la Lamborghini au coin de la rue Lafayette et de la rue Bleue et j'en sors.

En descendant la rue Cadet, je remarque une foule inhabituellement nombreuse qui bloque la terrasse du trottoir du bistrot. Nous sommes au début du mois de mai et il fait suffisamment doux pour siroter un Kir Cassis à l'extérieur, mais cela n'explique pas toutes ces chaises supplémentaires, toutes ces personnes debout dans les allées et d'autres assises sur leur sac à dos. Et tout le monde – je dis bien tout le monde – a la tête tournée vers le haut, regardant l'écran fixé au mur.

Diane, Élodie, Jeanne et certains des serveurs sont parmi la foule. Ma fiancée reste assise alors que je l'embrasse sur le front. Elle porte le parfum que je lui ai offert il y a quelques semaines et cela me fait infiniment plaisir. Les fragrances délicates d'iris et de patchouli se mêlent parfaitement à l'odeur séduisante de sa peau, soulignant ainsi son côté garçon manqué et sa féminité.

J'aimerais pouvoir mettre cet élixir en flacon et le garder près de moi dans ma poche intérieure, disponible à chaque instant.

Quand je reprends mes esprits quelques secondes plus tard, je salue les autres. Ils me répondent sans quitter l'écran des yeux.

Y a-t-il un match important en cours ? Pourquoi Octave ou Greg ne m'ont-ils rien dit ? Ils sont tous deux de grands amateurs de sports et, à eux deux, ils couvrent la majorité des disciplines. De quoi s'agit-il cette fois : du tennis, du football ou du rugby ?

L'écran affiche des noms de pays et des scores, ce qui ne m'aide pas vraiment.

— Qu'est-ce que vous regardez ? je demande.

— Le concours Eurovision de la chanson, répond Diane avant de se tourner vers ses amis. J'y crois pas ! Les Belges nous ont donné aucun point. Zéro. Comment ont-ils pu agir de la sorte ?

— Les traîtres, marmonne Manon en serrant des dents.

— Le Royaume-Uni non plus, déclare Élodie.

— Oui, mais c'est normal, affirme Diane en se tournant vers moi. C'est une tradition. Les Britanniques ne votent jamais pour la France à l'Eurovision. Et nous leur rendons la pareille.

Je pose ma main sur son épaule.

Diane me fait un doux sourire.

— Tu veux rester et regarder l'émission avec nous ?

— J'espérais t'emmener dîner, dis-je. Je n'ai pas encore mangé.

Je regarde autour de moi avant d'ajouter :

— De toute façon, il n'y a pas de chaises libres.

— Je peux te préparer un croque-monsieur ou un hamburger, propose Jeanne.

Diane se lève et tapote sa chaise.

— Nous pouvons partager la place.

— D'accord.

Je m'assieds et me tourne vers Jeanne :

— Un hamburger et une bière, ce serait génial.

Elle se lève.

— Surveillez ma chaise pour qu'on me la pique pas.

— Je te la garde au péril de ma vie, dit Diane en posant son sac à main dessus.

— Alors, voyons ce qui se passe, dis-je à Diane alors qu'elle s'assied sur mes genoux.

Ce concours de chansons est clairement quelque chose qu'elle apprécie. Je ne vais pas gâcher sa soirée en insistant pour que nous allions manger un vrai dîner dans un bon restaurant. Et je ne voudrais pas non plus paraître impoli en partant. Donc, je reste uniquement par galanterie. Et peut-être aussi de curiosité vis-à-vis de ce concours de chanson européen dont j'ai entendu parler, mais que je n'ai jamais suivi.

La perspective d'avoir les fesses de Diane se dandiner sur mes genoux et mon bras enroulé autour de sa taille fine pendant une heure ou deux n'a rien à voir là-dedans.

— Qui est le favori ? je demande. Il est bon ?

Diane prend son mojito.

— Malte et l'Ukraine sont numéro un et deux, mais ça pourrait changer avec le vote du prochain pays.

— Ils sont tous aussi mauvais les uns que les autres dans ce concours, dit Élodie.

— Alors, pourquoi le regarder ?

— L'intérêt de l'Eurovision ne réside pas dans la découverte de bonnes chansons ou de nouveaux talents – on a *The Voice* pour ça, m'explique Diane. On regarde pour le plaisir de faire des commentaires.

— Sur quoi ?

Diane se retourne vers moi.

— Sur tout. Les concurrents et leurs costumes, les

présentateurs et leurs mauvaises blagues et, bien sûr, les chansons en elles-mêmes.

— Tu as oublié les commentateurs nationaux, dit Élodie. On se moque d'eux aussi.

Elle se tourne vers moi.

— Cette année, c'est ta copine, la chroniqueuse de célébrités, Marie-Anne Blenn.

Ñ Ce n'est pas ma copine.

Élodie penche la tête sur la droite.

— Mais tu l'as déjà rencontrée, non ?

— Comme tous ceux qui portent un nom avec la particule « de ».

— Chut ! fait Manon en posant son index sur ses lèvres. C'est le tour de l'Australie.

Je ne peux m'empêcher de marmonner :

— Je pensais que c'était un concours européen.

— Tu n'as pas regardé les infos hier soir ? me demande Jeanne en posant mon hamburger et ma bière sur la table. L'Australie a été transportée à travers deux océans et stationnée entre l'Islande et l'Écosse pour pouvoir participer à l'*Eurovision*.

— Chut ! ordonne encore Manon.

Nous regardons leur chanson si résolument kitsch que l'interprète mérite au moins un point pour son courage. À ma grande surprise, elle en reçoit beaucoup plus, y compris de la France. Mes concitoyens ont-ils perdu leur bon goût ? Amateur d'opéra de longue date, j'oublie que la grande majorité des soixante-dix millions de gens qui sont aussi français que moi ne mettraient pas les pieds dans un opéra, même si je les payais.

L'artiste suivant a le côté gauche du crâne rasé et le côté droit couvert de longues mèches noir corbeau qui drapent son œil comme un petit rideau.

— Le Barbier de l'enfer a encore frappé, informe la voix off de Marie-Anne Blenn à destination des spectateurs.

— Attendez qu'il commence à chanter, dit Manon. J'ai déjà regardé sa vidéo sur YouTube. Sa chanson s'intitule *« L'aigle »*.

Diane penche la tête en arrière et lève les yeux vers le ciel.

— Pitié, s'il vous plaît, faites en sorte qu'il n'ait pas d'ailes attachées dans le dos.

Manon se serre les lèvres pour étouffer son sourire.

Le chanteur ouvre la bouche et déploie ses grandes ailes d'aigle.

Diane laisse retomber sa tête contre sa poitrine. Manon éclate de rire.

Puis c'est au tour d'une chanteuse bien dotée du balconnet, vêtue d'une longue jupe et d'un corsage serré, de monter sur scène. Dix secondes après le début d'une chanson aux accents de désespoir, elle lève les bras au plafond, serre les poings puis arrache sa jupe.

— Elle vient de se mettre le vote des mâles dans la poche, dit Élodie.

— Elle n'a pas de poches, s'esclaffe Diane à son intention.

— Si. Cachées dans son corsage, rétorque Élodie en lui tirant la langue.

— Petite maline !

Et ça continue. Les chansons s'égrainent et obtiennent des points selon une logique que je n'arrive pas à comprendre. Une chose est claire : cela n'a rien à voir avec leur qualité artistique.

À un moment donné, je réalise que mes yeux fixent l'écran sans que je ne voie rien. Je n'écoute pas non plus les commentaires acerbes de Marie-Anne Blenn ni des filles. Mon esprit est complètement absorbé par quelque chose de beaucoup plus proche de moi. Diane. Plus précisément, son dos contre ma poitrine, ma main gauche sur son ventre et ma main droite, qui s'est faufilée sur sa cuisse.

Je bande. Et j'ai parfaitement conscience que ce petit détail n'a pas échappé à l'attention de Diane. Actuellement, je donnerais la moitié de ce que je possède à tous ceux autour de nous pour qu'ils soient temporairement transférés dans un univers parallèle afin que je puisse faire ce que je meurs d'envie de faire. Étreindre ses seins. Les caresser. Pincer doucement ses tétons entre mon index et mon pouce. Glisser ma main dans sa culotte et caresser Diane jusqu'à ce qu'elle se pâme. Et ensuite, la caresser encore et encore jusqu'à ce qu'elle se torde et gémisse de plaisir. Jusqu'à l'orgasme.

Mon grand, faut te ressaisir.

Je dois cesser définitivement de penser à tout ça. Ce que je devrais faire, c'est prendre mon téléphone, regarder l'écran d'un air inquiet et dire que je dois m'en aller.

Diane se déplace sur mes genoux puis se penche en avant pour mieux voir l'écran.

Oh, mama mia !

Mes paupières se ferment et j'oublie ce que je voulais faire. Ma respiration se fait difficile. Tout ce que j'ai en tête, c'est ma main s'affairant dans sa culotte.

Est-ce que je la ferais mouiller ?

— Je parie sur le oui, dit Jeanne.

J'ouvre les yeux.

Quoi ?

Jeanne passe à Manon une serviette en papier avec deux colonnes dessinées dessus. Manon gribouille quelque chose dans la première colonne et tend la serviette à Élodie.

— Qu'est-ce que c'est ? je demande à Diane.

Elle me jette un coup d'œil par-dessus son épaule.

— On parie sur le concurrent grec.

Elle montre l'écran où un homme vêtu d'un costume blanc et brillant déverse une énième ballade déchirante tout en s'accompagnant au piano à queue.

— Et ?

— Dans presque cinquante pour cent des cas mettant en vedette un piano, l'instrument est incendié à la fin de la chanson, surtout lorsque le concurrent en joue lui-même, me dit-elle tout sourire. Donc on parie sur l'hypothèse que les Grecs vont brûler le piano ou pas.

— Je vois.

Je me sens un peu stupide d'avoir paniqué il y a quelques secondes.

— Tu parierais quoi toi ? demande Diane en tenant la serviette.

— Qu'ils ne le feront pas, dis-je.

Elle met mon nom dans la deuxième colonne et le sien dans la première.

Une minute plus tard, le piano brûle.

Je remets à Jeanne un billet de cinquante euros et une pièce de deux euros.

— Je dois partir maintenant.

Elle commence à fouiller dans la poche de son tablier.

— Garde la monnaie, dis-je. S'il te plaît.

— Ok, merci !

Diane se lève.

— Reste, lui dis-je. Je ne veux pas gâcher ta soirée.

Elle secoue la tête.

— Tu ne la gâches pas du tout.

Nous nous regardons dans les yeux et je suis sûr qu'elle se pose la même question que moi : allons-nous coucher ensemble ce soir ?

Nous disons au revoir aux amis de Diane et remontons vers ma voiture.

— Tu sais, dit-elle, je ne comprends toujours pas pourquoi tu m'as embauchée, sachant que j'ai une dent contre toi.

J'hésite, puis je me lance.

— J'ai quelque chose à t'avouer.

— J'écoute.

— L'une des raisons pour lesquelles je t'ai choisie, c'est la culpabilité. Je ne suis pas fier de ce que j'ai fait à Charles et je suppose que j'ai voulu me racheter une bonne conduite en l'aidant à travers toi.

— J'ai dû mal à comprendre. Mener tes concurrents à la faillite, tu le fais tout le temps. Ça fait partie du monde des affaires, comme tu me l'as déjà dit. Pourquoi cette soudaine culpabilité ?

— J'ai peut-être été plus loin avec Charles qu'avec les autres.

— Explique.

— Suite à son refus, mon équipe de recherche et développement a copié ses meilleurs parfums.

Je marque une pause, hésitant à nouveau.

Les coins de sa bouche tombent.

— Et ensuite ?

— Ensuite mon équipe de vente les a mis sur le marché à la moitié du prix de ton père.

Je la dévisage avant d'ajouter :

— Il n'avait aucune chance.

Pendant les quinze minutes de trajet qui suivent, Diane tripote la pierre de trois carats à son doigt, comme si elle avait envie de l'enlever. Elle ne m'adresse plus la parole.

On dirait bien qu'on ne va pas coucher ensemble ce soir.

Et c'est une bonne chose, non ?

PARTIE IV
L'HÔTEL PARTICULIER

17

DIANE

Je regarde les empreintes de mes clichés de toits parisiens étalés sur le sol de mon salon. Seulement la moitié d'entre eux – soit douze sur vingt-quatre – seront exposés à La Bohème à partir de lundi prochain.

Mon problème, c'est de choisir ces douze photos.

Tôt cet après-midi, Chloé est passée m'aider à faire le tri. Elle est partie une heure plus tard, complètement frustrée face à mon incapacité à me décider.

— Ce ne sont pas tes bébés, elle m'a dit, la main sur la poignée de la porte, prête à partir. Ce ne sont que des photos.

— Oui, je sais, j'ai grimacé.

— Toutes tes photos sont géniales, de toute façon.

Est-ce qu'elle réalise à quel point son dernier commentaire a été contre-productif ?

Je regarde les tirages encore une fois, me rappelant l'emplacement exact, les circonstances et les conditions météorologiques de chaque prise. Il y en a qui débordent de couleur et de gaîté, comme les photos que j'ai prises aux Buttes-Chaumont. D'autres, en noir et blanc, sont plus mélancoliques, tout comme peut l'être Paris lorsqu'elle se cache sous des couches de brouillard et de bruine.

J'arrive à supporter ce genre de temps pendant vingt-quatre heures. Après quarante-huit heures, mon esprit demande un répit. Après soixante-douze heures, je deviens un zombi. Après une semaine de brouillard, la seule solution pour éviter que je ne m'effondre totalement, c'est une évacuation immédiate de ma pauvre personne en direction du sud.

Tiens, cette photo, elle a été prise au sommet de Notre-Dame – le seul endroit à Paris offrant une vue sur les sept ponts traversant la Seine – au beau milieu d'une averse épique. Et ce cliché-là, je l'ai shooté de nuit fin décembre, du haut de l'Arc de Triomphe. Je n'avais pas le droit d'apporter mon trépied là-bas, alors je devais faire preuve de créativité. Mais, bon sang, ça en valait la peine ! Le résultat, c'est la plus réussie de mes photos de nuit des Champs-Élysées, avec ses marronniers entourés de guirlandes étincelantes, des flocons de neige dansant dans les airs, et une vue imprenable sur le boulevard jusqu'au Louvre.

Chloé a tort : mes photos, ce sont bel et bien mes bébés.

Demandez à une mère de deux enfants de choisir l'enfant qu'elle préfère, et vous comprendrez ce que je vis. Maintenant que j'ai démissionné du supermarché, conformément à mon contrat avec Darcy, j'ai beaucoup plus de temps pour la photographie. C'est génial, mais la médaille a son revers. Je consacre encore plus de temps qu'avant pour prendre mes décisions.

On sonne à la porte.

Je sursaute et jette un coup d'œil à l'horloge accrochée au mur. Il est dix-neuf heures, trop tôt pour que ce soit Darcy. Élodie est encore au travail. Chloé doit être à Montrouge pour visiter la maison qu'elle va rénover avec Hugo. Et, de toute façon, aucun d'entre eux ne se présenterait à ma porte sans avoir appelé au préalable.

Euh… correction : l'un d'entre eux l'a fait. La personne derrière la porte, c'est Darcy.

— Tu n'es pas obligée de me laisser entrer si tu n'en as pas envie, dit-il. Je me rends compte que j'aurais dû appeler ou sonner à l'interphone.

Sa voix ne lui ressemble pas.

— C'est pas grave, je réponds, décidant que mon T-shirt et mon legging sont suffisamment présentables pour ouvrir la porte.

Il entre, tenant un magnifique bouquet dans une main et une bouteille de vodka dans l'autre.

Je mets mes mains sur mes hanches.

— Je les ai achetées chez le fleuriste à deux rues d'ici, dit-il en me tendant les fleurs.

— Pour quelle occasion ? j'interroge.

Il lève les yeux au ciel.

— Un homme peut bien offrir des fleurs à sa fiancée sans avoir besoin d'une occasion, non ?

Il se comporte vraiment bizarrement !

Je penche la tête.

— Est-ce que l'homme en question est ivre ?

— Juste un peu.

Darcy me lance son fameux sourire en coin, provoquant un léger tremblement dans mes genoux.

Je déteste quand il me fait ça.

— Prends place, je lui dis en lui indiquant le canapé du salon. Oh, si tu marches sur l'un des tirages par terre, je t'étrangle avec ta cravate hors de prix.

— Compris.

Il se dirige vers le canapé, slalomant entre les clichés.

Je mets les fleurs dans le vase que Chloé a laissé quand elle est partie chercher une bouteille de jus de fruits et deux verres dans la cuisine.

Il montre du doigt la bouteille de vodka.

— On devrait commencer par ça. Les Polonais l'ont élue meilleure vodka du monde.

— Quels Polonais ?

— Ceux de Mleko, la plus grande entreprise de produits laitiers d'Europe orientale. Ils sont les leaders sur le marché des yaourts et des glaces dans plus d'une douzaine de pays. Avec mon adjoint, ainsi que la plupart des membres de mon équipe juridique, on travaille depuis février pour que les Parfums d'Arcy soient leur principal fournisseur d'arômes. Nous avons finalisé et signé le contrat cet après-midi.

— Tout en mangeant des yaourts et en les accompagnant avec de la vodka polonaise ? je réplique en haussant un sourcil.

— Exactement, dit-il. Et avec du champagne français. Et sans les yaourts.

Je secoue la tête d'un air faussement désapprobateur.

— Pour résumer, tu t'envoies quelques verres et tu décides que c'est le bon moment pour rendre visite à ta bonne chère Diane.

Il écarte les bras.

— C'était ça ou passer le reste de la soirée à faire la fête avec mes nouveaux partenaires. Je leur ai dit que c'était l'anniversaire de ma fiancée aujourd'hui.

— Et tu as laissé ces pauvres Polonais dans une ville étrangère ? je dis en faisant tss tss.

— Mon adjoint est avec eux, Dieu merci !

Darcy ouvre la vodka et en verse un peu dans chaque verre avant d'ajouter :

— Cette vodka s'appelle Zubrowka, et elle est parfumée à l'herbe de bison.

Je soupire.

— Allez, chérie, dit-il. Fais pas ta rabat-joie et dis-moi si la Zubrowka est bien la meilleure vodka que tu n'aies jamais goûtée.

— Je n'en ai goûté qu'une seule auparavant. Une suédoise, si mes souvenirs sont bons.

— Ça devait être de l'Absolut. La marque appartient maintenant à Pernod-Ricard.

Il me tend un verre.

— Dis-moi quelle différence tu fais avec l'Absolut.

Je prends une gorgée, garde le liquide en bouche un instant puis j'avale.

— Tu sens les arômes boisés et d'amande en note de tête ? demande Darcy en se penchant. Et aussi de la vanille en arrière-fond ?

— Euh… je ne suis pas sûre…

Il boit le contenu de son verre.

— On sent vraiment la vanille à la fin.

Je vide mon verre.

— Ça a un arrière-goût sucré… il me semble.

— Tu as dîné ? me demande-t-il.

— Ouais. Et toi ?

Il acquiesce.

— Les Polonais sont venus avec des cornichons et des saucisses pour accompagner la vodka.

Il remplit de nouveau nos verres et ajoute :

— Essaye de boire cela cul sec.

Je hoche la tête et nous vidons tous les deux nos verres d'un seul trait.

— C'est les photos qui seront exposées à La Bohème ? demande Darcy en désignant le sol.

— Je dois en éliminer la moitié, je réponds avec un regard triste. Ça me rend dingue !

Il s'accroupit au milieu de mes clichés et passe quelques instants à les étudier.

— Tu n'arrives vraiment pas à choisir ?

— Nan.

Il saisit la photo que j'ai prise de la terrasse de l'Institut du monde arabe et la replace à sa gauche.

— Celle-ci, oui.

Puis il ramasse une photo de la série que j'ai shootée dans le 11e arrondissement.

— Celle-là, non.

Il continue, prenant les photos les unes après les autres et les triant en petits tas de « oui » et de « non ». Je le surveille jusqu'à ce qu'il s'empare de celle des toits du Quartier latin et la place dans le tas des photos écartées.

Je m'accroupis à côté de lui, prends la photo et la déplace sur la pile des « oui ».

Il sourit.

— Ah, alors tu as quand même des préférées ?

— Non, c'est juste... Je me suis presque fracassé le cou en prenant celle-ci. Si tu la laisses de côté, c'est comme si mon sacrifice n'avait servi à rien.

Darcy fronce les sourcils.

— Ça ne me plaît pas ce que tu me racontes. Où es-tu allée exactement pour prendre ces photos ?

— Dans toutes sortes d'endroits.

J'hésite avant d'admettre :

— Sur les toits, surtout.

Les sourcils arqués, il écarquille les yeux.

— Tu veux dire que tu marches *réellement* sur les toits ?

— Seulement quand j'y suis contrainte. Mais tu vois, mon appareil photo... c'est un Nikon robuste, parfait pour les portraits, mais il n'a pas de capteur plein champ, il n'est donc pas idéal pour la photographie de paysages.

— Pourquoi tu n'en achètes pas un autre plus adapté ?

Je lève les yeux au ciel. *Ah, les riches !*

— C'est pas un problème. La parade consiste à prendre plusieurs clichés et les assembler avec Photoshop. Il faut simplement que je me déplace un peu sur le toit pour ça.

Il me fixe un instant avant de détourner les yeux.

— OK, j'ajoute ton Quartier Latin dans la pile des « oui ».

— Merci, Monsieur ! je le taquine, la main sur le cœur. Bien aimable !

Trente secondes plus tard, il a terminé le tri.

Je regarde les deux piles, puis reviens à lui.

— Je peux savoir quels critères tu as utilisés pour les départager aussi vite ?

— Aucun, réplique-t-il en se tordant le visage d'une manière si sexy que j'en salive presque. Lorsque les avantages et les inconvénients sont à égalité, le seul moyen d'avancer c'est de les mettre de côté et de laisser son instinct guider sa main.

— C'est ce que tu viens de faire ?

— Oui. Mais je peux comprendre pourquoi tu as eu des difficultés. Toutes les photos sont incroyables.

— Elles ont intérêt, dis-je en fronçant le nez. D'autant plus que le labo photo m'a mise dans le rouge.

— Oh ! Je suis désolé !

— L'ironie dans tout ça, c'est que je pourrais réaliser de bien meilleures impressions si j'avais le bon équipement, dis-je. Et ce serait moins cher à développer.

— Ah bon ?

— Oh que oui !

— Ça ne serait pas alors plus judicieux d'investir dans un bon équipement au lieu de payer un laboratoire pour imprimer tes photos ?

— Bien sûr, dis-je. Ce serait beaucoup plus intelligent.

— Ben alors pourquoi… Il s'arrête avant de reprendre : Ah, le coût, bien sûr ! Écoute, puis-je t'avancer une partie de tes frais pour l'achat d'une belle imprimante et un appareil photo adapté aux paysages ?

Je secoue la tête.

— Ton argent, c'est pour mon père. Il aura besoin de tout pour recommencer.

— Dans ce cas, j'aimerais t'en prêter un peu…

— Merci, je lui coupe la parole, mais non. Je me suis toujours très bien débrouillée jusqu'à présent avec ce que j'avais, et j'ai bien l'intention de continuer jusqu'à ce que j'aie suffisamment économisé pour pouvoir m'offrir ce que je veux. Il n'y a pas d'urgence.

Il se passe la langue sur les dents, cherchant probablement un contre-argument.

— Hé ! voici ce que tu pourrais faire pour moi, dis-je pour changer de sujet. Si tu as d'autres conseils sur la façon de prendre rapidement des décisions, je suis preneuse. Car je suis irrécupérable dans ce domaine.

Son visage s'illumine.

— C'est certainement quelque chose que tu peux améliorer avec la pratique.

Je pose les piles de photos sur la table basse et indique le canapé à Darcy.

— La première chose que tu dois faire, dit-il, c'est de limiter ton choix. En d'autres termes, tu élimines toutes les options qui ne sont pas les meilleures.

— D'accord… Et ensuite ?

— Souviens-toi que le choix parfait n'existe pas, et que ce dont tu as besoin, c'est de prendre une décision rapide et qui te convient à peu près. Ça débloque généralement l'instinct.

— Ça a du sens, dis-je en le regardant de haut en bas. As-tu toujours été aussi… décisif ?

Il sourit.

— Non.

J'attends qu'il continue.

Au lieu de cela, il nous verse deux autres coups de vodka et lève son verre.

— Na zdrowie.

— Quoi ?

— Cela veut dire *« À ta santé ! »* en polonais.

— On y va cul sec ? je demande.

Il acquiesce et vide son verre. J'en fais de même.

— Mon père a fait une overdose quand j'avais vingt-trois ans, dit-il. Je n'étais pas préparé à suivre ses traces, loin de là. Tout cela semblait impossible à l'époque…

— Il n'y avait personne d'autre pour reprendre le flambeau pendant quelque temps ? Un adjoint expérimenté ?

— C'est une entreprise familiale et mon père s'était assuré que je prendrais la relève s'il lui arrivait quelque chose.

— Et tu avais envie de prendre la relève ?

Il laisse échapper un long souffle.

— En théorie, oui. Mais en pratique, je n'étais pas prêt. C'est une chose de se dire que son avenir est entre ses mains. Mais quand je me suis rendu compte que l'avenir de mes jeunes frères était aussi entre mes mains, cela a été un choc.

— Quel âge avaient-ils ?

— Raphaël avait 19 ans et Noah seulement 15, répond-il en desserrant sa cravate. Ça ne t'embête pas si j'enlève ce truc *« hors de prix »* ?

— Je t'en prie.

Il la suspend sur l'accoudoir et enlève sa veste.

— Mes frères possédaient leurs fonds en fiducie, bien sûr, et ma mère avait assez pour ne manquer de rien, mais la plus grande partie de la fortune d'Arcy était investie dans la société.

— Je vois.

— Ensuite, j'ai réalisé autre chose et c'était encore plus difficile à avaler.

Je lui jette un regard interrogateur.

— Les moyens de subsistance de centaines de personnes employées par les Parfums d'Arcy dépendaient de moi… Lorsque j'en ai pris conscience, j'ai eu l'impression qu'on avait chargé sur mon dos un énorme sac rempli de pierres.

— Comment as-tu réussi à gérer tout ça ?

— Je me suis créé un personnage, dit-il en retroussant ses lèvres. J'ai commencé à agir de la façon dont mon père aurait aimé que j'agisse. Un décideur. Inébranlable. Quelqu'un qui sait ce qu'il fait.

— Un véritable homme d'affaires.

Il acquiesce.

— Un homme que personne n'oserait appeler un novice. Un homme que ses subordonnés respectent. Je ne pouvais pas me permettre de montrer le moindre signe de faiblesse ou de nonchalance.

— Je comprends.

— Remarque, je n'ai jamais eu de nonchalance, moi – c'est la spécialité de Raphaël, ajoute-t-il avec un petit sourire.

— Quand les affaires de mon père marchaient bien, dis-je, il avait embauché un collaborateur pour le seconder. Il en a eu le cœur brisé quelques années plus tard quand il a dû s'en séparer. Alors je peux imaginer ce qu'on ressent quand des centaines de personnes dépendent de toi pour conserver leur emploi. Moi, je serais paralysée par ce niveau de responsabilités.

Il se penche vers moi.

— Je peux te confier un secret ? J'ai ressenti exactement la même chose quand j'ai commencé. Mais comme je n'avais pas le choix, je me suis mis à... faire semblant. Et je n'ai pas cessé depuis lors.

— Sans rire ?

Il hoche la tête et sourit.

— J'avance au pif mais avec assez d'aplomb pour convaincre tout le monde que je sais où je vais.

La tête commence à me tourner alors que son charisme – oui, c'est cela ! son *charisme* – m'enrobe comme dans un doux et délicieux cocon et me soulève de terre. Toutes mes défenses, bien ancrées dans mes pensées, tombent les unes après les autres, terrassées.

Un vrai massacre !

Les premiers rangs de mes défenses décimés, je ne peux résister à l'odeur si suave et envoûtante de Darcy. Je ne parviens pas à distinguer ce qui émane de sa peau ou de son parfum, mais ce délicieux mélange réveille l'instinct animal niché au plus profond de mon être. Son travail, c'est parfumeur, je m'en souviens. Je parie qu'il a élaboré un philtre d'amour personnel d'une puissance magique.

Accroche-toi, Diane !

La question est, à quoi ? Le bouclier anti-Darcy autour de mon cœur fond plus vite que je n'arrive à le régénérer.

Encore faudrait-il que j'aie envie de le régénérer à présent.

Dans une ultime tentative d'éviter une défaite et une capitulation sans gloire, je détourne les yeux de son regard sombre. Mais, au lieu de me concentrer uniquement sur le mur ou le plafond, mes traîtres pupilles se polarisent sur le renflement de son pantalon.

Ceci dit, il serait difficile de le rater.

Avec un soupir appuyé, j'enfonce mes doigts dans mes cuisses et m'efforce à détourner le regard.

Le moment est-il venu d'agiter le drapeau blanc ?

Darcy prend ma main entre les siennes.

Je contemple ses mains puis je plonge dans son regard sans fond.

Toute résistance est inutile.

Je suis perdue.

18

DIANE

— Tu ne m'as jamais dit ce que tu avais fait des portraits que tu avais pris de moi au château, dit Darcy en me caressant la main.

— Je les ai vendus à *Voilà Paris* pour cinq cents euros, je lui réponds avec un sourire défiant. Tu veux une part des gains ?

— Qu'est-ce que *Voilà Paris* va en faire ?

— Ils les utiliseront comme ils le souhaiteront pour illustrer divers articles dans leurs prochains numéros.

— Y compris les nus ?

J'acquiesce.

— Mais ne t'inquiète pas, personne ne saura que c'est toi sur ces photos. Je m'en suis assurée.

— J'en suis soulagé.

Il me regarde avec une lueur malicieuse dans les yeux.

— Tu m'as demandé si je voulais une part des gains.

— Je redonne à Élodie cinquante pour cent des revenus générés pour ses nus, alors il est juste que je t'offre la même chose.

— Pourquoi ne pas me payer en nature à la place ?

Mon cœur oublie de battre un instant.

— Qu'entends-tu par là, Sébastien ?

— Je veux prendre une photo de toi nue, dit-il, son regard de feu bien planté dans le mien.

Ah ça alors !

Où est passée sa retenue d'aristocrate ? Est-ce que toute cette Zubrowka lui serait montée à la tête ?

C'est une bonne chose que je garde encore les idées claires, moi. Ce que je vais faire, c'est lui rire au nez et lui dire qu'il peut jeter aux oubliettes sa brillante idée.

C'est ce que je m'apprête à faire. *Maintenant.*

— Pourquoi ? je demande à la place. As-tu l'intention de la vendre à un magazine pour hommes ?

— Bien sûr que non ! Je la garderai pour mon propre usage.

Hum. Mon esprit fantasme une image de lui couché dans l'intimité de sa chambre dans son hôtel particulier. Il tient une photo de moi, nue, sexy, dans une main tandis que son autre main se glisse sous la couverture. Son regard est d'un noir intense, tout comme maintenant.

— D'accord. Mais tu n'as droit qu'à une seule photo, visage caché.

Il me lance un sourire triomphant, comme s'il venait d'ajouter un deuxième milliard à sa fortune.

Je vais chercher mon appareil photo, déterminée à le mettre entre ses mains avant que je ne change d'avis. Assise à ses côtés, je visse l'objectif, j'ajuste les réglages et lui montre les fonctions de base.

— Déshabille-toi, s'il te plaît, dit-il.

J'enlève mon T-shirt.

— Maintenant le soutien-gorge.

Je défais le fermoir avant, écarte les bonnets et dévoile mes seins.

Il me lorgne comme un loup affamé.

Je souris, satisfaite de l'effet produit, et je retire complètement le soutien-gorge.

— Maintenant, enlève le bas.

Mon estomac se noue quand je me lève. Alors que mes mains glissent vers la ceinture de mon legging, la clarté se fait soudain dans mon esprit. Ce n'est pas comme ça que ça doit se passer. J'ai accepté de poser pour lui – pas de me déshabiller pour lui. Le *deal* était qu'il prenne une photo de moi nue. Il était censé se détourner pendant que je me déshabillais.

C'est comme ça que c'est fait.

Et puis flûte ! Tant pis.

Je passe les pouces sous l'élastique de la taille et descends mon legging. On ne peut nier à quel point la tournure que prennent les événements m'excite.

— La culotte, articule Darcy d'une voix enrouée.

Il n'essaie même plus de faire semblant que c'est un *shooting*.

— Non, dis-je.

Il hausse les sourcils.

— Tu ne veux pas ?

— Pas avant que tu ne prennes l'appareil photo.

Pendant un instant, il semble n'avoir aucune idée de ce dont je parle, avant que son regard ne se pose sur le boîtier entre ses mains.

— Oh !

Il lève l'appareil photo devant son visage, et je laisse échapper un petit soupir de soulagement.

— Tu enlèves ta culotte, maintenant ? demande-t-il, toujours assis.

Je me retourne, fais glisser le tissu en dentelle sur mes hanches et me tortille jusqu'à ce qu'elle touche le sol.

— Flanque-la au loin.

Je m'exécute.

— Approche-toi du mur.

J'obéis.

— Mets tes mains sur le mur et écarte les jambes.

Voilà.

— Maintenant, lève tes mains... plus haut... penche-toi un peu en avant.

Je suis ses instructions... euh, ce qu'il m'ordonne de faire, et je me rends compte qu'il répète presque mot pour mot celles que je lui ai données au château. La seule différence, c'est que je suis contre le mur alors qu'il était près de la fenêtre. Et aussi qu'il a encore oublié de me regarder à travers l'objectif.

Je ne peux m'empêcher de sourire.

— Penche-toi un peu plus, commande Darcy.

Oh ! monsieur improvise maintenant.

— Est-ce vraiment nécessaire ? je demande.

— Oui, ça l'est, c'est même indispensable.

Je tourne la tête pour voir son expression et, soudain, je ne souris plus. Le désir dans ses yeux me frappe comme une onde de choc, si fort que je manque de tomber.

— Penche-toi, répète-t-il, les yeux bien plantés dans les miens. S'il te plaît.

Je me retourne vers le mur et abaisse le haut de mon corps jusqu'à ce que mes seins touchent la surface froide de la paroi et que la chute de mes reins se détache de la manière la plus effrontée que l'on puisse imaginer. L'excitation et l'embarras luttent en moi. Tout ouïe, j'attends le déclic de l'appareil. Je n'ai promis qu'un cliché à Darcy. Dès que c'est fait, je vais me redresser et quitter la pièce.

Mais ce déclic ne vient jamais.

Au lieu de cela, j'entends Darcy poser l'appareil photo et se diriger vers moi. Il attrape mes poignets, les colle contre le mur, me soulève et plaque nos deux corps contre le mur. Son corps se presse contre le mien. Il parcourt du bout des lèvres le côté de mon visage, son torse serré contre mon dos, son aine nichée dans mes reins.

C'est comme s'il essayait de se rapprocher de moi le plus possible.

Sa main libre caresse mes seins, glisse et s'attarde sur mon ventre. Mon bas-ventre s'échauffe en prévision de la prochaine étape. Mais au lieu de descendre plus bas, il glisse sa main sur mes hanches et descend vers mes fesses. Darcy les caresse avec ses paumes, d'abord doucement puis d'une manière plus exigeante, en enfonçant les doigts dans ma chair.

Je me cambre de plaisir.

Quand sa main revient sur mes hanches, puis de nouveau proche de mon aine puis vers mon bas-ventre, je suis tellement prête à l'accueillir que je me sens ridicule. Dès que ses doigts constatent mon état, un grondement guttural sort de sa gorge.

Il penche son visage vers mon oreille.

— Je te veux, Diane. J'ai tellement envie de toi !

Ce sont des mots banals, éculés, que des millions d'hommes ont dits à des millions de femmes par le passé. On me les a déjà dits et redits. Il n'y a pas de quoi en faire toute une histoire ! Ils ne devraient pas produire cet effet sur moi. Mes genoux ne devraient pas en trembler. Je ne devrais pas avoir à serrer les lèvres pour éviter qu'elles ne supplient : *Oh oui, s'il te plaît, prends-moi là, tout de suite !*

Ma main se faufile derrière mon dos, sur le renflement de son pantalon.

Il gémit et me distille des baisers chauds, mordille mon cou et mes épaules pendant que je le caresse. Puis il recule. J'entends le cran de sa ceinture qui se détache, le son d'une fermeture éclair qu'on descend et d'un papier qu'on déchire. Avait-il tout prévu ou a-t-il toujours un préservatif sur lui ? Il se rapproche, glisse son genou entre mes jambes et les écarte.

Je monte sur la pointe des pieds pour faciliter son entrée.

Il passe un bras autour de moi et s'enfonce en moi.

La douceur en est presque insupportable.

Ma tête se renverse dans le creux de son cou. Je le respire – ce parfum masculin si unique et si caractéristique de Darcy que je ne peux pas l'imaginer sentir une autre odeur.

Il va et vient en moi.

Je roule mes hanches pour l'encourager.

— Diane, gémit-il en poussant de plus belle, alternant à-coups brusques et mouvements plus doux.

Lorsque sa cadence s'accélère et que nous trouvons un rythme tout simplement parfait, je me penche vers son torse et lâche les derniers lambeaux de ma retenue. Mes jambes commencent à trembler. Je me retrouve à haleter et à prononcer son nom.

— Diane... jouis pour moi, gémit-il entre deux coups de reins.

Mes muscles intérieurs se contractent autour de lui quelques secondes plus tard.

Des mots confus m'échappent, moitié supplique, moitié ordre :

— Oui, Sébastien, continue. Oh oui, s'il te plaît, ne t'arrête pas ! Ne t'arrête pas !

19
SÉBASTIEN

Une question m'obsède depuis que je me suis réveillé il y a dix minutes dans le lit de Diane, tard ce samedi matin. Après une nuit courte. Courte parce que nous avons passé le plus clair de notre temps à faire l'amour dans le salon, dans le couloir et ici dans ce lit.

Je n'ai pas fait attention à cette question au moment où elle s'est formée dans mon esprit puisque je pensais à autre chose. Mais, pour une raison quelconque, à présent elle me revient constamment en tête. Elle a pulvérisé toutes mes routines du matin et envahit maintenant jusqu'aux zones de mon cerveau normalement réservées à la réflexion stratégique et au traitement des données financières.

Diane se tient près de la fenêtre, regardant dehors, ignorant tout de mes tourments. Elle porte ma chemise au lieu d'une robe de chambre. J'étais encore endormi quand elle s'est levée et l'a enfilée.

Cette question brûlante me rend dingue. Elle accapare tous mes neurones, cherchant désespérément la réponse avant que ce ne soit trop tard. Je n'irais pas jusqu'à dire que ma vie en dépend, mais mon bien-être émotionnel et physique certainement. Peut-être même ma santé mentale.

Ce que je brûle de savoir, c'est si Diane est nue sous ma chemise.

Je peux discerner ses tétons, alors je sais qu'elle n'a pas mis de soutien-gorge. Mais le coton de ma chemise est trop opaque pour voir à travers. Pire encore, le tissu est trop serré pour permettre de deviner si elle porte une culotte. Si seulement elle se baissait pour ramasser quelque chose, cela me donnerait une indication. Mais dans l'état actuel des choses, mes hypothèses sont parfaitement vaines et mes neurones sont en ébullition pour rien.

Serait-il trop impoli de fouiller le tas de vêtements à terre pour y déceler des indices ? La nuit dernière, nous nous sommes déshabillés dans le salon, elle a donc dû aller chercher nos habits à son réveil. Je pourrais toujours prétendre que je cherche mes propres sous-vêtements. Sauf que mon boxer est en évidence au-dessus du tas.

Zut.

Est-ce qu'elle va me répondre si je le lui demande poliment ? Sera-t-elle compréhensive si je la supplie de me sortir de ma détresse ? Ou devrais-je essayer une autre tactique et lui dire que j'ai besoin de ma chemise ? L'enlèvera-t-elle ?

Une chose est sûre : si je ne fais rien, elle va ramasser ses vêtements pour aller à la salle de bain. Cela signifiera que je ne saurai jamais. Et que je devrai vivre avec cette lacune dans mes connaissances pour le reste de ma vie.

— La nuit dernière a été une erreur, dit Diane sans me regarder, au moment où j'étais sur le point de faire quelque chose de radical, comme glisser mes mains sous l'ourlet de cette stupide chemise pour obtenir ma réponse.

Il me faut quelques instants pour comprendre ce qu'elle vient de dire.

— J'ai pourtant eu l'impression que tu t'étais bien amusée.

Elle ne veut toujours pas se retourner vers moi, mais je peux cependant voir ses oreilles et ses joues se colorer.

Tant mieux.

— Oui, c'est vrai, lâche-t-elle finalement. C'est bien là le problème.

— Pourquoi ?

Elle se retourne.

— Nous sommes dans une fausse relation qui va bientôt devenir un faux mariage. C'est assez difficile à gérer. Alors si on commence à avoir des rapports sexuels...

C'est la réflexion que je me faisais aussi. Jusqu'à la nuit dernière.

— Ça rendrait les choses plus faciles, non ?

Je m'assieds et la regarde dans les yeux avant d'ajouter :

— En fait, notre faux amour aurait l'air plus naturel.

— Je ne peux pas, dit-elle en secouant la tête. Ce sera trop compliqué, même pour moi.

Je crois savoir quel est le vrai problème.

— Tu as peur de tomber amoureuse.

— De toi ? grimace-t-elle. Tu es bien le dernier homme au monde dont je pourrais tomber amoureuse !

La véhémence de son refus aurait été suspecte si l'horreur qui se lit sur son visage était moins sincère. Je connais assez bien Diane pour en conclure qu'elle est vraiment consternée par l'idée de tomber amoureuse de moi.

Cela blesse quelque peu mon ego.

Mais je me rappelle que, moi aussi, je trouverais la perspective de tomber amoureux d'elle désagréable. Diane est une gauchiste radicale et une pauvre fille en manque d'éducation. Lorsque je l'ai repérée et embauchée, elle était au pied de l'échelle sociale, plus bas que la plupart des personnes à mon service. Son père a essayé de donner à sa famille une vie meilleure, mais il a échoué à cause de son manque de compétences dans les affaires.

Eh oui ! je suis bien conscient du fait que c'est en partie à cause de moi qu'il a échoué. Moi, le fils de riche de la bonne société qui l'a écrasé comme un insecte. Moi, qui suis persuadé que le meilleur ordre social est celui où les élites sont à la barre, et les masses populaires sur les bancs de rame.

— Parfait, dis-je. Je n'ai pas non plus l'intention de tomber amoureux de toi. Mais je ne vois pas pourquoi nous ne pourrions pas nous amuser tant que nous sommes liés par contrat.

— Ma décision est prise, me lance Diane avec un regard dur. Je ne veux pas que cela se reproduise et tu dois respecter mon choix.

— D'accord, j'acquiesce. Pas de problème.

L'expression de son joli visage, rouge d'excitation et de plaisir alors que je la caressais, me revient à l'esprit. Puis vient une autre image d'elle gémissant alors que je la pénétrais. Ah, quelle douceur d'être en elle ! Je ne suis pas prêt à me priver de tout cela pour le moment.

Le désir m'aura quitté, comme d'habitude, dans quelques semaines. Pour ce qui est des sentiments, je suis parfaitement immunisé. Même avec Ingrid, que j'avais l'intention d'épouser, je n'ai jamais ressenti cette émotion dévorante qu'on appelle l'amour. À l'expiration du contrat passé avec Diane, je n'aurai certainement plus envie d'elle.

Mais on n'y est pas encore.

À ce stade, je veux profiter encore de son corps si doux, de son joli visage et même de son répondant. Elle m'excite autant qu'elle m'amuse. Et je sais que je l'attire autant que je lui déplais.

De toute façon, tenter de la convaincre maintenant est inutile. Elle dit qu'elle ne veut plus faire l'amour avec moi. Soit. Je ne vais pas la supplier. Au lieu de cela, je vais filer doux et attendre. Dès samedi prochain et pour le reste de l'été, Diane vivra sous mon toit et dormira dans ma chambre.

Qui sait ce qui peut arriver ?

— J'emménage quand chez toi ? demande Diane, comme si

elle lisait dans mes pensées. Est-ce que je dois absolument partager ta chambre ?

— C'est dans le contrat.

— Je sais bien. C'est juste que... Si je me faufile dehors et que je couche dans une autre chambre à côté, personne ne le saura, me lance-t-elle avec un regard suppliant.

— Laisse-moi te poser une question : as-tu déjà dormi dans une maison où vivent des domestiques ?

Elle secoue la tête.

Je soupire.

— C'est bien ce qu'il me semblait.

Elle ricane, et je me rends compte que ma remarque semblait plus arrogante que je ne l'aurais souhaité. Mais, bon, Diane me considère de toute façon comme un benêt arrogant, alors là, je suis à la hauteur de ses attentes.

— Tu vois, je reprends, on peut toujours tromper sa famille – parents, enfants, frères et sœurs, cousins, grands-parents... Les grands-mères, bien que perspicaces, peuvent tout de même être dupées. Mais s'il y en a qu'on ne peut pas tromper, c'est bien le personnel qui sert le petit-déjeuner le matin, refait le lit et nettoie la salle de bain. Ils savent tout.

— Ah bon ?

— Oh que oui, crois-moi !

Elle se détourne et regarde par la fenêtre.

Je suis sûr qu'elle a compris, mais je veux m'en assurer.

— En plus de moi, cinq autres personnes vivent sur place, à mon hôtel particulier. Tu en connais certains, tu en rencontreras d'autres le jour où tu emménageras.

Diane me regarde du coin de l'œil, d'un air méfiant.

— Si nous ne dormons pas dans la même chambre, je conclus, ils le sauront. Je ne peux pas prendre ce risque.

— Bon, se résigne-t-elle. Je le ferai.

La seconde suivante, elle attrape mon boxer du haut de la pile et le lance sur le lit. Je la regarde, oubliant de respirer. Elle tire mon jean du bas de la pile et le dépose à côté de mon boxer. Puis elle ramasse le reste de la pile, sans trier, et se dirige vers la salle de bain.

— Désolée, j'ai emprunté ta chemise, lance-t-elle depuis le couloir. Cela ne se reproduira plus.

20

DIANE

Le majordome ouvre la porte et incline la tête.

— Bienvenue à l'hôtel Darcy, Mademoiselle. Tout le monde est ravi de votre venue.

— Merci, Octave, je réponds en serrant les poings pour m'empêcher de le prendre dans mes bras pour lui faire la bise. Je suis ravie d'être ici.

Lors de mes deux premières visites, je lui ai embrassé la joue. Mais Darcy m'a expliqué que c'était inapproprié et que cela mettait le personnel mal à l'aise. J'ai donc appris à garder ma retenue, espérant que ma gentillesse se manifesterait dans le sourire et le ton de ma voix.

Depuis lors, c'est ainsi que je salue le reste des habitants de l'hôtel particulier de la rue Vieille-du-Temple : Lynette, une femme dynamique d'une bonne cinquantaine d'années qui aide Octave à tenir la maison ; Michel, le cuisinier, fier de son ventre à bière qu'il appelle sa « déformation professionnelle » ; Lou, la timide femme de chambre ; et Samir, le jardinier débrouillard au sourire facile.

Samir porte mes valises à l'intérieur.

— Mademoiselle, Monsieur, dit Lynette en nous tendant deux flûtes de champagne à Darcy et moi. Une célébration s'impose.

Darcy trinque son verre au mien.

— Tout à fait. Bienvenue dans ta future maison, ma chérie.

Je lui lance un sourire mielleux. Je mérite la Légion d'Honneur pour ne pas avoir levé les yeux au ciel.

Nous passons quelques minutes dans le hall d'entrée, à siroter du champagne et discuter avec le personnel. J'insiste pour qu'ils m'appellent par mon prénom. Lynette, Lou, Michel et Samir promettent de le faire. Octave dit qu'il ne peut pas. Il m'appellera « *Mademoiselle* » et, une fois que Darcy et moi serons mariés, il passera à « *Madame* ». Il s'excuse de ne pouvoir donner suite à ma demande, en expliquant qu'il est juste un peu vieux jeu, qu'il ne peut rien y faire.

Une fois nos flûtes vides, Lynette les emporte, et Darcy me prend par la main.

— Laisse-moi te faire faire le tour du propriétaire, comme il se doit.

Pendant la visite du vaste hôtel particulier, Darcy me raconte qu'il a été construit il y a presque quatre cents ans pour un amiral royal. L'hôtel a changé de mains plusieurs fois puis est tombé en ruine au dix-neuvième siècle, lorsque l'aristocratie a abandonné Le Marais. Mais son rusé grand-père, Bernard, a acheté le manoir à un couple de Suisses dans les années soixante, juste avant que le quartier ne redevienne en vogue, et l'a restauré pour ajouter le confort moderne à la majesté originale.

* * *

Après la visite des lieux, nous avons pris un dîner léger et maintenant nous nous prélassons dans des fauteuils en osier dans l'endroit le plus isolé et romantique du merveilleux jardin arrière. L'air est empli de la douceur incomparable d'une soirée d'été, accentuée par le parfum des roses grimpantes qui ornent le belvédère en fonte d'époque près duquel nous nous relaxons.

Vingt sur vingt, Samir !

Darcy sourit.

J'en oublie tout de suite les roses.

Bon sang, il est en train de devenir un pro de cette expression faciale si inhabituelle pour le Darcy d'avant. C'est certainement parce qu'il s'est beaucoup entraîné ces derniers temps, à ma grande consternation. Mais je suis déterminée à ne pas me laisser aller. Darcy n'a fait aucune tentative intentionnelle pour me faire craquer, je le lui accorde. Mais il a été de très bonne humeur toute la semaine, riant à mes blagues et essayant lui aussi quelques plaisanteries.

Incroyable mais vrai.

Il est même venu tous les soirs à la Bohème – tout comme moi – pour observer les spectateurs venus voir mes photos, et il a fêté avec moi tous les tirages que j'ai vendus.

Le problème, c'est qu'un Darcy doux, affable et drôle est aussi dangereux qu'un Darcy déployant sa séduction délibérément. En fait, c'est même pire. Bien pire.

Je résisterais mieux à la pomme du Jardin d'Éden qu'à la bonne humeur de Darcy.

— Tu as toujours vécu ici ? je demande.

— Oui, répond-il. Je vis dans cette demeure depuis ma naissance, avec une interruption de cinq ans à la fin de mon adolescence et au début de la vingtaine.

— Ne me dis pas que tu as vécu dans un dortoir pendant cette interruption.

Il secoue la tête.

— Mais je t'assure que mon logement était tout ce qu'il y a de plus modeste.

— Qu'est-ce qui a fait que tu es revenu dans le nid familial ?

— C'est une longue histoire.

Je déplie les jambes, croise les chevilles et lève mon verre de limonade maison.

— Est-ce que j'ai l'air d'être pressée ?

— OK, lâche Darcy après une courte hésitation. Je suis revenu ici quelque temps après le départ de ma mère et avant le décès de mon père.

Il sirote sa limonade en silence, l'air sombre. Quelles que soient ses pensées, elles sont tristes.

Darcy pose son verre sur la table en métal et se tourne vers moi.

— Mes parents sont entrés dans une grave crise de la quarantaine quand j'avais environ dix-neuf ans. Mon père s'est transformé en bon vivant compulsif. Lorsqu'il ne jouait pas à Monte-Carlo, il naviguait en Méditerranée ou faisait le tour de la Toscane en Lamborghini. Il rentrait à la maison uniquement pour voir ses fils et repartait aussitôt pour de nouvelles aventures.

— Tes frères et toi, vous habitiez avec votre père à cette époque ?

Il secoue la tête.

— Je louais un appartement dans le 6e arrondissement. Mes frères vivaient avec ma mère.

— Qui gérait l'entreprise ?

— Personne, en fait. Elle se gérait toute seule – c'était le bon vieux temps avant la crise financière. Seulement, à un moment donné, les affaires de la boite ont commencé à péricliter.

— Et ta mère dans tout ça ?

— Mon père a vraiment tout essayé pour la reconquérir et la persuader l'accompagner dans ses voyages au soleil, mais elle a méprisé ses efforts. Sa propre crise de la quarantaine l'a menée dans la direction opposée.

— Au pôle Nord ?

Il pouffe.

— Ma mère est devenue très religieuse et passionnée par l'humanitaire.

— Si tu avais dix-neuf ans, tes frères avaient...

Je ferme les yeux pour compter.

— Raphaël avait environ quinze ans et Noah onze, dit-il alors qu'une ombre passe sur son visage. Ils avaient tous les deux besoin de leurs parents. Un grand frère, un majordome, des tuteurs, des cuisiniers, des domestiques et des sommes extravagantes d'argent de poche ne peuvent remplacer un père et une mère.

— J'imagine que non.

— Un jour, je me suis rendu à la maison et j'ai surpris Raph en train de fumer un joint avec deux autres gamins.

Les lèvres de Darcy se durcissent quand il ajoute :

— Voilà ce qui arrive quand un gosse a trop d'argent et pas assez de soutien affectif !

— Tu l'as dit à tes parents ?

— Non. Ce n'était pas la peine. Mon père aurait paniqué et réagi de manière excessive. Quant à maman... disons simplement que nous n'étions pas très proches.

— Qu'est-ce que tu as fait alors ?

— J'ai pris des mesures, dit-il sans élaborer. Il fallait bien que quelqu'un le fasse.

— Ça a fonctionné ?

Il me lance un sourire suffisant.

— Oh oui ! Et je ne me suis pas arrêté là. Il fallait aussi quelqu'un pour convaincre les employés de l'entreprise et les domestiques ici et en Bourgogne que les d'Arcy n'étaient pas sur la voie de l'autodestruction.

— Mais tu n'avais que dix-neuf ans !

— Ce n'est pas comme s'il y avait eu d'autres candidats pour s'occuper de tout ça, dit-il en se mordillant la lèvre. En outre, j'avais déjà vingt et un ans au moment où mon père a commencé à m'impliquer dans l'entreprise.

C'est curieux comme sa voix, son ton et son regard sont dénués de sentiments quand il parle de sa mère, et pleins de chaleur quand il dit *« mon père »*.

— Tu l'aimais beaucoup, ton papa, non ? je demande.

Son visage s'illumine.

— Mon père était le meilleur. Un homme bon, gentil, généreux, très charismatique, malgré son manque de jugeote et ses erreurs. Oui, je l'aimais, même avec ses sauts d'humeur. Je l'aimais plus que je n'ai jamais aimé personne.

C'est ce que je ressens pour mon père aussi.

Je ramène une mèche de cheveux derrière mon oreille avant de dire :

— Tu voulais l'aider du mieux que tu pouvais, n'est-ce pas ?

— Oui, tout à fait. Mais, à la fin, je n'ai pas pu le sauver de lui-même, ajoute-t-il en enfonçant les mains dans ses poches. Je me suis donc résolu à au moins sauver son nom, son patrimoine et le travail de sa vie. L'héritage qu'il a laissé.

— Je pensais que tu n'attachais pas beaucoup d'importance à ton nom de famille, je rétorque en lui faisant un clin d'œil. Tu l'as simplifié en « Darcy », après tout.

— C'est juste pour faciliter la conduite des affaires. Je ne voulais pas rebuter certaines personnes avec mon nom à rallonge et mon titre.

Des personnes comme moi ?

Je plisse les yeux.

— Avoue, Sébastien, tu es fier d'être le comte d'Arcy et patati et patata, non ? Tu passes tes nuits à reproduire les armoiries de ta famille et à relire les récits et les exploits de tes illustres ancêtres dont la lignée remonte à Charlemagne.

— Nous ne descendons pas de Charlemagne, rectifie-t-il. Le premier d'Arcy du Grand-Thouars de Saint-Maurice était un chevalier d'origine irlandaise, anobli au seizième siècle.

Il sourit. Petit à petit, son sourire grandit et devient terriblement craquant.

Arrête de le reluquer, Diane ! Bois plutôt ta limonade.

— Ceci dit, je suppose que oui, tu as raison, déclare Darcy. Je suis plutôt fier de mes ancêtres et de la plupart de leurs actes. C'est cette fierté qui m'a empêché de tout envoyer balader à chaque fois que je craquais.

Je regarde les roses blanches au-dessus de ma tête. Ce que je viens d'entendre explique beaucoup de choses sur Darcy. Mais pas tout. Cela n'explique pas pourquoi il a été si dur avec mon père qui ne représentait en rien une menace pour lui. L'atelier artisanal de mon père n'était qu'un petit moustique comparé au King Kong des Parfums Darcy.

Ne pouvait-il pas simplement vivre et laisser vivre les gens ?

Pourquoi n'a-t-il pas au moins tenté d'acheter les brevets de mon père avant de les copier et l'amener à la faillite ?

Je ne me le pardonnerai jamais si je lui pardonne ce qu'il a fait.

— Pourquoi ta mère a-t-elle quitté ton père, exactement ? demande Darcy à l'improviste.

— Je ne suis pas sûre de vouloir en parler.

— J'ai bien répondu à tes questions, maintenant c'est à ton tour de le faire.

— Bon, bon…

— Alors ?

— Pour plusieurs raisons. D'abord, à cause de son alcoolisme. Mon père ne tient pas l'alcool et il avait juré d'arrêter de boire quand ils se sont mariés. Il a tenu sa promesse jusqu'à… jusqu'à ce que tu le ruines.

— Je vois…

— Elle a essayé de l'aider, vraiment. Elle a pris un travail de serveuse et a insisté pour qu'il fasse pareil.

— Qu'il devienne serveur ?

— Qu'il trouve un nouveau travail. Qu'il passe à autre chose. Mais il n'arrivait pas à lâcher son entreprise – son bébé –, il fallait qu'il la sauve à tout prix. Quand maman a découvert qu'il avait secrètement contracté une hypothèque sur la maison, elle est devenue folle de rage.

— Je peux l'imaginer.

— Il avait contrefait sa signature ! dis-je d'un ton indigné. C'est la goutte d'eau qui a fait déborder le vase.

Darcy hoche la tête.

— Elle n'a pas pu lui pardonner son mensonge.

— Pas seulement ça. Elle aime leur maison. Ils l'ont achetée peu de temps après leur mariage et l'ont complètement rénovée au cours des ans. C'est là qu'ils nous ont élevés, Lionel, Chloé et moi. Nous y avons toujours nos chambres, prêtes à nous accueillir en cas de visite improvisée.

Il me lance un regard compatissant.

— Elle a conservé la chambre de Lionel ?

— Oui, je réponds en me passant la main dans les cheveux. Je n'arrêtais pas de lui dire de vider ses affaires, mais maintenant, je suis contente qu'elle ne l'ait pas fait. Quand j'y retourne, je me souviens de lui et de mon enfance... Ces souvenirs sont doux-amers, mais, avec le temps, ils deviennent plus doux qu'amers.

Il me prend la main. Je me dis que c'est juste pour signifier qu'il est désolé pour moi. Il tente de me faire comprendre que lui aussi sait ce que cela fait de perdre un être cher.

Il va bien la lâcher dans un instant.

Lynette sort de la maison, portant une bougie parfumée posée sur un beau chandelier. Elle la place sur la table entre nos fauteuils.

Je réalise que la nuit s'est installée. Un rapide coup d'œil sur ma montre confirme l'heure avancée : onze heures et quart.

— Je vais me coucher, les enfants, dit Lynette dans un sourire. N'oubliez pas d'éteindre la bougie lorsque vous rentrerez.

— On y pensera, promet Darcy.

Il me tient toujours la main. J'essaie encore de me convaincre qu'il va la lâcher d'un instant à l'autre.

Au lieu de cela, il la presse doucement et me caresse l'intérieur de la paume avec son pouce.

Les pas de Lynette s'estompent et une porte se ferme.

Darcy me tire le bras.

— Viens par ici.

À la lueur de la bougie, ses yeux sont comme deux puits noirs sans fond à la force d'attraction presque irrésistible.

Je penche la tête en arrière et scrute les étoiles à travers le feuillage.

Qu'est-ce que je suis faible !

Je suis sur le point de laisser Darcy m'attirer à lui et de le laisser me faire tout ce dont il a envie. Ma libido a pris le contrôle sur mes pensées d'une manière que je n'avais pas anticipée. Mon désir est devenu mon pire ennemi – un traître trop heureux de se soumettre à la force de mon rival au détriment de son propre camp.

Très doucement, Darcy m'attire vers lui et je me laisse entraîner. Je vais à lui, esclave de mes besoins les plus primitifs. Sans se lever, il se penche vers moi et glisse ses mains sur mes hanches et mes cuisses. Ses caresses descendent le long de mes jambes jusqu'à mes genoux, puis il glisse ses mains sous ma robe d'été.

Je me rapproche et m'assieds sur ses genoux, face à lui, mes jambes de chaque côté des siennes. Il repousse les bretelles de ma robe et celles de mon soutien-gorge le long de mes bras. Une envie irrésistible de sentir ses mains sur mes seins me submerge. Alors, je passe mes bras à travers les bretelles et laisse ma robe glisser jusqu'à ma taille.

Sébastien dégrafe l'attache de mon soutien-gorge dans mon dos puis s'empare de mes seins dans ses grandes mains. Sa façon de me toucher de ses mains chaudes et douces embrase mon corps.

Minute !

Est-ce que je viens de l'appeler « Sébastien » ? Non pas parce que je devais le faire, mais de mon plein gré, là, dans mon esprit où aucun témoin ne peut l'entendre ?

Oui, c'est bien ce que j'ai fait.

Ça devient un vrai bordel là-dedans !

Je me frotte à lui, me débattant entre l'idée de libérer son sexe en érection tout de suite ou d'attendre un peu. Mais quand il commence à sucer l'un de mes tétons qui pointent, j'oublie ce genre de dilemme. La fermeté de ses lèvres, la pression de sa bouche autour de mon aréole et la douce intimité de sa langue sur mon mamelon me font tendre ma poitrine à lui, arquer mon corps et gémir.

Il me saisit la nuque, passe ses doigts dans mes cheveux et attire mon visage à lui. Quand son baiser arrive, à pleine bouche, je me délecte de chaque instant exquis, de son goût capiteux. On dirait que le « baiser super épicé » est devenu notre nouvelle norme lorsque nous sommes seuls. Il me semble également qu'il ne demande plus la permission de m'embrasser comme ça.

Heureusement.

Qui aurait pu imaginer que j'adorerais tant « l'épicé » ?

Alors que nous nous embrassons, je commence à ressentir le feu et le vide en moi, exactement comme lors de notre première fois, il y a une semaine.

J'espère qu'il a des capotes, car je ne vois vraiment pas comment je pourrais attendre qu'on aille dans la chambre.

L'envie de le toucher me démange. Je défais sa ceinture et sa fermeture à glissière, descends son boxer et saisis son sexe.

Il pousse un râle et tire un préservatif de sa poche.

Mon corps affamé s'en félicite.

— Quand on sera dans la chambre, dit-il en enfilant le préservatif, je vais t'embrasser et te lécher absolument partout.

— Y compris les orteils ?

— Oh oui !

Je soupire de façon théâtrale.

— Je te prends au mot, je lance.

— Au pied de la lettre.

— Si tu essaies de m'impressionner, dis-je en le défiant du menton, cela ne marche pas.

Si, ça fonctionne très bien – je suis trempée !

Il caresse ma joue.

— Je n'essaie pas de t'impressionner. Je te préviens, tout simplement.

Je zieute son érection fière et sans complexe, comme tout le reste chez lui.

— Et si je m'en allais maintenant et que je te laissais te débrouiller tout seul ?

Il me fixe du regard.

— Tu ne feras pas ça.

— Je le pourrais.

Il agrippe mes hanches et me tire assez près pour que nos sexes se touchent.

— Mais tu ne le feras pas.

Tandis qu'il prononce ces mots, Sébastien repousse le fond de ma culotte sur le côté et me pénètre.

Tu as raison. Je ne le ferai pas.

21

DIANE

— Un autre cappuccino ? me demande Lisette.

— Merci, je lui réponds avec un sourire. Mais deux, c'est bien assez, si tôt dans la journée.

En fait, il n'est pas *si* tôt que ça.

Les autres sont debout depuis au moins deux heures. Trois heures, dans le cas de Sébastien. Lynette et moi, nous sommes les seuls lève-tard, nous avons donc pris l'habitude de prendre notre petit-déjeuner ensemble. En plus, les autres avalent leur petit-déjeuner à la française, minimaliste, composé de café, de jus d'orange et de croissants. Lynette et moi aimons les *vrais* petits-déjeuners.

Et un vrai petit-déjeuner nécessite de la préparation.

Alors ça se passe comme ça : Lynette prépare des crêpes ou du porridge, fait frire des œufs et fait couler un café digne d'une deuxième place après celui de Manon. Je cueille et lave une poignée de fraises du jardin puis je fais griller du pain. Quand tout est prêt et que nous nous asseyons, Lynette ouvre le journal que Sébastien lui a laissé et je lis les messages et les actualités sur mon téléphone. Parfois nous bavardons, mais surtout, nous savourons notre petit-déjeuner copieux, riche et infiniment bénéfique dans un silence agréable.

Après, j'aide Lynette à nettoyer la table et je monte à l'étage.

Aujourd'hui, Octave a posé sa journée. Il est en déplacement pour fleurir la tombe de sa mère et s'occuper de ses affaires privées. Je vais utiliser cette opportunité pour aller fouiner dans ses quartiers. Il semble être le membre du personnel le plus digne de confiance de Sébastien. J'ai donc bon espoir de trouver quelque chose dans ses affaires.

Mais dès que j'ouvre la porte du bureau d'Octave, le nœud dans mon estomac double de volume, me forçant à m'arrêter et à reprendre quelques inspirations.

J'inspecte mes paumes de mains.

Elles sont propres.

C'est drôle, j'aurais juré qu'elles étaient couvertes de boue gluante.

Ce que je suis sur le point de faire me rend si mal à l'aise que j'en ferais presque demi-tour. C'est une chose de fouiller dans la vie de Sébastien, mais empiéter sur l'espace privé d'un homme innocent – d'un homme *bien* – c'est beaucoup moins justifiable.

Mais, compte tenu du fait que je n'ai toujours rien trouvé de compromettant sur mon fiancé, je n'ai pas le choix.

Comme j'étais naïve d'imaginer qu'une fois installée ici, j'aurais accès à ses informations financières ou aux rouages internes de son entreprise ! Les documents qu'il conserve dans son bureau à la maison sont aussi inoffensifs qu'un simple morceau de papier. Il pourrait aussi bien les publier en ligne. Il ne discute jamais de sujets sensibles avec moi ou quand je suis dans les parages, ni même quand quelqu'un est aux alentours.

La vie de Sébastien est si parfaitement et hermétiquement compartimentée qu'elle devrait être utilisée comme étude de cas dans des livres de gestion.

Quand il travaille, c'est un requin dans les affaires. Dans sa vie privée, il est un ami fidèle, un frère et un patron respecté de son personnel de maison. Il est aussi le plus galant des hommes avec ma petite personne… devant les photographes. La nuit, son côté charmant ressort à nouveau, mais de manière différente. Il oublie ses bonnes manières et devient exigeant et gourmand.

Il semble que la duplicité soit une seconde nature chez lui.

Quant à moi, j'ai pris de la gaine et je m'efforce aussi de compartimenter.

J'adore la façon dont il fait l'amour. J'aime sa conversation. J'ai du mal à le quitter des yeux ou à ne pas le toucher.

Il faut se rendre à l'évidence, c'est indéniable.

Mais au fond de moi, je suis toujours la personne qui l'a attaqué avec un gâteau à la crème en octobre dernier. Je ne suis pas impressionnée par sa richesse. Ou alors juste un peu. Il faudrait être une sainte pour ne pas l'être. Et je suis loin d'en être une.

Ce que Sébastien ne pourra jamais obtenir de moi, c'est mon pardon.

Même si je deviens bientôt madame d'Arcy du Grand-Thouars de Saint-Maurice, je reste toujours *moi*. Et la justice est toujours plus importante pour moi que l'argent.

Sur cette pensée, je me force à entrer et à ouvrir grand les yeux.

La première chose que je remarque est un portrait en noir et blanc d'une jeune femme souriante, posé sur le bureau d'Octave. Ses cheveux sont volumineux, sa coiffure est crantée et relevée et elle porte plus d'eye-liner que Sophia Loren et Amy Winehouse réunies. Le look est typique des années soixante dans toute leur gloire rock & roll.

Ce doit être la mère d'Octave.

Je remarque qu'il n'y a pas de portrait de son père nulle part. D'après ce que j'en sais, l'homme est toujours en vie, même si Octave ne parle jamais de lui. Peut-être qu'ils ne s'entendent pas.

Mais je devrais arrêter de me laisser distraire par mes pensées : ce n'est pas après Octave que j'en ai.

Je passe l'heure suivante à parcourir les dossiers parfaitement organisés et étiquetés sur les étagères murales. Ils ne contiennent que des factures, des contrats, des relevés bancaires et de la correspondance administrative.

Sur une armoire spacieuse à côté du bureau d'Octave trône un drôle de poste de radio avec des écouteurs. Peut-être qu'il est un amateur de radio alternative ou quelque chose dans le genre.

Ensuite, je fouille son bureau.

Quand je me rends compte que certains tiroirs sont verrouillés, je suis soulagée. Cela signifie que je vais bientôt en avoir terminé.

La culpabilité me tue.

J'ouvre les tiroirs accessibles. Il n'y a que des stylos, ciseaux, agrafeuses, papier... Un tiroir contient le passeport d'Octave et son certificat de naissance.

Octave Bernard Rossi, né le 14 mars 1958.

Ah ! Je ne savais pas que son deuxième prénom était Bernard, comme celui du grand-père de Sébastien. En même temps, si mon deuxième prénom était Bernard, je n'aurais pas non plus envie que ça se sache. C'est tellement désuet et encore plus vieillot qu'Octave. Ce dernier a, au moins, le mérite d'être original et pourrait même redevenir à la mode.

Au moment de refermer le dernier tiroir et de sortir sur la pointe des pieds, je prie le ciel de me pardonner cette intrusion.

Et puis je supplie mon cerveau de refouler cet épisode pour que je ne laisse jamais échapper par mégarde le pauvre malheureux deuxième prénom d'Octave.

22

DIANE

— Bienvenue, Madame, m'accueille Octave en inclinant la tête de sa façon si caractéristique avant de prendre la valise de Sébastien. Monsieur, je suis heureux de vous voir souriant et bronzé. J'espère que tout s'est passé comme prévu.

— Mieux que prévu, dit Sébastien en montant avec le reste de nos bagages. C'était un mariage *parfait.*

Et, à bien des égards, ça l'était.

Maintenant que j'ai simulé un mariage avec cet homme, j'ai du mal à croire que cela fait seulement un mois que j'ai emménagé avec lui, à la mi-mai. Ce fut le mois le plus trépidant de ma vie. Presque tous les soirs, nous sommes sortis ou avons organisé un dîner à la maison. Sébastien a agi comme le ferait un homme complètement épris de sa fiancée. Quand je l'ai emmené à Nîmes, il a conquis ma mère et tous mes amis d'enfance.

Je n'ai pas osé l'emmener à Marseille.

En fait, je n'ai même pas eu le courage de parler de lui à papa. C'est Chloé qui l'a fait pour moi.

Comme on pouvait s'y attendre, il a d'abord été choqué. Puis très en colère.

J'espère qu'il me pardonnera quand j'aurai terminé ma mission et qu'il comprendra les tenants et aboutissants.

Si ce jour arrive.

Parce que jusqu'à présent, le truc le plus hideux et illégal que j'ai trouvé sur mon fiancé, c'est une contravention pour excès de vitesse.

* * *

NOTRE MARIAGE s'est tenu dans la plus stricte intimité, dans le luxe éblouissant d'une île paradisiaque des Bahamas. Mon fiancé a dit à tout le monde que nous ne pouvions pas attendre le mariage prévu au château en mai de l'année prochaine, auquel ils seraient tous sans exception invités. Cela a donné lieu à des rumeurs selon lesquelles je serais enceinte, ce que nous avons tous deux nié avec tant de véhémence que beaucoup de gens ont été convaincus du contraire.

La cérémonie s'est déroulée sur une plage de sable immaculée, avec pour unique présent l'édile, Sébastien, quelques proches et moi pour entacher la pureté des lieux. Je portais une robe de mariée faite sur mesure, en soie brodée à la main et parée d'une exquise dentelle d'Alençon. La robe m'allait comme un gant, mettant ma poitrine en valeur et s'évasant dans la jupe.

Maintenant que Sébastien et moi avons passé à l'acte – et multi-récidivé – s'habiller comme un sac n'a plus de sens.

Notre liste d'invités triés sur le volet comprenait Raphaël et sa meilleure amie Geneviève, la tante et l'oncle de Sébastien, et quelques-uns de ses amis les plus proches, dont Laurent, venu seul, et Mathieu accompagné de Jeanne.

La mère de Sébastien et son frère cadet Noé étaient « indisponibles » – pour ne pas dire « réticents » d'assister à la cérémonie.

De mon côté, Maman, Chloé et Hugo étaient présents, ainsi que deux amis d'enfance de Nîmes, et aussi Élodie. Manon ne pouvait pas venir.

Sans surprise, mon père non plus.

Quelques semaines avant le mariage, Sébastien a publié les bans, ce qui m'a rendue nerveuse.

— Tu es certain que notre mariage est vraiment factice ? je lui ai demandé pour la énième fois.

— Mieux que ça, m'a-t-il répondu. C'est un *vrai faux* mariage. Tout est réel et légitime, au cas où quelqu'un voudrait le vérifier.

J'ai blêmi.

— N'aie pas l'air si horrifiée, a-t-il ajouté en riant. J'ai *oublié* de remettre un document nécessaire au consulat de France le plus proche des Bahamas, à Miami. Je vais continuer d'oublier qu'il faut le leur envoyer, pendant encore trois mois, après quoi notre mariage sera déclaré nul.

Je soupire de soulagement.

— Ma très chère Diane, m'a-t-il rassuré en me tapotant la main. J'ai aussi peu envie de t'épouser que tu as envie de lier ton destin au mien. Alors, détends-toi et profite de ton faux mariage et de ta fausse lune de miel.

Et c'est ce que j'ai fait.

C'est ce que nous avons tous les deux fait, à en juger par l'ardeur insatiable de mon nouveau mari tout au long de la semaine. Nous nous sommes envoyés en l'air à l'hôtel, sur la plage, contre un palmier, dans la mer, dans la piscine, dans le jacuzzi, sous la douche, dans le lit, sur le canapé, par terre et contre le mur dans notre suite nuptiale.

Contre chacun des murs de notre suite.

La semaine entière a été un festival sexuel ininterrompu,

laissant certaines parties de mon corps un peu courbaturées, mais aussi comblées au-delà de mes fantasmes les plus fous.

Sur le chemin du retour, je me suis assise à côté de Chloé pendant une bonne partie du vol interminable. Nous avons parlé de son rétablissement physique et émotionnel et de la manière dont elle commençait à voir la vie sous un jour différent. Elle a dit qu'elle avait l'impression de porter des lentilles en Technicolor après des années en noir et banc. Le bonheur lui fait encore peur, mais elle a appris à gérer sa peur et à continuer.

— Je suis reconnaissante pour chaque jour passé avec Hugo, m'a-t-elle expliqué en regardant l'étendue bleue au-dessus des nuages. Il m'a fallu un certain temps pour reconnaître qu'il était l'amour de ma vie. Mais maintenant que je l'ai admis…

Elle s'est interrompue, l'air rêveur.

— Qu'est-ce qui a changé, maintenant que tu l'as admis ? j'ai demandé.

— Je suis chaque jour plus amoureuse de lui, a-t-elle déclaré en souriant. Tous les jours, je me dis qu'il n'est pas possible d'aimer un homme plus que j'aime Hugo, et pourtant le lendemain, je l'aime encore davantage.

— Ton fiancé est un homme merveilleux, j'ai ajouté.

Et je le pensais sincèrement.

Elle m'a fait un clin d'œil.

— Et pour toi ? Tu ne m'as toujours pas dit comment tu es passée de la haine envers Sébastien Darcy au mariage six mois plus tard.

— C'est une longue histoire, j'ai dit, lui empruntant son excuse préférée.

Heureusement, Chloé n'a pas rétorqué que nous étions coincées dans un avion sans rien avoir à faire pendant encore de longues heures.

Je l'adore.

23
DIANE

Enfin, dans le calme et le confort de la chambre principale de l'hôtel Darcy, je m'étends sur le lit pour faire une petite sieste pendant que Sébastien prend une douche.

Quel veinard, il n'a pas eu de difficulté à dormir dans l'avion.

— Je vais au bureau, prévient-il en sortant de la salle de bain, toujours aussi frais et émoustillant. J'ai pas mal de travail à rattraper.

— Fonce, mon *chéri* ! je lui lance avec un sourire mielleux. Qu'est-ce qu'un petit décalage horaire pour un homme d'affaires de ton envergure ?

Ma remarque le fait rire.

— Et toi, que comptes-tu faire ?

— Bain chaud. Pyjama. Dodo.

— Il est seulement quatre heures de l'après-midi, dit-il.

Je me contente de hausser les épaules en guise de « ouais et alors ? ».

Sébastien parti, je prends un long bain et j'enfile un pyjama. Le souci, c'est que je n'arrive pas à dormir. Sans affaires à gérer ni travail à rattraper, j'aurais dû m'endormir dès les yeux fermés. Mais mon cerveau en a décidé autrement. Après trente minutes de vaines tentatives, j'abandonne et je me rhabille.

Comme je suis trop fatiguée pour lire, je décide d'aller explorer la dernière zone encore inconnue de l'hôtel Darcy : le grenier. La pièce est vaste et haute de plafond. L'endroit est utilisé pour le stockage – un gaspillage impardonnable en termes de mètres carrés du point de vue d'une personne *normale.* Alors que je grimpe l'escalier en bois qui mène au grenier, je me souviens que Sébastien m'a dit que son père voulait installer une piscine couverte à l'intérieur. Mais la ville de Paris lui en a refusé le permis, car l'hôtel particulier est classé monument historique.

Pauvre petit homme riche – il a dû en avoir le cœur brisé !

Je déambule dans la pièce, en passant ma main sur des meubles hétéroclites et en dévoilant des tableaux empilés contre les murs. Des nuages de poussière dansent dans la lumière qui s'infiltre par les lucarnes. L'endroit sent le vieux bois et la lavande, dont de jolis bouquets accrochés aux poutres du plafond trônent en petites grappes séchées. Le grenier a tellement de caractère et de charme que si j'étais la *véritable* maîtresse des lieux, j'aurais déjà tout dépoussiéré, lavé les vitres et aménagé mon studio photo ici.

Mais dans l'état actuel des choses, je suis la *fausse* maîtresse de maison et mon but est de trouver des informations compromettantes sur mon *faux* mari.

Au travail, Diane !

Je commence par la commode massive en face de moi et me fraye méthodiquement un chemin à travers le grenier sans laisser de côté aucun objet. Deux heures plus tard, au moment où je commence à me dire que cela ne sert à rien, j'ouvre le tiroir du milieu d'un petit bureau sans prétention, caché derrière un immense fauteuil en forme de trône et une pile de vieux magazines.

Bizarre… Le tiroir a l'air moins profond que les autres.

Munie de mon petit couteau suisse – Lionel m'a appris à toujours l'avoir à portée de main – je passe la lame sous le fond factice du tiroir et le soulève.

Bingo !

Sous le double-fond se cache un compartiment secret qui contient un paquet de quatre lettres. J'ouvre la première enveloppe. La lettre est écrite par la mère de Sébastien, accusant son ex-mari d'avoir monté leurs fils aînés contre elle et affirmant que Raphaël serait beaucoup mieux loti avec elle au Népal qu'avec lui à Paris. Pourquoi seulement Raphaël ? Je me le demande, avant de me rappeler que Noé était déjà avec elle et que Sébastien devait avoir environ vingt ans à ce moment-là.

La deuxième lettre est plus ou moins de la même teneur que la première, mais contient quelques épithètes bien choisies dont je n'aurais jamais cru capable une dame de la haute société.

La troisième lettre, toujours de sa main et encore sur le même sujet, se termine par ce passage :

J'espérais qu'on n'en arriverait jamais là, mais ton refus catégorique d'accepter un compromis ne me laisse pas le choix. Alors voilà.

Tu te souviens forcément que j'étais déjà enceinte de Sébastien quand nous nous sommes mariés. Mais ce que tu ignores, c'est que je n'étais pas enceinte de toi.

Ceci est la vérité : Sébastien, ton fils aîné tant adoré, ton appui le plus solide et ton héritier, n'est en réalité pas ton fils. Son vrai père, c'est Emmanuel. Si tu ne me crois pas, tu peux toujours prélever quelques cheveux du peigne de Sébastien et les faire analyser.

Une fois le test de paternité réalisé, ce sera à toi de décider si tu préfères que je lui dise la vérité ou si tu envoies Raphaël vivre avec moi.

Marguerite

Je relis le passage à deux fois, puis j'ouvre la quatrième et dernière lettre.

Thibaud,

Je suis contente que tu aies fait réaliser le test de paternité. Maintenant que tu as la preuve que je ne bluffais pas, veux-tu bien mettre Raphaël dans l'avion ?

Je te promets que si tu le fais, je ne dirai jamais la vérité à Sébastien. Cela lui briserait le cœur, mais je suis prête à tout si tu ne m'en laisses pas le choix. Il est de mon devoir de protéger Raphaël de ton mode de vie dépravé, du fait qu'il lui manque le sérieux de son frère aîné.

J'espère que tu comprendras mes motivations et que tu feras le bon choix.

Marguerite

La lettre est datée d'un mois avant l'overdose du père de Darcy.

Cette révélation a dû lui porter le coup de grâce. Il avait déjà perdu sa femme, sa réputation et son fils cadet. Il subissait ce chantage et les pressions de son ex-femme pour envoyer son deuxième fils dans un pays lointain. Mais, pire encore, elle lui avait enlevé son fils aîné adoré. Pas au sens littéral, mais au sens primaire du *fruit de mes entrailles*, qui nous importe plus qu'il ne le devrait.

Les mains tremblantes, je replie les lettres et les fourre dans la poche arrière de mon jean.

Ça y est.

Ma mission est accomplie. J'ai trouvé le linge sale que je cherchais.

J'ai désormais entre mes mains des informations qui pourraient détruire Sébastien Darcy.

24
DIANE

La pâtissière au visage rond nous fait un sourire éclatant.

— Que désirez-vous, Mesdemoiselles ?

— Un petit sac de coucougnettes, s'il vous plaît, dis-je poliment.

Élodie se met à glousser.

— Tu viens de commander des testicules, là ?

— Oui.

Je paye et prends l'un des bonbons roses que j'offre à Élodie.

— Je te promets que tu vas les aimer.

Elle étudie la « boule » de pâte d'amande relevée au gingembre et enrobée de sucre confit et fait une drôle de mine.

— Tu crois ?

Je hoche la tête pour l'encourager.

— Ce sont des spécialités du Sud-Ouest, mais j'ai remarqué qu'il y en avait ici, dans le Marais.

Élodie met la coucougnette dans sa bouche et la mâche lentement.

— Alors ? je me renseigne.

— C'est meilleur que ça en a l'air.

— Je te l'avais dit, je rétorque en souriant.

Nous nous promenons le long des rues pavées de ce quartier médiéval pour nous rendre à notre prochaine étape : la Maison européenne de la photographie. L'espace d'exposition est situé dans un hôtel particulier du XVIIIe siècle, au 5 rue de Fourcy. Aussi impressionnant soit-il, le bâtiment ne fait pas le poids face à la splendeur de l'hôtel Darcy.

C'est juste une observation impartiale, rien de plus.

Nous avons prévu de nous séparer pendant un petit moment, le temps que je jette un œil à la nouvelle exposition du musée de la photographie. De son côté, Élodie partira en exploration dans le meilleur magasin de vêtements vintage de la capitale, juste au coin de la rue de Rivoli.

Une heure plus tard, je quitte le musée et me dirige vers la rue des Rosiers, bien connue pour ses falafels. Quand j'arrive, Élodie est déjà dans la longue file devant *L'As du Fallafel*.

— Ton nouveau quartier est génial ! s'exclame-t-elle en me montrant un grand sac en plastique rempli de vêtements.

— Je sais ! Où peut-on s'amuser autant à Paris un dimanche après-midi ?

—Malheureusement, toute médaille a un revers, soupire-t-elle en montrant toutes les personnes qui attendent devant nous. J'espère que tu n'as pas trop faim.

Je sors de mon sac à main les coucougnettes que je lui secoue sous le nez.

— Courage, ma grande, nous avons des couilles !

Quinze minutes plus tard, la queue a à peine avancé.

— Tu sais quoi ? commence Élodie en prenant un bonbon rose. Parfois je déteste mon pays.

— Pourquoi donc ?

— Tout est une question d'*égalité*, mais quand on gratte un peu le vernis des choses, il n'y a pas vraiment d'égalité. Ce qu'on constate, c'est qu'un fossé sépare les riches et les pauvres.

— Je suis d'accord avec toi. Mais je dirais que le fossé n'est pas aussi grand qu'il en a l'air.

Élodie secoue la tête.

— Ton histoire de Cendrillon, ma cocotte, est tellement improbable qu'elle en devient suspecte. Un homme comme Sébastien Darcy tombant amoureux d'une caissière ? Se mariant avec elle ? Tu dois bien admettre que cela a l'air louche.

Bien sûr que oui. Parce que, louche, ça l'est.

— Et ton plan « comment-épouser-un-milliardaire », il en est où ? je demande. Si tu ne crois pas aux histoires de Cendrillon, tu ne perds pas ton temps à comploter pour attraper un prince ?

— Peut-être bien que oui, répond Élodie en se rongeant les ongles d'un air morose. Je n'ai pas eu beaucoup de succès, même avec toutes les occasions que tu me présentes.

Je lui serre la main.

Soudain, elle se redresse.

— Je sais ce que je vais faire ! Je vais adapter ma stratégie et me concentrer sur les *nouveaux* milliardaires. De l'argent neuf, pas de l'ancien.

— Tu penses aux footballeurs pros ? Aux petits malins des start-up ?

— Oui, et aussi aux chefs mafieux, me lance-t-elle avec un clin d'œil. Ils seront moins regardants.

Que dire à cela ? En vérité, ma fausse histoire de Cendrillon prouve seulement qu'elle a raison.

Le mieux est de changer de sujet.

— Tu te souviens que je t'ai parlé de Belle Auxbois et du fait qu'elle ne voulait pas reconnaître le travail de mon père ?

Elle acquiesce.

— Tu ne vas pas le croire, mais elle a changé d'avis.

Élodie lève le pouce tout en mâchant une autre coucougnette.

— Mon père m'a envoyé un lien vers une émission diffusée sur TF1 samedi dernier.

Élodie écarquille les yeux.

— Elle en a parlé à la télé ?

— Oui ! je réponds tout sourire. À une heure de grande écoute. L'animatrice lui a posé des questions sur le parfum, qui se vend très bien, et elle a répondu qu'elle ne l'avait pas créé seule. Elle a admis avoir bénéficié de l'aide précieuse de Charles Petit, l'un des meilleurs parfumeurs de France.

— Elle a dit ça ?

— Eh ouais. C'est énorme, non ? Je n'ai aucune idée de ce qui a pu déclencher sa soudaine confession. Peut-être qu'elle s'est réveillée un matin et s'est rendu compte que ce serait une très bonne chose de reconnaître le travail de mon père.

Nous passons enfin la porte du restaurant. Alors que je suis sur le point de commander une assiette de falafels assortis d'aubergines grillées, Élodie se tape le front de la main.

— Je sais pourquoi elle a fait ça.

Je lui jette un regard interrogateur.

— C'est à cause de ton mari, dit-elle.

— Quoi ?

— Quand j'étais au château, je l'ai entendu parler au téléphone avec quelqu'un. Sa voix était sévère, un peu effrayante même.

— Qu'est-ce qu'il disait ?

— Il a mentionné le parfum, d'autres phrases que je n'ai pas comprises, et a ajouté quelque chose du genre « J'ai des preuves » et « Il est dans votre intérêt de l'annoncer vous-même ».

— Et quoi d'autre ?

Le front d'Élodie se plisse, elle essaie de se souvenir.

— Ah oui, il a aussi dit : « Je vous donne un mois. Ensuite, je vous attaque devant le juge. »

Je n'en crois pas mes oreilles.

— Pourquoi tu n'as rien dit avant ?

— Je n'ai pas fait le lien, me dit-elle avec un regard désolé. Ce n'est que maintenant que tous les morceaux du puzzle se mettent en place.

Je n'arrive pas penser à autre chose durant le reste de notre journée entre filles.

Nous nous séparons à République et je prends le métro pour passer à mon appartement du 14e arrondissement dont Sébastien règle le loyer depuis que j'ai quitté mon emploi au supermarché.

Dans ma tête, mille pulsations m'assaillent alors que je m'efforce de digérer la révélation qu'Élodie m'a faite sur Sébastien.

Et d'envisager comment je pourrais la concilier avec ce que je compte faire.

25

DIANE

Deux heures plus tard, je suis de retour à mon appartement et j'ai fini d'encadrer le reste des toits de Paris pour la galerie de Jeanne. Malheureusement, mes pensées continuent leur lutte interne acharnée.

Récapitulons : Sébastien a travaillé en sous-marin pour aider mon père, et me l'a bien caché. De toute évidence, il ne l'a pas fait pour améliorer l'opinion que j'ai de lui. Est-ce que cela signifie qu'il est désolé pour ce qu'il a fait à mon père ? Est-ce sa façon de lui offrir réparation ?

Suis-je prête à lui pardonner ?

Après tout, il ne peut vraiment être tenu responsable que de la faillite de papa. Le divorce de mes parents et l'AVC de mon père n'en étaient que les conséquences, mais ce n'était pas, à proprement parler, de la faute de Sébastien.

Il y a une autre question qui me trotte dans la tête depuis déjà plusieurs semaines. Elle y a germé comme une petite graine, puis a fini par éclore dans mon cerveau jusqu'à phagocyter toutes mes pensées.

Notre fausse relation pourrait-elle un jour se transformer en quelque chose d'authentique ?

Je pose mon front contre la fenêtre et regarde dehors.

Ne sois pas idiote.

Sébastien et moi, ça ne marchera jamais. Nous sommes comme le feu et la glace, la matière et l'antimatière. Nous sommes programmés pour nous détruire mutuellement. Quelle que soit la nature de ce qui a germé entre nous, c'est voué à l'échec.

Je lis *Libération*, vote à gauche et crois en l'état providence.

Sébastien critique notre système social qu'il trouve « archaïque », arguant qu'il « surprotège » les employés et décourage les initiatives entrepreneuriales. Bien qu'en public il soutienne les Verts, je suis sûre que c'est uniquement parce que son service communication lui a dit que c'était bon pour l'image de sa marque. Au fond de lui, il reste aussi conservateur que possible.

C'est un milliardaire, bon sang !

Et puis il lit *Le Figaro.*

Je déteste le genre de personnes qu'il représente. Elles n'ont pas de sens civique, pas de notion de solidarité. Leur seul souci est de savoir comment gagner plus d'argent et payer moins d'impôts. Et tandis que ces escrocs qu'on nous montre en modèle réussissent à dissimuler leurs revenus dans des banques suisses et des sociétés *offshore,* les gens comme mon père – des personnes travailleuses et honnêtes – restent sur le carreau.

Je me creuse la tête pour trouver d'autres arguments contre mon faux époux.

Ce que j'essaie de faire, en réalité, c'est de motiver pour ressentir de la colère contre Sébastien. Il y a encore seulement quelques mois, je n'avais aucune difficulté pour y parvenir. Ça me venait tout naturellement.

Mais maintenant, toutes mes tentatives se heurtent à un mur et volent en éclats. Ce mur, c'est la conviction – une conviction intime – que Sébastien n'est en rien le *golden boy* pourri et égoïste que je m'imaginais. Son arrogance est superficielle. C'est un masque qu'il porte pour cacher ses états d'âme face au monde. Et aussi pour projeter l'image de quelqu'un qui sait où il va.

Sous le vernis, Sébastien Darcy est un homme honorable à tout point de vue.

Je me prends la tête entre les mains.

Ah, si je pouvais être transportée sur une île déserte pour crier mon désarroi aux quatre vents !

La sonnette de ma porte retentit.

C'est Sébastien.

Je lui ouvre, me demandant ce qu'il y a de si urgent qui ne pouvait attendre mon retour à l'hôtel particulier, ce soir.

Il entre, une énorme boîte en carton entre les mains.

— Qu'est-ce que c'est ? je demande alors qu'il la dépose sur mon bureau.

— Une imprimante de qualité professionnelle haut de gamme, déclare-t-il. Ainsi tu pourras sortir tes propres impressions. Et un appareil photo spécial paysage.

Je m'assois, sidérée.

Il ouvre la boîte et déballe l'imprimante en premier. Incapable de résister, je me relève et regarde de plus près. Il a raison: il s'agit d'un équipement de premier ordre. Je pense à tout ce que je pourrais faire avec ça...

— J'espère que c'est bien ce dont tu me parlais, dit-il en me tendant l'appareil photo.

Ce n'est pas n'importe quel appareil. C'est un Seitz 6 x 17 panoramique.

J'ai lu des articles sur ce modèle. J'en ai rêvé. Cette merveille prend les plus larges photos numériques au monde. La qualité est si bonne que je pourrais faire une impression du château d'Arcy de la taille d'un mur, et on pourrait encore voir la petite araignée qui se balance sous l'une des fenêtres du troisième étage.

C'est le top du top.

Je le repousse vers Sébastien.

— Ce bijou coûte une petite fortune. Plus que ce que je gagne en une année.

— Oh, c'est rien, répond-il.

— Je ne peux pas l'accepter.

— Et moi, je ne peux pas accepter que tu grimpes et que tu te balades sur les toits pour prendre suffisamment de clichés avec ton appareil photo pour ensuite les assembler pour former un paysage.

— Pourquoi... je regarde ailleurs, essayant de formuler ma question. Pourquoi es-tu si gentil avec moi ?

— Tu préfères une réponse honnêtement convenable ou brutalement honnête ?

— Les deux.

Il pose le boîtier sur la table, me prend le menton entre son index et son pouce et tourne mon visage vers lui.

Je plonge mon regard dans ses yeux sombres.

— La réponse honnêtement convenable est que je suis *gentil* avec toi parce que j'aime tes photos et que je veux t'aider.

— Et la réponse brutalement honnête ?

— Je suis *gentil* parce que je veux continuer de te voir après l'expiration de notre contrat.

— Tu veux une vraie relation ?

— Je ne suis pas sûr que ce soit exactement ce que j'appellerais une « vraie relation »... Il hésite puis reprend : Diane, je ne veux pas t'induire en erreur ni te donner de faux espoirs. Tu n'es pas le genre de femme que je choisirais comme vraie épouse.

Je redresse les épaules en essayant de ne pas montrer à quel point ses paroles me blessent.

— Tu méprises tout ce qui compte pour moi, dit-il. Tu ne trouves aucun intérêt à mon univers ni à devenir mon complice, ma *partenaire* dans tous les aspects de la vie.

Il fait une pause avant d'ajouter:

— Ma mère avait le même dégoût que toi des choses qui importaient à mon père. Regarde où tout cela les a menés.

Il me lâche le menton.

Nous restons tous les deux silencieux pendant un long moment, regardant dehors, nos chaussures, l'équipement de la table – partout sauf l'un l'autre.

Je suis la première à rompre le silence.

— Merci pour ta franchise.

Son regard devient brûlant alors qu'il attend que je continue à parler.

— Je pense que ce serait préférable si nous cessions de nous voir après l'expiration du contrat, je finis par lâcher.

Son visage se durcit.

— Si c'est ce que tu veux.

J'acquiesce.

Bon sang que cette conversation est difficile !

— Dis-moi, j'ajoute pour nous sortir de ce moment délicat. Pourquoi es-tu si sûr que la personne qui te veut du mal utilisera la même méthode qu'avec ton père ? Peut-être que cette fois, elle agira de façon plus radicale ?

— Comment ça ?

— Je ne sais pas... elle pourrait t'empoisonner ?

Il éclate de rire.

— Je ne pense pas.

— Et pourquoi pas ?

— Ce n'est tout simplement pas son mode opératoire. Tu vois, ce type – ou cette femme – m'a en aversion, mais il ne prendra pas de risques inutiles. Il est très prudent.

— Si tu le dis.

— D'après ce que j'ai observé, il cherche à blesser – pas à tuer. Ce qu'il désire, c'est me frapper là où ça fait le plus mal. Par conséquent, si je dépéris et finis par mourir, il ne s'en plaindra probablement pas. Mais son objectif n'est pas de m'exterminer rapidement. J'en suis sûr et certain.

Me frapper là où ça fait le plus mal.

N'est-ce pas exactement ce que je vais lui faire si je rends les lettres de Marguerite publiques ?

Il n'a pas besoin d'un ennemi juré pour le faire souffrir – il m'a, moi.

* * *

— TU ES PRÊTE à rentrer à la maison ? demande-t-il après que notre conversation est revenue sur l'équipement que j'ai fini par accepter de garder.

— Vas-y, je réponds. J'ai encore des choses à faire.

— Je peux t'aider ?

Je secoue la tête.

— J'ai plutôt besoin d'intimité.

Il hoche la tête et sort.

Je dépose les lettres de sa mère dans l'évier de la cuisine et craque une allumette. Alors qu'elles se transforment en cendres, je me dis que maintenant, plus personne – pas même l'ennemi juré de Sébastien, pas même moi dans un moment de colère – ne pourra l'atteindre là où ça fait le plus mal.

26
DIANE

Nous en sommes dans la dernière ligne droite.

Si l'ennemi juré de Sébastien ne se manifeste pas *très* vite, mon faux mari depuis un mois et moi allons simuler une dispute, nous séparer et divorcer, prétextant des différences irréconciliables.

Sébastien commence à s'inquiéter quant au succès de son plan.

Je serais tout aussi inquiète à sa place.

Tous ses efforts de ces six derniers mois, la supercherie devant la famille et ses amis, le mariage avec une femme qu'il n'épouserait jamais dans la vraie vie, le mariage de luxe, les fêtes extravagantes et les réceptions somptueuses – tout cela n'aurait servi à rien. Sans compter l'argent qu'il devra débourser lorsque mon jour de paie arrivera.

Si rien d'extraordinaire ne se produit cette semaine, je vais empocher mes honoraires et partir la semaine prochaine. Sébastien retournera à sa vie normale, sans avoir rien gagné. Et son ennemi remerciera le ciel de ne pas avoir été démasqué.

Il n'est donc pas surprenant que mon mari, puisqu'il est encore mon mari, cherche toutes les occasions possibles de faire sortir de l'ombre son ennemi au cours de notre dernière semaine en tant que couple. Une occasion est en train de se dérouler en ce moment même.

C'est une fête. Le mari de Jeanne, Mathieu, a été élu membre du Parlement européen sur la liste des Verts.

Sébastien avait soutenu la campagne de son parti, il est donc doublement satisfait.

Pour célébrer la réussite de Mathieu, nous organisons une grande réception au club privé de Sébastien et de Raphaël. Mathieu voulait fêter l'événement à *La Bohème*, mais le bistrot était trop petit pour une telle occasion. Tout le gratin parisien et les amis de Normandie, où réside Mathieu, sont là. Tous bavardent, boivent et se bourrent de canapés au caviar.

Sébastien coordonne la soirée avec son efficacité habituelle, en s'assurant que Mathieu rencontre toutes les personnalités présentes.

Je joue la parfaite hôtesse – du moins, selon l'idée que je me fais de la parfaite hôtesse. Vêtue d'une robe chatoyante qui semble avoir été faite pour moi, j'accueille et je fais la conversation avec autant d'invités que possible, sans paraître trop désinvolte.

Alors que je fends la foule, je remarque que Sébastien discute avec une créature de rêve qui pourrait jouer les Miss France lors de la prochaine élection de Miss Univers. Ils se sourient, la distance entre eux bien inférieure à celle que l'on attend de deux personnes qui discutent poliment. Elle joue avec son lobe d'oreille pendant qu'elle parle. Sébastien fait signe au serveur et prend deux flûtes de champagne.

Une pointe de jalousie me pique et s'enfonce à gauche de ma poitrine, mais je décide de l'ignorer et je continue mon chemin.

L'une des serveuses en uniforme, portant un plateau garni de nourriture et boissons, ne cesse de regarder Raphaël. La fixité et la profondeur de son regard m'intriguent. Chaque fois qu'elle lui jette un coup d'œil, quelque chose de pétillant s'allume dans ses jolis yeux – quelque chose de plus fort qu'un simple *« Oh la la, ce mec est canon »*. Ses regards furtifs ont une intensité indéniable qui dépasse le cadre du flirt. Ils suggèrent une relation. Et un *« c'est compliqué »*.

Quand j'aperçois Manon, je me précipite vers elle pour papoter et me faire enfin plaisir.

— Au fait, où est Amar ? je lui demande après avoir parlé des ventes encourageantes de mes nouvelles impressions à *La Bohème*. Je ne l'ai pas encore vu.

Elle baisse les yeux, visiblement en détresse.

— Qu'est-ce qu'il y a qui ne va pas ? Il va bien ?

— Je n'en sais rien.

Je lui lance un regard interrogateur.

— Il a disparu.

— Quoi ?

— Il a disparu, dit-elle. Ça fait trois jours maintenant. Il n'est pas allé au travail et il ne répond pas à mes appels.

— Tu as signalé sa disparition à la police ?

Elle secoue la tête.

— J'ai réussi à joindre sa mère. Elle m'a dit qu'Amar a quitté le pays.

— Pourquoi ?

— Je n'ai rien su d'autre de sa part.

Sa voix tremble.

— Je suis morte d'inquiétude.

Je la prends dans mes bras.

— Il reviendra. Il t'aime.

— Je ne… je n'en suis plus aussi sûre.

Quelqu'un me tape sur l'épaule.

— La voici enfin ! La ravissante hôtesse de cette grande fête !

Je me retourne. C'est un ami de Sébastien, Laurent.

— Merci pour le compliment, je dis en lui faisant la bise. J'espère que tu t'amuses bien.

— Tout à fait ! dit-il en glissant son regard sur Manon. Tu ne me présentes pas ta tout aussi charmante amie ?

Je fais les présentations puis m'éloigne. Dieu sait que Manon a besoin de distraction en ce moment !

Et moi, j'ai vraiment besoin d'aller aux toilettes.

Au moment où j'ouvre la porte des toilettes pour femmes, Raphaël et la serveuse mateuse sortent des toilettes pour hommes. Il replace sa chemise dans son pantalon. Elle lisse de la main son uniforme. Tous deux sont ébouriffés et les pommettes rouges, ce qui ne laisse aucun doute sur ce qu'ils faisaient dans les toilettes.

Ou sur la nature de leur relation.

Quand je retourne dans la salle, des poignards volent. Pas de vrais poignards, bien sûr, mais les regards acerbes que Geneviève jette à la serveuse. Ils sont si tranchants que c'est un miracle que sa victime ne crie pas de douleur et ne s'écroule pas au sol.

Je ne peux pas m'empêcher un petit sourire.

Raphaël peut croire que Geneviève n'est qu'une amie, mais la vérité, c'est qu'elle aurait pu porter un t-shirt avec l'inscription : *« Pas touche ! Ce Darcy-là est à moi. »*

Ce que les hommes peuvent être aveugles de manière sélective !

Sébastien s'approche de moi.

— Tu as vu la femme avec laquelle j'ai parlé pendant la dernière demi-heure ?

— Oui.

— Nous nous sommes déjà rencontrés à un déjeuner chez Chanel. J'y étais pour le travail, la semaine dernière, explique-t-il les yeux brillants d'excitation.

— Tu penses que… je scrute son visage. Tu penses que c'est elle l'appât ?

— Je viens d'envoyer un texto au détective privé pour qu'il se tienne prêt dehors.

— Que va-t-il se passer ensuite ?

Il regarde sa montre.

— Dans une heure environ, les gens vont commencer à partir. Tu diras que tu es fatiguée et tu rentreras à la maison.

— Et toi ?

— Si tout va bien, je partirai avec ma *tentatrice*.

Je meurs d'impatience de lui demander s'il fera plus que « seulement » partir avec elle. Pour que son plan fonctionne, je suppose qu'il devra aller plus loin. La question est de savoir jusqu'où il ira. Va-t-il simplement la reconduire chez elle, l'embrasser et laisser le détective privé l'observer jusqu'à ce qu'elle prenne contact avec son patron, ou va-t-il aller jusqu'au bout et coucher avec elle ?

Il n'a jamais été très précis sur cette partie du plan.

Je me force à sourire.

— On croise les doigts.

— Ne m'attends pas ce soir, prévient-il.

Cet aiguillon de jalousie que j'avais ressentie tout à l'heure se transforme en une monstrueuse bombe qui explose dans ma poitrine alors que Sébastien se retourne et s'en va.

PARTIE V
LE TAUDIS

27

DIANE

Comment peut-il être aussi difficile d'ouvrir une paire d'yeux sains, jeunes et en bon état de marche ?

Pourtant, en ce moment, c'est extrêmement difficile. Presque impossible. Et il n'y a pas que mes yeux qui posent problème. Ma tête se débat dans un étau de douleur. La nausée s'est emparée de mon estomac, menaçant de remonter dans ma gorge et de jaillir à tout moment.

Combien de verres ai-je bus exactement la nuit dernière ? À peine un. J'étais trop occupée à jouer à l'hôtesse. Alors pourquoi est-ce que j'ai la pire gueule de bois de toute ma vie ? J'essaie de me frotter les yeux, mais je ne parviens pas à lever les mains. Après plusieurs tentatives infructueuses, je comprends ce qu'il se passe : mes poignets sont attachés derrière mon dos. Mes chevilles sont également ligotées.

Mais que se passe-t-il ?

Dans un effort surhumain, j'ouvre les yeux pour découvrir où je suis. Allongée sur un matelas, je gis dans une pièce sombre et sentant la moisissure. Probablement une cave. Je me contorsionne pour me retourner, testant la résistance de la bande adhésive collée à mes poignets et à mes chevilles. Impossible de s'en dégager ou même de la desserrer, ne serait-ce qu'un peu.

Quelques efforts de plus et je parviens à m'asseoir, puis me pencher contre le mur. Je peux enfin regarder autour de moi.

C'est bien une cave. C'est tout petit, alors je doute que je sois dans l'hôtel particulier, où je connais bien l'immense sous-sol pour l'avoir pas mal exploré.

Dans cette cave, il y a une ouverture minuscule juste sous le plafond. C'est de là que proviennent l'air et la lumière. Il y a une valise dans un coin de la pièce. *Ma* valise. Le mur en face de moi a une porte sans poignée. Je n'aime pas plus cette porte que la fenêtre condamnée, recouverte d'un panneau métallique.

Sans conteste, entre le moment où Greg m'a déposé devant l'hôtel particulier et maintenant, je me suis évanouie et j'ai été amenée ici.

Est-ce que quelqu'un m'a frappée sur la tête ? M'a droguée ? M'a hypnotisée ?

Je n'en ai aucun souvenir.

Je crie à l'aide, je hurle de nouveau, encore et encore.

Rien ne se passe.

Je continue d'appeler à l'aide.

La porte s'ouvre. Un homme robuste entre et la referme derrière lui. Il s'attarde un peu près de la porte puis avance d'un pas lent vers moi.

Quand je le reconnais, je suis saisie comme si on m'avait jeté un seau d'eau glacée à la figure.

—J'espère que *madame* a bien dormi, demande Octave, une moquerie palpable dans la voix. J'espère que vous n'avez pas trop froid et que vos liens ne sont pas trop serrés.

Il s'arrête devant moi.

Je le regarde longuement et fixement.

— C'était vous, tout ce temps, qui prétendiez être l'ami de Sébastien alors que vous le poignardiez dans le dos !

— Je n'ai jamais été son *ami*, siffle Octave. Je suis son *majordome*, vous en souvenez-vous ?

— Qu'est-ce que vous voulez ? je demande.

— Je n'en suis pas encore sûr, réplique-t-il avec le sourire d'un homme dérangé. J'envisage différentes possibilités.

— Et la Miss France de la soirée d'hier ? Elle était là pour séduire Sébastien ? C'est bien ça votre plan ?

Il rejette la tête en arrière et éclate d'un rire incontrôlable, mêlé de larmes.

— C'est ce que vous avez tous les deux pensé ? J'espérais bien que ce serait le cas.

Octave sort un mouchoir de sa poche et s'essuie les paupières.

— Elle servait juste de diversion.

Je cligne des yeux, digérant cette information.

— Tu vois, dit-il, j'ai dû adapter mon plan initial après votre emménagement.

— Pourquoi ?

— Parce que je vous ai entendus, Sébastien et toi, parler une nuit, entre deux parties de jambes en l'air. Vous disiez vouloir démasquer son ennemi juré.

— Vous… quoi ? Mais comment est-ce possible ?

— J'ai mis votre chambre sur écoute.

Merde.

Cela explique l'appareil et les écouteurs rangés dans son placard.

Je suis grillée.

À moins que… Cette mise sur écoute pourrait être une bonne nouvelle. Cela signifie qu'il a découvert la vérité sur nous.

— Dans ce cas, je tente, vous savez que notre mariage est un simulacre.

— Pardon ? interroge-t-il, l'air vraiment surpris.

— Si vous avez mis notre chambre sous écoute, vous devez

avoir compris que nous ne sommes pas un vrai couple. Sébastien m'a engagée pour l'aider à vous démasquer.

Il ricane.

— Bien essayé.

— C'est la vérité.

— Tu t'attends à ce que je gobe tes salades ?

Je ferme les yeux et tente de me concentrer. Se pourrait-il que ni Sébastien ni moi n'ayons jamais dit quoi que ce soit dans cette chambre qui dévoilerait la véritable nature de notre relation ? Nous avons beaucoup fait l'amour, beaucoup ri et partagé quelques conversations plus sérieuses, mais... est-il possible que nous n'ayons jamais mentionné notre contrat ?

Mais bien sûr que si, nous l'avons fait – pas plus tard qu'il y a quinze jours.

Seulement nous n'étions pas dans l'hôtel Darcy. Nous étions dans mon appartement.

Octave s'accroupit et vérifie l'adhérence du ruban adhésif à mes poignets et mes chevilles.

— Je ne suis peut-être qu'un domestique, mais je ne suis pas stupide, dit-il. J'ai bien vu la façon dont tu le regardes – comme s'il était le seul homme sur cette putain de Terre. J'ai bien vu comment il te dévore des yeux, comme s'il voulait te bouffer à chaque repas, tous les jours.

Je respire de façon saccadée et détourne les yeux.

— Et ne me la raconte pas sur la façon dont il te touche, dit-il. Ces choses-là, ça ne ment pas.

Je passe ma langue sur mes lèvres sèches, réalisant à quel point je suis déshydratée.

Octave se retourne et se dirige vers la porte.

— Attendez ! je l'interpelle.

Il s'arrête et me regarde par-dessus son épaule

Je désigne du menton la valise.

— Ça, c'est pour quoi faire ?

— Pour me faire gagner quelques jours. Il va penser que tu lui as fait une crise de jalousie et que tu l'as quitté.

Dans quelques jours, je serai morte de déshydratation. S'il ne me tue pas avant.

— Pourriez-vous m'apporter de l'eau la prochaine fois que vous descendrez ici ? je demande.

— Non, répond-il. Je ne suis plus ton serviteur, chérie.

28
SÉBASTIEN

Je rentre à la maison aux premières heures du matin.

Valéria – c'est le prénom, sans doute faux, de ma tentatrice – voulait d'abord aller dans sa discothèque préférée. Elle *adore* danser. Après, elle m'a demandé de l'emmener faire un tour dans la forêt de Boulogne, en conduisant ma Lamborghini aussi vite que possible. Elle *adooooore* la vitesse.

Quand je l'ai ramenée à son hôtel, elle m'a invitée à monter pour « prendre un dernier verre ». C'est à ce moment-là que je n'ai plus marché dans son scénario et que j'ai refusé son invitation.

— C'est à cause de ta femme ? a-t-elle lancé avec un regard compatissant.

J'ai acquiescé.

— Il est trois heures du matin, a-t-elle dit en désignant sa montre. Quoi que tu lui dises, elle ne te croira pas de toute façon.

— Je vais tenter ma chance.

Je lui ai plaqué un rapide baiser du bout des lèvres et lui ai promis de m'arranger pour que nous puissions nous revoir au plus vite sans éveiller les soupçons de qui que ce soit.

Elle m'a donné son numéro et m'a dit de l'appeler n'importe quand.

Je suis rentré en priant pour qu'elle n'attende pas trop longtemps avant de contacter son patron. En dépit de son incroyable beauté, je n'aime vraiment pas la perspective de la « revoir au plus vite ».

En ce moment, tout ce que je veux, c'est dormir. À côté de Diane. Je m'imagine en train de suivre ce qui est devenu mon rituel préféré au coucher : lover Diane contre ma poitrine, l'entourer d'un bras autour d'elle et respirer la peau de sa nuque.

Lorsque je franchis les escaliers menant au deuxième étage, je réalise que je n'ai pas eu une seule insomnie depuis qu'elle partage mon lit.

Je réalise aussi que ce que je lui ai dit l'autre jour sur le fait de ne pas vouloir de relation avec elle était, comme elle dirait, du grand n'importe quoi.

En marchant sur la pointe des pieds pour ne pas la réveiller, j'entre dans la chambre. Je comprends immédiatement qu'elle n'est pas là. J'allume la lumière et regarde autour de moi. Le lit n'a pas été défait. Ses babioles sur la table de nuit ont disparu. Je me précipite vers le dressing. L'une de ses valises et certains de ses vêtements ont disparu aussi.

Elle m'a quitté.

Mais pourquoi ? Jusqu'à présent, elle avait remarquablement bien adhéré à notre accord. Pourquoi partir maintenant avant d'avoir la preuve que mon plan a fonctionné, avant l'expiration de notre contrat et avant que nous ayons eu l'occasion de discuter de ce nouvel épisode ?

Serait-ce par jalousie ?

Je soupçonne depuis quelque temps que Diane a des sentiments pour moi, mais je ne pensais pas qu'ils étaient forts. Et je ne pensais certainement pas qu'elle les laisserait perturber son bon sens.

Je m'assois sur le lit et laisse tomber ma tête entre les mains. Une énorme déception m'envahit par des vagues moites et froides. Ce qui est drôle, c'est que je suis davantage fâché que Diane me quitte que préoccupé par le fait que cela puisse compromettre mon plan. Son départ rend, pour la première fois, la perspective d'un avenir sans elle bien réel.

Cet avenir grisonnant ne contient pas de rigolades, pas de gaffes adorables ni de mépris rafraîchissant contre mon argent et mon statut.

Il ne contient pas non plus de nuits à faire l'amour, chacune plus douce que la précédente, remplie d'une tendresse qui grandit plutôt que s'estompe.

J'avais cru qu'un avenir sans Diane Petit était ce que je désirais.

Mais tout ce que j'y vois maintenant, c'est de la morosité.

Une morosité déprimante, insupportable.

Mais qu'est-ce que j'ai fait ?

Dans le silence de la maison, j'entends un bruit. C'est le bruit d'une porte qui se déverrouille et se referme doucement. Je sursaute, me lève, trébuche sur le tapis, me relève et je cours vers l'escalier. Est-ce Diane ? Est-ce qu'elle a changé d'avis ? A-t-elle reconsidéré sa décision ?

Faites que ce soit elle. S'il vous plaît, faites que ce soit elle !

Mais ce n'est qu'Octave – la dernière personne de cette maison à laquelle je m'attendais à cette heure-ci.

Il sourit pour s'excuser.

— J'espère que je ne vous ai pas réveillé, Monsieur.

— Non, non. Je n'étais pas endormi de toute façon. Avez-vous vu Diane ?

Il secoue la tête.

— Elle n'est pas rentrée avec vous ?

— Non, dis-je sèchement. Elle n'est pas rentrée avec moi.

Je souhaite à Octave une bonne nuit et retourne dans ma

chambre, qui est devenue terriblement vide sans ma fausse épouse.

Quand je me couche quinze minutes plus tard, je me tourne sur le côté et enfouis mon nez dans son oreiller.

Que je suis bête !

Aveuglé par le charme de Diane, je commençais à me convaincre qu'elle pouvait être la femme qu'il me fallait – une partenaire pour la vie, mon ancre, mon rocher. Ivre de son corps, je commençais à la voir comme la femme qui resterait à mes côtés pendant les bons et les mauvais moments, la force et la faiblesse, les obligations et les exigences sociales, les enfants à élever et les erreurs à pardonner.

Je suis vraiment le dernier des imbéciles.

29

DIANE

Voilà deux jours que je suis séquestrée dans la cave d'Octave.

Je change de position pour m'asseoir un peu plus confortablement et je ferme les yeux. Ma bouche et mes lèvres sont brûlantes. Je suis étourdie et tellement fatiguée que je peux à peine penser.

Les paroles de Tyrion dans *Game of Thrones* me reviennent à l'esprit : *« La mort est terriblement définitive, alors que la vie est pleine de possibilités. »*

Avec la perspective d'une mort beaucoup plus proche de moi que lorsque j'ai regardé la série avec Chloé, j'ai beaucoup réfléchi aux possibilités. Ma préférée a pour nom de code « *On efface tout et on recommence* ». Dans ce conte de fées, Sébastien Darcy n'est pas l'homme qui a ruiné mon père. C'est son principal concurrent, David Bauer, qui l'a fait.

On peut toujours rêver...

En fait, personne n'a ruiné mon père. Son entreprise se porte bien, il n'a pas eu d'AVC et ma mère et lui sont toujours ensemble. Sébastien démasque Octave grâce à ses formidables pouvoirs de déduction. Donc il n'a pas besoin de m'engager – ni d'engager qui que ce soit – pour jouer sa fausse épouse.

Nous nous rencontrons de la manière la plus conventionnelle qui soit chez Jeanne et Mathieu, et nous tombons amoureux. Simplement comme ça – *Bam !* – au premier regard. Peu importe qu'il lise *Le Figaro* et qu'il gagne plus que le PIB d'un petit pays.

Personne n'est parfait.

Nous nous fréquentons, nous nous embrassons, nous faisons l'amour, puis nous faisons des gosses et nous vivons heureux pour l'éternité.

J'ouvre les paupières et scrute la porte.

Il va bien finir par me retrouver.

Tout comme il m'a trouvée après l'incident du gâteau, qui semble maintenant faire partie d'une autre vie. S'il y a quelque chose que j'ai appris à son sujet, c'est bien que Sébastien Darcy ne va pas simplement hausser les épaules face à mon soudain départ et continuer sa vie comme si de rien n'était. Il voudra savoir pourquoi je suis partie. Il va téléphoner. Il va fouiner, chercher à parler à maman, à Chloé et à Élodie.

Et il finira par comprendre.

Je dois y croire.

L'alternative, c'est d'abandonner et de cesser de lutter pour rester en vie avant même qu'Octave ne vienne en finir avec moi.

La porte s'ouvre et Octave entre.

— Vous avez décidé ce que vous allez faire de moi ? je demande d'une voix grave et sourde.

— Hier soir, j'allais revenir pour t'étrangler. Mais ensuite, je n'en ai pas eu le courage.

— Quelle poisse ! je dis en le fixant du regard.

— T'es une petite marrante, tu sais ? lâche-t-il finalement, puis il laisse échapper : Oui, c'est *vraiment* la poisse.

— Dites-moi, Octave, juste pour que je ne meure pas idiote, pourquoi ?

— Pourquoi quoi ?

— Pourquoi faites-vous ça ? Pourquoi vous donnez-vous tant de mal pour punir une personne qui a tant d'estime pour vous ?

— C'est ce que tu crois ? réplique Octave en ricanant. Bon, c'est vrai qu'il est moins imbu de lui-même que son légendaire grand-père Bernard et que son père adoré. Je te l'accorde.

Une image clignote dans ma tête quand il mentionne le grand-père de Sébastien, l'image de l'acte de naissance d'Octave.

— Votre deuxième prénom est Bernard, c'est bien ça ? je demande.

— Et alors ? me lance-t-il avec un rictus.

— Ce n'est pas une coïncidence, n'est-ce pas ? Votre haine contre les d'Arcy… cela a quelque chose à voir avec votre deuxième prénom, j'en suis sûre.

— Non seulement tu es drôle, mais tu es aussi perspicace.

J'attends qu'il continue. Parce qu'il le fera.

De toute évidence, il meurt d'envie de raconter son histoire à *quelqu'un*. Ça le consume depuis des années, des décennies peut-être. Et maintenant, il a un public idéal: littéralement captif, véritablement intéressé et qui emportera ses confidences dans la tombe.

Il faudrait être de marbre pour résister à cela.

— Bernard d'Arcy a eu une aventure avec ma mère quand ils étaient tous les deux jeunes, dit-il.

Je le savais !

— C'était plus qu'une aventure, en fait. Ils ont été amants pendant plus d'un an jusqu'à ce qu'il la plaque et se marie avec Colette.

— Qu'est-ce que votre mère a fait ?

— Elle s'en est remise et a épousé un vaurien de sa ville natale. Puis elle m'a eu.

— Vous êtes le fils de Bernard ? je lui demande.

— Je n'en sais rien, soupire-t-il. Ma mère l'a toujours nié.

Pourtant, elle ne s'est jamais remise de son histoire avec Bernard et m'a donné ce deuxième prénom. Quand j'avais dix-huit ans, elle lui a écrit, lui demandant s'il pouvait me proposer un emploi chez Parfums d'Arcy.

— Il l'a fait ?

— Il m'a offert un travail chez lui à la place, à l'hôtel Darcy.

Octave passe une main dans ses cheveux clairsemés, d'un air mélancolique.

— J'étais aux anges. Je pensais que le comte était prêt à me prendre sous son aile, peut-être même à me reconnaître un jour... j'étais tellement naïf.

— Je suppose qu'il ne vous a pas reconnu ?

Octave secoue la tête.

— Pire que cela. Il ne s'est même pas donné la peine de chercher à me connaître, et encore moins de me préparer à un bel avenir. Cet avenir, il l'a offert à son fils Thibaud puis à Sébastien. Mais à moi, jamais.

— Lui avez-vous parlé de votre mère ?

— Je n'ai pas osé. Il était tellement distant, tellement écrasant... Nous n'étions pas égaux. Il était le comte d'Arcy du Grand-Thouars de Saint-Maurice. Je n'étais qu'un de ses domestiques.

— Pourquoi êtes-vous resté ? j'ose demander. Une fois que vous avez su que Bernard ne vous traiterait jamais comme un fils, pourquoi ne pas simplement partir ?

Ma bouche et ma gorge me font souffrir à force de parler et je suis extrêmement fatiguée, mais encore suffisamment lucide pour me rappeler que tant qu'Octave raconte son histoire, il ne m'étrangle pas.

— Au début, j'avais de l'espoir, dit-il. Je pensais que si je faisais mes preuves, si je lui montrais combien je pouvais être fidèle et loyal, il m'inclurait à sa vie. J'ai tout essayé, pendant si longtemps... Et puis, un jour, je me suis résigné à ce que je ne gagnerai jamais son amour. Mais c'était trop tard. J'étais devenu trop accro à la splendeur de l'hôtel Darcy et au confort de ma vie pour tout quitter et tout recommencer à zéro.

— Au lieu de cela, vous avez choisi de rester et d'empoisonner leurs vies.

— Exactement, confirme Octave en relevant le menton. Ma mère est morte à cette époque et j'ai fait une promesse sur sa tombe. J'ai juré de pourrir la vie de Bernard, Thibaud et Sébastien sans risquer ni ma liberté ni mon travail.

— Chapeau. Vous avez réussi.

Il me lance un sourire suffisant.

— Oui, j'ai réussi.

Pendant un moment, nous restons tous les deux silencieux. Puis Octave descend le regard sur mon cou.

Oh non ! Je dois le convaincre de recommencer à parler – vite !

— Avez-vous fait un test ADN pour savoir qui est votre père ? je lui demande.

Il secoue la tête.

— Je ne peux pas.

— Pourquoi ?

Il hésite puis hausse les épaules, comme pour dire : « *Après tout, je pourrais aussi bien être honnête avec cette femme qui va bientôt mourir.* »

— J'ai trop peur du résultat. Et si le test révélait que je ne suis pas un d'Arcy ? Tu réalises les conséquences ? Ta... disparition, la déchéance de Thibaud, le chagrin de Sébastien, tout cela pour rien. Ça n'aurait plus aucun sens. Je serais incapable de le supporter.

— Et vous pensez que vous seriez capable de supporter m'avoir *assassinée ?*

Il ouvre la bouche pour dire quelque chose quand la porte vole en éclat, coupant net toute discussion. Un groupe de policiers vêtus de gilets pare-balles fait irruption. Deux d'entre eux plaquent Octave au sol et le menottent. Les autres se précipitent sur moi et coupent mes liens.

Tout semble surréaliste. Quelques instants plus tard, je suis enveloppée dans une couverture et transportée dans les escaliers vers la lumière du jour.

Sébastien accourt vers moi et me serre dans ses bras. Il pleure.

— Vivante, tu es vivante ! dit-il en couvrant de baisers mes joues, mes yeux, mon nez et mon front.

Je commence à pleurer moi aussi.

— Chut, *mon amour,* murmure-t-il avec chaleur, tout en embrassant mes larmes. Tu es en sécurité maintenant. C'est fini. Je suis là. Tu es en sécurité.

30
DIANE

— Je me suis inscrite à la méditation et au yoga, dit ma mère, puis elle se tourne vers Chloé. Et je vais sans doute appeler ton thérapeute.

Chloé sourit.

— Ça ne te ferait pas de mal.

Ma mère me prend la main.

— Chloé en octobre, et maintenant toi… s'il vous plaît, je vous en prie, ne me faites plus jamais de telles frayeurs !

Je pousse un verre de limonade sur la table du jardin.

— Goûte ça ! Michel le fait à partir d'une recette médiévale qu'il garde secrète.

Elle prend une gorgée, la fait tourner en bouche avant de l'avaler.

— La mienne est meilleure !

Une heure plus tard, elles sont parties et je m'allonge sur la chaise longue pour faire une sieste. J'ai beaucoup dormi ces deux derniers jours, ce qui est étrange, car je n'ai pas eu une activité débordante au cours des quarante-huit heures précédentes.

Quand je me réveille, je trouve Sébastien assis près de mes pieds, sur l'herbe.

— On est mercredi, je lui fais remarquer. Tu ne devrais pas être au bureau, en train de commander tes troupes ?

Il embrasse mes chevilles.

— Je préférerais être ici.

— J'ai besoin de me dégourdir les jambes, dis-je.

Il se lève et m'aide à me relever.

En nous promenant dans le jardin, je laisse aller ma main sur les branches des arbres et les arbustes, caressant leur feuillage. Tout sent si bon, tout est si beau, si agréable à toucher... Dieu que je suis heureuse de m'en être sortie !

— Ma mère m'a dit que tu étais passé à la télévision pour offrir une rançon, je lui dis.

Il acquiesce.

— Elle m'a raconté que tu n'as pas spécifié de montant, tu as seulement dit : « Donnez votre prix, je le paierai. »

Il acquiesce à nouveau.

Je tourne le regard de son côté.

— Tu ne penses pas que c'était un peu excessif ?

Il secoue la tête.

Je meurs d'envie de lui demander s'il aurait payé la rançon si Octave avait demandé un milliard d'euros.

— J'aurais tout donné, dit-il. N'en doute jamais.

Je m'arrête et le prends dans mes bras, enfouissant mon visage contre sa poitrine. Il glisse ses bras autour de moi et m'embrasse le front. J'aimerais lui dire tant de choses, mais elles sont toutes trop sentimentales pour une bouche aussi cynique que la mienne. Alors, je le serre plus fort contre moi, en espérant qu'il comprendra.

En priant pour qu'il le devine.

— Quand as-tu commencé à soupçonner un acte criminel ? je lui demande après un long moment.

— Dimanche matin. Je t'ai appelée une douzaine de fois. J'ai téléphoné à Élodie, à Chloé et à ta mère. Quand ta mère m'a répondu qu'elle n'avait aucune nouvelle de toi, j'ai compris que tu n'étais pas simplement partie.

— Heureusement que tu n'as pas appelé mon père, et heureusement qu'il n'a pas de télévision !

— Chloé a été rusée. Elle l'a appelé pour bavarder un peu avec lui et a constaté que tu n'étais pas chez lui.

Nous marchons quelques minutes en silence. J'écoute le chant des oiseaux dans les arbres et les insectes qui bourdonnent autour de nous. Mais j'ai bien trop de questions pour profiter pleinement de la magie paisible de cet endroit.

— Quand as-tu commencé à soupçonner Octave ?

— Ça m'est venu dimanche soir. J'avais une insomnie et je n'arrêtais pas de me tourner et de me retourner dans le lit. Je me suis soudain rappelé qu'Octave était rentré à quatre heures du matin la nuit de ta disparition.

— Toi et tes fameux pouvoirs de déduction, je susurre dans un souffle.

— Pardon ?

— Non, rien, je réponds en balayant la question d'un revers de main. C'est l'un des effets secondaires de ces deux jours consécutifs passés isolée avec moi-même.

Il met son bras autour de mes épaules.

— Qu'as-tu fait pour confirmer tes soupçons ? je demande.

— J'ai envoyé un texto à mon détective privé pour qu'il arrête de suivre Valéria et qu'il espionne immédiatement Octave. Puis j'ai sauté dans mes vêtements et j'ai conduit jusqu'au commissariat le plus proche.

— Heureusement que tu n'as pas appelé la police ou ton détective privé de la maison, dis-je. Octave avait mis la chambre sur écoute.

Sébastien s'arrête net, la mâchoire serrée par la colère.

— Termine ton histoire, je lui demande.

— Les événements se sont précipités à partir de ce moment-là. Lundi matin, la police a découvert qu'Octave avait hérité d'un taudis dans les Yvelines, à une heure de route de Paris. C'est à ce moment que le détective privé m'a envoyé un texto pour m'informer qu'il était en train de suivre Octave en voiture.

La voix de Sébastien devient imperceptible, son regard se brise soudainement.

Je serre son bras.

— Hé, ça va ?

— Oui, oui, ça va. Je me suis juste rendu compte à quel point, à un moment donné, je soupçonnais tout le monde – mes concurrents, mon oncle et ma tante, Greg, Lynette... même Laurent ! Mais je n'ai jamais douté d'Octave.

Ses narines se dilatent sous l'effet de la colère.

— Comment ai-je pu être aussi aveugle ? Ça t'a presque coûté la vie !

— Mais ça n'a pas été le cas, je déclare avec un sourire triomphant. Tu es arrivé à temps. Tu m'as retrouvée.

— Je t'aime, Diane, dit-il. De tout mon cœur.

Je m'en doutais bien, mais qu'il est bon de l'entendre prononcer ces mots !

— Je t'aime aussi, Sébastien.

Il prend ma main gauche et me caresse l'annulaire.

— Tu portes toujours ta bague de fiançailles et ton alliance.

— Oh ! je m'exclame en retirant ma main et en commençant à enlever les bagues. Que je suis bête ! Nous n'en avons plus besoin maintenant que...

— Arrête ! ordonne-t-il en réajustant les anneaux sur mon doigt. Veux-tu me faire l'honneur de rester ma femme ?

Je le regarde avec les yeux de merlan frit.

— Ton naturel n'a pas de prix, me dit-il avec un sourire. Ne change jamais.

J'essaie de digérer le sens de ses propos.

— Dis-moi oui, plaide-t-il.

— Je ne comprends pas, je réponds à la place. Que veux-tu dire par « rester ta femme »? Notre mariage est faux.

Il secoue la tête.

— Pas si j'envoie le document manquant au consulat de Miami. Il nous reste encore deux semaines avant la date limite.

— Je ne peux pas, dis-je. Ce serait contre tout ce sur quoi je milite, contre mes principes.

— Qui sont… ?

Je me concentre sur mes pieds avant de répondre :

— Je déteste les riches. Ce sont tous des traîtres, des escrocs. Je ne crois pas qu'il soit possible d'amasser une fortune en restant honnête.

— Diane, dit-il en attrapant mon menton pour me pousser doucement à le regarder. Je me fiche de ce que tu penses des « riches » en tant que classe sociale. En revanche, ce qui m'importe, c'est ce que tu penses de moi. Tu crois que je suis un exploiteur et un escroc ?

— Oh non ! je dis sans hésiter une seconde. Pas le moins du monde ! Aussi étrange que cela puisse paraître, je pense que tu es un honnête homme.

Le coin de ses lèvres esquisse un sourire.

— Tu en es sûre ?

— Oui. Et j'en ai la preuve.

— Vraiment ?

J'acquiesce.

— C'est toi qui as persuadé Belle Auxbois de passer à la télévision en prime-time et de redonner à mon père sa juste place dans la création de son parfum. Il a maintenant tellement d'offres qu'il a rouvert son atelier, augmenté ses prix et même établi une liste d'attente.

Je saisis la main de Sébastien et je la serre avant d'ajouter :

— Je t'en remercie.

— Comment as-tu appris que… ?

— Ça n'a pas d'importance, je l'interromps en embrassant sa main. Et il y a autre chose aussi. Quand je lui ai dit qui était derrière la soudaine générosité de Belle, il a admis que tu lui avais fait une proposition pour racheter sa boîte avant de le pousser à la faillite.

— Je pensais que tu le savais, s'étonne-t-il.

Je secoue la tête.

Il me caresse les mains et s'attarde sur ma bague de fiançailles.

— Tu l'aimes ? Ou tu préférerais en avoir une autre que tu choisirais toi-même ? On pourrait aller place Vendôme demain…

— Non ! je le coupe. Je veux dire, ça ne m'aurait pas dérangé de porter quelque chose de moins tape à l'œil, enfin ce n'est pas ce que je… c'est juste… comment dire…

Il incline la tête sur le côté, attendant que je formule ma phrase.

— Il faudrait qu'on pose les conditions, je lâche enfin.

— Voyons… Tu devras m'embrasser, commence-t-il à énumérer en comptant sur ses doigts.

Il lève le pouce.

— Souvent, beaucoup…

Il ajoute son index.

— Tu vas devoir dormir dans mon lit, et on s'attend à ce que tu fasses l'amour avec moi, à la fois dans et hors de ce lit.

Je souris et lève les yeux au ciel.

Il dégage son majeur.

— Tu m'appelleras « mon cher et tendre époux » en public et « mon étalon » en privé.

Je mets mon doigt dans ma bouche et fais semblant de vomir.

— C'était une blague, ajoute-t-il.

— Tu en es sûr ?

Il acquiesce vigoureusement.

— Ouf ! je dis en faisant semblant de m'essuyer le front.

— Mais ça, ça n'en est pas une, dit-il, en dépliant son annulaire. J'aimerais que tu sois mon copilote. J'aurai besoin de toi à mes côtés dans tous les aspects de la vie, y compris pour gérer les affaires et la maison, indépendamment de tes penchants gauchistes.

Je prends une profonde inspiration.

— Et ça, c'est pas une blague non plus, dit-il, les yeux brûlants. Je serais le plus heureux des hommes si tu me donnais un enfant. Quelques-uns, si possible.

Je déglutis et soutiens son regard.

Il sourit encore.

— C'est tout. Tu connais mes conditions désormais. Penses-tu pouvoir faire ces choses-là pour moi ?

— Je pense que oui, je réponds. Et d'autres choses encore.

Son sourire devient éclatant.

— Mais, j'ajoute en prenant sa main, ce que j'entendais par « conditions », c'était en fait quelque chose d'ordre plus… *financier*. Toi et moi, on n'est pas égaux sur ce plan.

Il ne dit rien.

— Tu as préparé un contrat de mariage ? je lui demande.

— Nous n'en avons pas besoin, me répond-il.

— Tu as perdu la tête.

— Bien au contraire, dit-il en posant dans la paume de ma main un baiser chaud. J'ai plutôt retrouvé mes esprits.

Je baisse les yeux pour réfléchir.

— Dis-moi oui, Diane, insiste-t-il en serrant ma main.

— À une condition, je réponds en levant les yeux.

— Tout ce que tu voudras.

— Tu poseras de nouveau nu pour moi. À chaque fois que je te le demanderai.

Il hausse les sourcils.

Je mets ma main à mon cœur.

— Ce sera pour usage strictement personnel, je te le promets.

— OK, dit-il. Mais je serai ton *seul* modèle masculin.

— Ça me va.

— Parfait, répond-il avec un hochement de tête.

— Alors, je te dis oui.

Je me jette à son cou avant d'ajouter d'une voix suave :

— Mon étalon.

<< <> >>

NOTE DE L'AUTEURE

Le château d'Arcy dans ce livre est fictif, inspiré par plusieurs châteaux dans la vallée de la Loire, en Normandie et en Bourgogne. Un vrai château d'Arcy existe près du village d'Arcy sur Cure. Auparavant propriété de vicomtes et de barons, il appartient aujourd'hui à l'État français.

La grotte Darcy est également fictive, mais elle s'inspire de trois étonnantes grottes préhistoriques en France.

D'abord, un complexe de grottes qui se trouve près du village d'Arcy-sur-Cure en Bourgogne. Tout comme la grotte Darcy du livre, la vraie grotte d'Arcy est située sur un terrain privé. Les peintures et les gravures dans la grotte d'Arcy ont « seulement » 28 000 ans. Dans le livre, je les ai vieillies de 12 000 ans !

Ma deux autres inspirations sont le célèbre complexe de Lascaux en Dordogne et la grotte Chauvet en Ardèche, dont l'art rupestre, qui remonte à 32 000 ans, est le plus magnifique et le plus ancien de France.

Les grottes Chauvet et de Lascaux ont été fermées au public pour protéger les peintures de la moisissure et des bactéries causées par le passage de milliers de visiteurs quotidiens. Ce que vous pouvez visiter, ce sont donc des répliques et non pas les vraies grottes. Par contre, la grotte d'Arcy est toujours accessible.

Alors, saisissez votre chance de voir la vraie grotte pendant que c'est encore possible. Elle vaut vraiment le détour!

VOTRE LIVRE OFFERT

Tapez ce lien dans votre navigateur web: **tiny.cc/alix-club** pour recevoir ma Newsletter mensuelle!

Vous y serez informés avant tout le monde de mes **prochaines parutions**, des possibilités de **gagner des chèques-cadeaux** et des **offres spéciales.**

Ne vous inquiétez pas — moi aussi, je déteste le spam! Je ne partagerai jamais vos informations, et il vous sera possible de vous désinscrire à tout moment. :-).

Dans votre première Newsletter, vous recevrez également **une romance offerte** en e-book !

Un cow-boy dans la grotte est une nouvelle-compagnon de la série **Les frères Darcy.**

C'est l'histoire de la très chic archéologue et conservatrice de la grotte Darcy Dr. Muller que vous venez de rencontrer et d'un producteur laitier du coin.

Que se passe-t-il quand un cow-boy et une intello restent bloqués dans une grotte avec un phallus datant de 40 000 ans peint sur le mur? Cela donne une romance torride et drôle!

Pour **télécharger** ce court roman et **vous abonner à ma Newsletter**, tapez ce lien dans votre navigateur web: **tiny.cc/alix-club**

POUR UNE AMOURETTE

TRADUIT PAR MARIANNE GERMAIN

PREMIÈRE PARTIE

CHAPITRE UN

Comment en suis-je arrivée là ?

Je soupire, lisse mes vêtements une dernière fois et je me dirige vers la porte capitonnée de cuir beige.

—Mia, attends ! me crie Raphaël.

Je m'immobilise et je me retourne.

Il ouvre sa bouche finement ciselée comme pour dire quelque chose, puis la ferme et me lance un sourire pincé. Le genre de sourire d'une personne qui se ravise après avoir pesé le pour et le contre de ce qu'il allait exprimer.

Eh bien, je ne vais pas attendre le résultat de ses délibérations intérieures. J'ai deux rapports volumineux sur mon bureau et une dizaine d'e-mails à lire avant de pouvoir partir ce soir.

Par conséquent, le temps presse.

Je reprends ma traversée de l'énorme bureau de Raphaël. Quand j'arrive à la porte, elle s'ouvre en douceur et silencieusement, grâce à sa technologie haut de gamme. Je jette un coup d'œil furtif pour vérifier que la voie est libre et je me faufile sans dire au revoir à Raphaël ou à Anne-Marie, sa fidèle assistante.

Comme une hors-la-loi.

Enfin, peut-être pas une hors-la-loi, mais indiscutablement comme une délinquante récidiviste enfreignant le *Code de l'honneur sur le Lieu de travail.* En particulier, la Règle n° 1, qui stipule : « Les travailleurs n'auront pas de relations sexuelles avec leurs supérieurs hiérarchiques, leurs subordonnés, leurs inférieurs ou leurs postérieurs. »

Alors qu'il existe une certaine controverse sur la signification exacte des termes « inférieurs» et « postérieurs», tout le monde sait qu'un « supérieur » est plus que votre chef immédiat. Le concept inclut également le chef de votre chef, le chef du chef du chef de votre chef et le Big Boss, le PDG.

C'est une stipulation très raisonnable, et soit dit en passant je l'approuve et je l'observe entièrement.

Alors que je me précipite dans le couloir, les talons claquant sur le sol en marbre, je réalise que j'aurais dû mettre mon observation au passé. « Je l'*observais.* »

Avoir enfreint plusieurs fois la première règle du Code depuis le mois de mars, fait de moi une scélérate et une hypocrite de la pire espèce.

Comment suis-je tombée si bas ?

Voici un indice : c'est la faute de Rudolph, le renne au nez rouge.

Dieu sait que je n'avais pas prévu ça lorsque j'ai obtenu ce job des plus ordinaires d'assistante de rédaction du bulletin quotidien chez DCA Paris. DCA signifie : D'Arcy Consulting and Audit. Ouaip, le même « d'Arcy » qui est intercalé entre « Raphaël » et le reste du nom tarabiscoté sur le papier à en-tête officiel de mon amant.

Avoir des rapports sexuels avec Raphaël d'Arcy du Grand-Thouars de Saint-Maurice, un gentleman et un libertin, était la dernière chose que j'avais en tête lorsque j'ai commencé à travailler chez DCA. D'ailleurs, l'idée ne m'avait même pas effleuré l'esprit.

Malgré mon passé trouble, je ne suis pas ce genre de fille. Et ma vie n'a pas besoin de complications supplémentaires en ce moment.

Je vous assure.

La silhouette familière de Pauline Cordier se matérialise au bout du couloir alors que j'arrive à l'ascenseur et que j'appuie sur le bouton. Mon rythme cardiaque s'accélère. Si ma supérieure immédiate me voit à cet étage, elle pensera l'une des choses suivantes : (a) ma présence ici est liée au travail, ce qui veut dire que je la court-circuite et que je m'adresse directement à un de ses chefs à elle ou (b) ma présence ici n'a rien de professionnel, ce qui veut dire que je couche avec l'un des cadres supérieurs.

Inutile de vous dire que ces deux options seront aussi propices l'une que l'autre à ma mise à l'écart et au final, à mon congédiement.

Je prends une grande inspiration et je lance un regard furtif à la silhouette qui s'approche.

Ce n'est pas Pauline.

Maintenant que la femme s'est approchée, elle ne lui ressemble même pas.

Ouf !

Vous pourriez ne pas me croire, mais je ne savais pas trop à quoi Raphaël d'Arcy ressemblait lorsque DCA m'a embauchée. Après avoir lu sa biographie officielle pour me préparer à mon entretien professionnel, je m'étais fait une vague image de lui qui pouvait se résumer à « jeune, bien né et bien habillé ». Les détails des antécédents et de l'apparence du PDG fondateur ne m'avaient pas marquée. Je doute y avoir même accordé la moindre attention.

Parce qu'ils n'étaient pas importants.

Tout ce que je voulais de Monsieur d'Arcy, c'était un emploi dans son entreprise, qui me procurerait un salaire mensuel pour compléter les miettes que mon école appelait une bourse. Ainsi, je pourrais finir mon doctorat sans avoir à dormir sous les ponts ou à emprunter de l'argent.

Il faut dire que les ponts parisiens laissent passer les courants d'air. Et ils sont humides. Et ne parlons pas de la puanteur qui y règne grâce à nos amis les chiens et à quelques humains sans gêne ! En plus de ça, les ponts n'offrent aucun espace de rangement pour les notes de recherche, les photocopies et les livres.

Bref, comme hébergement, c'est pas le top.

Pour ce qui est d'emprunter, mes parents ont inculqué quelques notions à Eva et moi : notamment que les dettes doivent être évitées à tout prix. Leur idée que « les dettes sont diaboliques » l'a emporté sur la possibilité de prendre un crédit, ce que tout le monde fait pourtant de nos jours dans les sociétés occidentales.

Sauf mes parents.

Mais, ils habitent à la campagne, en Alsace. La vie y est beaucoup moins chère qu'à la capitale, et ils sont parvenus à atteindre la cinquantaine sans un seul prêt pour assombrir leur horizon.

Je sors de l'ascenseur au deuxième étage, soulagée que personne ne m'ait aperçue dans les quartiers paradisiaques de la Direction, et mon téléphone sonne. Vu que je me cache comme ça depuis déjà deux mois, la probabilité que quelqu'un finira par me voir et que Pauline en entendra parler, devient de plus en plus forte.

Ça me fait énormément paniquer.

Alors que je réponds au téléphone, la voix profonde et sexy de Raphaël interrompt mes inquiétudes.

—Tu as laissé ta culotte ici, dit-il, l'air simultanément amusé et satisfait, comme d'habitude, quoi.

—Non, je...

Oh, merde ! Il a raison.

—J'ai cinq minutes avant la réunion, reprend-il, alors si tu veux revenir pour la récupérer...

—Non ! je m'exclame en regardant autour de moi, avant d'abaisser la voix. C'est bon, je suis sûre que je peux passer l'après-midi sans la porter.

—Oh, je n'en ai aucun doute. Par contre, je me demande si *moi,* je vais pouvoir passer l'après-midi en sachant que tu n'en as pas.

Il cesse de parler, comme s'il réfléchissait à la question, puis il ajoute :

—Et qu'elle est dans ma poche.

Mon estomac fait un soubresaut.

Quelque chose de douloureusement – mais aussi délicieusement – lourd se forme dans mon bas-ventre, me remettant à l'esprit ce que Raphaël et moi étions en train de faire il y à peine une heure. Soudain, chaque pas que je fais me rappelle que je ne porte pas de culotte. Le frottement de la doublure de ma jupe contre ma peau nue me donne des picotements. Ma respiration s'accélère et mon cœur bat fort dans ma poitrine.

Alors que je tente de me calmer avant d'entrer dans le bureau que je partage avec deux autres assistants, je m'imagine à Strasbourg, dans le cabinet médical immaculé de notre docteur de famille.

—Quel est votre diagnostic, docteur ? je demanderais après qu'il m'ait examinée.

—Ne t'inquiète pas, mon enfant ! Tu vas survivre, répondrait-il en remontant ses lunettes sur le front. Tu souffres d'un exemple classique de *desirum irresistiblum*.

—Je vous en prie, pouvez-vous m'en débarrasser ?

Il sourirait et secouerait la tête, tout en mettant mon dossier à jour sur son ordinateur.

—C'est comme un rhume. Il finira par partir tout seul.

Et voilà le deuxième indice du mystère qui m'a fait tomber si bas.

Il semble que j'ai attrapé une infection particulièrement grave de *desirum irresistiblum* pour Raphaël d'Arcy, le bourreau des cœurs. Et avec ma chance, on risque de se faire prendre avant que mes symptômes disparaissent.

—Je dois y aller, je murmure dans le téléphone et je raccroche.

Je prends quelques longues inspirations pour me débarrasser de mon excitation avant de pénétrer dans le bureau.

Plus facile à dire qu'à faire.

Les choses que Raphaël dit, les choses qu'il me fait... Elles ne font pas que m'*exciter* – elles pénètrent dans mon cerveau et l'embrouillent à un niveau moléculaire, profond. Tenter de contrecarrer ce type d'invasion par des principes d'éthique a été aussi efficace que d'essayer de détruire l'Étoile Noire de Dark Vador avec des fléchettes en mousse.

Mais je vais continuer d'essayer.

Jusqu'au bout.

CHAPITRE DEUX

J'ai passé le premier mois à DCA Paris sans apercevoir une seule fois *Le Big Boss*, comme l'appellent les assistantes dans mon service. C'est peu surprenant, car il y a six étages et autant de niveaux de hiérarchie entre nous. Si nous nous étions rencontrés dans un couloir, il n'aurait eu aucune idée de qui j'étais et je ne l'aurais pas reconnu.

Puis la fête traditionnelle de Noël a eu lieu. Le comité organisateur a décrété qu'il s'agirait d'une soirée costumée et que quiconque osant se présenter sans déguisement approprié serait renvoyé à la maison.

Par chance ou malchance, je possédais un vieux costume parfait pour une fête de Noël – Rudolph, le petit renne au nez rouge. C'était une combinaison duveteuse avec des cornes sur la capuche qui couvrait le haut de mon visage, et un nez rouge maintenu par un ruban élastiqué. Le costume était dans le grenier de mes parents depuis que j'avais passé le bac. Il n'attendait qu'une chose, c'était d'être porté à nouveau.

J'aurais mieux fait de mettre un autre déguisement !

Si j'avais su où cette combinaison en fausse fourrure marron allait me conduire, je ne l'aurais jamais enfilée pour la soirée de Noël. Bon Dieu, je ne serais même jamais allée à cette fête ! Mais sans boule de cristal pour prévoir l'avenir, le costume de Rudolph m'avait semblé être une excellente idée.

Lorsque j'étais entrée dans la salle de réunion, qui avait été transformée en piste de danse avec même une boule disco, l'esprit de Noël n'était pas vraiment là. Des minettes fort peu vêtues, des elfes provocants et des anges séducteurs – sans parler des hôtesses Playboy – avalaient du champagne et faisaient onduler leur corps mince au rythme de « I Know You Want Me ». Nombre d'entre elles chantaient et faisaient des clins d'œil à leur cavalier, *Je sais que tu me veux, Tu sais que je te veux.*

Leurs collègues masculins n'étaient pas loin derrière. Ils portaient divers déguisements de super-héros rembourrés et il y avait aussi des Pères Noëls torse nu ici et là. Presque tous buvaient, dansaient et flirtaient avec la férocité des personnes déterminées à conclure avant la fin de la soirée.

Autrement dit, tout le monde avait l'air de s'amuser.

—Le but du jeu, c'est *Trouver Le Big Boss*, avait dit Delphine, ma collègue de bureau, en me donnant une flûte.

Un bouchon de champagne traversa la pièce bruyamment, et passa tout près de mon visage. En l'esquivant, je renversai le contenu de ma flûte, ce qui fit rire Delphine.

Me redressant, je regardai autour de moi.

—Peut-être qu'il n'est même pas là.

—Les rumeurs affirment le contraire, dit Delphine en me faisant un clin d'œil et en remplissant à nouveau mon verre. Barbara et moi essayons de deviner sous quel Iron Man il se cache, en nous basant sur sa stature et sa voix.

—Personnellement, je pense que vous vous trompez, déclara un cygne noir en tutu, qui venait d'arriver à côté de nous.

En y regardant de plus près, je vis qu'il s'agissait d'Annie, une auditrice débutante, célèbre pour ses conquêtes prestigieuses.

—Moi, je pense que c'est le Père Noël là-bas, affirma Annie en désignant le grand Père Noël entièrement costumé, qui caressait sa barbe blanche et discutait avec deux Playboy Bunnies dans un coin de la pièce.

—Tu pourrais avoir raison, acquiesça Delphine, en contemplant le groupe. J'ai entendu dire que sa dernière aventure c'était un ménage à trois, le truc dont tous les hommes rêvent.

—Alors, tu penses qu'il veut remettre ça ? je demandai avec une grimace.

—Sûrement pas ! s'exclama Annie en relevant le menton et en abaissant son haut pour révéler davantage ses seins. Sa prochaine aventure, ce sera *moi.*

Sur ce, elle s'avança à grands pas vers le Père Noël, la tête haute et la poitrine en avant. Je ne pouvais pas m'empêcher de l'imaginer en train d'utiliser ses nichons relevés pour tirer à volonté, afin de décimer les lapines et mettre le grappin sur *Le Big Boss.*

Au moins pendant une nuit.

—Amuse-toi bien, ma cocotte, me dit Delphine avant de s'éloigner pour accueillir un nouveau venu.

Je m'éloignai du tir croisé des bouchons de champagne et du massacre imminent des lapines. Étant donné que je n'avais pas la moindre intention de trouver Raphaël d'Arcy, je restais à l'écart des super-héros et des Pères Noël toute la soirée et je gravitais autour de mes collègues plus âgés et vêtus de costumes plus prudes. À un moment, je dansais avec un bonhomme de neige qui avait une grosse carotte en guise de nez. Le reste du temps, je sirotais du champagne, tout en parlant politique avec les quinquas.

Le problème c'est que cette catégorie démographique se dispersa rapidement après les douze coups de minuit. Et à partir d'une heure du matin, il était devenu difficile de trouver quelqu'un qui avait plus envie de discuter, que de vous rouler une pelle. Pas que tout le monde – homme ou femme – ait envie d'embrasser Rudolph le petit renne au nez rouge.

Mon deuxième problème, c'est que j'avais de plus en plus chaud dans mon costume inconfortable en fausse fourrure. Je serais partie – *et j'aurais dû partir !* – à ce moment-là, mais Delphine et moi, nous étions mises d'accord pour rentrer ensemble en taxi, car nous habitons dans le même arrondissement.

Malheureusement, alors que j'étais prête à m'éclipser, Delphine était très absorbée par une conversation avec Hulk, qui ressemblait fortement à Alberto, le type qui lui plaisait depuis très longtemps.

Il n'y avait aucune chance pour qu'elle s'en aille maintenant.

Je soupirai, remplis à nouveau ma flûte et sortis sur le balcon sombre. Enlevant mon nez rouge, je levai mon visage pour laisser l'air frais de décembre le refroidir. Cinq minutes plus tard, je m'éclatais toute seule sur le balcon, qui était plutôt une terrasse, d'après ce que je voyais dans le noir. Ma température corporelle avait baissé et mon cerveau imbibé de champagne s'était suffisamment éclairci, pour que je réalise que le balcon sur lequel je m'étais échappée au hasard, offrait la meilleure vue de Paris que j'avais jamais contemplée.

Ma soirée commençait à s'améliorer.

Tout en admirant la ville aux mille feux, j'avalais mon champagne, lorsque quelqu'un sortit en trébuchant et arriva à mes côtés.

C'était le bonhomme de neige avec qui j'avais dansé auparavant.

—À votre santé.

—Et à la vôtre, je répondis en essayant de déterminer son niveau d'ébriété.

Et si j'étais agacée ou contente de son arrivée.

Agacée, décidai-je. *Très clairement.*

Au contraire des rennes sérieux, les bonhommes de neige sont des créatures imprévisibles.

Ils peuvent fondre sur vous à tout moment.

CHAPITRE TROIS

—Rudolph, mon pote, je compatis, dit Bonhomme de neige, en se tournant vers moi. C'est un putain de sauna là-dedans. Il fait toujours chaud comme ça dans nos bureaux ?

Je secouai la tête.

—C'est la faute des fées.

—Hein… ?

—Linda et Catherine, expliquai-je. Elles avaient trop froid dans leurs mini-costumes, alors elles ont mis le chauffage il y a une heure.

—Ah d'accord.

Bonhomme de neige s'approcha un peu et posa sa bière sur la ballustrade. Son visage restait complètement caché par son masque, mais d'après sa voix, il avait au moins vingt ans de moins que ce que j'avais cru quand nous avions dansé brièvement. Il n'avait pas ouvert la bouche à ce moment-là, donc j'avais supposé qu'il était plus vieux, à cause de son déguisement rigolo et de ses mouvements de danse loufoques. Il me faisait penser au personnage de la *Reine des Neiges* et il faisait preuve d'un rare niveau d'auto-dérision pour un homme de moins de quarante ans.

Ma co-victime du réchauffement sur le lieu de travail me tendit la main.

—Je suis Olaf le Bonhomme de neige. Vous pouvez m'appeler Oli.

Donc, j'avais vu juste pour la *Reine des Neiges*.

—Je suis Rudolph, le petit renne au nez rouge, dis-je. Et interdiction totale de m'appeler Rudy.

Nous nous sommes serré la main, mitaines marron contre blanches.

Olaf, enleva les siennes et avala une gorgée de sa bière.

—Ouh, ça fait du bien. J'étais en train de fondre là-dedans.

Je lui lançai un sourire compréhensif.

—Je n'ose pas vous demander comment *vous* vous sentez, dit-il en pointant une main étonnamment élégante vers moi. Avec toute cette fourrure sur la poitrine.

—Comme un renne de Laponie parachuté dans la savane.

—Vous êtes nouvelle à DCA, n'est-ce pas ? demanda-t-il soudain.

—Heu... oui. Et vous ?

—Plus maintenant, répondit-il en inclinant la tête sur le côté. Auditrice ?

—Surtout pas. Je suis nulle en math.

—Quoi alors ?

—Assistante de rédaction.

Il ne commenta pas, mais j'entendais presque les rouages de son cerveau tourner, alors qu'il s'efforçait de comprendre ce que je faisais à DCA.

—Le bulletin d'actualités, dis-je pour l'aider.

Il hocha la tête pour montrer qu'il avait compris.

—Évidemment ! Je suis bête. En plus, je le lis tous les jours !

—J'espère bien, répondis-je avec résolution. Surtout la section de politique mondiale, compilée par le renne ici présent.

Il me salua d'un chapeau imaginaire.

—Qu'est-ce que vous faites dans la vie, Olly ? je demandai.

—Je fais des audits.

—Un choix de carrière intelligent.

—Je suppose, dit-il en haussant légèrement les épaules. Qu'avez-vous étudié ?

—L'histoire.

—Je vois, répondit-il.

—Ah bon ?

—Une de ces matières passionantes, qui ne débouchent jamais sur un job bien payé.

Je soupirai.

—Et pourtant je persiste dans cette voie vers l'exclusion économique.

—Comment ça ?

—Je suis inscrite à un programme de doctorat, dis-je

—Quel est votre sujet ?

—Les prostituées parisiennes au Moyen-Âge.

—Waouh ! s'exclama-t-il. Vous pouvez me raconter des anecdotes amusantes ?

—La prostitution n'est pas vraiment un sujet amusant.

—Oh, allez ! rétorqua-t-il en me donnant un petit coup de coude. Vous n'allez pas faire votre moralisatrice. Je suis sûr que vous avez trouvé des informations, qui sont un peu divertissantes.

—D'accord, laissez-moi réfléchir.

Je me creusai le cerveau pour trouver un fait que l'on pourrait qualifier d'amusant. *Ah, voilà !*

—La loi obligeait les catins à porter un vêtement spécial pour les distinguer des femmes honnêtes.

Il s'accouda à la balustrade parapet et se tourna complètement vers moi.

—Comme des mini-jupes ?

—Mais oui, c'est ça ! répondis-je avec un rictus. Non, plutôt une cape ou une ceinture d'une couleur spécifique ou un certain type de couvre-chef.

—Quoi d'autre ?

—Hum...je réfléchis en me pinçant le menton. Ah oui, voilà autre chose. Les décisions pour savoir quels quartiers hébergeraient les maisons closes étaient parfois prises au plus haut niveau de l'État. À Paris, par exemple, c'était Louis IX qui avait choisi de les installer dans le quartier de Beaubourg.

—C'est logique.

—Pourquoi ?

—Il y a une rue qui donne sur la rue de Rivoli, qui s'appelle la rue des Mauvais Garçons, dit-il

—En fait, ce nom n'a rien à voir avec les catins.

—C'est décevant.

—Par contre celui de la rue Petit-Musc a un rapport ! Le nom original était la rue Put-y-Musse. Une putain se cache ici.

—C'est fascinant, remarqua-t-il, le regard s'attardant sur la partie inférieure découverte de mon visage. Encore ?

—D'accord, dis-je. Une dernière.

—Elle a intérêt à être bien, alors.

—Olly, rétorquai-je en levant un sourcil. N'allez pas croire que tout vous est permis. Ça ne marche pas quand vous êtes habillé en bonhomme de neige.

—C'est vrai, Rudolph, répondit-il en tirant sur son nez carotte pour l'incliner vers le bas, je vais me tenir à carreau.

Je me mordis la lèvre inférieure pour masquer mon sourire.

—Alors, à la demande générale, voici une dernière anecdote : les invités étrangers de l'État étaient emmenés dans des bordels de luxe pour des gâteries spéciales, et ce jusqu'au XIXe siècle.

—Oh, j'imagine *totalement* leur programme officiel, dit-il, la voix empreinte d'hilarité. 15 heures : briefing au Ministère des affaires étrangères ; 19 heures : dîner au Palais de l'Élysée ; 23 heures : roulage de pelle à Beaubourg.

Je me marrais en notant la profondeur et le ton de velours de la voix d'Olaf. En réalité, sa voix était indéniablement très belle.

Pour un bonhomme des neiges, on s'entend bien.

—Désolé de vous décevoir, dis-je, mais le programme officiel ne faisait pas état de roulage de pelle. Ces sorties étaient généralement décrites en tant que « visite avec le président du Sénat ».

Il bascula la tête en arrière et éclata de rire.

Pendant les cinq minutes qui suivirent, Olly et moi contemplâmes les lumières de Noël de Paris dans un silence amical. Lorsque la Tour Eiffel démarra sa parade lumineuse horaire, une certaine gêne due à la présence physique d'Olly s'insinua en moi. Il avait toujours l'air aussi comique que moi dans son costume farfelu. Mais son timbre de baryton et ses belles mains m'avaient fait remarquer d'autres choses sur lui, comme sa grande taille et son large torse.

C'était très déconcertant.

—Qui eut cru qu'être un réfugié climatique pouvait être si amusant ? dit-il en rompant le silence.

—Dans mon cas, c'est le climat *et* les tirs croisés.

—C'est-à-dire ?

—Le champagne.

Il fronça les sourcils.

—Chaque fois que quelqu'un ouvre une bouteille, expliquai-je, je m'attends à ce que le bouchon me heurte l'œil.

—Même lorsque la bouteille est orientée vers le mur opposé ?

Je hochai la tête.

—Je m'attends à ce que le bouchon fasse un ricochet contre le mur et me touche l'œil.

—Ça vous est déjà arrivé ?

—Non, j'admis. Ce qui augmente la probabilité statistique que ça arrive.

La culpabilité m'envahit avant d'avoir fini ma phrase, me faisant regretter l'analogie inappropriée.

Comment oser me comparer à de vrais réfugiés fuyant un conflit armé ?

Puis j'entendis le petit rire d'Olly et quelque chose de bizarre se passa. La honte et la culpabilité s'évanouirent dans un coin éloigné de mon cerveau, pour laisser une impression d'étourdissement merveilleux. Très vite, ces sentiments feraient leur retour fracassant dans toute leur splendeur poisseuse. Le Duo Empoisonné ne me laisse jamais seule trop longtemps, pas depuis la *calamité.* Mais à ce moment-là, sur cette terrasse enchantée, le Duo m'offrait un cadeau de Noël : un rare moment de détente pure et authentique.

Et je le saisissais, sans poser de questions.

—Je me fais des idées ou il commence à faire plus chaud ici aussi ? demanda Olly.

Il ne se faisait pas des idées. Je m'en rendais compte également.

Était-ce à cause du déguisement ? Si c'était le cas, je devais laisser tomber mon manteau en laine mélangée à la noix et porter Rudolph tout l'hiver. Ou peut-être que nous subissions un épisode de réchauffement climatique qui n'avait rien à voir avec les fées, les radiateurs ou la fausse fourrure.

—Vous avez raison, dis-je. L'air est anormalement doux pour la fin décembre. Si vous étiez un vrai bonhomme de neige, vous seriez une flaque à mes pieds maintenant.

—Si vous étiez un vrai renne, rétorqua-t-il, vous auriez dû dire « à mes sabots ».

Oups.

Il pencha la tête sur le côté.

—En fait, si vous étiez un vrai renne, vous n'auriez rien dit du tout. Vous vous seriez jeté sur moi pour avaler ma carotte.

Y avait-il une connotation sexuelle dans sa remarque ou était-ce juste mon esprit mal tourné ?

Je ne pouvais pas voir l'expression d'Olly, mais je sentais ses yeux percer les miens.

C'est à ce moment que je réalisai à quel point j'avais envie de voir son visage.

—Vous n'avez pas trop chaud avec votre masque ? demandai-je.

Il renifla.

—Vous aimeriez que je n'aie plus de tête, Rudy ?

—Je m'inquiète juste de votre confort, répondis-je les mains sur les hanches. Et vous serez gentil de bien vouloir m'appeler Rudolph.

Étais-je en train de flirter ? Ce n'est pas du tout mon style.

—Nan, vous êtes Rudy, dit-il en prononçant « Rudy », comme si c'était un diminutif super sexy ... sauf si c'était de nouveau mon imagination tordue.

Et puis, il enleva le masque.

Dans le noir, je ne voyais pas bien ses traits ou la couleur de ses yeux, mais je pouvais distinguer ses cheveux ondulés, ses pommettes saillantes, sa mâchoire forte et la forme de son nez. Tout ça suggérait que le visage d'Olly était aussi beau que sa voix.

En plus, j'avais la vague impression de l'avoir déjà vu, même si je ne savais pas qui il était. D'un autre côté, nous étions collègues. Il était possible que j'aie pris l'ascenseur avec lui plusieurs fois au cours des derniers mois.

—À vous, dit-il, en faisant un pas vers moi.

Il lança un sourire innocent, mais sa voix et sa posture émettaient quelque chose de beaucoup moins chaste. Je m'attendais presque à ce que ses canines s'allongent et qu'il les plonge dans mon cou.

Comme j'avais envie de sentir cette morsure !

—Grand-mère, que vous avez de grandes dents ! je m'exclamai, en écarquillant bien grand les yeux.

Il leva les sourcils, puis se mit à rire.

J'adorai ce rire.

Bravo, Mia, tu t'es sauvée du grand-méchant loup !

Alors pourquoi la frustration ?

Je tirai sur ma capuche, pour dénuder le haut de mon visage.

Il cessa de rire et s'approcha davantage.

—Vos yeux sont verts, dit-il, se penchant vers moi.

Sa bouche était tellement près.

Elle était grande, mais très masculine et extrêmement attirante. En plus le sex-appeal qui se dégageait de son odeur me faisait perdre la tête.

—La couleur de mes yeux est-elle importante ? demandai-je.

Pourquoi ma voix était-elle soudain devenue enrouée ?

Oh, Mia ! Tu sais très bien pourquoi.

—Non, répondit-il en approchant encore plus.

Nous nous touchions presque maintenant.

—Pouvez-vous garder un secret ? demanda-t-il.

J'acquiesçai.

—Je suis un bonhomme de neige *lesbienne.*

Je levai les sourcils.

—Il y a tellement de Pères Noël sexy là-dedans, dit-il en désignant la salle de réunion, et pourtant c'est la renne que j'ai envie d'embrasser.

J'avalai ma salive.

—D'ailleurs, poursuivit-il en inclinant la tête, je meurs d'envie de l'embrasser depuis plusieurs heures, depuis qu'elle a dansé avec moi.

Et là, il appuya ses lèvres sur les miennes.

Je laissai échapper un soupir, alors que son parfum entêtant envahissait mes narines. Il glissa sa langue entre mes lèvres. Sa bouche avait le goût du paradis. Derrière la légère amertume de la bière et le soupçon du dentifrice mentholé, il y avait l'essence d'Olly.

Et c'était délicieux.

Sa langue explora ma bouche avec de longues caresses expérimentées et je ne pouvais pas m'empêcher de réagir. Avec enthousiasme. Il m'attira plus près de lui, tout en enlevant mon chouchou et il mêla sa main dans mes cheveux.

Oh oui !

Soudain, il me lâcha et se recula.

Je me tenais là, haletante, ivre de son goût et complètement désorientée.

—Tu es Mia, c'est ça ? demanda-t-il, remettant son masque et ajustant son nez.

—Comment tu...

—Quelqu'un t'appelle. Elle hurle ton nom depuis cinq bonnes minutes.

Au prix d'un gros effort, je me concentrai. Quelqu'un - plus spécifiquement, Delphine - criait bien mon nom.

—Je devrais y aller, dis-je.

Il hocha la tête et ouvrit la porte.

Alors que j'entrai en trébuchant dans la pièce, je heurtai Delphine, qui était sur le point de s'aventurer sur la terrasse à ma recherche.

—Te voilà ! s'exclama-t-elle avec un sourire de soulagement. Tu es prête à rentrer ?

—Et Alberto ?

Elle haussa les épaules avec une nonchalance exagérée.

—Finalement, il est marié.

—Oh. Je suis désolée.

Je serrai son bras pour la consoler.

—C'est pas grave.

Delphine sortit son téléphone et se mit à balayer l'écran.

—Depuis combien de temps tu te gèles tes fesses de renne ici ?

Je jetai un œil à ma montre. *Plus d'une heure.* J'avais l'impression que ça ne faisait que quinze minutes.

Delphine plissa les yeux.

—Et qu'est-ce que tu faisais exactement avec un bonhomme de neige ?

Je regardai autour de moi, mais Olly était parti.

Heureusement, Delphine trouva ce qu'elle cherchait sur son téléphone. Elle appuya sur un numéro, porta le téléphone à son oreille et indiqua nos coordonnées au taxi.

Au moment, où elle raccrochait, j'avais trouvé une réponse.

—Que penses-tu qu'un renne et qu'un bonhomme de neige font quand ils se retrouvent tout seuls ?

—Aucune idée.

Je lançai un sourire triomphal.

—Ils râlent sur leur patron, le Père Noël, évidemment.

Delphine leva les yeux au ciel, mais n'insista pas.

Cinq minutes plus tard, nous étions dans le taxi. Sur le chemin du retour, alors que nous étions toutes les deux perdues dans nos pensées, je réalisai qu'Olly ne m'avait pas donné son vrai nom. Peut-être que l'attirance n'avait pas marché des deux côtés et qu'il n'avait pas autant aimé le baiser que moi.

De toute façon, avoir une liaison avec un collègue n'est pas une bonne idée, je m'étais dit pour me consoler.

Quel dommage que je ne l'aie pas reconnu à ce moment-là !

Parce que je n'aurais pas fini avec un *desirum irresistiblum* aigu pour Raphaël d'Arcy quatre mois plus tard. Mon bon sens alsacien m'aurait avertie qu'avoir une aventure avec le PDG coureur de jupons de ma société n'était pas juste une mauvaise idée.

C'était la pire de toutes les mauvaises idées.

CHAPITRE QUATRE

— Comment, en tant que peuple, en sommes-nous arrivés là ?

Les yeux verts de Maman balaient la pièce, en effleurant chaque personne de la congrégation avec un mélange d'affection et de tendresse dont elle seule est capable.

Elle boit une gorgée du grand verre sur son pupitre et laisse la question faire son effet et se distiller dans nos esprits. Chaque fois que ma mère interrompt ses sermons ainsi, j'ai l'impression que tout le monde peut ressentir sa poigne ferme sur l'épaule.

En tout cas, c'est toujours mon cas.

Quand je me débrouille pour arriver à Estheim assez tôt ou rester assez longtemps, je fais de mon mieux pour assister au sermon dominical de Maman. « Vous savez que vous n'êtes pas obligés », dit-elle toujours à Papa, Eva et moi. Mais nous insistons. Papa, parce qu'il est très pratiquant et qu'il soutient tout ce que fait sa femme pasteur. Eva parce qu'en fait, elle aime bien les sermons de Maman. Et moi… franchement, je ne sais pas trop pourquoi j'y vais.

Je ne suis pas vraiment protestante, au contraire du reste de la famille.

Je ne suis pas catholique, non plus. D'ailleurs, je n'adhère à aucune autre dénomination religieuse.

Je suis darwiniste.

Vu la proximité des humains et avec les singes – surtout dans le métro aux heures de pointe – je ne vois pas comment on pourrait croire à autre chose qu'à la survie du plus fort ?

—Quel chemin détourné, reprend Maman, nous a mené à croire que nous *devons* utiliser des images de femmes nues pour vendre des glaces au chocolat ? Et pourquoi est-il devenu *normal* d'avoir des relations sexuelles et même des enfants en dehors des liens sacrés du mariage ?

Le sermon d'aujourd'hui s'appelle *À propos de la pureté.* C'est un thème que ma mère affectionne.

Eva et moi nous sommes demandées des centaines de fois si Maman pense que ses filles adultes – j'ai vingt-six ans et Eva en a vingt-huit – sont encore vierges. Nous en avons conclu qu'elle le croit vraiment. Parce que c'est ce qu'elle attend de nous. Et parce que nous n'avons pas encore trouvé le courage de lui dire la vérité.

« Parce que c'est la volonté de Dieu, vous vous abstiendrez de la fornication », lit Maman dans sa Bible.

Papa hoche la tête.

Eva et moi scrutons nos pieds.

Maman termine le sermon par Jésus pardonnant à une pêcheresse, suivi d'un appel passionné à toutes les âmes perdues les invitant à se repentir et à bannir le sexe immoral de leur corps pur.

C'est très gentil à elle de promettre que Jésus me pardonnera, mais la véritable question est de savoir si *elle* me pardonnera ? Et Papa ? Pas juste d'avoir forniqué avec Raphaël, mais du pêché beaucoup plus grave que j'ai commis il y a six ans ?

D'après ce que je sais de leur passé, je parierais que non. Parce que les actions, comme mes parents aiment le répéter, en disent plus que les paroles.

—Si par miracle, tu pouvais récupérer ta virginité avec hymen intact et tout, je murmure dans l'oreille d'Eva alors que nous sortons de l'église, tu le ferais ?

—Pas question !

Je lève les sourcils.

—Je pensais que tu étais croyante.

—Je le suis. Mais je ne crois pas en l'abstinence sexuelle.

—Si je ne te connaissais pas mieux, je dirais que tu t'envoies en l'air.

Eva laisse échapper un soupir.

—J'aimerais bien.

Je passe un bras sur ses épaules et je la serre doucement. Je suis au courant de son attirance sans espoir pour Maxime.

—Et toi ? demande-t-elle. Tu as un nouveau copain, peut-être ?

Je détourne le regard.

Eva pose sa main sur la mienne et me tapote gentiment. Elle est au courant de ma liaison sans avenir avec Raphaël.

La dernière fois qu'elle est venue passer un week-end à Paris avec moi, je lui avais juré que je me sortirais de cette situation. Je me suis promis la même chose au moins trois fois depuis janvier.

Nous sommes en avril.

J'ai arrêté de promettre.

Eva me donne un coup de coude.

—As-tu au moins essayé de rompre ?

Je secoue la tête.

—Il a changé ? demande-t-elle avec une note d'espoir dans sa question. Y-a-t-il une chance qu'il éprouve des sentiments pour toi ? Est-ce que ce ne serait pas une bonne idée que tu quittes ton job ?

—Je ne veux pas parler de Raphaël, dis-je en continuant d'éviter les yeux d'Eva.

Il n'a pas changé.

Et je doute que sacrifier mon job me serait d'une grande utilité.

Eva hausse les épaules et rattrape nos parents.

—J'ai adoré ton sermon, déclare-t-elle à Maman.

Elle lui dit toujours ça, et la plupart du temps, elle le pense. Mais cette fois-ci, ses doigts sont croisés dans son dos. Je suppose que le décalage entre les standards élevés de ce sermon et la réalité de nos vies est trop important, même pour le cœur indulgent d'Eva.

À la maison, Papa se met à cuisiner pendant que Maman s'occupe de paperasses. Papa est un policier à la retraite, qui adore préparer à manger, ce qui tombe bien, vu que Maman serait incapable de faire cuire un œuf, même si ça vie en dépendait.

Tout comme moi, soit dit en passant. Le seul truc que je sais cuisiner, ce sont les pâtes, ce qui n'est pas si mal, puisque j'adore ça. En fait, j'adore toute la gastronomie italienne. Pour varier mes repas, j'emplis mes placards de bolognaise, de pesto et de diverses sauces pour pâtes trouvées dans mon supermarché et je les mange en suivant une rotation bien ordonnée.

Ça me va très bien.

Quand Eva vient me rendre visite à Paris, elle arrive avec un énorme pot de sauce au pesto faite maison, qu'elle distribue ensuite en portion dans des petits containers, qu'elle fourre dans le congélateur. Ma sœur a hérité du talent de Papa. *La vache qu'est-ce qu'elle cuisine bien !* Les plats qu'elle nous préparait quand nous étions adolescentes, étaient meilleurs que les repas au restaurant Michelin 1 étoile, que mes parents nous offraient en cas d'occasions spéciales.

Eva a étudié au Cordon Bleu, l'une des meilleures écoles hôtelières du pays et a travaillé comme sous-chef avec un cuisinier en vogue dont j'ai oublié le nom.

Deux ans plus tard, elle a démissionné, a suivi une formation de secrétaire et a trouvé un travail d'assistante administrative « bien payé et stable » auprès de l'Agence Spatiale Européenne.

Maman était très fière d'elle.

Papa n'était pas content du tout.

J'étais les deux à la fois, mais surtout perplexe. Eva n'a pas fourni de commentaire concernant son changement de carrière radical, hormis une remarque désinvolte sur le fait que, finalement, cuisiner n'était pas son truc. Maman l'a crue. Vu son peu d'intérêt pour sa gazinière, elle s'identifiait facilement à cette justification. Ma théorie est qu'Eva avait été trop poussée par son chef célèbre ou harcelée par ses collègues sous-chefs. Une personne moins sensible se serait endurcie et aurait continué. Mais Eva, comme d'habitude, avait choisi la voie de la moindre résistance et s'était convaincue qu'elle n'était pas faite pour une carrière de chef.

Ces pensées traversent mon esprit alors qu'Eva et moi nous étirons dans nos hamacs préférés sous les pommiers magnifiques de Papa. Ma vie est peut-être foutue et sans aucun espoir de rédemption, mais Eva dispose de plusieurs options.

Ce serait criminel de leur tourner le dos.

—Tu peux me rappeler comment une chef talentueuse s'est retrouvée assistante administrative ? je demande.

Elle fait sembler de bailler.

—S'te-plaît, tu vas pas remettre ça !

—Fais-moi plaisir. Je veux juste comprendre.

—Ta fixation sur mon métier est malsaine. Tu t'en rends compte ?

—Tu évites ma question, dis-je.

—Il y a un problème avec le métier d'assistante administrative ?

—Non, je secoue la tête en hésitant. Si !

—Parle pour toi.

—Mon job actuel est un moyen provisoire pour parvenir à un objectif, alors que tu sembles résolue à ignorer ta véritable vocation.

Elle hausse les épaules.

—Je suis tout à fait heureuse là où je suis.

—C'est parce que tu es dingue d'Maxime.

Elle me lance un regard furieux.

Que je lui renvoie aussitôt.

—Tu es amoureuse de lui depuis combien de temps ? Un an ?

Eva reste silencieuse.

—Il ne t'a jamais demandé de sortir avec lui ?

Pas un mot.

—Est-ce qu'il a fait quelque chose qui suggère qu'il t'aime bien ?

Elle secoue la tête.

—Il a eu une copine depuis tout ce temps, c'est ça ?

Elle acquiesce.

—Pas toi ?

—Les filles, c'est pas mon truc.

—Très drôle, dis-je en la regardant avec compassion. Laisse-moi reposer ma question : as-tu eu un copain ou même une aventure d'un soir depuis que tu as posé les yeux sur Maxime ?

Elle soupire et secoue la tête.

—En plus de ça, c'est ton chef, j'observe. Ne répète pas mes erreurs, Eva.

Elle repousse ses lunettes sur l'arête de son nez.

—Maxime est plus gradé, mais il n'est pas mon chef direct.

—C'est du pareil au même.

—Et ce n'est pas un coureur de jupons comme le tien.

Je ressens une douleur violente dans le coin supérieur gauche de ma poitrine. Ça doit être que la vérité fait mal.

—Changeons de sujet, suggère Eva, en me lançant un regard d'excuse.

—Bonne idée.

J'examine les fleurs délicates au-dessus de ma tête, puis je ferme les yeux et je passe la demi-heure suivante à faire semblant de somnoler, jusqu'à ce que Papa nous appelle pour manger.

CHAPITRE CINQ

—Comme il est rare que nous soyons tous réunis, dit Papa en nous donnant des parts énormes de quiche à l'oignon, j'ai eu envie de préparer quelque chose de traditionnel.

—Ouais ! s'exclame Eva en entamant sa quiche, j'adore la Flammekuech.

—Je sais, dit Papa en l'observant mâcher son premier morceau. Ton verdict ?

Eva avale et lève son verre de vin.

—Trois étoiles délicieuses.

Papa sourit, ravi.

—Mais, le Riesling n'est pas le meilleur, déclare ma sœur, le nez collé à son verre.

—Ah bon ? demande Papa en buvant une gorgée, puis en acquiesçant. La prochaine fois, tu le choisiras, d'accord ?

Eva fait une courbette théâtrale.

—Ce sera un honneur, monsieur.

Ces deux-là ont un lien spécial, cimenté par leur positivité et leur amour de la gastronomie. Maman et moi avons une disposition moins joyeuse. Forcément, le lien qui nous unit n'est pas identique à celui de Papa et d'Eva.

En y réfléchissant, je n'ai pas vraiment de « lien » avec quelqu'un.

Une fois, pendant notre adolescence, Eva avait fait une observation qui m'avait marquée.

—Pourquoi es-tu si réservée tout le temps ? s'était-elle interrogée.

J'avais contesté cette caractérisation, bien sûr, mais je m'étais moi-même posé la question – en effet, pourquoi ? Et ce n'est que de nombreuses années plus tard que j'ai compris, après d'innombrables heures d'introspection, ce qui m'empêche de me confier à Maman et Papa, comme Eva le fait.

Ce n'est pas par manque d'affection.

Dieu sait que je les aime. Avec Eva, ce sont mes personnes préférées sur la planète et mon souhait le plus ardent est qu'ils soient le plus heureux possible et qu'ils restent aussi en bonne santé.

Ce qui me retient, c'est la peur. Je crains que si je les laisse s'approcher de trop près, ils comprendront qui je suis vraiment et ça ne leur plaira pas.

Je me détache de la conversation animée de Papa et Eva, alors qu'un vieux souvenir refait surface, aussi vif que lorsque j'en ai été témoin.

J'ai treize ans.

C'est le milieu de la nuit et je suis réveillée par les voix inhabituellement fortes de mes parents venant de la cuisine. Ils ont une discussion animée avec une autre personne, une femme que je ne peux pas identifier. Curieuse, je traverse le couloir sur la pointe des pieds, je m'assois en haut des escaliers et j'écoute.

—Alors si vous pouviez me prêter les 5000 euros, dit l'inconnue, je pourrais vous rembourser en intégralité.

—Et vous êtes certaine que votre proxénète vous laissera partir ? demande Papa.

Je me colle la main sur la bouche, choquée. J'ai vu assez de films interdits pour savoir exactement ce qu'est un proxénète.

—Oh oui, affirme la femme. Je ne suis pas une de ces filles de l'Est qui ne connaît pas ses droits et qui est terrifiée. Je suis française et je sais que je pourrai m'en sortir.

—C'est bien, dit Maman.

—Son seul moyen de pression, c'est l'argent que je lui dois, poursuit la femme.

Il y a un moment de silence, puis la femme reprend la parole.

—J'ai demandé à ma famille et à ma banque, mais ils n'ont rien voulu savoir. Croyez-moi, je ne me serais pas adressée à vous, si j'avais eu d'autres choix.

—Vous êtes venue au bon endroit, dit Maman.

—J'ai entendu votre sermon dimanche dernier lorsque vous avez parlé de redémarrer à zéro.

La femme s'interrompt, avant d'ajouter :

—Ça m'a inspirée.

—Donnez-nous quelques jours pour réfléchir et examiner l'état de nos finances, déclare Papa.

Je n'ai aucun doute sur le résultat de leur réflexion. Ils vont l'aider. En plus d'être dans le secteur professionnel de l'aide – un pasteur et un policier – mes parents envoient des chèques mensuels à la Croix Rouge, à Médecins sans Frontières et à Amnesty International. Ils sponsorisent également quatre petites filles sur différents continents en payant leurs frais de scolarité. Quand ils reçoivent les lettres de ces filles, ils prennent le temps de les lire et de rédiger des réponses longues et réfléchies.

En bref, aider les gens est naturel pour mes parents, dans leur vie professionnelle, comme dans leur vie privée.

—Merci du fond du cœur ! s'exclame la femme avec beaucoup d'émotion dans la voix.

J'entends les chaises bouger et je m'éloigne vivement de l'escalier.

—Nous vous appellerons avant la fin de la semaine, dit Maman en ouvrant la porte. Et souvenez-vous, vous n'êtes pas seule, Suzie.

Suzie.

Pendant les deux jours suivants, je n'arrête pas de penser à Suzie, la Pécheresse Repentante. Comme j'aurais aimé l'apercevoir ! Je suis remplie d'un mélange de fascination et d'effroi pour la femme déchue, déterminée à quitter sa vie de débauche. Dans l'espoir de la voir si elle revient – *quand* elle reviendra – je reste éveillée en lisant avec une lampe torche sous ma couverture.

Et puis, le vendredi soir, j'entends mes parents discuter du sujet dans la cuisine – sauf que Suzie n'est pas là cette fois-ci.

—Je le signalerai au Commissaire, dit Papa, sa voix dénuée de sa chaleur habituelle. C'est mon devoir.

—Nous avons promis de l'appeler, dit Maman.

—Nous ne sommes pas liées par cette promesse, Patricia. Nous ne lui devons rien.

Un long silence s'ensuit, puis Maman déclare :

—Tu as raison.

Ensuite, ils éteignent la lumière de la cuisine et je reviens tout doucement au lit, en faisant attention de ne pas réveiller Eva.

Évidemment, je n'ai pas bien dormi cette nuit-là.

Plutôt que d'aider discrètement Suzie, mes parents avaient décidé d'aiguiller la police sur son proxénète. Ils avaient choisi de faire ce qui était *correct*, plutôt que ce qui était *bon*. Même si cela mettait Suzie en danger.

Peut-être que leur charité avait ses limites, après tout.

Et elle n'allait pas jusqu'aux femmes déchues.

CHAPITRE SIX

Tout le monde, hormis Eva, a fait des bêtises à la fac.

Certains d'entre nous ont été plus idiots que d'autres – totalement « doddele », comme on dit en Alsace. Et enfin, il y a le club des VIP dont les erreurs de jeunesse sont du type bombes à retardement, prêtes à exploser des années plus tard.

Je fais partie de ce dernier groupe.

Sur mon bureau, il y a une lettre qui est arrivée par la poste ce matin dans une enveloppe toute simple sur laquelle est estampillé *Sydney, Australia*. Elle n'a rien à voir avec les notes coquines que Raphaël m'envoie parfois lors de ses déplacements professionnels. La lettre que j'examine ne commence pas par bonjour et ne finit pas par au revoir. Pas de nom, de date, ni de signature. Très peu de texte, d'ailleurs. Seulement quatre mots écrits en grandes lettres majuscules.

J'AI LA PREUVE.

Mes mains tremblent alors que je froisse la note pour en faire une boule de papier serrée que je fourre dans ma poche. C'est le deuxième message succinct et inquiétant que je reçois d'Australie en six mois. Il n'y avait que deux mots sur le premier : JE SAIS.

—Ça va ? demande Delphine, en me jetant un coup d'œil depuis son ordinateur. Tu es super pâle, ce matin.

—Je l'ai remarqué aussi, ajoute ma seconde collègue de bureau, Barbara, sans lever les yeux de son écran.

Je hausse les épaules.

—Absence de maquillage, combinée à trop peu de café.

—Et pas assez de sommeil ?

Delphine me fait un clin d'œil appuyé.

—Ça aussi.

—Quand vas-tu nous dire qui est ton amant mystérieux ?

—Jamais !

Delphine plisse les yeux.

—Je parie qu'il travaille à DCA.

—Non, pas du tout.

—Alors pourquoi toutes ces cachotteries ?

Soudain, l'expression de Delphine s'adoucit.

—Il est marié ? C'est pour ça que tu sors parfois en douce à cinq heures pour revenir à sept heures ? poursuit-elle.

—Il n'est pas marié, je réponds.

Delphine n'a pas l'air convaincue. Barbara non plus. Ce que je comprends entièrement. Mon aventure – ou ce truc qui se passe avec Raphaël – a toutes les caractéristiques d'une liaison avec un homme marié.

Le tristement célèbre *cinq à sept*.

Je comprends tout à fait pourquoi mes collègues de bureau croient que l'homme que je fréquente est marié. C'est ce que je m'étais dit aussi, lorsque je suis venue à notre deuxième rendez-vous sur la terrasse.

Un matin frais de début janvier, j'avais trouvé une note écrite à la main sur mon clavier.

21h, terrasse du 8e étage (la même qu'avant, accès par la salle de réunion). Si tu ne viens pas, je ne t'embêterai plus et il n'y aura pas de répercussions. Si tu viens, tu pourras noter dans ton calendrier : « Visite avec le Président de DCA ».

Olly

Ma première réaction avait été d'être ivre de bonheur.

Le type marrant qui embrassait merveilleusement bien et à qui je n'arrêtais pas de penser depuis les vacances de Noël, m'avait contactée. *Wou wou !* Dans seulement quelques heures, j'allais le voir. Et l'embrasser.

L'indignation est arrivée après coup. Mais une fois qu'elle s'était installée, elle avait pris racine et avait doublé de volume à chaque minute qui s'écoulait.

Quel culot !

En faisant une allusion grivoise aux « visites avec le président du Sénat » dont je lui avais parlé, Olly me faisait comprendre clairement ses intentions. Ce qui était plutôt malpoli. Et carrément arrogant.

C'était également irrespectueux et loin d'être galant.

En gros, il m'invitait à une partie de jambes en l'air dans le froid, juste sous le nez de nos collègues et à notre deuxième rendez-vous.

Ou, devrais-je dire, à notre deuxième *rencontre* parce qu'aucune de ces deux occasions ne pouvait être qualifiée de rendez-vous.

Le salaud !

Pourquoi ne pouvait-il pas m'inviter à boire un verre pour commencer, comme un homme *normal* l'aurait fait, même si son motif ultérieur était de coucher avec la fille ? Je ne m'attends pas à ce qu'il me fasse la cour comme au Moyen-Âge, mais il y a une certaine manière de faire les choses. Il y a un ordre défini, qui prévoit quelques verres et un repas ensemble avant de passer à quelque chose de plus intime. Ce dîner, et il peut y en avoir plus qu'un, n'est pas une formalité inutile, c'est l'occasion d'apprendre à se connaître et à établir la confiance.

Je soupirai de frustration et c'est là que j'ai compris : Olly doit être marié, tout comme l'Alberto de Delphine.

Alors, j'ai décidé que je n'irais pas.

Ça, c'était à 16 heures.

À 19h30, j'étais encore dans mon bureau, en train de finir du travail pas du tout urgent et de classer des e-mails sans aucune importance.

À 20h30, j'ai arrêté de faire comme si je n'allais pas à la terrasse et j'ai échangé ce mensonge pour une justification beaucoup plus plausible, mais qui restait respectueuse de mon égo. J'y allais, mais *seulement* pour donner à ce salopard arrogant le fond de ma pensée.

Au moment où je pénétrai dans la salle de réunion, j'aperçus Olly de l'autre côté des baies vitrées coulissantes, penché sur la balustrade. Contrairement à la fête de Noël, la terrasse était bien éclairée maintenant.

Il ouvrit l'une des baies et jeta un œil à l'intérieur.

—Ferme la porte à clé derrière toi. Comme ça, on sera plus tranquille.

Sérieux ?

J'ai quand même fermé la porte à clé.

Sous la lumière vive de l'éclairage au néon, Olaf le Bonhomme de neige, qui avait l'air pas mal à la fête de Noël, s'est révélé être carrément beau. Et un vrai dandy. Il portait un manteau en laine sombre bien taillé et une écharpe qui était la quintessence même de l'élégance masculine. Le vent jouait dans ses cheveux foncés et ondulés. Et pour ce qui est de la fossette dans son menton et de son sourire espiègle...disons que je n'avais jamais vu un homme plus sexy de toute ma vie.

Chris Hemworth inclus.

Alors que je traversais la pièce, l'excitation et l'angoisse se livraient un combat de boxe dans ma tête, me donnant le vertige.

—Waouh, tu es encore plus jolie que dans mon souvenir, dit Olly lorsque je fus près de lui. Ces yeux...

Il m'examina avec satisfaction.

L'angoisse remporta le match.

—Je te propose que tu me révèles ton vrai nom avant que je m'en aille dans...

Je jetai un œil à ma montre.

—...exactement une minute.

Il pencha la tête sur le côté.

—Pourquoi est-ce que je ferais ça si tu t'en vas ?

—Pour satisfaire ma curiosité.

—Olly ne te plaît pas ?

Je regardai ma montre.

—Cinquante-cinq secondes.

—Raphaël d'Arcy du Grand-Thouars de Saint-Maurice, dit-il. Je croyais que tu le savais.

Non, mais il me saoule là !

—C'est une blague ?

—Non.

Il sortit son téléphone, le tapota et le tendit vers moi. Il y avait sur l'écran, la page des dirigeants sur le site Web de DCA. J'élargis la photo en haut de la liste. Celle dont la légende indiquait : *PDG fondateur et propriétaire.*

C'était bien Olly.

Je veux dire, Raphaël d'Arcy. *Le Big Boss.* Le pire Casanova de la ville.

Merde.

Je lui lançai un regard noir.

—Pourquoi tu ne me l'as pas dit la première fois que nous nous sommes rencontrés ? Je me sens vraiment idiote maintenant.

—En vérité, j'allais te le dire, mais tu es partie soudainement.

Devrais-je le croire ?

—En plus, ajouta-t-il, le mot que j'ai laissé sur ton bureau indiquait bien que tu allais rendre visite au président de DCA.

—Je pensais que c'était pour être drôle.

—Ça aussi, répondit-il avec un large sourire. Mais je te disais aussi la vérité. Ce qui veut dire que ton accusation est sans fondement et tu n'as pas de bonnes raisons de partir.

Compte tenu de ce que je savais du personnage, j'avais au moins dix bonnes raisons de partir.

Mais pas tout de suite.

—Je te donne dix minutes de plus, dis-je. À condition que tu ne tentes aucun contact physique.

Il me lança un regard de chien battu.

—Mais je meurs d'envie de t'embrasser.

—Ça ne risque pas d'arriver.

—Pourquoi pas ?

—Tout d'abord, parce que je n'ai aucune envie de rejoindre ton bataillon de conquêtes. Deuxièmement, je ne pense pas qu'il soit approprié de s'embrasser sur le lieu de travail.

—Tu as raison, convint-il de manière inattendue. Ça ne l'est pas.

Je scrutai son visage pour détecter un signe de sarcasmes, mais son expression était sincère.

Je grimaçai.

—Tu dis que tu n'as jamais eu de *visite* d'une subordonnée ?

—Je n'ai pas dit ça, répond-il le visage devenant encore plus sérieux. Malgré tout ce que tu as entendu sur moi, je n'ai jamais... harcelé quelqu'un. L'idée même me dégoûte.

Je n'avais rien entendu de spécifique à propos de lui – hormis sa réputation de playboy – j'étais donc un peu étonnée de sa réaction.

—Rudy, dit-il, je veux que tu saches que je brise l'une de mes règles d'or rien qu'en te parlant ici. Mais il y a quelque chose chez toi qui est si fascinant que je n'arrive pas à résister.

Je reste silencieuse.

—Ce que j'ai dit dans ma note tient toujours, poursuit Raphaël en ajustant le bracelet de sa montre. Si tu t'en vas maintenant, je ne t'embêterai plus jamais et il n'y aura aucune représaille. Tu peux en être absolument certaine.

Pourquoi, mais pourquoi ne suis-je pas partie en prenant mes jambes à mon cou ?

Je n'ai aucune explication rationnelle. Pas une. Zéro. Le vide sidéral.

Par contre, l'explication irrationnelle, c'est que mes jambes refusèrent de m'éloigner de l'homme que je trouvais si séduisant.

Plus séduisant que quiconque auparavant.

CHAPITRE SEPT

Le sourire de Raphaël était revenu.

—La prochaine fois, je t'amènerai dans un endroit plus approprié.

—Décris approprié, dis-je avant d'ajouter : et ne prends pas ça pour un oui.

Il haussa légèrement les épaules.

—Chez moi, par exemple.

Je levai les yeux au ciel.

—Pourquoi ça ne va pas ?

—Je suis peut-être démodée, rétorquai-je, mais je pars du principe que les personnes devraient se rencontrer socialement avant de... heu...avant d'aller visiter le Sénat. Ça s'appelle un *rendez-vous*.

—Ça compterait si je t'amenais au restaurant, et *après* chez moi ?

Je secoue la tête.

—Trois dîners ?

—Non.

—Cinq dîners et un concert à *L'Olympia* ?

—Arrête de marchander – ça ne sert à rien.

—Tu te rends compte à quoi tu dis non ? demanda-t-il en inclinant la tête. Je n'ai jamais emmené quelqu'un à cinq dîners, plus un concert *avant* de l'emmener au lit.

—Je suis flattée, mais non merci.

Il releva un sourcil.

—Je vois ce que tu es en train de faire. Tu te fais désirer.

—Honnêtement, non.

—Je te dégoûte à ce point ?

Il me refit l'expression de chien battu. Le mec ne croyait pas une seconde qu'il pourrait dégoûter quelqu'un.

Je maintins son regard.

—Allez, Rudy, dit-il. Je veux te l'entendre dire. Dis-moi que tu ne m'aimes pas et que tu n'as pas apprécié notre baiser.

—Olly, répondis-je. Je t'aime bien et j'ai apprécié notre baiser. Beaucoup. Je sortirai totalement avec toi.

Il sourit.

—Raphaël, dis-je. Il est hors de question que je couche avec toi juste pour m'amuser, ni ce soir, ni jamais.

Il parut un peu surpris de ma détermination.

—Je ne prévoyais pas que nous finissions au lit ce soir, de toute façon.

—Ah bon ? C'était quoi ton plan alors ?

—Juste de parler. D'apprendre à mieux te connaître, répondit-il. Peut-être un câlin et embrasser tes lèvres délicieuses.

Son regard se concentra sur ma bouche.

Je fixai aussi la sienne, me rappelant notre premier baiser. Sans demander la permission, ma langue sortit et lécha mes lèvres.

Traitresse !

—Dans ma tête, ce qui allait s'approcher le plus d'une *visite*, dit-il, aurait été de dénuder ta poitrine un instant pour voir si tes seins ont la forme que j'imagine. Mon imagination a travaillé très dur après la fête de Noël.

Tout comme la mienne. À propos de la forme de son...*engin.*

—Tu rougis. C'est mignon.

Il effleura ma joue du bout de ses doigts.

—Je t'ai scandalisée ? demanda-t-il.

Non, j'ai réussi à faire ça toute seule, merci bien.

—Tu me fais passer pour une ingénue, je persiflai.

Mes joues brûlaient sous son toucher qui avait maintenant dépassé le simple bout de ses doigts.

—Parce que tu n'en es pas une, évidemment, fit-il remarquer, en s'efforçant de ne pas sourire.

—Non, Raphaël, je n'en suis pas une.

Et quelqu'un en a la preuve.

J'enlevai sa main de ma joue.

—Tes dix minutes sont écoulées. Je m'en vais.

—Attends ! s'exclama-t-il en me bloquant le passage. Maintenant que je sais que tu m'aimes bien et que tu as apprécié notre premier baiser, je dois t'embrasser une fois de plus.

—Pas question !

—Une *dernière* fois.

Nous nous tenions si près l'un de l'autre que nous nous touchions presque. Son parfum masculin m'envahissait, me donnant des frissons jusqu'au bout des orteils. Invoquant tout ce qui me restait de volonté pour repousser le désir dans un recoin obscur, je secouai la tête.

—S'il te plaît ? plaida-t-il avec une lueur sincère dans ses yeux sombre. Un baiser et tu seras débarrassée de moi. Pour toujours.

Juste un baiser.

Un délicieux baiser sexy au parfum Olly...

Comme si mon corps s'était détaché de mon cerveau, je me penchai très légèrement en avant. Soudain, ses mains étaient dans mes cheveux et il m'embrassait. Il n'y avait rien d'hésitant dans son baiser. Écrasant sa bouche contre la mienne, Raphaël me tint serrée et poussa sa langue entre mes lèvres.

Il me dévora d'un baiser brut et torride.

Je lui rendis son baiser, avide de savourer son goût. Fermant les yeux, j'emmêlai ma langue à la sienne dans un pas de deux frénétique. Le sang cognait dans mes tempes. La langue de Raphaël caressait mon palais, ma langue, l'intérieur de mes joues. Il la sortit pour lécher mes lèvres et mes dents, puis il pénétra à nouveau ma bouche, me faisant geindre de plaisir.

J'étais en feu, affamée.

Sa bouche parcourait mon visage et ma gorge, ses lèvres cherchant ma peau. Je tendis le cou, le désir m'assaillant de toute part alors que je sentis sa bosse appuyée contre mon ventre.

Ma respiration s'accéléra.

Celle de Raphaël était tout aussi saccadée, lorsqu'il me poussa contre le mur entre les deux baies vitrées. Je ne résistai pas lorsqu'il glissa une main sous mon manteau et enveloppa l'un de mes seins. Ma vision se brouilla, alors que je le laissai me tripoter et me caresser à travers les couches fines de ma chemise et de mon soutien-gorge. Lorsqu'il frotta mon téton avec son pouce, je gémis.

—L'autre aussi, suppliai-je.

Il s'exécuta.

Quand, de longs moments plus tard, il saisit mes poignets et les entrava au-dessus de ma tête, mon intérieur se serra, lourd d'envie.

Il appuya tout son corps contre le mien et je me délectai de la chaleur qui s'en dégageait, de sa dureté, de sa force. Je tremblai et je râlai dans sa bouche quand il prit à nouveau mes lèvres dans un baiser sauvage.

Mais c'est lorsque son genou écarta mes jambes et que je me frottai contre sa cuisse, déchaînée par le désir, que je sus que je ne pourrais pas échapper à son offre.

Ce ne serait pas notre dernier baiser.

Le courreur de jupons Raphaël d'Arcy allait ajouter un autre trophée à son tableau de chasse, et ce trophée serait moi.

La partie est terminée, Mia. Tu as perdu.

CHAPITRE HUIT

Je fixe du regard l'article de dix pages sur le Moyen-Orient que je dois résumer pour le bulletin d'aujourd'hui et je me demande ce qui a marqué le point de non-retour de mon envoutement sous le charme de Raphaël d'Arcy.

Un oiseau gazouille une chanson incompréhensible, mais résolument joyeuse dehors.

Tu ne m'aides pas, mon petit gars.

Le coupable le plus évident de ma perte est le « dernier » baiser que Raphaël a réussi à obtenir de moi avec ses belles paroles en janvier. Plus spécifiquement, la passion inattendue qu'il a déclenchée en moi.

Toutefois, il est aussi possible que mon sort ait été scellé en décembre, lorsqu'un bonhomme de neige prénommé Olly avait fait palpiter mon cœur. Son bavardage m'avait fait rire et son doux baiser m'avait donné le vertige. Cela faisait très longtemps que je n'avais rien ressenti de tel.

Pas depuis la *calamité*.

D'ailleurs, peu importe lequel des baisers de Raphaël a mené à ma perte. Ce qui compte c'est que je n'ai pas pu lui résister à ces moments-là et que je ne peux pas lui résister maintenant.

Dévergondée un jour, dévergondée toujours, comme diraient les médiévaux.

—Qu'en penses-tu, Mia ? me demande Delphine, interrompant mes réflexions.

—À propos du Moyen-Orient ?

—Mais non ma pauvre, à propos de la beauté !

—Ben...

—Elle ne nous écoutait pas, dit Barbara à Delphine. Elle était concentrée sur son travail.

Heu...

—Barbara disait que la beauté est inutile de nos jours, me résume Delphine.

—Pas exactement, précise Barbara en levant l'index. Je disais que la beauté était plus importante quand les femmes n'avaient aucun droit.

—Es-tu d'accord avec ça en tant qu'historienne ? demande Delphine.

Je souris.

—Les archives historiques et la poésie des troubadours soutiennent cette hypothèse.

Barbara ramène ses cheveux en arrière et lance un petit regard satisfait vers Delphine.

—Ha !

—D'accord, dit Delphine. Peut-être que la beauté est moins importante de nos jours, mais c'est toujours bien de l'avoir.

—C'est sûr, concède Barbara généreusement.

—La vraie beauté c'est comme un sac Chanel, poursuit Delphine. Peu de personnes en possèdent un vrai. La plupart d'entre nous ne peuvent se permettre que des faux.

—Que veux-tu dire par faux ? je demande.

Delphine fait un grand geste de la main.

—Les cheveux colorés. Le maquillage contouring. La chirurgie esthétique. Les implants mammaires.

—Ce qui prouve ce que j'avance, dit Barbara. La beauté est un article de luxe non essentiel. Comme tu as dit : un sac Chanel.

—Sauf que certaines femmes feraient tout pour l'avoir, répond Delphine avec un clin d'œil.

Barbara hausse les épaules.

—Moi, je pense que plus de femmes feraient tout pour une carrière ou pour laisser une marque derrière elles.

—Pff, lâche Delphine avec un revers de la main. Personne n'est prêt à tout faire pour laisser une bonne réputation, ma cocotte.

Ça pourrait être mon cas.

Il y a peu de choses que je ne ferais pas si je pouvais remonter dans le temps et m'assurer qu'une certaine partouze bourrée n'ait jamais eu lieu. Ou qu'elle puisse être effacée de ma réalité. Et du souvenir de toutes les personnes impliquées.

Cette nuit universitaire funeste avait commencé assez innocemment par une soirée arrosée (d'accord, une véritable beuverie), des joints et une ambiance fêtarde. Nous avions fini notre deuxième année et nous célébrions la fin des examens dans une énorme colocation du centre de Strasbourg. Alors que la soirée avançait et que les bouteilles se vidaient, la plupart des invités – y compris tous mes amis – étaient partis ou étaient allés se coucher dans l'une des chambres.

J'avais sommeil, aussi, et sous l'effet combiné du vin et de l'herbe, j'étais déchirée à un point jamais atteint auparavant.

Pourquoi est-ce que je ne me suis pas écroulée comme les autres ?

Mais non, je suis restée éveillée, bien que titubant à la limite de la perte de connaissance. Je n'ai même pas vomi après que trois jeunes hommes m'aient déshabillée et aient eu des rapports sexuels avec moi sur le canapé. Des rapports *consensuels.* Bien que déchirée, j'ai participé – ou disons, que j'ai fait des tentatives pathétiques de participer - au « fun ».

Ça je m'en rappelle.

Ce que j'ai oublié c'est l'identité de ces hommes, s'il y avait d'autres personnes présentes et si quelqu'un a filmé nos ébats.

Finalement, il semblerait que quelqu'un l'ait fait, vu la lettre que j'ai reçu la semaine dernière.

Ce n'est pas grave, je me dis. Nous ne sommes pas au Moyen-Âge ou dans un pays aux mains des Talibans. Même si un connard publiait mon plan à quatre en ligne, il n'y aurait pas de Police des Mœurs qui viendrait m'arrêter et pas de foule indignée prête à me lapider à cause de ma conduite dévergondée. *Nous sommes en France, poulette.* Ici, on peut vous coller une amende, parce que vous ne ne dévoilez pas assez de peau sur une plage publique.

Je dois rester calme et continuer comme si de rien n'était.

C'est la seule chose raisonnable que je puisse faire.

Rationaliser comme ça m'aide... un peu, jusqu'à ce que les idées de honte, d'humiliation publique et de carrière académique foutue me trottent dans la tête. Elles me hantent à un niveau trop profond et l'emportent sur les arguments logiques.

Mais même ces idées, je peux les supporter.

Ce qui me fait paniquer à en perdre la raison, c'est l'image de Maman et Papa recevant une vidéo de quelqu'un qui leur « veut du bien ». La regardant. Reconnaissant leur fille. Prenant la mesure du gouffre entre ce qu'ils pensaient d'elle et ce qu'elle est.

Je plonge les deux mains dans mes cheveux et je les ébouriffe, en essayant de me remettre les idées en place.

Le Moyen-Orient, Mia. Concentre-toi sur le Moyen-Orient !

C'est ce qui paie mon loyer et m'assure de rester à mon programme de doctorat, tout en pouvant m'acheter de bonnes sauces bolognaises et carbonaras pour mes spaghettis.

La durée d'attention de Raphaël en ce qui concerne les femmes est à peu près aussi longue que celle de Dory dans le *Monde de Némo*. Dans peu de temps, il se lassera de moi. Si, entre-temps, je néglige mon travail, je perdrai mon emploi, en plus de perdre mon amant.

Et, *bam*, finies les nuits enchantées et les pâtes à la carbonara.

En parlant de carbonara, j'ai dégusté la meilleure jamais mangée l'autre jour dans un restaurant italien discret, près de chez Raphaël. La sauce avait l'équilibre parfait entre le parmesan, le bacon et le poivre. Et comme si ça ne suffisait pas, les fettuccines qui l'accompagnaient, étaient si bonnes, que je les aurais appréciées même sans sauce.

Je ne le dirai jamais à Eva, mais la carbonara qu'ils font dans ce restaurant est meilleure que la sienne.

Je peux affirmer cela parce que c'est la troisième fois que je la goûte, depuis la révélation d'origine, quand Raphaël et moi avons commencé à nous « fréquenter ».

Fidèle à sa parole, il m'avait amenée cinq fois au restaurant, puis à un concert de Daft Punk à l'Olympia. C'est uniquement après cela que j'ai été invitée à « rendre visite au Président de DCA » dans son spacieux penthouse près d'Odéon.

C'était le 30 janvier.

En février et en mars, j'ai « rendu visite » à Raphaël dans son humble demeure quelques fois de plus. Beaucoup plus, en fait. Mais à chaque fois que j'ai suggéré d'aller chez moi pour changer, la réponse a été un non poli. À la place, un vendredi soir en février, il m'a amenée dans un charmant hôtel à Londres. Un autre vendredi en mars, nous nous sommes envolés à Venise. Et ce mois-ci, il m'a conduite à Deauville et à Tours dans sa Ferrari flashy.

Ces week-ends étaient très agréables et je lui en suis vraiment reconnaissante. Mais je ne peux pas m'empêcher de souhaiter aller plutôt à Ninossos. Raphaël possède une petite île immaculée au sud de la Crète dans la Méditerranée. C'est un gros rocher avec une bande de sable étroite, avec une villa atypique en haut d'une colline et une oliveraie magnifique.

Je le sais à cause des grandes photos qui ornent presque tous les murs de l'appartement de Raphaël et qui montrent l'île à toutes les saisons de l'année et à toutes les heures de la journée.

Apparemment, c'est un endroit qui compte beaucoup pour lui.

Peut-être que c'est pour ça qu'il ne m'a jamais proposé de m'y amener.

CHAPITRE NEUF

Je m'assois dans mon fauteuil spacieux et j'examine la cabine. Elle est illuminée d'une lumière douce et décorée de cuir beige, de moquettes grises perle et de panneaux en bois pâle. La quintessence du luxe.

Je souris, me rappelant la déception que j'avais ressentie il y a deux jours, en mettant pied à bord de cet avion privé dont Raphaël est copropriétaire avec son frère aîné Sébastien.

Il m'avait paru petit.

Pas que j'aie une quelconque expérience personnelle des jets privés. D'ailleurs, ma seule référence était des films comme *Air Force One* et des séries TV comme *House of Cards,* dans lesquelles on voit l'avion personnalisé du président des États-Unis.

Pas moins.

Maintenant que je sais à quoi ressemble un jet privé normal, je trouve que cet avion de douze places est parfaitement dimensionné. Assez grand pour étirer les jambes, mais assez petit pour se sentir comme dans un cocon douillet.

Nous rentrons à Paris après un week-end de farniente sur la Costa Brava. Enfin, de farniente *relatif* parce qu'à chaque fois que nous n'étions pas dans la piscine, au restaurant ou au lit, nous avons travaillé sur la terrasse du café du spa de luxe, tout en profitant de la météo parfaite de ce début mai. Lorsqu'il n'était pas au téléphone avec l'un de ses aides, Raphaël étudiait un dossier ultra sensible. Moi, je bossais sur ma thèse.

L'intello en moi a adoré l'esprit de camaraderie paisible pendant ces heures studieuses, tout autant que la catin en moi a adoré l'embrasser sur la plage.

Mais toutes les bonnes choses ont une fin.

Ce vol inclus.

Me rappelant qu'il sera terminé avant que nous ayons eu le temps de dire « Paris », je m'attaque à mon petit-déjeuner délicieux d'œufs pochés, de champignons sautés, de toasts au saumon fumé et de crêpes au sirop d'érable. À mes côtés, Raphaël lit un rapport et rédige un e-mail tout en buvant son double espresso.

Qui a dit que les hommes ne peuvent pas faire plusieurs choses à la fois ?

—Mange pendant que c'est chaud, dis-je.

—Oui, maman, répond-il en posant sa tablette.

Je prends un bol de fruits rouges.

—Ce n'est pas parce que tu peux t'offrir ce genre de petit-déjeuner à chaque fois que tu le veux que tu ne devrais pas l'apprécier.

—C'est vrai, répond-il en commençant à manger. Ça va être une semaine terrible.

—Le travail ?

—Oui, dit-il en me lançant un regard en biais. Je ne te verrai pas beaucoup.

Je plie ma serviette et j'arrange les couverts sur le plateau, en évitant de le regarder dans les yeux. Il n'a pas besoin de savoir à quel point j'en suis consternée.

Raphaël se détourne de moi et se met à tripoter les commandes de son accoudoir. Soudain, nous sommes isolés du reste de l'avion par une partition en tissu. *Cool.* Il appuie sur un autre bouton et mon siège s'incline en position allongée. Tout comme le sien un instant plus tard.

Il se penche vers moi.

—Nous pourrions profiter des vingt minutes restantes.

Sauf que je ne peux pas. J'ai mes règles depuis ce matin. Le problème c'est que mon éducation ne me permet pas d'en parler à un homme. Même à un homme qui connaît intimement chaque millimètre de mon corps. À la place, je dis :

—Ce truc que tu viens de faire avec les sièges, c'était chelou.

Il hoche la tête.

—Et chenapan.

—Exactement, dis-je

—Mais chouette, ajoute-t-il.

—Ça aussi.

—Et chinois.

Je fronce les sourcils.

—Pourquoi chinois ?

—Parce que...je ne trouve plus d'adjectifs en « ch ».

J'éclate de rire.

Il déboutonne ma chemise et descend les bonnets de mon soutien-gorge sous mes seins. La sensation de sa main contre ma peau est tellement agréable que je n'essaie même pas de résister et je le laisse me caresser au-dessus de la taille.

Il commence à me caresser le sein gauche, l'enveloppant et le malaxant. En même temps, sa bouche descend sur mon sein droit, et après avoir léché mon téton, il le capture entre ses lèvres. Un frisson me parcourt. Le regard fixé sur mon visage, Raphaël aspire le téton dans sa bouche et le suce. Je gémis et arc-boute mon dos, alors qu'il triture mon autre téton entre ses doigts, tout en le pinçant doucement.

Putain, c'est tellement bon.

Je veux dire, *pas bon.*

Parce qu'il n'a clairement pas l'intention de s'arrêter à ma taille. Il a déboutonné mon jean et il baisse la fermeture éclair.

—J'aurais dû t'avertir de mettre une jupe, dit-il, en glissant sa main sous le devant en dentelle de ma culotte.

J'attrape son poignet.

—Et si l'hôtesse vient récupérer les plateaux ?

—Elle ne le fera pas, répond-il, en s'arrêtant quand même, tant que la séparation est levée.

—Et s'il y a une urgence ? Et si nous nous écrasons et que les pilotes doivent nous informer ?

—Si nous nous écrasons, nous nous en rendrons compte.

Alors que je cherche une autre raison pour qu'il arrête, il déplace sa main entre mes jambes.

Je tire brusquement sur son poignet.

—Arrête !

—Pourquoi ? Qu'est-ce qui ne va pas, chérie ?

Oh et puis zut, je me fous des bonnes manières.

—J'ai mes règles.

—Oh, dit-il, l'air décontenancé. Il faut que tu ailles aux toilettes ?

—Non, ça va. Mais je ne veux pas que tu...que tu continue.

Il met sa main sur le bas de mon ventre.

—Tu as des crampes ?

—Un peu.

—Pauvre chérie.

Avant que je puisse attraper son poignet, ses longs doigts glissent à l'intérieur de ma culotte et trouvent la ficelle de mon tampon.

—Quelle invention merveilleuse, non ?

—Oui. Tu peux juste...revenir à mes seins ?

—Voilà ce que je te propose, dit-il avec un sourire tordu. Ma bouche retourne à tes adorables nichons, mais ma main reste là où elle est.

—Je ne crois pas...

—Sans bouger.

—T'es un vrai...*dickkopf !* je m'exclame.

Il écarquille les yeux.

—Mia Stoll vient-elle de jurer ?

—Ça veut dire « tête de mule » en alsacien.

—Ouf, soupire-t-il en baissant la tête comme s'il était soulagé. Pendant un instant là, j'ai pensé que c'était la fin du monde.

Je souris et Raphaël me caresse tout doucement, comme si une plume m'avait effleurée.

Je serre les cuisses.

—Ta main reste uniquement si tu peux la contrôler.

—Je promets de faire de mon mieux, dit-il. Si je n'y arrive pas, gifle-moi.

—Oh, t'inquiète pas, je le ferai.

Il souffle sur mes tétons et recommence ses prestations. Mais je ne parviens pas à me relaxer, trop consciente de sa main entre mes jambes. Surtout de ses doigts qui commencent à bouger à nouveau. Lorsqu'il les appuie sur mon bouton, j'ouvre la bouche pour crier au scandale, sauf que le plaisir s'avère être plus fort que mes inhibitions et mes tabous.

Encouragé par ma permissivité, il commence à frotter avec enthousiasme.

Mes paupières deviennent lourdes.

Il applique plus de pression et peu après, je me tortille sous son toucher. J'oublie que j'ai mes règles. J'oublie que j'ai des crampes. Mon cerveau ne sait même plus ce que c'est qu'une crampe.

Raphaël frotte plus vite, murmurant contre mes lèvres :

—Mia, chérie, tu es si belle.

Je jouis au moment où sa langue pénètre dans ma bouche. Alors qu'il m'embrasse fougueusement, plusieurs vagues de plaisir me submergent.

Je laisse mes digues céder.

Quand je retourne sur terre, je réalise que mes ongles ont creusé fort dans son dos.

—Pardon, dis-je, en le lâchant. Je t'ai fait mal ?

—Un peu, répond-il avec son sourire craquant, mais j'ai adoré.

Je souris aussi.

—Eh bien, nous sommes deux à avoir des problèmes de contrôle.

—Tu ne trouves pas que c'est bizarre que je n'aie aucun problème de contrôle dans tous les aspects de ma vie, sauf ça ?

—Oui, c'est bizarre.

—Je peux passer des jours, parfois des semaines sans penser aux femmes, jusqu'à ce que je voie quelque chose qui me tente. Et là, je suis foutu.

—Quelque *chose* ?

—Sur une femme, précise-t-il. Comme tes yeux. Et tes lèvres. Et ton cou, tes seins...en fait, chaque partie de toi.

Alors qu'il énumère les diverses parties, il les touche avec ses lèvres, parfois de manière un peu maladroite. Il faut dire qu'avec sa main droite toujours dans ma culotte et sa main gauche appuyée contre mon siège, utiliser sa tête n'est pas chose aisée pour ce pauvre homme.

Vraiment pas.

—C'est comme pour les cotons tiges, dit Raphaël.

—Quoi ?

—Ça ne t'ai jamais arrivé de voir les cotons tiges dans le tiroir de la salle de bain et soudain tes oreilles te démangent ?

Je souris et je hoche la tête. Le simple fait d'entendre ces mots me donne envie de me gratter les oreilles.

Il effleure mon cou et mon menton du bout de sa langue.

—Et une fois que tu les as vus, tu es obligé d'en prendre un et de gratter la démangeaison ! Tu vois ?

—Ouais..., je lâche.

La vérité c'est que je ne sais pas si je *vois.* Je peux comprendre le truc des cotons tiges, mais là on ne parle plus des cotons tiges, hein ? Raphaël décrit sa relation avec le sexe opposé.

Gratter la démangeaison, hein ?

Je suis frappée par l'indélicatesse de sa comparaison. Et encore plus par le fait qu'il ne le réalise pas.

Ou qu'il s'en moque.

Nom de Dieu, Mia, laisse tomber ce mec !

Il te rendra accro à ses prouesses au lit et à son charme coquin, et puis il te jettera comme un coton tige usé.

—Bébé, il y a quelque chose qui ne va pas ? demande-t-il.

Je secoue la tête.

—Tout va bien.

—J'en doute, observe-t-il en scrutant mon visage. Je t'ai mordu la lèvre trop fort ou c'est ce que je viens de dire ?

Comment un homme peut-il être si direct et si sensible à la fois ? Il dit les pires choses sans se soucier de leurs effets et cependant, il est capable de remarquer le moindre changement dans la manière dont mon corps réagit. Pourquoi n'est-il pas un connard privilégié normal ? Les choses auraient été beaucoup plus simples !

Je l'aurais déjà largué.

Non, c'est même pas ça, je ne l'aurais même jamais embrassé la première fois.

—Ce n'est pas quelque chose que tu as fait, dis-je.

Il hoche la tête.

—C'est ce que j'ai dit sur les cotons tiges, c'est ça ?

—Ce n'est pas une comparaison très flatteuse.

—Excuse-moi, dit-il. Ce n'est pas ce que je voulais dire.

Je tire son poignet et il enlève sa main de ma culotte.

—Au moins, ça a le mérite d'être honnête, dis-je en me rasseyant. Je m'en remettrai.

Il se relève aussi, puis remet nos dossiers en position droite.

J'arrange mes vêtements et je décide que c'est le bon moment pour lui parler de mon collègue, Sandro, qu'il est sur le point de virer.

—Tu vas te débarrasser de Sandro Marnier, dis-je.

Raphaël me lance un regard légèrement surpris.

—Oui, en effet.

—Il fait du mauvais travail ?

—Qu'est-ce que ça peut te faire ? demande-t-il son expression se durcissant. C'est un ami à toi ? Ou plus qu'un ami ?

—C'est un ami de Barbara, je réponds. Parfois, nous déjeunons ensemble.

Raphaël hoche la tête et son visage se détend.

—Alors, il est mauvais ? je demande de nouveau.

—Non. Mais il est arrivé au travail saoul trois fois en deux semaines.

—Son copain avec qu'il était depuis trois ans l'a largué soudainement.

—Ce n'est pas mon problème.

Les lèvres de Raphaël se pincent.

Ma mâchoire se crispe.

—Il faut que j'agisse avant la fin de sa période d'essai, explique Raphaël. Si je ne fais rien, il aura un CDI, s'inscrira au syndicat et continuera à boire. Et là, ce sera vraiment *mon* problème.

—Il ne va pas continuer à boire, dis-je. Je m'en porte garante. Il adore son travail et il a besoin de travailler. Il a juste déconné.

Raphaël secoue la tête.

—S'il était comme tu le décris, il n'aurait jamais déconné tout court.

—Ça ne t'est jamais arrivé de t'égarer ? je demande. Ça ne t'est jamais arrivé de prendre des décisions malencontreuses et de faire des trucs débiles que tu as vraiment regrettés plus tard ?

Il scrute mon visage.

—S'il te plaît, laisse une chance à Sandro ?

Il regarde par la fenêtre pendant un long moment.

—Oui, il y a eu un moment où je me suis égaré, dit-il se tournant vers moi. Il y a très longtemps, quand j'étais ado.

—Mais tu t'es ressaisi et je suis sûre que tu n'y es pas arrivé tout seul. Quelqu'un – tes parents, certainement – étaient là pour t'aider.

Son sourire est empreint d'amertume.

—Oui, il y avait quelqu'un, mais ce n'était pas mes parents. Maman s'occupait de sa fondation au Népal et mon père...Bref, la personne qui était là pour moi, c'était Séb. Sans lui, je ne serais peut-être jamais parvenu à m'en sortir.

Je plonge mes yeux dans les siens.

Il ne détourne pas le regard.

—Je vais réexaminer le dossier de Sandro.

—Merci.

Les coins de la bouche de Raphaël esquissent un sourire.

—Tu devrais faire une demande de sainteté avec un cœur gros comme le tien.

Ha ! Quelle ironie !

Je ne défends pas Sandro par pure bonté. Mes motifs sont plus complexes et un peu moins altruistes. La raison principale est un souhait absurde. J'espère que si ma sextape sort un jour sur Internet, l'univers sera plus clément avec moi. J'espère que les gens qui me connaissent ne la verront pas, ou que s'ils la voient, ils ne me jugeront pas trop durement.

Et, par-dessus tout, j'espère que les gens qui comptent le plus ne me mettront pas à l'écart.

CHAPITRE DIX

J'étire mes jambes dans le foyer spacieux du Centre Pompidou, en résistant à la tentation d'aller voir l'exposition sur le Dadaïsme. Mais le but de ma présence ici n'est pas l'art. C'est le travail.

Mon travail *principal,* d'accord ?

Ce soir je suis au Centre Pompidou – comme je l'étais hier soir et comme je le serai demain soir – parce que sa bibliothèque bien fournie est ouverte jusqu'à vingt-deux heures. Cela veut dire que je peux venir ici depuis le bureau et travailler sur ma thèse pendant trois grosses heures.

Aujourd'hui, j'ai été particulièrement inspirée. J'ai non seulement réussi à trouver une source insaisissable sur le treizième siècle, mais j'ai aussi pas mal écrit. Oh, au diable la fausse modestie ! J'ai *énormément* écrit et – roulement de tambour – j'ai fini la Partie II de ma thèse.

Allez Mia !

À compter de maintenant, exactement la moitié de ma dissertation est faite, prête à être montrée à mon directeur de thèse et utilisée dans des documents de conférence et des articles de journaux. En plus de ça, j'ai un mois entier d'avance par rapport au délai que le Professeur Guyot et moi avions convenu.

Qu'est-ce que vous voulez que je vous dise ?

Mia Stoll déchire.

Un jour, elle sera une sommité reconnue sur les catins de Paris au Moyen-Âge. Non, il faut voir plus grand ! Elle sera la plus grande spécialiste au monde sur les femmes dans la France moyenâgeuse.

Je me retourne pour revenir à la bibliothèque, quand je me cogne au large torse de quelqu'un.

Un torse bien connu.

—Salut Rudy, dit Raphaël, en m'enveloppant de ses bras et en plantant un baiser sur ma bouche.

Mes paupières se baissent alors que je savoure son parfum et la sensation de ses lèvres sur les miennes.

Une minute ... qu'est-ce qu'il fait ici ?

Je me recule.

—Tu n'étais pas censé être à Rio ?

—Je suis revenu deux jours plus tôt, répond-il en haussant les épaules. Le travail était fini, alors il n'y avait pas de raison de traîner là-bas.

—Il n'y avait pas de raison de traîner à *Rio* ?

Bon Dieu, il est complètement blasé !

—Tu n'avais pas dit que tu voulais explorer la ville ?

—Si. Et je prévoyais de le faire ... mais...heu...hésite-t-il avant de me lancer un sourire en coin, j'ai réalisé que ma Ferrari me manquait.

Je le dévisage, incrédule.

—Alors, si je comprends bien, tu es parti de Rio deux jours plus tôt parce que ta voiture te manquait.

Il affirme d'un hochement de tête.

—Pauvre amoureux transi, dis-je en serrant son biceps par compassion. Et ta Ferrari éprouve les mêmes sentiments pour toi ?

—Je ne sais pas – vu qu'elle ne parle pas – mais elle s'est éclairée quand elle m'a vu plus tôt, répond-il avec un large sourire.

Je souris aussi.

—C'est bon signe.

—Alors, comment avance ta thèse ?

—Je viens juste de finir la partie deux.

—Madame Stoll ! s'exclame-t-il en me saluant avec un chapeau imaginaire. Ça mérite qu'on fête ça au restau.

Je reste-là, à sourire, me sentant stupidement fière de moi.

—En parlant de restau, tu as mangé ? demande Raphaël. Je meurs de faim – je viens juste d'arriver de l'aéroport.

—J'ai acheté un sandwich en sortant du bureau.

Attendez une seconde...

Il vient de dire qu'il est arrivé directement de l'aéroport ? Je croyais qu'il était d'abord allé voir sa Ferrari, qui s'était « éclairée » pour lui ?

Raphaël fait la grimace.

—Un sandwich ça ne compte pas. Ça te dit d'aller au restau rue Rambuteau où nous sommes allés la semaine dernière ?

C'est le restau qui sert des steaks Kobe aussi chers que mon loyer et qui est rempli de stars, dont certaines saluent Raphaël ainsi : « Hi, baby, il faut qu'on se voie bientôt ».

Non, merci.

—Tu n'as qu'à y aller, dis-je. Je suis d'humeur hyper productive ce soir. J'ai envie d'écrire davantage.

—Pas même au George au dernier étage du musée ?

Je secoue la tête.

Il regarde autour de lui et fait un pas vers l'escalator.

—Suis-moi.

Intriguée, je lui obéis.

En fait, il m'entraîne au café sur la mezzanine.

—À moins que tu n'aies une objection sérieuse et justifiée, dit-il, en me faisant signe de m'attabler à côté de la balustrade, je vais te commander ton brownie préféré et un chai latte et quelque chose de plus copieux pour moi.

Il tourne rapidement et se dirige vers le comptoir avant que j'aie eu le temps d'exprimer la moindre objection.

Franchement, les mecs !

Quand il revient avec un plateau surchargé et que je me mets à dévorer le brownie, je me sens beaucoup moins agacée par ses manières brusques.

—Tu as ton ordinateur ? demande-t-il.

—Évidemment, dis-je en montrant mon sac à dos par terre. Je ne suis pas dingue au point de le laisser sans surveillance dans une bibliothèque publique.

—Tu veux bien me montrer un passage intéressant de tes nouveaux chapitres ?

Chaque fois qu'il me demande de faire ça, je suis inexplicablement ravie.

Alors je fais semblant d'être vexée.

—Tu veux dire qu'il y a des passages qui sont *ennuyeux* dans ma thèse ?

—Oui, répond-il, imperturbable. S'il n'y en avait pas, ce serait un roman de

Stephen King.

Il n'a pas tort.

J'ouvre le portable et je fais défiler les nouveaux chapitres.

Hum.... Tout cela m'a l'air très intéressant.... OK, pourquoi pas celui-là ?

Je tourne mon écran vers lui et je montre :

—Lis ce paragraphe.

Aux douzième et treizième siècles, la travailleuse du sexe n'avait pas de statut légal et n'était même pas autorisée à parler pour elle-même au tribunal. Mais son droit d'être rémunérée pour ses services fut fermement établi et protégé sous les lois normandes.

L'influent chanoine anglais, Thomas de Chobham, qui avait étudié à Paris dans les années 1180, écrit : « Il est répréhensible qu'une femme soit une prostituée, mais si tel est le cas, il n'est pas répréhensible qu'elle reçoive une rémunération. Mais si elle se prostitue pour le plaisir et loue son corps à ce titre, alors la rémunération est aussi diabolique que l'acte même. »

—Ha ! s'écrie-t-il en levant les yeux vers moi. Alors, en gros, ce Thomas dit que c'est un pêché modéré si une femme a un rapport sexuel contre de l'argent, mais c'est un pêché vraiment terrible, si elle le fait pour le plaisir. C'est ça ?

—Ce n'est pas exactement ce qu'il dit, mais tu n'es pas loin.

—Eh ben, je suis bien content que les chanoines médiévaux aient disparu maintenant, au moins dans notre partie du monde.

—Je n'en suis pas si sûre, je rétorque en plissant les yeux. Combien paies-tu un auditeur homme par rapport à une auditrice femme ?

—À DCA, dit-il visiblement fier, les auditeurs et les auditrices ont le même salaire pour un travail égal.

—D'accord, mais qu'en est-il du personnel hommes et femmes, toutes catégories confondues ?

Il passe la main dans ses cheveux.

—Ça ne serait pas une comparaison juste.

—Ah bon ? Pourquoi ?

—Parce que... répond-il en hésitant une seconde. OK, je vais être brutal. Il n'y a pas beaucoup de femmes cadres. Et il n'y a pas beaucoup d'assistant hommes.

Je hoche la tête.

—CQFD. Il y a encore beaucoup de chemin à faire même dans notre partie du monde, hein ?

Il mâche son sandwich silencieusement.

J'observe son visage.

—Tu es bizarrement pensif.

—J'essaie de m'imaginer au Moyen-Âge où toutes les jolies jeunes filles qui ne vendent pas leur corps sont chastes.

—Et ?

—C'est terrifiant, dit-il en écarquillant les yeux comme s'il était désespéré. Pour un homme comme moi, qui n'est pas intéressé par le mariage, je serais obligé de serrer les dents et de supporter ou de payer pour avoir des rapports sexuels.

—Quelque chose me dit que tu choisirais la deuxième option.

Il me lance un sourire narquois.

—Et si tu étais une femme au Moyen-Âge et que le mariage ne t'intéressait pas ? je demande.

—Je deviendrais une prostituée, dit-il sans hésitation.

Évidemment.

—Et toi ? me demande-t-il.

Je n'hésite pas non plus.

—Je deviendrais nonne.

—Vraiment ? Je n'avais pas réalisé que tu partageais la passion de ta mère pour Jésus.

—Ce n'est pas le cas, même si je pense que c'était un individu admirable.

—Alors pourquoi une nonne ?

—Eh bien, pour commencer, choisir la religion était la meilleure échappatoire pour une femme qui ne voulait pas se marier avec l'homme que ses parents avaient choisi pour elle – ou avec n'importe quel homme.

Il hoche la tête.

—Je vois.

—Mais il n'y a pas que ça. Les options de carrières ouvertes à une intello au Moyen-Âge – même aux riches châtelaines – étaient extrêmement limitées.

Il se donne une claque sur le front.

—Évidemment. Pourquoi n'y ai-je pas pensé ? Une femme n'était pas censée être intelligente, pas vrai ?

—Exact. Sauf si elle devenait une religieuse.

Je ramasse les dernières miettes du brownie et je lèche mes doigts.

Il ouvre sa bouteille d'eau.

—Une religieuse, poursuis-je, pouvait lire des traités de philosophie autant qu'elle le voulait. Elle pouvait avoir des opinions, écrire et avoir des débats intellectuels.

—Vraiment, je comprends, dit Raphaël. Ce que je ne comprends pas c'est que tu sacrifierais le sexe pour des débats intellectuels.

—On n'a rien sans rien, dis-je en levant l'index.

—C'est ta devise dans la vie ?

—Pas une devise, plutôt un principe général.

—Ma vie aussi est régie par un principe, dit-il en ricanant.

Je fais la grimace, m'attendant au pire.

Fidèle à lui-même, il lève le majeur.

—C'est celui-là : le principe du je-m'en-foutisme.

—Andouille ! je réplique.

—Et fier de l'être, dit-il avec un sourire.

CHAPITRE ONZE

Raphaël ferme la porte de son bureau derrière moi.

—Tu crois que je devrais dire un mot à Pauline ?

—Sur quoi ?

—Pour qu'elle laisse ses assistants s'attribuer le mérite des sections qu'ils ont compilées ?

Je le fixe du regard tout en réfléchissant à ce qu'il vient de suggérer.

—J'ai vérifié ton contrat, dit-il. Ton grade de salaire ne correspond qu'à la relecture et au formatage.

—Je suis *contente* que Pauline me donne plus de responsabilités, je réponds.

—Oui, mais sur le bulletin ton nom ne figure qu'à côté de la mise en page.

—Et ça ne me dérange pas du tout.

Il a l'air interloqué.

—Je serai très diplomatique si tu as peur d'éveiller ses soupçons...

—Ce n'est pas ça, dis-je. Honnêtement, je me moque de la façon dont j'apparais dans le bulletin. Je ne suis là que pour terminer mon doctorat et avant de trouver du travail dans le secteur universitaire.

—Je le sais, rétorque-t-il en sourcillant. Mais ce n'est quand même pas normal que quelqu'un d'autre s'octroie tout le mérite de ton travail.

—Tes inquiétudes pour ton simple soldat sont admirables, dis-je en lui faisant un clin d'œil. Pourquoi ne pas les étendre à ceux avec qui tu ne couches pas ?

—J'ai discuté du cas de Sandro Marnier avec mes aides, dit-il. Je vais peut-être lui donner une deuxième chance.

Mon visage se fend d'un large sourire.

Il sourit également et m'attire dans ses bras.

—Nous avons deux heures avant que je m'en aille.

Ses mains commencent à caresser mon dos. Ses paumes sont plates et ses doigts sont écartés. Ils remontent jusqu'à ma nuque, descendent entre mes omoplates, s'appuient contre le bas de mon dos et saisissent mes fesses. Alors que ses mains se baladent partout, couvrant chaque millimètre, ses lèvres effleurent mon visage, avides et exigeantes.

J'adore ce moment.

Ça ne veut pas dire que je n'aime pas ce qui suit, mais il y a quelque chose dans le toucher de Raphaël qui me fait particulièrement vibrer. Mêmes à des endroits insoupçonnés. C'est comme si ses mains avaient la dimension, la chaleur et la force exactes dont mes terminaisons nerveuses avaient besoin. Et j'ai toujours l'impression qu'il a plus de deux mains – comme une divinité hindoue – lorsqu'il me caresse ainsi.

Alors qu'il me fait reculer vers son énorme bureau en chêne, je le sens durcir contre mon ventre.

Mes yeux se ferment.

—Je te verrai ce week-end ?

—Malheureusement non, répond-il en laissant une traînée de

baiser brûlant le long de mon cou. Je pars ce week-end et toute la semaine prochaine.

Je n'ose pas demander où il s'en va.

Ni avec qui.

Est-ce que c'est parce que je suis intimidée par cet homme ? Compte tenu qu'il n'a que vingt-neuf ans, il est difficile de ne pas être impressionnée par ce qu'il a accompli. Il est difficile de ne pas être affectée par son statut et sa richesse, sans parler de ses yeux bleus et de son charme fou.

Mais ce ne sont pas ces aspects impressionnants qui m'ont rendue accro à lui. Chaque fois que j'oublie d'être dans l'admiration, *Le Big Boss* disparaît et un gentil bonhomme de neige avec une carotte en guise de nez prend sa place.

Chaque fois que nous faisons l'amour, c'est ce qui se passe.

Raphaël passe un bras autour de ma taille, alors qu'il pousse tous les dossiers sur le côté de son bureau. Je m'attends à ce qu'il me lève et me fasse asseoir en face de lui comme nous l'avons fait auparavant, mais à la place il me retourne. Avant que j'aie réalisé ses intentions, il m'a penchée en avant sur le bureau. Appuyant une main entre mes omoplates, il me pousse jusqu'à ce que ma joue touche le bois ciré.

Il me tient fermement en place, tout en relevant ma jupe avec l'autre main. Je porte une jupe serrée aujourd'hui, alors la tâche de Raphaël n'est pas si facile que ça, surtout avec une seule main.

Mais il continue, jusqu'à ce que, enfin, ma jupe soit relevée au-dessus de ma taille et ma culotte soit descendue sur ma cheville droite.

Il grogne en caressant ma chair nue.

Je me sens exposée et vulnérable, comme ça.

Évidemment, nous l'avons déjà fait en levrette. Mais nous étions au lit et c'était différent. La pièce était beaucoup plus sombre et j'étais complètement relaxée et sans inhibitions après le vin exquis et le cunni encore plus exquis qu'il m'avait fait subir.

Aujourd'hui, il n'y a rien eu de tout ça.

Et la lumière entre à flot dans ce bureau.

Raphaël cajole mes cuisses et mes fesses. Tout en murmurant des mots d'encouragement, il empoigne mes hanches et remonte davantage mon cul alors que ses genoux écartent encore plus mes jambes. Je le laisse faire. Sa main droite passe sous moi et ses doigts me frottent, puis plongent en moi. Alors que je commence à gémir de désir, il fait un pas en arrière.

Le tic-tac de l'horloge et sa respiration saccadée emplissent mes oreilles. Et je n'ai pas besoin de voir son visage pour savoir ce qu'il regarde.

—Tu es magnifique, Mia, dit-il.

Je rougis.

En partie de satisfaction.

Son compliment est ma récompense pour les terribles rendez-vous d'épilation à la brésilienne que je supporte depuis janvier.

Je l'entends défaire sa ceinture et descendre la braguette de son pantalon. Lorsque le son du paquet de préservatif en train d'être déchiré atteint mes oreilles, je ne suis pas juste prête à ce qui va arriver – j'en ai besoin.

Il empoigne à nouveau mes hanches et plonge en moi.

Je suis tellement soulagée, que j'émets un râle venant du plus profond de moi.

Raphaël commence à me pilonner.

Je bouge pour répondre à ses poussées et l'aider à me pénétrer encore plus loin. Mes seins sont écrasés contre la surface chaude du bureau et mon esprit est merveilleusement vide. Mon corps est tellement ivre de ce qu'il me fait, j'ai envie qu'il aille encore plus profond, qu'il me remplisse encore plus complètement.

Mon désir me déchaîne.

—Oh oui... je soupire à chaque poussée. Oh oui ! Oh oui ! Oh oui !

—On dirait que tu aimes ça, grogne-t-il tout en se penchant en avant.

Si *j'aime* ça ? Je crois que je vais mourir de plaisir.

Il se redresse et sa main claque sur une fesse.

—Et ça, Mia ? demande-t-il. Tu aimes ça aussi ?

En fait, non, je n'aime pas.

Mais j'ai une boule dans la gorge qui m'empêcher de former ces mots.

Il me donne une autre claque.

Je me raidis.

Il cesse de bouger.

Quelques secondes plus tard, il est assis par terre, dos au bureau et je suis installée sur ses genoux.

—Mia, chérie, ça va ? m'interroge-t-il en caressant mon visage et en me tenant contre son torse. Tu n'as pas aimé la fessée, c'est ça ? J'y ai été trop fort ?

Ce n'est pas ça. Ses claques étaient légères et taquines. Elles n'étaient certainement pas censées faire mal. Elles *ne m'ont pas* fait mal.

Alors pourquoi, ont-elles neutralisé mon désir ?

Et pourquoi est-ce que je me sens si…vulgaire ?

C'est peut-être à cause de la *calamité*, et parce que que je suis sa subordonnée, penchée sur son bureau, sans savoir avec qui il va passer la semaine prochaine…

Raphaël relève mon menton, ce qui me force à le regarder dans les yeux.

—S'il te plaît, Mia, il faut que je le sache. C'était la fessée ?

Je hoche la tête. C'est plus facile de dire oui que d'essayer d'expliquer quelque chose que je ne comprends pas vraiment moi-même.

Son expression devient solennelle.

—Frappe-moi.

Son offre étrange me fait cligner des yeux.

—Donne-moi un coup de pied là où tu veux, deux fois, dit-il.

—Ne sois pas idiot.

—S'il te plaît, plaide-t-il avec un regard suppliant. Nous serons quittes et nous nous sentirons mieux tous les deux.

Vraiment ?

Oh, et puis merde !

Je me recule et je lui donne une claque.

—Aïe !

Il se frotte la joue.

—Donne-moi ton bras, j'ordonne malicieusement.

Il lève son bras droit devant lui.

Je passe ma main sur son biceps saillant – tous les prétextes pour toucher ses biceps sont bons – et je pince aussi fort que je peux.

Il tressaille.

Je laisse son bras tranquille.

—J'ai fini.

—Tu te sens mieux ?

—Bizarrement, oui.

—Tant mieux. Moi aussi, dit-il en emmêlant ses doigts dans mes cheveux. La prochaine fois que je veux essayer quelque chose de coquin, je te demanderai si ça te dit en premier.

—Tu aimes les trucs pervers ?

—Non, pas trop, répond-il avant d'ajouter : C'est plutôt… je n'ai jamais été avec une femme aussi longtemps.

—Ça fait à peine cinq mois que nous sommes ensemble.

—Comme je viens de le dire, je n'ai jamais été avec une femme aussi longtemps.

—Quel rapport avec les trucs coquins ?

—Je me suis dit qu'on pouvait un peu pimenter les choses.

J'ai un pincement au cœur.

—Tu en a assez de moi ?

—Pas du tout, dit-il en scrutant mon visage, j'avais l'impression que c'était *toi* qui commençais à te lasser de moi.

Quoi ?

—Qu'est-ce qui te fait penser ça ?

Il hausse les épaules.

—Dernièrement, tu as été réservée et...un peu distante. Je pensais que tu étais en train de perdre ton intérêt pour moi.

Je soupire. *Si seulement il savait à quel point il est loin de la vérité !*

Le fait que je sois réservée est dû à ma préoccupation croissante à propos des lettres australiennes. Je ne peux pas m'en empêcher. Chaque fois que j'ouvre ma boîte aux lettres ou que je vérifie mon casier au bureau, je m'attends à trouver une nouvelle lettre. Que dira-t-elle ? Mon « admirateur secret » va-t-il indiquer ce qu'il veut de moi ? Est-ce que ce sera de l'argent ? Combien ? Pourrais-je le payer ?

J'aimerais bien pouvoir tout révéler à Raphaël sur ce chantage qui se profile. Mais ça nécessiterait d'en expliquer ses causes.

Et je ne peux pas.

Lui parler de la *calamité* me ferait descendre encore plus bas dans l'échelle sociale. Je plongerais de la « petite assistante aux ambitions académiques », qu'il baise quand il a du temps libre, pour finir directement dans la catégorie « salope ». Et pas seulement une salope du dimanche, mais une salope quasi pro, avec un plan à quatre et une sextape à son actif.

Cette sorte de confession ne va pas juste élargir le fossé entre nous. Ça le transformera en abîme.

—Ne t'inquiète pas, dis-je, en me forçant à sourire. Je te trouve toujours aussi attirant que la première fois où je t'ai rencontré dans ta combinaison polaire.

Il sourit aussi, mais le pli entre ses sourcils ne disparaît pas.

—Alors, qu'est-ce qu'il y a ? Qu'est-ce qui te tracasse ?

Peut-être que je peux lui donner une *partie* de la vérité.

—Ce sont mes finances, dis-je. Il faut que je trouve un deuxième job.

—Je peux te prêter…

Je plaque ma main sur sa bouche.

—Pas question !

—D'accord, acquiesce-t-il en inspirant. Par contre, je peux te proposer ce deuxième job ?

Je fronce le nez.

—En tant que ?

—Serveuse, dit-il avec un grand sourire. Séb et moi sommes propriétaires d'un bar au centre de Paris, le Big Ben. C'est un club de gentlemen de style anglais.

Je grimace.

—Comme c'est chic !

Et comme c'est révélateur qu'il ne l'ait jamais évoqué. Ou qu'il ne m'y ait jamais amenée.

—Le gérant disait l'autre jour qu'il cherchait un serveur supplémentaire pour le soir.

—Alors tu vas faire du favoritisme et m'imposer à ce pauvre homme ?

—Tu as déjà été serveuse ? demande-t-il.

—Oh que oui !

—Alors, oui, je vais faire du favoritisme.

J'ouvre la bouche pour dire qu'il ne devrait pas, lorsque de fortes voix se font entendre juste de l'autre côté de la porte.

C'est Anne-Marie et un homme.

Ils ont une discussion plus qu'animée.

CHAPITRE DOUZE

—Je suis désolée, Monsieur d'Arcy, mais Monsieur d'Arcy n'est pas là, dit Anne-Marie derrière la porte.

Je lance un regard interloqué à Raphaël.

—C'est Séb, explique-t-il.

Waouh !

Juste derrière la porte, il y a le Comte Sébastien d'Arcy lui-même. Arrogant. Antisocial. Sans pitié. Et ça, c'est son bon côté. On n'a même pas envie d'imaginer le mauvais côté, et encore moins de s'y trouver.

Du moins, c'est ce que j'ai entendu dire.

Une voix de basse autoritaire gronde :

—Oh si, je pense qu'il *est* là !

—Vous vous trompez, monsieur. Il n'y est pas, persiste Anne-Marie, mais il y a un tremblement dans sa voix aiguë.

—Alors pourquoi n'ouvrez-vous pas cette porte pour que je constate par moi-même ?

Le ton de Sébastien est tellement glacial, qu'un frisson me

parcourt la colonne vertébrale. Je n'envie pas Anne-Marie à ce moment-même.

—Je ne peux pas faire ça, monsieur.

On dirait qu'elle est sur le point d'éclater en sanglots.

—La pauvre, dit Raphaël en faisant une grimace de compassion. Je ne sais pas combien de temps elle va réussir à tenir le coup.

Je commence à paniquer.

—Tu crois qu'elle va le laisser entrer ?

—Séb peut être très intimidant parfois et même souvent, répond-il, avant de soupirer. En fait, tout le temps.

Je me relève d'un bond et je commence à réarranger mes vêtements aussi vite que possible.

—Je vais ouvrir la porte, dit Raphaël en se mettant debout, avant qu'Anne-Marie nous fasse une crise cardiaque.

—Est-ce qu'il y a une porte dérobée pour que je puisse m'en aller discrètement ?

Il secoue la tête en fourrant sa chemise dans son pantalon.

J'ajuste sa cravate.

—Je ne veux pas que ton frère me voie ici.

—Qu'est-ce que ça peut te faire ? Il ne te connaît même pas.

Je fais une grimace, décodant le message entre les lignes : *Ne t'inquiète pas – pour Sébastien, tu ne seras qu'une autre de mes conquêtes anonymes, dont il n'essaiera même pas de se rappeler.*

À vrai dire, je ne sais pas pourquoi le fait que Sébastien me voit ici ait la moindre importance. Il s'agit peut-être des vestiges de ma dignité qui vivent leurs derniers soubresauts.

—D'accord, j'ai une idée, dit Raphaël en désignant le placard qui va du sol au plafond le long d'un mur. Tu pourrais te cacher là et je me débarrasserai de Sébastien aussi vite que possible ?

J'acquiesce et je me précipite dans le placard.

Raphaël ouvre la porte du bureau.

—Tu es seul, constate Sébastien, l'air surpris.

—J'étais en pleine séance de réflexion stratégique, déclare Raphaël. C'est pour ça que j'avais ordonné à Anne-Marie de ne laisser personne entrer.

—Tu as fermé ta porte à clé pour faire de la réflexion stratégique, répète Sébastien comme un perroquet avec une note tangible de moquerie dans la voix.

—Personne n'est parfait, rétorque Raphaël.

—D'accord, peu importe, dit Sébastien conciliant. Je ne suis pas venu ici pour me disputer avec toi.

—Pourquoi es-tu venu ici ?

—J'ai de nouveau besoin de ta formation juridique pour m'aider à préparer les dispositions nuptiales.

—Alors tu as toujours l'intention de mettre en œuvre ton projet de dingue ?

—Oui, toujours, répond Sébastien sèchement.

Un bref silence s'installe avant que Raphaël ne demande :

—Comment va ma future belle-sœur, au fait ? Je ne l'ai pas vue depuis le dîner chez Geneviève.

—Elle va bien. Comment va Geneviève ?

Qui est Geneviève ?

Est-ce une fiancée de longue date qui attend patiemment que Raphaël s'assagisse ? Ou son épouse folle qu'il garde enfermée dans le grenier de sa maison de campagne comme M. Rochester dans *Jane Eyre* ?

Un soupir m'échappe alors que j'ai une illumination. Et si Geneviève était son enfant ? J'en sais tellement peu sur l'homme dont j'ai exploré le corps si complètement depuis les derniers mois !

—Indomptable, comme à son habitude, dit Raphaël. Elle vient de commencer un nouveau projet.

—Un autre documentaire ?

—Non, cette fois-ci elle produit de la fiction. Une nouvelle version d'un film noir des années quarante.

—Tu crois qu'elle va réussir à le vendre ? demande Sébastien.

—Qui sait ? On dit bien, la troisième fois sera la bonne.

La conversation s'interrompt de nouveau brièvement.

—Voici les papiers, dit Sébastien. Je te serais reconnaissant d'y jeter un œil.

—D'accord. Donc...heu...à bientôt ?

—Tu as des nouvelles de Noé ? demande Sébastien.

—Aucune.

—Moi, non plus.

—Il changera d'avis, dit Raphaël. Il a juste besoin de temps.

—Tout ça, c'est la faute de Maman.

—Laisse notre mère en dehors de ça.

—Pourquoi ? demande Sébastien, la voix de nouveau glaciale. C'est la vérité.

—Ouais, c'est ça, répond Raphaël l'air énervé, comme ta théorie qu'elle est responsable de ce qui est arrivé à Papa.

Silence.

—Il a creusé sa propre tombe, poursuit Raphaël.

—Je n'ai jamais accusé Maman de ça.

—Oh si, tu l'as fait. Tu le fais encore.

—Ah bon ? Je ne sais pas...hésite Sébastien. Tu as peut-être raison. Je suis peut-être trop dur avec elle.

Ils sont tous les deux silencieux pendant longtemps, puis Sébastien dit :

—Mais tu ne peux pas nier qu'elle soit responsable d'avoir monté Noé contre nous.

—Je ne sais pas trop...

—Oh, allez ! Nous découvrons *accidentellement* que notre petit frère a quitté le Népal et qu'il habite à Paris depuis déjà six mois.

Raphaël n'émet pas de commentaire.

—Il ne veut pas nous répondre ou nous rappeler, dit Sébastien.

Aucune réaction de Raphaël.

—Il a pris le nom de jeune fille de Maman.

—Tout le monde n'est pas aussi fier d'être un d'Arcy que toi, frangin. On ferait mieux d'accepter que Noé préfère s'appeler Masson.

Sébastien ne répond pas et je cède presque à la tentation de jeter un coup d'œil à son visage. Mais je résiste. Je ne veux pas courir le risque d'être démasquée.

Les frères se disent au revoir peu après.

Raphaël ferme la porte du bureau et me laisse sortir.

—Désolée de t'avoir fait écouter tout ça. Je n'aurais pas dû laisser Sébastien entrer.

—Non, c'est bon. J'en ai appris plus sur ta famille en dix minutes que depuis les cinq derniers mois.

Il me lance un sourire triste.

—En plus, je poursuis, votre conversation était intéressante d'un point de vue scientifique.

—Comment ça ?

—Cela a prouvé ma théorie que le sang bleu produit tout autant de linge sale que le reste de la population.

—On ne peut pas dire le contraire, dit-il, son sourire devenant sincère. Est-ce une bonne chose ?

—Ça nous met au moins sur un pied d'égalité en termes de linge sale.

—J'ai encore vingt minutes, dit-il en me prenant la main. Ça te dirait qu'on finisse ce qu'on avait commencé.

Je sourcille.

—Moins la fessée, ajoute-t-il rapidement.

—Ça me dirait plus qu'on finisse à ton retour, dis-je en jetant un regard vers la porte. Et de préférence dans un endroit où nous ne serons pas interrompus.

Il acquiesce.

Nous nous embrassons une dernière fois et quelques minutes plus tard, je suis de retour dans mon bureau pour terminer le travail de la journée.

Delphine me lance un regard appuyé, alors qu'elle applique son rouge à lèvre avant de sortir.

—*C'est* quelqu'un du bureau.

—Qui ? J'étais juste...

—Très bien, ne me dis rien, dit-elle. Mais quand je découvrirai qui il – ou elle – est, tu devras me donner plus de détails, ma cocotte, comme je l'ai fait pour toi avec Alberto.

—Sinon quoi ? je demande en m'efforçant d'être espiègle.

—Sinon, je ne pourrai peut-être pas garder le secret du scoop, quel que soit le statut marital de ton amant – ou de ton amante.

Alors qu'elle sort du bureau, son regard a l'air de dire « Je t'aurai prévenue ».

Décidément, me menacer est très à la mode en ce moment.

Tant bien que mal, je réussis à me concentrer sur mon travail et je finis peu après vingt et une heures.

Quand je sors de l'immeuble, l'air est tellement agréable que j'ai du mal à croire que j'habite à Paris. Maintenant que la plupart des gens sont rentrés chez eux, les fumées d'essence et de diesel ont été remplacées par les parfums printaniers des fleurs et des bourgeons. La température est aussi idéale qu'elle peut l'être ici – entre douce et chaude – après l'air glacé de l'hiver et avant la chaleur collante de l'été.

Selon les prévisions météo, le temps restera ainsi toute la semaine et pendant le week-end que j'avais espéré passer avec Raphaël.

Quel dommage qu'il ait choisi de le passer avec quelqu'un d'autre ! Sûrement cette Geneviève, qui qu'elle soit.

Sur le trajet qui m'amène à la station de métro, la jalousie et l'amertume se combinent pour gâcher la magnifique soirée. Pour la énième fois, je me promets de faire plus d'efforts pour terminer ma liaison avec Raphaël.

Et ne plus jamais coucher avec lui dans son bureau.

Pendant les premiers mois, nous avions strictement évité de

nous rencontrer dans les locaux de DCA. Raphaël semblait aussi désireux que moi de ne pas tout mélanger. Mais cela nous obligeait à ne pas nous voir pendant plusieurs jours, même lorsqu'il était à Paris. Raphaël d'Arcy est un homme important. Dans son agenda, toutes les soirées de certaines semaines sont occupées par des mondanités qu'il ne peut pas annuler.

Je suspecte que certaines de ces mondanités dépassent le cadre de ses soirées pour se prolonger dans la nuit.

Mais je préfère ne pas demander.

La première fois que nous avons brisé notre règle nous interdisant tout rapport sexuel au travail, c'était il y a environ un mois, après dix jours sans nous être vus.

Comme Raphaël n'était en ville que pendant une journée, nous nous sommes « vus » dans son bureau sous la protection de sa loyale gardienne, Anne-Marie.

Et puis, nous avons récidivé après son retour d'un déplacement professionnel la semaine suivante et avant qu'il ne reparte de nouveau.

Et nous avons fait une rechute cet après-midi.

Chacune de ces « rencontres » a permis d'assouvir mon corps – mais a sali un peu plus mon âme.

Parce que malgré son intérêt constant pour moi, je *ne* suis *pas* la petite amie de Raphaël.

Je suis sa partenaire sexuelle.

Nous sommes deux célibataires entretenant une liaison secrète. Notre relation ne va pas de l'avant. Je ne peux même pas la qualifier de liaison. C'est un coup d'un soir qui se répète en boucle. Comme si nous faisions un remake porno du film *Un jour sans fin*.

Ça s'appelle *Un coup sans fin.*

Raphaël semble satisfait de son rôle dans ce film.

Pas moi.

Malheureusement, ce n'est pas moi qui suis dans la chaise du réalisateur.

CHAPITRE TREIZE

Alors que j'entre dans mon appartement, je suis frappée par sa propreté et son ordre. Mes mains me démangent de sortir mon téléphone et d'immortaliser cet état rare. Lorsque Maman et Eva s'en iront et que mon chez moi retournera à son état de « bazar créatif » habituel, je regarderai ces photos et l'envie de nettoyer s'emparera de moi.

Ou pas.

Mais ça ne me ferait pas de mal d'essayer.

—Le repas sera prêt dans vingt minutes, s'écrie Eva de la cuisine.

—Qu'est-ce qu'elle prépare ? je demande à Maman, qui arrange les coussins sur le canapé.

—Des lasagnes.

Je ferme les yeux et je fais un sourire béat.

—Miam !

—Elle se disait bien que tu serais contente.

Maman déplie la planche à repasser et pose une pile de vêtements colorés sur une chaise. Apparemment, elle s'est occupée de mon linge pendant que j'étais au travail.

Une fois de plus.

Elle ne me laisse pas d'autre choix que de cacher mon linge sale dans une valise avant ses visites.

—Comment vas-tu, Mia ? demande-t-elle.

—Très bien.

Elle prend une chemise blanche et la pose sur la planche.

—Tu pourrais être moins vague ?

—D'accord, je réponds en dépliant mes doigts, la thèse est dans les temps, le travail n'est pas trop nul et l'été arrive. Tu vois, tout va bien ?

Elle secoue la tête.

—Alors quand je pose la même question à Eva, pourquoi a-t-elle beaucoup plus de choses à dire ?

—Elle est bavarde, dis-je en haussant les épaules, c'est dans sa nature.

—Et ta nature est d'être cachotière, c'est ça ?

—N'importe quoi ! je rétorque en balayant sa remarque d'une main, je suis simplement...introvertie, c'est tout.

Elle met la chemise sur un cintre.

—*Herzele*, tu penses que tu peux faire un effort pour m'en dire plus ?

Herzele. Mon petit cœur. J'adore quand elle m'appelle comme ça.

—Comme quoi ?

Elle hésite.

—Tu sors avec quelqu'un ?

C'est-à-dire est-ce que je *fornique* avec quelqu'un ?

Je la fixe du regard en écarquillant les yeux.

—Vraiment, Maman ?

—Tu *sais* ce que je veux dire, répond-elle en penchant la tête sur le côté pour me réprimander. Y-a-t-il un jeune homme qui t'aime bien et que tu aimes bien aussi ?

Je fais non de la tête.

—Je me demande si c'est de ma faute, dit-elle.

—De quoi tu parles ?

Maman pousse un long soupir et prend le vêtement suivant sur la pile.

—Eva est amoureuse d'un homme qui est très bien, mais inaccessible, dit-elle. Tu sembles éviter les hommes comme s'ils étaient des bêtes dangereuses. Est-ce que c'est parce que Papa et moi avons été si stricts avec vous ? Et parce que j'ai tellement insisté pour que vous n'ayez pas de relations intimes avant le mariage ?

Oh mon Dieu !

Elle soupire de nouveau et place une culotte sur la planche.

—Pas mes sous-vêtements ! je m'écrie en lui dérobant la culotte des mains. S'il te plaît, c'est pas censé être repassé.

Elle me lance un regard indulgent.

—Bien sûr que si.

Je râle et je fais semblant de m'arracher les cheveux.

—Tu n'as pas répondu à ma question, dit Maman, son regard perçant le mien.

—D'accord, je vais te répondre, dis-je en soutenant son regard. Ne t'inquiète pas Maman, tes standards élevés et tes sermons sur la chasteté ne sont pas responsables de mon statut de célibataire.

—Il est tout à fait acceptable de sortir avec un homme, tu sais, dit-elle. Papa et moi aurions dû davantage insister sur ce point. Tant que vous pouvez vous abstenir – et je suis certaine que des jeunes filles volontaires comme toi et Eva le peuvent – vous devriez sortir avec quelqu'un. Je vous *encourage* à fréquenter quelqu'un.

Je montre la paume de mes mains à Maman.

—Il faut que je les lave avant le repas.

Alors que je marche...*heu,* que je cours à la salle de bain, une pensée me traverse l'esprit. Hormis la liaison avec Raphaël, je ne suis sortie avec personne depuis l'université. Plus précisément, depuis la *calamité.*

C'est une coïncidence, sans aucun doute.

—Comment va Papa ? je demande à ma mère une fois attablée.

J'ai la ferme intention d'éloigner la conversation sur ma vie privée et sur celle d'Eva et de ne pas y revenir.

—Comme d'habitude, dit Maman. Il fait autant de volontariat qu'il le peut, il jardine beaucoup et il s'essaie à des recettes du monde entier. En ce moment, nous sommes en pleine phase cambodgienne.

Eva sert les lasagnes.

Je salive rien qu'en regardant le plat.

—Est-il toujours impliqué dans le projet de soutien aux réfugiés ? demande Eva.

—Celui avec l'ONG d'aide à l'éducation ? interroge Maman, les yeux rivés sur le plat de lasagnes. Ou celui qui apprend les bases du français à des femmes et les aide à trouver du travail ?

—Oui, celui-là, répond Eva en s'asseyant.

Elle nous invite à commencer à manger d'un geste de la main.

Maman ne se le fait pas dire deux fois.

—En fait, je suis aussi impliquée dans ce projet. Vous savez que nous souhaitons tous les deux aider les femmes dans le besoin.

On ne peut pas dire le contraire.

Tant que la moralité de ces femmes est irréprochable.

Je me concentre sur mes lasagnes, qui sont aussi délicieuses que tout ce qu'Eva cuisine et je laisse ma sœur et ma mère parler. À un moment, je cesse de les écouter, mon esprit s'évadant vers un sujet qui est devenu obsessionnel pour moi récemment. Les *autres* femmes de Raphaël.

Il n'a jamais évoqué quelqu'un et en réalité je ne l'ai jamais vu avec une femme. Mais chaque fois que je feuillette *Voici* ou un autre magazine de la presse people, il y a une photo de lui en train de discuter avec tel mannequin ou telle héritière lors d'un événement mondain quelconque. Fait-il plus que discuter quand les paparazzi sont partis ? Après tout, il a une *réputation* et il semble souhaiter la maintenir.

En outre, il m'a toujours fait clairement comprendre qu'il n'est pas du genre à avoir une « relation ».

Une fois, je lui ai demandé s'il se souvenait de tous les noms et visages des femmes avec qui il avait couché.

Il avait secoué la tête.

Je l'avais regardé avec méfiance.

—Et celles que tu avais vues plus d'une fois ?

Il avait réfléchi en se frottant le menton.

—Ou alors, nous nous ressemblons toutes ? j'avais demandé. Une image floue de nichons et de chattes ?

—C'est méchant de penser ça de moi, avait-il désapprouvé.

J'avais haussé les épaules comme pour dire, « méchant mais pas faux».

—Pour répondre à ta question, oui je me rappelle de celles que j'ai vue plus d'une fois, avait-il dit en levant un sourcil. Malgré ce que tu penses de moi, j'adore les femmes. Je pense qu'elles sont la création la plus extraordinaire de Dieu, largement supérieures aux hommes en tout.

—Peut-être que c'est ça ton problème, j'avais répondu. Tu aimes trop les femmes...au pluriel.

Il m'avait lancé un regard étrange, mais n'avait rien rajouté.

—Tes copines, j'avais poursuivi laborieusement, incapable de laisser tomber le sujet, ça ne les dérange pas que tu ailles voir ailleurs ?

—Les rares fois où je suis resté assez longtemps pour demander, la réponse était « non ».

—Heureusement que les préservatifs existent ! je m'étais exclamée.

—C'est bien ce que je pense.

—Et si tes copines ont, elles aussi, d'autres amants ? Est-ce que *toi,* ça ne te dérange pas ?

Il fit claquer sa langue contre son palais.

—Bonne question.

—Alors ?

—Eh bien, il n'y aucune raison pour qu'elles ne profitent pas de la même liberté que moi. Sinon, ça ne serait pas juste.

Je grimaçai sur le fait qu'il qualifie la promiscuité de liberté. Mais, de quel droit une fille qui avait participé à un plan à quatre pouvait-elle s'offusquer ?

—Cela dit, je doute que mes partenaires aient besoin d'un autre amant quand je suis avec elles, commenta Raphaël avec un petit sourire goguenard.

Je levai les yeux au ciel.

—C'est juste une observation, dit-il. Mais nous pourrions faire un sondage aléatoire. Toi, par exemple – as-tu un autre amant ?

—Non.

—Penses-tu en avoir besoin ?

Je secouai la tête.

—Tu vois ? dit-il en souriant. Je te suffis.

Je ne me rappelle pas ce que j'avais répondu. Par contre, je n'ai pas oublié que j'étais trop peureuse pour lui poser la question qui me rongeait depuis janvier.

As-tu une autre maîtresse, Raphaël ?

Ou est-ce que je te suffis ?

CHAPITRE QUATORZE

J'observe la terrasse paysagée de Raphaël à travers la grande baie vitrée. Même dans le noir, l'effet est époustouflant, avec des lumières minuscules disséminées sur les plantes et scintillant doucement. J'entends le bourdonnement continu et les bruits de moteur de divers véhicules, la sirène d'une voiture de police au loin et les rires de convives profitant d'un repas tardif dans la rue en dessous de nous.

Ici, sur le Boulevard Saint-Germain, nous sommes au plein dans le cœur palpitant de Paris, à quelques pas de la Cathédrale de Notre-Dame. Mais nous sommes aussi au-dessus de la ville, à l'intérieur d'un énorme loft moderne, entourés d'une oasis de verdure aérée.

Raphaël prépare des cocktails élaborés derrière le bar en granit lisse de sa cuisine américaine.

—Tu es sûre que tu n'as pas faim ? demande-t-il.

—Certaine.

Il doit avoir du mal à me croire, parce que d'habitude, je suis affamée à la fin d'une journée de travail. Mais ce soir, après mon premier double service, je suis tellement épuisée que je n'ai plus faim.

Je suis partie de DCA à dix-huit heures, ce qui a occasionné de nombreux froncements de sourcils dans mon bureau et je suis allée au club de gentlemen de Raphaël, où j'ai réussi à survivre à ma première nuit en tant que serveuse.

J'exagère un peu quand je dis « survivre » parce que, objectivement, le travail en soi n'était pas difficile, et le personnel était sympa. Y compris le gérant, que l'on avait *prié* de m'embaucher.

La vraie raison de mon épuisement est que j'ai reçu ma troisième lettre d'Australie ce matin. Elle était un peu plus prolixe que les deux premières.

JE SERAI EN FRANCE PENDANT TOUT LE MOIS DE JUILLET.
TIENS-TOI PRÊTE.

Prête à quoi ?

Cette question a hanté mon esprit toute la journée. Mon correspondant mystère va-t-il me faire chanter ou va-t-il publier sa preuve sur Internet et voir ma vie exploser en morceaux ?

Je laisse échapper un long soupir.

Venir chez Raphaël ce soir était une erreur. Plutôt que de monter dans sa voiture, j'aurais dû partir directement chez moi et éviter une situation potentiellement désagréable.

Parce que je ne vais être d'aucune utilité à Raphaël ce soir. Pour la première fois depuis janvier, je me sens trop déprimée pour coucher avec lui. Et je suis sur le point de le lui dire.

L'entendant arriver derrière moi, je me retourne. Raphaël s'approche, un plateau avec deux grands verres dans une main et un petit objet dans l'autre. Il pose le plateau sur une table d'appoint près de la fenêtre et me donne l'objet mystérieux.

C'est une boîte orange qui tient dans ma main avec Hermès inscrit en majuscules.

—Pour toi, dit-il, j'espère que tu vas l'aimer, mais si ce n'est pas le cas, ce n'est pas grave.

—Du parfum ?

Il hoche la tête.

La ligne en écriture cursive au-dessus d'Hermès indique *24 Faubourg.*

Je n'ai aucune idée de l'odeur de *24 Faubourg,* mais je parie que c'est cher.

Je plisse les yeux.

—Est-ce un moyen de me dire que tu détestes le parfum que je porte ?

Il rit doucement.

—C'est tout le contraire. J'adore ton parfum. Mais comme tu ne veux pas me dire ce que c'est, j'ai essayé de trouver quelque chose qui s'en rapproche.

La raison pour laquelle je ne l'ai pas dit à Raphaël - ni à personne - c'est que le nom de mon parfum n'est même pas un cousin éloigné d'Hermès, de Baccarat, ou d'autre liquide parfumé vendu dans une jolie bouteille.

Je l'achète au supermarché du coin.

Ça vous choque ? Eh bien, tant pis pour vous !

Il est bon marché, frais et floral, et ça me va très bien. Ça fait deux ans que je le porte. Et j'avoue que je suis ravie que mon amant ultra riche, l'aime aussi.

Je repousse la boîte.

—Oh, allez, Mia ! s'écrie-t-il, l'air énervé. Tu n'acceptes jamais rien de moi.

—Ce n'est pas vrai, je réponds. Je te laisse payer tous nos verres, tous nos repas et toutes nos escapades. Je n'ose même pas imaginer combien je te devrais si je n'*acceptais* pas que tu règles toutes ces notes.

—Tu pourrais considérer ça comme une forme de mécénat, dit-il. Je le fais pour la science.

Je lui lance un regard dubitatif.

—Je veux dire. Le monde a besoin de toi, Mia. Il a besoin d'apprendre la vérité sur les prostitués médiévales.

Les coins de ma bouche esquissent un sourire malgré tous mes efforts pour rester sérieuse.

—On nous cache cette vérité depuis trop longtemps, ajoute Raphaël, encouragé par mon sourire.

—Qui ?

—Tu sais bien – *eux*.

—Non, je ne vois pas.

—Il faut que je te fasse un dessin ?

Je hoche la tête.

Il murmure en lançant des regards furtifs autour de lui :

—Le gouvernement. La CIA. Wikipedia.

Je ne parviens plus à résister à ces pitreries et je me mets à pouffer.

—Enfin ! dit Raphaël. Ça devient de plus en plus dur de te faire rire. Je dois perdre la main.

Et je dois devenir ennuyeuse...

Il remet le parfum dans ma main.

—Tu peux au moins l'ouvrir et me dire si tu aimes le parfum ?

—Si je l'ouvre, tu ne pourras plus le retourner contre un remboursement.

Il lève un sourcil.

—T'as l'impression que je suis le genre de personne qui prendrait la peine de demander un remboursement ?

—Ben, peut-être pas un remboursement, mais tu pourrais le donner à quelqu'un d'autre.

Il désapprouve, l'air agacé.

—Qui est Geneviève ? je lâche en bafouillant.

Surpris de ma question, Raphaël cligne des yeux.

—Ton frère t'a demandé des nouvelles d'elle quand j'étais cachée dans le placard, j'explique.

—Je vois.

—Alors ?

—Je te le dirai si tu ouvres le parfum et si tu me dis honnêtement si tu l'aimes.

Je lui lance un regard furieux et j'enlève l'emballage plastique de la boîte. Après avoir ouvert le magnifique flacon, je pulvérise un peu de parfum sur mon poignet. Puis, je porte mon poignet à mon nez et je renifle.

Mmm !

—Tu l'aimes ! s'exclame Raphaël, triomphant. N'essaye même pas de le nier – je le vois sur ton visage.

—J'adore, j'admets.

Son sourire fier est tellement adorable que je ne peux pas m'empêcher de sourire aussi.

Après quelques instants de doubles sourires idiots, je pose le parfum sur la table et je croise les bras.

—Alors, qui est Geneviève ?

—Ma plus vieille amie.

—Amie-amante ?

—Non, ce n'est pas comme ça entre nous. Juste de l'amitié.

—Elle te plaît ?

—Non.

—Tu lui plais ?

—Comme je te dis, ce n'est pas comme ça. De toute façon, je ne suis pas son genre, dit-il. Ce qui est important c'est qu'elle est l'héritière de l'une des familles les plus riches de France, alors ce n'est pas mon argent qui l'attire.

Je grimace.

—Parce que c'est ton argent qui attire les femmes à toi.

—Ça et ma tête, poursuit-il en tortillant ses sourcils comme Mr.

Bean, ce qui me fait éclater de rire. Sûrement pas mon potentiel de faire un bon mari.

—Ah oui, j'avais presque oublié, dis-je. Tu ne te marieras jamais.

—Je vois pas où est le problème ? rétorque-t-il en commençant à énumérer sur ses doigts : le monde est surpeuplé, les bébés sont pénibles et le futur de la lignée d'Arcy est assurée maintenant que Seb a trouvé chaussure à son pied. Pourquoi diable devrais-je me caser ?

Je hausse les épaules de manière évasive.

—Et en plus, dit-il, je suis comme Papa. C'était un hédoniste pur et dur, et le mariage n'a rien changé à son attitude. D'ailleurs, ça l'a même empirée. C'était un homme qui n'est pas digne d'être un mari et encore moins un père.

Je le dévisage de haut en bas, et soudainement, je suis prête à aborder le sujet de notre exclusivité.

Pourquoi maintenant ?

Aucune idée, mais je sais que je ne vais pas la *demander.* Je vais l'exiger comme condition pour que nous poursuivions nos « visites ». Pour la première fois depuis des mois, je suis à fond, tant pis pour les conséquences. Si Raphaël dit non, ce qui sera probablement le cas, je suis prête à rompre.

—Il faut qu'on parle, dis-je.

—Sandro ? demande-t-il en prenant ma joue dans sa main. Je prolonge son contrat de trois mois. S'il se ressaisit, il restera.

Je fais un gros baiser sur sa joue.

—Alors il y a un cœur dans ce large torse !

Raphaël met ses bras autour de moi et sourit.

Je prends une grande inspiration.

—La chose dont je veux parler...ce n'est pas à propos de Sandro.

—Tu as un autre copain que je m'apprête à renvoyer ? Mia, mon *cœur* ne peut pas aller trop loin...

—Je veux que nous soyons fidèles tant que durerons nos *visites*.

—Tu t'inquiètes d'attraper une maladie ? demande-t-il en plissant les yeux. Puis-je te rappeler que je ne te rends jamais *visite* sans préservatifs.

—Ce n'est pas juste ça, dis-je en me creusant le cerveau pour trouver une raison qui n'aura pas l'air trop pitoyable.

—Alors quoi ?

—Tu sais, je n'aime pas trop partager.

Ses yeux se fendent d'un sourire.

Je hausse les épaules comme pour dire, *c'est comme ça*.

—D'accord, dit-il.

Ma mâchoire se décroche.

—Vraiment ?

—Ben, oui. Ça ne sera pas difficile.

Maintenant, je ne suis pas époustouflée, je suis complètement embrouillée.

—Bien que je déteste nuire à mon image de Casanova, dit-il, en vérité je te suis fidèle depuis un moment. À vrai dire, *pas* sciemment. Ça s'est juste… fait comme ça.

—Depuis quand ?

Il se frotte le menton.

—Noël.

—Quoi ?

Il me lance le regard stupéfait d'un homme qui vient juste de voir un fantôme.

—Je sais. Waouh !

—C'est pas possible !

—Et pourtant, si, dit Raphaël ouvrant les bras comme pour s'excuser. Je suis aussi choqué que toi.

Je mets les mains sur les hanches.

—Je ne te crois pas.

—Je ne dis pas que je n'ai pas passé du temps avec d'autres

femmes depuis décembre, poursuit-il, mais je n'ai pas couché avec elles.

Incrédule, je scrute ses yeux chocolat.

—Je n'ai pas ressenti le besoin de quelqu'un d'autre, dit-il en me lançant le regard bizarre que j'ai déjà vu quelques fois.

Au contraire de toutes ses autres expressions du visage que je connais par cœur, ce regard reste une énigme pour moi.

Je n'arrive tout simplement pas à le déchiffrer.

CHAPITRE QUINZE

—Vous êtes un hamster, dit Jean-Pierre à Delphine, dont le visage se décompose.

—Pourquoi ?

Le consultant la dévisage comme si elle était idiote.

—À cause de vos réponses à mon questionnaire.

—Vous en êtessûr ? demande Delphine.

—Ce test a été élaboré par des psychologues, répond-il insensible à sa détresse. Ce n'est pas de ma faute.

Delphine se pince les lèvres.

—Très bien, je suis un hamster. Qu'est-ce que ça veut dire exactement ?

—Vous vous agitez trop. Pourtant, il ne faut pas chercher àtravailler pas plus dur – il faut travailler plus intelligemment.

Il lui lance un regard joyeux et passe à sa prochaine victime.

Je déteste ce type.

Je déteste cette retraite d'entreprise dévalorisante imposée à tout le monde par le nouveau chef des RH.

L'événement nous avait été annoncé de la sorte : « un break amusant pour rompre la monotonie ». Ce break était censé rendre le personnel de DCA plus heureux, plus détendu et plus efficace. Toutefois, la participation était obligatoire.

Maintenant, je comprends pourquoi.

Alors notre « break contre la monotonie » est une forme moderne de mise au pilori médiévale avec beaucoup d'humiliation publique et pas du tout d'amusement.

Il est tard dans l'après-midi de la première journée – Dieu merci il ne reste plus qu'une journée – et bon nombre d'entre nous envisagent de prétendre avoir une gastro violente comme stratégie de sortie.

Les « festivités » ont débuté dès notre sortie des bus ce matin et après avoir laissé nos valises dans les cabines en rondins de ce domaine exclusif. Jean-Pierre a collé une étiquette avec le nom d'une célébrité sur le front de tout le monde et nous a ordonné de discuter pendant le café, tout en posant des questions indirectes pour essayer de découvrir qui nous étions. Ceux qui ont demandé « Qu'y a-t-il écrit sur mon front ? » ont fait l'objet d'une première punition consistant à être privé de gâteau.

Ça c'était pour *rompre la glace.*

Ensuite, nous avons participé à d'autres activités comme attraper des œufs, étreindre des arbres, nous tenir debout en cercle en nous tenant la main et pêcher à la mouche. Mais ce n'était rien comparé au point fort de la retraite, qui se déroulera demain après-midi. Jean-Pierre l'a décrit comme la toute dernière tendance japonaise en matière de création de liens entre le personnel : les subordonnés partageront un jacuzzi avec leur chef et discuteront.

Nus !

Heureusement, seulement avec des personnes du même sexe.

Et *après* avoir pris une douche en solo.

J'ai décidé que ma gastro violente aura lieu demain, juste après le déjeuner.

Oh, et au fait, je suis une taupe.

Pas une « espionne », comme notre Bourreau en chef, Jean-

Pierre, a fait remarquer à la lecture des résultats de mon test, mais un « petit mammifère vivant sous terre ». C'est parce que mes réponses ont révélé que je suis trop introvertie et hésitante. Selon notre gourou, on ne peut pas bien collaborer dans une équipe, si l'on n'adopte pas une politique de porte ouverte, y compris dans sa vie privée.

—Tu as remarqué, je murmure dans l'oreille de Delphine, que la taille de l'animal de chaque personne qu'il a évalué est totalement proportionnelle à sa place au sein de la hiérarchie de DCA ?

Elle réfléchit à mon observation quelques instants et ses yeux s'éclairent.

—Incroyable, tu as raison !

Elle fait signe à Barbara et divulgue ce que j'ai constaté.

Barbara - qui, soit dit en passant, est une souris – me lance un regard enthousiaste.

—Mais évidemment ! Pourquoi n'y ai-je pas pensé ? Nous sommes toutes les trois des rongeurs, Suzanne est un zèbre, Sandro une girafe et tous les responsables sont un prédateur de grande taille.

—Ce test est truqué, déclare Delphine d'une voix forte.

Plusieurs personnes se retournent.

Elle croise les bras et lève le menton en signe de défiance.

Je l'écarte avant que quelqu'un parmi les RH ne remarque sa rébellion.

—Tiens bon, Delphine ! Une demi-heure de plus et nous pourrons nous défouler au bar du Chalet.

—Je vais complètement me saouler ce soir, déclare-t-elle.

—Moi aussi, dit Barbara en lui tapotant l'épaule.

—Et moi aussi, j'ajoute.

Au moins dix personnes hurlent : « On est avec vous ! » et « Ouais ! ».

On dirait qu'il *va* y avoir de l'esprit d'équipe après tout. Surtout, parce que presque toutes les boissons servies au Bar du chalet sont gratuites, grâce au *Big Boss*. La restauration et les snacks le sont aussi. Les cocktails sont les seules choses payantes. Sauf que personne avec mon niveau de salaire n'est assez stupide pour commander un Cuba libre, alors qu'ils peuvent avaler du rhum gratuit et l'accompagner de Coca.

—Est-ce que quelqu'un sait si le PDG est là aujourd'hui ? demande Sandro en remplissant de nouveau le verre de vin de Barbara.

—Je ne l'ai pas vu de la journée, dit-elle.

—Moi non plus, répond Delphine en tendant son verre vide. Comme Barbara, s'te plaît.

—Et toi ? interroge Sandro en montrant mon verre.

—J'ai atteint ma limite, dis-je.

Delphine applaudit vigoureusement.

—Qu'est-ce que tu es disciplinée !

—C'est une question d'habitude, je rétorque.

Et de ramifications aux conséquences désastreuses éprouvées.

Sandro pose la bouteille de Bordeaux sur la table et verse du Coca dans mon verre et le sien.

Bravo, mon gars !

—Je sais que *Le Big Boss* est en ville, dit Barbara. Du coup, c'est très bizarre qu'il évite ce séminaire.

Ce que *je* sais c'est qu'il n'en voulait pas du tout. Raphaël ne croit pas que forcer ses subordonnés à passer leur week-end à la campagne pour jouer à des jeux stupides avec les collègues en espérant conjurer l'*esprit d'équipe* fonctionne. Il est partisan de leur donner des primes, afin qu'ils puissent partir en week-end là où ils le veulent et avec qui ils ont choisi.

Ou qu'ils restent chez eux et regardent la télé.

Nous avons tous eu une prime à Noël, et une autre en avril et nous espérons en avoir deux de plus cette année. La torture collective qui nous est infligée ce week-end est la trouvaille du nouveau chef des RH. Ce type est tellement convaincu que ce séminaire nous permettra de nous améliorer et lui permettra de « cerner la dynamique de l'équipe » que Raphaël a fini par céder à condition qu'il n'ait pas à participer.

Il ne sait pas ce qu'il manque.

Le veinard !

—Peut-être qu'il s'est absenté pour éviter de se faire coincer par une autre profiteuse, dit Delphine.

Les yeux de Barbara sortent de sa tête.

—Raconte !

—Tu ne savais pas ? demande Delphine en fronçant les sourcils. Je pensais que tout le monde était au courant. C'est ce qu'on disait à chaque nouvelle recrue – officieusement – pendant la semaine d'intégration.

—Je n'ai jamais entendu ça, dit Barbara.

—Moi non plus, intervient Sandro.

Moi non plus.

—Bon, écoutez, les enfants, dit Delphine en se redressant sur son tabouret. Il était une fois un jeune prodige du nom de Raphaël d'Arcy qui est devenu célèbre après avoir lancé un petit cabinet d'audit innovant, c'était il y a cinq ans. Deux ans après son lancement, l'entreprise avait déjà fait ses marques.

—*Ça* je l'ai appris pendant la semaine d'intégration, remarque Sandro.

Delphine lève un sourcil.

—Patience, jeune homme. Ce que tu ne savais pas c'est que notre jeune génie avait un autre talent : persuader n'importe quelle femme de coucher avec lui.

—Ce n'est pas un secret, dit Barbara.

—Les jeunes d'aujourd'hui ne savent plus écouter. C'est quoi leur problème? me demande Delphine.

Une question rhétorique, je suppose.

Barbara lève les yeux au ciel.

—Laisse tomber ta comédie de la vieille qui sait tout, et arrête de tourner autour du pot ! T'as que dix ans de plus que nous !

—Ce qui compte c'est que je suis vieille *dans l'entreprise,* précise Delphine. Bref, je vais vous donner la version courte si c'est ça que vous voulez.

Sandro hoche la tête.

—Oui, je t'en prie. La plus courte.

—Il y a cinq ans, se lance Delphine, Raphaël a eu une aventure avec une auditrice à DCA. Au bout d'un mois il l'a larguée. Elle a raconté à tout le monde qu'elle était enceinte de lui.

Elle s'interrompt et observe nos visages pour voir l'effet de son scoop.

La bouche de Barbara forme un O parfait.

Sandro grimace, « aïe ».

Je ferme les poings et je fais de mon mieux pour rester impassible.

—Raphaël a dit qu'il doutait que ce soit vrai, poursuit Delphine. Il lui a demandé de faire un test de paternité prénatal. Elle a refusé en soutenant que ça pouvait être dangereux pour le fœtus.

—Elle l'a fait après la naissance du bébé ? demande Barbara.

Delphine fait non de la tête.

—Ça n'a pas été jusque-là. Elle a fait une fausse couche au cinquième mois.

Mes ongles s'enfoncent dans mes paumes, en taillant la peau.

—C'est là que les choses sont devenues vraiment moches, dit Delphine. Adèle – c'était le nom de la fille – a commencé à insinuer que la fausse-couche avait été causée par quelque chose de louche.

—Comme quoi ? demande Sandro.

—Elle a dit qu'elle suspectait une boisson empoisonnée.

Je me force à ouvrir la bouche.

—Qu'a dit Raphaël ?

—Évidemment, il a nié en bloc et il a insisté pour qu'elle fasse des prises de sang et tous les tests possibles qui pouvaient prouver ses accusations. Il a dit qu'il couvrirait tous ses frais.

—Et elle les a faits ? je demande en essayant de maîtriser le tremblement dans ma voix.

—D'après ce que je sais, non, répond Delphine. À la place, elle a lancé une nouvelle campagne de calomnies. Elle a affirmé à tout le monde à DCA qu'elle était tombée enceinte après que le PDG l'ait violée.

—C'est des conneries, je lâche sans pouvoir m'en empêcher.

—C'est ce que la plupart des gens ont pensé, dit Delphine. C'était tellement exagéré. De toute façon, elle n'est jamais allée à la police et un mois plus tard, elle a donné sa démission.

Barbara se penche en avant.

—Il a dû lui payer une grosse somme pour la faire taire.

—Peut-être que oui, peut-être que non, rétorque Delphine. Mais toute cette histoire l'a vraiment choqué.

—Comment tu le sais ? demande Sandro.

—Vous auriez dû le voir, dit Delphine en prenant un air maussade. C'est la tête qu'il avait. Le teint terne, les joues enfoncées, aucun sourire. Plus de blagues. Il ne parlait à presque plus personne.

—Hé ben, on dirait qu'il s'en est remis, vu qu'il est toujours de bonne humeur en ce moment, dit Barbara.

—Je le pense aussi, confirme Delphine en vidant son verre. En tout cas, il en a tiré les leçons. Il n'a baisé personne au travail depuis.

Sandro lui lance un regard surpris.

—Vraiment ? Pas une seule fois en cinq ans ?

—Pas une fois. Je connais au moins une dizaine de filles de divers services qui ont fait tout leur possible pour finir dans son lit. Mais rien à faire, poursuit Delphine en baillant.

—Alors, c'est même pas la peine qu'on tente le coup, hein ? interroge Barbara.

Mes oreilles commencent à chauffer.

—Quel dommage ! soupire Sandro. Vu sa réputation de chaud lapin qui saute sur tout ce qui bouge, j'espérais pouvoir le *remercier* de m'avoir donné une deuxième chance.

Barbara glousse.

Delphine descend de son tabouret et baille à nouveau.

—Bonne nuit, les enfants.

Heureusement, elle est trop bourrée pour faire attention.

Si elle avait été sobre, elle se serait tout de suite aperçue du radis rouge vif qui est venu prendre la place de mon visage.

CHAPITRE SEIZE

— Un mojito et un whisky pour la deux, je demande à Karim, sans lui préciser que les boissons sont pour le copropriétaire de notre établissement et sa fiancée.

Je ne le dis pas parce que je n'en suis pas certaine.

Lorsque l'homme sérieux dans les trente-cinq ans a commandé les boissons, sa voix ressemblait beaucoup à celle de Sébastien d'Arcy, du moins d'après ce que j'en avais entendu à travers les portes du placard. Il y avait aussi un air de famille avec Raphaël – les cheveux foncés, les yeux et la carrure imposante. La différence c'est qu'on a toujours l'impression que Raphaël est sur le point de rire, alors que cet homme a l'air plus grave qu'un présentateur du JT annonçant un tremblement de terre.

À ma grande surprise, il a perdu un peu de son sérieux quand je reviens à sa table avec les boissons.

Sa fiancée, Diane – en supposant que c'est elle – vient de finir de dire quelque chose. Et ça a amusé son compagnon. Beaucoup. Son sourire s'élargit rapidement, jusqu'à fendre son visage. Et puis, il se transforme en un énorme éclat de rire.

C'est Sébastien. Il a le même rire que Raphaël.

Il se penche en avant et saisit la main de Diane. Elle le regarde dans les yeux avec une affection évidente. Son visage exprime tout l'amour qu'il porte à sa fiancée.

Je pose leur verre sur la table et je m'éloigne discrètement.

Delphine, qui sait tout sur tout le monde, m'a raconté que la fiancée de Sébastien était caissière à Franprix avant qu'ils ne sortent ensemble. Bientôt elle roulera sur l'or et s'appellera la Comtesse d'Arcy du Grand-Thouars de Saint-Maurice.

Les miracles sont possibles.

Peut-être que – juste une fois – un petit miracle pourrait se produire pour moi aussi ? Peut-être que l'épée de Damoclès qui s'est tellement approchée de mon cou que j'en sens la lame contre ma peau, pourrait s'évanouir comme par magie. Et ne jamais revenir.

Un gros éternuement me fait revenir sur terre. C'est Marcus, le barman de nuit, qui vient juste d'entrer et se dirige vers le bar.

—Salut, Mia, me salue-t-il avant d'éternuer de nouveau.

Je lui dis bonjour et je le suis.

Il n'a pas bonne mine.

—Tu aurais dû rester chez toi, dis-je, en m'accoudant au comptoir.

—C'est ce que j'aurais fait, répond-il, mais Karim ne pouvait pas me remplacer ce soir.

—Désolé, mon pote, dit Karim en émergeant, déjà changé, de la salle du personnel. Je viens juste de commencer à sortir avec une fille. Je ne peux pas prendre de risque et je ne veux pas qu'elle s'imagine que je ne la prends pas au sérieux.

Marcus hoche la tête.

—Je comprends.

—Mais j'ai appelé Raphaël, dit Karim. Il sera là dans une demi-heure.

Marcus se mouche.

—Pour faire quoi ?

—Pour t'aider, mon pote. On dirait que tu en as besoin.

Je suis sur le point de dire que nos clients en auront aussi besoin, sauf s'ils aiment les microbes dans leurs verres, mais je me mords la langue. Le pauvre Marcus a l'air déjà assez mal en point comme ça.

Exactement une demi-heure plus tard, Raphaël arrive dans toute sa gloire masculine. Il sourit, clairement ravi, alors qu'il enlève sa veste et remonte ses manches. Je n'arrive pas à comprendre comment quelqu'un qui vient de bosser quatorze heures semble si frais.

Apparemment, ça ne lui pose pas de problème.

Il salue Sébastien et Diane, serre la main à quelques autres clients, puis se pavane jusqu'au bar.

—Bonjour, Mia, dit-il avant de hocher la tête en direction du barman. Marcus.

—Salut patron, Marcus et moi répondons en chœur.

—Viens t'asseoir ici ? propose Raphaël en installant une chaise sous le casier à vins mural. Comme ça, tu peux me souffler ce que je dois faire sans faire peur à nos clients.

Marcus s'effondre sur la chaise et laisse échapper un soupir de soulagement.

Pendant les quelques heures qui suivent, Raphaël suit une phase d'apprentissage forcée, où il découvre que son savoir en préparation de cocktails est très limité. Mais il s'attelle à la tâche et fait de son mieux pour suivre les instructions ponctuées d'atchoums de Marcus. Il compense son manque d'expérience par des techniques de mixage étonnantes et beaucoup d'humour.

En plus, chaque fois que Marcus râle : « Nooon, il y a trop de rhum » (ou de vodka, téquila, vin, sirop, sucre, citron vert, glace, etc.), Raphaël pose simplement le cocktail raté sur le comptoir à côté d'une serviette où est écrit : « Expérimental / Gratuit ».

Une file de clients impatients s'est formée près de la serviette et s'allonge rapidement alors que la nouvelle des cocktails gratuits se répand dans le bar.

Sébastien et Diane partent peu après minuit. À deux heures du matin, le bar est enfin vide et nous pouvons rentrer.

Raphaël appelle deux taxis – un pour Marcus et l'autre pour lui et moi. Ce pauvre gosse de riche est sans voiture ce soir. Sa Ferrari est au garage et son chauffeur est rentré chez lui avec la voiture de fonction il y a plusieurs heures.

Dans le taxi, je pose la tête sur l'épaule de Raphaël et je somnole. C'est jeudi, ce qui veut dire que je dois être au bureau à neuf heures demain matin. D'ici-là, je dois profiter de toutes les occasions de dormir.

Un léger frottement sur l'épaule me réveille.

—On est devant ton immeuble, dit Raphaël.

Je me redresse et j'essaie d'ouvrir les yeux.

Il paye le taxi, sort de la voiture et glisse ses bras sous mes cuisses et mon dos.

—Attrape ton sac, dit-il.

Avant de réaliser ce qui se passe, je suis hors du taxi et dans les bras de Raphaël.

Je me blottis contre son torse alors qu'il s'immobilise devant l'intercom.

—Tu peux faire ton code ?

Je m'exécute.

—Quel étage ? demande-t-il en me portant dans le hall d'entrée.

—Deuxième, je réponds en souriant. Tu peux me poser.

Il m'ignore et se dirige vers l'escalier.

Je fais une nouvelle tentative.

—Je suis complètement réveillée maintenant.

Même si j'ai l'impression d'être dans un rêve.

—Je sais, dit Raphaël en embrassant le bout de mon nez. Et je te poserai...quand nous serons devant ta porte.

Lorsqu'il le fait et que je commence à me démener avec le verrou de traviole, le soupçon que j'avais depuis qu'il m'a soulevée se transforme en certitude. Une certitude qui me donne envie de danser et de chantonner.

Pour la toute première fois, Raphaël va entrer dans mon appartement.

Et y passer la nuit.

CHAPITRE DIX-SEPT

—Enlève tes chaussures, dis-je en allumant la lumière. Le sol est super propre, alors tu peux marcher en chaussettes ou pieds nus.

Je m'assois sur le banc minuscule et j'enlève mes sandales.

Ouh, ça fait du bien.

Raphaël enlève ses chaussures et ses chaussettes. Puis il marche jusqu'au centre de la pièce et examine mon studio.

—Combien tu paies de location ? demande-t-il.

—Sept cent euros.

—Quelle arnaque !

Je relève un sourcil.

—C'est le prix pour ce quartier. C'est quand la dernière fois que tu as payé une location à Paris ?

Il me lance un regard d'excuse.

—Jamais.

—C'est bien ce qui me semblait.

Il montre le petit bureau avec de hautes piles de livres et de pages imprimées.

—C'est ici que tu écris sur les femmes respectables et moins respectables du Moyen-Âge ?

—Ouaip.

—Tu as fini le nouveau chapitre ? Je peux le lire ?

—Quand je l'aurais relu.

Raphaël tourne la poignée de la porte à côté de mon bureau.

C'est un placard à balais.

—Sept cent euros ? Vraiment ? demande-t-il, interloqué. Ton appart entier est plus petit que ma cuisine. Et ma cuisine n'est pas très grande.

Je ricane.

—Ça ne m'étonne pas que tu aies besoin d'un deuxième job, poursuit-il d'un air de compassion. Alors, où est la chambre ?

—Juste là ! je m'exclame en avançant jusqu'à l'armoire-lit et en la déployant. Et voilà !

—Waouh ! Ça doit être de la magie noire ! s'écrie Raphaël en tombant à genoux, puis en s'étirant par terre. Madame, vous devez être une sorcière puissante.

Je jette deux oreillers sur le lit et je vais jusqu'à mon patron prostré.

—Et qu'êtes-vous, mon bon monsieur ?

—Un prince grenouille, dit-il en s'asseyant sur ses talons et en mettant ses mains sur mes hanches. Que penses-tu des princes grenouilles ?

—Je sais pas trop.

—Le fait que je sois vert et glissant est-il un problème ? demande-t-il en m'attirant davantage.

—C'est le moindre de tes problèmes.

—Tu es trop dure, ensorceleuse.

Il glisse ses mains vers l'avant de ma chemise Le Big Ben, que je n'avais pas eu le temps de changer. Avec beaucoup d'anticipation, je le laisse défaire un bouton après l'autre.

—Je ne suis pas aussi glissant que les gens pensent, dit-il en tirant sur les manches.

Je l'aide à enlever la chemise. Mon soutien-gorge à dentelle subit le même sort.

Il appuie son visage contre mon ventre et passe beaucoup de temps à en embrasser et en lécher chaque millimètre. Je lâche un petit « oh » lorsqu'il plonge sa langue dans mon nombril.

Ses mains glissent sur mes flancs, les empoignant et les frottant. Puis, elles passent à mon dos et enfin à mes fesses, qu'il tripote et serre avec beaucoup de sérieux.

J'adore ce qu'il me fait.

Attention, Mia.

Utiliser l'autre mot qui commence avec un grand A est formellement interdit, même s'il ne s'agit pas de sentiments. Je ne dois pas oublier qui il est. Mon amant n'est pas un prince grenouille comme il prétend l'être. C'est un prince de la baise. Comme chacun sait, quand une gente damoiselle – ou une ensorceleuse, selon le cas – embrasse un prince de la baise, ça ne le transforme pas en vrai prince avec sa princesse.

Ça les transforme tous les deux en copains de baise.

Et cependant...

Lorsque ce magnifique mâle s'agenouille devant moi, appuie des baisers brûlants sur mon ventre et me vénère comme ça, toute ma prudence s'envole. J'emmêle mes doigts dans ses cheveux, alors que mon regard admire les lignes parfaites de son cou musclé, de ses épaules et de ses bras enveloppés autour de moi.

Laissant ma tête tomber en arrière, je ferme les yeux pour savourer la sensation de ses lèvres sur moi. Ma respiration s'accélère alors qu'il glisse ses mains sous ma jupe et saisit mes cuisses.

—Bientôt, ma belle ensorceleuse, murmure Raphaël, la voix rauque, c'est toi qui seras glissante.

Oh, je crois que je le suis déjà.

Quelques longs moments plus tard, il défait la fermeture de ma jupe avec sa main gauche. Il attrape la taille, et la fait passer avec ma culotte par-dessus mes hanches. J'ouvre les yeux et je le regarde. Raphaël contemple ma chatte. Son regard est brûlant, sombre et brouillé par le désir.

Attention, Mia – il écorchera ton âme.

Lorsque ma jupe et ma culotte arrivent à mes chevilles, je me soulève pour les enlever. Il me ramène à lui immédiatement et sa bouche fond sur ma chair *très glissante.* Sa langue m'explore et me caresse, alors que ses doigts m'écartent.

Je m'accroche à ses épaules parce que, soudain, mes jambes sont trop faibles.

L'orgasme qui suit n'est pas le plus profond, ni le plus intense que j'ai jamais eu, mais il est incroyablement doux. Comme si je m'étais lové dans du miel.

Quand je reviens à la réalité, Raphaël agrippe mes hanches, les bras étirés. Assis en arrière, les lèvres brillantes après ce qu'il vient de faire, il m'observe.

En entier.

Je le fixe dans les yeux.

Ce que je vois dans leur profondeur accélère mon rythme cardiaque. Dans ses yeux, il y a du désir – des tonnes – mais aussi de l'admiration. Et de la tendresse. Tellement de tendresse que mes genoux flanchent et que je bascule en avant.

Il me retient et me rend mon regard.

Je laisse échapper un souffle.

Ce regard « étrange » que j'avais déjà vu est de retour, multiplié par cent. Oserai-je le caractériser ? Serait-il possible que l'admiration et la tendresse dans ses yeux ne soient pas uniquement destinés à mon corps, mais aussi à ma personne ? Est-il possible que le coureur de jupons le plus notoire du pays ait le béguin pour une fille rencontrée au travail ? Une fille un peu bizarre, une intello coincée et loin d'être parfaite ?

Je dois me faire des idées.

Les doubles journées de travail ont dû me fatiguer et me faire délirer. Ce n'est pas la peine de me bercer d'illusions sur le fait que Raphaël d'Arcy éprouve des sentiments pour moi. Parce que ce n'est pas le cas. Il ne peut pas. Ce n'est pas dans sa nature. Un bad-boy de vingt-neuf ans sans remords ne peut pas changer pour quelqu'un comme moi !

...Mais peut-être que si ?

CHAPITRE DIX-HUIT

Je me réveille entourée par Raphaël.

Son torse est appuyé contre mon dos, son bras gauche est sous ma tête et son bras droit est enveloppé autour de moi. Je n'ose pas faire le moindre mouvement de peur de perturber la douceur de ce moment. Alors que je suis allongée dans ses bras, les yeux grands ouverts, mais mon corps pas complètement éveillé et que j'écoute sa respiration régulière, je commence à réaliser quelque chose.

Pendant un instant, je prétends que tout va bien, mais mon immobilité force mon esprit à se concentrer sur cette réalisation. Quand je me rends compte que je dois la chasser, il est trop tard. Cette saleté s'est nichée au premier plan de ma conscience et ouvre sa bouche pour s'exprimer.

Je commence à chanter dans ma tête, *La la la la la la. Je ne t'entends pas, je ne t'entends pas, je ne t'entends pas...*

Sauf que j'entends. Très bien. Chaque mot prononcé.

Je suis amoureuse.

Tout doucement, je lève le bras de Raphaël, je sors du lit et je vais dans la douche. Je vais en prendre une froide. Et longue.

Quand je reviens dans la chambre, enveloppée dans un peignoir, Raphaël est assis sur le lit, les pieds par terre et le téléphone en main.

—Bruno vient de me texter. Il attend, dit-il.

Bruno est son chauffeur.

Je m'assois à côté de lui.

—Ça veut dire quoi exactement ?

—Qu'il boit un café dans le bar le plus proche et qu'il attend mon signal.

—Je vois.

—Tu penses que tu seras prête quand ? demande-t-il.

—Pourquoi ?

—Pour que je prévienne Bruno.

—Je vais marcher, je réponds.

—Sois pas bête. DCA est à au moins une heure de marche d'ici.

—En fait, ce n'est qu'à quarante minutes à vive allure. Et c'est le seul exercice que je fais en ce moment, alors...

—D'accord, dit-il. Il tapote quelque chose sur son téléphone avant de lever les yeux sur moi. Je viens juste de dire à Bruno de prendre son temps et d'aller au bureau sans moi.

Je fronce les sourcils, perplexe.

—Je vais marcher avec toi, déclare Raphaël.

—Et si quelqu'un nous voit ?

—Personne ne nous verra. On se séparera là où je te laisse d'habitude quand on part de chez moi.

Il est vrai que c'est l'endroit parfait, au milieu d'un rond-point à quelques rues de DCA. Il est rempli d'employés de bureau et de voitures. En s'habillant pour le travail, on se fond immédiatement dans la foule, comme une fourmi pénétrant dans une fourmilière. On perd son individualité – juste un employé parmi tant d'autres.

—Je ne connais pas bien ce quartier, dit Raphaël alors que

nous émergeons du bistro au coin de ma rue avec des gobelets en papier fumant dans les mains. Tu me fais une visite guidée ?

—C'est super banal par rapport à l'endroit où tu vis. Aucun site spécial ou monument historique.

—Ce n'est pas ça qui m'intéresse. Ce dont je veux que tu me parles, c'est le quartier Ménilmontant de Mia.

—Ah d'accord ! je m'exclame avec un grand sourire. Bienvenue dans le coin de Mia ! J'espère que vous allez apprécier votre visite.

—Merci.

—À votre gauche, dis-je en désignant la boulangerie de l'autre côté de la rue, voici l'un des nombreux temples du blé de notre capitale.

—Alors, nous sommes une nation d'adorateurs du blé ?

—Évidemment.

Il baisse le front, dubitatif.

—Imagine une baguette chaude, tout droit sortie du four, dis-je.

—C'est fait.

—Que veux-tu faire avec ?

—En prendre un bout, le sentir et y planter les dents.

Je souris.

—Ou, si elle arrive chez moi intacte, poursuit Raphaël, je la couperai en deux sur la longueur, avec du beurre sur un côté, des tranches de fromage de chèvre et des tomates séchées sur l'autre. Je formerai un sandwich et j'avalerai le tout en deux temps, trois mouvements.

Il soupire rêveur et avale sa salive.

Mes lèvres forment un sourire narquois.

—Maintenant, imagine une galette de riz.

Raphaël me dévisage un instant, puis lève les mains en signe d'abandon.

—Tu as gagné. Je suis un adorateur du blé.

—Sur ta droite, dis-je, en montrant un bâtiment coloré, il y a notre médiathèque locale.

—C'est une bibliothèque multimédia ?

—Correct.

Nous marchons en silence pendant environ cinq minutes, jusqu'à ce que nous ayons atteint un carrefour avec des feux de circulation.

—Et voici le croisement fatal, dis-je.

—Pourquoi est-il fatal ?

Je montre devant nous.

—Ce chemin est synonyme d'arrivée tôt au bureau. Et celui-là, dis-je en montrant le coin sur notre gauche, a les meilleurs chaï latte de Paris.

Le visage de Raphaël se fend d'un sourire.

—Je comprends ton dilemme.

—Tu n'imagines même pas l'épreuve que c'est chaque matin, quand j'attends que le feu passe au vert.

—L'appel du devoir contre la satisfaction instantanée.

J'acquiesce.

—Qui est le gagnant ?

Je lui lance un regard d'excuse.

—Je ne suis pas parfaite.

Il se marre doucement.

—Et maintenant, regarde cet immeuble, dis-je.

Raphaël examine la façade en pierre classique du dix-neuvième siècle avec des balcons en fer forgé et des volets en bois.

—Sous mon doigt, je précise.

—Est-ce que c'est...dit-il en scrutant la mosaïque au-dessus de la porte principale. Puis il cligne des yeux et les plisse de nouveau. C'est le personnage du jeu vidéo Space Invaders ?

—Oui, Monsieur d'Arcy.

—Comment ? Pourquoi ?

—C'est de l'art de rue en pixels. On le doit à un artiste qui se surnomme Invader et à ses nombreux imitateurs.

—J'adore, déclare Raphaël en prenant une photo avec son téléphone.

—Invader prétend qu'il a posé mille installations dans toute la ville.

—Vraiment ?

—Je l'ai lu en ligne, je réponds.

Lorsque nous arrivons au croisement suivant, je vois une camionnette jaune de la Poste et je m'arrête pile.

—Qu'est-ce qu'il y a ? demande Raphaël.

—Tu vois la camionnette de la Poste ?

Il hoche la tête.

—Elle est presque *toujours* à ce croisement quand j'arrive ici.

Raphaël examine la camionnette, l'air amusé.

—Le pire, dis-je, c'est qu'elle s'arrête *toujours* pour me laisser traverser.

—Et c'est quoi le problème ?

—Je trouve ça louche. Tu sais bien que même les Parisiens les plus polis se transforment en connards dès qu'ils prennent le volant ? Pas ce type, pas une seule fois. Ça me fait flipper et ça me rappelle le *Truman Show*, j'explique en lui lançant un regard paniqué. Et si ma vie n'était pas réelle ? Et si je participais sans le savoir au *Mia Stoll Show* ?

—Ta vie est réelle, dit-il.

—Évidemment, je réponds en évitant une crotte de chien. Je le sais. Mais le truc c'est que...je ne peux pas le prouver.

—Moi si.

—Comment ?

Il pose sa main sur sa poitrine.

—Ma présence dans ta vie est réelle.

Je lui jette un œil m'attendant à un sourire, mais son expression est sincère. Bien trop sincère pour la conversation actuelle.

—Tout comme ma bite, ajoute-t-il, ses lèvres esquissant le sourire attendu. Je te promets qu'elle n'a pas été élargie, allongée, raidie ou autrement altérée par une opération chirurgicale ou des produits chimiques.

Je lève les yeux au ciel.

—Et là...dit-il en désignant le dépôt postal à droite, c'est l'explication du mystère de ta camionnette toujours présente au même carrefour.

—J'y ai pensé, dis-je. Qu'est-ce que tu crois ? Le dépôt peut expliquer la camionnette, mais il n'explique pas que le chauffeur soit systématiquement courtois.

—Tu sais que t'es bizarre, hein ? demande Raphaël.

Je soupire.

—Je ferai plus d'efforts pour ne plus être aussi bizarre.

—Non, s'il te plaît, dit-il. J'adore ça.

J'observe mes pieds, avec un grand sourire.

Une paire d'ailes imaginaires pousse sur mon dos et je vais devoir rester très concentrée toute la journée pour ne pas m'envoler.

Au bureau, j'allume mon ordinateur. Il y a un e-mail non lu dans ma boîte de réception. Son sujet attire immédiatement mon attention. « Le Jour du Jugement ». Ma main tremble quand je l'ouvre.

RENDEZ-VOUS À LA SANDWICHERIE PRÈS DE TON BUREAU. SI TU NE VIENS PAS, JE PUBLIERAI QUELQUE CHOSE SUR INTERNET QUE TU N'AIMERAS PAS. JE L'ENVERRAI AUSSI À TES PARENTS PAR E-MAIL.

À MIDI.

CHAPITRE DIX-NEUF

Je ferme l'e-mail et je regarde par la fenêtre. Mon cœur bat tellement vite que j'en ai mal dans la poitrine. L'inévitable est arrivé. Nous sommes le premier juillet et après six mois de menaces virtuelles, mon maître-chanteur est sur le point de se dévoiler. Ça pourrait être une femme, mais je parierais que ce sera un homme.

Vais-je le reconnaître ? Que voudra-t-il en échange de son silence ?

La dernière fois que j'ai vérifié mon compte bancaire, j'avais deux mille cinq cent euros. Je n'ai jamais eu autant, mais est-ce que cela suffira pour détruire la « preuve » qu'il prétend avoir ? J'en doute. Tout ce que je peux espérer, c'est que ça soit suffisant pour l'empêcher de la publier avant sa prochaine visite.

Heureusement, il n'y a pas grand-chose à faire aujourd'hui au bureau, alors je peux me permettre de fixer mon écran du regard pendant les trois heures qui suivent. Et ce qui m'arrange c'est que Delphine et Barbara ont beaucoup de travail et n'ont donc pas le temps de faire une pause-café pour papoter ce matin. Il me serait impossible d'avoir la moindre conversation à cet instant. Et je ne pense pas pouvoir avaler quelque chose sans vomir.

À midi moins cinq, je sors des bureaux de DCA et je vais à la sandwicherie. Elle est encore vide, vu que la plupart des employés parisiens sortent déjeuner vers treize heures. Le seul client est un homme portant un t-shirt vert vif et buvant une bière au fond de la salle. Il me lance un regard dur et m'invite à m'approcher d'un air sinistre.

Je m'avance jusqu'à sa table et je m'assois en face de lui.

—Qui es-tu ?

—Tu ne te souviens pas de moi, hein ?

—Je ne demanderais pas si je me rappelais.

—Nous avons commencé la même année à l'École des Sciences Sociales, dit-il.

—Alors tu étais à cette soirée ?

Il hoche la tête.

—Et tu as filmé.

Il hoche la tête à nouveau.

—Prouve-le.

—Pas de problème.

Il sort son téléphone, touche l'écran et le tourne vers moi.

Ce que je vois sur l'écran est ce que j'essaie d'oublier depuis six ans.

Je le dévisage, la bouche serrée et les mains poisseuses.

—J'ai zoomé sur ton visage dans cette séquence, dit-il. Tu vois ?

Je jette un œil, puis je détourne le regard.

—Ça va, j'ai compris. Qu'est-ce que tu veux ?

—À ton avis.

—J'ai deux-mille cinq cents euros, je réponds.

Il ricane.

—Je ne veux pas de ton argent, Mia. Je veux que tu deviennes ma chose, ma petite pute personnelle.

Sa petite pute...

Soudain, j'ai une illumination.

—Je me souviens de toi ! Tu t'appelles Gaspard – le malade qui me suivait partout pendant ma première année à Strasbourg !

Ses narines frémissent.

—Je te *vénérais.*

—Sans blague !

—Je pensais que tu étais un ange, avec ton visage d'elfe et tes yeux...dit-il en grimaçant. Et puis je t'ai entendue m'appeler exactement comme ça – un malade – devant tes copines.

—Tu le méritais ! Tu me surprenais tout le temps et tu me *fixais*, je réponds en scrutant son visage. Tu ne comprends pas ce que pourrait ressentir une fille de dix-huit ans dans cette situation ? Mets-toi à ma place. Tu me traquais à la cantine, en cours, dans la résidence universitaire...je t'ai même aperçu plusieurs fois dans les toilettes des femmes !

—Et alors, dit-il en haussant les épaules. Je ne t'ai pas touchée ? Je ne faisais que regarder.

Ça valait vraiment pas la peine que j'essaie de lui faire comprendre quoi que ce soit.

—Tu as disparu la deuxième année, je poursuis. Je pensais que tu avais abandonné ou que tu avais changé d'université. Je n'ai plus pensé à toi.

—Évidemment, réplique-t-il en pinçant les lèvres. Mais je ne suis pas parti. Je suis juste devenu plus discret, après que tu m'aies dénoncé à l'administration.

Je l'observe pendant un long moment.

Il soutient mon regard ; ses yeux sont tellement pervers que j'en ai la nausée. Comme il y a huit ans, à chaque fois que je l'apercevais en train de me reluquer, caché derrière un arbre ou un poteau.

—Alors, Mia, prononce-t-il enfin. On a un deal ?

—Hors de question !

—Tu fais une grosse bêtise.

—Pourquoi me contacter maintenant ? je demande. Tu as gardé cette vidéo pendant six ans. Qu'est-ce qui t'a poussé à agir ?

Sa bouche se transforme en rictus.

—Je suis allé à Sydney pour ma troisième année, j'ai eu mon diplôme, j'ai trouvé du travail et une copine – Sandy. Une vraie fille bien, pas comme *d'autres.*

J'ignore son regard intense, en maintenant un masque aussi impénétrable que possible.

—Mais tu as pourri ma relation, dit-il.

—*Moi ?* Comment ?

—Cette vidéo...je ne pouvais pas m'empêcher de la regarder, je ne pouvais pas m'arrêter de te voir te faire baiser, poursuit-il en secouant la tête, l'air déconcerté. J'avais les fantasmes les plus dingues sur toi, Mia. Les trucs qu'on faisait ensemble !

La panique se propage en moi, mais je fais tout pour ne rien montrer.

Gaspard se penche en avant.

—C'est devenu une obsession.

—Vraiment ?

Il me lance un regard rageur.

—J'ai essayé d'influencer Sandy pour qu'elle te ressemble plus...je lui ai demandé de se teindre les cheveux en auburn. Et puis, je lui ai acheté des lentilles vertes. Et j'ai commencé à l'inciter à faire des trucs sexuels qui ne lui disaient rien.

—Laisse-moi deviner – elle t'a largué.

Je n'aurais pas dû dire ça ! Mais je n'ai pas pu m'en empêcher.

Il confirme d'un mouvement de tête.

—J'aurais pu la forcer à rester si j'avais eu un moyen de pression. Mais je n'en avais pas – pas comme pour toi.

La lueur dans ses yeux est à la limite de la folie.

Mon Dieu !

Gaspard se rassoit au fond de sa chaise.

—Après le départ de Sandy, j'ai perdu du temps avec des

prostituées et tout un tas de racailles. Elles ont fait tout ce que je leur ai demandé, pas de problème, mais...je me suis senti lésé. Tu vois ?

Il montre ses dents avec un sourire répugnant.

Je me détourne.

—C'est là que j'ai réalisé que je n'avais pas besoin d'alternatives bon marché. Je pouvais t'avoir, toi. Mia Stoll, mon fantasme, la pute dédaigneuse de mes rêves, était à ma portée si je me débrouillais bien. Tout ce qu'il fallait que je fasse c'était te trouver et ...

—Me faire chanter, je l'interromps.

—Exactement, dit-il sans la moindre trace de gêne. Mais, il m'a fallu du temps pour te retrouver, vu que tu n'es pas sur les réseaux sociaux ou dans l'annuaire.

—Mais tu as réussi.

—Eh oui !

Je me force à le regarder dans les yeux.

—Je ne serai pas ta chose.

—Écoute, dit-il d'un ton conciliant. Ça ne sera pas aussi terrible que ce que tu crois. Je ne t'humilierai pas en public. Je suis raisonnable.

—Raisonnable ? j'étouffe un rire amer. Tu es un fou furieux.

Il me jette un regard colérique.

—Arrête de faire l'innocente. J'*étais* à cette fête. J'ai tout *filmé*, tu te rappelles ?

—Les gens changent, dis-je.

—Ouais, c'est ça, répond-il avec un sourire de travers. Dans ton propre intérêt, tu ferais mieux d'accepter mes conditions.

—Non.

—Mia, chérie, dit-il avec une voix encore plus mielleuse et perverse qu'avant. Tout ce que je te demande c'est que tu mettes ton joli petit corps à ma disposition, comme tu l'as fait pour *trois* autres types à la soirée, une ou deux fois par an quand je suis en France. Le reste du temps, tu es libre de baiser qui tu veux.

—Non, je répète.

Son front se plisse.

—Tu risquerais ta carrière académique ? Ton travail ? Que ta mère pasteur coupe les ponts avec toi ?

Ces possibilités sont terrifiantes, c'est vrai. Surtout, la dernière.

—Tu sais quoi ? dit-il avec un sourire édulcoré. Je te propose de réfléchir à tout ça jusqu'à demain. En fait, je te laisse tout le week-end. J'ai de la famille à voir en province et je serai de retour lundi.

Je suis tentée de lui dire qu'il peut aller se faire foutre, mais je me retiens.

—Je comprends tout à fait que mon offre puisse sembler difficile aux premiers abords, poursuit-il avec un sourire de plus en plus écœurant. Surtout que tu pensais pouvoir t'en sortir avec de l'argent.

Je refuse de le regarder.

—Mais tu es une grande fille. Tu survivras, finit-il en se levant. À lundi, chérie.

Et il s'en va à grands pas.

CHAPITRE VINGT

Je reviens au bureau et je formate le bulletin d'actualités alors que mon cerveau s'est mis en mode autopilote. Quand j'ai terminé, j'envoie un e-mail à Pauline pour lui dire que je ne me sens pas bien et que je ne pourrai pas réaliser la section sur la politique internationale aujourd'hui.

Puis, j'éteins mon ordinateur et je m'en vais.

En rentrant chez moi, je remarque à peine ce qui m'entoure et je heurte une femme qui s'était soudainement arrêtée devant la médiathèque. Je m'excuse. Elle me sourit, tapote mon bras et me dit que c'était de sa faute.

Elle est très enceinte.

Un frisson me parcourt l'échine alors que je me concentre sur son ventre rond et que je réalise que je n'ai pas eu mes règles depuis juin.

Ça fait presque deux mois.

Cela pourrait être une fausse alerte.

Cela doit *être une fausse alerte.*

Je répète ces mots dans ma tête alors que j'achète deux tests de grossesse à la pharmacie du coin. Je les répète jusqu'à ce que je fasse pipi sur la tige blanche et qu'elle me réponde par un emoji souriant.

Je fais le deuxième test et la tige indique à nouveau un emoji souriant.

Alors, ce *n'est pas* une fausse alerte.

Je me lave les mains et j'attrape la pince à épiler sur la petite étagère du miroir de ma salle de bain.

Comment est-ce possible ?

Raphaël et moi avons toujours eu des rapports avec un préservatif. Toujours.

Distraitement, j'étudie mon reflet et je me dis que mes sourcils ont besoin d'être épilés.

J'extirpe un poil.

Aïe !

Ça fait presque aussi mal que l'épilation du maillot à la brésilienne. Comment les femmes peuvent-elles faire ça tous les jours ?

Tout le monde sait que les préservatifs ne sont efficaces que quatre-vingt dix-neuf pour cent du temps. Vu le nombre de rapports que nous avons eus depuis janvier, j'aurais dû demander à ma gynéco de me donner la pilule.

J'épile plus de poils sur chaque sourcil.

Si je suis vraiment enceinte, je pourrais juste aller à l'hôpital et me faire avorter. Heureusement, je peux faire ça en France sans problème.

J'étudie mes sourcils plus fins dans le miroir. Ils sont irréguliers.

Zut, je suis vraiment nulle !

J'essaie de rectifier le sourcil gauche.

Raphaël n'a jamais voulu de ça. Il ne veut pas de bébé, ni de famille. Il ne veut même pas une copine régulière. Ce qui m'arrive n'est pas de sa faute et ce ne serait pas juste d'en faire son problème.

Maintenant, mon sourcil gauche est une fine ligne, style années soixante-dix. Il vaut mieux que je m'occupe du sourcil droit.

Je vais avorter.

Et puis, je deviendrai l'esclave sexuelle de Gaspard le pervers pour m'assurer que mes sales secrets restent cachés et que Maman et Papa ne voient jamais cette vidéo.

Ou, je tenterai ma chance auprès de Raphaël et je lui dirai la vérité. Tout – le plan à quatre, le chantage, la grossesse. *Tout le bazar.* Il pensera sûrement que je suis comme cette auditrice, Adèle. Une profiteuse qui a tout manigancé pour le piéger et abuser de lui.

Je préférerais mourir plutôt qu'il pense ça de moi.

Sinon, je pourrais continuer et ne rien faire.

Mes sourcils sont maintenant parsemés de trous, comme des pointillés. Je continue à épiler jusqu'à ce j'ai en face de moi, une femme sans sourcils.

Je lui montre les dents et je la salue de la main.

Bonjour tout le monde. Je m'appelle Mia Stoll, la salope bizarroïde.

Voici ce qui se passera si je ne fais rien. Le fœtus à l'intérieur de moi grandira et deviendra un bébé. Raphaël me méprisera. Gaspard enverra la vidéo à mes parents. Ils seront anéantis. Ils ne voudront plus jamais me revoir.

Je repose la pince sur l'étagère et je sors de la salle de bain.

En fait, il y a une autre chose que je pourrais faire.

Je pourrais disparaître.

DEUXIÈME PARTIE

CHAPITRE VINGT-ET-UN

De : Eva Stoll

À : Mia Stoll

Objet : Quoi de neuf ?

Salut frangine,

Alors comment ça se passe sous le soleil de la Martinique ? Mes amis s'occupent bien de toi ? Tu as eu le job ? Ton directeur de thèse a accepté que tu continues à longue distance ?

Je suis retournée en Alsace le week-end dernier. Maman et Papa ont reçu ta carte postale. Ils ont dû la lire tellement de fois qu'ils l'ont apprise par cœur avant de la mettre sur la cheminée dans le salon. Ils sont un peu étonnés de ta « crise des vingt-cinq ans », comme tu l'as décrite, mais ils affirment qu'ils sont heureux si toi tu l'es.

Mais surtout, ils n'ont pas reçu d'e-mails de Gaspard. Je parie qu'il n'a pas publiée la vidéo sur Internet, non plus. Il bluffait, Mia. C'est un minable triste et pathétique qui a essayé de jouer au malin et qui a échoué. Maintenant, il sait que tu es partie et il n'a pas ton adresse postale ou électronique. Il ne peut plus te mettre la pression. Dans une semaine ou deux, il repartira en Australie, la queue entre les jambes. J'espère qu'il comprend que les Stolls ne négocient pas avec les maîtres-chanteurs !

Gros bisous,

Eva

~

De : Mia Stoll

À : Eva Stoll

Objet : Martinique

Salut Eva,

La vie ici se passe bien, aussi bien que possible vu les circonstances. Il pleut beaucoup, mais les averses sont chaudes et ne durent pas longtemps. J'adore le soleil, la mer, les plages – et toutes les choses qui me donnent l'impression de prendre de longues vacances quelque part dans les Antilles. Ah, mais attends, je *suis* dans les Antilles ! Et pourtant, je suis encore en France. Tout le monde parle français, tous les panneaux sont en français, la télé est en français, sans parler des restaus et des magasins bien connus. J'adore !

Sandrine et Henrik ont été super gentils. Je ne sais pas comment je pourrai les remercier un jour. Tu as de la chance d'avoir des amis comme ça et j'ai de la chance d'avoir une sœur comme toi.

Et maintenant, roulement de tambours... j'ai eu le job ! Je n'arrive pas à croire à quel point ça été facile. À partir de lundi prochain, ta sœur en fuite sera professeur remplaçante d'histoire dans l'un des lycées de Fort-de-France. L'autre excellente nouvelle, c'est que le Professor Guyot a accepté que je continue « à distance », même si ce n'est pas vraiment réglo. Nous ferons nos tutoriels sur Skype. Cela signifie que je suis toujours inscrite à mon programme de doctorat et toujours dans les temps pour soutenir ma thèse dans un an.

Tu ne peux pas savoir à quel point je suis heureuse de savoir que Gaspard n'a pas mis ses menaces à exécution – en tout cas, pas pour l'instant. Tu m'ôtes un fardeau des épaules.

Gros bisous,

Mia

~

De : Eva Stoll

À : Mia Stoll

Objet : Nouvelles

Félicitations pour ton nouveau poste et contente de savoir que le Professeur Guyot a été indulgent ! Bravo, sœurette !

Tu ne vas pas croire qui m'a appelée l'autre jour. Sébastien d'Arcy. Il s'est présenté, s'est excusé de m'importuner, puis m'a demandé des nouvelles de toi. Je n'avais aucune idée qu'il était au courant de ton existence. Ou de la mienne ! Bref, comme nous l'avions convenu, je lui ai dit tout le blabla sur l'offre de travail impossible à refuser au Québec. Et puis, je me suis un peu égarée de ce qu'on avait dit et je lui ai demandé s'il appelait parce que son frère était « déprimé ».

Je suis désolée, mais je n'ai pas pu m'en empêcher.

Sébastien m'a dit qu'il n'en avait pas l'air et il a ajouté, que d'ailleurs, Raphaël faisait la fête avec un tel acharnement, que s'il ne le connaissait pas mieux, il aurait pu se demander si son frère s'était mis à fumer la moquette.

Je lui ai demandé pourquoi il appelait. Il est resté silencieux pendant tellement longtemps que j'ai presque raccroché, puis il a dit que ça n'avait pas d'importance, et un truc sur le fait que sa femme avait raison et qu'il s'inquiétait trop. Après ça, il a dit au revoir.

Tu ne trouves pas ça *bizarre ?*

C'est une question rhétorique, au fait. Ce que je veux vraiment savoir c'est si la distance t'aide à oublier Raphaël. J'espère que c'est le cas. Peut-être que je devrais faire la même chose pour ne plus penser à Maxime…

Et maintenant, la question la plus importante. Es-tu toujours enceinte ou as-tu avorté ?

Je pense bien fort à toi,

Eva

~

De : Mia Stoll

À : Eva Stoll

Objet : RE : nouvelles

Salut Eva,

Je vais répondre à ta question rhétorique en premier. :-) Moi aussi je trouve l'appel de Sébastien d'Arcy's bizarre. Mais je suis contente de savoir que Raphaël va bien. Quand je lui ai envoyé un texto pour lui dire que je partais au Canada, il a répondu, « Félicitations ! Merci de m'avoir averti. » J'ai pensé qu'il était sarcastique.

Mais maintenant, je sais qu'il ne l'était pas.

Pour ce qui est de l'oublier, c'est un travail en cours. Pour aller plus vite, je lis des guides pratiques. Ça s'appelle la bibliothérapie. Tu devrais vraiment essayer pour t'aider à oublier Maxime.

Une autre astuce que j'ai trouvée, c'est acheter des magazines people, où je trouve presque toujours des photos de lui en compagnie de créatures de rêves. Je mets un doigt sur son visage et je me concentre sur les femmes, en essayant de deviner avec lesquelles il a couché. Et si je me rends compte que mon doigt caresse le papier, je me mords très fort.

C'est brutal, mais c'est nécessaire.

Pour répondre à ta question la plus importante—oui, je suis toujours enceinte. Je ne pense pas pouvoir avorter. Pas parce que j'ai soudain le sentiment que Raphaël devrait avoir son mot à dire ou quelque chose comme ça.

Je n'ai pas spécialement envie d'être mère non plus.

Si je faisais une fausse-couche, ça serait un soulagement. Un *énorme* soulagement. Mais j'en suis presque à trois mois maintenant et l'amalgame de cellules dans mon utérus a déjà un cœur. Un petit cœur minuscule, Eva. C'est peut-être nos antécédents familiaux et mon éducation ou ma stupidité, mais ça veut dire quelque chose pour moi. Cette petite chose est un produit d'*ébats amoureux,* pas d'un rapport sexuel entre personnes complètement ivres ou le résultat d'un viol. Je ne peux tout simplement pas aller à l'hôpital pour que les docteurs interrompent son battement de cœur, et puis continuer ma vie comme si de rien n'était.

C'est une de ces situations impossibles où je suis foutue quoi que je fasse, mais je pense que je ne vais rien faire.

Bisous,

Mia

CHAPITRE VINGT-DEUX

QUATORZE MOIS PLUS TARD

Si j'avais su que mon retour à Paris aurait des effets dévastateurs sur mon soi-disant chagrin d'amour guéri, je me serais mieux préparée. J'aurais obtenu une ordonnance homéopathique en Martinique et j'aurais pris la dose autorisée la plus forte possible pendant tout mon séjour. Ça m'aurait peut-être permis de ne pas voir Raphaël partout. Et je ne serais pas en train de penser à lui, alors qu'un autre universitaire me parle de son travail.

Je me force à me concentrer.

—Il a fallu jusqu'à *six mois* pour que l'insurrection se dissipe, dit Xavier.

—Vraiment ? je demande en faisant de mon mieux pour déterminer de quelle insurrection il parle et pourquoi.

Xavier hoche la tête.

—Je n'ai pas pu retourner au Mali et finir mes recherches sur le terrain avant octobre.

—Mince !

Il écarte les bras.

—C'est le risque quand on étudie des sujets vivants, dans un pays instable.

Je souris.

—Mes sujets sont morts depuis des siècles, ce qui est excellent pour rester dans les temps.

Xavier se marre.

Il a un rire perçant, presque féminin, plutôt incongru pour un homme grand, chaussé de grosses bottes et vêtu d'une chemise de bûcheron.

—Alors quel cours enseignes-tu, *maître* ? je demande en insistant sur son titre officiel de maître de conférences.

À vrai dire, ma raillerie est un peu hypocrite. Je serais ravie d'obtenir un contrat de maître de conférences quand j'aurai mon doctorat.

—J'espère que j'enseignerai mon propre cours bientôt, dit-il. Mais pour l'instant je dirige des séminaires pour l'Introduction à la Sociologie du Professeur Bosc.

—C'est un excellent cours. Je l'ai suivi pendant ma troisième année.

Je jette un coup d'œil à ma poitrine pour voir s'il y a des tâches autour de mes tétons.

Jusqu'ici tout va bien.

—Alors, tu as fait tes études de premier cycle ici à Paris ? demande Xavier.

Je hoche la tête.

—Les deux premières années à Strasbourg, puis j'ai fait un transfert à Paris.

—Combien de temps es-tu restée en Martinique ?

—Un an. Normalement, je dois y retourner après la soutenance.

Je jette un autre coup d'œil à ma poitrine.

Encore sèche, mais plus pendant très longtemps.

—Écoute, il faut que je fasse un saut aux toilettes, dis-je avec un sourire d'excuse. Tu pourrais faire patienter Le Professeur Guyot s'il sort pendant que je ne suis pas là ?

—Pas de problème.

—Merci ! Je reviens tout de suite.

Je me précipite vers les toilettes, en me réprimandant pour mon étourderie. Dans ma hâte d'arriver à l'école ce matin, j'ai oublié de glisser des coussinets d'allaitement à l'intérieur de mon soutien-gorge. Il y a donc un risque que le lait qui s'écoule de mes seins puisse suinter à travers mon sous-vêtement et tacher ma chemise à tout moment.

Je déteste cet aspect de l'allaitement.

Ce que je ne déteste pas, c'est l'allaitement lui-même. Regarder ma petite *herzele* prendre mon sein, fermer les yeux de bonheur et se nourrir de moi est une joie immense. Nous venons juste de passer aux aliments solides récemment – Lily a six mois et le pédiatre a dit qu'il était temps maintenant – mais je prévois de continuer à l'allaiter deux fois par jour pendant quelques mois de plus. C'est bénéfique pour son bien-être.

Et pour le mien, aussi.

J'essuie mes tétons et je mets du papier toilette dans les bonnets de mon soutien-gorge. Ça devrait faire l'affaire. Le Professeur Guyot va finir son cours à tout moment et nous pourrons parler. Ensuite, j'irai chercher Lily à la crèche.

Je croise les doigts pour qu'il ait de bonnes nouvelles pour moi.

Ça fait une semaine que je suis à Paris et je n'ai toujours pas de date pour ma soutenance.

Elle aurait dû avoir lieu mercredi dernier. Mais une de mes deux rapporteurs a perdu son père et tout a dû être repoussé.

—Il est toujours à l'intérieur, dit Xavier quand je reviens presque en courant et que je m'assois à côté de lui sur le banc.

—Ouf ! Tant mieux.

—Tu dois être déçue pour ta soutenance de la semaine dernière, dit-il.

—Oui, plutôt.

—J'ai dû reprogrammer la mienne en début d'année. Mon directeur s'était cassé la jambe.

—Combien de temps as-tu attendu ?

—Deux mois.

Je laisse tomber ma tête dans mes mains.

—Oh non !

—Tu auras peut-être plus de chance, dit-il en ajoutant, même si j'espère que non. C'est égoïste, mais j'espère que tu resteras à Paris aussi longtemps que possible.

Surprise, je lève les yeux sur lui.

Il soutient mon regard comme pour dire : *oui, c'est bien ce que tu penses.*

Hein ? Quoi ?

Nous nous sommes rencontrés il y a deux semaines par l'intermédiaire du Professeur Guyot. Xavier est un sociologue. Je suis une historienne. Notre mentor est spécialisé dans ces deux matières et il nous a fait participer à son nouveau séminaire sur les « Méthodes de recherche en histoire sociologique ». Le séminaire est uniquement destiné aux doctorants et aux post-doctoraux, alors être impliqué est une excellente opportunité d'apprentissage. Et l'ambiance est géniale. Notre groupe est assez restreint pour que nous logions tous autour de la longue table du café de l'autre côté de la rue où nous nous retrouvons après chaque session pour poursuivre nos débats autour d'un verre.

Je n'avais pas la moindre idée que Xavier avait développé un intérêt plus qu'académique pour moi. Alors, je sors ma nouvelle réplique anti-drague:

—J'ai un bébé.

Il regarde mes mains sans alliance.

—Tu es toujours avec le père ?

Je secoue la tête.

—Alors ce n'est pas un problème. Les bébés ne me dérangent pas, continue-t-il en souriant. D'ailleurs, je les adore.

Okaaay !

Heureusement, la porte de l'amphi s'ouvre et le Professeur Guyot s'approche de nous.

—Bonjour, Mia, désolé de t'avoir fait attendre.

Il salue Xavier avant de se retourner vers moi :

—Il semble que les étudiants avaient tous une question urgente à me poser après le cours d'aujourd'hui.

Je dis au revoir à Xavier et je suis le Professeur Guyot dans le couloir.

—Tu veux venir avec moi jusqu'à l'Annexe Raspail ? demande-t-il. Il ne faut pas que je sois en retard pour la réunion de la faculté.

—Pas de problème.

S'il vous plaît, faites que ce soit une bonne nouvelle !

Ma situation actuelle est tellement précaire que je ne pourrai pas tenir longtemps. Je loue un studio Airbnb dans le douzième. C'est moins cher qu'une chambre d'hôtel, mais c'est le double de mon loyer en Martinique. J'ai eu la chance d'avoir une place pour Lily dans la crèche à quelques rues. Ainsi, je peux m'occuper de toute la paperasserie et assister aux séminaires. Mais le coût du studio et de la crèche est en train de flamber mes maigres économies, comme une nuée de sauterelles dévorant un champ de maïs.

Rester à Paris après octobre est hors de question.

—J'ai deux bonnes nouvelles pour toi et une mauvaise, dit le Professeur Guyot alors que nous sortons du bâtiment. Laquelle veux-tu entendre en premier ?

—Pourquoi ne pas intercaler la mauvaise entre les bonnes ? je suggère.

Il hoche la tête.

—D'accord, la première bonne nouvelle. Je me suis arrangé pour que tu co-animes un de mes ateliers post-licence. Tu auras un petit contrat pour le reste de septembre et tout le mois d'octobre.

Mes yeux s'écarquillent.

—Vraiment ?

—Ce n'est pas grand-chose, dit-il avec une grimace, mais ça te permettra de tenir avec ton bébé jusqu'à la soutenance.

—Et une date a été trouvée ? je demande.

—Oui et c'est la mauvaise nouvelle.

Il s'arrête à un feu de circulation, tourne et me lance un regard d'excuse.

—Le seul moment où Mathilde, le reste du comité et moi sommes tous disponibles est la troisième semaine de novembre.

—C'est dans deux mois.

Le feu passe au vert et nous nous remettons à marcher.

—Je sais, dit-il, et ça m'amène à la deuxième bonne nouvelle. Le département d'histoire aura une ouverture pour un poste de maître de conférences le mois prochain.

—Mais...je marmonne alors que nous tournons sur le Boulevard Raspail. Je n'aurai pas mon doctorat avant novembre. En supposant que tout se passera bien.

—Je suis certain que ce sera le cas.

Nous atteignons l'Annexe et montons les marches menant à l'entrée.

—Ta dissertation est fantastique, dit-il devant la porte tournante. Tous les membres du comité l'ont adorée. Même Mathilde – et tu sais combien il est difficile de l'impressionner.

Impressionner Mathilde est quasi-impossible.

J'ai été obligée de lui demander d'être dans le comité parce que c'est une des meilleures spécialistes de mon domaine. Mais je m'attendais complètement à ce qu'elle déchire sa copie de ma thèse pendant la soutenance publique et qu'elle annonce que c'est tout ce que ce ramassis de conneries mérite.

Elle l'a fait à d'autres candidats avant moi.

Le Professeur Guyot sourit.

—J'ai discuté avec l'administration, et ils sont disposés à retarder l'annonce du poste jusqu'à la mi-novembre.

—C'est..., je cherche mes mots, c'est trop beau pour être vrai.

Il secoue la tête.

—Non, ça ne l'est pas. Tu dois quand même postuler et réussir ton entretien, ce dont je n'ai aucun doute.

—Merci beaucoup, Professeur...

—Je t'en prie... il jette un œil à sa montre. J'ai déjà cinq minutes de retard.

—Je...j'apprécie vraiment énormément tout ce que vous faites pour moi !

—Ça me fait plaisir, répond-il en soupirant. Après la réunion, je vois un autre de mes doctorants et cette conversation sera beaucoup moins réjouissante.

Il montre sa carte au vigile et entre à l'intérieur à grands pas.

Je me dépêche dans l'escalier, impatiente d'aller chercher Lily, de me mettre à l'aise à la maison avec elle et d'appeler Eva pour lui annoncer les bonnes nouvelles.

Ma vie est-elle enfin en train de se remettre sur le bon chemin ?

CHAPITRE VINGT-TROIS

—Mia ? Hé, Mia ! quelqu'un m'appelle juste avant que je ne descende les escaliers de la station de métro.

Je me retourne.

Sandro m'examine.

—Ça alors ! Qu'est-ce que tu fais là ? Pourquoi tu ne nous as pas dit que tu revenais en France ?

—J'allais...j'allais le faire, je bafouille.

Et je voulais vraiment le faire. Pendant mon passage à DCA, Barbara, Delphine et Sandro étaient devenus plus que des collègues. Lorsqu'un an plus tôt, j'avais annoncé mon départ imminent, ils avaient insisté pour que je vienne à un dîner d'adieu chez Delphine et ils m'avaient fait promettre de garder le contact.

Vers la fin de la soirée, Delphine m'avait prise à part alors que je sortais de la salle de bain.

—Ça va ?

—Oui, pourquoi ?

—Je t'ai entendue vomir là-dedans.

—Je suis boulimique, avais-je menti.

—Mais bien sûr ! dit-elle en inclinant la tête sur le côté. Et je suis née de la dernière pluie.

J'avais relevé le menton, en refusant d'en dire plus.

Heureusement, elle n'avait pas insisté – elle avait juste secoué la tête et m'avait laissé revenir à la table.

Dans ses deux ou trois premiers e-mails après mon départ de Paris, elle m'avait rappelé qu'elle ne croyait pas à ce que je lui avais dit, puis elle avait laissé tomber le sujet.

Sandro et Barbara ne m'ont jamais posé de questions sur mon histoire d'offre d'emploi irrésistible.

Je regarde ma montre, puis Sandro. La crèche ferme dans quarante-cinq minutes.

—Tu es pressée ? demande-t-il.

Je souris pour m'excuser.

—Pas de problème, dit-il. Tu es libre pour déjeuner avec tes anciens collègues vendredi ? Barbara, Delphine et moi célébrons ma promotion.

Je tape dans sa main.

—Bravo Sandro ! Je suis super contente pour toi !

—Alors, tu viendras ?

—C'est où ? je demande, en espérant que ce n'est pas à la cantine.

Pas que Raphaël y mange souvent, mais je ne veux pas prendre de risques.

—Nous allons essayer La Coupole, dit Sandro.

Ouf !

La Coupole n'est pas donnée, mais c'est loin de DCA.

Je lui lance un grand sourire.

—Je serai ravie de me joindre à la fête.

Nous nous disons au revoir et je descends l'escalier en courant.

Lorsque je rentre à la maison avec Lily, j'appelle Eva et elle est très heureuse d'entendre mes nouvelles.

—Ça veut dire que tu vas rester à Paris, s'écrie-t-elle. Et je pourrais voir ma petite nièce tous les week-ends si je veux !

J'éloigne le téléphone de mon oreille pendant qu'elle hurle en français, en anglais et en allemand.

—Youpi ! Woohoo ! Wunderbar !

Typique d'une fonctionnaire internationale. Au bout de trois ans à l'Agence Spatiale Européenne, Eva ne peut pas s'empêcher de répéter ses exclamations françaises dans les deux autres langues de travail de son organisation.

—Raphaël n'est toujours pas au courant pour Lily ? demande-t-elle soudainement.

Je m'éclaircis la gorge.

—Il n'a aucune idée de son existence et c'est mieux comme ça.

—Si tu le dis.

—Je *sais* que c'est mieux.

—Je suppose que tu ne lui as pas dit que tu étais à Paris, non plus ?

—Non. Et je te tuerais si tu le faisais.

—Par quelle méthode ? Tu vas réessayer de cuisiner pour moi ? demande-t-elle. Le repas que tu m'as préparé quand je suis venue te voir à Fort-de-France m'a presque tuée.

—Non, cette fois-ci, je te chatouillerai. Je commencerai par ton nez, puis je passerai sous les bras et je finirai par tes pieds.

—Pitié, couine Eva. Pas les pieds ! Je ferai tout ce que tu veux, mais promets-moi de ne pas me chatouiller les pieds.

—Je veux ton silence.

—Ne t'inquiète pas, je garderai ton secret, dit-elle d'une voix redevenue normale. Mais tu vas devoir parler de Lily à Maman et Papa bientôt, très bientôt.

—Je sais.

—Pourquoi ne l'amènes-tu pas en Alsace le week-end prochain ?

—Je ne suis pas prête.

—D'accord, dit-elle. Je comprends. Mais plus tu attends, plus il leur sera difficile de te pardonner de la leur avoir cachée.

—Qu'est-ce qui te fait dire qu'ils me pardonneront de l'avoir eu pour commencer ?

Eva grogne :

—Ne dis pas n'importe quoi.

—Je suis réaliste. Tu sais ce que Maman pense des rapports sexuels et des bébés nés hors du mariage.

—Elle changera d'avis dès qu'elle verra Lily.

—Je ne crois pas, dis-je en laissant échapper un soupir. Et Papa ?

—Quoi Papa ?

—Tu sais ce qu'*il* pense des...femmes comme moi.

—Non, en fait, je ne sais pas.

Merde.

Évidemment qu'elle ne sait pas. Comment pourrait-elle le savoir ? Elle avait dormi comme un bébé pendant les deux épisodes de l'affaire de Suzie la Pécheresse.

—Tant pis, je réponds.

—Non, dis-moi. J'insiste.

—Lily vient de se réveiller, dis-je en mentant. On peut en parler plus tard ?

—D'accord.

Un bref silence s'installe avant qu'Eva ne reprenne la parole.

—Enfin, je suis vraiment contente que tu restes à Paris. La Martinique, c'est joli, mais c'est bien trop loin.

Nous raccrochons et je vais dans la cuisine sur la pointe des pieds. Je commence à peler des pommes de terre, en faisant le moins de bruit possible, pour ne pas réveiller Lily qui dort dans la pièce principale, derrière un paravent.

Ma petite *herzele* a le sommeil léger, comme moi.

Ce qui est probablement le seul trait qu'elle a en commun avec moi pour l'instant. Elle n'a pas hérité de mes cheveux auburn, ni de mes yeux verts. Elle n'a pas non plus le teint plus mat de Raphaël. Lily est un bébé aux yeux bleus avec des boucles blondes et une peau de porcelaine.

Je parie qu'elle va faire tourner des têtes, ce qui pourrait être la seule chose qu'elle aura en commun avec son père.

Combien de têtes a fait tourner Raphaël depuis que je suis partie ? Je me demande s'il est toujours aussi bad-boy ou s'il a rencontré quelqu'un de spécial ? Pense-t-il parfois à moi ?

Zut !

Je n'arrive pas à croire que je recommence. Tous ces guides pratiques et ces exercices d'autosuggestion n'ont-ils donc servi à rien ? *Passer à autre chose* était le titre du premier que j'ai acheté. *L'éliminer de sa mémoire* était le deuxième. *Comment oublier son ex en trois mois (satisfait ou remboursé)* était le troisième et le plus cher que j'ai lu.

Ça fait quatorze mois, nom de Dieu !

Peut-être que je devrais demander un remboursement.

Sauf que je ne l'obtiendrais pas, parce que même si j'ai fait tout ce que les livres recommandaient, je n'ai pas réussi à mettre en œuvre la stratégie numéro un sur laquelle les trois livres insistaient. Sortir avec quelqu'un d'autre. Je prévoyais de le faire et j'ai eu des occasions, mais je trouvais toujours une excuse.

Au début, je me disais que je venais juste d'arriver et que j'étais très occupée par mon installation. Et puis, mon ventre a commencé à s'arrondir et je n'ai plus du tout eu envie. À la naissance de Lily, ma vie a été mise sur pause et j'ai passé trois mois collée à elle.

Quand elle est devenue un peu plus autonome, j'ai dû finir ma thèse et commencer à organiser la soutenance.

Et puis, je suis revenue à Paris.

Mais attendez – maintenant, je pourrais sortir avec quelqu'un.

Je me frappe le front. Quelle idée géniale !

Un nouvel homme dans ma vie est ce qu'il me faut pour me

libérer du « Syndrome de Raphaël » une bonne fois pour toutes. Et ce nouvel homme pourrait être Xavier. Pourquoi ne pas lui donner une chance ? Nous avons tant de choses en commun ; il serait difficile de trouver quelqu'un de plus adéquat.

Alors, c'est décidé !

Dans l'intérêt de ma santé mentale et, donc, dans l'intérêt de Lily, la stratégie consistant à sortir avec un nouvel homme mérite d'être essayée.

Non, elle mérite que je joue le tout pour le tout. Je hoche la tête, déterminée, comme si j'avais conclu un pacte avec moi-même et je commence à trancher la courgette.

Et c'est à cet instant que quelqu'un frappe à la porte.

CHAPITRE VINGT-QUATRE

Je m'immobilise.

Respire, Mia.

Ça pourrait être un voisin. Ou le facteur. Ou la propriétaire qui a réalisé qu'elle avait quelque chose d'urgent à me dire, juste après que la batterie de son téléphone se soit déchargée.

L'administration de l'école a aussi cette adresse.

Sauf qu'aucune administration ne vient frapper à la porte des gens à sept heures du soir. Elle ne vient pas frapper à n'importe quelle heure, d'ailleurs. Elle vous *convoque* à la place, de préférence à huit heures du matin pour avoir le plaisir de vous faire attendre devant une porte fermée.

—Qui est-ce ? je demande.

Si seulement cette idiote de porte avait un judas et cet idiot d'immeuble un intercom !

—C'est Raphaël, dit une voix familière de l'autre côté.

Mes genoux vacillent.

Plusieurs processus physiologiques se mettent en route dans mon corps, me donnant le vertige et la nausée, une impression de chaleur intense et de froid glacial simultanés, me terrifiant et me ravissant de manière indescriptible – tout en même temps.

—Mia ? dit-il. Excuse-moi de ne pas t'avoir appelée avant. Tu peux me laisser entrer ?

Je me mordille les ongles.

—Tu aurais dû appeler.

—Oh, je l'aurais fait, mais tu as changé de numéro, rétorque-t-il. Et tu ne m'as pas donné le nouveau, tu te rappelles ?

Le ton d'humour habituel dans sa voix me fait sourire. Et bizarrement, il me donne aussi envie de pleurer.

—Écoute, dit Raphaël. Je n'ai aucun compte à régler avec toi. Je suis sûr que tu avais tes raisons pour préférer les plages d'une île tropicale à la bruine de Paris. Moi aussi, je vivrais sur une île, si je ne dirigeais pas une entreprise.

Je souris, me rappelant les images de l'île rocheuse sur les murs de son loft.

Et puis, je réalise qu'il sait que je n'étais pas au Québec.

—Pourquoi es-tu venu ? je demande.

—Juste pour discuter... en tant qu'amis. En souvenir du bon vieux temps.

C'est le moment idéal pour dire : *Désolée, Raphaël, mais je suis vraiment passée à autre chose* et lui souhaiter le meilleur.

—Comment m'as-tu trouvée ? je demande à la place, en ouvrant la porte.

La folie passagère est la seule explication de mon action.

Au cours des quatorze derniers mois, je m'étais tellement habituée à mettre les mots « loin » et « il y a longtemps » à côté de « Raphaël » que je m'étais fait croire qu'il habitait dans un univers parallèle. Raphaël d'Arcy était devenu une forme humanoïde super canon que j'avais rencontrée dans une faille spatio-temporelle. Puis, la faille s'était réparée et j'étais revenue dans la réalité avec Lily comme preuve que tout ça n'avait pas été qu'un rêve.

Et maintenant la voilà – la forme humanoïde super canon.

Mon ex-boss et ex-amant.

Le papa de mon bébé.

L'homme que j'ai fui.

L'homme pour qui je mourrais.

Je l'examine, il est toujours grand, mince et musclé. Il n'a pas du tout changé en un an, et pourtant il y a quelque chose de légèrement différent. Je ne parviens pas à mettre le doigt sur cette différence. A-t-il grandi ? C'est impossible. Plus baraqué ? Je ne crois pas. Plus négligé ? Nan. Ça doit être dans ma tête.

—Waouh ! dit-il en entrant. Tu as changé.

Je lance un regard interrogateur.

—Tes cheveux sont plus courts, poursuit-il. *Beaucoup plus courts.*

Il tend la main et passe ses doigts dans ma coupe courte.

—C'est plus pratique, dis-je en me reculant.

Il retire sa main et m'étudie davantage.

—Autre chose ? je demande avec autant de sarcasme que possible.

—Tes yeux sont plus verts que dans mon souvenirs, remarque-t-il en se frottant le menton et en m'examinant de haut en bas. Il y a des petites choses...je ne peux pas te dire exactement quoi pour l'instant.

—Envoie-moi un message si tu trouves.

Pendant quelques secondes, nous nous tenons à côté de la porte et nous nous dévisageons.

Je me rends compte que cet instant précis est ma deuxième chance – et sûrement la dernière – de lui dire : « Écoute, c'est sympa de te voir, mais il faut vraiment que j'y aille, alors salut et prends bien soin de toi ».

Mais qu'est-ce que je raconte ?

Toute ma volonté et ma résolution me permettent à peine de

ne pas jeter mes bras autour de son cou, de fermer les yeux et de pencher la tête en arrière pour qu'il m'embrasse.

Je me retourne et je me dirige dans la cuisine.

Il me suit.

—Comment m'as-tu trouvée ? je répète ma question.

—Par ton école.

Je me retourne et je lui lance un regard surpris.

—J'ai suivi ton parcours l'an dernier, dit-il. Par curiosité et parce que c'est tellement facile avec Internet. Tu as publié trois articles, que j'ai lus.

Mes sourcils se lèvent.

—Interroge-moi si tu ne me crois pas, propose-t-il.

—Peut-être plus tard, je réponds en plissant les yeux. Mais *Internet* ne connaît pas mon adresse actuelle.

—Mais ton école si. Je t'ai cherché sur Google hier soir – tu sais, pour voir si tu avais publié quelque chose de nouveau et j'ai vu que tu animais un atelier à Paris.

—Je l'anime avec quelqu'un d'autre.

—Ok, dit-il en hochant la tête. Avec ton superviseur. Bref, une fois que j'ai su que tu étais à Paris, trouver ton adresse n'était plus qu'une question de ruse et d'argent.

—Tu n'as pas essayé de me trouver pendant que j'étais en Ma ... au Canada, dis-je.

—En fait, si, répond-il. Et c'est comme ça que j'ai su que tu étais en Martinique. J'ai presque pris un vol pour venir te voir en février, et puis je me suis rappelé que tu m'avais largué.

Je l'ai largué ?!

—Tu n'étais pas mon *copain*, alors je ne t'ai pas largué.

Il a l'air surpris, puis son expression s'adoucit.

—Tu as raison, évidemment. « Larguer » n'est pas applicable à notre cas. Que dis-tu de ça : Tu m'as notifié par texto que notre arrangement exclusif était résilié avec prise d'effet immédiat en raison de ta délocalisation ?

Je souris.

—C'est à peu près ça.

Raphaël regarde dans la cuisine.

—Tu cuisinais.

—Ouais.

Je *ne* vais *pas* lui demander de rester manger. De toute façon, Raphaël n'apprécierait pas un repas de légumes à la vapeur et de purée de pommes de terre.

—Tu peux m'expliquer un truc, dit-il en s'approchant. Je suis un peu curieux. À un moment tu as dit que tu voulais que nous soyons fidèles et l'instant d'après, tu es partie. Ce n'est pas logique.

Je hausse les épaules.

—Les ruptures le sont rarement du point de vue de la partie délaissée.

—Touché, dit-il en souriant. Ça te dérange si je vole cette réplique pour mon prochain largage ?

—Fais-toi plaisir.

—Je peux te demander quelque chose à boire ?

—Il y a un coca dans le frigo, dis-je en mettant les légumes tranchés dans l'autocuiseur. Il y a peut-être même une bière, cachée au fond.

Il sort le coca et la bière.

—Bingo !

—Je n'ai pas de verre propre, dis-je. Mais je peux te proposer une tasse.

Il secoue la tête.

—Je boirai à la cannette. Tu préfères quoi ?

—Le coca.

—Parfait, dit-il en me donnant la cannette. Ça au moins, ça n'a pas changé.

Je pose le coca sur la table.

Il lève sa bière.

—Santé !

—Attends un instant.

Je vais au lave-vaisselle petit format et je le remplis. Vu la quantité limitée de vaisselle dans cette cuisine, je dois lancer le lave-vaisselle très souvent.

—C'est fait ! je m'exclame en appuyant sur un bouton et en m'assurant que le cycle est lancé.

Le lave-vaisselle m'ignore.

—Ça va pas recommencer, espèce de *beerflaschebrunzer* !

—Une autre de tes injures alsaciennes ? demande Raphaël. Ça veut dire quoi ?

—Celui qui pisse dans la bouteille de bière, dis-je en ouvrant la machine et en sortant la vaisselle sale.

—Très à propos...remarque-t-il en plissant les yeux vers moi. Je peux t'aider à faire la vaisselle ?

—Tu peux m'aider à réparer cette saloperie, dis-je. La propriétaire m'a montré ce qu'il faut faire quand il ne veut pas marcher.

—J'attends vos ordres, Madame, déclare Raphaël.

Je désigne le bas du lave-vaisselle.

—Peux-tu dévisser et enlever ce filtre en plastique ?

Il s'agenouille devant le lave-vaisselle et détache le filtre.

Je commence à le rincer.

—Maintenant, il faut chercher des morceaux.

—Où ?

—Dans l'évacuation.

Il me lance un regard interrogateur.

—C'est pas évident parce qu'il faut chercher à l'aveuglette. Mais ne crains rien, il n'y a pas de piranhas là-dedans. Il suffit de tremper un doigt et de farfouiller.

Ses yeux se plissent d'amusement.

Je souris d'un air condescendent.

—Tu n'as jamais fait ce genre de truc, pas vrai ?

Raphaël s'éclaircit la gorge.

—Plonger un doigt dans le trou, commente-t-il, alors qu'il insère son index dans le tuyau. Remuer à l'aveuglette.

Pourquoi ses lèvres frétillent-elles ?

Il incline la tête sur le cou et j'ai l'impression que son regard espiègle me dit : *tu ne vois pas à quel point tout ça est drôle ?*

—Quoi ? je demande.

—Je crois que j'ai déjà fait ce genre de chose, dit-il. Et je crois que tu étais là aussi.

—Oh ! je lâche.

Ça.

Alors que la chaleur commence à remonter dans mes joues, Raphaël s'écrie : « Voilà ! » en retirant un petit morceau de l'évacuation.

Je note que ça pourrait être un trognon de pomme, avant qu'il ne le jette dans la poubelle.

Je remplis à nouveau le lave-vaisselle et j'appuie sur Démarrer.

La machine reste silencieuse une seconde, puis j'entends l'eau qui commence à arriver.

Je laisse échapper un soupir de soulagement.

—Ah ! Quelle douce mélodie !

—Je sais ce qui est différent chez toi, dit Raphaël. À part les cheveux courts et les yeux encore plus verts.

Je mets les mains sur mes hanches.

—Quoi ?

—Ça, dit-il en désignant mes mains. Ta posture. Elle est différente. Et tu es plus musclée.

Ça c'est parce j'ai dû porter Lily dans mes bras la moitié des nuits quand elle avait des coliques.

—Je fais de la natation, dis-je.

J'en ai fait aussi ... deux ou trois fois.

—J'adore ta nouvelle posture et tes muscles, dit Raphaël.

Lily choisit ce moment précis pour se réveiller en hurlant.

Je me précipite vers son berceau.

—Maman est là, tout va bien, dis-je en farfouillant pour trouver sa sucette.

Raphaël me suit sur la pointe des pieds et s'arrête derrière moi. Je me retourne pour voir son expression. Il a l'air stupéfait.

—Tu as un bébé ? demande-t-il en sourcillant comme si quelque chose ne collait pas.

—Apparemment.

—Qui...sa voix s'éraille. Qui est le père ?

Lily pleure toujours, alors je la prends dans mes bras.

—J'aimerais pouvoir te dire que c'est un extra-terrestre de la planète Mars, mais c'est juste un homme.

Les poings de Raphaël se crispent et il a visiblement du mal à respirer, alors qu'il examine ma petite fille. Il doit être en train de faire des calculs et être terrifié à la possibilité que ce bébé pourrait être le sien. *Pauvre homme !* Si je lui dis la vérité, il pensera qu'il a été de nouveau abusé, dupé par une partenaire sexuelle sans scrupules qui voudrait faire de lui un père.

Et ça ferait de moi une partenaire sexuelle sans scrupules comme Adèle.

—Détends-toi, dis-je. Le père de Lily est en Martinique.

—Lily, répète-t-il en fixant mon bébé du regard.

—Je l'ai nommée en l'honneur de ma grand-mère préférée.

—Alors tu as laissé tomber le père ?

—Nous nous sommes quittés d'un commun accord.

Il hoche la tête.

—Quelle âge a-t-elle ?

—Quatre mois, je réponds par un mensonge.

—Je ne m'y connais pas trop en bébés, mais je lui aurais donné six mois. Au moins.

—Son père est très grand, dis-je. Elle lui ressemble beaucoup.

Il hoche à nouveau la tête, l'air plus calme.

—Je peux la porter ? demande-t-il en essayant de sourire.

Je me tourne vers Lily et je la renifle.

—Peut-être une autre fois. Je crois qu'elle a fait caca.

Il étudie son postérieur enveloppé d'une couche.

—Tu es sûre que c'est un caca ? Peut-être que sa couche a juste glissé et...s'est entassée sous ses fesses.

Je la lève plus près de son visage.

—Sens.

—Beurk ! s'écrie-t-il en grimaçant.

—J'te l'avais dit.

—Ça pourrait être un pet, dit-il.

—Voici le principe de base avec les bébés, je déclame en posant Lily par terre pour aller chercher son tapis de change. Si ça a l'air d'être du caca et que ça sent le caca, alors c'est du caca.

—Ah, dit-il. Mia et ses principes de base. Finalement, tu n'as pas tellement changé.

—Raphaël et son principe du je-m'en-foutisme, je réponds. Tu n'as pas changé du tout.

CHAPITRE VINGT-CINQ

Alors que le maître d'hôtel en uniforme me conduit jusqu'à la table de Sandro à La Coupole, j'admire les fresques d'art déco de cette brasserie légendaire où Joséphine Baker était venue une fois avec un lionceau et où Marc Chagall avait célébré son dernier anniversaire.

Je me rends aussi compte que je suis très nerveuse aujourd'hui.

Tout d'abord, parce que le gang de DCA – surtout la très perspicace Delphine – ne manquera pas de me poser des questions auxquelles je devrai répondre en faisant très attention. Deuxièmement, parce que Xavier, que je vais voir plus tard cet après-midi, pourrait tenter de me tenir la main ou d'essayer autre forme de contact physique, pour lequel je ne suis pas encore prête.

Barbara se jette sur moi de manière tellement vigoureuse que je vacille.

—Mia, espèce de garce, combien de temps tu allais nous cacher ton retour ?

Elle m'embrasse fort en me prenant dans ses bras, puis s'éloigne pour laisser la place à Delphine.

—Je suis désolée les amis, je le suis vraiment, dis-je en faisant la bise à Delphine, puis à Sandro.

Delphine lève un sourcil.

—Nous te pardonnerons peut-être, si tu nous dis *tout.*

Et c'est exactement ce que je fais au cours de la demi-heure qui suit. Je leur parle de ma vie en Martinique, de ma soutenance qui s'approche et de l'atelier coanimé. Je leur parle aussi de Lily, en leur donnant la même version sur ses origines que celle que j'ai inventée pour Raphaël. Qui sait ? Si je me répète assez, je finirai peut-être par y croire moi-même.

—Alors, son père est resté en Martinique ? Sandro demande. C'est vraiment fini entre vous ?

J'acquiesce.

—Moi aussi, j'ai eu un amour comme ça, il y a quelques années, dit Barbara, les yeux rêveurs. Au bout de trois ou quatre semaines, j'ai commencé à ne plus tout voir en rose. Mais pendant que ça a duré, j'étais dingue de ce mec.

—À mon avis, ce n'était pas un amour mais une amourette, dit Sandro. Ou plûtot une grosse envie de baiser, dit Sandro.

Barbara hausse les épaules comme pour dire qu'il a peut-être raison.

Je regarde furtivement Delphine ; son silence m'inquiète.

Ses yeux s'animent d'un éclair malicieux et je sais exactement ce qu'elle tente de communiquer.

Tu peux duper ces deux idiots, ma cocotte, mais pas moi.

Heureusement, elle ne dit rien à voix haute.

Nous nous quittons à quatorze heures trente et je promets d'amener Lily lors d'une nouvelle rencontre dans quinze jours.

À quinze heures moins le quart, je suis devant l'entrée principale de la Tour Montparnasse pour mon rendez-vous avec Xavier qui n'est pas encore arrivé. Quinze minutes plus tard, il descend de son vélo, l'attache avec un antivol et se dirige vers moi. Il est pile à l'heure. C'est moi qui suis en avance, après avoir presque couru durant la brève distance depuis La Coupole. Je me demande si je ne suis pas trop impatiente de débuter ce rendez-vous…pour en finir le plus vite possible.

Argh !

Je ne dois pas avoir cette attitude. Quel intérêt d'essayer de sortir avec un mec si j'ai déjà envie que cette expérience se termine ?

Xavier a l'air d'être quelqu'un de vraiment bien.

Il affirme qu'il adore les enfants. Il est bénévole dans plusieurs organisations humanitaires. Chaque fois que possible, il participe à des manifestations contre les diverses guerres dans le monde, et il vient d'acheter un composteur d'intérieur à lombrics. C'est un bac rempli de vers qui se nourrissent des déchets organiques et c'est la solution idéale comme alternative au compostage à l'extérieur. Xavier m'a assuré que les vers restent à l'intérieur du bac. Il m'a décrit le processus de manière détaillée après l'atelier du Professeur Guyot, lundi dernier.

Un homme comme ça mérite que je lui donne sa chance.

Et rien ne va m'empêcher de ne pas jouer le tout pour le tout. La visite impromptue de Raphaël il y a deux jours ne me fera pas changer d'avis.

—Alors qu'est-ce qu'on fait ? je demande après que nous nous soyons fait la bise. J'ai deux heures.

Une lueur d'agacement traverse ses yeux.

—Pourquoi si peu de temps ?

—Lily, je réponds. La crèche ferme à dix-huit heures et j'ai besoin d'une heure pour y aller, en tenant compte des retards éventuels du métro, à cause de paquets suspects sur le quai, des coupures d'électricité et des grèves du personnel.

Il sourit.

—Les syndicats n'ont pas annoncé de grèves pour aujourd'hui.

—Ont-ils aussi promis qu'il n'y aura pas de sac à dos abandonné ? je demande en lui rendant son sourire.

—Malheureusement non.

—Alors, nous avons deux heures.

—D'accord, dit-il. Laisse-moi réfléchir. Je voulais t'amener à l'une des associations caritatives où je suis volontaire, puis à une coopérative de recyclage, puis à un café.

—Choisis une option.

—Allons à la coopérative, répond-il avec un hochement déterminé. Peut-être que tu trouveras quelque chose à acheter dans le magasin.

J'aurais préféré qu'il choisisse le café.

Honte à moi.

Évidemment qu'une coopérative de recyclage est un bien meilleur choix.

Quinze minutes plus tard, Xavier ouvre la porte d'un magasin rustique et nous entrons. S'ensuivent des présentations et des serrements de mains et Xavier me fait visiter les locaux.

—Ceux-là sont fabriqués au Sénégal à partir de sacs en plastique recyclés, dit-il en désignant une sélection de carnets affreux qui coûtent une fortune.

—Bien, je commente.

Il saisit un portefeuille avec un motif dans les jaune-vert qui évoque le vomi.

—Tu veux en acheter un ? Ils sont certifiés Commerce Équitable, comme tout le reste ici. —Heu… j'hésite en lui lançant un regard d'excuse. Je n'ai pas besoin de portefeuille.

Il repose l'objet sur l'étagère.

Je me demande pourquoi je me suis sentie obligée de m'excuser. Pourquoi ne lui ai-je pas dit que ce portefeuille était super moche et ne valait pas un quart du prix affiché par la coopérative ? Par politesse, sans aucun doute. Je ne connais pas assez Xavier pour être franche. Ça viendra.

Alors que nous continuons la visite, il me montre d'autres objets, qui sont aussi laids qu'inutiles. Je déclare qu'ils sont « bien » chaque fois, mais j'ai très envie de demander si le magasin arrive à vendre quelque chose. Mais je me retiens. La coopérative doit être une de ces associations qui existe tant qu'elle est financée et qui est dissoute dès que la subvention se termine. Acheter leur produit est un acte de solidarité avec les travailleurs des pays en voie de développement, plutôt qu'un achat normal.

Je devrais avoir honte de moi.

—Ce porte-clé est mignon comme tout, je dis en désignant l'objet le moins cher, qui est aussi « mignon » qu'une meute de hyènes festoyant sur une carcasse de buffle.

Il suit mon regard.

—Il a été fabriqué en Somalie.

—Je vais l'acheter.

L'expression de Xavier s'éclaircit.

Ouf !

J'ai envie de sortir du magasin le plus vite possible.

—Il nous reste quarante-cinq minutes, dit Xavier après que nous ayons dit au revoir à ses amis. On va boire un café ?

Je souris largement.

—Bonne idée.

Quelques minutes plus tard, nous sommes assis au fond d'un bistro mal éclairé.

—J'espère que tu as aimé cette sortie, dit Xavier. La prochaine fois je te montrerai le refuge pour sans-abris pour lequel je suis bénévole.

—Ça serait bien.

Menteuse.

—Et peut-être qu'une autre fois, poursuit-il, on pourrait sortir avec ton bébé pour que tu n'aies pas besoin de rentrer trop vite ?

—D'accord, dis-je.

Et je suis presque sincère.

Nous commandons deux expressos.

—Je t'ai dit que je pratique le yoga tantrique ? demande-t-il.

—Ça a l'air impressionnant.

—Tu ne sais pas ce que ça veut dire, n'est-ce pas ?

J'admets que non.

—Ça veut dire que je maîtrise tellement mon corps que je peux faire l'amour très longtemps.

—Ah...je marmonne en fixant mes mains sur la table. C'est...bien.

Je ne sais pas combien de fois j'ai prononcé le mot « bien » cet après-midi.

Xavier recouvre l'une de mes mains avec la sienne et caresse ma paume de son pouce, lentement et délibérément. Je le laisse faire, en essayant de déterminer si j'aime ça. En théorie, ça devrait me plaire. Xavier est attirant et quelqu'un de *bien,* et aucun homme ne m'a touchée depuis plus d'un an.

Sa caresse suit un motif...C'est une spirale...Dans le sens horaire vers l'extérieur, puis une ligne droite, puis dans le sens anti-horaire vers l'intérieur.

Ça doit être un truc tantrique.

Il laisse ma main tranquille, bondit autour de la table et s'assoit sur le banc à côté de moi.

Je me demande ce qu'il va faire ensuite.

Il baisse la tête et commence à lécher le lobe de mon oreille.

Je me raidis.

Il continue avec encore plus d'ardeur.

Ça me fait penser à nos premières fois avec Raphaël, quand nous en étions encore à la phase de découverte mutuelle. Dès que je me raidissais, il s'arrêtait net. Au contraire de tous les autres hommes que j'ai embrassés ou avec qui j'ai eu un rapport sexuel, Raphaël fait vraiment attention aux informations non verbales.

Peut-être qu'il est anormal.

Je me recule et je donne une information verbale à Xavier :

—Je n'aime pas qu'on me lèche l'oreille.

Il a l'air vexé, comme si j'avais dit quelque chose de méchant.

Dommage.

J'aurais bien aimé qu'il dise : « C'est noté, je ne referai plus ça » et qu'il passe à autre chose, comme Raphaël aurait fait. J'aimerais bien qu'il ne soit pas aussi zélé et collant.

J'aimerais bien que Raphaël ne m'ait pas gâchée pour tous les autres.

CHAPITRE VINGT-SIX

Il est neuf heures samedi matin et Lily dort encore… mon adorable petit bout de chou. Pour ma part, je suis bien réveillée. La nuit a été longue. Les quelques heures où j'ai réussi à dormir étaient remplies de rêves bizarres. Dans l'un d'entre eux, j'embrassais Raphaël qui se transformait en Xavier, qui devenait à son tour un space invader pixelisé.

Bah !

Mon premier rendez-vous avec Xavier a été un bide total.

Avant de nous quitter, il a insisté pour rencontrer Lily et l'amener au Jardin du Luxembourg ou aux Tuileries dimanche.

Je lui ai dit que ce ne serait pas possible ce dimanche.

Pas que j'aie la moindre chose de prévue ce week-end. Ça me semblait trop tôt. Ou peut-être que l'image de Xavier, moi et Lily en train de nous promener ensemble comme une famille ne me plaisait pas. Il y avait juste quelque chose qui…clochait.

Nous *devrions* essayer un jour – il a raison – mais je crois que je ne suis pas encore prête.

De toute façon, il n'y a rien qui presse. J'ai d'autres choses plus importantes à régler.

Le point positif de ma nuit agitée, c'est que j'ai pris une décision. La prochaine fois que j'appelle Maman et Papa, je vais leur parler de Lily, peu importe les conséquences.

Eva a vu juste – je ne peux plus attendre. Le prétexte que j'ai trop de travail pour aller à Estheim n'a plus de sens, étant donné que je suis rentrée en Métropole depuis plus d'un mois. La dernière fois que nous avons parlé, Maman a insinué qu'elle et Papa prévoyaient un petit séjour parisien en octobre. Ma confession ferait mieux d'avoir lieu *avant* ce séjour.

Elle *aura* lieu avant ce séjour.

Je me frotte les yeux et je sors du lit en traînant.

Quelqu'un frappe à la porte.

Raphaël.

S'il vous plaît, faites que ce soit lui !

—C'est un peu tôt pour une deuxième visite de courtoisie, dis-je en ouvrant la porte et en dévisageant son visage sexy et rasé de près.

J'espère que mon enthousiasme n'est pas trop visible.

—Tu parles du moment de la journée ou de l'année ?

—Les deux.

Il entre à l'intérieur.

—Avec toutes les émotions de la réparation de ton lave-vaisselle, j'ai oublié de prendre ton numéro la dernière fois.

—Pourquoi aurais-tu besoin de mon numéro ?

—Pour pouvoir t'inviter avec Lily pour un petit week-end.

Je cligne des yeux.

—Ce week-end, dit-il.

Je continue à cligner des yeux.

—Ce n'était pas prévu, ajoute-t-il.

Je croise les bras.

Il fait une petite grimace, les sourcils relevés, plus canon tu meurs.

—Tu viens ?

—Non.

—S'il te plaît ?

—J'ai prévu autre chose.

Il déchaîne son arme ultime – l'air de chien battu.

—Tu peux retarder tes plans ?

—Pourquoi est-ce si important ?

—Parce que...dit-il en hésitant. J'ai réussi à persuader mes meilleurs amis *et* Sébastien et sa femme de venir.

Je secoue la tête, incrédule.

—Pourquoi ? Et...où ?

—Pour qu'ils puissent te rencontrer...sur une île grecque, au sud de la Crète.

—Celle des photos dans ton appartement ?

—Ninossos, acquiesce-t-il. C'est encore plus beau en vrai. J'espère que tu aimeras.

Je frotte mon front, comme pour empêcher mes pensées de se disperser dans tous les sens. —Je ne sais pas quoi dire.

—Dis oui, suggère-t-il en souriant. Je te promets qu'il n'y a rien de caché, je n'attends rien de spécial. Pas de conditions. Comme tu le sais, je déteste les conditions.

Je le sais.

Bon Dieu comme c'est tentant.

—Tout ce que je veux c'est que tu puisses t'amuser un peu, ajoute-t-il.

—Qu'est-ce que ça peut te faire ?

—Honnêtement ? demande-t-il en haussant les épaules. Je n'en ai aucune idée.

—D'accord, je réponds, en croyant à peine mes propres mots. Pourquoi pas ? Je m'incrusterai avec Lily.

Il plante un bisou sur mon front, se retourne et avance vers la porte.

—Je passerai te chercher samedi à dix heures trente.

Et il s'en va.

IL AVAIT raison - Ninossos *est* encore plus superbe en réalité que sur ces magnifiques photos accrochées aux murs de son loft.

J'inspire profondément l'air qui sent l'eau de mer et plusieurs autres choses délicieuses que je ne peux pas identifier et je remets Lily dans sa poussette. Elle était agitée plus tôt, alors j'ai laissé Raphaël et ses amis finir leur repas sur la terrasse de sa villa et je suis partie promener Lily pour qu'elle se calme. J'ai dû lui promettre que nous allions rester à proximité de la maison et que nous serions de retour dans quinze minutes.

Comme si l'île grouillait de bêtes sauvages.

La créature la plus sauvage que nous ayons rencontré jusqu'ici était une mouette.

Le vol à Ninossos a été rapide et facile, malgré les pleurs incessants de Lily.

Avant d'embarquer dans le jet, Raphaël nous a présentées à tout le monde ainsi : « Voici Mia et Lily ». Aucun autre qualificatif, ni explication, juste « Mia et Lily ». Les réponses à cette présentation laconique sont allées du hochement de tête de Sébastien à l'embrassade de Diane. Après m'avoir libérée de son étreinte, elle demanda si elle pouvait tenir Lily et alors qu'elle la prenait doucement de mes bras, je me suis rendue compte qu'elle était enceinte.

Entre ces deux extrêmes, j'ai eu droit à un serrement de main ferme de Cédric, le copain de Raphaël et la fausse bise de sa meilleure amie, Geneviève.

Oui, *cette* Geneviève.

J'ai enfin l'honneur de rencontrer la plus vieille amie de Raphaël, qui s'avère être une personne raffinée approchant la trentaine. Clairement, son égale en termes de statut et d'argent. Elle est aussi probablement la seule femme dans sa vie à qui il a été fidèle, pas en amour, mais en amitié.

J'avais la vague impression de la reconnaître. Peut-être que je l'avais déjà vue dans le bar de Raphaël, sans savoir qui elle était.

Malgré leurs différentes manières de me saluer, les quatre invités ont eu une réaction en commun. Ils examinèrent Lily plus longtemps et de manière plus intense que la normale. L'expression sur leur visage était celle de quelqu'un cherchant à résoudre une énigme. J'étais parfaitement consciente de la nature de cette énigme.

Est-ce le bébé de Raphaël ?

Alors que je pousse mon bébé, je me demande à quelle conclusion chacun d'entre eux est parvenu.

Lorsque je retourne sur la terrasse, Lily est profondément endormie.

J'installe la poussette à l'ombre et je me rassois à la table. Le service de restauration que Raphaël a engagé, pour que nous puissions « nous la couler douce », amène le café et le dessert.

Raphaël s'excuse auprès de Geneviève, avec qui il discutait, et il vient à côté de moi.

Cette dernière me lance un regard rempli de tant de haine que je ressens comme un coup de fouet au visage. Je laisse échapper un souffle et je lève à nouveau les yeux vers elle. Geneviève prend une gorgée de sa tasse de thé, sans la moindre émotion sur son visage serein.

J'ai dû l'imaginer.

—J'ai vu Noé hier, dit-elle.

—Où ? demandent Sébastien et Raphaël en chœur.

—À l'expo sur Tintin au Grand Palais. Un ami m'a forcé à y aller, dit-elle en prenant un cannelé et en mordant la moitié de la pâtisserie miniature.

—Noé a toujours été un grand fan de Tintin, dit Raphaël avec un sourire.

Le regard de Sébastien est dur lorsqu'il se tourne vers Geneviève.

—Tu lui as parlé ?

—D'abord, je n'étais pas sûre que c'était lui, répond-elle. La dernière fois que je l'ai vu, c'était un enfant. Mais je me suis dit que je pouvais tenter ma chance, alors je lui ai demandé s'il était Noé d'Arcy.

Désormais, l'expression de Raphaël est aussi grave que celle de Sébastien.

—Et ?

—Il a répondu : « Noé Masson, pourquoi ? ».

—Il utilise le nom de jeune fille de Maman maintenant, dit Raphaël.

Geneviève hoche la tête.

—Je le savais, alors je me suis présentée.

Elle enfourne la deuxième moitié de son cannelé dans la bouche et mâche lentement.

—Allez, Vivie, la presse Raphaël. Ne nous fais pas attendre.

—Désolée, répond-elle avec un sourire. J'ai dit à Noé que ses frères espéraient qu'il les rappellerait. Il a dit qu'il espérait que vous aviez compris le message maintenant. Et puis, il a dit au revoir.

Raphaël et Sébastien échangent un regard de frustration et de déception.

—Très bien, déclare Sébastien en s'essuyant la bouche. Je vais arrêter de le contacter. Il peut continuer à vivre comme un clochard et louer un taudis merdique, dans un quartier merdique, pendant que son fonds de fiducie amasse de la poussière et que son château en Bourgogne tombe en ruines. Je m'en lave les mains.

Raphaël soupire.

—Ma théorie est qu'il ne veut pas faire partie de la fortune d'Arcy pour des raisons idéologiques, dit Geneviève. Peut-être qu'il est devenu un radical de gauche comme Diane – sauf qu'il vit en fait selon ses principes.

Ouille !

Je suis mal pour Diane, que j'aime bien. J'ai essayé d'apprécier Geneviève, aussi, malgré les pointes de jalousie infondée, mais c'est fini maintenant.

Diane la dévisage, impassible.

—Ma femme n'a jamais été radicale, dit Sébastien en lançant un regard furibond à Geneviève. Et fais-moi confiance, elle *vit* selon ses principes.

—J'ai une autre théorie, intervient Cédric. Le comportement de Noé n'est pas politique, mais religieux. Il a rejoint une secte qui croit que les innocents hériteront de la terre.

—Moi, je crois que ce sont les insectes qui hériteront de la terre, dit Raphaël. Ou plutôt les cafards.

Tout le monde sourit, l'air soulagé. La conversation était devenue bien trop sérieuse pour un déjeuner de week-end.

Nous papotons pendant une demi-heure supplémentaire, jusqu'à ce que tous les cannelés et les macarons aient disparu et que les pots de café soient vides.

À point nommé, les traiteurs reviennent pour débarrasser la table.

L'une d'entre elles est une jolie jeune fille dont la jupe est bien plus courte et plus serrée que celle de sa collègue. Sa chemise est assez déboutonnée pour laisser voir l'agrafe de son soutien-gorge. Elle se plante devant Raphaël et pose son plateau sur la table. Alors qu'elle l'empile de tasses et d'assiettes vides, elle se penche en avant afin que ses seins se retrouvent pratiquement sur le visage de Raphaël.

Je lui lance un coup d'œil, en m'attendant à ce qu'il profite pleinement de la vue.

Mais il ne regarde même pas dans cette direction. Il est tourné vers Cédric sur sa gauche, en train de parler investissements et marchés financiers.

C'est bizarre.

Le Raphaël que je connaissais ne flirterait pas forcément avec chaque femme le draguant, mais il se rendrait au moins compte de son existence.

Il y a une explication possible à son comportement. Il va mal. Tellement mal, que ça a changé sa personnalité.

Peut-être qu'il est en train de mourir.

Raphaël se décale un peu plus près de moi et je sens sa main sur mon genou.

D'accord, il *n'est pas* en train de mourir.

Sans interrompre sa conversation avec Cédric, il glisse sa main sous l'ourlet de ma jupe et effleure l'intérieur de ma cuisse, les doigts écartés. Alors qu'il progresse, dissimulé par la nappe, ma peau frémit et mon pouls s'accélère. Lorsqu'il atteint le bord de ma culotte et me touche, je suis trempée.

Ce type fera ma perte et je sais qu'il le sait.

Quand j'ai accepté de « m'incruster », je me doutais de la manière dont la journée pouvait se finir. Comme Raphaël voulait peut-être qu'elle se finisse. Tous les deux dans le même lit.

La vérité inavouable c'est que je le veux, aussi.

Pire, j'en ai besoin.

Tellement besoin que je me demande comment je vais réussir à passer l'après-midi.

D'accord. Très bien. Je t'attends.

Mais au moins, je suis certaine d'une chose – il n'y a aucune chance pour que je retombe dans une liaison sans avenir avec Raphaël. Je ne laisserai pas ça arriver : si ce n'est pas pour mon bien, au moins pour celui de Lily.

Mais aussi égoïste que cela puisse paraître, je ne peux pas...je ne me *refuserai pas* une nuit avec l'homme que j'aime encore.

L'homme que je n'ai jamais cessé d'aimer.

Une nuit entière à embrasser et être embrassée. Le sentir me pénétrer, bouger en moi. Mon ventre se tord rien que d'y penser. Mon corps a tellement faim de lui, que j'ai du mal à rester tranquille et à ne pas pousser contre sa main.

Patience, Mia. Ce soir.

Il me fera l'amour ce soir. Je l'embrasserai, je le toucherai partout, je le mordrai et je le lécherai tout mon saoul. Quand j'aurai joui, je passerai ma main dans ses cheveux ondulés comme je le faisais avant. Et puis, je m'endormirai contre son corps nu.

Le meilleur moment ?

Dimanche matin, je me réveillerai dans ses bras.

Sur cette île merveilleuse.

Hors du temps.

CHAPITRE VINGT-SEPT

On dirait qu'on ne va pas tenir tout l'après-midi.

Dès que tout le monde est parti de la terrasse et se disperse autour de l'île, Raphaël va vers Lily qui est encore endormie et commence à conduire la poussette vers la maison. Je suis. Il la porte dans l'escalier et dans un couloir avant d'entrer dans une chambre où il l'installe contre le mur. Puis il prend ma main et me mène dans la chambre adjacente.

La fenêtre est ouverte et même si la mer est masquée par le rideau en lin, je peux la sentir.

—Nous l'entendrons si elle se réveille, dit Raphaël en me prenant dans ses bras.

Mon Dieu que ça fait du bien de me retrouver là !

C'est tellement bon !

Il prend mon menton entre son pouce et son index et le relève.

Pendant quelques instants, je me noie dans ses yeux, hypnotisée.

—Je te veux tellement, Mia, murmure-t-il. De toutes les manières possibles.

J'enlace son cou et je caresse sa nuque.

—Quelles sont ces manières, cher monsieur ?

—Tu veux que je fasse une liste ? demande-t-il en suivant mes lèvres avec son pouce. Pour commencer, je te veux dans le lit sur ton dos.

—À l'ancienne.

Il sourit.

—À l'ancienne est le meilleur moyen de t'amener là où je te veux. C'est ta position préférée si mes souvenirs sont bons.

—C'est vrai, j'admets.

Il embrasse mon front.

—Après ça, je veux que tu me chevauches.

—Ça me tente, dis-je me sentant décadente et en sécurité en même temps.

Le sentiment que j'éprouve toujours avec Raphaël.

Ses mains parcourent mon corps.

—Et puis je te prendrai debout, tes mains sur le mur et mes mains sur tes nichons.

Avec plaisir.

Il commence à couvrir mon nez et mes joues de baisers.

—Je te veux dans la baignoire aussi. Et sur le toit de la villa à quatre pattes. Aussi, sur la plage, écartée comme une étoile de mer.

—Ça fait beaucoup de manières, cher monsieur, je fais remarquer avec un sourire mutin.

—Je ne fais qu'effleurer le sujet, dit-il en m'embrassant sur la bouche. Je veux pratiquer tout le putain de Kama Sutra avec toi, Mia.

Je soupire comme si j'étais résignée.

—Fais ce que tu veux.

Tu as jusqu'à lundi.

Nous nous déshabillons plus vite que jamais, arrachant mutuellement nos habits comme s'ils étaient contaminés. Quelques instants plus tard, nous sommes complètement nus, nous observant sans honte à la lumière du jour.

—Tes seins sont plus gros, dit-il, en les admirant.

—Ils reviendront à la normale quand j'aurai fini d'allaiter.

—Je vois.

Son regard baisse sur mon pubis et il le touche de ses doigts.

—Avant tu étais épilée. Lisse et douce.

—Et maintenant je suis...

—Poilue, m'interrompt-il.

—Au naturel, je finis ma phrase.

—Tu te laisses aller, hein ?

—Non, je relève un sourcil. Je me préfère juste comme ça.

Il me lance un sourire osé.

—Mais *moi* je te préfère lisse.

—C'est comme ça, je réponds. Je ne m'épilerai plus à la cire. Finie la douleur - c'est une corvée qui n'en vaut pas la peine.

—Tu es sérieuse ?

—Absolument.

Je touche le bas de son ventre avec mon doigt, juste au-dessus de son érection.

—Voici un scoop : les femmes adultes ont des poils, comme les hommes. Malgré tout ce que le porno voudrait te faire croire.

—Je sais, mais...

—Je ne ferai plus d'épilation à la brésilienne.

Il me supplie du regard.

—Raphaël, chéri, tu es adulte...enfin, plus ou moins, j'observe en tapotant sa joue. Il est temps que tu acceptes ça.

Il appuie sa tête dans la paume de ma main.

—Tu es devenue très autoritaire.

—Ah bon ? dis-je en haussant les épaules. Ça doit être parce que je suis devenue mère.

Le moment d'après, il me soulève dans ses bras et m'amène au lit où il me pose sur le dos comme il l'avait promis. Ses yeux sont fixés sur moi, alors qu'il monte sur le lit et commence à caresser mon corps du haut vers le bas. Je me délecte de voir les muscles de ses bras et de son torse. Lorsqu'il se penche pour embrasser mon ventre, j'admire la forme de son dos.

Oh, comme ça m'a manqué !

Comme *il* m'a manqué.

Raphaël s'étire à côté de moi, son corps touchant le mien et je tremble de désir. Je parcours son large torse de ma main, me rappelant sa peau, son odeur, le gonflement de ses pectoraux et les toutes petites pointes de ses tétons. Lorsque ma main glisse jusqu'à son cœur, elle y reste un moment, en absorbant son pouls.

—Mia, murmure-t-il.

Alors que je caresse son ventre dur, mes doigts effleurent le bout de son érection. Il lève les hanches pour m'aiguillonner. Mais même si je suis trempée par le désir, je n'ai pas envie de me précipiter. Chaque moment de cet après-midi est précieux et j'ai l'intention de le savourer.

Alors j'appuie un baiser sur son cou et je commence à faire glisser ma main vers son torse.

Il attrape mon poignet au-dessus de son nombril.

Mon cœur s'emballe alors qu'il l'empoigne et tient ma main en place.

Pendant un instant, nous yeux sont plongés l'un dans l'autre, puis il repousse ma main vers le bas.

—Touche-moi, dit-il d'une voix rauque. Je meurs d'envie que tu me touches.

J'enveloppe mes doigts autour de lui.

Il grogne.

Je suis effarée par l'intensité des lancinements au plus profond de moi et je me demande encore combien de temps je vais pouvoir supporter qu'il ne soit pas en moi.

Et puis soudain, en l'espace de quelques secondes, il enfile un préservatif, écarte mes cuisses et me pénètre.

De joie, je m'arc-boute sous lui.

—Il faut que je te prenne tout de suite, dit-il en s'appuyant sur ses bras étirés. Et après, je pourrai aller aussi lentement que tu veux pour le reste du Kama Sutra.

J'acquiesce.

Il reste au-dessus de moi un instant de plus, alors que son sourire s'évanouit et que son regard s'assombrit. Puis, il cogne en moi.

Je gémis de plaisir.

Bientôt, nos corps se synchronisent, comme avant, et trouvent le rythme parfait. Nous nous agrippons l'un à l'autre, alors qu'il entre en moi et je bascule mes hanches pour répondre à ses poussées.

Lorsque Raphaël cherche ma bouche et fourre sa langue entre mes dents, je commence à chavirer vers l'orgasme. Ma vision devient floue, mais je me force à garder les yeux ouverts pour voir son beau corps trimer et transpirer, alors qu'il me martèle sans retenue.

J'empoigne les draps.

Mon corps se tord et mes talons appuient dans ses fesses, l'éperonnant.

Quand je suis prise de spasmes autour de lui, mes jambes tremblent de manière incontrôlée.

Il gémit et s'effondre sur moi.

J'apprécie son poids.

J'en ai besoin.

Peu après, il appuie un baiser sur ma joue et il est sur le point de sortir de moi. Mais je ne suis pas prête à le libérer.

—Reste un peu plus longtemps, je murmure.

Il trouve ma main et enlace ses doigts dans les miens.

—Je resterai aussi longtemps que tu veux.

CHAPITRE VINGT-HUIT

Raphaël est matinal. Je savais donc que la partie de mon fantasme où je me réveille dans ses bras n'était pas gagnée d'avance. Dans le passé, cela n'arrivait qu'environ vingt pour cent du temps.

Le truc c'est que je suis plutôt noctambule. Surtout ces jours-ci, vu que je me lève pour Lily une ou deux fois pendant la nuit.

La nuit dernière n'a pas fait exception à la règle.

Ses petits pleurs m'ont réveillée vers trois heures du matin. Elle voulait sa sucette et ma compagnie. Je sais que la chose à faire est de la laisser pleurer jusqu'à ce qu'elle se rendorme. C'est la seule manière de lui dire que maman ne va plus se lever au milieu de la nuit pour elle. J'ai lu plusieurs articles sensés et un livre entier sur le sujet. Ils garantissent tous que le bébé cessera de se réveiller la nuit au bout de quinze jours d'un tel traitement.

Je prévois vraiment d'essayer...un jour.

En vérité, j'adore ces séances de câlinage, tout autant que je déteste être réveillée au milieu de la nuit.

Je jette un œil à l'horloge sur le mur. Il est dix heures.

Alors que j'envisage de me lever, la porte de la salle de bain attenante s'ouvre et Raphaël entre tranquillement, nu hormis une serviette enroulée autour des hanches. Ses cheveux foncés sont peignés en arrière et mouillés après sa douche. Je le contemple, tout en arc-boutant mon corps et en étirant mes membres. Il s'arrête près du lit. Avec un sourire appréciateur, je croise les mains derrière ma nuque et je l'examine.

Miam !

Je regarde son beau visage, en m'arrêtant sur ses lèvres et sa mâchoire époustouflante. Puis mon regard se déplace jusqu'à ses larges épaules et son torse sculpté, puis plus bas vers ses abdos durs. Une fine ligne de poils noirs va de son nombril jusque sous la serviette. Ma respiration s'accélère. Je m'attends à ce qu'il ouvre la serviette et s'allonge près de moi, mais lorsque je lève les yeux pour rencontrer les siens, il arbore un large sourire.

Il ouvre sa main droite pour me montrer quelque chose.

Quelque chose de petit, de rose et de pelucheux.

Il y en a deux.

—Je suis allé voir Lily et je les ai trouvées par terre, dit-il. Elles sont minuscules.

—Tu aurais dû voir ses chaussettes de nouveau-né il y a six mois.

Ses sourcils se haussent.

—Tu veux dire quatre, c'est ça ? Vu qu'elle est née il y a seulement quatre mois.

Merde !

—Oui, je réponds. Évidemment. Je veux dire quatre.

Il n'insiste pas.

Je me demande s'il me croit. Sûrement pas. Mais quels que soient ses doutes à propos de Lily, il a choisi de respecter mon choix et de ne pas me poser de questions.

À moins que ce ne soit pas par respect, mais parce qu'il préfère rester sans enfants et sans famille. Une préférence qu'il a exprimée clairement et à maintes reprises.

Raphaël enfile une petite chaussette sur l'oreille gauche et l'autre sur l'oreille droite.

—Je suis beau ?

—Parfaitement idiot, je réponds.

—Tu es anti-chaussetteur.

Je lui lance un regard interrogateur.

—Tu n'as pas entendu parler des chaussetteurs ? demande-t-il. Je me suis converti pendant que tu étais en Martinique. Ma religion stipule que je porte des chaussettes roses sur mes oreilles au moins dix minutes par jour.

Je lève les yeux au ciel.

Il s'assoit à côté de moi, son expression devenue plus sérieuse.

—On sera exclusifs sans fréquenter personne d'autre, comme la première fois, hein ?

Je détourne le regard, ma bouche refusant de lui dire qu'il n'y aura pas de deuxième fois.

—Non, dis-je finalement.

Sa mâchoire se décroche, puis se referme lorsqu'il a compris.

—Tu sors avec quelqu'un.

Je hoche la tête.

—C'est sérieux ?

—Je ne sais pas encore, je réponds honnêtement. Nous sommes plus ou moins collègues et nous n'avons eu qu'un rendez-vous.

Il force un sourire.

—Bon, d'accord. J'espère que tu vas *me* choisir avant d'atteindre le seuil des cinq rendez-vous. Je suppose que tu suis toujours *ce* principe.

—Oui.

Il secoue la tête, incrédule.

—Je n'aurais jamais pensé que Mia Stoll accepterait un arrangement sans fidélité, et moins encore qu'elle le *demande.*

—Il n'y aura pas d'arrangement entre nous cette fois-ci, dis-je. Ce qui s'est passé ici ne se reproduira pas.

Il me lance un long regard dur.

—Tu ne peux pas me résister, Mia. Nous le savons tous les deux.

—Alors ne me mets pas dans une situation où je dois résister, je réponds, la voix fissurée par l'émotion.

—Pourquoi veux-tu absolument me repousser alors que tu me veux autant ?

—Parce que tu es toxique.

Il tressaille.

—C'est un peu plus méchant que ce que je voulais dire, j'ajoute en m'asseyant et en prenant doucement sa joue dans ma main. Ce que je voulais dire, c'est que je ne vais jamais pouvoir tomber amoureuse d'un autre homme si tu me tournes autour.

Ses yeux percent les miens.

—Quand tu dis que tu ne pourras pas tomber amoureuse d'un autre homme, ça veut dire que tu es amoureuse de moi ?

Je scrute une poussière sur le drap.

—Est-ce que ça veut dire que tu m'aimes, Mia ? demande-t-il.

Je hoche la tête, toujours concentrée sur le drap.

—Alors, laisse-moi te poser une autre question : Pourquoi veux-tu à tout prix tomber amoureuse d'un autre homme, si tu m'aimes ?

—Parce que... je le supplie du regard. Tu ne vois pas que nous voulons des choses complètement différentes ? Tout ce que tu veux d'une relation c'est t'amuser. Bon sang, tu n'appelles même pas ça une relation ! Tu appelles ça un *arrangement*.

Je relève le menton, le mettant au défi de dire que j'ai tort.

Il ne dit rien.

—Je veux plus que ça, je poursuis. Beaucoup plus. Je veux quelque chose de solide et de longue durée. Et ça veut dire que je dois trouver un homme qui veut la même chose.

Une partie de moi espère contre tout espoir qu'il dira : « C'est ce que je souhaite aussi, Mia. J'ai changé. Je veux être là pour toi et Lily ».

Lorsqu'il ouvre la bouche, mes muscles sont tellement tendus par l'appréhension que j'ai l'impression que je vais exploser.

—Je vois, dit-il.

Je m'accroche à une lueur d'espoir un peu plus longtemps, mais il n'ajoute rien.

Lentement, j'expire, en dissimulant ma déception du mieux possible.

C'est à ce moment que mon sac à main au pied du lit émet un bip.

Sauvée par le gong.

Je me précipite dessus et je sors mon téléphone.

—J'attends un e-mail important, dis-je en mentant et je touche la notification à l'écran sans la lire.

Le message qui s'affiche me fait oublier ma déception. Il me fait oublier de respirer.

Je le lis une fois, puis une fois de plus et enfin une troisième dans l'espoir fou qu'il se dissolve sous mes yeux. Mais ce n'est pas le cas. Au contraire, les mots grossissent et les lettres minuscules hurlent plus fort que les majuscules des brèves notes de Gaspard d'il y a un an.

Bonjour Mia,

Tu pensais pouvoir simplement changer ton numéro de téléphone et ton e-mail pour que je te laisse tranquille, n'est-ce pas ? Tu aurais dû changer ton nom.

Je serai à Paris la semaine prochaine. Je sais que ta soutenance arrive, donc tu ne t'enfuiras pas de nouveau.

Rendez-vous samedi prochain à midi, au même endroit. Si tu ne viens pas, la vidéo sera publiée sur Internet et je l'enverrai par e-mail à tes parents le même jour.

Tu n'auras pas de troisième chance.

Alors, fais bien attention à tes choix cette fois-ci.

Gaspard

CHAPITRE VINGT-NEUF

Après le petit-déjeuner, Cédric accapare Raphaël pour parler affaires. Je saisis cette occasion pour aller à la plage avec Lily et un livre. Mon plan est de jouer avec mon bébé et d'essayer de me détendre. Je suis consciente que c'est un plan fragile, vu l'effet angoissant de l'e-mail de Gaspard, mais je suis déterminée à faire de mon mieux pour profiter de cette merveilleuse île avant notre retour à Paris.

Au bout d'une demi-heure de « lecture » sans avoir enregistré le moindre mot, je ferme mon livre et je me redresse.

Diane s'assoit à côté de moi. Elle prend la girafe de Lily et joue avec elle pendant un moment, en faisant rire ma fille.

Puis, elle se tourne vers moi et sourit.

—Tu sais, je t'ai reconnue dès que je t'ai vue à l'aéroport. Je t'avais vue il y a un an au Big Ben.

—Je t'ai reconnu aussi, je réponds en souriant et désignant son ventre arrondi. Cinq mois ?

—Six.

—Fille ou garçon ?

—On verra, dit-elle avec un clin d'œil avant d'ajouter, je suis tellement contente que ce soit *toi* la femme qui ait dompté Raphaël ! J'avais peur qu'il finisse avec...oh, enfin tant pis. Ça n'a pas d'importance maintenant.

—Je n'ai dompté personne, je rétorque. Raphaël est indomptable.

—Il l'était. Avant toi.

Je grimace.

—Tu veux savoir la vérité ? Il y a un an, Raphaël et moi avons eu une amourette. Puis je suis partie. Maintenant que je suis de retour, il veut à peu près la même chose. Un « arrangement » comme il dit. C'est tout.

—Lily est-elle de lui ? demande-t-elle.

Je cligne des yeux.

—Tu es... directe.

—Désolée, répond-elle avec un regard suppliant. Je t'en prie, ignore ma question ! Ma curiosité va me tuer un jour.

—Elle est de lui, dis-je me surprenant moi-même. Mais ce n'est pas ce que je lui ai dit.

—Ton secret ne risque rien avec moi, déclare-t- elle.

Je ne sais pas pourquoi, mais je la crois.

Elle passe sa main à travers les boucles légères de Lily.

—Penses-tu qu'il croie ce que tu lui as dit ?

—Il n'a pas dit le contraire.

—Peu importe ce qu'il a dit, argumente Diane en souriant alors que Lily agrippe son pouce et le tire vers sa bouche. Ce qui importe c'est ce qu'il a fait. Il t'a amenée ici avec Lily, dans son sanctuaire, pour que tu puisses rencontrer son frère et ses amis les plus proches.

Je creuse le sable de mes mains, digérant ses mots.

Diane fait un petit bisou à Lily et la pose sur la serviette.

—Ne juge pas Raphaël par ses mots, dit-elle, en se levant. Il les utilise pour masquer ses sentiments. Juge-le par ses actions.

Puis elle se relève, et s'en va d'un pas léger.

Alors que je réfléchis à son conseil, Geneviève apparaît à mes côtés et désigne l'endroit où Diane était assise il y a quelques minutes.

—Je peux ?

—Bien sûr.

Est-ce que sans le savoir, j'ai piqué l'endroit préféré de tout le monde sur cette plage ?

—Il fait beau, n'est-ce pas ? lance Geneviève en s'allongeant et en étirant ses jambes minces.

Je hoche la tête.

—C'est le temps idéal.

—J'ai fait quelques recherches sur toi, dit-elle en se tournant vers moi. Tu es une médiévaliste.

—Oui.

—Je me souviens de toi, il y a un an.

—J'ai été serveuse au Big Ben pendant quelques semaines, je réponds en souriant. Je ne me doutais pas que les amis de Raphaël se seraient souvenus de moi.

—Il t'a largué, comme il largue tout le monde, dit-elle. Mais il t'a reprise. Pourquoi ?

Mon sourire commence à s'effacer.

—Quel est ton but ? demande-t-elle.

Je la fixe du regard, trop troublée pour répondre.

Elle me rend mon regard.

—En fait, tu n'as pas besoin de répondre. Ton plan est assez transparent.

—Ah bon ?

—Tu espères lui mettre le grappin dessus, comme tellement d'autres avant toi, affirme-t-elle en haussant les épaules. Et tu utilises ton bébé comme appât.

Sans réfléchir, je prends Lily et j'enveloppe mes bras autour d'elle pour la protéger.

—Écoute-moi bien, Mia, susurre Geneviève en se penchant vers moi. Raphaël est peut-être super charmant avec toi, mais il ne t'épousera jamais.

On est d'accord là-dessus.

—Tu te rends compte qu'il est bien plus qu'un play-boy riche et beau ? poursuit-elle.

En l'occurrence, oui.

Raphaël est intelligent et doué dans ce qu'il fait. Malgré sa personnalité désinvolte, il se soucie de son entreprise et travaille dur pour la développer. Il est drôle, mais jamais en se moquant des autres. Il faut bien reconnaître que c'est un Casanova, mais il ne trompe pas, ni ne ment aux femmes avec qui il couche. D'ailleurs, c'est l'une des personnes les plus honnêtes que je connaisse.

—C'est un noble, dit Geneviève, et pour info, moi aussi.

—Pour info, c'est le vingt et unième siècle.

—Et alors ? rétorque-t-elle d'une voix où le mépris est à peine voilé. Le monde est toujours dirigé par une petite élite. Raphaël est un héritier de l'une des familles aristocratiques les plus anciennes et les plus riches du pays. Connais-tu son nom entier ? Tu *dois* le savoir, vu que tu as travaillé pour lui.

Je détourne le regard.

—En plus, lui et moi, nous avons un pacte, poursuit-elle. Si nous ne sommes pas tombés amoureux de quelqu'un à trente et un ans, nous nous marierons.

Je jette un œil à son visage pour voir si elle est sérieuse.

—Et ce jour approche rapidement, dit Geneviève, implacable.

Je hausse les épaules.

—Alors, c'est quoi le problème ? Il ne sera rien qu'à toi très bientôt, si ton pacte est important pour lui.

—Il l'est, dit-elle, bien que son œil gauche tressaille. Nous sommes parfaits l'un pour l'autre et il le sait. Nous sommes tous les deux riches, influents et cyniques. Il y a une raison pour laquelle je suis sa meilleure amie et sa *seule* amie.

—Tant mieux pour toi, dis-je.

—Il méprise les femmes avec qui il couche.

Je ne dis rien.

—Nous serons *le* couple du siècle une fois mariés, continue-t-elle en repoussant ses cheveux en arrière.

Je relève le menton.

—Alors pourquoi ai-je l'impression que tu as peur de moi ?

Elle désigne Lily.

—Elle est de lui ?

—Ça ne te regarde pas.

—Même si c'est le cas, ton plan ne fonctionnera pas, gronde-t-elle. Je m'assurerai qu'il te verra pour ce que tu es. Une profiteuse vulgaire comme cette Adèle, qui prétendait à qui voulait bien l'écouter qu'il l'avait mise enceinte.

Je serre mes bras plus fort autour de Lily.

—Je suis certaine que le bébé n'était pas de Raph, dit Geneviève. En tout cas, j'étais bien contente que cette salope fasse une fausse-couche.

L'as-tu aidée à faire une fausse couche ?

—Mais elle s'est mise à dire qu'il l'avait violée, dit Geneviève en levant les yeux au ciel. Quelle imbécile !

Je caresse la main de Lily.

—J'ai entendu dire qu'elle avait soudainement disparu.

—Elle est partie parce que je lui ai donné quelque chose qu'elle ne pouvait pas refuser, répond Geneviève alors que ses yeux s'éclairent. Je pourrais te payer aussi. Donne-moi ton prix.

—Tu peux garder ton argent, je lâche.

Elle me lance un regard noir.

—Oh, je vois. Tu penses être plus futée qu'Adèle. Tu penses que tu obtiendras plus de lui que de moi.

Ma bouche se tord de dégoût.

—Très bien, dit Geneviève en se relevant et en pliant sa

serviette. Je garderai mon argent, mais je vais te donner un conseil gratuit. Prends ta bâtarde et disparais.

—Et si je refuse ?

—Alors je ferai ce qu'il faut pour protéger Raphaël de la racaille comme toi.

Puis, elle ramasse son sac de plage design et se dirige vers la villa.

Je reste sur la plage en amusant Lily avec son jouet préféré et en m'efforçant de me calmer avant de revenir auprès de Raphaël et de ses proches. *Plus facile à dire qu'à faire.* Je pose Lily sur la serviette et je m'allonge à côté d'elle. Il n'y a pas un seul nuage dans le ciel et la brise est tellement douce que la Méditerranée parait aussi calme que la mare du Jardin du Luxembourg.

Quel contraste avec le tumulte à l'intérieur de ma tête !

Vingt minutes plus tard, j'admets que me calmer est impossible, même sur cette île. Pourquoi, oh pourquoi ne suis-je pas restée en Martinique ? Mon ambition pour obtenir mon foutu doctorat m'a ramenée directement dans les mailles des deux hommes que je fuyais il y a un an. Et maintenant j'ai l'impression d'être en plein déjà vu, à me demander qui va me faire le plus mal : Gaspard, délibérément ou Raphaël, sans le vouloir ?

Je récupère mes affaires, j'attache Lily dans le porte-bébé et je me traîne en direction de la maison. Alors que j'arrive à la haie qui encercle la terrasse, la voix raffinée de Geneviève atteint mes oreilles. Ses mots sont moins raffinés que son accent.

—N'importe quoi, dit-elle.

Il y a un bref silence, puis elle reprend la parole.

—Et notre pacte alors ?

—Quel pacte ? demande Raphaël d'une voix posée.

—De nous marier quand nous aurons trente et un ans, répond Geneviève, sa voix se brisant. Quand nous en avons parlé il y a quelques mois, tu as omis de m'informer que tu l'avais résilié unilatéralement.

—Nous en avons *plaisanté* il y a quelques mois ! Oh allez, Vivie, nous étions des gamins quand nous avons fait ce pacte.

—Nous avions dix-huit ans.

—Exactement, des gamins, répond Raphaël implacable. J'ai toujours considéré que c'était une blague entre nous et j'étais certain que tu pensais la même chose.

—Eh bien non.

—Je ne comprends pas, dit-il. Tu *sais* que je ne veux pas me marier. Le monde entier le sait.

—Oui, mais je croyais...je croyais que notre lien était spécial. Nous sommes taillés dans la même étoffe, Raph. Tu as toujours été d'accord avec ça.

Il ne dit rien.

—Tu ne vois pas à quel point c'est logique que nous nous marions ? demande Geneviève.

—Non, pas du tout. Nous ne sommes même pas sortis ensemble, bordel !

—Nous pourrions.

—Non.

Un autre silence s'installe.

—Bon sang, dit Raphaël. Vivie, je n'en avais aucune idée...

—Alors tu es un crétin, lâche Geneviève. Mais rassure-toi. Ta Mia est plus maligne que nous deux. Elle sait très bien où elle va.

—Qu'est-ce que ça veut dire ?

Je retiens mon souffle.

—Je viens juste d'avoir une longue discussion avec elle, dit Geneviève. Je lui ai offert de l'argent pour qu'elle foute le camp...

—Tu as...*quoi ?*

—Tu m'as bien entendue. Je lui ai offert de l'argent, poursuit-elle, la voix tremblante de rage, et tu sais ce qu'elle a dit ?

—Quoi ? demande Raphaël froidement.

—Elle a dit : « Garde ton argent. Tu ne pourras jamais m'offrir ce que je peux extorquer à Raphaël. »

Lily choisit ce moment précis pour éternuer bruyamment.

Lorsque j'arrive au bout de la haie et que je m'avance sur la terrasse, Geneviève est partie et Raphaël me lance un regard indéchiffrable avant de me tourner le dos et de rentrer à grands pas dans la maison.

CHAPITRE TRENTE

Avoir assisté au séminaire d'aujourd'hui tout en restant éveillée est un petit miracle, vu que je n'ai pas dormi la nuit dernière. Pas un instant.

Nous avons atterri à Paris en fin de soirée après un vol mouvementé qui a fait hurler Lily sans arrêt.

Raphaël nous a ramenées chez moi.

Nous avons à peine parlé.

Lorsqu'il a garé la voiture et qu'il m'a aidée à sortir avec Lily, j'étais à deux doigts de lui dire que les mots de Geneviève n'étaient qu'un mensonge éhonté. Mais je n'ai rien fait. Et je ne l'ai pas invité à monter.

Il est parti sans demander quand il pourrait me revoir.

Quelle ironie !

Je suis en train de faire en sorte que ce soit vraiment fini entre nous, et c'est ce que Geneviève veut. D'accord, je le fais pour mes propres raisons égoïstes – et moins égoïstes.

L'idée de voir l'homme que j'aime sortir avec d'autres femmes est insupportable. Quelles que soient les erreurs de ma jeunesse, je mérite mieux que ça. Mon bébé mérite mieux que ça.

Raphaël mérite mieux, aussi.

Aucun d'entre nous ne voulait un enfant, mais une fois enceinte, j'ai changé d'avis. J'ai *choisi* de devenir mère et j'ai négligé de demander l'avis de Raphaël. Donc maintenant, ce n'est pas juste de lui voler son choix de *ne pas* avoir de famille. Et s'il change d'avis un jour, ne devrait-il pas avoir l'option de choisir une femme avec un passé dont elle peut être fière et un avenir exempt de honte publique ?

Honnêtement, je ne sais pas si ce sont de bonnes raisons de me priver de l'amour de ma vie et de priver Lily de son père biologique.

Mais au final, ces raisons ne comptent pas.

Tout comme mon regret d'avoir participé à ce plan à quatre il y a des années.

Ce qui compte c'est que quelqu'un l'a filmé et me fait chanter à nouveau. Même si je ne lui donnerai jamais ce qu'il veut, je ne peux rien faire pour l'empêcher de me punir de mon manque de coopération.

—Tu as l'air préoccupée, dit Xavier en touchant ma main. Je déblatère sur mon document de conférence alors que ton esprit est à des kilomètres. Qu'est-ce qui ne va pas ?

Il m'avait implorée de rester pour discuter après le pot de fin de séminaire avec le Professeur Guyot. J'avais accepté. Il papotait. Je hochais la tête sans entendre un mot de ce qu'il racontait.

Et maintenant, j'ai honte de moi.

Xavier est quelqu'un de bien. À part Papa, c'est l'homme qui fait preuve de la plus grande moralité que j'ai jamais rencontré. Et bien que mon idiot de cœur refuse de transformer cette appréciation en attirance, j'espère que nous pourrons profiter d'une véritable amitié. Le genre qui pourrait, un jour, devenir autre chose.

Et pour poser les fondations de cette amitié, je vais lui raconter le chantage dont je fais l'objet.

En plus, cette histoire va me rendre dingue si je ne me confie pas à quelqu'un en qui j'ai confiance. Normalement, j'aurais appelé Eva. Mais elle est en Floride jusqu'à lundi où elle participe à l'organisation d'une grande conférence internationale sur les vols habités. Ce genre de conférences l'accapare toujours entièrement. Elle est à fond, dès six heures du matin pour s'effondrer de fatigue après minuit. Il n'y a pas pire moment pour accabler ma sœur avec mes problèmes maintenant.

Mais je dois accabler *quelqu'un.* Et qui de mieux que Xavier pour partager le fardeau ?

J'inspire longuement et je lui fais un résumé.

—Tu as vu la vidéo ? demande-t-il quand j'ai terminé.

Je hoche la tête.

—Alors elle existe vraiment – ce n'est pas quelque chose qu'il a inventé pour pouvoir coucher avec toi ?

—Non, elle existe.

—Je peux la voir ?

J'ai besoin d'un moment pour réagir à sa demande inattendue.

—Pourquoi ?

—Pour pouvoir...tu sais...bafouille Xavier en se tortillant sur sa chaise, voir si elle est vraiment si terrible que ça.

—Pour quoi faire ?

—Pour...heu... évaluer les dégâts potentiels.

—Il y a des zooms de mon visage et d'autres parties, si c'est ce que tu veux savoir.

Est-ce de la luxure que je détecte dans ses yeux ? Non, pas possible.

—De toute façon, dis-je. Je n'ai pas de copie.

—Tu en es sûre ?

J'incline la tête sur le côté.

—Disons que j'ai une copie. Disons que tu la visionnes et que tu détermines que c'est aussi nuisible pour moi que je l'ai dit. Et après ?

—Je ne sais pas, répond-il en se redressant. Je ne me détournerai pas de toi, si c'est ce qui t'inquiète. Mais je serai peut-être...moins compréhensif en ce qui concerne ton souhait de ne pas aller trop vite.

Quoi ?

—Donc si je comprends bien, dis-je, tu trouves que je devrais coucher avec toi, maintenant que tu sais quel genre de femme je suis ?

Il détourne le regard.

—Non ! Bien sûr que non.

J'avale le reste de mon café.

—Que vas-tu faire à propos de la vidéo ? demande-t-il.

—Je ne sais pas encore.

—C'est une situation vraiment difficile, observe-t-il avec un hochement de compassion. Si tu lui donnes ce qu'il veut et qu'il supprime la vidéo devant toi, tu ne seras jamais certaine qu'il n'a pas d'autres copies.

Tu as raison.

—Si tu...poursuit-il en hésitant, acceptes d'exécuter ses ordres, jusqu'où le laisserais-tu aller ?

Je pince les lèvres et je commence à farfouiller dans mon sac pour trouver mon portefeuille.

—Tu le laisserais te faire une gorge profonde ? demande-t-il en se penchant en avant. Et s'il veut te sodomiser ? Tu te mettrais des plugs ?

Je pose un billet de cinq euros sur la table et je me lève.

—Mia, attends ! s'écrie-t-il en me saisissant le poignet. Je suis vraiment désolé, je me suis laissé emporter.

Je retire vivement ma main de son emprise.

—Mets-toi à ma place, dit-il. Jusqu'à il y a une heure, tu étais comme une magnifique Vierge Marie. Je pensais presque que ton bébé était le résultat de l'Immaculée Conception ! Et puis finalement, il s'avère que tu es une...une...

Ses lèvres forment un mot silencieux, alors qu'il s'empêche de parler, à la recherche d'un euphémisme.

—Une salope, dis-je. C'est le mot que tu essayes de remplacer ?

—Oui.

Je lui tourne brusquement le dos et je pars à grand pas vers la sortie.

—Non ! crie-t-il. Merde ! Mia, attends !

Il continue de hurler quelque chose lorsque j'arrive à la porte et même quand je la pousse derrière moi.

Bravo, Mia ! je me dis en me hâtant vers la station de métro.

Quelle idée de génie de partager ton fardeau avec Xavier, cet homme censé être bien.

Maintenant tu as un jour de moins avant l'ultimatum de Gaspard.

Et une connerie de plus à ton actif.

CHAPITRE TRENTE-ET-UN

— Il *doit* y avoir un meilleur moyen de se tirer de ce merdier, dit Delphine. Il faut juste que nous réfléchissions davantage.

Elle m'a appelée pour discuter il y a une heure et j'ai fini par tout lui dire. Enfin, presque tout. Mon amie futée savait que j'étais enceinte quand j'avais quitté Paris, il y a un an. Elle avait également déduit que le père de Lily travaillait à DCA. Lorsque j'avais refusé de lui révéler son nom, elle avait dit : « Comme tu veux. Je finirai par le savoir toute seule bientôt ».

Vu sa ténacité et sa débrouillardise, il se pourrait qu'elle y arrive.

Par contre, l'histoire de chantage l'avait complètement prise au dépourvu. Je lui avais tout raconté – le plan à quatre, la vidéo, les notes mystérieuses de Gaspard depuis un an, ma brève rencontre avec lui dans la sandwicherie et son dernier e-mail.

Alors que Delphine cogitait, je suis allée m'occuper de Lily, qui avait besoin d'être changée. Puis je l'ai rappelée et nous avons réfléchi à toutes mes options. Mais malheureusement, aucune des solutions concoctées par Delphine n'était meilleure que les miennes.

Dans trois jours, Lily et moi prendrons l'avion qui nous ramènera en Martinique.

—Viens me voir quand ce sera l'hiver ici, dis-je en essayant d'avoir l'air positive.

—Tu n'es pas obligée de partir, tu sais. Ce connard de Gaspard ne va-t-il pas publier la vidéo si tu ne vas pas au rendez-vous ?

—Oui, c'est ce qu'il a dit.

—Tu crois qu'il bluffe, comme la dernière fois ? demande-t-elle.

—Malheureusement, non. Je crois que cette fois-ci, il va le faire.

—Mais alors, pourquoi t'enfuir ? Le mal sera fait de toute façon.

Je me frotte le front.

—Je ne peux pas ici...je ne suis pas assez forte pour affronter tout ça à Paris. Ça sera plus facile en Martinique. Tout est plus facile en Martinique. Comme la chanson d'Aznavour, *Emmenez-moi.*

—La misère est moins pénible au soleil, cite Delphine.

—Exactement.

—Et tes parents ? Que va-t-il se passer s'ils ouvrent l'e-mail de Gaspard et regardent la vidéo ?

—Je vais en Alsace demain matin pour tout leur dire et les avertir pour la vidéo.

—Oh là là ! Je ne voudrais pas être à ta place.

Je grimace.

—Moi non plus, si j'avais le choix.

—Et ta carrière académique ? demande-t-elle. Tu es si près du but, tu ne peux pas abandonner maintenant !

—Si, je peux, même si ça me fend le cœur de décevoir mon directeur. Il a été un tuteur tellement extraordinaire pour moi.

—Alors ne le fais pas !

Je laisse échapper un profond soupir avant de dire :

—Je peux te demander un service ?

—Bien sûr ! Tout ce que je peux faire pour t'aider.

—Il faut que j'écrive une note et que je la donne à Gaspard samedi. Je sais que c'est beaucoup te demander...

—Tu plaisantes ? Ça ne me dérange pas du tout ! Attends.

J'entends un bruit de tiroir en train d'être ouvert.

—D'accord, j'ai du papier et un crayon. Vas-y.

—Écris en majuscule, s'il te plaît.

Je dicte la courte note que Delphine écrit.

—Tu veux que je te la relise pour être sûre ?

—Oui.

Elle s'éclaircit la gorge.

—Je *sais* que tu es une ordure. J'*ai la preuve* que tu es tordu. Si tu publies cette vidéo, je te dénoncerai à la police. Tu peux crever.

—Merci, dis-je. Je te revaudrai ça.

—Non, c'est *moi* qui te revaudrai ça, juste pour avoir l'opportunité de voir sa tronche quand il lira ta note.

Nous nous disons au revoir et je m'assois à la table de la cuisine, qui me sert aussi de bureau. Mes maigres possessions sont toutes emballées. J'appellerai Eva, dès qu'elle sera de retour de Floride pour lui annoncer les nouvelles.

Elle sera en colère contre moi pour commencer, mais j'espère qu'elle comprendra.

Il ne me reste qu'une chose à faire avant que Lily et moi embarquions dans le train pour l'Alsace. Je déchire une page vierge de mon carnet et j'écris.

Raphaël,

Je ne veux pas partir sans te dire au revoir ou le dire via un texto comme la dernière fois.

Alors voilà. Au revoir, mon bonhomme de neige préféré. Lily et moi retournons en Martinique. Nous y serons plus heureuses.

S'il te plaît, ne crois pas les calomnies de Geneviève.

Je me sens pathétique de te demander ça, mais il le faut.

Je te souhaite une bonne vie,

Mia

Je plie la feuille, la glisse dans une petite enveloppe et l'adresse au domicile parisien de Raphaël. Avec la lettre dans mon sac à main, je prends Lily et je vais au bureau de poste.

Si Raphaël reçoit ma lettre dans les prochaines quarante-huit heures, je serai en Alsace, où j'ai réservé une chambre d'hôtel près d'Estheim. S'il la reçoit après le week-end, je serai en Martinique.

Je me rends compte que je lui refuse la possibilité de me persuader de rester. Mais vu la manière dont nous nous sommes quittés après Ninossos, je doute qu'il essaie. Et pour ce qui est de la culpabilité d'éloigner Lily aussi loin de lui, c'est complètement injustifié. Il ne veut pas d'elle.

Donc voilà – en fait, je lui rends service.

Je fais ce qu'il y a de mieux pour nous tous.

CHAPITRE TRENTE-DEUX

Maman et Papa sont déjà à notre point de rendez-vous à côté du manège, lorsque je sors du bus avec Lily dans le porte-bébé contre ma poitrine.

La raison pour laquelle j'ai choisi cet endroit est qu'il y a un banc discret, dissimulé par des buissons. Il est toujours vide, parce que les gens oublient qu'il est là.

Mes parents pourraient en avoir besoin dans quelques instants.

Lily et moi sommes arrivées en Alsace hier soir et nous sommes allées directement à l'hôtel. J'ai appelé mes parents ce matin. Maman a répondu. Je lui ai demandé s'ils pouvaient venir me voir plus tard aujourd'hui au parc de la mairie. Maman a eu du mal à accepter que j'aie passé la nuit dans un hôtel. Je lui ai dit que c'était parce que j'étais venue à Estheim avec quelqu'un qu'ils allaient rencontrer. Il y a eu un long silence, pendant qu'elle digérait ma déclaration. Puis, elle m'a informée, la voix serrée, qu'*il* pouvait dormir dans la chambre d'amis de la maison.

Je n'ai pas osé la scandaliser davantage en lui disant qu'il s'agissait d'une *fille.*

Alors que je m'approche, je vois mes parents loucher dans ma direction, l'effarement se lisant sur leur visage.

Ça ne va pas être facile.

—Voici Lily, dis-je après que Papa m'ait serrée dans ses bras et que Maman m'ait embrassée sur le front comme d'habitude.

Ils la câlinent.

—Elle est adorable, dit Maman. Tu la gardes pour quelqu'un ?

Je secoue la tête.

—Elle est à moi.

Ils écarquillent les yeux, font un pas en arrière et s'assoient lourdement sur le banc.

—C'est une blague ? demande Papa.

—Non, je réponds. Je l'ai eue en Martinique et j'ai été trop trouillarde pour vous le dire.

Pendant des moments interminables, ils nous dévisagent sans dire un mot.

Puis Maman inspire vivement.

—Qui est le père ?

—Ça n'a pas d'importance.

—Comment ça, ça n'a pas d'importance ? hurle Papa.

Waouh !

Il a fallu que j'attende d'avoir presque trente ans pour que mon père me hurle dessus comme ça.

Maman a l'air tellement choquée et perdue, alors qu'elle examine Lily que j'ai de la peine pour elle.

—Je voulais que vous la rencontriez avant notre retour en Martinique, dis-je.

Elle lève le regard sur moi.

—Quoi ? Pourquoi ?

Ma poitrine se serre et je suis sur le point de fondre en larmes à tout instant. Il faut que je parle avant elle.

—Il y a quelque chose d'autre que je dois vous dire, je bafouille.

Papa se prend la tête dans les mains.

—Quand j'étais à la fac, je poursuis, j'ai fait quelque chose de stupide, de vraiment stupide et il y a une vidéo qui traîne...et quelqu'un va la publier sur Internet...et aussi vous l'envoyer par e-mail.

Ils me scrutent, les yeux grand ouverts, comme s'ils se demandaient si la femme en face d'eux était réellement leur fille.

—Je vous en prie, ne l'ouvrez pas, dis-je, la voix sur le point de se briser. S'il vous plaît, ne regardez pas la vidéo.

Ils ne disent rien.

Je serre les poings, en enfonçant mes ongles dans mes paumes pour retarder les larmes.

—Comment as-tu pu..., dit Papa.

—Je suis tellement désolée, je l'interromps. Je suis désolée de vous avoir tellement déçus. Ce n'est pas de votre faute et sachez que je n'attends pas votre pardon. Je voulais juste vous dire que...je vous aime.

Je leur tourne le dos, en m'étranglant presque sur mes larmes refoulées et je me précipite vers l'arrêt de bus.

CHAPITRE TRENTE-TROIS

Mon téléphone sonne alors que je me mouche entre deux sanglots étouffés et que Lily pleurniche sur le lit.

L'ID de l'appelant indique « Raphaël ».

Mon cœur se gonfle de joie, puis je me dis que je ferais mieux de ne pas répondre. Je n'ai rien à ajouter à ce que j'ai mis dans ma lettre. Qu'il a dû recevoir. Et c'est pour ça qu'il appelle.

Le problème c'est que Raphaël a raison : je ne peux pas lui résister.

—Je suis dans le hall de ton hôtel, dit-il quand je finis par répondre.

—Quoi ? Comment m'as-tu trouvée ?

—Je suis allé voir Delphine après avoir reçu ta lettre ce matin ; j'espérais que tu t'étais confiée à elle. Et c'était le cas.

Mince !

—Qu'est-ce qu'elle t'a dit exactement ?

—Uniquement où je pouvais te trouver. Le reste est un secret qu'il ne lui appartient pas de révéler.

Je laisse échapper un soupir de soulagement.

—Je peux monter ? demande-t-il.

—Tu reviendras à Paris si je dis non ?

—À ton avis ?

—Chambre 210, dis-je en allant à la porte.

Trente secondes plus tard, il est à l'intérieur.

—Comment pouvais-tu penser que j'allais croire l'accusation ridicule de Geneviève ? demande-t-il en sourcillant. Je ne suis pas aussi superficiel que ça.

Je souris faiblement.

—Je le sais. J'espérais que tu ne la croirais pas.

Il plisse le front, l'air préoccupé.

—Tu pleurais. Qu'est-ce qui se passe ?

—Rien, je désigne la chaise en bois. Assieds-toi s'il te plaît.

À la place, il fait un pas vers moi et prend ma main.

—Je vois bien que quelque chose ne va vraiment pas, Mia. Je t'en prie, dis-moi ce que c'est.

—Ça va, dis-je en regardant sa main serrer la mienne. Et ça ira encore mieux en Martinique.

Il bascule ma tête vers le haut, me forçant à le regarder dans les yeux.

—Et ta soutenance ? Et le séminaire ? Et l'offre de travail que tu as eue ?

—Je...je ne peux pas rester.

Il lâche ma main et s'assoit.

—Bon, écoute, voilà ce qui va se passer. Je ne bougerai pas de cette chaise tant que tu ne m'auras pas dit ce qui se passe.

Avec un air de défi, il croise les bras sur son torse et plie les jambes.

Sans bouger, je l'observe.

Quelques longs moments plus tard, il gigote, déplie ses jambes, puis les replie et fait une grimace qui donne à son beau visage une expression comique.

Mes lèvres esquissent un sourire, malgré ma détresse.

—Y-a-t-il une chaise plus confortable dans cette chambre ? demande-t-il.

Je secoue la tête, faisant tout pour garder mon sérieux.

—Alors je transfère mon sit-in sur le lit, dit-il.

—Mauviette !

—Pas une mauviette, mais une personne axée sur les résultats, répond-il en se levant et en me balançant un sourire sexy. Je durerai plus longtemps sur le lit.

J'attrape sa main pour l'empêcher d'aller sur le lit.

—Lily est grognon. Elle doit s'endormir.

Il prend ma joue dans sa main, son regard perçant le mien.

—Qu'est-ce que tu fuis, Mia ?

—Une vidéo, dis-je à ma propre surprise.

Ses sourcils s'élèvent.

—Quelqu'un a une vidéo compromettante de moi lorsque j'étais à la fac...

Oh et puis merde !

Je vais lui dire tel quel. Sans fioritures. *Tout le putain de bazar.*

—Quelqu'un a une vidéo d'un plan à quatre avec moi bourrée, je bafouille avant de perdre courage. Si je ne le rencontre pas demain pour faire ce qu'il veut que je fasse, il la rendra publique.

Raphaël me dévisage longtemps.

—C'est pour ça que tu as disparu il y a un an ?

Je hoche la tête.

—Pourquoi ne m'as-tu rien dit ? s'exclame-t-il, un pli profond se creusant entre ses sourcils. Pourquoi n'as-tu pas demandé mon aide ?

—Cette...situation est la conséquence de mon erreur. Alors c'est un problème que je dois régler.

—Tu as tort. C'est aussi le mien.

—Ça ne devrait pas l'être, dis-je. Ce n'est pas juste.

—La vie n'est pas juste, répond-il en m'attirant contre lui. Tu es sur le point de t'enfuir – de nouveau – parce qu'un connard te fait chanter. Bébé, c'*est* mon problème.

Je le regarde dans les yeux.

—Laisse-moi me charger de ça, dit-il. À quel endroit et quand étais-tu censée le rencontrer ?

—Que vas-tu faire ?

—Ce qu'il faut.

—Il ne veut pas d'argent – je lui en ai déjà offert, dis-je en me tordant les mains. Il veut des… faveurs sexuelles à chaque fois qu'il vient en France.

Le corps de Raphaël se raidit contre le mien.

—Je n'allais pas le payer, dit-il. C'est une solution à court terme.

—Alors quoi ? Lui mettre une raclée ?

Sa bouche forme un rictus.

—Pour commencer.

—Et après ?

—Lui faire bien comprendre que s'il publie la vidéo, je déchaînerai une meute d'avocats de premier ordre qui le détruira. Il est illégal de publier des images nues d'une personne sans son consentement.

—Je le sais, mais que se passera-t-il s'il publie quand même la vidéo ? je demande en soupirant. Ce n'est pas quelqu'un de *raisonnable.*

Raphaël hausse les épaules.

—D'accord, disons qu'il est suicidaire et qu'il la publie. Et alors ?

—Qu'est-ce que tu veux dire, *et alors ?*

—Ta petite sextape rejoindra des millions d'autres sextapes qui grouillent sur Internet. Tout le monde s'en fout.

Je mords ma lèvre.

—Et toi ?

—Royalement.

—Tu la regarderas s'il la publie ?

—Absolument pas, me dit-il d'un air sévère. Tu me prends pour quel genre de mec?

Clairement, pas le même que Xavier.

—Ça pourrait foutre ma carrière académique en l'air, dis-je.

Il relève un sourcil.

—Vraiment ? Tu es inquiète pour ta carrière académique ? Et c'est pour ça que tu l'abandonnes ?

Je baisse le regard, en rougissant.

—Pourquoi ne me dis-tu pas ce qui t'inquiète *vraiment* ? demande-t-il.

—Il va envoyer la vidéo à mes parents.

—Il ne peut pas les forcer à la regarder.

—Il peut les piéger et ils finiront par la voir.

Raphaël enveloppe mon visage dans ses mains.

—Il faut que tu les avertisses avant qu'ils ne la reçoivent.

—Je viens de le faire.

—Et ?

—C'était trop pour eux – le plan à quatre, la vidéo, Lily...

—Ils n'étaient pas au courant de son existence ?

Je secoue la tête.

—Je ne suis pas sûre qu'ils veuillent me revoir un jour.

—Bien sûr qu'ils voudront te revoir. Ils sont croyants – ils vont te pardonner.

Je secoue de nouveau la tête et je laisse échapper un sanglot.

Il recule et me regarde dans les yeux.

—Mia ?

—Je me déteste de les avoir tellement blessés et déçus, dis-je. Et ça me fend le cœur de savoir qu'ils arrêteront de m'aimer.

—Ils n'arrêteront pas de t'aimer, dit-il.

—Tu ne les connais pas ! Tu n'as aucune idée de leur niveau de moralité. Les choses comme la vertu et la droiture sont tout pour eux.

Il fronce ses sourcils.

—Oh, allez !

Je me recule, je vais jusqu'à la porte et je l'ouvre en grand.

—Je t'en prie, va-t'en. Tu rends les choses encore plus difficiles qu'elles ne sont.

Sans parler du fait que je suis sur le point de me remettre à pleurer, ce que je ne veux pas faire devant lui.

—Mia, s'il te plaît.

—Va-t'en.

Il sort.

J'attrape un oreiller, je l'écrase contre mon visage et les larmes se mettent à couler à flot sans que je puisse les arrêter.

CHAPITRE TRENTE-QUATRE

À peine cinq minutes plus tard, Raphaël frappe de nouveau à ma porte.

—Tu as oublié quelque chose ? je demande en ouvrant.

Il entre à l'intérieur.

—Tu as raison, je ne connais pas tes parents. Peut-être qu'ils sont le genre de personnes qui pourraient arrêter de t'aimer.

Je le dévisage, un peu étourdie d'avoir versé tant de larmes.

—Mais pas moi, Mia, dit-il en s'approchant et en essuyant mes joues du bout de ses doigts. Je n'arrêterai pas de t'aimer.

L'énormité de ses mots m'assomme.

Ma mâchoire se décroche et je le regarde comme s'il venait d'avouer qu'il était un androïde venu du futur pour sauver l'humanité.

—Tu as l'air *légèrement* surprise, dit-il avec un petit rire.

—Le week-end dernier à Ninossos, je réponds après avoir recouvré mes esprits, tu parlais de notre nouvel *arrangement*. Et maintenant, tu...m'aimes ?

Il hoche la tête.

—Tu n'as jamais aimé personne avant, dis-je. Comment sais-tu ce que c'est ?

—J'aime mes frères, rétorque-t-il. J'aime ma mère. J'aimais même mon bon-à-rien de père. Tu vois bien que j'ai des références ?

—C'est différent. C'est ta famille.

Il sourit.

—Pas si différent, en fait. Comme pour eux, je veux te donner *tout.* Je veux te donner *moi.*

J'émets un grognement à ce manque total de modestie.

—Mince, qu'est-ce que je suis prétentieux ! s'exclame-t-il. Laisse-moi réessayer. Je veux mettre fin au principe de « Mia contre le monde » et le remplacer par « Mia et Raphaël contre le monde ».

Ça me fait peur de constater à quel point cette idée me plaît.

—J'ai perdu mon appétit pour la bouffe, dit-il. Sérieusement. Ça ne m'est *jamais* arrivé auparavant. Je n'arrive pas à me concentrer sur le travail, je pense à toi tout le temps. C'est comme le parapente. Tous les os et les muscles de mon corps sont traversés par une joie et une légèreté insensées quand je pense à nous.

Ma tête commence à tourner, alors que je digère ses paroles et mon vertige s'amplifie à toute allure.

—Que signifient ces symptômes, Docteur Stoll ?

—Je ne suis pas encore docteur, dis-je, l'humeur bizarrement taquine. Même si je reste et que j'obtiens mon doctorat, je ne serais pas un docteur en médecine. Par conséquent, j'ai bien peur de ne pas pouvoir te donner un diagnostic.

—Alors, évalue mon état d'un point de vue historique.

—Hum... je dirais que ton état s'est aggravé depuis notre aventure au travail, dis-je en fronçant les sourcils. Mais... fréquenter d'autres femmes ne va-t-il pas te manquer ?

—Non, répond-il sans la moindre hésitation.

—Tu en es certain ?

—Aussi certain que je sais combien j'ai besoin de toi dans ma vie, déclare-t-il de l'air le plus sérieux que je ne lui ai jamais vu. Tu sais, je pensais que j'étais comme Papa, même si Séb me répétait que ce n'était pas le cas. Il avait raison. Je ne le suis pas.

—Que veux-tu dire ?

—Mon batifolage... j'en ai compris la cause. Je ne le faisais pas parce que je ne pouvais pas m'en empêcher ou parce que je n'avais pas confiance en moi. Je le faisais...dit-il en hésitant. Tu vas rire.

—Vas-y.

—Sans me l'avouer à moi-même, je cherchais...l'âme sœur.

Ce mot est tellement incongru dans la bouche de Raphaël que je ne peux pas m'empêcher de sourire.

—Risible, mais vrai, poursuit-il, sa bouche esquissant un sourire. Quand tu t'es enfuie en Martinique... heu... correction... quand tu *m'as largué* et que tu t'es enfuie en Martinique, j'ai eu trois aventures d'un soir en deux semaines.

Mon sourire s'efface un peu.

—Ça fait beaucoup.

—C'était nul. Je me suis senti nul. Alors je suis parti au Népal pendant un mois. Officiellement pour aller voir ma mère, mais en vérité, j'espérai trouver un genre de guérison miraculeuse.

Je suis suspendue à chacun de ses mots.

Il hausse les épaules.

—Au bout de ce mois, tu me manquais tellement que j'avais mal dans la poitrine.

Moi aussi.

—Après être rentré à Paris, continue-t-il, j'ai rencontré une femme. Elle était jolie, gentille et intelligente.

Je lui lance un regard interrogateur.

—Ça a duré une semaine.

Il me fixe dans les yeux.

Je soutiens son regard.

Raphaël enveloppe mon visage dans ses mains.

—Tu es la seule femme avec qui plus ça dure, plus j'ai envie que ça dure. S'il te plaît, reste.

J'ouvre la bouche, puis je la referme.

Bon Dieu que c'est tentant de dire oui !

—Je ne t'offre pas le mariage, d'accord ? dit-il en passant sa main sur mon visage et dans mes cheveux courts. Je ne le ferai pas tant que je ne suis pas certain à cent pour cent que je peux être un père de famille sans aucun reproche. Il faut que tu le saches avant de décider.

—Je reste, je lâche dans un souffle.

—Quoi ?

—Je reste, dis-je plus fort.

Je suis au fond d'un trou rempli d'emmerdes et pourtant je souris parce que tous les os et les muscles de mon corps sont traversés par une joie et une légèreté insensées.

CHAPITRE TRENTE-CINQ

—Je te rappellerai demain matin, dit Raphaël.

—Pas avant dix heures, s'il te plaît.

Je fais un bisou à l'écran de mon téléphone.

Nous raccrochons.

—C'était Raphaël ? demande Papa, assis à la table en face de moi.

—Oui.

Il secoue la tête.

—Je n'arrive toujours pas à croire que tu nous as caché ta grossesse et ensuite Lily pendant six mois. Six mois, Mia !

—Ne sois pas trop dur avec elle, dit maman assise sur une couverture par terre où elle vient de passer les deux dernières heures à cajoler Lily et à admirer ses moindre sourires et gazouillements.

Ce que je n'arrive toujours pas à croire, c'est leur réaction.

Maman m'a appelée hier soir, quelques temps après que Raphaël ait quitté ma chambre d'hôtel pour s'envoler vers Paris et affronter Gaspard. Il avait proposé de lui remettre ma note en même temps, mais lorsque j'ai appelé Delphine, elle a refusé d'abandonner sa tâche.

—Quand j'aurai fini, Raphaël pourra faire ce qu'il veut de lui, a-t-elle promis.

Lily et moi étions censées repartir à Paris ce matin, mais ce n'est pas ce qui s'est passé.

Au téléphone, Maman m'a dit que Papa arrivait pour nous ramener toutes les deux à la maison. Ils avaient appelé tous les hôtels à Estheim et dans les environs, ce qui n'avait pas pris beaucoup de temps, vu qu'il n'y en a que trois – et avaient trouvé celui où je séjournais. Mes parents voulaient terminer la conversation. En outre, ils ne supportaient pas que je ne reste pas chez eux.

Dans la voiture, mes mains tremblaient et ma poitrine était serrée comme si j'étais coincée entre deux éléphants en train de se bousculer. La tension qui montait en moi à cause de notre discussion à venir et de la confrontation de Raphaël et Gaspard était insupportable. Au final, la mienne s'est beaucoup mieux passée que la sienne, vu le bref résumé qu'il vient de me faire.

Après que Delphine ait remis ma lettre à ce pervers qui est devenu vert en la lisant, Raphaël a pris la suite et a essayé de le raisonner. Quand il a vu que ça ne servait à rien, il l'a menacé et a fini par lui balancer un coup de poing au milieu de la sandwicherie. Une bagarre s'en est suivie. Le propriétaire a appelé la police et ils ont fini tous les deux au commissariat.

Ce sont les informations que j'ai réussi à obtenir de lui au téléphone et j'espère en apprendre plus demain soir quand je rentrerai à Paris avec Lily.

Quant à mes parents, nous avons fini par parler toute la nuit et ils ont tous les deux réagi à mes révélations avec une sérénité remarquable, en plus d'une dévotion immédiate envers Lily. Ça a commencé, dès que nous sommes entrées, par des « elle est tellement mignonne » qui sont rapidement devenus des « mon petit ange » pour atteindre « la petite fille la plus adorable, la plus intelligente et la plus jolie du monde » trois heures plus tard.

Papa se penche en avant.

—Eva est-elle au courant pour Lily ?

Je hoche la tête.

—Elle m'a beaucoup aidée.

—Et connaît-elle l'existence de la vidéo ?

Je hoche la tête de nouveau.

—Très bien, dit-il. Elle a la tête sur les épaules, notre Eva. Je suis content que tu aies pu faire confiance à au moins un membre de ta famille pour partager tes secrets.

—Papa, s'il te plaît...

—Nous avons peut-être été des parents trop stricts et coincés, mais je pensais...poursuit-il l'air attristé. Ne sais-tu pas à quel point nous t'aimons ? Comment pouvais-tu douter que nous pourrions apprendre ta nouvelle qu'en te pardonnant ?

Je me tourne vers Maman pour qu'elle me soutienne et en espérant qu'elle lui demande de laisser tomber le sujet. Sauf que cette fois-ci, elle ne m'aide pas. Elle prend Lily dans ses bras et nous rejoint à la table.

—Ton père ne t'en veut pas, *herzele*, dit-elle.

—Bien sûr que non, dit Papa, je m'en veux à moi.

Maman touche ma main.

—Nous voulons juste comprendre pourquoi tu as choisi de ne pas demander notre aide quand tu avais des problèmes. Nous avons besoin de comprendre les erreurs que nous avons faites en tant que parents.

Elle s'interrompt un instant avant d'ajouter :

—Et j'ai besoin de savoir où j'ai échoué en tant que pasteur.

—Vous n'avez pas fait d'erreur, dis-je, aucune. C'est juste...

Les yeux de Maman percent les miens.

—Quoi ?

—Il y avait cette femme, prénommée Suzie…Elle est venue ici vous demander de l'aide il y des années et des années.

—Comment le sais-tu ? demande Papa.

—J'ai surpris vos conversations, dis-je en fixant mes mains. Vous avez dit que vous réfléchiriez à ce que vous pouviez faire pour elle et lorsqu'elle est revenue, vous avez refusé de l'aider. Finalement, vous l'avez signalée à la police.

Mes parents restent muets.

—Alors je me suis dit que votre bonté était réservée à ceux qui la méritaient et votre pardon ne couvrait pas les… femmes impures.

Je lève les yeux.

Ils secouent tous les deux la tête, en me regardant avec un mélange de regret et de compassion.

—Nous allions aider Suzie de toutes les façons possibles, dit Maman. Nous avions préparé de l'argent, un hébergement et nous lui avions trouvé un petit boulot jusqu'à ce qu'elle retombe sur ses pieds.

Je fronce les sourcils, perplexe.

—Mais pour ne rien laisser au hasard, j'ai demandé des renseignements sur elle à un vieux collègue, dit Papa.

Maman sourit.

—Les habitudes de policier ont la vie dure.

La bouche de Papa forme une ligne mince.

—Certains détails de son histoire étaient vrais. Suzie voulait vraiment échapper à l'emprise de son proxénète et elle voulait abandonner sa profession. Mais ce n'était pas pour obtenir une deuxième chance.

—Alors pourquoi ? je demande.

—Elle voulait lancer sa propre affaire, poursuit Papa en grimaçant. Quand mon collègue a fait des recherches plus approfondies, nous avons appris que Suzie avait déjà recruté deux adolescentes des HLM de l'autre côté de la ville.

Je mets la main sur la bouche, hébétée.

Papa hoche la tête et tapote la main sur la table comme pour dire, « donc voilà ».

—Je vais faire tes raviolis préférés à la truffe. Qu'est-ce que tu veux que je cuisine pour Lily ?

—Rien, dis-je, j'ai apporté tout ce dont elle a besoin.

—Est-ce que je t'ai dit qu'elle est la chose la plus merveilleuse au monde ? demande Maman alors que Lily pousse ses petits doigts dans la joue de sa grand-mère.

Heureusement que j'ai coupé ses ongles la nuit dernière.

—Au moins dix fois, je réponds.

Papa me lance un regard inquiet, comme s'il n'était pas sûr de quelque chose.

—Qu'est-ce qu'il y a ? je demande.

—Il n'y a pas d'urgence et s'il te plaît, ne le prends pas mal, mais pourrais-tu inviter Raphaël ici un jour ?

—Seulement si tu le veux, ajoute Maman rapidement. Et lui aussi.

—J'adorerais, dis-je, et lui aussi.

L'expression de soulagement sur leur visage est presque comique.

Papa va à la cuisine, refusant mon offre de l'aider, comme d'habitude.

—Il pense que toi et moi portons la poisse aux plats rien qu'en touchant les ingrédients, déclare Maman avant d'amener Lily au jardin pour lui montrer les magnifiques pommiers de son grand-père.

Je m'enveloppe dans un des châles de Maman et je m'assois sur le porche pour les observer.

Pour la première fois depuis des années, je peux respirer même si mon avenir est loin d'être sans nuages. Il est probable que Gaspard publiera la vidéo. Geneviève continuera de dire des calomnies à Raphaël et à toutes leurs connaissances. Raphaël pourrait découvrir qu'après tout, il n'est pas fait pour les relations à long terme.

Et c'est pour ça que je ne lui ai toujours pas divulgué que Lily est sa fille. Je déteste l'idée qu'il puisse penser que Geneviève avait raison et que je me sers de notre bébé pour lui mettre un fil à la patte.

Il y a aussi la petite question de ma soutenance à venir, que je pourrais rater, vu le peu de travail que j'ai fourni récemment.

Je suis consciente de tout ça et pourtant je ne suis pas inquiète. Et c'est parce que peu importe la force qui me pousse vers le bord du précipice et peu importe la hauteur du gouffre, je sais que je ne vais pas me briser en mille morceaux à l'arrivée.

Il y a assez d'amour autour de moi – et dans mon cœur – pour amortir la chute.

ÉPILOGUE

Noël est dans trois jours et Lily a un rhume.

Elle est très congestionnée, mais l'aspect positif de son nez bouché – au moins de mon point de vue – c'est que quand elle ferme les yeux après ma berceuse, je suis certaine qu'elle dort.

Parce qu'elle ronfle.

Et c'est le moment où je sais que je peux sortir de sa chambre sur la pointe des pieds.

Cela fait trois mois que Raphaël a frappé à ma porte et tout s'est accéléré.

En octobre, Gaspard a publié la vidéo sur Internet et l'a envoyée par e-mail à l'adresse officielle de Maman, malgré les avertissements énergiques de Raphaël.

Elle a supprimé le mail sans l'ouvrir.

Et pour ce qui est de ma sextape, je ne peux qu'espérer qu'elle se noie dans la nébuleuse d'Internet, jusqu'à ce que nous forcions Gaspard à la retirer.

Raphaël le poursuit en mon nom. L'affaire est en cours, mais il est clair que nous allons gagner. Tout d'abord, parce que ce que Gaspard a fait est illégal. Deuxièmement, parce que Raphaël a embauché deux avocats parmi les meilleurs, alors que Gaspard n'a pas pu s'en payer un.

Pour une fois, il y a de la justice dans l'injustice de la vie.

En novembre, j'ai défendu ma thèse et j'ai acquis le droit d'être appelée « docteur en philosophie ».

Salut tout le monde, c'est moi Mia Stoll, docteur ès lettres.

Dans les jours qui ont suivi, j'ai obtenu le poste de maître de conférences.

Il y a deux semaines, Lily et moi avons emménagé chez Raphaël. Avant cela, il a dû faire quelques...enfin, *des tas* d'ajustements dans son mode de vie, ainsi que dans son loft ultra moderne.

Il m'a assuré que ça ne le dérangeait pas du tout.

J'ai des doutes, mais je me plais à penser qu'il dit ça parce que le fait que nous habitions ensemble lui fait oublier les dérangements.

Peu après le week-end à Ninossos, il s'est disputé avec Geneviève. Il ne m'a pas donné de détails, mais je suspecte qu'elle a de nouveau dit du mal de moi et qu'il a décidé que ça suffisait. Trois jours après mon déménagement chez Raphaël, le père de Geneviève lui a acheté un appartement à Hollywood, où elle va tenter sa chance en tant que productrice pour l'un des studios de cinéma.

Je lui aurais conseillé gratuitement de se spécialiser dans les biographies de sorcières maléfiques si nous nous adressions la parole.

SANS UN BRUIT, j'entre dans le salon et je me dirige vers le canapé où est assis Raphaël, en train de lire.

Je suis sur le point d'avouer qu'il est le père de Lily.

En fait, « confirmer » serait un mot plus adéquat, parce que je suis certaine qu'il le sait. Nous n'en avons jamais parlé, mais il y quelque temps, j'ai arrêté de mentir sur son âge et il a commencé à l'appeler « ma petite *flammekueche* ».

Il *doit* savoir.

—Bien sûr que je le sais, dit-il après ma confession. Mais je voulais te l'entendre dire, quand tu serais prête.

—Merci de ta patience.

—Avec plaisir, dit-il. En fait, ça ne me dérangeait pas que tu ne dises rien. Ça m'a permis de m'habituer à l'idée et de réajuster mes priorités.

Je souris.

—Depuis combien de temps le sais-tu ?

—Depuis l'instant où j'ai posé les yeux sur elle.

Je fronce les sourcils, incrédule.

—Je vais te montrer quelque chose, dit-il, en se dirigeant vers son bureau.

Je le suis. Raphaël sort une photo du tiroir du haut. C'est Lily et son sourire adorable avec la double fossette. Sauf qu'il y a quelque chose qui cloche...

—Sa robe, j'observe, en montrant la photo. Lily n'a pas de robe comme ça.

Il sourit.

—Ce n'est pas Lily. C'est ma mère quand elle avait à peu près le même âge.

Quelques instants plus tard, je me rends compte que j'ai la bouche grande ouverte. Je la referme.

Toujours souriant, il pose la photo sur le bureau et m'attire contre lui.

J'encercle sa taille de mes bras et je le respire.

Il ébouriffe mes cheveux.

—Tu sais, je me suis tellement habitué à ta coupe courte que je te préfère avec moins de cheveux maintenant.

—Tant mieux, je dis.

Son autre main se glisse entre mes jambes.

—Et avec une touffe là.

Je lâche un grognement contre son torse.

Moins d'une minute plus tard, nous sommes à moitié nus, mes fesses sur le bord du bureau et lui enfoncé jusqu'à la garde à l'intérieur de moi.

—Ne te retiens pas, dis-je, en avançant mes hanches pour répondre à ses poussées sages, je veux que tu me prennes fort et vite ce soir.

—Oui, docteur.

Quelques minutes plus tard, nous nous agrippons l'un à l'autre, épuisés.

Il embrasse mon front.

—Épouse-moi.

Je laisse échapper un souffle.

Le cœur de Raphaël s'accélère contre ma poitrine. Qu'il soit si nerveux à propos de ma réponse est un pur délice.

—Chérie, si tu as besoin de temps, je comprends totalement...

—Non, dis-je.

Il se raidit, me faisant réaliser comment il a interprété ma réponse.

—Non, je répète, je n'ai pas besoin de temps pour réfléchir. Et oui, je t'épouserai. Si tu es certain que c'est ce que tu veux.

—Je n'ai jamais été aussi certain de toute ma vie.

Nous sourions tous les deux comme deux imbéciles heureux.

—En fait, dit-il alors que sa main effleure mon dos pour finir sur mes fesses. Je ne prévoyais pas de te demander en mariage ce soir...comme *ça*. J'allais le faire de manière plus traditionnelle avec un diamant de taille appropriée au Jules Verne.

—Mais *ça* c'était parfait, dis-je en plantant un baiser sur sa bouche.

Son sourire s'élargit.

—Sauf un défaut majeur, j'ajoute.

—C'est-à-dire ?

—Qu'allons-nous raconter à Lily le jour où elle voudra savoir comment son papa a demandé sa maman en mariage ?

Son front se plisse.

—Heu...

—Nous allons être forcés de lui mentir.

Il lève un index.

—J'ai une solution !

—Je t'écoute.

—Nous ferons une autre demande demain au restaurant. C'est elle qui te donnera la bague.

—Elle pourrait décider de l'enfourner plutôt dans sa bouche, dis-je.

—On la laissera dans son écrin. Il est trop gros pour sa bouche.

—D'accord.

Son visage se fend d'un autre sourire.

—Comme ça, elle fera partie de la demande. Et le jour où elle posera la question, nous aurons une histoire géniale et *vraie* à lui raconter.

J'embrasse son menton.

—C'est une idée géniale.

—C'est parce que je suis un type génial, rétorque-t-il l'air satisfait.

Je commence à lever les yeux au ciel et je m'arrête à mi-chemin.

—Tu sais quoi, Raphaël d'Arcy ? C'est vrai, tu l'es.

<< <> >>

DROIT AU COEUR

TRADUIT PAR MARIANNE GERMAIN

UN

NOÉ

Oscar me manque.

Je m'en rends compte en traversant le lobby de la piscine couverte où je m'entraîne. Ce matin, nous avons travaillé les sprints, les haltères et les tirs – et dans mon cas, les arrêts de penalty. Lucas, notre entraîneur, pense qu'en m'améliorant, je pourrais donner un avantage au club cette saison.

Je suis d'accord avec lui.

C'est pour ça que je passe la dernière heure à bloquer le ballon avec tout mon corps, y compris ma tête. Je suis prêt à me casser le nez si ça peut aider mon équipe à gagner.

Hors du bâtiment, je m'engouffre dans la chaleur collante du milieu d'après-midi à Paris.

Beuh.

Si seulement je pouvais faire demi-tour et passer le reste de la journée dans la piscine ! Ou mieux, j'aimerais que la piscine se transforme en rivière qui irait jusqu'au 19e arrondissement.

Ça serait juste génial de pouvoir rentrer chez moi à la nage !

Résigné, je soupire et me dirige vers mon vieux scooter Yamaha garé au coin, tout en imaginant Oscar bondissant vers moi et remuant la queue.

Après une dure journée, qui commence par un entraînement, puis quatre heures de livraison, suivies d'un autre entraînement, Oscar est mon meilleur déstressant.

Ce sera difficile de me détendre quand je rentrerai ce soir.

Et ce ne sera pas plus facile le matin quand je me réveillerai dans un appartement bizarrement calme. D'un autre côté, personne ne sautera sur mon lit, ne passera sa langue baveuse sur mon visage et n'aboiera jusqu'à ce que je l'amène se promener.

En un an, je n'ai jamais autant traîné au lit que les deux derniers matins, pas depuis qu'Oscar a chamboulé ma vie de célibataire. J'aurais pu en profiter s'il n'y avait pas eu ce problème de plomberie débile dans la cuisine.

L'évier est tellement bouché que je ne peux pas le réparer.

Je m'arrête devant le café à deux pas de chez moi. Allez, dix minutes dans une salle climatisée avec un Perrier, un expresso et un jambon-beurre avant de partir en scooter à la pizzeria pour bosser. Je suis certain que la Fédération Française de Natation et la Ligue Européenne de Natation doivent avoir honte qu'un joueur professionnel de water-polo soit obligé de travailler à côté. C'est aussi l'une des raisons pour lesquelles la France n'a pas gagné de médailles olympiques depuis 1928.

1928 !

J'aurais peut-être dû aller en Italie ou au Monténégro à mon retour en Europe. Ou même en Hongrie, après tout, là-bas le water-polo, c'est *le* sport national.

Le barista me donne mon café, de l'eau pétillante et un sandwich alors que je tente de convaincre mon corps qu'il n'a pas besoin de récupérer après avoir été poussé à ses limites pendant l'entraînement de ce matin.

Dire que je suis crevé serait un euphémisme.

Avalant le dernier morceau de mon sandwich, je sors mon

téléphone et j'envoie un bref message à mon nouveau propriétaire. Soit dit en passant, son nom de famille est à mourir de rire. Heureusement pour lui, il est américain, sûrement d'origine allemande avec un nom comme ça...

Monsieur Bander,

Pourriez-vous faire venir un plombier pour réparer l'évier bouché ou me confirmer que je peux en appeler un moi-même ? J'ai informé l'ancien propriétaire il y a trois semaines, juste avant la vente de l'appartement. Mme Florent n'avait pas eu le temps de s'en occuper, mais elle m'avait promis de vous tenir au courant.

Merci d'avance,

Noé Masson

C'est la deuxième fois que je le contacte à ce sujet. S'il n'a pas répondu d'ici vendredi, j'appellerai un plombier moi-même. Je sais que les locataires ne sont pas censés prendre ce genre d'initiative sans l'approbation du propriétaire, mais comment pourrais-je l'obtenir s'il ne lit pas ses e-mails ?

En même temps, je n'ai pas envie de le contrarier. Il a acheté l'appartement avec mon bail et il pourrait me mettre dehors à son expiration.

Mais j'ai besoin d'un évier de cuisine, à la fin !

Celui de la salle de bain est si petit que je ne peux pas mettre la cafetière dessous. L'absence d'évier et d'Oscar me rend grognon ce qui pourrait affecter ma performance. Ce qu'il faut éviter absolument. Surtout maintenant que l'équipe est au top de sa forme et que nous sommes prêts pour le Championnat National de

France et la Coupe LEN.

Pour me remonter le moral, je me rappelle qu'Oscar s'amuse et court librement dans le jardin des Derzians. Le veinard. Alors que d'autres chiens - et d'autres humains - subissent la chaleur de Paris, Oscar peut respirer. Il passe tout le mois dans la maison de vacances de mes voisins en Bretagne avec sa copine, Cannelle, la femelle caniche toute douce des Derzians.

Par contre, Oscar ne fait pas dans la dentelle.

Allez savoir quelle mésalliance canine a produit la combinaison de caractéristiques bizarroïdes qui forment mon chien.

En plus, il ne sait faire aucun truc.

En bref, Oscar est un bâtard brun tacheté parfaitement mal dressé - ou si vous préférez, un enfant de l'amour - qui obéit uniquement à mes ordres lorsqu'ils correspondent à ses propres souhaits.

Oh là là, qu'est-ce qu'il me manque.

Lorsque je rentre dans mon appartement, complètement mort après le travail à la pizzeria et le deuxième entraînement, j'ai déjà planifié ma soirée. Une bière, un peu de télé et bonne nuit.

Sauf, qu'il y a quelqu'un dans la cuisine.

Vu que mon propriétaire est aux États-Unis et que personne n'a la clé, ça ne peut être qu'un cambrioleur. Et avec tout le bruit qu'il fait, il ferait mieux de changer de métier.

Je me précipite dans la cuisine.

Oh.

Le cambrioleur nul est une femme.

Elle se retourne et me fixe du regard, son bras droit toujours tendu pour ouvrir le placard où je garde mon argent liquide.

Je me jette sur elle, l'éloigne de ce qu'elle convoite, la retourne et l'appuie contre le mur. Elle n'essaie pas de résister, je l'ai clairement surprise. Je lui saisis les poignets au-dessus de la tête et je me penche contre elle pour la maintenir en place.

Elle marmonne quelque chose et commence à remuer.

—Lâchez moi !

—Hors de question.

Elle se tortille et me donne un coup de pied dans le tibia.

—Reste tranquille jusqu'à ce que je sache quoi faire de toi, dis-je.

Elle tire les bras, pour essayer de se libérer.

Bonne chance, chérie. Tu es contre un type qui passe plusieurs heures par jour à s'entraîner pour améliorer son emprise sur un ballon mouillé. Et dont une seule de ses mains est aussi grande que les deux tiennes ensemble.

Elle essaie ensuite de me repousser.

Ma réponse est de l'appuyer encore plus fort contre le mur.

Ses fesses sont extraordinaires... Normalement, je ne remarquerai pas ce genre de choses quand j'essaie de maîtriser un intrus. Elles sont hautes. Rondes. Fermes. Perchées sur des jambes fines et interminables que j'encercle plus ou moins entre les miennes.

Alors qu'elle se contorsionne et respire fort et que je la maintiens en place, quelque chose d'étrange se produit. Mes paupières deviennent lourdes et ma tête s'approche de ses cheveux châtains cendrés qui rebondissent en boucles tout autour de sa tête, comme un halo doux et chaud.

Leur fragrance délicieuse m'envoûte. Un parfum ? Nan, les parfums ont une odeur différente. C'est peut-être son shampoing ou son après-shampoing ou un autre produit cosmétique que les femmes utilisent pour coiffer leurs cheveux ?

Elle me marche sur le pied, très fort, me ramenant à la réalité.

—Aïe, dis-je d'une voix parfaitement plate pour lui montrer que je ne suis pas impressionné.

—Laissez-moi, espèce d'idiot !

Elle a un léger accent. Peut-être américain ?

— Et pourquoi, je ferais ça ? Je serre mon emprise autour de ses poignets. Pour que tu puisses t'enfuir avec ce que tu as déjà fourré dans ton sac ?

Elle tourne la tête pour me regarder dans les yeux.

—Je ne suis pas une cambrioleuse. Je suis votre propriétaire.

—Mais bien entendu, dis-je en observant son joli profil. Ravi de vous rencontrer, Madame. Je suis Blanche Neige et les Sept Nains.

Est-ce que j'ai dit que ses cils sont magnifiques ?

Ou qu'elle a les lèvres les plus irrésistibles et les plus belles de l'univers, avec la peau la plus parfaite que j'ai jamais vue. Elle est lisse, lumineuse et a la couleur du café avec une bonne dose de lait.

J'ai une illumination.

Cette femme n'est pas réelle.

C'est un fantasme qui a pris vie. Et pas n'importe quel fantasme. C'est *le* fantasme que j'ai depuis la puberté, qui est là devant moi.

Ma main libre tressaille, alors que je résiste à l'envie de toucher son visage.

Qu'est-ce qui m'arrive ?

Ressentir de telles choses pour cette femme n'est pas bien. Pas juste parce que je ne la connais pas ou parce que mon esprit devrait être libre de désirs sans rapport à la conquête de la médaille d'or dans la saison à venir, mais parce qu'Uma va arriver en France dans quelques jours.

J'espère.

—S'il vous plaît, Monsieur Masson, dit-elle. Je peux tout vous expliquer si vous pouviez arrêter de me faire mal.

Je sursaute. Je ne veux vraiment pas lui faire mal, qui qu'elle soit et quoi qu'elle fasse dans mon appartement.

Prudemment, je relâche ses poignets délicats et je me recule un peu, tout en posant solidement les mains sur le mur de chaque côté d'elle.

Soit dit en passant, j'ai une érection.

Évidemment, je ne vois pas comment j'aurais pu faire autrement après une bonne minute appuyé contre des fesses comme ça.

Elle se retourne, en poussant dans le petit espace entre mes bras et ma poitrine et me lance un regard noir.

Je plisse les yeux.

—Alors, je t'écoute. Qui es-tu et que fais-tu dans ma cuisine ?

—Je m'appelle Sophie Bander, ses yeux noirs percent les miens. Et comme je vous l'ai dit, je suis votre nouvelle propriétaire.

Bander.

Si c'est une voleuse, comment connaît-elle le nom ridicule de mon propriétaire ? Serait-il possible qu'elle dise la vérité ?

—Il est vrai que le nouveau propriétaire s'appelle Bander, dis-je. Mais c'est un *Monsieur* Bander.

Elle hoche de la tête.

—Monsieur Ludwig Bander. Je suis sa fille et je suis la propriétaire officielle de cet appartement.

D'aaaaccord.

J'avale ma salive et je fais un pas en arrière.

Elle relève le menton de manière triomphale.

D'abord mes oreilles, puis mon visage entier deviennent rouges de gêne.

Je viens juste de malmener ma nouvelle propriétaire.

—Je suis vraiment désolé pour ce malentendu, dis-je. Pourrions-nous recommencer à zéro ?

Son expression s'adoucit.

—Je vous écoute.

Je hoche la tête en signe de remerciement.

—Bonjour. Je m'appelle Noé Masson. J'habite ici.

—Bonjour, dit-elle. Je m'appelle Sophie Bander. Je suis propriétaire de cet appartement.

—Ravi de faire votre connaissance, Madame.

—C'est moi qui suis ravie.

Nous nous fixons du regard.

Je me creuse le cerveau pour trouver quelque chose à dire.

—Je suis passionné par le water-polo, je lance.

—Vous jouez professionnellement ? Elle me demande avec un sourire poli.

—Oui, je réponds. Sauf que les professionnels de water-polo ne sont pas logés à la même enseigne que les joueurs de foot ou de tennis. La plupart des athlètes ont besoin d'un deuxième job.

—Pourquoi ?

—Les salaires sont bien plus bas.

—Quel est votre deuxième travail ? demande-t-elle en passant la main dans ses cheveux. Je parie que c'est aussi cool que le water-polo.

—Je livre des pizzas.

—Oh !

Un éclair de surprise traverse ses yeux.

—Eh bien, moi aussi j'espère devenir une professionnelle un jour, dans l'immobilier.

—Je suis sûr que vous y arriverez.

Elle observe ses pieds pendant un moment, puis relève les yeux vers moi.

—Monsieur Masson, je crois que je vous dois aussi des excuses.

—Appelez-moi Noé, dis-je.

Elle hoche la tête.

—Entrer chez vous comme ça, n'était pas très professionnel de ma part...J'aurais dû attendre que vous répondiez à l'e-mail de mon père. Ou que vous m'appeliez.

Je fronce les sourcils.

—Je n'ai pas votre numéro... Et de quel e-mail s'agit-il ?

—Mon père vous a écrit pour vous dire que je passerai cet après-midi pour discuter du problème de plomberie. Vous n'avez pas eu sa réponse ?

Je secoue la tête.

Elle émet un soupir.

—Je parie que le message est allé dans votre spam. Pourriez-vous vérifier s'il vous plaît ?

Je sors mon téléphone et j'ouvre le dossier des spams.

En plein milieu de la première page, il y a un e-mail non lu de M. Bander. Il avait donc répondu à mon premier e-mail. C'est juste que son message a été classé avec une demande d'envoi d'un million de dollars du Nigeria et une offre de comprimés pour allonger le pénis en bénéficiant d'une expédition gratuite.

La ligne d'objet de la note de M. Bander manque d'imagination : « De la part de M. Bander. »

Je montre l'e-mail à Sophie.

Elle pointe un doigt élégant et secoue la tête.

—Évidemment, qu'il est allé dans le spam. J'ai averti mon père de ne pas mettre son nom dans la ligne d'objet lorsqu'il envoie des e-mails en France. Il a dû oublier.

—Vous lui avez dit pourquoi ?

Elle me dévisage.

—Non.

Je hoche la tête avec compassion. À sa place, j'aurais eu du mal à expliquer à l'un de mes parents ce que son nom signifie en argot.

—Comment se fait-il que vous parliez si bien le français ? Je demande.

—Ma mère est française.

—Ah, je comprends.

Vu que Sophie est métisse et que le nom de son père a une consonance allemande, je suppose que sa mère est noire, peut-être originaire d'Afrique de l'Ouest ou des Antilles.

— J'ai toujours habité aux États-Unis, dit-elle.

Et ça explique l'accent.

— New York ? je demande.

Je ne sais pas pourquoi, mais j'ai l'impression que c'est une Newyorkaise.

Elle sourit.

—Key West, Floride. Vous y avez déjà été ?

Je secoue la tête. Mes parents m'ont souvent amené aux États-Unis quand j'étais petit. Nous avons visité New York et San Francisco plusieurs fois. Mais je ne me rappelle pas être allé en Floride.

Mon regard se pose sur ses lèvres et y reste.

Elle s'éclaircit la voix.

—Donc, à propos de votre problème d'évier. Je cherchais le robinet d'arrêt d'eau pour l'indiquer au plombier. Vous savez où il se trouve ?

—Vous n'étiez pas loin, dis-je en ouvrant le placard près de celui qu'elle était sur le point d'explorer quand je suis entré.

—Super, merci. J'ai parlé à un plombier, qui peut venir demain à dix heures. Est-ce que ça vous va ?

—C'est parfait. Je peux passer entre mon entraînement et le travail.

—Le numéro de téléphone dans votre bail est-il toujours correct ?

—Oui.

Elle me donne une carte de visite.

—N'hésitez pas à me contacter par mail ou à m'appeler si vous avez besoin d'autre chose. Je suis là pour vous aider.

—Merci, Mme Bander, dis-je. Il n'y avait que ce robinet qui posait problème, tout le reste va parfaitement bien.

Elle se dirige vers l'entrée, puis se retourne.

—Je vous en prie, appelez-moi Sophie.

—D'accord et je m'excuse encore de la mésaventure, dis-je en ouvrant la porte.

—Ravie de vous rencontrer, Noé, dit elle avec un sourire délicieux. Malgré la mésaventure.

—Vous, aussi.

Alors que ses talons claquent dans les escaliers, je me demande comment elle aurait réagi si j'avais répondu à sa question plus honnêtement. J'ai en effet besoin de quelque chose d'autre, quelque chose qu'elle seule pourrait me procurer.

J'ai besoin d'embrasser Sophie Bander.

DEUX

SOPHIE

Son membre dur contre mes fesses, qui marque ma chair de sa forme...

Le parfum au santal de son aftershave qui m'enveloppe...

Son visage à quelques centimètres du mien, son cœur qui bat la chamade et sa respiration rauque...

La sensation de son corps grand et fort appuyé contre le mien - une poitrine large, un ventre plat, ses cuisses musclées...

Je secoue la tête pour éliminer ces images. Les pensées de cette nature ne sont pas seulement inhabituelles pour moi - elles sont simplement inédites. Elles me font totalement flipper.

En plus, elles sont complètement inappropriées au travail.

Je me saisis des documents que Véronique m'a demandé de photocopier et je me dépêche dans le couloir vers les machines qui ronronnent derrière les figuiers artificiels.

Je déteste cette partie de mon travail.

Mais, bon, je suis stagiaire et c'est bien ce que les stagiaires font, non ?

Sauf que, au contraire d'autres stagiaires chez Millennium III j'ai le privilège d'être propriétaire d'un appartement parisien.

La manière dont j'ai convaincu mon père de m'acheter un T2 ici est une saga mouvementée qui mérite au moins trois volumes.

Le premier s'appellerait *L'Impossible*. Dans ce tome, Papa dit des choses telles que : « Il en est hors de question » et « Tu n'as aucune expérience de cette industrie ».

Le titre du Volume Deux serait, *Persévérance acharnée et Harcèlement sans pitié.* Il couvrirait la période de décembre à février de l'an dernier. Papa est contraint d'utiliser des arguments plus techniques, du style : « Les prix de l'immobilier français stagnent depuis 2008 » et « Je ne suis pas convaincu par un investissement à Paris, vu le risque d'une autre attaque terroriste et son effet potentiel sur le marché ».

J'ai dû collecter des statistiques indiquant que l'investissement dans certaines villes françaises - en particulier, Paris - était encore très rentable. Et pour contrecarrer le fait que je ne connaisse pratiquement rien à cette activité, j'ai invoqué ma moyenne générale comme preuve de ma capacité à apprendre vite et bien.

Le troisième et dernier volet de la saga aurait été appelé *L'Impossible devient Réalité.*

Dans ce volume, Sophie Bander trouve l'appartement et Ludwig Bander l'achète à contrecœur. Ils conviennent qu'elle en sera personnellement responsable pendant les six mois de son stage à Paris de juillet à décembre. Ensuite, elle repartira à Key West et Millennium III prendra la suite.

Sophie est extatique.

Ludwig est heureux qu'elle soit heureuse.

Fin de la saga.

La photocopieuse se met à cracher page après page dans le plateau.

Alors que la machine continue son travail, je me dis que j'ai de la chance et pas qu'un peu. Ma responsable est un excellent agent immobilier, qui pense que les stagiaires doivent faire plus que des photocopies ou servir le café au client. Véronique m'implique dans le vrai travail. La semaine dernière, elle m'a amené montrer un appartement à un acheteur potentiel. Lundi, j'ai assisté à une négociation. Il y a deux jours, elle m'a demandé de préparer un bail de location et de dresser un inventaire.

J'ai postulé à ce stage lors de mon dernier semestre à Miami et j'ai reçu l'offre le jour de ma remise de diplôme. Lorsque j'ai annoncé à Papa que j'allais passer six mois à Paris pour travailler dans une vraie agence immobilière, ses sourcils ont presque fusionné avec ses cheveux.

—Puis-je te rappeler, princesse, que *je* possède une société immobilière ici, dans ta propre ville ? avait-il dit, vexé.

—Je sais, Papa.

—Ah bon ? Il avait relevé un sourcil. Est-ce que tu te rappelles aussi que je serais ravi de t'offrir un poste de débutante ?

Je scrutai mes pieds.

—Heu, oui.

—Mais pourquoi, as-tu besoin de passer six mois à trimer pour quelqu'un d'autre à Paris ?

Alors que je cherchais les bons mots, ses yeux s'illuminèrent d'un éclair de compréhension. —C'est ta mère, c'est ça ? Tu veux passer plus de temps avec Catherine.

Son expression s'adoucit en prononçant le nom de Maman et je me demandais si lui aussi n'avait pas envie de passer plus de temps avec Catherine.

Mais je savais bien qu'il était inutile de nourrir de faux espoirs.

Cela fait plusieurs années que j'ai arrêté de me mentir sur le fait que mes parents allaient se réunir un jour.

Mais, Papa avait raison. Me rapprocher de Maman était l'une des raisons principales de mon séjour à Paris. Je ne la vois pas assez souvent. Les vacances d'été et quelques jours à Noël ou Pâques ne suffisent pas.

Lorsque mes parents ont divorcé il y a dix ans, j'ai choisi de rester avec Papa à Key West. Mes amis étaient là. J'adorais mon école. J'adorais le climat, la ville et l'île.

Mais ce choix a eu un prix - naviguer les années d'adolescence sans ma mère à mes côtés. Bien sûr, nous parlions au téléphone, tous les jours. Plus les textos, les e-mails, Skype. Du coup, j'ai communiqué avec Maman beaucoup plus qu'avec Papa au cours des dix dernières années.

Mais toutes ces conversations désincarnées n'ont pas pu remplacer le confort de sa présence physique.

Les soirées magiques me manquent : nous les passions sur le porche à lire. Elle prenait son livre et deux verres givrés de cranberry cooler délicieux. Je me poussais et nous passions quelques heures assises côte à côte, à siroter nos verres et à lire en silence.

Son appartement parisien n'a pas de porche, ni même de balcon. Mais peu importe. Je voulais passer autant de soirées tranquilles avec elle que possible avant de repartir à Key West pour mettre en marche mon projet de vie.

Soit dit en passant, ledit projet est l'autre raison pour laquelle je passe six mois à Paris.

Je veux apprendre les ficelles du métier de Papa. Mais je veux commencer à les apprendre en tant que stagiaire dans une grande agence, où personne ne me connaît et où personne ne me réservera de traitement de faveur. Papa possède l'agence la plus importante des Keys de Floride, mais la plupart de ses employés me connaissent depuis que je suis toute petite et ils m'auraient tous traitée comme une princesse. C'est mignon, mais ça ne m'aide pas.

La deuxième plus grosse agence appartient à notre concurrent principal et ennemi juré, Doug Thompson. Bizarrement, Doug est super gentil avec moi. À chaque fois que je le rencontre à Duval Street ou au Cuban Coffee Queen et qu'il me salue d'un sourire chaleureux et d'un « Comment ça va, Sophie ? », je hoche à peine la tête. Comment puis-je être amie avec un homme qui est en guerre contre Papa ? Ce n'est pas juste de la concurrence, mais c'est une guerre sans merci, ni prisonniers ou cessez-le-feu et où tous les coups sont permis pour la domination des Keys.

Évidemment, il n'était pas question de postuler à un stage chez Doug.

Je mets les contrats scannés dans une grande enveloppe et j'enlève l'agrafe du rapport d'étude sur l'amiante pour le copier.

Alors que je l'insère dans la photocopieuse, les derniers mots que j'ai dit à Papa me reviennent à l'esprit. « Six mois, ce n'est pas grand-chose dans une vie. Je serai de retour très vite. »

Il m'avait regardé avec insistance.

—Tu crois ?

—Bien sûr. Je lui avais fait un énorme câlin.

—Je vais devenir une vraie pro et tu seras fier de moi.

Il avait passé la main dans ses cheveux courts poivre et sel et m'avait souhaité un bon voyage.

Petit pincement au cœur.

J'adore cet homme plus que tout au monde. Quel dommage que son mariage ait pris l'eau !

Depuis que Maman est partie, j'ai passé d'innombrables heures à étudier les polaroids de Papa et elle à Paris, d'avant ma naissance. Sur les photos, il y a une blonde éthérée et un dandy noir costaud, qui posent sur les Champs-Elysées, les Tuileries, devant le Louvre et d'autres monuments de la capitale. Ils se tiennent la main. Parfois, son bras enveloppe ses épaules et elle a le sien autour de sa taille. Sur ma photo préférée, ils se regardent dans les yeux avec tant de passion qu'on a l'impression que rien ne pourrait les troubler.

Je n'ai jamais ressenti ne serait-ce qu'une étincelle de passion pour quiconque, même si j'ai vraiment essayé.

Et c'est tant mieux, ça finit toujours mal de toute façon.

Je me demande pourquoi repenser à ces vieilles photos m'a

rappelé ma rencontre d'hier avec Noé Masson. Clairement, ce type est un régal pour les yeux. Mais à part sa taille et son physique athlétique, mon locataire aux yeux bleus ne ressemble en rien à Papa.

Sans oublier qu'à moins d'être daltonien, personne ne me décrirait en tant que blonde nordique.

Et pourtant... il y a bien quelque chose à propos de Noé qui m'a poussé à examiner son bail pendant une heure pour trouver une erreur qui justifierait une révision. J'ai fini par trouver - *qui cherche trouve* - comme dirait Maman. L'ancienne propriétaire avait loué l'appartement non meublé, alors qu'elle l'avait équipé en intégralité, du lit jusqu'à l'aspirateur. Papa l'a acheté avec tous les meubles et le nouveau bail de Noé indique qu'il s'agit d'un bail meublé. Mais nous avons omis de modifier le préavis de trois à un mois.

Alors que la photocopie reproduit le rapport sur les termites, je sors mon téléphone et je tape un texto.

Bonjour,

Puis-je passer lundi prochain vers 20 h pour discuter d'une modification mineure dans le contrat de bail et pour vous en faire signer une copie ?

Salutations,

Sophie

TROIS

NOÉ

Lucas attend jusqu'à ce que le dernier joueur entre dans le cercle de debriefing avant de commencer ses remontrances.

—Quatre exclusions, les gars. C'est quatre de trop.

Nous faisons du mieux possible pour avoir l'air d'avoir des remords. Mais en réalité, nous savons que l'entraîneur est content du match et fier de nous. Il peut râler tant qu'il veut, il n'arrivera pas à masquer la joie dans ses yeux.

—Jean-Michel, Denis, il va falloir travailler les sprints, mais le reste c'était bien, dit Lucas avant de se tourner vers Zach.

—Toi, c'était très bien.

Zach - notre avant-centre, responsable de deux des exclusions - qui faisait croire qu'il se sentait coupable, affiche un large sourire.

—Les gars, si vous arrivez à rester impliqués, déclare Lucas, vous serez au meilleur niveau juste au moment du championnat national.

—Nous sommes totalement à fond, coach, dit Zach.

—On fera ce qu'il faut, ajoute Denis.

Valentin, Jean-Michel et le reste de l'équipe s'écrient « On est à fond ! » et « Tu peux compter sur nous ! »

—Génial ! dit Lucas en se tournant vers moi. Bien joué pour les arrêts, Noé. C'était parfait. Techniquement, tactiquement, tu as tout bon. Refais-moi la même chose dans le championnat et les jeux de la Coupe LEN et je serai content.

Lucas ne cherche même plus à masquer son allégresse. Et il a raison. L'équipe est au top. C'est la première fois, depuis que Lucas a fondé le club, que nous sommes véritablement prêts à nous battre pour des médailles d'or, au niveau français et européen. Le fait que nous venions juste de remporter un match amical contre l'un des meilleurs clubs du pays, en les détruisant comme s'ils n'étaient qu'une équipe universitaire, n'est pas dû à la chance.

— OK, tous à l'eau ! Lucas siffle. On se dépêche ! Trente minutes de tirs, suivies de trente minutes de crawl polo et de jambes verticales.

Valentin se balance d'un pied sur l'autre.

—C'est l'anniversaire de ma mère aujourd'hui. J'espérais finir à temps pour le repas de famille.

—Tu veux la médaille d'or ou non ? dit Lucas en regardant durement notre défenseur.

—Oui, murmure-t-il.

Lucas pointe son menton vers la piscine.

Résigné, Valentin hoche la tête et saute dans l'eau.

Une fois l'entraînement terminé, l'équipe - moins Valentin - se retrouve au bar le plus proche pour un verre habituel. Zach vient aussi. Il est rarement disponible le soir et j'ai envie de discuter avec lui.

Traitez-moi de groupie, mais ce type est vraiment unique.

Il n'a que quelques années de plus que moi, mais il assure trop. Sur le terrain, il est efficace et généreux. Même si c'est notre joueur en pointe, on peut toujours compter sur Zach pour faire une passe décisive plutôt qu'un tir direct, s'il pense que l'équipe aura plus de chance de marquer de cette manière. En plus d'être notre meilleur buteur et notre capitaine, il gère sa propre entreprise de commerce en ligne et il élève un enfant épileptique. *Seul.*

Peut-être qu'il a trouvé le secret pour maîtriser l'espace-temps.

—Tu as dormi combien de temps la nuit dernière ? Je demande à Zach après que tout le monde se soit installé autour de notre table habituelle et que Lucas ait commandé une tournée.

—Six heures, dit Zach. Pourquoi ?

Je hausse les épaules.

—Je ne vois pas comment tu peux faire tout ce que tu fais et trouver le temps de dormir.

—J'ai de l'aide.

—Dobby, le petit elfe ?

Il émet un petit rire.

—Une nounou. Elle s'occupe de Sam de 8 h 30 à 18 h pour que je puisse m'entraîner et travailler.

—Ah d'accord.

Une ligne apparaît entre ses sourcils.

—Le truc c'est que…je sais que c'est égoïste, mais j'aimerais bien qu'elle n'ait pas ses propres enfants.

—Elle te plaît ?

—Non !

Il éclate de rire avant d'ajouter :

—Elle est mariée et c'est mon employée. Donc, c'est même pas la peine d'y penser. C'est juste que…si Sam avait une nounou qui habitait chez nous, mes matins seraient beaucoup moins stressants. Et je pourrais sortir le soir et peut-être même rencontrer quelqu'un.

—Ça fait combien de temps depuis que tu—

—Depuis longtemps, il m'interrompt avant que je finisse ma phrase.

—Tu devrais contacter une agence de jeunes filles au pair, dis-je.

Zach secoue la tête.

—Mathilde est avec Sam depuis trois ans. Elle est vraiment bien et Sam est très attachée à elle. Donc, à moins qu'elle démissionne et j'espère que non, je ne veux pas employer une personne au pair.

Lucas lève son verre.

—Aux *Nageurs de Paris,* le meilleur club de water-polo en France ! Prouvons-le au reste du pays cette année !

Tout le monde l'acclame et boit une gorgée.

Zach se tourne vers moi.

—Et toi, quoi de neuf ? La dernière fois qu'on a parlé, tu en avais marre que ton frère aîné t'embête et tu espérais que ton ami d'enfance pourrait obtenir un visa.

—Je suis toujours énervé et j'espère toujours, je soupire. Je pensais que Sébastien avait laissé tomber, mais sa femme a pris le relais. C'est elle qui m'écrit des *lettres* maintenant. Tu y crois à ça toi ?

Zach sourit.

—Tu veux dire, des vraies lettres ? Sur du papier ?

—Ouaip. Et elle met des photos avec.

—De quoi ?

—De réunions de famille. De portraits de mes frères et de leurs bébés. Des trucs de ce style.

Zach me lance un regard bizarre, comme s'il voulait me dire quelque chose, mais qu'il n'ose pas. Je lui ai parlé de ma famille tordue il y a plusieurs mois. Il sait que je suis un d'Arcy du Grand-Thouars de Saint-Maurice. Il sait que je préfère utiliser le nom de jeune fille de Maman et pourquoi je ne parle pas à mes frères.

Alors, pourquoi il me regarde comme ça ?

— Tu ne crois pas que... il hésite. Tu ne crois pas que ta famille mérite une deuxième chance ? Tu n'as pas envie de rencontrer ton neveu et ta nièce ?

— Ils sont mignons sur les photos de Diane, mais, non merci. Je ne veux rien avoir à faire avec les d'Arcys.

— Et pour le visa de ton amie ? Zach a bien compris qu'il fallait changer de sujet.

Je lève les yeux au ciel.

—Le consulat français au Népal prend tout son temps.

—Je vois pas comment elle pourrait poser un risque pour la sécurité du pays.

—C'est juste la paperasserie habituelle, dis-je avec geste dédaigneux. Mais ma mère met la pression pour sa protégée, et ma mère n'abandonne jamais tant qu'elle n'a pas eu ce qu'elle voulait.

—Ça explique la détermination de tes frères, dit Zach. C'est de famille.

Même si j'ai du mal à l'admettre, il a raison.

—C'est gentil de la part de ta mère de prendre une jeune femme sous son aile, alors qu'elle n'est pas de sa famille, dit Zach. Elle lui paie tous ses frais, c'est bien ça ?

Je hoche la tête.

—À proprement parler, c'est la Fondation Marguerite Masson, dont elle est la Présidente Générale fondatrice.

—Respect.

—Elle adore Uma, dis-je. Tu vois, ma mère a toujours voulu une fille, mais elle a eu trois garçons à la place.

—Je n'ai jamais rien voulu, dit Zach en levant les yeux au plafond. Mais, merci, mon dieu, de m'avoir donné un garçon. Les filles sont adorables, mais je ne saurais vraiment pas comment m'en occuper.

Je souris.

—Uma est gentille, mais elle a du caractère et elle est très indépendante. Elle veut trouver du travail dès qu'elle arrivera ici pour pouvoir rembourser ma mère.

—Elle a raison.

—Ça ne la dérange pas de faire la plonge dans un restaurant, de faire du ménage, n'importe quoi. Je regarde les petites annonces en ce moment.

—Je ferais pareil, dit Zach en jetant un coup d'œil à sa montre. Je dois y aller. Mathilde m'a donné deux heures de plus, mais je vais être en retard.

Il salue les joueurs par un fist-bump, serre la main à Lucas et se dirige vers la porte.

Le reste de l'équipe reste une heure de plus. Nous faisons des suppositions sur le club contre lequel nous jouerons au premier tour des nationales. Nous discutons aussi des forces et des faiblesses des meilleurs clubs et de leurs joueurs.

Hormis Lucas, je suis le spécialiste des techniques de tir préférées des attaquants, parce que je passe plusieurs heures par semaine à les étudier sur vidéo.

Quand on est gardien, on n'a pas le choix.

Mais dès que je sors du bar, mes neurones convergent vers un autre problème et ma seule pensée en rentrant chez moi, est concentrée sur le texto de Sophie. Ma nouvelle propriétaire a trouvé une erreur dans le contrat de location. Elle veut en discuter et signer un nouveau contrat. Est-ce un prétexte pour augmenter le loyer ? Ou pour se débarrasser de moi pour pouvoir occuper l'appartement elle-même ?

Mon instinct me dit que quelque chose se cache derrière cette soudaine nécessité de corriger une faute d'orthographe dans le bail. Et je verrai demain si j'ai raison.

Ce qui est bizarre, c'est que je suis impatient de la voir, alors que je devrais être inquiet. En fait, « impatient » est un euphémisme. Je suis ravi. Il y a une idée de dingue qui s'est formée dans la partie la plus primitive de mon cerveau. J'ai essayé de l'ignorer et de me dire que je me berce d'illusions, mais je n'y arrive pas du tout.

Et si la femme la plus sexy qui ait jamais marché sur la terre avait inventé une erreur dans le contrat afin de me revoir ?

Et si je n'étais pas le seul à avoir perdu la tête après notre bref contact physique de l'autre jour ? Et si Sophie partageait ce sentiment et ressentait un truc pour moi depuis ?

C'est ridicule. Je sais.

Et pourtant je doute de pouvoir dormir cette nuit.

QUATRE

SOPHIE

J'appuie sur la sonnerie.

Ma blouse blanche est boutonnée jusqu'en haut et rentrée dans ma jupe droite grise. Ma nouvelle coupe est beaucoup plus sobre que l'afro que j'avais avant. Ce matin, j'ai passé deux heures chez le coiffeur pour discipliner mes boucles en carré tressé élégant.

Jusqu'à quelques instants auparavant, je portais aussi de fausses lunettes à monture carrée épaisse. Selon Sue, ma meilleure amie, elles me transforment de stagiaire de vingt-quatre ans en bourgeoise de vingt-cinq ans. Mais je les ai enlevées pour les mettre dans mon attaché-case. *Oui, un attaché-case !*

Je ne sais pas trop pourquoi j'ai fait ça.

—Vos cheveux sont différents, dit Noé après mon entrée et nous nous saluons poliment.

Oh, zut. Ça ne lui plaît pas. *Même si je m'en fiche, évidemment.*

—C'est beau, approuve-t-il en hochant la tête. C'est votre coupe habituelle ?

—Un effort spécial pour ma mère, dis-je. Elle adore les petites tresses.

C'est vrai - Maman adore le look « chic sans efforts » que ce style me donne.

Ce que j'ai omis de dire, c'est que la dernière fois que j'ai eu la patience de me faire la coupe préférée de Maman, c'était il y a trois ans. Et maintenant, ce matin.

—Est-ce que c'est aussi comme ça que ses cheveux sont coiffés ? demande Noé.

—Ma mère ? Je m'esclaffe. Elle adorerait, mais les cheveux de blanche s'abîment trop en nattes afros.

Il me regarde d'un air déconcerté.

—J'ai supposé que votre mère était noire.

Je cligne des yeux.

—Pourquoi ?

—Parce que... Il fait une grimace comme pour dire, *À l'aide*.

Je fronce et relève les sourcils. Je n'ai aucune idée de ce qui lui pose problème.

—Parce que..., il essaie à nouveau.

Je l'encourage en hochant de la tête.

—Ouiiii ?

Il m'envoie un petit sourire timide qui pourrait ranimer un cadavre.

—Parce que votre père s'appelle Ludwig Bander ?

Je rigole.

—Vous n'êtes pas le seul à présumer qu'il est blanc.

—Ce n'est pas le cas ?

—Non. Mais il y a une explication.

—Je vous écoute.

—Quand Papa est né, mon grand-père voulait lui donner le nom d'un roi. Alors, il a cherché tous les rois qui sont nés le vingt-cinq août.

—Et il a trouvé un Ludwig ?

—Exactement. Le Roi Ludwig de Bavière, né le vingt-cinq août dix-huit cent quelque chose.

Il penche la tête.

—Votre père vous a-t-il nommé Sophie d'après une reine née le même jour que vous ?

— Pas mal, je fais une fausse courbette. Princesse Sophie. En tout cas, c'est comme ça qu'il m'appelle.

— Était-ce le seul nom disponible pour votre anniversaire ? Demande-t-il. Mais je n'ai rien contre Sophie. C'est un très joli nom.

—L'autre option était Marie-Antoinette, mais Maman a dit « Tu devras me passer sur le corps. »

Il me fait un clin d'œil.

—Elle aurait dû dire, « Tu devras me passer sur le corps *guillotiné* », vu la fin malheureuse de notre dernière reine.

Je rigole, mais je me force à arrêter, en me rappelant que je suis là pour des raisons professionnelles, en ma qualité de propriétaire.

Il est temps que j'agisse comme il se doit.

—Comment va votre évier ? Je demande.

—Il est comme neuf. Merci beaucoup de votre aide !

—C'est mon travail.

Pendant un bref instant, nous nous fixons du regard et l'air s'épaissit de quelque chose de non-dit et de totalement inapproprié.

—Puis-je vous offrir quelque chose à boire ? demande Noé, en posant son regard sur ses mains.

—J'aimerais bien un verre d'eau.

Il va à grands pas dans la cuisine et remplit deux verres d'eau. Puis, nous nous asseyons à la table et j'explique la modification dans son contrat.

Les yeux bleus-gris de Noé s'accrochent à ma bouche pendant tout ce temps.

—Du coup, est-ce que vous êtes d'accord avec les nouvelles conditions ? Je demande quand j'ai fini.

Il me regarde bizarrement.

—Avez-vous l'intention de reprendre l'appartement ?

—Non.

—Parce que si c'est le cas, il ajoute, dites-le-moi pour que je puisse chercher un nouvel endroit.

—Je n'ai pas d'objectif caché, je vous assure.

J'espère qu'il voit que je dis la vérité.

Noé me fixe comme pour évaluer ma sincérité, puis il hoche la tête.

—D'accord.

—D'accord ?

—Oui, je vous crois. Il prend le stylo que j'avais posé sur la table. Où dois-je signer ?

Je pointe sur la dernière page.

—Ici, s'il vous plaît, sur les deux copies.

Trente secondes plus tard, je déchire l'ancien contrat et glisse l'une des nouvelles copies vers Noé.

—Pour vous.

—Merci.

Je mets ma propre copie dans l'attaché-case.

Nous avons terminé. J'ai fini ce que j'avais à faire ici et je peux rentrer chez moi.

Je *devrais* rentrer chez moi.

—Un peu plus d'eau ? me demande-t-il, en montrant mon verre vide.

—Ça va, merci.

Les conventions sociales et le bon sens indiquent que je devrais partir maintenant. Et c'est exactement ce que je vais faire. Bientôt.

Dès qu'il arrêtera de me regarder comme ça.

À tout moment maintenant...

—M. Bander vous a-t-il acheté un deuxième appartement à Paris ou vous louez ? demande-t-il sans me quitter des yeux.

—Je loue.

—Dans cet arrondissement ?

—Dans le 18è.

—Vous aimez ce quartier ?

—L'endroit où je vis, oui. Beaucoup. Vous connaissez la rue des Batignolles ?

—Oui.

—C'est très joli. Je suis à côté de là où ma mère habite, pas loin du travail et je peux aller à pied à Montmartre.

—On dirait l'endroit parfait, dit-il. J'ai aussi habité dans le 18e quand je suis arrivé à Paris.

Je laisse échapper un juron de frustration.

—Moi qui croyait avoir l'oreille pour les accents français ! J'étais sûre que vous étiez Parisien.

—Vous *avez* une bonne oreille, dit-il. J'ai passé les huit premières années de ma vie entre Paris et la Bourgogne. Ensuite, ma mère et moi sommes partis vivre au Népal.

—Au Népal, c'est-à-dire le pays dans l'Himalaya ?

—Oui, il sourit. Ce pays-là.

—Waouh, je m'exclame. Ça a dû être difficile de vivre si loin de chez vous ?

—Ça ne m'a pas dérangé, une fois que je me suis habitué à ne plus être avec mes fr… Il s'interrompt et son expression se durcit. À ne plus être en France.

—Vous étiez dans la capitale ?

Son visage se détend et il me lance un autre sourire.

Ce sourire va me tuer.

—La capitale du Népal s'appelle Katmandu, dit Noé. Et en effet, c'est là que nous avons passé le plus de temps. Ma mère et moi vivions beaucoup plus confortablement que la très grande majorité des gens qu'elle aidait.

—Elle était bénévole pour un organisme caritatif ?

—Elle l'est toujours.

—Vous devez être très fier d'elle.

—Je le suis.

Un autre silence s'installe, pendant lequel nous nous dévisageons sans prononcer un mot. Oubliant les bonnes manières, je laisse mon regard errer sur son cou puissant, sa mâchoire forte et sa bouche ciselée, avant d'arriver à ses yeux, de la couleur de l'océan un jour de pluie.

Nos regards se croisent.

Mon cœur s'emballe - plus fort, plus vite - jusqu'à ce que j'aie l'impression qu'il y a un compte à rebours dans ma poitrine.

Qu'est-ce qu'il m'arrive ?

Allez, Sophie, tu es assez intelligente et assez grande pour le savoir.

Ça s'appelle l'attirance sexuelle.

Quelque chose dont je n'ai jamais fait l'expérience auparavant. Quelque chose qui me semblait hors de portée. Ce qui ne me dérangeait pas, parce que - soyons honnête - le désir a-t-il jamais apporté quelque chose de bien à quiconque ?

La débauche a foudroyé des carrières brillantes. La luxure a poussé les personnes à prendre des décisions irrationnelles. La passion a mis en l'air de si nombreuses vies parfaitement heureuses et réussies… et pour quoi ? Un moment de satisfaction ?

En fin de compte, mon incapacité à être sexuellement excitée n'est pas un défaut.

C'est une bénédiction.

—Je dois y aller, dis-je en me levant. Je dois aller faire des courses avant la fermeture des magasins.

Noé se lève aussi.

—Vous cherchez quelque chose de particulier ?

—Des chaises pliantes. J'aimerais acheter deux chaises pliantes pas chères pour mon studio et un poster coloré pour lui donner un peu de caractère.

—Vous savez où trouver ces choses-là ?

Je fais oui de la tête.

—BHV.

—C'est cher à BHV.

—Comme tout à Paris.

—Mais pas à l'extérieur. Il me sourit mystérieusement. Vous êtes déjà allée aux Puces de Saint-Ouen ?

—Qu'est-ce que c'est ?

—Un énorme marché aux puces au nord de Paris, à côté de la Porte de Clignancourt. Si vous voulez trouver des objets avec du caractère, c'est là qu'il faut aller.

—J'aurais besoin d'une voiture et je ne peux pas conduire à Paris. Ma mère non plus.

—Deux chaises pliantes et un poster, hein ? C'est tout ce dont vous avez besoin ?

Je hoche la tête.

—Vous voulez un grand poster ?

—Non.

—Alors, j'ai une solution.

Je lève les sourcils.

—Mon scooter, dit-il.

—C'est gentil de votre part, mais je n'oserais pas conduire à Paris, je suis vraiment trop froussarde pour…

—Ce n'est pas ce que je voulais dire. Je vous amènerais aux Puces.

Ma mâchoire se déboîte.

—Vous n'êtes pas sérieux.

—Pourquoi pas ?

—Vous n'avez pas assez à faire avec votre vie et vos obligations ?

—Ça ne me dérange pas du tout. Son sourire s'éclaircit. Ça fait un moment que je veux y aller de toute façon. Un ami m'a parlé d'un bistro, Chez Louisette, où on peut manger des lentilles trop cuites, boire de la bière de merde et écouter des reprises horribles d'Edith Piaf.

Mes lèvres se retroussent.

—Votre description donne trop envie.

—Faites-moi confiance, c'est très marrant. En plus, c'est le moment idéal pour visiter les Puces de Saint-Ouen.

—Pourquoi ?

—Je suis coincé à Paris entre deux saisons de water-polo et je n'ai rien de mieux à faire dimanche prochain.

J'hésite.

—Écoutez, dit-il. Si ça peut vous décider, c'est dans mon intérêt de vous amener à Saint-Ouen ?

—Peut-être... Dites-moi.

—Je considère ceci comme une opportunité unique de m'attirer les bonnes grâces de ma nouvelle propriétaire. Qui sait, je n'aurais peut-être jamais d'autre occasion.

J'admets ma défaite en levant les deux mains.

—D'accord, vous m'avez convaincue. À quelle heure ?

—Neuf-heures et demie. Je viendrai vous chercher si vous me textez votre adresse.

—Je vous la texte maintenant.

Je cherche mon téléphone dans l'attaché-case et quelques secondes plus tard, le téléphone de Noé bipe avec mon message.

Ce n'est pas très prudent, Sophie, la voix de la raison murmure dans ma tête.

Comme si je ne le savais pas ? Je réponds intérieurement.

Une sortie du dimanche avec un nouveau locataire sexy est sans doute très mal avisée.

Mais, franchement, je suis super impatiente.

CINQ

NOÉ

Maman m'envoie un appel vidéo sur Skype pendant le petit-déjeuner.

J'éteins la radio, je relève la tablette et je réponds à l'appel.

—Bonjour, mon chéri, me dit Maman.

Ses cheveux, sa tenue et son maquillage sont aussi impeccables que d'habitude.

—Salut, Maman.

—Tu m'as manqué.

—Tu me manques, aussi, Maman.

—Mon petit garçon adoré. Elle me lance un sourire teinté de nostalgie. Si beau et si grand maintenant.

Je m'éclaircis la gorge.

—Tu ne devrais pas être au bureau maintenant, en train de dire aux gens ce qu'ils doivent faire ?

Elle soupire.

—Je devrais y être, mais…j'ai pris ma journée.

—Ça ne va pas ? Tu as une migraine ?

—Oui. Elle se frotte la tempe gauche. La dernière nouvelle d'Uma l'a déclenchée.

Mon cœur s'emballe.

—Il lui est arrivé quelque chose ? Elle va bien ?

—Elle va bien, dit Maman en me regardant bizarrement. Mais elle doit partir d'ici très vite. Plus vite que nous pensions.

Je me recule dans ma chaise, en attendant plus de détails.

—Hier soir, M. Darji lui a annoncé pendant le repas que quelqu'un lui avait parlé d'elle et il prévoit qu'elle sera mariée d'ici octobre.

—Quoi ?

Elle se masse le front.

—Je savais que ça allait arriver. La dernière fois que je suis allée les voir, Mme Darji a dit qu'il était temps qu'Uma se marie, mais j'espérais que ce n'était qu'une observation générale.

Uma a vingt-trois ans, alors selon les standards népalais, elle a presque dépassé la limite.

—Et ses projets ? Je croyais que les Darjis étaient fiers de son talent et qu'elle allait à Paris pour apprendre la broderie de haute-couture.

—Ils l'étaient, dit Maman. Mais maintenant, tout d'un coup, ils ne le sont plus. J'ai eu une conversation très désagréable avec M. Darji après l'appel d'Uma plus tôt dans la soirée. Elle était au bord de la crise de nerfs, la pauvre.

—Qu'est-ce que M. Darji a dit ?

—Que l'homme qui est intéressé par Uma est un brahmane.

—Merde.

Maman fait un sourire narquois.

—Pas du point de vue de M. Darji. Pour lui, c'est la chance d'une vie et un grand honneur. Tu aurais dû l'entendre vanter le mariage. Comment raisonner avec quelqu'un qui est fou de joie ?

Je ne peux pas dire que ça me surprend. Les brahmanes sont la caste la plus aristocratique de la société hindoue, et les Darjis appartiennent aux Dalits ; l'une des castes les plus basses et les plus pauvres. M. et Mme Darji aiment leurs enfants, mais ils ne croient pas à l'émancipation féminine. Plutôt, ils ont laissé Maman encourager les rêves de leur fille parce qu'ils pensent qu'Uma, qui est belle et éduquée, est trop bien pour les marchands de rue et les ouvriers manuels de leur propre caste.

Et maintenant un brahmane fait son apparition.

Ça ne m'étonne pas qu'il soit fou de joie.

Je soupire bruyamment.

—Et Uma, elle veut se marier avec cet homme ?

—Absolument pas ! Les yeux de Maman s'écarquillent d'indignation. Elle rêve de Paris, de l'École Lesage et... Elle me regarde à nouveau bizarrement.

—Quoi ? Je l'incite à continuer.

— Elle est amoureuse de toi, dit Maman.

Cela fait maintenant des mois, qu'il y a eu des sous-entendus et des allusions, mais c'est la première fois que Maman le dit clairement.

Je penche la tête sur le côté.

—Oh, arrête. Nous sommes amis depuis des années. Je le saurais.

—Non, tu ne le saurais pas. Les hommes sont terribles lorsqu'il s'agit de ces choses-là.

—Qu'est-ce que tu veux dire, Maman ?

—Rien. Je suspecte juste depuis un moment que ma charmante protégée est éprise de mon adorable garçon.

Elle hésite avant d'ajouter :

—Je serais aussi heureuse que M. Darji, si ces sentiments étaient mutuels.

Ne sachant plus quoi dire, je cligne des yeux et la fixe du regard.

Cette conversation commence à ressembler à la situation que je déteste au water-polo où je suis du mauvais côté de la cage des buts et que le meilleur marqueur adverse se trouve à la ligne des deux mètres et qu'il n'y a pas un seul défenseur pour m'aider.

Heureusement, je ne suis pas dans la piscine à cet instant. Je peux esquiver la balle.

—Est-ce que tu peux accélérer son visa ? Je demande. Et Uma est-elle prête à défier les souhaits de son père ?

—Pour répondre à ta première question, oui, c'est possible. Tu te rappelles, M. Strausse du consulat ?

—Pas vraiment.

—Eh bien, je vais lui demander un service. Elle serre les dents. Uma aura son visa la semaine prochaine.

—Mais M. Darji sera-t-il d'accord ?

Elle étudie ses mains.

—Uma espère qu'à nous deux, nous pourrons persuader Mme Darji et qu'à trois, nous parviendrons à le faire changer d'avis.

—Mais, tu n'y crois pas, n'est-ce pas ?

Elle me lance un regard suppliant. Je connais bien ce regard. C'était le même que lorsque je demandais plus de détails à propos de mon père et de mes frères. Surtout Sébastien.

Maman m'a dit une fois, il y a cinq ou six ans, que cela lui faisait trop mal d'en parler. N'avais-je pas déjà connaissance de tous les faits ? Est-ce que je ne *savais* pas ce que mon père lui avait fait et la manière dont mes frères aînés s'étaient alignés avec lui pour ne pas être déshérités ? Est-ce que cela ne *suffisait* pas ?

Elle avait raison, bien sûr. Ça devrait suffire. Je veux dire, *c'est* suffisant.

Alors que je suis sur le point de dire au revoir, Maman plisse les lèvres et son regard durcit.

—Non, je ne pense pas que nous puissions convaincre M. Darji. Je ne pense même pas que nous arrivions à convaincre sa femme. Ils considèrent cette demande en mariage comme un don des dieux.

—Alors que va faire Uma ?

—Pourquoi ne l'appelles-tu pas pour lui poser la question?

—Je vais le faire.

Elle hoche la tête et quelques minutes plus tard, nous raccrochons.

Je finis mon petit-déjeuner avec beaucoup moins d'appétit qu'avant l'appel de Maman.

Lorsque j'arrive à la piscine, je ne suis pas le seul avec des mauvaises nouvelles aujourd'hui. En tout cas, c'est l'impression que le visage de Zach donne, alors qu'il saute dans l'eau quinze minutes après le début de l'entraînement.

Zach n'est *jamais* en retard.

—Ça va ? Je lui demande lorsque Lucas nous laisse nous reposer quelques minutes entre les exercices de jambes et de tirs.

Il fait oui de la tête.

—Ça va. C'est...je t'expliquerai plus tard.

Lucas siffle et Zach rate son premier essai alors qu'il est en position parfaire. Il marmonne un juron avant de reprendre la balle et de la lancer le plus fort possible. Je saute hors de l'eau et la bloque. Son tir suivant va être un lob. Mauvaise nouvelle pour moi, parce que Zach est l'un des rares joueurs qui est capable de le réussir.

Il tire et la balle finit dans les filets.

À la fin de la séance, il a complètement récupéré son contrôle légendaire et le visage de l'entraîneur se relaxe visiblement en conséquence. Normal. Notre capitaine n'est pas que le meilleur buteur du club. Il est sûrement le meilleur tireur en France et l'un des meilleurs en Europe. Alors que mon surnom est « Le Roc » grâce à mes talents de bloqueur, nous appelons Zach, « La Bombe », car ce type est une arme de destruction massive.

— C'est Sam ? Je lui demande dans le vestiaire. Il est malade ?

Il secoue la tête.

—Sam va bien. C'est sa nounou.

Je lève les sourcils.

—Mathilde, la Parfaite ?

—Mathilde la Parfaite réduit ses heures de moitié à partir de lundi, dit Zach en soupirant. Je vais devoir rater l'entraînement de l'après-midi et peut-être rater la saison. Je suis super stressé.

—Elle n'aurait pas dû te donner un plus long préavis ? Je noue les lacets de mes tennis. Un de ses enfants ne va pas bien ?

Il se passe la main dans les cheveux.

—Son fils aîné traîne avec les pires racailles de l'école. Il a presque été expulsé la semaine dernière pour quelque chose qui l'a tellement bouleversé, qu'elle ne veut pas en parler. Le gosse n'a que treize ans.

—Merde.

—Elle réduit ses heures pour pouvoir passer plus de temps avec ses enfants.

—Elle peut se le permettre ?

—Malheureusement pour moi, dit Zach avec une grimace, oui. Son mari est vigile dans un centre commercial et il est sur le point d'avoir une promotion, alors ils vont se débrouiller.

—Hé, c'est l'occasion de trouver une jeune fille au pair, comme on en avait parlé !

—Ton amie, Uma, dit Zach. Elle a eu son visa ?

—Pas encore, mais elle l'aura dans quelques jours.

—Tu disais qu'elle cherchait un mi-temps dès qu'elle arriverait, non ?

—Oh, je vois où tu veux en venir. Je souris largement. Oui, en effet.

—Mathilde gardera les matins, donc je cherche une fille au pair pour s'occuper de Sam l'après-midi.

—Uma ira à ses cours de broderie à l'École Lesage le matin et elle sera libre l'après-midi, dis-je. C'est parfait.

—Tu crois qu'elle pourrait rester aussi le soir de temps en temps, pour que je puisse sortir et « profiter de la vie », comme tu disais ?

—J'en suis sûr. Uma ne te laissera pas tomber, dis-je. Elle est géniale avec les enfants.

—Elle parle français ? Sam aurait du mal en népalais et son anglais est très limité.

—Elle parle français couramment. Elle est allée au même Lycée Français que moi, grâce à la Fondation de ma mère.

Zach pousse un soupir de soulagement.

—Alors, tu crois qu'elle serait intéressée ?

—Je lui demanderai aujourd'hui, mais je suis certain qu'elle va être ravie.

—Dis-lui qu'elle aura une grande chambre ensoleillée, entre la chambre de Sam et la salle de bain des invités. Nous signerons un contrat standard et je lui paierai les heures supp en liquide.

Je hoche la tête.

—Nous dirons à ses parents qu'elle travaillera pour une famille, d'accord ? Si des Népalais appellent chez toi, tu es *marié*.

— Pas de problème, dit Zach en souriant. Je comprends tout à fait que ça rassurera ses parents. S'il le faut, je peux demander à Colette de faire semblant et de leur parler sur Skype quand elle passe voir Sam

—Ça ne la dérangera pas ?

Zach a maintenu une bonne relation avec son ex dans l'intérêt de Sam, mais je doute que ce soit quelqu'un de très gentil.

—Elle le fera, dit Zach.

—Cool.

Il me lance un regard méfiant.

—Il y a quelque chose entre toi et Uma ?

Je ne m'attendais tellement pas à la question que j'en perds ma langue.

—Je ne veux pas être indiscret, ajoute Zach rapidement. Et tu peux me dire que ce ne sont pas mes oignons. C'est juste que...si je vais être son futur employeur et vu que tu es mon ami, j'aimerais savoir si elle est *plus* qu'une amie pour toi ou si elle *était* plus qu'une amie. Pour éviter les gaffes.

—Tu as raison de poser la question, dis-je. Nous n'avons jamais eu de relation amoureuse. Mais on était proches en grandissant. Elle est géniale.

Zach penche la tête.

—Est-ce que c'est une manière indirecte de dire que tu aimerais avoir une relation amoureuse avec elle ?

Je pense à ce que Maman m'a dit. Uma est amoureuse de moi. Est-ce qu'elle pourrait avoir raison ? Et moi ? Est-ce que je voudrais qu'Uma soit plus qu'une amie ?

—Relax, dit Zach en me tapotant l'épaule. Je suis son potentiel employeur, pas son grand frère.

Je saisis mon sac de sports et je me lève.

—Si je cherchais une relation, je suppose qu'Uma serait parfaite. En tout cas, ma mère approuverait.

—Bravo, mon pote, dit Zach en souriant. Tu ne sors pas encore avec elle, mais tu as déjà l'approbation de ta mère. Il se lève et met son sac à dos sur son épaule. Pour ce que j'en pense, tu as la mienne, aussi.

—Merci. Je contorsionne mon visage en un sourire crispé. Mais pour l'instant, je ne cherche pas à avoir une copine. Je veux me concentrer sur le championnat.

Et c'est pour ça que je ferais mieux d'ignorer l'attirance que je ressens pour Sophie.

Proposer de l'amener au marché aux puces dimanche fait preuve d'un manque de jugement déplorable. Mais c'est trop tard pour annuler. Ça va bien se passer. Je ferai mon devoir en tant que bon locataire, en m'assurant de rester amical et professionnel à tout moment. Et après lui avoir dit au revoir, il est probable que je ne la reverrai jamais.

—Oui, absolument, dit Zach. Je veux me concentrer sur les jeux aussi. Mais je suis impatient d'avoir une jeune fille au pair à la maison, pour pouvoir sortir avec quelqu'un à nouveau.

Je lui lance un sourire de compassion.

—Enfin, ajoute Zach, si j'arrive à comprendre les nouvelles

règles des relations amoureuses et me rappeler comment demander un rencard à une femme.

C'est à mon tour de lui tapoter l'épaule.

—Ne t'inquiète pas, mon pote. Je connais une célibataire super canon qui pourrait être exactement ce dont tu as besoin.

Au moment où ces mots sortent de ma bouche, je souhaite plus que tout pouvoir revenir en arrière. Une jalousie que je n'ai jamais ressentie pour quiconque auparavant s'agite au plus profond de moi. J'ai l'impression d'être un personnage du film *Alien*, qui découvre qu'une horrible créature a grandi et éclos silencieusement dans son ventre.

La bête se débat de douleur et de colère, rugissant,

—Sophie est à moi !

C'est quoi ce bordel ?

—Ça serait génial ! Zach se tourne vers moi, les yeux brillants. Tu crois que tu pourrais organiser une rencontre fortuite ?

—Pas de problème. Je force un sourire, alors que l'alien hurle si fort que j'ai du mal à m'entendre parler.

SIX

SOPHIE

—Montez, dit Noé, en me donnant un casque et en désignant du menton l'espace derrière lui.

La seule chose que son scooter a en commun avec les deux-roues élégants prisés des Parisiens est sa forme générale et le fait qu'il a un moteur.

—Vous avez trouvé ce... *truc* aux Puces ? Je demande en grimpant derrière lui.

—Ne vous inquiétez pas, dit-il. Il est en meilleur état qu'il n'en a l'air.

Une fois que j'ai ajusté le casque, je mets mes bras autour de sa taille et nous partons dans le tumulte et les gaz d'échappement.

Lorsque nous arrivons sur le Périph, je suis une loque.

Je savais que le trajet serait difficile à cause du bruit, de la circulation et de la pollution. D'ailleurs, j'avais anticipé les douleurs musculaires dans le cou et les épaules, parce j'allais passer tout le trajet tendue, effrayée à l'idée de nous faire renverser par un camion ou de nous envoler de notre destrier de fer dans un virage serré.

Mais, en réalité, c'est une toute autre peur qui me terrasse.

Alors que nous slalomons entre les voitures, les bus et les motos, je m'inquiète que Noé entende les battements affolés de mon cœur dans ma poitrine. Il pourrait mal les interpréter ? Peut-être va-t-il croire que je serre ses hanches entre mes cuisses, *pas* parce que j'ai peur pour ma vie, mais parce que j'aime ce contact ? Oh, la honte ! Il pourrait s'imaginer que le frottement constant entre lesdites cuisses et hanches m'excite.

Ce n'est pas le cas.

Et s'il supposait que la raison pour laquelle je m'accroche fort à lui, les seins écrasés contre son dos et la joue appuyée contre sa nuque, n'est pas pour augmenter mes chances de survie, mais parce que j'ai envie de lui ?

Ce n'est pas le cas.

Personne n'a cet effet sur moi.

Ce que je ressens c'est de l'adrénaline, pas du désir. Impossible que ce soit du désir. Le désir c'est pas mon style. Je ne l'ai jamais ressenti avant et je ne vais pas commencer maintenant. En plus, vue la manière dont j'envisage le futur, je n'en ai pas besoin.

Environ vingt minutes plus tard, Noé sort du Périph et gare le scooter devant une rangée d'étals de bric-à-brac.

—Et voilà, annonce-t-il en enlevant son casque. Bienvenue aux Puces de Saint-Ouen !

Je lui donne mon casque et je regarde autour de moi.

—Où est l'entrée ?

—Ici, dit-il en pointant le doigt vers le groupe de vendeurs dépenaillés, qui proposent des montres et des sacs à main de contrefaçon à même le sol.

—Est-ce qu'il y une porte magique qui va s'ouvrir si nous passons au milieu de ces gens ?

Il rit dans sa barbe, en mettant nos casques dans la sacoche.

—Je suggère de les contourner. Il y aura deux ou trois jolis portails à l'intérieur du marché.

—Promis ?

—Juré.

—Alors, d'accord.

—On y va ? Il fait un signe vers les étals. Nous avons beaucoup de choses à voir.

Je hoche la tête et le suis.

Pendant l'heure qui suit, nous déambulons entre les stands présentant de vieux timbres, des gadgets de cuisine, des bijoux fantaisie, des disques et toutes sortes de bibelots. Le temps a été aussi doux pour certains de ces objets que pour Jane Fonda. D'autres ont moins bien vieilli.

Je m'arrête devant une petite boutique qui vend des robes de mariée vintage.

Oh là là, qu'est-ce qu'elles sont belles.

Je ne parle pas des horreurs des années 80 avec les énormes manches et les jupes en nylon, dont le blanc a viré au gris. Celles que je regarde bêtement sont les beiges en soie et dentelle grèges.

Le jour où j'épouserai l'homme des rêves de Papa, je porterai une robe comme ça.

Lorsque nous passons devant un étal avec des dizaines de têtes de poupée, rangées par taille et couleur, je grimace et jette un œil à Noé.

Il hausse les épaules.

—Chacun ses goûts.

—Continuons, dis-je. Elles me donnent la chair de poule.

—Saviez-vous que c'est le plus grand marché aux puces du monde et le plus vieux ? demande Noé, alors que nous continuons à flâner.

—C'est vrai ?

—Il a été fondé dans les années 1880 par des chiffonniers qu'on appelait des *biffins*.

Je tords les lèvres.

—Quelqu'un a pris le temps de faire des recherches.

—Je fais juste mon travail de guide pour la journée.

Une autre heure passe où nous explorons l'artère principale des Puces, appelée rue des Rosiers et les allées qui en bifurquent et je trouve ce que je cherchais. En fait, c'est Noé qui voit l'étal vendant des posters vintages encadrés. Je choisis une affiche rouge et blanche adorable, d'un film des années 50, intitulé *Mon Oncle*.

Quelques étals plus loin dans la rue des Rosiers, nous tombons sur un magasin de meubles avec des chaises pliantes. Elles sont en bon état et pas chères.

—Parfait, dit Noé, en les mettant sous son bras. Je pense que c'est l'heure d'un déjeuner musical bien mérité Chez Louisette.

—Vous n'achetez rien ?

—J'espérais trouver un jouet pour Oscar, dit-il. Mais, je n'ai rien vu.

—Qui est Oscar ?

—Mon chien.

—Vous voulez dire, votre chien *imaginaire* ? Je croise les bras sur la poitrine. Je suis venue chez vous deux fois et je n'ai pas remarqué d'animaux.

Ses lèvres se relèvent sur ses dents blanches.

—Ça me flatte que vous me voyiez comme quelqu'un qui aurait un chien imaginaire. Mais Oscar existe.

Je relève un sourcil.

—Il est en vacances en Bretagne.

Mon second sourcil monte aussi.

—Avec mes voisins, ajoute Noé.

—Bien entendu. J'adopte une expression polie. Vous a-t-il envoyé une carte postale ? Est-ce qu'il s'amuse bien ?

—La dernière fois que je l'ai eu au téléphone, il avait l'air vraiment content, répond Noé, sans se démonter.

—Vous m'en voyez ravie. Et à part ça, comment s'occupe-t-il ? Il a fait du tourisme ?

Noé sourit.

—Je ne plaisantais pas, vous savez. Oscar utilise différents sons pour exprimer ses émotions et ses besoins et j'ai appris à décoder les bases.

—Alors vous parlez le chien.

—Je le comprends.

—Donnez-moi un exemple.

—D'accord. Il se gratte la nuque. Voyons. Il utilise un grognement de frustration unique pour dire, *Mon jouet est coincé sous le canapé et mes pattes sont trop courtes pour l'attraper.*

C'est à mon tour de sourire.

—Mais encore.

—Des gémissements aigus signifient *Je dois faire pipi.*

—Un autre ?

—Quand il ronronne, cela veut dire en gros *J'aime ce que tu fais. S'il te plaît continue.*

Je penche la tête sur le côté.

—Oscar ronronne.

—Oh, oui !

—Et vous êtes *sûr* qu'il existe vraiment.

—Vous ne me croyez pas ?

—Heu... non.

—D'accord. Ses lèvres se pincent. Faisons un pari. Si Oscar n'existe pas, vous aurez une place aux premières loges du premier match de la saison à domicile.

—Et s'il existe ?

—Vous viendrez dîner avec moi et deux de mes amis au Moose.

—C'est quel genre d'endroit ?

—Un bar sportif canadien.

J'accepte ses conditions avant de réaliser que quoi qu'il arrive, Noé et moi devrons nous revoir.

Pendant quelques minutes, nous suivons le GPS sur son téléphone qui nous amène Chez Louisette.

—Fondé en 1930, dit Noé dans une voix grave de présentateur TV, en ouvrant la porte pour moi.

Je fais un pas à l'intérieur...et je tombe dans une distorsion temporelle.

Le restaurant est délabré, comme s'il n'avait pas été rénové depuis 1930, mais il brille comme un arbre de Noël. Des guirlandes bon marché, des pompons et des rubans rouges et or sont suspendus au plafond. Des boules miroirs et des chandeliers pendent entre les rubans.

Comme si ça ne suffisait pas, des fils de lumière criards renforcent l'apparence kitsch du lieu, en attirant l'œil vers le coin des chanteurs, où une vieille dame rondouillarde s'époumone sur *La Vie en rose* de Piaf. Un homme à l'âge et à la corpulence assortis, l'accompagne à l'accordéon. Certains des clients chantent en cœur.

Dans l'espace entre les tables et le bar, trois ou quatre couples dansent une valse rapide et saccadée, que j'ai déjà entendu dans des vieux films français que je regardais parfois avec Maman.

Je n'arrive pas à croire à la réalité de cet endroit.

Nous nous asseyons et commandons une bière pour Noé et de l'eau pétillante pour moi, ainsi que le plat du jour pour tous les deux, un genre de plat mijoté.

La chanteuse termine *La Vie en rose* et passe à la chanson non moins célèbre *Non, je ne regrette rien*.

—Avez-vous des amis ou de la famille à Paris ? demande Noé.

—Ma mère habite ici.

—Vos parents sont séparés ?

—Divorcés.

—Moi aussi, dit-il.

—Votre père est en France ?

Noah grimace.

—Sa tombe l'est.

—Je suis désolée.

—Pas moi.

Mes sourcils s'élèvent très haut.

—C'était quelqu'un de foncièrement méchant, dit Noé.

—C'est sévère.

—Pourquoi ? Mon père était débauché, radin, cruel et on ne pouvait pas compter sur lui.

—Vraiment ? Tout ça ?

—Je vais vous donner un exemple. Plusieurs années après le divorce, ma mère avait besoin d'argent, alors elle a mis sa fierté de côté et lui a demandé s'il pouvait l'aider. La réponse a toujours été non.

—Il était fauché ? Je demande.

— Oui, mais pas comme on l'entend d'habitude, il ajoute de manière énigmatique et le visage sombre.

Ça me rend triste pour lui. Malgré le divorce de mes parents, j'ai profité d'une enfance heureuse avec Maman et Papa, qui me choyaient et qui étaient assez riches pour me procurer presque tout ce que je voulais. Par contre, on dirait que Noé a grandi pauvre et rejeté par son père. Cela a dû être dur pour lui.

—Comment faisiez-vous pour vivre avec peu de moyens ? Je demande.

—Nous n'étions pas pauvres, il marmonne, se détournant de moi

Génial. Maintenant, je l'ai vexé.

Nos boissons et nos plats arrivent au bon moment pour détendre l'atmosphère.

—Comment vous êtes-vous mis au water-polo ? Je change de sujet. C'est un sport populaire au Népal ?

Son visage se fend d'un sourire.

—Les Népalais préfèrent le polo sur éléphant.

—Vous y avez joué ?

Il secoue la tête.

—Je suppose que je suis trop Français pour ça. En plus, j'adore l'eau et nager et j'adore les jeux comme le hand-ball et le basket.

—En tout cas, vous êtes assez grand pour le basket.

—J'y ai un peu joué au collège. Mais le jour où j'ai essayé le water-polo, j'ai su que c'était mon sport.

La chanteuse, qui avait quitté la salle momentanément, retourne à sa place. Elle hoche la tête vers l'accordéoniste et commence à fredonner : *Padam... Padam....*

—C'est ma chanson de Piaf préférée, dis-je.

Un homme et une femme d'âge mûr à deux tables sur notre gauche, se lèvent et se mettent à valser énergiquement devant le bar.

—Cette danse s'appelle *la java,* non ? Je demande à Noé.

—Aucune idée, dit-il. Vous voulez essayer ?

Je cligne des yeux.

—Vous savez la danser ?

—Non. Mais, ça n'a pas l'air trop compliqué.

La tentation est trop forte, je pose mon verre sur la table.

—Je vais peut-être vous écraser les orteils.

—Allons-y.

Il m'offre sa main et nous nous dirigeons vers la piste de danse improvisée.

Alors que nous virevoltons et tanguons maladroitement, je suis totalement concentrée sur la main de Noé tenant la mienne, bien serrée. Son autre main s'est posée juste au-dessus de la taille basse de mon jean. Sa paume est énorme. Elle enveloppe doucement ma hanche, mais je sens sa force et sa chaleur à travers le tissu fin de mon t-shirt. Ma peau picote. Ce qui est bizarre, c'est que je trouve son toucher...agréable.

—Quel est votre poste dans l'équipe ? Je demande pour m'éloigner de cette pensée troublante.

—Gardien.

—C'est vous qui avez choisi ?

—C'était plus par hasard que par choix, dit-il. Lorsque j'ai rejoint l'équipe à l'université, mon entraîneur avait besoin de quelqu'un dans les cages. J'étais le plus costaud de l'équipe, et au bout de quelques matchs, je me suis rendu compte que c'était tout naturel pour moi de bloquer.

—Je vous envie, dis-je. J'arrive à bien faire la plupart des choses que j'essaie, mais je n'ai jamais été *naturellement* douée pour quoi que ce soit.

Il me fait un clin d'œil.

—Continuez d'essayer.

À la fin de la chanson, nous retournons nous asseoir et Noé sort son smartphone.

—Alors, voyons qui va gagner le pari.

—Maintenant ?

Il hoche la tête, manipule son téléphone et fait défiler les écrans, jusqu'à ce qu'il trouve ce qu'il cherchait. Il me montre une dizaine de photos de lui et de son compagnon à quatre pattes. Ensuite, il me montre une vidéo où il gratte le cou du chien.

Oscar penche la tête en arrière et ronronne. Le son qu'il fait est grave, doux et continu. Il exprime vraiment : *Ah oui, juste là, ne t'arrête pas.*

—Très bien, je lève les yeux vers Noé. Vous avez gagné.

Il me fait un large sourire.

—Alors, qui sont ces amis que j'aurais l'honneur de rencontrer ?

—Il y a Uma, dit-il. Ma meilleure amie. Elle arrive du Népal ce week-end.

—Elle vous rend visite ?

—Non, elle va rester plus longtemps. Il me lance un regard étrange que je n'arrive pas à interpréter. Pour toujours, j'espère.

Inexplicablement, ces mots me font chanceler.

—Et l'autre ? Je demande.

—Zach, le capitaine de mon équipe. Les yeux de Noé se fixent sur sa bière. C'est un brillant homme d'affaires et un gars super.

Zach cherche à rencontrer une charmante jeune femme ... comme vous.

Ho-ho.

Je force un sourire.

—Ça serait génial.

SEPT

NOÉ

Je gare mon scooter à quelques rues de la maison de Zach et je me dirige vers sa jolie maison en briques rouges au bout de la rue. Zach habite dans une banlieue de Paris où je n'étais jamais venu, avant d'aider Uma à emménager ici.

Elle a eu son visa et est arrivée en France il y a dix jours.

Au départ, elle devait occuper l'appartement vide de mes gentils voisins jusqu'à la fin août, lorsqu'ils rentreraient de Bretagne. D'ici là, elle aurait trouvé un travail et une colocation ou une chambre à la Cité Universitaire. Mais Zach était impatient qu'elle commence dès que possible. C'est ce qui s'est passé et selon Zach, elle s'est très bien entendue avec Sam immédiatement.

J'en suis très heureux, parce qu'en plus c'est moi qui ai initié cet arrangement. Et c'est carrément parfait sous tous les angles. Tout d'abord, Uma pourra rendre l'argent de la bourse dont d'autres ont plus besoin d'après ce qu'elle dit. Ensuite, elle sera en sécurité chez Zach, en qui j'ai une confiance absolue, donc Maman et moi n'ont pas à nous inquiéter. Et enfin, Zach est soulagé d'un énorme poids. Il peut désormais tenter d'avoir une vie amoureuse.

À ce propos.

J'ai appelé Sophie ce matin pour voir si elle était libre ce samedi soir pour la soirée dont nous avions discuté au marché aux puces. Elle a dit oui. J'ai dit « génial », sauf que je trouve que c'est tout, sauf génial.

Je n'arrête pas de penser à notre *java* dans ce bistro kitsch, il y a deux semaines. C'était pour rire et je l'ai maintenue à une distance sûre du début à la fin, mais putain, que c'était dur. Tout comme la première fois où nous nous sommes rencontrés lorsque je me suis retrouvé à bander comme un âne, quelques secondes après l'avoir plaquée contre le mur.

Alors que nous dansions, la main que j'avais placée sur sa hanche aussi légèrement que possible, brûlait de la tenir plus fort. Mes doigts désiraient caresser son dos mince. Ma paume n'avait qu'une envie : appuyer sur sa hanche, pour que je puisse apprendre sa courbe exacte et imprimer sa forme dans ma chair, avant de glisser plus bas pour étreindre ses fesses extraordinaires. Et comme si ça ne suffisait pas, l'envie de la serrer contre ma poitrine et de prendre sa bouche m'avait presque fait perdre la raison.

Si la chanteuse avait repris un refrain supplémentaire de *Padam... Padam...*, j'aurais pu perdre le contrôle et faire toutes ces choses.

Clairement, Sophie Bander est la pire distraction que j'ai jamais eue à surmonter. Elle m'éloigne de ce qui est important. Pire, lorsque je suis près d'elle, mes pensées se brouillent et j'ai cette impression dangereuse que rien d'autre ne compte. La saison, le travail de Maman, le futur d'Uma, tous mes objectifs et mes souhaits font pâle figure comparés à mon besoin de la tenir dans mes bras.

Encore pire, je doute qu'une nuit avec elle épancherait mon désir.

Quelque chose me dit que cela aurait l'effet inverse. Coucher avec elle me donnerait encore plus envie de coucher avec elle et je n'aurais plus aucun contrôle sur la situation. Parce que j'ai compris ce que Sophie était. Une sirène dormante. Une femme fatale qui prétend n'avoir rien d'exceptionnel. Qui *croit* ne pas être exceptionnelle.

Ce... ce *truc* que je ressens doit être étouffé avant qu'il ne soit trop tard.

Je sonne à la porte de Zach.

Derrière la porte, quelqu'un descend les escaliers à grands pas.

—C'est moi qui ouvre ! C'est moi qui ouvre ! Sam crie ravi.

Une deuxième personne se précipite jusqu'à la porte.

—D'accord, mais tu dois poser la *question* d'abord, dit Uma en riant.

—D'accord ! Qui est là ? Sam hurle.

—C'est moi, dis-je en mettant un œil au judas.

Il y a un moment de silence. J'imagine Sam interrogeant Uma du regard. Elle dit quelque chose que je n'arrive pas à comprendre.

—Dites votre prénom et... Sam ordonne avant d'hésiter. Et votre...

Uma chuchote encore quelque chose.

—Nom de famille, crie Sam. Et recule du judas pour qu'on puisse te voir.

—Laisse-moi t'aider Sam, dit Uma derrière la porte, en le levant pour qu'il puisse me voir.

Je me recule, je souris et je dis bien fort :

—Noé. Masson.

—Je me rappelle de toi, Sam affirme. Tu es le gardien !

La porte s'ouvre et j'entre.

Dix minutes plus tard, nous sommes assis tous les trois autour de la table de la cuisine. Uma donne à Sam une tasse remplie d'une boisson non identifiée et nous prépare un Nespresso.

—J'arrive tout de suite ! annonce Zach du premier étage. Je dois juste finir une audioconférence.

Uma prépare un allongé, comme Zach l'aime.

—Alors, comment ça se passe ? Je demande.

Elle sourit et lance un regard à Sam qui se cache le visage derrière sa tasse Winnie l'Ourson. —Ça ne pourrait pas aller mieux.

Sam pose sa tasse sur la table.

—Papa va aux lions demain et je reste avec Uma pendant deux jours et on va regarder *Lilo et Stitch* et *Leroy et Stitch*.

Je me tourne vers Uma.

—Zach est en déplacement à Lyon pendant deux jours, explique-t-elle, en essuyant la bouche de Sam. Alors, oui, on va se coucher tard et regarder les films préférés de Sam.

—C'est vraiment pas juste, Zach entre et s'assoit à côté de Sam. J'adore autant ce film que toi.

—Tu peux le regarder avec nous la prochaine fois, Sam dit, magnanime.

Zach lui serre légèrement l'épaule.

—Merci, mon p'tit gars.

Une fois que le garçon est parti jouer avec son train électrique, un pli profond se creuse entre les sourcils de Zach.

—Je suis nerveux de partir pendant deux jours.

Uma lui donne sa tasse.

—Tu ne devrais pas l'être.

—Tu as à peine commencé il y a une semaine et je te laisse déjà seule avec lui, Zach secoue la tête.

—Ce n'est qu'une nuit. Uma s'assoit à côté de moi. En plus, tu n'avais pas le choix.

Zach se tourne vers moi.

—J'espérais que Colette allait se montrer à la hauteur pour une fois...mais ce n'est pas le cas.

J'esquisse un rictus en pensant à la réponse standard que la mère de Sam avait dû donner à Zach. Si Zach l'avait écouté quand Sam est né, il serait avec d'autres gens maintenant. Mais Zach a choisi de le garder, en étant conscient de la maladie du garçon, et donc, Sam est désormais le problème de Zach. Pas celui de Colette.

Mon coéquipier lance un regard d'excuse à Uma.

—Il suffit que tu me le dises et j'annulerai le déplacement.

—Je sais exactement ce que je dois faire si Sam a une crise. Arrête de t'inquiéter. Elle le regarde dans les yeux. Ce déplacement est super important pour ton entreprise, n'est-ce pas ?

Zach hoche la tête.

—Oui. Sinon, je n'envisagerais même pas d'y aller.

Elle hausse les épaules.

—Uma a raison, dis-je à Zach. Arrête de t'inquiéter. Tu laisses ton fils en de bonnes mains.

Je le pense vraiment. Uma est la personne la plus fiable au monde. Elle est gentille, douce, compétente et a toujours le contrôle. Le genre de personne en qui j'ai une confiance absolue... et à qui je confierais mon enfant, si j'ai un enfant un jour.

Maman a raison ; elle est parfaite. Je suis honoré qu'une femme comme elle ait des sentiments pour moi.

—Hé, dit Zach en se tournant vers moi. Je ne t'ai pas vraiment remercié d'avoir organisé la soirée samedi prochain. Sophie a l'air d'être quelqu'un avec qui je pourrais m'entendre.

Je hausse les épaules comme si ce n'était rien.

—Tu me remercieras plus tard, si tout se passe bien. As-tu trouvé une solution pour Sam ?

—Je peux m'occuper de lui, propose Uma.

—Hors de question. Tu viens avec nous, dit Zach en lui faisant un clin d'œil. Noé serait *très* déçu si tu ne venais pas.

—Et Sam ? demande-t-elle.

Zach esquisse un sourire de triomphe.

—Mathilde a accepté de venir le garder ce soir-là.

— Super, dis-je en me levant. Merci pour le café, Uma.

Elle sourit.

—Quand tu veux.

—Tu seras à l'entraînement demain matin ? Je demande à Zach.

Il hoche la tête.

—Mon train *aux lions* part à treize heures quinze.

QUAND JE RENTRE CHEZ MOI, il y a quelque chose dans ma boîte à lettres. L'écriture sur l'enveloppe est celle de Diane.

Génial.

Encore une autre lettre indésirable de ma belle-sœur, qui semble être encore plus têtue que mes frères et refuse de me laisser tranquille.

Je m'affale sur le canapé, déchire l'enveloppe et récupère une feuille de papier. Elle a aussi glissé quelques photos comme d'habitude. Je mets les photos de côté et je lis la lettre.

Cher Noé,

Sébastien, moi et notre bébé Tanguy passons un autre merveilleux week-end sur ton domaine. Regarde les photos que j'ai envoyées. Que penses-tu du parc ? Et le château n'est-il pas absolument magnifique ? La vigne sauvage sur la façade est si jolie contre les vieilles pierres, on dirait que je l'ai photoshoppée. (Juste au cas où c'est ce que tu penserais, note que ce n'est pas mon style).

Tu devrais venir le voir de tes propres yeux.

Oh, je viendrai—peut-être plus tôt que tu ne penses.

Pour informations, j'ai fait plusieurs grands tirages de cette vigne. Ils sont encadrés et rangés dans la remise. Ils pourraient être utiles si tu décides de rénover l'intérieur, qui en a vraiment besoin.

Pff. Comme si ça m'intéressait.

Crois-moi, je n'exagère pas. Le Château d'Arcy tombe en ruine. Vue l'épaisseur de ses murs, la structure n'est pas en danger, mais le reste… Si tu mets les pieds à l'intérieur, je suis certaine que tu en seras attristé. J'ai essayé de convaincre Séb de réparer le plus urgent, mais il dit que ce n'est pas chez nous. Il dit qu'il est prêt à financer les travaux, pour que tu n'aies pas besoin d'épuiser ton fonds en fiducie, mais il faudrait que tu t'en occupe.

Penses-tu que ce serait quelque chose d'envisageable ?

Pensées affectueuses,

Diane

Je pose la lettre sur la table basse et je me penche en arrière, les mains derrière la tête. Cette lettre restera sans réponse, tout comme les lettres précédentes de Diane.

Elle a l'air gentille. Quel dommage qu'elle gâche sa vie en se mariant avec Séb, c'est-à-dire Son Altesse le Pompeux Comte Sébastien d'Arcy du Grand-Thouars de Saint-Maurice. Ma belle-sœur sympathique va avoir beaucoup de peine le jour où elle ouvrira enfin les yeux pour faire face à la triste réalité.

Sous un vernis de respectabilité, la famille la plus ancienne, la plus riche et la plus enviée du pays n'a aucun honneur. La manière dont mon père et Séb ont traité Maman avec l'accord tacite de

Raphael est ignoble. Je ne leur pardonnerai jamais. Mes frères aînés ne sont pas dignes des richesses qu'ils possèdent.

Si seulement mon *Papa chéri* n'avait pas écrit de testament !

S'il était mort sans, sa succession aurait été divisée à égalité entre ses trois fils. Rien pour Maman, bien sûr. De toute façon, ils avaient divorcé, ce qui l'avait bien arrangé.

Mais il a couché ses dernières volontés par écrit et je ne peux pas me débarrasser légalement de ma part avant d'avoir vingt-sept ans.

Devinez quoi ? Je vais avoir vingt-sept ans dans six semaines.

Je ressens un remord. Ça n'a rien à voir avec mes plans pour le domaine. C'est plutôt que mes réponses énigmatiques ont pu faire croire à Sophie que j'ai vécu dans la pauvreté au Népal.

Quand je lui ai dit que Papa avait refusé d'aider Maman, j'ai omis de préciser que l'argent qu'elle demandait n'était pas pour subsister. Elle avait besoin d'un demi-million de dollars pour sa fondation. La dotation d'origine était épuisée, il n'y avait pas de nouveaux sponsors à l'horizon et l'œuvre de Maman était en train de disparaître.

Mais nous nous sommes très bien débrouillés avec la pension alimentaire. Plus que très bien. Comparés à la population moyenne, nous étions riches.

Alors pourquoi j'ai laissé Sophie croire le contraire ?

Je suppose que c'était la seule manière de l'empêcher de poser d'autres questions. Mais enfin, c'est ma propriétaire ! Pas mon amie, comme Uma et Zach. Elle sera partie à Noël. Je ne vois pas pourquoi je partagerais l'histoire merdique de ma vie avec elle.

Je ne vois vraiment pas pourquoi.

HUIT

SOPHIE

La première chose que je vois quand nous entrons dans Moose est un mur en pierre rustique derrière le bar, avec deux écrans plats allumés sur des matchs de hockey.

—Très nord-américain, dit Uma en souriant. Enfin, je ne suis jamais allée en Amérique du Nord, mais c'est exactement ainsi que j'imagine un bar des sports à Seattle.

— Ça fait plus Montréal que Seattle, dit Zach.

Des spots au plafond et au moins une dizaine d'écrans plats muraux éclairent le bar d'une lumière diffuse. Le plancher poli et les bois de caribou dominent le décor.

Nous nous étions tous donné rendez-vous à la statue de Danton à l'Odéon, à quelques pas d'ici. J'avais pris le métro du travail, Uma et Zach étaient arrivés dans la voiture de Zach et Noé sur son scooter.

Maintenant qu'il fait chaud, même après la tombée de la nuit, j'apprécie la fraîcheur agréable de ce bar.

Nous allons nous asseoir à l'une des deux seules tables libres qui restent.

À notre gauche, un grand groupe bruyant a une discussion animée en québécois, avec un accent à couper au couteau.

Je pointe le menton dans leur direction.

—On dirait qu'on a trouvé l'endroit où les touristes canadiens viennent se relaxer après une dure journée de visite.

—C'est bon signe, non ? dit Uma.

—Les Canadiens ne viendraient pas ici, si cet endroit n'était pas authentique.

Noé sourit.

—Ils viennent surtout ici parce qu'il n'y a pas beaucoup de bars des sports à Paris.

Zach hoche la tête.

—Et encore moins où on peut regarder le Super Bowl, la Stanley Cup et les play-offs de la NBA en direct.

—Et manger une bonne poutine, ajoute Noé.

Zach lève l'index.

—*Poutsène*, s'te-plait, si tu veux le dire à la québécoise.

—C'est quoi la *Poutsène* ? Je demande.

Noah et Zach échangent un regard appuyé.

—Vous allez le découvrir très bientôt, dit Noé.

Je pense qu'il était en train de m'avertir et j'éclate de rire à cause de son drôle d'air mystérieux.

—Mesdames, dit Zach en regardant Uma, puis moi et enfin Noé. Monsieur. Me donnez-vous la permission de commander quelque chose à manger et à boire ?

Je plisse les yeux.

—Ça dépend de ce que tu vas commander.

—Tu es allergique à quelque chose ?

Je secoue la tête.

—Relaxe, Sophie, dit Noé en me touchant la main. Personne ne va te commander une grillade d'insectes. Nous allons boire du Moosehead - une bière canadienne - et manger de la poutine.

Je soupire.

—La bière, ça va. C'est la poutine qui m'inquiète.

—Attends, dit Uma en farfouillant dans son sac et marmonnant : Il faisait toujours ça quand nous étions petits, il me demandait si je voulais manger des profiteroles ou un peu d'aligot ou une tranche de tatin et je devais dire oui ou non avant de savoir ce que c'était.

—Est-ce que je t'ai jamais fait manger un truc que tu détestais ? lui demande Noé.

—C'est pas le problème, dit-elle en sortant un smartphone. Et voilà ! C'est trop bien la technologie, non ? Finies les surprises. Nous allons découvrir ce qu'est la poutine dans un instant.

Zach fait signe à un serveur, tandis qu'Uma cherche sur son téléphone.

—Trouvé ! annonce-t-elle quelques secondes plus tard et commence à lire à voix haute.

> La poutine a été inventée au Québec dans des circonstances mystérieuses et un lieu secret il y a soixante-ans. Depuis, cette recette est devenue le plat national du Canada. La poutine classique (« *la classique* ») est composée de frites avec du caillé (appelé *crottes de fromage* par les locaux) et de sauce à la viande épaisse, appelée le *velouté*. Graisseux et plein de calories, c'est le plat réconfortant ultime.

Uma remet son téléphone dans son sac-à-main et sourit.

—Ça a l'air délicieux.

Pas sûre qu'elle soit sincère.

Je scrute son visage pour conclure avec effroi qu'elle l'est.

Si j'étais une fille directe, je dirais à ces gens ce que la poutine évoque du point de vue d'une Américaine de Floride soucieuse de sa santé, c'est-à-dire : poignées d'amour, boutons et crise cardiaque.

Zach se tourne vers le serveur.

—Nous prendrons quatre Mooseheads et quatre poutines classiques.

—Génial. Je montre les dents. Exactement ce que j'aime. Je suis trop impatiente.

Je me demande si l'un d'entre eux a entendu le sarcasme dans ma voix.

Les lèvres de Noé se tordent et son regard se détourne de moi pour se poser sur les écrans TV.

Cinq minutes plus tard, le serveur amène nos chopes de bière et nos assiettes fumantes.

Je regarde fixement l'énorme portion de frites et de caillé de fromage caoutchouteux noyés dans une sauce marron.

—Ça n'a pas l'air très…appétissant.

—N'aie pas peur de dire que ça a l'air dégueulasse, dit Noé.

—C'est la beauté intérieure qui compte, dit Zach. Enfin, dans ce cas c'est le goût.

Avec la détermination d'un kamikaze qui n'a plus rien à perdre, je saisis ma fourchette et mon couteau.

—Très bien, mangeons !

Le caillé de fromage couine quand je le mâche.

—Je recommande de faire descendre avec de la bière, dit Noé, les yeux rivés sur ma bouche. Cela aidera ton palais à supporter le choc.

Uma se tourne vers moi.

—Tu n'es pas habituée à ce genre de cuisine ?

Je secoue la tête.

—À Key West, il y a plein de choix. Tu peux manger cubain ou végétarien ou français ou…tout ce que tu veux. En général, je choisis la cuisine française.

—La mère de Sophie est française, dit Noé.

—Ça y est, je comprends ! Zach me fait un grand sourire. Je me demandais pourquoi ton français était si parfait - avec presque aucun accent.

J'accepte son compliment d'un sourire poli.

—C'est quel genre d'endroit Key West ? demande Noé.

—En un mot ? Je me mords la lèvre inférieure en réfléchissant. Décontracté. Tu aimerais.

—Et encore. Ses yeux sont à nouveau sur ma bouche.

Est-ce que c'est pour ça que je n'arrête pas de me mordre la lèvre ?

Je n'ai pas l'habitude de faire ça - en fait, je ne fais *jamais* ça. Mais il y a quelque chose que j'adore dans la manière dont il fixe ma bouche. La chaleur de son regard me donne envie de l'encourager, me donne envie de plus.

Reprends-toi, Sophie.

Je hausse les épaules.

—Disons que nous avons un climat tropical, les meilleures plages et les meilleurs couchers de soleil, de temps en temps un ouragan et des tonnes de touristes sur Duval Street. Je fais un clin d'œil en ajoutant : Et de superbes maisons en bois en vente dans l'agence de mon père, si jamais quelqu'un était intéressé.

Une heure plus tard, Zach paie la note et j'en profite pour étudier son visage. Clairement, il est beau et il a été très gentil pendant tout le repas. Alors, pourquoi est-ce que j'espère que Noé proposera de me ramener ?

—Tu veux que je te conduise chez toi ? me demande Zach en se levant.

—J'habite dans le 18è, je réponds. Ça va vous faire un énorme détour pour toi et Uma et tu vas perdre une heure ou plus.

Ce serait le bon moment pour que Noé intervienne et offre de me ramener.

Mais il ne dit rien. Il observe ses chaussures.

Uma s'adresse à Zach.

—Je n'ai qu'à prendre le *métro*, pour ne pas retarder Mathilde et tu peux ramener Sophie ?

—Je te ramène, dit Noé à Uma. Ça sera plus rapide.

Merde.

Dans la voiture de Zach, il fait la conversation et je hoche la tête, alors que nous traversons les rues calmes baignées par la lumière douce des fenêtres et des réverbères. Les haut-parleurs diffusent du jazz français. Ajoutés à la climatisation et à la voix masculine de Zach, ça devrait être un moment très agréable. Romantique, même.

Mais c'est la confusion, pas le romantisme, qui remplit mon esprit à l'instant.

Mes pensées reviennent au Moose. La nourriture était horrible, mais j'ai vraiment apprécié la compagnie. Uma est totalement adorable. Zach était amical. Noé était... Noé. Nous avons mangé, bu, plaisanté et fait comme si notre « repas entre amis » n'était pas en réalité un double rendez-vous et que nous n'étions pas vraiment deux couples en formation.

Couple numéro 1 : Uma et Noé, amis d'enfance, au bord entre l'amitié et quelque chose de plus.

Couple numéro 2 : Zach et moi, qui faisons un test pour voir si on clique.

Est-ce que nous avons cliqué ? Je crois.

En plus d'être beau, Zach est aussi un fonceur riche, qui cherche une relation. Au contraire de Noé.

En plus, il concorde exactement à l'idée de l'homme parfait de Papa.

Si je dois essayer de sortir avec quelqu'un pendant que je suis à Paris, ça devrait être avec lui. D'ailleurs, je ne parviens pas à trouver une seule raison pour laquelle nous ne devrions pas sortir ensemble.

L'image d'Uma et Noé serrés l'un contre l'autre sur son scooter me vient à l'esprit.

C'est décidé.

Si Zach me demande, je dirais oui.

NEUF

NOÉ

Je vais au Parc des Buttes-Chaumont avec une couverture, un oreiller, une tente de bivouac ultra légère et une bière froide fourrée dans mon sac lorsque mon téléphone bipe.

C'est un texte de Sophie.

Est-ce que tu dors ? Je voulais te poser une question, mais ça peut tout à fait attendre jusqu'à demain. Sophie

Je saisis une réponse rapide.

Réveillé. Dis-moi.

Ma curiosité piquée, je n'arrête pas de regarder l'écran pour lire sa réponse, dès qu'elle arrivera. Mais, plutôt que de biper, mon téléphone sonne.

—Désolée de t'appeler si tard, dit Sophie. Je pensais que tu serais déjà au lit.

Je me rends compte à quel point j'adore le son de sa voix.

Féminine, veloutée, ultra sexy. Même les choses les plus banales qu'elle dit sont comme une caresse. Je pourrais l'écouter dire des choses anodines - et pas si anodines - toute la journée.

—Dix heures, c'est un peu tôt, même pour les athlètes, qui se lèvent de bonne heure, dis-je. En plus, c'est impossible de dormir avec cette chaleur.

—Ne m'en parle pas ! Elle soupire. Pourquoi est-ce que personne n'a de climatisation à Paris ?

—Parce que nous ne croyons pas au réchauffement global.

—Humm. Elle n'a pas l'air convaincue.

—Ou peut-être, parce que nous n'avons pas des canicules tous les ans et qu'elles ne durent pas longtemps, alors nous hésitons à débourser plusieurs milliers d'euros pour la clim.

—Ça me paraît plus français, dit-elle, un sourire dans la voix. Alors, qu'est-ce que on fait pour pouvoir dormir ?

—Tu me demandes ce que les français font dans leur ensemble ou moi, Noé Masson, en tant qu'individu ?

Elle marque une brève pause, avant de répondre.

—Toi, individuellement.

—Ce soir, je tente ma chance dehors. La mairie a ouvert plusieurs parcs pour la nuit, alors je vais faire du camping aux Buttes-Chaumont. J'y vais maintenant.

—Je suis tout près, dit-elle. Je montrais un appartement à des clients pas loin avec mon chef et nous avons bu quelques verres. Je suis encore dans le quartier.

—Ton chef t'amène boire des verres, dis-je d'un ton acerbe avant de pouvoir m'arrêter. Il est trop gentil.

Merde.

C'était totalement déplacé. La relation de Sophie avec son chef ne me regarde pas. C'est ma propriétaire, pas ma copine.

— En fait c'est *ma* chef et *elle* est très gentille, dit Sophie. Je n'aurais pas pu tomber sur une meilleure supérieure pour mon premier stage payé.

J'aimerais pouvoir me taper la tête contre quelque chose maintenant, quelque chose de dur. —D'accord. Ce commentaire était vraiment trop macho, même pour moi. Je m'excuse.

—Tu es excusé, dit-elle, sa voix redevenant veloutée.

Mes épaules s'affaissent de soulagement.

—Tu as dit que tu avais une question.

—Oui.

—Je t'écoute.

— Heu... Ça te dérange si je viens te voir au parc en personne pour te poser quelques questions ? Je te promets que ça ne prendra pas longtemps.

Chacune des terminaisons nerveuses de mon corps se réveille lorsqu'elle dit « te voir » et fait une petite danse sur « en personne ». Mon pouls s'élève et mon sexe s'active dans mon caleçon.

—C'est à propos de Zach, dit-elle.

Oh.

Évidemment. Maintenant qu'elle l'a rencontré - et sans aucun doute, qu'elle *l'aime* bien - elle veut en savoir plus sur lui. À quoi je m'attendais ?

—Bien sûr, dis-je en essayant d'avoir l'air content. On peut se donner rendez-vous à l'entrée principale au coin de Botzaris et Simon-Bolivar dans dix minutes ?

—Quinze.

—Parfait. À tout à l'heure.

Une demi-heure plus tard, nous sommes assis l'un à côté de l'autre - moi, les jambes croisées et Sophie se tenant les genoux - sur la couverture que j'ai étalée sous un arbre. Elle porte une robe d'été dans un imprimé fleuri et un ourlet qui laisse voir ses mollets minces et un peu de ses cuisses. Mon regard va jusqu'à ses pieds. Ils sont chaussés de sandales avec des lanières sexy qui s'entrecroisent et s'enroulent autour de ses chevilles fines. Ses ongles sont peints en rouge foncé.

Ce sont les plus beaux pieds que j'ai jamais vus.

Ma poitrine se serre d'envie.

Laisse tomber, Noé.

C'est beaucoup trop d'admiration pour une femme que j'essaie de caser avec un ami.

Éloignant avec difficulté mon regard, j'observe la scène autour de nous. Il y au moins une centaine de couples, de groupes et de personnes seules installés sur la vaste pelouse, en pleine préparation pour passer la nuit sous les étoiles.

Je sors la bière de mon sac et je l'ouvre.

—Tu en veux ? On ferait mieux de la boire pendant qu'elle est encore froide.

—Merci. Elle boit une gorgée et me rend la canette. Ça fait du bien.

En levant la canette jusqu'à ma bouche, je me demande si j'y goûterai Sophie. Je me demande quel goût ont ses lèvres délicieuses. Quel goût a sa peau parfaite. Quel goût a son petit...

—Tu connais bien Zach, alors ? me demande-t-elle.

Tu parles d'une douche froide.

D'un autre côté, j'avais besoin de ça.

—Assez bien. Nous sommes dans la même équipe depuis presque deux ans.

—Il a l'air sympa.

—Il l'est. Je hoche la tête. Plus que sympa. Il est génial.

—Comment ça se fait qu'il élève son fils seul ?

—L'ex de Zach ne voulait pas du fardeau d'un enfant avec un problème de santé chronique.

—Oh.

—L'épilepsie de Sam est gérable, j'ajoute rapidement. Il ira à l'école l'an prochain comme les autres enfants de son âge. En grandissant, il pourra mener une vie normale, à condition de prendre ses médicaments.

Elle hoche la tête.

—Écoute, dis-je. Je comprends totalement si tu hésites à cause de ça, mais tu ne devrais pas.

—Ce n'est pas pour ça que je...

—En plus, j'ajoute avant qu'elle ne finisse. Tu peux sortir avec Zach sans avoir à t'occuper de son fils. Sam a deux nounous et un père qui l'adore pour s'occuper de lui.

Elle fronce les sourcils.

—Ce n'est pas pour ça que j'hésite. C'est juste...je ne suis pas sûre de vouloir me lancer dans une relation ou juste sortir avec quelqu'un, quand je sais que je vais rentrer chez moi en décembre.

—Et alors ? Je hausse les épaules. Pourquoi ne pas t'amuser pendant que tu es à Paris ?

—C'est... compliqué.

—Pourquoi ?

—Tu veux vraiment que je te le dise ?

Je hoche la tête.

Elle m'arrache la bière des mains, boit une bonne gorgée et me la rend.

—Je suis frigide.

Toi ? Impossible.

—Tu es sûre ? Je demande.

Elle fait oui de la tête.

—Je suis sortie avec trois hommes différents, j'ai couché avec les trois et je n'ai jamais rien ressenti.

J'étudie son visage.

—Pire, dit-elle, en fait, j'ai ressenti quelque chose : de la douleur et de la gêne.

Ma main touche sa joue avant que mon cerveau n'ait le temps de réagir.

—Je suis désolé.

Elle ne recule pas.

—Maintenant, que j'ai revu mes attentes à la baisse, dit-elle, en passant la main sur ses tibias, je trouve plein d'avantages à mon état.

Mon regard suit ses doigts, qui sont enroulés autour de ses chevilles.

—Comme quoi ?

—Pas de distractions, pas de chagrins d'amour, pas de petit-amis relous dont j'aurais honte plus tard.

—Je vois.

Tu parles que je vois !

Ce que je vois vraiment maintenant dans la lumière jaune diffuse du lampadaire proche n'a aucun rapport avec des petit-amis relous. Mon monde est concentré sur les chevilles fines de Sophie, l'arc époustouflant de ses plantes de pied et ses longs orteils sans corne.

Est-ce que je viens de développer un soudain fétichisme pour les pieds ?

—En plus, dit-elle, je peux être rationnelle à propos du choix d'un partenaire futur pour la vie et faire plaisir à mon père en trouvant un homme qui répond à ses critères.

—Qui sont ?

—Quelqu'un qui a réussi, qui est ambitieux et qui est galant. Elle me regarde bizarrement. Quelqu'un comme Zach.

Je lève les yeux vers son visage.

—Ton père est plein de bon sens.

—Clairement.

—Il veut le meilleur pour toi.

—Absolument.

—Mais... tu ne te demandes pas s'il existe un homme quelque part avec qui tu ne ressentirais pas de douleur ou de gêne ?

—Si, mais je me dis que je ne suis pas faite comme ça. Elle soupire. Ça serait idiot d'attendre qu'un prince charmant vienne me réveiller de mon sommeil.

—Tu as essayé de faire l'amour trois fois, c'est ça ? Je penche la tête sur le côté.

Elle fait un signe affirmatif.

—Ça n'est pas *beaucoup*.

Elle ne dit rien.

—Trois déceptions ne suffisent pas à conclure que tu es *faite* comme ça.

Sophie se concentre sur un minuscule insecte se déplaçant le long de sa main.

—Décris-moi comment ça s'est passé, dis-je.

—Je ne peux pas. Elle change de position. De toute façon, il faut que je rentre.

Je jette un œil à ma montre.

—Il va être minuit. Je n'aime pas l'idée que tu marches toute seule dans les rues désertes.

—C'est quoi l'alternative ?

Je devrais proposer de lui appeler un taxi.

—Reste ici.

—Dans le parc ? Elle fronce les sourcils.

Je montre mon bivouac.

—Tu seras plus en sécurité ici avec moi que dans le métro.

Elle m'observe.

Je lui renvoie son regard, en priant pour qu'elle dise oui.

Parce que si elle dit non, je vais devoir plier ma tente et prendre le métro jusqu'au 18è avec elle, puis essayer d'attraper le dernier train ou crapahuter jusqu'ici. Je ne peux pas lui dire au revoir maintenant. J'ai besoin d'un peu plus de Sophie ce soir.

S'il te plaît, dit oui.

Elle se saisit de la canette de bière et avale le reste du liquide.

—Est-ce qu'il y a des toilettes dans ce parc ?

Je croise les doigts pour que ça soit synonyme d'un oui.

—Il y a des toilettes juste là-bas. Je montre du doigt un bâtiment sur notre gauche.

Elle se lève.

—Je reviens.

À son retour quelques minutes plus tard, je suis allongé sur le dos, les genoux pliés et les mains derrière la tête.

Elle s'allonge près de moi, en adoptant la même position.

—Je m'attendais à voir plus d'étoiles.

—C'est pas trop mal pour Paris.

Nous regardons le ciel pendant quelques instants.

—La première fois, c'était avec un camarade de classe, dit-elle. Nous avions seize ans. Nous étions tellement maladroits, c'est un miracle que nous ayons réussi à perdre notre virginité.

Je me tourne pour étudier son visage. Elle grimace.

—Pas un bon souvenir, hein ?

Elle secoue la tête.

—Je n'étais *tellement* pas prête.

—Tu l'as laissé t'approcher à nouveau ?

—Oh que non. J'ai rompu immédiatement. Il a pleuré.

—Et la deuxième fois ?

—Le deuxième copain... Elle reste muette pendant un long moment. Deuxième année de fac. Je ne voulais pas me précipiter et il disait qu'il respectait ça. Alors on s'est abstenus pendant un moment. Et puis...

Elle expire en soufflant lentement.

—Et puis ?

—J'ai accepté de coucher avec lui. Je pensais que je l'aimais bien. Il était tout à fait sympa, avant de se déshabiller et qu'il commence à me toucher. Elle se tait puis dit vite, avec colère : Et soudain, il me répugnait. Son odeur, son contact, ses baisers...

Elle soupire longuement à nouveau.

Je la regarde. La mâchoire de Sophie est serrée, son nez est pincé, comme si elle revivait la situation.

—Est-ce que..., je commence à poser ma question.

—Le troisième, dit-elle avec une désinvolture exagérée, a été l'expérience la plus pathétique de toutes. Je n'avais tellement pas envie pendant les préliminaires que je suis allée m'enfermer dans la salle de bain, pendant qu'il cherchait un préservatif et je lui ai demandé de partir.

— Aïe, dis-je. J'aurais pas voulu être à la place de ce type.

Elle hausse les épaules.

—Donc, je me dis que l'importance du sexe est surestimée.

—Tu crois que tu préfères les femmes ?

—Non. Pas du tout.

—Tant mieux, dis-je.

—Pourquoi ?

—Parce que ton corps est fait pour être touché par un homme.

Elle fait un sourire en coin.

—Et revoilà le macho !

Mais elle a tort. Mon commentaire n'a rien à voir avec du machisme. Quand je parlais d'un « homme », ce n'était pas un principe général. L'homme que j'avais en tête était spécifique et concret, avec un nom de naissance auquel il avait choisi de renoncer il y a des années et un membre tendu qu'il choisissait d'ignorer maintenant.

Cet homme ici, avec Sophie.

DIX

SOPHIE

Pendant un moment, les yeux de Noé me percent, intenses. Il se décale vers moi, très légèrement et ouvre la bouche, comme s'il allait dire quelque chose.

Puis, il cligne des yeux et détourne son regard.

Quand il ramène son visage vers moi, son expression est indéchiffrable.

—Excuse-moi, dit-il. N'hésite pas à me bâillonner avant que je dise encore quelque chose de totalement inapproprié.

Je fais une grimace.

—Bâillonner, ça fait vraiment *Cinquante Nuances*. Pourquoi pas du ruban adhésif ?

—Vraiment ? Il sourcille et hausse les épaules. Si c'est ce qui te plaît...

—Tu en as amené, à tout hasard ?

Il secoue la tête.

Je soupire.

—Dans ce cas, il ne reste qu'une chose à faire.

Il me lance un regard confus.

—Dormir.

—Bonne idée. Il bondit.

—Je vais installer la tente et mettre la couverture dedans, si ça ne te dérange pas.

Je me lève aussi.

—Il ne va pas faire trop chaud à l'intérieur ?

—T'inquiète pas. Il déplie sa tente à une place, plutôt étroite. Tu vois les mailles sur les côtés ? Ça empêche les insectes d'entrer, mais l'air peut circuler.

Je bascule la tête en arrière et ferme les yeux en cherchant une brise nocturne, mais l'air est toujours aussi immobile et étouffant qu'à midi.

—Je ne suis pas sûre de vouloir de *cet* air dans la tente, dis-je.

—La température va bientôt tomber.

En ouvrant les yeux, je regarde la tente.

—Ça va être trop serré là-dedans.

—Es-tu une dormeuse agressive ?

J'esquisse un sourire.

—Je ne saute pas, je ne donne pas de coups de pied et je ne ronfle pas, si c'est ce que tu veux dire.

—Moi non plus, dit Noé en jettant un petit oreiller dans la tente. Ça va aller.

Il enlève ses tongs et pénètre à l'intérieur.

Je défaits mes sandales. C'est trop. *Trop excitant.*

Quand j'entre, Noé s'est placé le plus à gauche qu'il a pu dans la tente, pour me laisser la moitié de l'espace disponible et tout l'oreiller.

Je me tourne vers lui, en me relevant sur le coude.

—Tu peux dormir sans oreiller ?

Il jette un œil à l'oreiller, puis à moi, comme s'il évaluait les options disponibles.

—Tu as raison. J'ai besoin de quelque chose.

En s'asseyant, il enlève son t-shirt, le plie et se rallonge, en le mettant sous sa tête.

Mes lèvres s'écartent alors que j'admire le magnifique triangle de son torse.

Frigide ou pas, toute cette virilité lisse, dure, sculptée - si près de moi - m'impressionne.

Arrête de mater son torse, Sophie !

Je porte mon attention sur ses mains.

—Elles sont énormes.

Mince. Est-ce que j'ai dit ça à voix haute ?

—Tu parles de mes mains ? Il demande.

—Heu, oui.

Il lève la main droite et écarte les doigts.

—Avoir de grandes mains est avantageux pour un gardien de water-polo. Tout comme un grand corps, une envergure de bras importante, une excellente vitesse de réaction et une prise ferme.

Une prise ferme. J'avale ma salive.

—La vitesse de réaction est probablement le plus important, dit Noé. Un gardien plus petit, mais explosif atteindra les coins plus rapidement et bloquera mieux qu'un grand gardien qui est lent.

—Donc, l'idéal c'est un grand gardien explosif, c'est ça ?

—C'est ça.

Je lui fais un clin d'œil.

—Donc, c'est à ça que tu corresponds.

Il sourit, en rougissant un peu.

Aaah. Il est trop adorable. Il faut que je fasse une blague avant que mon cœur ne fonde et dégouline en une masse gluante. N'importe quelle blague débile fera l'affaire.

—Ne le prend pas mal, dis-je, mais les joueurs de water-polo ont l'air un peu bizarre.

—Bizarre ? C'est-à-dire ?

—Tu sais, avec les bonnets bien noués sous le menton. Et vos poitrines sont rasées...

—C'est pour réduire le frottement et augmenter la vitesse.

—Je sais. Mais quand même… Je lui lance un sourire narquois. Ça renforce le look.

—Quel look ?

Mon œil glissant vers ses tétons, je marmonne :

—Le look bébé.

—Quoi ?

—Ben ouais, je le pousse. Ne va pas me dire que les joueurs de water-polo ne ressemblent pas à des bébés ? Des énormes bébés musclés, pleins de testostérone.

—Sophie. Il lève un sourcil comme s'il allait me gronder. C'est très sexiste et complètement déplacé.

Je baisse la tête vers la poitrine pour montrer que je regrette mes mots. Ce qui n'est pas le cas du tout. Mais alors pas du tout.

—C'est quoi le terme pour une femme macho ? Il demande.

—Heu… Mangeuse d'hommes ?

Il secoue la tête.

—Femdom ? Je réessaie.

—Tu t'approches, mais t'es encore loin.

—Butch ?

Il soupire.

—Je vais devoir écrire une lettre à l'Académie Française pour leur demander d'inventer un mot pour les femmes comme toi.

—Te gêne pas, dis-je.

—Je vais proposer *femcho*.

Je glousse.

—C'est complètement ridicule. Ça me fait penser à un poncho pelucheux que j'ai acheté il y a quelques années, mais que je n'ai jamais osé porter.

—Hum… il se frotte le menton, ce qui attire mon regard sur les muscles saillants du haut de son bras.

—Hormis les accusations de femcho, comment vous arrivez à avoir ce physique ? Je demande.

Il sourit.

—Nous nageons au moins 2 000 mètres à chaque entraînement, nous faisons de la musculation pour la force et des étirements pour la souplesse. Euh... quoi d'autre ? Nous nous entraînons au tir et à faire du sur-place dans l'eau jusqu'à ce que nos bras et nos jambes ne tiennent plus. Tu sais, les trucs habituels de bébés pleins de testostérone.

Si je regarde sa bouche ou son torse une seconde de plus, je risque de gémir. Ou de faire un autre commentaire débile. Ou de tendre la main et le toucher.

En vérité, je n'ai aucune idée de ce que je pourrais faire, parce que je n'ai jamais rien ressenti de pareil auparavant.

—D'accord, dis-je en me détournant de Noé. Tu crois que cette lumière va s'éteindre à un moment donné ? J'ai du mal à dormir quand je ne suis pas dans l'obscurité totale.

—Je ne sais pas, dit-il. C'est la première fois que je dors dans un parc.

—Il faut que je sois au travail tôt. Ça te dérange si je mets l'alarme de mon téléphone sur sept heures et demie ?

—J'ai mis le mien sur sept heures, dit-il. Je ne veux pas être en retard pour l'entraînement du matin.

—Bonne nuit.

—Fais de beaux rêves.

J'inhale le léger parfum de l'aftershave de Noé et je ferme les yeux. La pelouse où nous campons est beaucoup plus calme qu'il y a une heure et presque toutes les personnes autour de nous sont rentrées dans leur sac de couchage sous leur tente. Je devrais pouvoir m'endormir facilement.

Quinze minutes plus tard, je me retourne vers Noé.

Il est toujours allongé sur le dos, les yeux grands ouverts.

—Le panneau en mailles sur l'autre côté laisse passer trop de lumière, dis-je pour justifier mon changement de position.

Il se met sur le côté pour me faire face, plie son bras droit sous la tête et pose sa main gauche entre nous, à quelques centimètres de mes seins.

La chaleur qui se dégage de lui et l'odeur de sa peau - une touche d'aftershave et beaucoup de Noé - m'embrouillent le cerveau. Mon esprit et mes sens s'envolent dans un endroit entièrement nouveau. J'ai l'impression d'avoir été transportée dans une jungle. C'est invitant, luxuriant et plein de surprises.

Et ça fait peur.

—Il y a une théorie en physique quantique, dis-je, me démenant pour retrouver le fil de mes pensées.

Il me jette un regard en coin.

—Ma gente dame est une geek secrète ?

—Pas du tout, je rigole. Je suis juste tombée sur un article il y a quelques années et ça m'a marqué.

—Il parlait de quoi ?

—Le mécanisme du toucher, dis-je. Selon la physique quantique, il n'est pas en fait possible de toucher quelque chose.

—Qu'est-ce que tu veux dire ?

—Tout est composé de particules minuscules, d'accord ?

Il hoche la tête.

—Les particules repoussent les autres particules du même type, dis-je. Par exemple, quand tu es assis sur une chaise, en fait tu planes au-dessus.

Des sillons se creusent sur son front.

— Alors pourquoi j'ai toujours eu mal au cul après être resté assis pendant deux heures de cours à l'école ?

—Si je me rappelle bien, dis-je avec un sourire, c'est parce que les ondes que tu génères se croisent avec les ondes de la chaise et ton cerveau se trompe et croit que tu touches la chaise.

—Donc, si je fais *ça*, il met sa main sur ma hanche, je ne touche pas vraiment. C'est ce que tu es en train de dire ?

J'avale ma salive, en essayant de continuer à sourire.

—Oui.

Il laisse ses doigts et la paume de sa main s'enfoncer

doucement dans ma chair sans appuyer, ni frotter. À chaque seconde qui passe, je sens mon corps répondre à sa main. À travers la soie fine de ma robe, ma peau frissonne et la chair sous sa main commence à brûler.

Soudain, la lueur espiègle dans ses yeux laisse la place à une expression complètement différente.

Mon sourire disparaît, aussi.

Qu'est-ce qui m'arrive ?

Tout à l'heure, je me demandais si je devais sortir avec Zach et maintenant, je veux savoir dans quelle direction Noé va déplacer sa main ; vers le haut pour envelopper mon sein ou vers le bas pour caresser ma cuisse. Et comment mon corps réagirait. Et si mon désir pour lui est plus grand que ma peur.

Peut-être que l'envie que je ressens n'est pas réelle et n'a rien à voir avec le désir normal qu'une femme normale ressentirait ? Peut-être que ce n'est qu'une illusion ? Je crois peut-être que j'ai envie de lui, mais que se passera-t-il s'il me touche à un endroit plus intime ? L'illusion s'évanouira-t-elle ? Mon corps va-t-il se raidir de dégoût, comme les autres fois ?

Le plus ironique dans tout ça c'est que je serais moins angoissée si je ne ressentais rien - je saurais à quoi m'attendre.

Mais mon corps est trop bizarre ce soir et maintenant, je m'attends à beaucoup et je me mets à espérer, ça fait trop peur.

—Je ne crois pas que je suis prête, dis-je avec des papillons dans l'estomac.

Pendant très longtemps, il ne répond pas et reste la main posée sur ma taille et les yeux fixes aux miens.

—Ce n'est pas grave, dit-il enfin. On devrait essayer de dormir.

Hochant la tête de soulagement, je tourne le dos à Noé et je glisse l'oreiller au milieu, lui en proposant la moitié.

—Je doute que dormir sur un t-shirt plié soit confortable.

Il s'approche, en posant la tête sur l'oreiller. Je sens son souffle chaud sur ma nuque.

—Ça te dérange si je remets la main où elle était ? Il demande.

—Comme tu veux.

Sa main se remet sur ma taille et glisse le long de mon ventre. Est-ce que je devrais le réprimander parce qu'il prend plus que ce que je lui ai donné ? Alors que je réfléchis à cette question, il se déplace, m'enveloppe de tout son bras et m'attire plus près de lui.

C'est tellement plus que la main sur la taille autorisée que j'en perds la langue.

Juste après, il appuie son torse contre mon dos et enroule une jambe autour de ma cuisse.

—Bonne nuit Sophie, dit-il d'une voix enrouée.

Retrouvant mes esprits, je bouge enfin. Mais, au lieu de m'éloigner, je cambre le corps dans le sien, pour chercher un point de contact supplémentaire.

La voilà ! Son érection que j'avais sentie lors de notre première rencontre, quand il m'avait coincée dans sa cuisine. J'adore sa longueur et son épaisseur et la manière dont elle se niche contre mes fesses.

Choquant !

C'est totalement inexplicable et sexy.

—Bonne nuit, dis-je d'une voix éraillée, à peine reconnaissable.

Je me demande ce que dirait la théorie quantique sur ça ? Pendant des années, elle m'a permis de justifier le fait que je ne réagissais pas au toucher d'un homme. Sauf que là je réagis drôlement à celui de Noé. Soyons clairs, je ne suis peut-être pas aussi frigide que je croyais.

Comment expliquer qu'à l'âge mûr de vingt-quatre ans, et contre toute attente, la Princesse Sophie s'est soudain éveillée de son sommeil asexuel ?

J'aimerais que mon sauveur soit Zach l'Entrepreneur talentueux.

Ou, même mieux, un homme d'affaire en Floride. Mais, à la place, c'est Noé le Livreur de pizzas…*Merde !* Pourquoi est-ce que je dois être réveillée par un type qui n'a ni argent, ni ambition, et qui aime peut-être en secret sa meilleure amie d'enfance ?

Putain, y'a pas plus ironique !

ONZE

NOÉ

Je rentre chez moi avec Sophie. Nos pieds s'enfoncent dans le goudron mou à chaque pas. Je me concentre sur ça, on dirait qu'il fume. Tout comme mon cerveau.

Voilà ce que nous avons prévu : prendre une douche, avaler du pain grillé et du café et sauter sur mon scooter. Je la déposerai à son bureau et je filerai à la piscine.

Les seuls mots que nous avons prononcé depuis notre réveil ont été d'ordre *organisationnel.*

La nuit dernière, c'était…je ne sais même pas ce que c'était.

Nous avons bu une bière. Ignoré les étoiles. Discuté. Connecté.

Elle a flirté avec moi… Je crois.

J'ai eu envie d'elle, je l'ai touchée, je l'ai serrée contre moi.

Elle m'a laissé faire.

Mais elle n'était pas prête pour plus. Elle pense être frigide.

Allongés dans la tente, j'ai inhalé son parfum envoûtant et j'ai eu du mal à calmer une érection furieuse. Enfin, aux petites heures du matin, je me suis endormi, tout en étreignant Sophie contre moi.

L'alarme de mon téléphone m'a réveillé, un peu groggy et très perplexe.

J'ai encore l'esprit embrouillé. La chaleur collante qui ne s'est pas atténuée depuis des semaines, ne m'aide pas. Je suis impatient d'entrer dans la douche et de laisser le jet d'eau froide abaisser un peu la température de mon corps. Et peut-être celle de mon cerveau aussi.

Je jette un œil à Sophie, mais elle ne me regarde pas. Elle est concentrée sur un marchand de glaces avec une expression d'envie désespérée sur son adorable visage.

Je m'arrête devant et je lui touche le bras.

— Pause glace ?

Elle a l'air trop contente.

—Quel parfum pour Mademoiselle ? Le vendeur demande.

—Cheesecake à la fraise et cookie aux pépites de chocolat, s'il vous plaît. Sophie ouvre son porte-monnaie.

Je vais plus vite qu'elle et pose un billet de dix euros sur le comptoir.

Elle me fusille du regard.

Je la regarde de travers.

Elle ferme son porte-monnaie et prend le cône du vendeur.

—Tu n'en veux pas ? Elle me demande.

—Je n'aime plus le sucré depuis que j'ai perdu mes dents de lait, dis-je en prenant la monnaie.

—Tu aurais dû me laisser payer, dit-elle, alors que nous nous éloignons. Cinq euros pour deux boules, c'est l'arnaque.

—J'ai livré quatre pepperonis dans le 6è hier et le type m'a donné un pourboire de cinq euros. Je hausse les épaules. Ça va, ça vient.

—Mouais...Elle lèche le délice glacé avec enthousiasme. Trop bon, c'est exactement ce qu'il me fallait maintenant.

Observant sa langue entrer et sortir de sa bouche, j'ai du mal à ne pas ruminer sur ce qu'il *me* faudrait maintenant.

—J'espère qu'il va faire moins chaud d'ici samedi, dis-je pour éviter ces pensées dangereuses. Les Derzians reviennent avec mon chien et je voudrais pas qu'il souffre comme avant leur départ en Bretagne.

—Il a beaucoup de poils ? Elle se tourne vers moi.

—Non, pas trop, mais assez pour que ce soit plus dur de supporter la chaleur que pour les humains.

Elle me donne un sourire de compassion.

—Tes voisins sont gentils de s'occuper de ton chien.

Je hoche la tête.

—Ils sont géniaux. Faut dire qu'Oscar et leur chienne, Cannelle, s'entendent super bien, mais quand même. Les Derzians sont incroyablement gentils envers Oscar et moi depuis que j'ai emménagé dans l'appartement.

—Ils ont des enfants ?

—Un fils et une fille, adultes, qui vivent tous les deux à l'étranger, avec leur conjoint et leurs enfants, dis-je. Le fils est en Chine et la fille aux États-Unis.

—Tu sais où ?

—Los Angeles.

—Tes voisins ne veulent pas aller vivre plus près d'au moins un de leurs enfants et petits-enfants ? Elle demande. Ou ils sont tellement parisiens, qu'il faudrait une épidémie de peste bubonique pour qu'ils aillent s'installer ailleurs ?

Je rigole.

—À vrai dire, ils *sont* super parisiens, même s'ils ne sont pas nés ici. Ce sont des Arméniens du Liban.

—Oh ?

Je hoche la tête alors que nous nous arrêtons à un feu.

—Ils ont visité Paris en tant que touristes dans les années soixante-dix et ils sont tombés amoureux de la ville. Quand la guerre a éclaté au Liban, ils ont fui et Paris était la destination évidente.

—Ça a dû être difficile de repartir de zéro dans un pays étranger.

—Apparemment, c'était plus facile qu'ils ne s'y attendaient, dis-je alors que nous tournons dans ma rue. Ils se sont fait des amis, ont trouvé du travail et se sont sentis chez eux dans le mois qui a suivi leur arrivée. Madame Derzian est convaincue que l'amour qu'ils éprouvent pour la ville est mutuel.

Sophie sourit.

—Alors elle pense que Paris est tombée amoureuse d'eux, hein ? Comme ça, le coup de foudre ?

—Ouais, dis-je. Mais pas les services d'immigration.

Elle lève un sourcil.

—Quand les Derzians ont fait une demande de permis de séjour, un agent d'immigration leur a dit : vous devez comprendre que nous ne pouvons pas autoriser tous ceux qui aiment Paris à rester ici. Sinon, on devrait faire de la place pour au moins un milliard de personnes. Vous devriez repartir chez vous.

—Qu'ont fait les Derzians ? demande Sophie.

—Pendant un instant, ils ont *oublié* qu'ils parlaient français couramment, comme de nombreux Libanais.

—Et ?

—Monsieur Derzian a ouvert les bras et a dit : « Pardon. Non parler français. Parler Arménien. » Je lève les mains, les paumes vers le haut, en imitant le geste et l'accent de Monsieur Derzian. L'agent ne parlait pas arménien, alors ça a donné une excuse aux Derzians d'ignorer son instruction et de rester.

Elle rit.

—C'est pratique ! Alors tes merveilleux voisins sont des étrangers clandestins ?

—Non, dis-je, ils ont fait une nouvelle demande quelques années plus tard et ont obtenu un titre de séjour.

Nous entrons dans mon bâtiment et montons rapidement les

escaliers jusqu'à mon appartement. Qui est, en fait, celui de Sophie. Encore un truc bizarre qu'elle a amené dans ma vie.

Je lui donne une serviette propre et une nouvelle brosse à dents. Pendant qu'elle se douche, je fais du café.

Elle sort de la salle-de-bain, moins de dix minutes plus tard ; le parfum de mon gel douche la suit.

—À ton tour.

Quand je reviens à la cuisine, lavé et dans des vêtements propres, Sophie a fait griller deux tranches de pain.

Je nous verse du café.

Elle prend sa tasse de mes mains et montre mon toast.

—Je ne savais pas avec quoi tu le manges.

—Du beurre, dis-je en ouvrant le frigo. Et toi ?

—Du beurre de cacahuètes et de la confiture.

Je fais la grimace.

—C'est vrai ?

—Je sais, dit-elle, c'est un affront au bon goût, enfin au goût français. Mais c'est plus fort que moi.

—Désolé, mais je n'ai pas ces ingrédients chez moi.

—Pas grave, dit-elle, je vais réveiller ma moitié française et manger mon toast avec du beurre comme tout le monde. Nous devons y aller dans quelques minutes de toute façon.

Je jette un œil à ma montre et hoche la tête.

—Pour la nuit dernière, commence Sophie, alors que je bois mon café.

Je pose la tasse sur la table et les yeux sur elle.

—Je me sens coupable. Elle baisse la tête. Je t'ai un peu allumé et je t'ai laissé en plan.

—Je suis pas—

—Je veux juste que tu saches que ce n'était pas un jeu pour moi. Elle me jette un œil et baisse à nouveau la tête. J'ai aimé que tu me touches. C'est juste que...je ne sais pas si je peux supporter d'être à nouveau déçue, si c'est pour me rendre compte que finalement, je suis vraiment et complètement frigide.

—Sophie Bander, dis-je d'une voix de professeur qui sait tout. Tu *n'es pas* frigide.

—Comment peux-tu en être sûr ?

—Parce que tu as envie de moi.

Elle lève à nouveau son regard vers moi.

Je ne détourne pas le mien.

Elle ne doit pas se douter que je bluffe.

Mes deux affirmations : qu'elle n'est pas frigide et qu'elle a envie de moi, sont basées sur mon instinct et pas sur des certitudes. Surtout la dernière. Si ça se trouve, c'est avec Zach qu'elle a plutôt envie de coucher. Il l'amènera sûrement dîner un de ces jours, la charmera, sortira avec elle, la chouchoutera et se mariera avec elle tant que le fer est chaud.

—Tu sais quoi ? dit-elle finalement, son regard fixé au mien. Je crois que tu as raison. On dirait que j'ai envie de toi.

Je laisse échapper un souffle.

Elle hoche la tête de côté.

—Alors, qu'est-ce que tu vas faire, Noé Masson ?

DOUZE

SOPHIE

Je sors du métro et je prends la direction du Parc de la Villette où je dois enfin rencontrer Oscar, le chien de Noé.

Nous allons nous promener autour du parc, où les chiens sont autorisés, puis nous irons chez Noé pour manger quelque chose et boire un peu de rosé frais.

Je n'ai pas pris mon sac à dos, car je n'ai aucune intention d'y passer la nuit, même si c'est vendredi. Véronique m'a demandé de faire la visite d'un appartement demain matin à dix heures, toute seule. C'est parfaitement ridicule, mais j'en suis extrêmement fière...mais aussi angoissée. J'ai passé les deux dernières soirées à réviser mes notes sur l'appartement et le quartier et à relire les rapports d'étude. Quand je rentrerai chez moi ce soir, je relirai tout, puis une dernière fois demain matin, avant de rencontrer les clients.

Il y a une deuxième raison pour laquelle je vois Noé ce soir, et ça me rend encore plus nerveuse que le baptême du feu immobilier de demain.

On va faire l'amour.

C'est toujours si facile dans les films, mais dans mon expérience personnelle, ça a toujours été le contraire. Rien que d'y penser rend mes mains moites.

Je vais penser à Oscar à la place.

Même si je préfère les chats et je ne sais pas du tout quoi faire avec un chien, rencontrer Oscar ne me stresse pas du tout. Sûrement parce que Noé m'a dit que son chien est un peu félin.

Hier après-midi, juste après avoir fini une conversation avec Noé, Zach m'a envoyé un texto me disant qu'il avait apprécié de me rencontrer au Moose et qu'on devrait se revoir bientôt.

J'avais répondu :

Oui, en tant qu'amis.

Il avait dit :

Bien sûr, pas de soucis.

Le soir, je suis allée chez Maman et je lui tout raconté sur Zach et Noé, en m'attendant à des remontrances sur mon manque de bon sens. À la place, elle m'a déclaré que Noé avait l'air d'être le genre de garçon qu'il me fallait.

Maman a des idées excentriques.

Elle ne voit pas le monde comme Papa et moi.

Pour tout observateur rationnel, *Zach* est le type de garçon dont j'ai besoin. Le type d'homme *parfait* pour moi.

Quel dommage que je ne veuille pas ce qui est parfait ! Pas à l'heure actuelle, en tout cas.

Je vois mon *mauvais* type d'homme et son mauvais type d'animal de loin. Ils sont complètement absorbés par leur jeu. Noé lance une branche. Son ami à quatre pattes court la chercher à toute vitesse et la ramène. Mais au lieu de la rendre à son maître, il la garde entre ses mâchoires serrées, bondit autour de Noé et remue la queue.

Noé ramasse une autre branche et la lance. Oscar lâche celle dans sa bouche et détale pour attraper la deuxième branche. Quand il revient avec, Noé le caresse et lance la première branche.

—Faire ça me rendrait dingue, dis-je après que Noé et moi nous soyons salués.

—Ça ne me dérange pas, dit Noé. Oscar adore ce jeu.

Je montre la branche dans la bouche d'Oscar. Il n'est pas censé te la donner ?

—Je suis sûr qu'il y pense, dit Noé en haussant les épaules. Mais il préfère la garder.

—C'est pas très...chien comme attitude.

—Je te l'ai dit, il est à moitié chat.

—C'est vrai, tu me l'as dit.

—Ce n'est pas seulement qu'il n'arrive pas à me donner la branche, il y a d'autres symptômes.

Noé se baisse et commence à tirer la branche avec son chien, il parle à nouveau.

—Oscar fait cinq ou six siestes dans la journée et la première commence quelques minutes après son réveil le matin.

—Pourquoi il se donne la peine de se réveiller ?

—Pour pouvoir se réinstaller sur mon lit.

—D'accord.

—Mais je peux fermer la porte de la chambre, la nuit, il ajoute rapidement. Oscar fera sa première sieste du matin dans son propre lit.

Je touche le bracelet de ma montre.

—Tu peux le faire ronronner ?

Noah hoche la tête.

—Oscar, assis !

Oscar le regarde, puis me regarde et se tourne à nouveau vers Noé. Après que Noé ait répété l'ordre trois fois de plus, Oscar soupire et s'assoit. Noé s'accroupit à côté de lui et frotte sa gorge. Le chien émet un son guttural et doux inattendu pour un chien. Noé lui gratte le derrière des oreilles et Oscar se met à ronronner plus fort.

—Satisfaite ? me demande Noé.

—Impressionnée.

À son appartement, Oscar se précipite sur son bol et boit goulûment.

Noé enlève ses tongs.

—Tu peux garder les tiennes si tu veux.

—Pas de problèmes, je glisse mes pieds hors de mes sandales. Le sol a l'air assez propre.

—Il *est* propre, dit-il en se dirigeant vers la cuisine.

Je le suis.

Noé ouvre le rosé et me verse un verre.

—À quelle heure tu manges normalement le soir ?

—Vers neuf heures. En général, une salade ou un bol de soupe.

—J'ai préparé une salade César avec du blanc de poulet et des feuilles vertes, il déclare avec une pointe de fierté et il jette un œil à l'horloge murale.

—Tu auras assez faim dans une heure ?

—Je crois bien.

Un ronflement sonore vient du salon et je regarde Noé d'un air perplexe.

—La dernière sieste d'Oscar avant d'aller se coucher, il explique.

—Il...Il *ronfle ?*

—Ben, oui.

—Les chats ne ronflent pas, je lève un sourcil. Ni les chiens, à ma connaissance.

—Il est aussi un peu humain, dit Noé, en bondissant autour de la table pour se planter à côté de moi.

Les yeux de Noé se posent sur mes lèvres et mon cœur commence à battre plus fort.

Je montre le rosé du doigt.

—Je croyais que tu étais un passionné de bière.

—Nan. Je suis plutôt vin. Je ne bois de la bière qu'en été pour empêcher mon corps de surchauffer.

—Un amateur de vin, alors ? Je hoche la tête de côté, le regardant de haut en bas.

Il me fait un sourire narquois.

—Je ne correspond pas à l'image d'un connaisseur en vin, c'est ça ?

Je souris en guise d'excuse.

Il hausse les épaules.

—Les apparences peuvent être trompeuses.

—Tout comme les mots, je fais jaillir le menton de défi. Que peux-tu me dire sur ce vin, vu que tu es un *connaisseur ?*

Saisissant la bouteille, il dit :

—Côtes de Provence Sainte Victoire, millésime 2015. Un excellent rosé de Provence. Sec avec une touche de fruits des bois. Il va parfaitement avec le poulet, alors fais attention d'en laisser pour le repas.

Je lève mon verre et je renifle.

—Quoi d'autre ?

—Ce vin vient du vignoble de la famille Négrel en Provence, dit Noé. Ils font du vin depuis 200 ans.

Mes sourcils s'élèvent. Peut-être qu'il bluffe et qu'il invente ces trucs au pif ? Improbable. Et même dans ce cas, il mérite des points de créativité.

—Santé, dis-je.

—Santé, il touche mon verre avec le sien.

Nous nous fixons du regard en buvant.

Les yeux bleus de Noé ont une intensité si explicite, que je ne peux pas m'empêcher de réagir. En y réfléchissant, cet homme a accompli un véritable exploit. Son désir est contagieux. Il m'excite. Je sais que j'aimerais qu'il me touche et je suis quasiment certaine que j'aimerais ses baisers.

C'est ce qu'il va faire après qui me rend nerveuse.

La sonnette de la porte retentit.

Oscar court jusqu'à l'entrée. Il s'assoit devant la porte, en remuant la queue. Il regarde Noé et son bonheur est clairement visible dans ses yeux noirs, comme s'il savait qui se trouvait de l'autre côté et qu'il est heureux de voir cette personne.

Noé ouvre la porte à une femme coquette aux cheveux gris.

Oscar se met à danser autour d'elle, jusqu'à ce qu'elle le caresse et le laisse lui faire quelques coups de langue généreux. Puis, elle se redresse et me remarque.

—Oh mince ! Elle se tourne vers Noé. Je m'excuse. Je ne savais pas que tu avais de la compagnie ce soir.

—Ce n'est pas grave, Juliette, dit Noé. Je te présente mon amie, Sophie.

Juliette m'attrape par les épaules et me fait la bise.

—Ravie de te rencontrer, ma chérie.

—C'est moi qui suis ravie, dis-je, ne sachant pas comment réagir devant cette femme exubérante ou quoi penser d'elle.

—Hamlet et moi venons juste de réaliser que nous avons laissé le chargeur du téléphone à la maison d'été, dit-elle à Noé. Est-ce que je pourrais t'emprunter le tien jusqu'à ce que j'aille en acheter un chez Darty demain ?

—Bien sûr, dit Noé, en se dirigeant dans le couloir.

Dans la chambre, je suppose. Que je vais sûrement découvrir plus tard ce soir. Je laisse échapper un bref soupir.

—Hamlet, c'est mon mari, dépend trop de son téléphone, m'explique Juliette. Les e-mails, Facebook, le Solitaire… Mais moi ? Je me rappelle juste que j'ai un téléphone quand quelqu'un m'appelle. Et toi, tu es accroc à ton téléphone aussi ?

—Je suis entre vous et votre mari, dis-je avec un sourire.

Elle sourit aussi.

—Tu es encore plus jolie que Noé a dit.

—Il vous a parlé de moi ?

—Juste qu'il passe du temps avec une adorable jeune fille américaine.

—Je vois.

Noé revient avec un chargeur et le donne à Juliette.

—Devine quoi, elle lui dit. Je fais tes *boreks* préférés, du taboulé et du dolma dimanche prochain.

Les yeux de Noé s'écarquillent.

—Les trois à la fois ?

Elle hoche la tête avec satisfaction.

—Pourquoi vous ne venez pas manger tous les deux ?

—Il faut absolument que tu goûtes le dolma de Juliette, me dit Noé avant que je puisse inventer une excuse polie. C'est trop bon. Et ses *boreks* sont une vraie tuerie.

—C'est quoi un borek ? Je demande.

Juliette me regarde avec compassion, soupire et secoue la tête comme pour dire qu'elle est vraiment désolée que je mène une vie sans *borek*. Mais elle ne donne pas de définition.

Noé non plus.

—J'ai déjà pris un enga... je commence.

—Alors, c'est d'accord. Juliette me tapote la joue. Je te verrai pour le dîner dimanche prochain, ma chérie.

Elle fait au revoir de la main à Noé et traverse le seuil vers son appartement.

J'attends que Noé ait fermé la porte derrière elle pour croiser les bras sur la poitrine.

—Apparemment, je viens juste de dire oui à une soirée avec des inconnus, même si j'étais en train de dire non !

Il me lance un regard qui veut dire « s'il te plaît ne me déteste pas ».

—Tu n'as pas besoin d'y aller si ça ne te dit vraiment rien, mais je t'assure, tu rateras le meilleur dolma de ce côté de la Seine.

Je soupire et décroise les bras.

—D'accord, d'accord.

—Cool, dit-il avec un large sourire.

—Je suppose que je viens de rencontrer Madame Derzian, c'est ça ?

—Exact.

—Et elle s'appelle Juliette.

Il hoche la tête.

Je plisse les yeux.

—Et son mari s'appelle Hamlet.

Il hoche à nouveau la tête.

—Ils sont *bien assortis.* Je me mords la lèvre inférieure pour m'empêcher de sourire.

—Ne ris pas, dit Noé.

—Désolée.

—Je veux dire, ne ris pas *encore*, pas avant que je te dise comment ils ont appelé leurs enfants.

—C'est-à-dire.

—Leur fils s'appelle Roméo et leur fille Ophélia.

C'est trop drôle pour être vrai.

—Tu me fais marcher.

—Je te jure que non, dit-il, en s'approchant. C'est leur sens de l'humour arménien. Tu as déjà entendu parler de Radio Erevan ?

Je secoue la tête.

—Ils sont connus pour leurs blagues politiques, dit-il. Mon père était très fan.

Y-a-t-il une touche de nostalgie dans la voix de Noé à l'idée de son père « foncièrement méchant » ? Il y a quelque chose qui cloche…

—Par exemple ? Je demande.

Son front se plisse.

—Il n'y en a qu'une qui me vient à l'esprit, mais elle n'est pas politique.

—Pas grave.

—Quelqu'un a demandé à Radio Erevan : « *Qu'est-ce qu'un échange d'opinions ?* »

Noé pause pour faire son petit effet avant de continuer.

—Radio Erevan a répondu : « *C'est quand tu entres dans le bureau de ton patron avec ton opinion et que tu ressors avec la sienne.* »

Je me marre, en le suivant dans la cuisine.

Noé pose son verre sur la table.

—À propos des Derzians, évidemment Juliette et Hamlet ne sont pas tombés amoureux pour former un couple Shakespearien. C'était une coïncidence.

—C'est bon à savoir, dis-je, en me demandant ce qu'il va faire ensuite.

—C'est juste que ces deux noms étaient populaires parmi les Arméniens libanais à l'époque. Mais ils ont fait exprès pour les noms de leurs enfants.

—Pourquoi ? Je demande.

—C'était l'idée de Juliette. Apparemment, Hamlet n'avait pas trop envie, mais elle n'a pas pu résister à la tentation.

Je secoue la tête.

—Les femmes, hein ?

—Exactement ! Il me prend le visage dans ses deux grandes mains et fixe ma bouche du regard, comme s'il voulait la dévorer.

Je suppose que c'est vraiment ce qu'il veut, vu la faim dans ses yeux assombris.

—Parfois, je me demande, dit-il, son regard toujours sur mes lèvres, si les femmes aiment dévisager un homme sur le point de perdre la tête de désir.

Sa voix est enrouée et incroyablement sexy.

Ces mains sur mes joues, cette voix, ce regard...

—Ne te demande plus, je murmure. Elles aiment ça.

Sans avertissement, sa bouche est sur la mienne. Il m'embrasse doucement et mes paupières se ferment. En me caressant le visage, il effleure mon menton, le bord de mon visage et ma gorge avec ses lèvres, avant de revenir à ma bouche.

Je retourne son baiser. Ses lèvres sont chaudes et un peu mouillées à cause du vin.

Alors que ses deux mains me tiennent encore le visage, Noé lèche ma lèvre inférieure. Il s'attarde sur le coin droit de ma bouche, l'embrasse, et passe au coin gauche.

Je force mes paupières à s'ouvrir pour pouvoir regarder son visage pendant qu'il m'embrasse comme ça. Ce que je vois est super sexy. Ses yeux sont troublés par le désir, son beau visage reflète son envie.

Je ne sais pas ce que pensent les femmes en général, mais je l'avoue, Sophie Bander, la frigide, aime dévisager un homme sur le point de perdre la tête de désir.

Si cet homme est Noé Masson.

—Sophie, dit-il d'une voix âpre contre ma bouche.

Un frisson me parcourt la colonne vertébrale.

Il glisse le bout de la langue entre mes lèvres, me persuadant de les ouvrir.

Ce que je fais, avec plaisir.

Et tout d'un coup, nous sommes tous les deux perdus dans un baiser brûlant, la bouche grande ouverte. Je me sens étourdie, alors que sa langue bute contre mon palais et caresse l'intérieur de mes dents. Lorsqu'il touche ma langue, je caresse la sienne, enivrée par son goût délicieux imprégnée de vin. Je m'entends gémir doucement.

Ce moment est tellement doux que je pourrais en pleurer.

Pourquoi personne ne m'a dit qu'on pouvait ressentir ça en embrassant quelqu'un ?

Même avec nos bouches unies, il reste quelques centimètres entre nos corps. Noé glisse une main sur le côté de mon cou. Pendant quelques instants, il la laisse là - chaude et les doigts écartés - sur mes omoplates. Puis, en appliquant un tout petit peu de pression, il me fait avancer plus près, jusqu'à ce que mes tétons touchent sa poitrine.

À travers deux couches de tissu fin, le contact provoque une décharge en moi et m'électrise. Mes tétons sont engorgés et durs comme la pierre. Je n'avais aucune idée qu'ils pouvaient se transformer ainsi.

Le baiser de Noé devient plus avide, plus rude. Saisissant ma nuque, il m'approche le plus près possible sans m'écraser contre sa poitrine.

Je fouille sa chevelure souple de la main et je savoure la sensation d'être tenue comme ça, embrassée comme ça, désirée comme ça par un homme auquel je n'ai pas arrêté de penser depuis que je l'ai rencontré.

Quand il se détache, je suis ses lèvres, j'en veux plus.

—Sophie, dit-il, en faisant un pas en arrière. Attends, il faut que je te demande quelque chose en premier.

Au prix d'un énorme effort, je me stabilise et je me concentre sur ses yeux.

Il prend une grande inspiration.

—Tu es certaine que c'est moi que tu veux ?

TREIZE

NOÉ

Elle cligne des yeux.

—Quoi ?

—Je ne veux pas... Je cherche le bon mot, puis je dis : Je ne veux pas te faire dérailler.

Elle me regarde fixement, n'ayant toujours pas compris.

Ne tourne pas autour du pot, Noé. Pose-lui la question que tu aurais déjà due lui poser, avant de l'amener ici, avant de la prendre dans tes bras dans la tente.

Même si ça veut dire que je vais me tirer une balle dans le pied.

Je renverse la tête en arrière brièvement, puis j'abaisse mon regard dans ses yeux.

—Quid de Zach ?

—Ah, elle expire, en comprenant de quoi il s'agit.

—Est-ce que ce n'est pas *lui* que tu veux vraiment ?

—Oui, dit-elle. Je veux dire pas *ton* Zach, mais quelqu'un comme lui dans quelques années, quand je serais de retour à Key West et prête à fonder un foyer.

J'exhale lentement.

Elle sourit.

—Mais maintenant, ici à Paris, pour mon séjour stage-vacances, c'est *toi* que je veux.

Mes épaules tombent de soulagement.

Garder Sophie pour moi, alors que je les ai fait se rencontrer pour qu'ils sortent ensemble, me met mal à l'aise. Mais, au moins, je sais à quoi m'en tenir maintenant. Sophie ne m'embrasse pas parce qu'elle ne peut pas décider entre moi et Zach ou parce que Zach a pris trop de temps pour sortir avec elle.

Elle m'embrasse parce qu'elle m'a choisi.

Même si c'est juste pour la durée de ses vacances parisiennes. D'ailleurs, ça me va bien. C'est plus que bien, c'est parfait. Après tout, moi aussi, j'ai pensé à une autre femme pour quand je serais prêt à fonder un foyer.

J'observe Sophie, m'émerveillant du cadeau que l'univers a jugé avisé de mettre entre mes mains.

Elle rit doucement.

—On dirait que tu viens de gagner une médaille d'or.

—C'est vraiment l'impression que j'ai, j'admets.

Faisant un pas vers elle, je l'avance contre le mur, je me penche et je mets les mains de chaque côté de son visage.

Son sourire s'efface pour céder la place à un mélange d'émotions fortes qui dansent dans ses yeux expressifs. Il y a du désir et de l'excitation, j'en suis sûr, mais il y aussi de l'angoisse. Ça ne me surprend pas, vu son expérience d'hommes maladroits.

Je vais y aller délicatement.

—Bébé, dis-je en l'embrassant doucement sur le front. Si je commence à faire quelque chose que tu n'aimes pas ou si tu n'es pas prête, tu me le dis. D'accord ?

Elle hoche la tête et son expression se détend.

—Vas-y doucement, s'il te plaît ?

—Je te le promets.

Elle place ses mains sur ma poitrine, la caressant. Ses jolis doigts suivent mes clavicules, ma gorge, glissent le long de mes épaules, puis reviennent à ma poitrine.

—Tu es parfait, dit-elle. Mieux que mon fantasme secret.

—C'est quoi ton fantasme ?

Elle penche la tête.

—Tu ne sais pas ce que veut dire le mot *secret* ?

—Pitié ! Je la supplie. Maintenant que tu m'as révélé que tu avais un fantasme secret, tu *dois* me dire ce que c'est, ou alors je vais mourir de frustration.

Elle hésite un instant, puis hausse les épaules.

—Au point où j'en suis. Mon fantasme secret a toujours été un joueur de football américain aux yeux bleus.

Un sourire joyeux, que je n'arrive pas du tout à contenir, s'étale sur mon visage.

Son regard se concentre sur mes pectoraux.

—Mais un gardien de water-polo français fera tout à fait l'affaire.

—J'en suis ravi, dis-je, en prenant son menton entre le pouce et l'index.

Et puis, je l'embrasse fort, comme je meurs d'envie de le faire depuis plusieurs semaines.

Elle me laisse faire. Encore mieux, elle réagit, en passant la main dans mes cheveux. Son souffle divin - chocolat, vin et Sophie - me rend fou de désir. Alors que j'explore l'intérieur tendre de sa bouche, un sentiment d'urgence m'envahit. Je n'ai pas oublié ma promesse d'y aller doucement et je suis totalement prêt à m'arrêter, dès qu'elle me dit que c'est trop ou trop tôt. Mais en attendant, je vais aller le plus loin possible avec ma douce Sophie.

J'arrête de l'embrasser.

Elle titube, haletante, les yeux troublés par le désir.

—Ma chambre, dis-je. Sauf si tu veux que je te prenne contre ce mur.

Dis oui.

L'image de Sophie empalée sur ma queue, contre le mur, fait trembler mes mains. Je la vois dans cette position - les jambes enlaçant ma taille, ses seins nus et tressautant, alors que je la pilonne avec tout ce que j'ai.

Merde.

J'étais pas censé y aller doucement ? Tu parles d'un self-control… Le désir dans mes entrailles brûle toutes mes bonnes intentions. Cette femme m'envoûte.

Le moment où ces mots se forment dans mon esprit, la honte me frappe en plein plexus solaire, me faisant suffoquer.

Qu'est-ce qui te prend, mec ?

Blâmer les charmes d'une femme parce que tu n'arrives pas à te restreindre, c'est…nul, c'est le moins qu'on puisse dire. C'est ce que les mauvais amants font. C'est ce que les violeurs font.

Dis non, Sophie.

Elle cligne les yeux et avale sa salive.

—Ta chambre.

Merci !

Je la prends par la main, la conduis à travers le salon pour entrer dans la chambre.

Elle est baignée par la lumière dorée du soleil couchant.

Je me tourne vers Sophie.

—Trop de lumière ?

Elle hoche la tête.

Je vais à la fenêtre et je tire les rideaux, pour laisser un espace étroit. Quand je reviens à elle, elle a déjà enlevé son short et elle saisit le bord de son t-shirt. Je regarde, hypnotisé. Elle le soulève au-dessus de son ventre, de ses seins et de sa tête.

Sous le charme, je suis chacun de ses mouvements.

Sophie baisse les bras et laisse tomber son t-shirt au sol.

Je laisse échapper un souffle court, subjugué par ce qu'elle me dévoile.

Enveloppés dans un léger soutien-gorge à fleurs, avec un minuscule nœud au milieu, ses seins généreux et effrontés sont le meilleur cadeau que j'ai jamais reçu. Ils sont tout simplement parfaits - l'essence même de la féminité. Ses tétons saillants jaillissent sous le tissu au centre de chaque sein.

En fait, je m'étais déjà aperçu que ses seins étaient exceptionnels - les légers vêtements d'été sont révélateurs - mais les voir comme ça m'empêche de respirer.

J'arrache mon t-shirt et je fais un pas vers elle.

Elle saisit ma ceinture et la tire. Mon souffle s'accélère, alors qu'elle défait la boucle et descend la fermeture éclair de mon jean. Lentement, elle fait descendre mon pantalon le long de mes hanches et de mes cuisses. Quand il tombe par terre, je m'écarte.

Elle fixe mon caleçon tendu.

Si seulement je pouvais savoir si c'est l'anticipation ou l'angoisse qui soulève sa poitrine !

Elle défait son soutien-gorge, en libérant ses nichons magnifiques. J'enveloppe le premier et grogne presque de plaisir. Son sein est ferme, doux et lisse et il tient parfaitement dans ma paume, comme si c'était sa place. Et ça l'est.

Je couvre son sein droit avec mon autre main et je la tiens comme ça pendant un moment.

Elle sourit.

—Des grandes mains et une bonne poigne sont particulièrement utiles, hein ?

—Je suis content que tu sois d'accord, je marmonne, en commençant à peloter le trésor dans mes mains et à embrasser chaque millimètre de son visage.

Dix bonnes minutes plus tard, je glisse mes pouces dans l'élastique de sa culotte et je la fais descendre le long de ses hanches, puis de ses cuisses.

Ma main se faufile entre ses jambes avant qu'elle n'ait finit d'enlever sa culotte de sa cheville. Je ne peux pas attendre. La reculant vers le lit, j'arrache mon caleçon et je grimpe au-dessus d'elle.

Sous moi, il y a la femme la plus désirable et la plus belle que j'ai jamais vue.

Quoi qu'elle croie, elle est faite pour le sexe. *Avec moi.*

Appuyant la paume de ma main contre son pubis, je frotte et je glisse un doigt à l'intérieur. Elle est mouillée. Pas trempée, mais mouillée sans aucun doute. Je sors mon doigt et je me place à son entrée.

—Je n'ai pas de protection, dit-elle.

—Ne t'inquiètes pas, j'en ai tout un pa…, je commence, mon regard vissé sur la toison entre ses jambes, avant de réaliser qu'elle est en train d'hyperventiler.

Je lève les yeux.

Elle déglutit avec difficulté, clairement paniquée, ses yeux regardant furtivement vers la porte.

Merde.

—Mince, dis-je. Moi, non plus.

Le soulagement dans ses yeux me serre la poitrine.

Je me relève et m'allonge sur le côté.

—Ce deuxième type, dont tu m'as parlé…Est-ce qu'il t'a violée ?

—Non, dit-elle. Peut-être. Je ne sais pas. J'ai *accepté* de coucher avec lui. Je m'étais dit que ça allait être obligatoirement mieux que la première fois. Mais une fois nus et qu'il a commencé à me tripoter et à m'embrasser…soudain, je ne voulais plus.

Elle étudie mon visage comme si elle suppose que je ne vais pas comprendre.

—Tu lui as dit que tu voulais arrêter ? Je demande.

—Oui, mais il n'écoutait pas. Après, il m'a dit qu'on était allés trop loin et que je ne pouvais pas sérieusement m'attendre à ce qu'il puisse s'arrêter à ce stade.

—Tu l'as cru ?

—Oui. Elle fronce les sourcils. Je ne sais pas comment les hommes fonctionnent.

—À part les psychopathes, on fonctionne comme des humains, dis-je. Pas comme des bêtes sauvages. Si nous *voulons* nous arrêter quand une femme dit non, nous *pouvons* nous arrêter.

Je me détourne pour attraper mon caleçon par terre.

Elle me tire le bras.

—Attends. Je n'ai pas dit non à... tout.

Je penche la tête de côté.

—Tu pourrais être plus spécifique.

Elle détourne le regard, en rougissant.

Si j'étais un vrai gentleman, noble dans mon cœur et pas seulement sur le papier, j'arrêterais de la faire marcher à ce moment. Je lui suggérerais des choses et elle pourrait répondre par oui ou non. Mais j'ai trop envie de l'entendre dire des trucs cochons.

—Allez, Sophie, je l'encourage. Tu peux y arriver.

Elle grimace.

—Il faut vraiment que je sois explicite ?

—J'en ai bien peur.

—Sexe oral, marmonne-t-elle.

Je mets la main à l'oreille.

—Excuse-moi ? Tu as dit quelque chose ?

Elle se mord la lèvre inférieure, l'air vraiment gênée.

C'est pas croyable comment j'adore la taquiner.

—Du sexe oral, elle répète plus fort. J'aimerais du sexe oral, s'il te plaît. Si ça ne te dérange pas.

J'ai du mal à garder mon sérieux.

—Voudrais-tu me tailler une pipe ou préfères-tu que je te fasse un cunni ?

—Toi, elle murmure.

J'écarte ses jambes et je m'assois entre.

Soudain, je n'ai plus envie de plaisanter.

Je me baisse et je frotte ma tête contre l'intérieur de ses cuisses. Ensuite, j'embrasse ses plis à bouche ouverte, en l'écartant avec mes doigts. Je la lèche fort et longtemps et je plonge ma langue dans sa chatte. Elle a le goût du sexe dans sa forme la plus pure. Sucré, épicé, addictif.

Je la sonde, en poussant un peu plus profondément avec chaque coup de ma langue. Elle commence à gémir. C'est tout l'encouragement dont j'ai besoin pour ajouter un doigt et la lécher en même temps. Les gémissements de Sophie deviennent plus forts et maintenant, elle se tord sur le lit et s'agrippe à mes cheveux.

Ma bite me fait mal.

La tentation de remonter sur elle, pour pouvoir me frotter contre elle ou - encore mieux -pour qu'elle puisse la caresser, est si forte que je cède presque. Mais, finalement, je ne bouge pas. Cette nuit n'est pas pour moi, c'est la nuit de Sophie.

Rien qu'elle.

Lorsque je lève les yeux sur son visage, les yeux de Sophie sont fermés, sa bouche est entrouverte et ses joues sont légèrement rouges. Sentant ses vagues de plaisir, je la doigte plus fort, tout en la léchant et en mordillant sa chair plus avidement.

Elle se tend et se contracte autour de moi.

Avec un grognement venant d'un endroit profond dans ma poitrine je lèche son orgasme jusqu'à la dernière goutte.

Et puis, je m'allonge près d'elle et je la prends dans mes bras.

Les paupières mi-closes, elle me regarde et prend ma bouche pour un baiser brûlant.

Lorsqu'elle le rompt, j'étudie son visage.

—Tu as aimé ton goût ?

—Oui, dit-elle avec un petit sourire. C'est bizarre ?

—Pas à mon avis, bébé. Je glisse mon doigt sur ses lèvres. Mais, il faut dire, que maintenant là, j'ai pas l'esprit clair.

Elle me lance un regard perplexe.
J'ouvre les bras et je les étends comme les ailes d'un oiseau.
—Parce que je plane.

QUATORZE

SOPHIE

Je me réveille sous les coups de langue d'Oscar sur mon visage.

—Beurk, dégage, sale bête ! Je l'éloigne de ma tête, en m'essuyant la bouche, le menton et les joues avec le drap.

Noé s'assoit et pousse Oscar vers le bord du lit.

—Tu es vilain.

Franchement, il aurait pu le gronder un peu plus fort. Au moins, pour faire semblant.

Lorsque le chien saute au sol, Noé se tourne vers moi, en souriant.

—Félicitations.

—Pour quoi ?

—Pour être passée du statut de personne inoffensive à personne méritant d'être léchée par Oscar.

—Il fait passer tout le monde à ce statut ou je dois me sentir fière et spéciale ? Je demande avec espièglerie.

—Carrément fière et spéciale. Il me fait un clin d'œil. Mais pas à cause d'Oscar.

—Ah bon ?

—C'est moi le plus perspicace.

—C'est-à-dire ?

Son sourire s'élargit.

—La première fois que je t'ai vue, j'ai mis moins de dix secondes pour te faire passer du statut d'inoffensive à méritant d'être léchée.

Les images de la nuit dernière remplissent mon cerveau et je me détourne, en espérant qu'il ne remarquera pas mes oreilles en feu.

—Je peux aller à la douche en premier ? Je demande.

—Bien sûr.

Je sors du lit, m'agenouille et trie parmi la pile d'habits par terre, à la recherche de mes sous-vêtements. Je trouve mon soutien-gorge, mais pas ma culotte.

—Oups, dit Noé, en se penchant de l'autre côté du lit et en retirant mon shorty en dentelle de la bouche d'Oscar.

Il me tend le vêtement qui est tout mouillé.

Voyant mon hésitation, il l'enveloppe dans son poing.

—Je suis – *nous sommes* vraiment désolés. Je te le laverai.

—Je ne peux pas rentrer chez moi à poil.

—Je peux te proposer un de mes caleçons ou un slip de bain ? Il me dit, un sourire dansant sur le coin de sa bouche.

Je lève le menton.

—Ce n'est pas drôle.

—Tu as raison, dit-il. Je vais l'expliquer à Oscar.

Il saute hors du lit, s'accroupit près de son chien et prend une expression sévère.

—Ce n'est pas bien, Oscar. Pas bien du tout.

Oscar écoute attentivement, ses grands yeux tristes fixés sur ceux de Noé.

—Dans cette maison, on ne mâche pas les sous-vêtements de nos invités sans permission, continue Noé, le ton faussement strict. Tu devrais avoir honte de...

Oscar se relève et lèche joyeusement le nez de Noé.

Noé s'interrompt au milieu de sa phrase, incapable de s'empêcher de sourire.

Je secoue la tête.

—Si c'est comme ça que tu le punis, je vois pourquoi il fait tout ce qu'il veut.

—Tu as déjà essayé de gronder quelqu'un alors qu'il te lèche le nez ?

—À ça non.

Il caresse Oscar.

—C'est bien ce qui me semblait. Pour info, c'est impossible.

—Si tu le dis. Je soupire, résignée. Hé, j'accepte ton offre de sous-vêtement.

Il ouvre un des tiroirs dans l'armoire et fouille à l'intérieur.

—Ça devrait faire l'affaire, me dit-il, en me donnant un caleçon extensible.

Je le prends et me dirige vers la salle de bain.

Vingt minutes plus tard, j'entre dans la cuisine. Une odeur de café frais et de viennoiseries chaudes flotte dans l'air.

Je montre les croissants sur la table.

—Micro-ondes ?

Il fait la grimace, l'air exagérément vexé.

—Sûrement pas ! Je les ai achetés à la boulangerie en bas pendant que tu te douchais.

—Maintenant, je comprends pourquoi mon amie Sue me disait que je devais passer une nuit avec un français, dis-je avant de mordre dans la délicieuse pâte feuilletée.

—Et pourquoi ?

—Cette *perfection*, je lève le croissant, avec du café frais tôt le matin. Ça vaut bien toutes les complications.

Ses lèvres se plissent et il montre la bouteille de rosé de la nuit dernière.

—Je dirais que *ça* valait bien toutes les complications.

Je penche la tête.

—Tu t'y connais plutôt bien en vin pour un athlète qui a grandi au Népal.

—Les français sont nés connaisseurs en vin, dit-il. Demande à ta mère, si tu ne me crois pas.

—Je ne connais peut-être pas grand-chose en vins, dis-je, mais ce n'est pas le cas pour les vignobles.

—Comment ça se fait ?

—On a fait un atelier de deux jours à l'agence la semaine dernière sur la vente de propriétés viticoles. J'ai appris plein de choses.

—Comme quoi ?

—Par exemple, si le domaine a une cuverie ou juste un vignoble, le type de raisins cultivés, l'âge des vins, leur rendement, s'il y a du personnel déjà salarié et tout un tas d'autres choses. Tout ça se répercute sur le prix du domaine.

—Je n'en avais aucune idée, dit-il, l'air impressionné. J'adorerais en savoir plus.

Je souris flattée.

—Sans problème, mais n'oublie pas que ce n'est qu'un cours intensif. Il y des courtiers spécialisés qui peuvent te dire immédiatement si le domaine sera rentable.

—Je crois que tes connaissances seront suffisantes pour moi, dit-il de manière énigmatique.

Avant d'avoir le temps de lui demander, ce qu'il veut dire, mon téléphone se réveille dans mon sac à main, avec la sonnerie de Papa.

Je réponds.

—Bonjour, Princesse, j'ai d'excellentes nouvelles, dit Papa. Hier soir, Doug Thompson a insisté pour que nous allions boire un verre.

—Notre pire ennemi ?

—Ce n'est plus le cas. Il a admis qu'il était amoureux de toi, tu y crois ?

—Non, dis-je.

—En fait, il est amoureux de toi depuis des années, continue Papa, et il veut tout faire pour conquérir ton cœur.

Je suis trop sidérée pour répondre.

—Si toi et Doug vous entendez bien, nous pourrions fusionner nos deux agences et devenir LE leader du marché. Nous n'aurions aucun concurrent dans les Keys. Nous pourrions développer le truc parisien que tu as commencé en véritable agence, et pourquoi pas, en ouvrir une à Miami.

Il est tellement enthousiaste que j'ai du mal à en croire mes oreilles.

—Papa, je...

—Tu n'as pas besoin de répondre ou de faire quelque chose pour l'instant, il m'interrompt. Je voulais juste que tu commences à voir Doug sous un autre angle. S'il n'est plus notre concurrent, c'est exactement ce qu'il te faudrait comme homme.

Cette conversation prend une tournure beaucoup trop sensible.

—Je peux te rappeler dans dix minutes ? Je demande.

Il s'arrête un instant.

—Tu n'es pas seule.

—Exact.

—À huit heures du matin, il remarque d'un ton acerbe.

Maintenant, sa voix est glaciale par rapport à la chaleur qu'elle diffusait il y a quelques secondes.

—Je te rappelle, dis-je et je raccroche.

Noé me donne une tasse de café parfumé.

—Bois-ça avant de filer.

Je l'avale et je l'embrasse.

Dès que je suis dans la rue, je rappelle Papa.

—Tu as rencontré quelqu'un, dit-il.

—Peut-être.

—Il est noir ?

Depuis quand la race est devenue un facteur à prendre en compte ?

—Non, dis-je. Doug Thompson non plus, il me semble.

—C'est différent.

—C'est-à-dire ?

—Doug est d'ici, un *conch* de souche, né et élevé à Key West.

—C'est un mérite ? Je demande avec une pointe de sarcasme.

—Oui, ça l'est, dit Papa. Ça veut dire qu'il a des racines ici. Ça veut dire qu'il peut supporter nos étés et qu'il ne s'enfuira pas au bout de quelques années, pour un climat moins chaud.

Oh, non ! Il parle de Maman autant que de Doug. J'aurais dû le voir venir.

—Je suppose qu'il est français, dit Papa.

—Oui.

—Catholique ?

—Il n'est pas religieux.

—Encore pire, un athée.

—Je ne pense pas qu'il soit athée, c'est juste qu'il ne pense pas trop à la religion. Sa passion est ailleurs.

—C'est quoi ?

—Le water-polo.

—Hum. Il est pro ? Il gagne bien sa vie ?

—Le water-polo c'est pas comme le baseball ou le foot. C'est pas très bien payé. Du coup, il travaille à mi-temps.

—À faire quoi ?

J'hésite. Papa ne va pas aimer ça. *Bon, tant pis.*

—Il livre des pizzas.

Silence.

—Papa ?

—Tu sors avec un livreur de pizzas.

Je ne fais pas de commentaires.

Il s'éclaircit la gorge.

—Et ton livreur de pizza a-t-il un diplôme universitaire ?

—Heu...je ne sais pas.

—Donc, en gros, c'est un loser, dit Papa, avant d'ajouter : Une euro-racaille.

—Tu exagères !

—Il va te tirer vers le bas, Sophie, tu ne le vois pas ?

—Papa, j'ai pas prévu de me marier avec lui, je fais une moue de frustration. Tu devrais plutôt être content que je sorte enfin avec quelqu'un.

—Tu sors avec quelqu'un qui habite en Europe et qui livre des pizzas. Non, je ne suis pas content.

—C'est quelqu'un de merveilleux, dis-je, et un gardien doué.

J'aurais aimé mentionner le don supplémentaire de Noé, que j'ai découvert la nuit dernière, mais c'est à Papa que je parle, pas à Maman.

—Un livreur de pizza. Il rit amèrement. Si c'est pas le type parfait ?

Je ne dis rien.

—Comment s'appelle-t-il ? demande Papa.

—Noé Masson.

—Garde juste la tête sur les épaules, Princesse, d'accord ? Le ton de Papa est apaisant maintenant. Tu es jeune et sans expérience, et ce Noé...Promets-moi juste de ne pas te précipiter ?

—Pas de problème, dis-je et nous raccrochons.

Gros problème, en fait.

Malgré la désapprobation flagrante de Papa et mes propres doutes, j'ai peut-être déjà franchi la ligne rouge.

Je suis peut-être en train de tomber amoureuse de Noé.

QUINZE

NOÉ

Je fixe la dernière lettre de Diane, tout en digérant les informations que je viens de lire.

Cher Noé,

Jaqueline m'a dit que tu étais allé au château la semaine dernière. Quelle excellente nouvelle ! Je l'ai dit à Sébastien, qui n'a pas commenté, mais ses yeux se sont éclairés d'espoir. Le château t'a-t-il rappelé des souvenirs d'enfance ? Est-ce que tu as eu envie de revenir ? J'espère que c'est le cas.

Remarque : d'habitude je ne suis pas si sentimentale. C'est le baby blues. Ça va passer (je croise les doigts).

Bref, je reviens à la raison de ma lettre. Ta visite au domaine m'a fait réaliser quelque chose. Vu que tu refuses de voir Séb ou même Raphael, c'est peut-être parce que tu n'as pas eu l'opportunité d'entendre la version de l'histoire de Sébastien.

Je vais te la dire dans cette lettre et tu feras ce que tu voudras ensuite.

Marguerite n'avait plus d'argent et a demandé à Sébastien de donner un demi-million à son association, peu après le décès de ton père. Je pense que tu es au courant de ça. Ce que tu ne savais peut-être pas, c'est que la société était au bord de la faillite à ce moment.

Sébastien lui a dit non, parce qu'il investissait son héritage personnel - jusqu'au dernier centime - dans Parfums d'Arcy. S'il lui avait envoyé la somme qu'elle demandait, il n'aurait pas pu sauver la société. Près de mille employés en France et à l'étranger auraient perdu leur travail. Je ne dis pas que c'était le seul facteur dans la décision de Sébastien, mais c'était un point important.

Qu'aurais-tu fait à sa place ? Aurais-tu sacrifié la dernière chance de sauver l'entreprise familiale pour pouvoir aider des personnes dans un pays étranger ? Peut-être l'aurais-tu fait. Mais Sébastien a choisi autre chose. Et son choix ne fait pas de lui quelqu'un de mauvais.

Séb a demandé à Marguerite si elle pouvait mettre sa fondation en attente et faire du volontariat pour d'autres associations pendant qu'il sauvait l'entreprise. Elle n'a pas voulu en entendre parler.

Deux ans plus tard, Parfums d'Arcy a réalisé un modeste bénéfice. Ton frère l'a offert à Marguerite, même s'il espérait le réinvestir dans l'entreprise. Elle lui a dit qu'elle avait trouvé une autre solution et qu'elle n'avait plus besoin de l'argent de d'Arcy ou de son aide.

Donc, voilà, maintenant tu connais la version de Sébastien.

D'autre part, nous espérons tous te voir pour le mariage de Raphael et de Mia. S'il te plait, viens. Ce serait le meilleur cadeau de mariage possible pour Raphael. Crois-moi.

Diane

Je n'y vais pas. Quand on coupe les ponts avec quelqu'un, je ne vois pas l'intérêt de le faire à moitié.

Est-ce que je crois sa version de l'histoire de Sébastien ? Cela pourrait-il être vrai ? Est-il possible que mes frères ne soient pas uniquement animés par la cupidité ? Sébastien se préoccupait-il vraiment du sort de ses employés ? A-t-il vraiment offert ses premiers bénéfices à Maman ?

Est-ce que je l'ai jugé trop sévèrement ?

Pour ce qui est de Raphael, Maman a toujours dit qu'il était trop jeune à l'époque et trop facilement influencé. En parlant de Maman, quelque chose dans la lettre de Diane me dérange plus que la possibilité que j'ai eu tort de rompre la relation avec mes frères. C'est la réponse que Maman a donnée à Seb, lorsqu'il lui a enfin proposé de l'argent.

Elle lui a dit qu'elle avait trouvé une autre solution.

Cette « autre solution » ne pouvait être que Pierre Sorrel, l'officiel au Ministère des affaires étrangères qui avait aidé Maman à obtenir le financement du gouvernement français cette année-là et les années suivantes. Le connard ultime qui lui avait fait payer son aide avec son corps.

C'est ce qu'elle m'avait dit le jour où j'étais rentré plus tôt de l'école et où je l'avais trouvé dans notre salon. Il avait le dos tourné, le cul nu, le pantalon autour des chevilles. Maman était à genou devant lui...

Mes mains forment des poings alors que je me remémore la scène.

Qu'est-ce que je ne donnerais pas pour ne jamais l'avoir vue ! J'avais quatorze ans et Maman était mon héroïne, une guerrière de la justice sociale, une sainte. Quand Sorrel avait filé et qu'elle avait avoué que ce que j'avais vu était le prix à payer pour continuer son travail, j'avais résolu de le tuer. J'avais passé d'innombrables nuits à préparer son meurtre pour sauver Maman de ses griffes.

Mais la seule fois où j'en avais vraiment eu l'opportunité lors d'une garden-party à l'Ambassade de France, je n'avais pas pu passer à l'acte.

C'est pour ça que j'en veux tellement à mes frères.

C'est pour ça que je ne peux pas leur pardonner.

Mais… pourquoi est-ce que Maman n'avait pas pris l'argent de Sébastien lorsqu'il lui avait proposé, afin de se libérer de Sorrel ? Son orgueil était-il plus fort que sa souffrance ? Ou peut-être souffrait-elle moins qu'elle me l'avait fait croire ?

Je secoue la tête.

Ce ne sont que des hypothèses basées sur des informations de deuxième main d'une femme qui est loin d'être impartiale. Diane aime Séb et elle est fait tout son possible pour justifier ses actions. Elle y arrive bien, d'ailleurs. À chaque fois qu'elle écrit, je finis par me poser des questions sur ce que j'ai toujours considéré être la vérité.

Je froisse sa lettre et l'envoie dans la poubelle. La prochaine qu'elle m'enverra y finira sans être ouverte.

La colère pulsant dans mes veines, j'attrape mon sac à dos et je sors. J'ai un train à prendre avec Sophie.

Nous allons en Bourgogne.

C'est ma deuxième visite en une semaine. Je suis allé au Château d'Arcy samedi dernier pour parler à la gouvernante, Jacqueline Bruel. Depuis mon vingt-septième anniversaire il y a deux semaines, je suis le propriétaire légal du domaine, ce qui signifie que Madame Bruel est mon employée.

Mais, pas pour longtemps.

J'ai discuté avec Jacqueline la semaine dernière et je lui ai demandé d'assurer que le personnel ne soit pas là de quatorze à dix-huit heures cet après-midi, pour que je puisse y passer quelques heures seul et que je décide ce que je veux en faire.

J'ai menti. Ma décision est prise. Elle a été prise il y a plusieurs années. J'y amène Sophie aujourd'hui, pour qu'elle me fasse une première évaluation et qu'elle me donne un prix approximatif. Ensuite, je mettrai la vente dans les mains d'un courtier spécialisé dont elle a parlé.

Et puis, je le vendrai.

~

LORSQUE NOUS SORTONS du taxi et franchissons le portail en fer forgé, l'air sent les roses et l'herbe. Des abeilles et autres insectes bourdonnent au-dessus des haies bien taillées.

Une légère brise fait bruisser les milliers de feuilles de chêne le long de l'allée en gravier. Un parc à l'anglaise avec ses vastes pelouses, parsemées d'arbres imposants et de parterres de fleurs colorés commence sur notre gauche et s'étend derrière le château, où débute un vignoble, qui couvre les pentes douces sur notre droite.

Tout ceci est tellement différent des odeurs, des vues et des sons de Paris, qu'on a du mal à croire que nous avons quitté la capitale, il y a moins de trois heures.

Ce serait le paradis pour Oscar.

Il pourchasserait les papillons et se roulerait dans l'herbe autant qu'il le voudrait, et il n'y aurait personne pour lui dire de partir parce que c'est une zone interdite aux chiens.

—Ton ami Sébastien a bien raison de vendre son château en été. Sophie se remplit les poumons d'air et regarde autour d'elle. Ça fait moins d'une minute que je suis là et je suis déjà amoureuse.

Je lui lance un sourire pincé, me demandant si c'est une coïncidence d'avoir nommé mon ami imaginaire « Sébastien ».

Pas vraiment. Je suppose que c'était une tentative involontaire de conférer une touche de vérité à cette farce.

Sébastien, Raphael et moi, et des générations de filles et de garçons d'Arcy, ont passé de nombreux joyeux étés ici. Raph et moi faisions toujours des bêtises : grimper aux arbres et avoir trop peur de redescendre, pourchasser l'oie de la gouvernante dans le parc et jouer à cache-cache là où nous n'avions pas le droit.

Quel dommage que mon frère décontracté ait choisi de s'aligner sur notre aîné Séb, quand Maman avait besoin de lui !

Au contraire de ses frères cadets, Sébastien toujours sérieux, passait la plupart du temps dans la bibliothèque à l'étage, à lire des ouvrages compliqués. Je suis certain que c'est dans la bibliothèque qu'il a commencé à manigancer son plan pour dominer le monde.

—Tu peux me redire pourquoi ton pote veut vendre ? demande Sophie.

—Il a besoin de l'argent.

—Et il est coincé à l'étranger, c'est ça ?

—Exact, je me détourne. Par où veux-tu commencer ?

—J'ai quoi comme options ?

—Le parc, le vignoble ou la maison.

Elle pointe le menton vers l'escalier menant à l'entrée ornée.

—Allons voir le château en premier.

—D'accord, je hoche la tête en me tapant le front de la main. J'ai presque oublié, on n'aura pas le temps d'aller la voir, mais il faut que tu saches qu'il y a une grotte avec de l'art rupestre à quelques minutes dans cette colline.

Je montre dans la direction de la Grotte d'Arcy.

—Elle fait partie du domaine ? Elle demande.

Je fais oui de la tête.

—Et la grotte est-elle belle ?

—Il y a les peintures rupestres préhistoriques les plus

anciennes de France, dis-je, une note de fierté s'insinuant dans ma voix. Elles datent de l'Âge glaciaire, il y a environ quarante mille ans. Je me rappelle les mammouths et les élans magnifiques. Des lions, aussi.

—Tu venais ici quand tu étais petit ?

—Ouais.

—C'est triste, dit-elle.

—Que je sois venu ici quand j'étais gamin ?

—Mais non, idiot. Que ton ami vende sa maison d'enfance.

—Ce n'est pas triste, dis-je. Il se moque de cet endroit.

Vraiment, il s'en moque.

SEIZE

SOPHIE

—Quel âge a le château ? Je demande lorsque nous arrivons en haut de l'escalier.

Noé ouvre la porte d'entrée magnifiquement sculptée.

—Plus de quatre cents ans.

—Il est inscrit aux monuments historiques ?

Il hoche la tête.

—Cela veut dire que les nouveaux propriétaires ne pourront pas faire de gros changements sans permis spéciaux, dis-je.

Noé me lance un regard inquiet.

—Pourquoi est-ce qu'ils voudraient faire de gros changements ?

—Est-ce qu'il y a une piscine intérieure ou un spa dans le château ?

Il secoue la tête.

—Les acheteurs non-européens voudront sûrement ces choses-là.

—Je vois.

Je regarde autour de moi, en observant l'énorme vestibule

inondé d'une lumière douce, le sol en marbre, les chandeliers imposants et l'escalier majestueux qui mène au deuxième étage.

—Par là. Noé avance vers un salon de l'autre côté du vestibule.

Le marbre ébréché sous nos pieds fait place à un parquet délicat. Le plancher craque à chacun de nos pas, mais il est magnifique. Les petits panneaux de couleur miel, sûrement en chêne, sont assemblés en grands carrés diagonaux. J'ai déjà vu ce motif. Je ferme les yeux, me rappelant ce que Véronique m'a appris sur les styles de planchers français traditionnels.

—Parquet de Versailles, j'annonce fièrement, en pointant vers le bas. C'est le nom de ce motif.

Noé sourit.

—Précieux comme information.

—Ne fais pas ton malin, monsieur le gardien de but. Je relève le menton. Tu m'as amenée ici pour entendre mon opinion, non ?

Il baisse la tête sur la poitrine.

—Désolé, c'est vrai.

—J'ai essayé de me renseigner sur ce domaine hier soir, mais je n'ai pas réussi à trouver de château appelé Thouars-Maurice.

—Ah bon ? Il regarde fixement à travers la fenêtre.

—Tu es sûr de ne pas t'être trompé de nom ?

—Je demanderai à mon pote, dit Noé. Peut-être que le nom officiel est légèrement différent.

—Je te parie qu'il l'est.

Détachant mon regard de Noé, j'observe autour de moi.

—Cette pièce est...incroyable.

Il sourit.

—Elle s'appelle le Salon Bleu.

Je vois pourquoi. Les murs sont couverts de fresques bleues décolorées représentant de jolies bergères batifolant avec des bergers coquins dans des scènes bucoliques. Je doute que Noé puisse me donner l'âge de ces fresques, mais elles doivent avoir au moins deux-cents ans.

Sur le seul mur sans fresque, de hautes portes-fenêtres s'ouvrent sur un parc à l'anglaise, dont nous avions vu une partie depuis le devant du bâtiment.

Je suis époustouflée par ce que je vois.

Examinant les vastes pelouses se fondant en prairie avant de rencontrer les bois au loin, je déclare que je n'ai jamais rien vu d'aussi beau.

Même les couchers de soleil chez moi ne sont pas aussi remarquables.

—Cette vue est extraordinaire, dis-je à Noé. Assure-toi que rien ne la bouche quand les acheteurs viennent visiter.

—Tes mots sont des ordres.

—Si j'étais toi, ou ton ami, je mettrais un grand fauteuil confortable ici. Je montre l'espace entre la cheminée et les portes-fenêtres. Et un livre ouvert dessus.

—Ça ne donnerait pas l'air désordonné ?

—Ça donnera l'impression que le château est habité et ça aidera les acheteurs potentiels à se projeter dans ce salon.

—C'est futé.

—Juste un petit truc d'agent immobilier.

—Tu en as d'autres ?

Je lui lance un regard effronté du style *qu'est-ce que tu crois.*

Il sourit et m'attire à lui.

—J'adore quand tu es coquine.

—Ça, c'est rien, chéri, je ronronne, enhardie par son compliment. Tu ne m'as pas encore vue coquine.

En fait, *personne* ne m'a vue coquine, mais j'ai pas besoin d'en parler.

La main de Noé descend le long de mon dos et se pose sur mes fesses.

—Laisse-moi te montrer le grand hall, avant de passer aux chambres.

Je lève les sourcils.

Il n'est pas en train de suggérer ce que je pense ?

Peut-être que si ?

Il me prend la main et m'amène dans un autre salon, plus grand et plus imposant que celui que nous venons juste d'admirer. Il y a une petite console plantée au milieu de la pièce. Une bouteille de vin rouge, un tire-bouchon et deux verres à pied y forment un ensemble invitant.

Noé saisit la bouteille, dont l'étiquette indique, *Côteau de la lune*. Alors, qu'il l'étudie, je vois une note soigneusement manuscrite.

Nous espérons que vous aimerez ce Pinot Noir de vingt ans, le dernier millésime du château.

Jacqueline, Greg, Deolinda, Fabrice

Je montre la note à Noé.

—Qui sont ces gens ?

—Le personnel.

—Ils sont invisibles ?

Il fait un sourire narquois.

—Ils ont pris leur après-midi pour que nous puissions fureter sans être dérangés.

Plutôt bizarre.

Noé ouvre la bouteille et verse un peu de vin dans l'un des verres. Il le sent, le goûte et remplit les deux verres.

—À la tienne, dit-il, en touchant mon verre avec le sien.

Je bois une petite gorgée. Le vin est corsé et plein d'arômes subtils que j'aimerais pouvoir identifier.

Une chose dont je suis certaine, c'est que le château a eu un sacré bon millésime il y a vingt ans.

—Tu sais pourquoi ils ont arrêté de faire du vin ?

—Le père de Sébastien est mort, dit Noé. C'était lui le vigneron de la famille.

Il pose son verre sur la table.

—Allez, on y va. Il y a une douzaine de chambres à voir, sans parler du parc et du vignoble.

Alors que je le suis dans l'escalier magnifique, mais branlant, puis dans un long couloir, je prends la mesure du délabrement du château derrière toute sa grandeur et son raffinement royal. Il est parfaitement propre, mais tout le dépoussiérage et le lustrage du monde ne peuvent pas masquer les taches de moisissure sur les murs croulants ou les énormes fissures dans le plafond.

—Quand ce château a-t-il été rénové la dernière fois ? Je demande à Noé.

—Dans les années soixante.

Il a l'air d'en savoir beaucoup sur cet endroit. Évidemment, son ami Sébastien a dû lui donner toutes les informations importantes.

Noé ouvre l'une des portes et me fait signe d'entrer dans une pièce spacieuse.

—C'est la chambre du Châtelain et de la Châtelaine.

—Les planchers devront être revernis et les murs traités et replâtrés.

Ensuite, nous découvrons une magnifique bibliothèque à boiserie et cinq ou six chambres plus petites avec salles de bain attenantes. Certaines ont des peintures ou des tentures sur les murs, d'autres possèdent des plafonds avec poutres et des baignoires anciennes. Elles sont toutes aussi ravissantes, que délabrées.

Dans l'une des chambres, il m'appuie contre le mur et m'embrasse jusqu'à ce que mes genoux en tremblent.

—Demain ? Il demande en me fixant droit dans les yeux.

Je sais de quoi il parle sans avoir besoin de lui demander.

—Demain.

Il me lance un grand sourire ravageur.

Je souris à mon tour, aussi excitée qu'apeurée.

—Tu veux voir les vignes maintenant ? Il demande, en se reculant. Ou tu veux continuer à explorer les autres chambres d'amis, salons, caves à vin et les cuisines ?

Je jette un œil à ma montre.

—Notre train part dans moins de deux heures. Alors, allons voir les vignes.

Nous sortons du château et nous nous dirigeons vers la colline, en passant devant une petite chapelle, une fontaine et une orangerie incroyablement romantique.

—Est-ce que tu connais les coûts d'entretien annuels du domaine par hasard ? Je demande.

Il secoue la tête.

—Tu pourrais demander à ton ami ? J'ai besoin de cette info pour déterminer le prix.

—Je te dirai ça dans un ou deux jours, dit-il, avant d'ajouter, ça doit coûter une petite fortune de maintenir un domaine comme ça.

Je hoche la tête.

—La personne qui l'achètera aura besoin d'avoir de gros moyens. Ou de générer des revenus en utilisant l'énorme potentiel du domaine.

—Tu penses à des chambres d'hôtes ?

—Oui, entre autres, dis-je. Si j'étais la propriétaire, je ferais une demande d'autorisation pour restaurer le château immédiatement et je convertirais l'une des ailes en hôtel.

—Tu penses que le comité des monuments historiques le permettrait ?

—Si la demande est validée par un bon architecte et montre comment les nouvelles activités générant un revenu peuvent permettre de financer les travaux de préservation et la restauration du château à son ancienne gloire, je suis certaine que oui.

Il me lance un regard de côté.

—Et tu as déjà pensé à d'autres *activités générant un revenu* ?

—Eh oui ! Je déplie les doigts de ma main gauche en

énumérant chaque idée. Je louerais le grand hall pour les soirées et cette énorme pelouse centrale pour des festivals de musique et des événements. Je relancerais le vignoble. J'installerais une boutique de cadeaux et j'embaucherais un guide pour faire des visites quotidiennes du château...

—Nous, il m'interrompt, je veux dire, Sébastien autorise déjà des visites guidées de la grotte.

—C'est bien, dis-je. Mais clairement, ce n'est pas suffisant.

Nous marchons en silence pendant quelques minutes de plus. Les couleurs et les formes de ce domaine sont un régal pour les yeux. Cet endroit mérite tellement plus d'amour qu'il ne reçoit actuellement. Des parfums délicats de fleurs remplissent l'air diffus de l'après-midi, qui devient plus piquant lorsque nous atteignons les vignes.

—Combien d'hectares ? Je demande.

—Heu...

—J'aurais besoin de cette info aussi.

Il sourit.

—Oui, M'dame.

Nous regardons les vignes en treille.

—Les caves du château sont-elles grandes ? Je demande.

—Très.

—Et l'équipement, tu crois qu'il est encore là ?

—Je pense que oui.

—C'est une source de revenu supplémentaire ! Je souris, débordante d'enthousiasme. Le nouveau propriétaire pourrait démarrer une coopérative. Les petits cultivateurs sans infrastructure pourraient louer un espace et l'équipement dans les caves du château. Même les amateurs pourraient payer pour avoir leurs propres vins spécialisés. Ça marche comme ça aux États-Unis, surtout en Californie.

Noé ne dit rien.

Accroupi dans les vignes, il touche les souches et passe les doigts le long des tiges. Avec ferveur, il caresse les feuilles et soupèse avec délicatesse une grappe de raisins gonflée, comme s'il évaluait son poids dans sa main. Lorsqu'il détache un raisin rouge juteux et le met dans la bouche, ses paupières se ferment et une expression d'extase apparaît sur son visage alors qu'il savoure le fruit.

Il ouvre les yeux et observe la parcelle en marmonnant.

—Je n'avais pas réalisé que quelqu'un s'occupait encore de ces vignes...

—Quand ont-elles été plantées ?

—Il y a plusieurs décennies, par le grand-père de Sébastien.

—Eh bien, peut-être que ton pote Sébastien ne pense pas que c'est son devoir de garder ces vignes en vie.

Noé se tourne vers moi.

—Peut-être.

—Est-ce que tu sais si ce vignoble est classé grand cru ?

—Il l'est.

—Waouh. Génial pour Sébastien, ça ajoute énormément de valeur. Je soupire longuement. Je pense qu'il est dingue de le vendre.

—Il a besoin... commence Noé.

—D'argent, je finis pour lui. Je sais, je sais...Mais si j'étais propriétaire de ce domaine, il n'y aurait qu'une seule raison pour que je le laisse à quelqu'un d'autre. Je me tais un instant pour faire mon petit effet... C'est si j'étais morte.

Il me regarde bizarrement.

—Jusqu'où tu irais pour mettre la main sur un bien comme celui-là ?

—Loin.

—Tu épouserais son propriétaire actuel ou futur, même si tu ne l'avais jamais rencontré et même si tu n'éprouvais aucun sentiment pour lui ?

—Les sentiments, ils ont bon dos. Je réponds ce que je dis

toujours à Maman ou à Sue lorsqu'elles deviennent trop sentimentales. Les sentiments ne font que brouiller le jugement et entraînent des déceptions plus tard.

—Donc, ça veut dire que tu l'épouserais ?

Est-ce que ça veut vraiment dire ça ?

Oh et puis zut— j'essaie juste de gagner le débat.

—Évidemment, dis-je, en levant les yeux au ciel. Sans hésiter.

DIX-SEPT

NOÉ

— Ça c'est moi et Hamlet à vingt-et-un ans, dit Juliette en montrant une vieille photo dans l'impressionnant album posé sur les cuisses de Sophie. Cette photo a été prise à Beyrouth, quelques mois après notre mariage.

Les femmes sont assises côte à côte sur le canapé et regardent les photos de famille de Juliette. Hamlet et moi nous relaxons dans des fauteuils confortables de l'autre côté de la table basse.

Oscar et Cannelle se sont endormis à nos pieds ; Cannelle s'est mise en boule sur son coussin préféré et ne fait pas un brui ar c'est une délicate demoiselle de pure race. Oscar dort sur le d les pattes arrière largement écartées, tout en émettant des ron ents sonores. Égal à lui-même.

Pour finir le repas, nous sirotons du café dans tasses minuscules. Il a été brassé à l'orientale, ce qui est selo ette, « la seule manière raisonnable de boire du café ». Pour a pagner le café, nous engloutissons de nombreux petits ba gorgés de miel.

Le café a été torréfié, meulé et brassé par . Sa gentille épouse a fait les baklavas. Les Derzians sav ne suis pas fan de desserts. Moi, je sais que quitter leur domicile sans manger au moins un baklava n'est pas envisageable.

Je me tords le cou pour regarder la photo. Hamlet porte des pantalons pattes d'eph et une chemise rouge ouverte jusqu'au nombril, qui révèle une poitrine velue. Il a une chevelure abondante et sa moustache me fait penser à Tom Selleck. Juliette est habillée avec une robe hyper courte et des chaussures à plateforme. Ses longs cheveux sont divisés par une raie au milieu. Elle a aussi un bandeau tressé autour du front.

Sophie lance un regard de surprise à notre hôtesse.

—Une mini-jupe ? Au Liban ?

—Bien sûr, dit Juliette en haussant les épaules. Toutes les fans de mode dignes de ce nom en portaient une à l'époque.

—Vous êtes la hippie la plus cool que j'ai jamais vue, dit Sophie.

Juliette soupire de nostalgie.

—J'avais des jambes tellement jolies.

—Moi aussi, rétorque Hamlet depuis son fauteuil, les yeux embués.

Sophie rigole.

Hamlet se tourne vers sa femme.

—Elle croit que je plaisante. Montre-lui nos photos de Saint-T…ez.

…liette tourne quelques pages, jusqu'à ce qu'elle trouve les pho… de Saint-Tropez. Quatre photos immortalisant le couple sur la p… célèbre de la Côte d'Azur. Ils sont très bronzés. Juliette porte… bikini minuscule. Hamlet, fièrement poilu, a un bras passé …s épaules de sa femme. Seul, un tout petit bout de tissu bleu vi… couvre ses parties masculines.

Mo… …e water-polo a l'air prude par rapport à la tenue de Chippe… …e Hamlet.

J'ouv… …che pour remercier Dieu que le mankini de Borat

n'ait pas été inventé au siècle dernier, mais il me lance un regard de tueur à travers des yeux plissés.

—C'est vrai, dis-je. Vous avez tous les deux des jolies jambes.

Hamlet se tourne vers Sophie.

—Je te l'avais dit.

—Vous êtes magnifique ensemble, dit Sophie.

Juliette sourit.

—Nous étions destinés l'un pour l'autre, et pas seulement parce que nous avions des noms shakespeariens. Nous sommes nés la même année et nos mères étaient meilleures amies.

—C'est un bon début, je saisis la chance d'évacuer mon sarcasme censuré. Mais de là à appeler ça le *destin*...

Hamlet intervient.

—Lorsque j'ai demandé Juliette en mariage la première fois, je me suis mis à genoux et je lui ai demandé d'être ma femme devant Dieu et les hommes.

—J'ai dit, pas question, dit Juliette.

Hamlet hoche la tête.

—Mon cœur s'est effondré. Avais-je été aveugle ? Se pouvait-il que Juliette ne m'aime pas comme moi je l'aimais ? Alors, je lui ai demandé, la voix tremblante, « Pourquoi ? ».

Il marque une pause.

Je jette un œil à Juliette, m'attendant à ce qu'elle continue l'histoire, mais elle regarde son mari, n'ayant clairement pas envie de perturber le spectacle.

—Qu'a-t-elle dit ? demande Sophie.

Hamlet attend quelques secondes avant de répondre.

—Elle a dit : « Parce que demander la main de quelqu'un sur les deux genoux, c'est nul. »

Cette raison si superficielle coupe le souffle à Sophie, qui se tourne vers Juliette.

—Vraiment ?

Juliette hoche la tête.

—Qu'est-ce que tu as fait ? Je demande à Hamlet.

—Qu'est-ce que j'aurais pu faire ? Il hausse les épaules. Je me suis remis dans la bonne position, sur un genou et je l'ai à nouveau demandé en mariage.

Sophie sourit.

—Et elle a dit oui, n'est-ce pas ?

—Elle a dit non.

Je me demande pourquoi cette fois-ci. Était-il trop pauvre pour elle ? Un ébéniste sans relations et sans argent familial, peut-être pensait-elle qu'il n'était pas assez bien pour elle ?

Espérait-elle se trouver un cheik ou, à défaut, un homme d'affaires riche ?

Un sourire se dessine sur les lèvres de Hamlet.

—Je lui ai à nouveau demandé pourquoi. Elle a levé les yeux au ciel et elle a dit : « Parce qu'on a douze ans, idiot. »

Sophie éclate de rire.

Je me marre aussi, ridiculement soulagé.

—J'ai fait une nouvelle demande, quand nous avons eu dix-huit ans, dit Hamlet, le visage fendu d'un large sourire.

Juliette se lisse les cheveux.

—Je lui ai dit oui, mais je l'ai fait attendre deux ans de plus, jusqu'à ce que nous ayons vingt ans.

Hamlet se penche vers elle et lui tapote la main.

—Tu valais tout à fait la peine d'attendre, ma chérie.

Sophie et moi remercions nos hôtes et nous levons.

—Tu devrais la garder, Juliette me murmure à l'oreille au moment de me faire la bise. Ne met pas tout en l'air.

Je pense à toutes les omissions, demi-vérités et mensonges complets que j'ai dit à Sophie sur qui je suis et d'où je viens et mon estomac [illegible]es nœuds.

Il est t[illegible]ssible que j'ai déjà tout mis en l'air.

DIX-HUIT

SOPHIE

Noé ouvre la porte et jette un œil à sa montre.

—Nous sommes rentrés et il n'est que neuf heures. Hip hip hip hourra pour les soirées sur le même palier.

—J'aime bien tes voisins, dis-je.

Il sourit.

—Tu les aimeras peut-être moins la prochaine fois que Juliette te gardera en otage, jusqu'à ce que tu aies vu les albums photos de ses enfants. Un album par enfant et par année.

—Pourquoi ne l'a-t-elle pas fait cette fois-ci ?

—Elle sait que j'ai un match important demain, alors elle a eu pitié.

Demain, Noé, Zach et le reste de l'équipe jouent le premier jeu du championnat national de la saison contre l'Olympique Toulon. Le match est à domicile, à Paris. Et Noé m'a donné une place V.I.P.

—Tu vois ? dis-je. Tes voisins *sont* adorables et ils t'aiment beaucoup.

—Ils aiment beaucoup Oscar.

—Lui aussi, mais si je n'étais pas au courant, j'aurais cru que c'était ta famille.

L'expression de Noé tourne au vinaigre et il s'accroupit rapidement pour caresser Oscar. Il est évident qu'il n'aime pas parler ou même évoquer sa famille. Depuis que nous nous sommes rencontrés, j'ai partagé des tonnes de trucs sur ma mère, mon père, mes amis et mon enfance. Il ne m'a presque rien dit. J'ai réussi à comprendre qu'il avait grandi en Bourgogne, puis au Népal, où il a passé du temps avec Uma, avant de revenir en France. Sa mère est restée au Népal. Il l'adore. Son père est mort il y a des années, je ne sais pas de quoi. Noé le déteste, parce qu'il a refusé d'aider son ex-femme et son fils lorsqu'ils étaient dans une position délicate.

C'est à peu près tout.

Se pourrait-il que Noé soit gêné par ses origines modestes ? Je n'ai pas l'impression que le statut social ait de l'importance pour lui et il parle de son job de livreur de pizza sans problème. Pas qu'il en parle beaucoup. Les seules choses dont il est disposé à parler sont Oscar et le water-polo. Et peut-être les Derzians, tout du moins, jusqu'à ma remarque inappropriée.

Je me blâme d'avoir été si maladroite, mais lorsqu'il pousse Oscar vers sa caisse et se relève, il n'y a ni gêne, ni hésitation dans ses yeux.

Oh-oh. On dirait que quelqu'un se rappelle du projet que nous avons pour ce soir.

Noé fait glisser le bout de ses doigts le long de mes joues, de ma mâchoire et de mes lèvres.

—Tu es toujours d'accord ?

Je fais oui de la tête, puis je respire profondément pour ne pas trembler.

Il fait un pas en arrière, m'attrape toute entière dans ses bras et me porte jusqu'à la chambre.

Je lui demande de s'arrêter dès que nous sommes à l'intérieur et je ferme la porte derrière nous. Lorsque mes pieds touchent le sol, je décide d'être audacieuse. Je sais que je peux faire confiance à

Noé et qu'il ne me fera pas mal. Il s'arrêtera dès que je lui demanderai. C'est vrai, je ne le connais pas depuis très longtemps, mais je sais ce qui est important. Ce qui compte et qui le définit.

Noé me veut, mais il ne laissera pas son désir contrôler ses actions. Après tout, j'ai passé deux nuits dans ses bras, sans qu'il ne tente de m'inciter à avoir un rapport sexuel ou – pire – qu'il me force. Et sans que je n'aie eu à lui dire non plus d'une fois.

Tu peux le faire, Sophie !

Avec hésitation, je touche la bosse à travers son jean.

Un éclair de surprise traverse ses yeux, puis son visage se détend et affiche un sourire satisfait.

—Soit dit en passant, j'approuve totalement la manière dont tu procèdes.

—Tais-toi et défais ta ceinture, dis-je, m'habituant à ma toute nouvelle personnalité de séductrice.

Il s'exécute.

Je défais son jean et le fais descendre doucement, avec son caleçon, le long de ses hanches étroites et de ses cuisses musclées. Pendant ce temps, il enlève son t-shirt. Une fois qu'il est complètement nu, mon regard se concentre sur sa virilité impressionnante et je le touche. Savourant le merveilleux contraste entre la peau chaude et soyeuse et la dureté du membre, je glisse mes doigts de haut en bas avant de l'envelopper dans ma main.

Sa chair pulse contre ma paume.

Mon intérieur réagit avec intensité, me poussant vers lui, le voulant plus que tout.

Soudain, ses mains sont partout. Noé déboutonne, défait et enlève mes vêtements, en caressant tout ce qu'il dénude. Pendant tout ce temps, je tiens bien sa queue dans ma main, en ne la lâchant brièvement que deux fois, pour qu'il puisse enlever ma chemise et mon soutien-gorge.

Il ratisse mon corps nu d'un regard torride. Puis il se baisse, sa bouche se fermant autour de mon téton droit et sa grande main enveloppant mon sein. Son autre main frotte mon ventre et se glisse entre mes jambes.

Ooh, elle y est la bienvenue. Si bienvenue.

Les yeux de Noé sont enflammés lorsqu'il lève la tête et me fixe du regard.

—Tu es trempée pour moi.

—Toi aussi, dis-je, touchant le bout de son membre avec mon pouce.

Il sourit.

Je lui lance un sourire narquois. Qui aurait pu deviner que Sophie la Frigide était en réalité une bombe sexuelle ?

Soudain, Noé me laisse et saute sur le lit. Il se met sur le dos, un préservatif dans la main.

—Viens ici.

Je monte sur le lit et m'assoit sur mes talons près de lui.

Il déroule le préservatif et pose une main sur ma hanche.

—Monte sur moi ?

Je ne m'attendais pas à ce qu'il commence notre première relation sexuelle intégrale de cette manière, mais je suis partante. Je me mets à cheval sur ses hanches et je commence à descendre sur lui, très lentement, à l'écoute des réactions de mon corps. Il n'y a aucune sensation de douleur ou de gêne, juste du plaisir. Les mains de Noé sont sur mes hanches, chaudes et fortes, mais il n'essaie pas d'accélérer sa descente en me poussant vers le bas. Et il ne lève pas les hanches non plus.

Une fois complètement empalée sur lui, je bouge un peu et j'adore le sentir en moi. Il donne une poussée légère. Je m'enfonce vers le bas en réponse.

Rapidement, nous trouvons un rythme et une synchronisation parfaite.

—Bébé, dit-il dans un souffle au bout d'un moment. Je ne peux pas tenir plus longtemps.

Je me penche sur lui et embrasse ses lèvres.

—C'est bon. Je ne sais pas si peux jouir comme ça, de toute façon.

Son expression reste hésitante, alors j'ajoute :

—Mais j'aime *vraiment* ça.

Il hoche la tête et resserre son étreinte sur mes hanches. Je le laisse me relever un peu et me tenir solidement là où il me veut. Ses poussées sont de plus en plus rapides, plus fortes et sa cadence accélère pour devenir effrénée. Une minute plus tard, son visage se contorsionne et il grogne son plaisir.

Je m'enlève de lui.

Il se tourne sur le côté et met sa main sur mon pubis. Il y a une question dans ses yeux.

—Oui, s'il te plaît, dis-je.

Il commence à me caresser, en variant la pression et la vitesse, me demandant s'il doit aller plus à gauche ou à droite, plus vite ou plus lentement. Maintenant que ça ne me gêne plus de dire des trucs explicites, ses questions simples me permettent de le guider facilement, pour tirer plus de plaisir et de joie de sa main.

Quelque chose commence à monter en moi et je jouis, haletant sous l'emprise de mon orgasme.

Quand la dernière vague de plaisir s'estompe, je me tourne vers Noé.

—Bien joué.

—Désolé, que tu n'aies pas eu d'orgasme vaginal. Il me caresse le haut du bras, avant de poser la main sur mon épaule. J'avais envie que nous jouissions ensemble.

Je cligne des yeux.

—Tu rigoles ? Je viens juste d'être *pénétrée* et j'ai aimé ça. J'ai *adoré*. Tu n'as aucune idée de ce que ça veut dire pour moi.

Il sourit.

—Dis-moi.

—Ça veut dire que je peux arrêter de me mentir sur le fait que c'est génial d'être frigide, que la frigidité c'est le top, parce que ça te protège contre les choix débiles.

—Ah bon ?

Il demande en faisant semblant d'être innocent.

Je lève les yeux au ciel.

—Il n'y a que la mort qui te protège contre les choix débiles. Tout ce que la frigidité m'a vraiment apporté jusqu'à présent, c'est le sentiment que je passais à côté de beaucoup de plaisir et d'un aspect important de l'expérience humaine. J'avais l'impression d'être...défectueuse.

—Tu es parfaite, bébé, dit-il.

Je lui lance un regard espiègle.

—Peut-être que c'est vrai, maintenant que tu as libéré mon vagin.

Son sourire devient si large, j'ai peur que les coins de sa bouche se fissurent.

Appuyant une longue bise sur sa joue gauche, puis sur la droite, j'ajoute :

—Quoi qu'il arrive entre nous, Noé Masson, je te serais reconnaissante à jamais.

~

Lorsque je trouve ma place dans les tribunes, Uma et Sam sont déjà là. Uma est armée de pompons bleus et Sam, a une main en mousse bleue. Sam porte un maillot avec un grand numéro trois sur l'avant. Je suppose que c'est le numéro de Zach.

—Salut ! Uma m'accueille en me serrant dans ses bras. Je suis contente que tu sois venue. Ça va être génial.

Elle est si chaleureuse et bienveillante qu'il est difficile de lui en vouloir et pourtant c'est le cas. Pour ce qu'elle représente pour Noé. Pour les possibilités de leur futur ensemble et même pour leurs souvenirs partagés.

Et évidemment, cette rose de l'Himalaya n'aurait pas pu être moins adorable ? Ou moins jolie ?

Trente minutes plus tard, le match bat son plein et nous acclamons notre équipe le plus fort possible. L'équipe de Noé mène. Tous les bonnets blancs ont l'air d'être en pleine forme, mais Noé et Zach jouent particulièrement bien. À la deuxième période, Zach a marqué quatre buts et Noé en a arrêté autant. Il est à fond. Maintenant, je comprends ce qu'il voulait dire lorsqu'il m'avait parlé de l'importance de bras longs, de mains fortes et de « l'explosivité » dans la cage des buts.

Et il est rusé.

Plusieurs fois, je regarde le gardien des Nageurs de Paris inciter les attaquants de Toulon à viser vers le côté des buts qu'il a laissé sans protection. Sauf que ce n'est pas le cas. Au moment où ils se laissent prendre au piège et tirent, il jaillit hors de l'eau et bloque le tir avec une précision incroyable.

Je m'amuse aussi beaucoup à le voir devenir autoritaire et à aboyer des ordres aux défenseurs pour qu'ils aillent à gauche ou à droite, qu'ils gardent l'œil sur la balle ou qu'ils ralentissent un attaquant particulier.

Le commentateur adore Noé.

—Excellent arrêt du gardien !

—Quelles mains fortes !

—Noé Masson continue son incroyable série d'arrêts !

—Jeu parfait du gardien ! Quel magnifique bloc !

Ce type est amoureux de Noé.

Malheureusement, les joueurs de Toulon sont tout aussi inspirés que les Parisiens, si ce n'est plus. Ils dominent et tirent si souvent et de manière si bien coordonnée et rodée, que la balle finit dans les filets aussi souvent que pour Paris, même avec Noé dans les cages.

À la fin de la toute dernière période, l'un des joueurs parisiens commet une grosse faute et Toulon se met en place pour tirer un pénalty. Tous les spectateurs retiennent leur souffle. Noé m'a expliqué que bloquer un pénalty de water-polo est si difficile, que c'est un point en plus quasiment assuré. Pire encore, les deux équipes sont à égalité. Si Toulon marque, les sudistes remporteront le match.

L'attaquant prend son temps pour se préparer, puis il fait semblant de tirer. Noé bouge à peine, les yeux rivés à la balle. Après deux faux tirs supplémentaires, le vrai tir arrive, puissant et précis. Je me crispe, m'attendant au pire.

Noé bloque avec la tête, se précipite sur la balle, nage vers l'avant et la passe à un coéquipier. Le joueur l'envoie à Zach, qui la projette le plus fort possible vers le but de Toulon.

Il n'y a plus un seul mouvement dans le public, qui suit la trajectoire de la balle jaune, comme si elle était au ralenti. Au moment où elle passe au-dessus de la main du gardien pour finir dans le filet, l'arène hurle de joie.

—Quel arrêt ! Braille le commentateur. Quel tir ! Incroyable ! Il s'étrangle de ravissement et se met à tousser.

Les bonnets blancs jubilent et lancent les bras vers le haut, poings fermés. C'est fini et c'est le moment de sabler le champagne.

Les Nageurs de Paris ont gagné.

DIX-NEUF

NOÉ

Les Nageurs de Paris ont débuté la saison avec une victoire contre l'Olympique Toulon et ont continué sur leur lancée en battant trois clubs supplémentaires, chez eux, qui plus est.

Aujourd'hui nous avons joué à Paris de nouveau, en écrasant Aix-en-Provence, 14 à 6. Lucas est très content. Selon notre tradition récente, il offre à tous ses hommes, ainsi que leur compagne et enfants, un verre de la victoire. Nous avons déjà fini la bouteille de champagne obligatoire et nous sommes passés à la bière pour les grands et aux sodas pour les quatre enfants.

Ces derniers s'amusent beaucoup, grâce à un petit jeu organisé par Denis.

Il a placé quatre petits sacs en papier par terre, un pour chaque enfant, et il leur fait ramasser le sac chacun à leur tour avec la bouche. Ils n'ont pas le droit de toucher le sac, ou le sol, avec les mains. S'ils n'y arrivent pas, Denis leur demande de sauter sur un pied tout en chantant. S'ils réussissent, Denis prend des ciseaux et découpe un ou deux centimètres du haut du sac de l'enfant.

—C'est quoi le but du jeu ? Uma lui demande.

—Celui avec le sac le plus petit gagnera quand je dirai « stop ». Denis sourit. Tu veux jouer ?

Apparemment, elle en a envie, tout comme Sophie, Zach et tous les autres adultes de notre groupe.

Quand les enfants ont fini, nous nous alignons contre le mur et regardons Denis.

—Qu'est-ce qu'on gagne ? Julien demande.

Denis sort un petit sachet de bonbons de son sac à dos.

Jean-Michel le regarde fixement.

—Sérieux ?

—J'avais prévu ça pour les enfants, d'accord ? Denis hausse les épaules, puis se gratte la tête.

—Humm...Je n'ai plus qu'un sac en papier.

Nous attendons qu'il trouve la solution miracle.

—Bon, dit-il. Les règles sont différentes pour les adultes. On va procéder par élimination. Si vous ramassez le sac quand c'est votre tour, vous restez et je le coupe. Si vous ratez, vous êtes éliminés.

Pendant les quarante-cinq minutes suivantes, les clients du café sont témoins d'une compétition presque aussi acharnée que celle que nous venons de gagner dans la piscine. Mais, cette fois-ci, c'est chacun pour soi.

Lucas est le premier à être éliminé, suivi de Jean-Michel et de sa petite-amie, de Valentin, Julien, de la femme de Denis, d'Uma, de Zach et des autres. Sophie et moi sont les seuls survivants.

Le sac ne mesure que quelques centimètres maintenant.

Valentin va d'un participant éliminé à un autre, en prenant des paris. Sophie me lance un regard espiègle et se met à tourner autour du sac, en faisant des gestes pour que le public l'encourage.

—Allez Sophie ! crie Zach.

—Traître, dis-je à voix basse.

Sauf que c'est moi le traître, vu que j'ai volé sa copine potentielle. Et, il est plutôt magnanime à ce propos.

Sophie remonte ses manches et fait quelques étirements des épaules.

—Quinze ans de yoga sur la plage, les mecs !

La foule l'acclame.

Elle attend que tout le monde se calme, avant d'en rajouter une couche.

—Pom-pom girl pendant quatre ans !

Les spectateurs scandent son nom.

—*Heading to the top, U-S-A !* Elle chante, lançant le poing en l'air.

La voir s'amuser comme ça, complètement désinhibée et exubérante, est un pur bonheur. Si je n'étais pas son adversaire, je m'époumonerais pour elle.

Mais là, je dois défendre les tricolores.

Je prends une pose de bodybuilder en exposant mes biceps.

—Vive la France !

—Allez Noé ! Uma hurle.

Je pose la main sur mon cœur et je hoche la tête en reconnaissance de son soutien.

—Mesdames, Messieurs, Denis dit, en prenant la voix d'un commentateur. Nous sommes sur le point d'assister à la finale de ce tournoi. Un combat de titans. Une lutte des civilisations ! Aigle contre coq. Doughnut contre croissant. Marilyn Monroe contre Brigitte Bardot. Elvis...

—Stop, on a compris ! Quelqu'un l'interrompt.

—D'accord, d'accord ! Denis se tourne vers Sophie. À toi.

Elle ancre ses pieds largement écartés, se croise les doigts derrière le dos et commence à abaisser le torse sans effort visible. Mon dieu qu'elle est souple ! Clairement, elle ne mentait pas quand elle a dit qu'elle avait fait du yoga et qu'elle était pom-pom girl.

Hum, je me demande pourquoi elle ne m'a jamais parlé de ces deux activités.

Peut-être que nous sommes toujours dans une zone grise entre sortir ensemble et une vraie relation, mais ce que nous avons va certainement au-delà d'une simple relation sexuelle sans lendemain. Ou peut-être que je me fais des idées ? Après tout, Sophie a toujours un projet de vie et je ne suis sûrement qu'une agréable distraction pendant ses « vacances parisiennes ». L'homme qui a « libéré » son vagin.

Peut-être que c'est pour ça qu'elle ne m'a pas parlé de ses passions pour le yoga et les pom-pom girls.

À moins que cela ne soit parce que je ne lui ai pas vraiment dévoilé grand-chose sur ma propre vie.

Le truc, c'est que je ne suis pas encore prêt à lui dire la vérité. Mais j'ai vraiment envie d'en savoir plus sur elle. J'aimerais savoir comment c'était de grandir à Key West, je veux savoir quels livres et quels films elle aime, quelles sont ses idées politiques.

Et j'aimerais bien voir une démonstration privée de son savoir en yoga.

D'ailleurs, je lui demanderai ce soir.

Au lit.

Ma queue tressaille quand j'imagine Sophie arrangeant son corps magnifique dans une pose particulière.

—Mec, c'est ton tour maintenant, la voix de Denis me ramène à la réalité.

Accroupi devant le sac, j'essaie de l'attraper avec ma bouche… et j'échoue.

Denis avance vers Sophie, lui prend la main et la lève haut.

—Elastigirl est la gagnante !

Sophie saute partout, en criant.

—Wou-Hou ! Dans ta face, mangeur de grenouille !

Mon téléphone sonne dans ma poche. C'est la sonnerie de Maman. Elle doit m'appeler pour connaître le résultat du jeu.

Je m'excuse et sors du bar.

—Vous avez gagné ? me demande Maman.

—Oui !

—Bravo !

—Merci, Maman, j'hésite. Est-ce que je peux te rappeler demain ? Je fais la fête avec l'équipe.

—Uma est là aussi ? Elle demande.

—Oui.

—Et l'Américaine dont tu n'arrêtes pas de parler ? Elle est là aussi ?

—Oui. Pourquoi.

—Tu sors avec elle ?

—Oui.

Cacher ça à Maman est inutile. En fait, il est impossible de lui cacher quoi que ce soit. Elle finira par le découvrir et elle sera en colère. Ça n'en vaut pas la peine.

Quand Maman est en colère, elle devient instable émotionnellement, ce qui lui déclenche des migraines horribles. Il lui est même arrivé d'avoir des pensées suicidaires. La seule fois où je l'ai *sérieusement* fâchée, elle a rempli la baignoire d'eau chaude, m'a écrit une note d'adieu et était sur le point de mettre son plan en route, quand je suis rentré de l'école.

À l'heure normale.

Est-ce que ce n'est pas très gentil de ma part de penser qu'elle ne voulait pas vraiment se suicider ?

Quoi qu'il en soit, j'ai appris au fil des ans à éviter de faire des choses qui pourraient la contrarier.

Maman reste silencieuse pendant un long moment. Je n'ai pas besoin de voir son visage pour savoir qu'elle est perturbée. C'est avec Uma qu'elle voudrait que je sois.

C'était aussi mon intention.

Mais ce n'est plus le cas.

—Je serai en France la semaine prochaine, elle finit par dire.

—Cool.

—J'ai décidé d'aller au mariage de Raphael et de Mia.

—Ah bon ?

—Oui. Tu as eu leur invitation.

—Je l'ai balancée à la poubelle, tout comme l'invitation à leur fête de fiançailles, l'invitation au baptême de Lily et tous les autres RSVP que j'ai reçus des d'Arcys.

Elle ne fait aucun commentaire.

—Je suis surpris que tu y ailles, dis-je.

—Moi aussi, mais...depuis la visite de Raphael l'an dernier, j'ai beaucoup réfléchi.

—Et ?

Elle soupire.

—Il était trop jeune à l'époque. Nous ne pouvons pas le tenir responsable parce qu'il a choisi son frère aîné qui était comme un père pour lui, après que son Papa se soit engagé sur la voie de la débauche.

—D'accord, mais bon...

—Tu devrais y aller aussi. Pour moi. J'aimerais que tu te réconcilies avec Raphael.

Quoi ?

—Tu n'as pas besoin de te décider tout de suite, ajoute-t-elle rapidement. Va avec tes amis et nous en discuterons en personne dans trois jours.

Quand je reviens au bar, Sophie boit son vin à la longue table. Je m'assois à côté d'elle. Elle m'offre un bonbon Haribo.

—Tu ne m'en veux pas ?

—Pas du tout. Je me tourne vers elle. Tu as gagné loyalement.

Elle rayonne.

Je prends le bonbon de sa main.

—Merci de partager ton prix.

—Comment va ta mère ?

—Bien, dis-je. Elle vient à Paris la semaine prochaine.

J'ajoute presque « pour le mariage de mon deuxième frère »,

avant de me rappeler que je n'ai jamais parlé de mon deuxième frère à Sophie. D'aucun frère, d'ailleurs.

Mon adorable copine bouge dans sa chaise pour me faire face.

—Dis-moi quelque chose. Pourquoi as-tu quitté le Népal il y a deux ans ?

—Pour pouvoir entrer dans un club de water-polo et jouer professionnellement.

C'est toujours ce que je dis quand on me pose cette question.

—Ah oui, je me rappelle ! Elle sourit. Les Népalais préfèrent le polo à éléphant que le water-polo, c'est ça ?

—Ouaip.

Mais pas vraiment.

Les rares fois où je scrute ma propre âme, je vois une réponse plus complexe. Bien sûr, il y a le water-polo, mais il y a aussi... Maman. En vérité, malgré tout mon amour pour elle et toute mon admiration pour ce qu'elle fait, j'avais besoin de m'éloigner, de mettre de la distance - plus précisément, de mettre une douzaine de pays et quelques océans - entre nous.

Sophie m'offre un autre bonbon.

J'ouvre la bouche et elle me nourrit. Incapable de résister à la tentation, j'embrasse le bout de ses doigts. Elle me fixe du regard, en mordant sa lèvre inférieure.

Soudain, plus rien ne compte. Tout ce que je veux, c'est être seul avec elle dans ma chambre. Ou dans sa chambre. Ou n'importe où nous ne serons pas dérangés. Sans match demain, ni même d'entraînement le matin - Lucas nous a donné deux jours de congés - je prévois de lui donner du plaisir jusqu'à ce qu'elle me supplie d'arrêter. Vu la manière dont elle me dévisage maintenant, elle ne sera pas contre mes projets.

Le sac à main de Sophie sonne.

Elle sort son téléphone et me lance un sourire d'excuse.

—C'est mon père. Il faut que je réponde.

Pendant qu'elle est dehors, je vais voir Uma et Sam. Le garçon déclare que j'ai bien joué, mais que je ne suis pas aussi fort que son père, qui est le meilleur joueur du monde. Uma sourit et lui ébouriffe les cheveux. Hochant la tête pour montrer que je suis d'accord, je cherche Zach du regard. Il est assis à l'autre bout de la table, où il écoute à moitié ce dont Julien parle avec de grands gestes.

Ses yeux sont rivés sur Uma.

Si je ne connaissais pas mieux Zach, je dirais qu'il la mate.

Mais je dois me tromper.

Zach est le parfait gentleman et Uma est une ingénue venant d'un milieu très conservateur, sans famille en France. Elle travaille pour lui. Et c'est la meilleure amie de son coéquipier. Ce sont des lignes qu'il ne franchira pas, si je ne me trompe pas sur lui.

Zach cligne des yeux, comme s'il se réveillait après avoir été hypnotisé et dit quelque chose à Julien.

Je me retourne vers Sam et Uma, honteux. Mon esprit tordu doit avoir mal interprété l'expression de Zach. Il est très protecteur par rapport à son fils. Il devait sûrement fixer Sam du regard, pas Uma.

Lorsque Sophie revient, son sourire est tendu.

—Il y a quelque chose qui ne va pas ? Je demande.

—Non. Elle me lance un drôle de regard. Papa est ici, à Paris. Je suis désolée, mais je dois rentrer.

VINGT

SOPHIE

Papa me lâche après la plus longue étreinte paternelle de l'histoire de la famille Bander. Pas étonnant, vu que c'est notre plus longue séparation jusqu'à présent.

—J'espère que tu n'as pas encore mangé, dit-il en tapotant mes tresses. J'ai réservé une table en bas.

En bas doit vouloir dire le restaurant de l'hôtel.

Avec tous les verres que j'ai bus et les bonbons Haribo que j'ai avalés cet après-midi, je n'ai pas faim, mais je ne vais pas gâcher la soirée de Papa en refusant son invitation.

—À quelle heure ?

—Maintenant.

—Super, dis-je. Allons-y.

—Alors, tu aimes bien vivre et travailler à Paris ? me demande Papa une fois que nous sommes installés.

Je souris.

—J'adore.

Il n'a pas l'air très content.

—Sophie, dit-il d'un ton qui n'annonce rien de bon pour moi. Je ne vais pas tourner autour du pot. Je suis inquiet.

—Et c'est pour ça que tu es venu ?

Il hoche la tête.

Je chipote avec les aliments dans mon assiette, en attendant que Papa continue.

—Comment va Catherine ? Il demande.

Tu essaies de gagner du temps, hein ?

—Maman va bien. Elle a obtenu le poste qu'elle voulait, donc elle est contente.

—Tant mieux, dit-il. Elle voit quelqu'un en ce moment ?

Je lève les yeux de mon assiette. Papa a le visage impassible, mais je détecte de l'émotion dans son regard et un peu d'angoisse dans sa voix.

Intéressant.

—Non, je réponds. Elle ne voit personne. Pourquoi tu me demandes ça ?

—Je suis juste curieux.

N'attache pas trop d'importance à cette remarque, Sophie.

Ça fait presque dix ans qu'ils ont divorcé et je ne me rappelle plus du nombre de fausses alertes et de rêves brisés liés à leur réconciliation. Ça n'aura tout simplement jamais lieu.

Maman adore son travail de critique de cinéma, surtout maintenant qu'elle a été embauchée par le plus grand quotidien du pays. Quand elle habitait avec nous à Key West et que Papa l'appelait Cat, elle avait envoyé des revues de film à des dizaines, peut-être même des centaines de journaux, mais son anglais n'était pas assez bon pour lui permettre de s'exprimer avec la même élégance vive qu'elle a en français. Elle avait travaillé dans d'autres domaines, mais elle avait tout détesté. Elle avait essayé d'être mère au foyer et elle avait aussi détesté. Ses parents et ses amis lui manquaient. Elle haïssait le temps des Keys dix mois sur douze.

Pendant ce temps, la société de Papa se développait et lui prenait de plus en plus de temps chaque année et Maman devenait de plus en plus triste et renfermée. Son docteur lui avait prescrit des anti-dépresseurs, mais ça ne l'avait pas vraiment aidée. Avec le recul, je ne pense pas que Maman était déprimée. Elle n'avait simplement jamais réussi à se sentir chez elle à Key West.

Quand j'ai eu quatorze ans, elle annonça qu'elle devait repartir en France, sinon elle deviendrait folle. Elle supplia Papa de la suivre. Il refusa.

Les disputes qui s'ensuivirent cette année-là ! Il lui disait qu'elle était capricieuse et irresponsable de lui demander d'abandonner une société en plein développement et de me déraciner, juste parce qu'elle n'aimait pas le putain de temps. Elle le traitait d'égoïste et insensible, puisqu'il ne pouvait pas voir qu'il s'agissait d'une question de survie pour elle.

Après des mois et des mois de disputes, ils finirent par accepter de ne pas être d'accord. Maman repartait en France, Papa restait où il était et ils m'ont demandé de choisir.

Tu parles d'un choix impossible.

Au bout du compte, je suis restée avec Papa. Mais ce n'est pas que je l'ai choisi lui, plutôt que Maman. Je choisissais ce que je connaissais et j'adorais, plutôt que l'inconnu. J'aimais mon école et mes amis, notre grande maison sur Elizabeth Street, les programmes à la télé, le club de pom-pom girls, la plage...

—Votre fille ? Quelqu'un à la table sur notre gauche pose une question à Papa et interrompt mes souvenirs.

Une femme élégante qui doit avoir dans les quarante-cinq ans jette des regards allant de moi à Papa.

Il hoche la tête.

La femme lance un sourire coquet à Papa.

—Elle est superbe, comme son père.

Je l'observe de plus près. Blonde, mince et soignée, elle est clairement en train de flirter avec Papa. Son amie, une brune ronde, qui doit avoir à peu près le même âge, scrute les mains de Papa pour voir s'il a une alliance.

Je souris poliment, en faisant tout mon possible pour ne pas lever les yeux au ciel.

Cela arrive tout le temps. Papa se fait toujours aborder par des femmes de tous les âges, couleurs et tailles. Il est bien conservé, même *très* bien, mais ce n'est pas tout. Il a un petit air de Denzel Washington ; assuré et fort avec une petite touche d'intensité et un sourire encore plus petit, masqué dans les coins de la bouche.

Ça fait des ravages dans le cerveau des femmes.

Bizarrement, on dirait que ça ne le touche pas. Depuis le divorce, il est sorti avec plusieurs personnes et a même eu quelques relations de courte durée, mais rien de sérieux. Lorsque je lui en parle, il dit qu'il n'a pas le temps et qu'il est déjà marié, à son travail.

—Merci, dit-il à la blonde, puis se détourne d'elle sans un autre regard.

J'étudie son visage.

—Dis-le, Papa. Qu'est-ce qui t'inquiète au point que tu aies eu besoin de t'envoler jusqu'ici, en abandonnant le navire en pleine période de pointe ?

Il étudie son assiette pendant un moment, avant de me regarder dans les yeux.

—J'ai peur que tu décides de rester ici à la fin de ton stage.

—Qu'est-ce qui te fait dire ça ?

—La manière dont tu parles de ce *garçon,* Noé Masson.

—Ce *garçon* a vingt-sept ans, dis-je. Et tu dramatises. C'est juste une amourette d'été…heu, d'été et d'automne. Je n'ai pas changé mes projets.

—Pour l'instant, dit-il. Tu ne les as pas changés *pour l'instant.* Mais je vois ça venir de loin. Tu n'as jamais eu l'air de…d'apprécier quelqu'un à ce point. D'ailleurs, tu n'as jamais *apprécié* quelqu'un avant.

Je fais un signe de la main dédaigneux.

—Ne tire pas de conclusions à la hâte.

Il soupire.

—Bref. L'autre raison pour laquelle je suis en France, c'est que je suis invité à un mariage de la haute société, le week-end prochain. Tu viendras avec moi ?

Je lève un sourcil.

—Je ne savais pas que tu avais des relations avec la haute société ici.

—J'ai de nombreuses relations dans de nombreux endroits dont tu n'es pas au courant, dit-il. Alors, tu viendras ? Je n'ai pas envie d'y aller seul.

—Bien sûr. Je te tiendrai compagnie, Papa. Ce sera l'occasion de porter la robe de soirée que j'ai amenée, mais que je n'ai pas encore pu mettre.

—Celle que tu as portée pour ta remise de diplôme ? J'adore cette robe, dit Papa.

—Moi aussi.

Quand notre repas est terminé, il marche avec moi jusque chez Maman où je passerai la nuit ce soir. Mon appartement est trop loin et Noé habite de l'autre côté de la ville. En plus, ça serait trop gênant de demander à Papa de me trouver un taxi, pour que je puisse passer la nuit avec un homme. Un homme qu'il désapprouve clairement.

Heureusement pour moi, ce n'est pas le cas de Maman.

—Je ne t'ai jamais vue apprécier quelqu'un à ce point avant, dit-elle à notre conférence impromptue à la table de cuisine.

C'est étrange qu'elle donne une touche positive aux mots que Papa a prononcés avec horreur quelques heures auparavant.

—Ça pourrait ne rien donner.

—C'est vrai. Mais ça pourrait aussi se transformer en quelque chose de beau et de durable. Tu dois laisser la situation se développer.

—Papa s'inquiète et pense je vais abandonner mon avenir pour être avec Noé.

Maman ne dit rien.

—C'est pas ce que toi, tu avais fait ? Je demande avant d'ajouter, Et tu avais fini par le regretter.

Elle soupire longuement.

—Je n'ai jamais regretté d'avoir épousé ton père ou de t'avoir... Je sais combien toi et Ludwig aimez Key West, mais cet endroit me tuait à petit feu.

Je lui prends la main sur la table et la serre.

—Désolée Maman, je ne voulais pas...

—J'ai vu Ludwig aujourd'hui, dit-elle en m'interrompant.

—Ah bon ?

Ils ne s'étaient pas vus depuis des lustres.

—Les années l'ont épargné, dit-elle en souriant.

—Toi aussi.

—C'est ce que Ludwig semble penser, aussi. Elle pousse une mèche de cheveux derrière l'oreille. Il a dit que j'avais l'air tout aussi ravissante que la première fois où il avait posé les yeux sur moi.

Je n'en crois pas mes oreilles, ou mes yeux.

—Maman, tu rougis.

—Mais non. De toute façon, ça ne veut rien dire.

Je penche la tête sur le côté.

—Qu'est-ce qui s'est passé ? Il est apparu sur le pas de la porte comme par magie ?

Elle rit.

—Non, ce n'était pas aussi spectaculaire. Il m'a appelée et m'a dit qu'il était à Paris dans un hôtel pas loin de chez moi et m'a demandé si je voulais boire un café en hommage au bon vieux temps.

J'attends qu'elle m'en dise plus sur ce *café*, mais elle change de sujet.

Alors que je l'écoute parler du dernier film qu'elle a vu et de la critique qu'elle est en train d'écrire dessus, je ne peux pas m'empêcher de me demander si mes parents ont encore des sentiments l'un envers l'autre.

Il y a une autre chose qui me trotte dans la tête : lequel des pressentiments de mes parents à propos de Noé se réalisera. Notre amourette se transformera-t-elle en autre chose ? Est-ce que je changerai mes projets pour rester en France et être avec lui ? Ou, est-ce qu'il serait prêt à partir à Key West pour être avec moi ?

Oh là là.

Je dois apprendre à vivre dans le moment présent et cesser de faire des plans sur la comète.

On sait très bien que ça ne mène à rien.

VINGT-ET-UN

NOÉ

—Quand reviendras-tu ? Sam me demande.

—Dans deux semaines. Je l'attrape et le pose sur mes genoux à la table du jardin.

Uma sort de la maison avec un plateau sur lequel sont posés trois verres d'eau glacée et trois coupes de glace - normales pour elle et moi et une préparation spéciale faite maison pour Sam. Après avoir joué à chat perché pendant une heure, nous avions bien besoin de ça.

—C'est normal qu'il fasse si chaud à Paris à la fin octobre ? Elle demande.

—Non, il fait beaucoup plus chaud que d'habitude. J'ébouriffe les boucles douces de Sam. Ton père et moi participons à deux tournois importants cette saison, alors nous allons beaucoup partir.

Il fait oui de la tête, le visage sérieux.

—Je sais.

Uma s'assoit en face de nous et fait un clin d'œil à Sam.

—On invitera tes amis, Evan et Mo, à venir jouer pendant que ton papa et Noé voyageront.

Les yeux de Sam s'éclairent.

—En plus, Uma dit, j'ai prévu des sorties pour nous.

Les yeux du garçon pétillent.

—Au cinéma ?

—Oui, mais ce n'est pas tout. Uma se penche en avant. Nous irons aussi au zoo et au cirque.

Sam saute de mes genoux, bondit autour de la table et enlace Uma dans ses bras.

Elle lui embrasse le haut de la tête.

—Écoute, tu veux aller regarder des épisodes de *Diego,* pendant que Noé et moi discutons de choses d'adultes ennuyeuses ?

Il attrape sa coupe de glace et disparaît dans la maison.

Uma montre le verre d'eau plein qu'il a laissé derrière lui et soupire.

—Ses priorités sont claires...Attends.

Elle prend le verre et l'apporte dans la maison. À travers la fenêtre ouverte, je l'entends négocier avec Sam, à propos de la glace, de l'eau et de Diego.

Quand elle revient, je lui demande comment se passent les cours à l'école de broderie. Elle répond qu'elle apprend beaucoup de choses et qu'elle s'y plaît énormément.

—Tant mieux. Je souris et montre la maison du menton. On dirait que ton job à mi-temps se passe plutôt bien aussi.

Elle rayonne.

—Sam est totalement adorable.

—Et avec Zach, tout va bien ?

—Oui. Elle baisse les yeux vers sa coupe de glace.

—Uma ? Je plisse les yeux. Est-ce que tu veux me parler de quelque chose ?

Elle secoue la tête avant de relever son regard vers moi.

—Mais j'ai une question pour toi.

Je me penche.

—Vas-y.

—Sophie ne sait toujours pas qui tu es ?

Ce n'est pas exactement la question à laquelle je m'attendais. Je secoue la tête.

—Pourquoi ? Elle demande.

—C'est compliqué.

Elle prend un air renfrogné.

Je rentre la tête comme si j'avais peur.

Elle pose les mains sur la table.

—Je comprends que tu ne veuilles pas être associé aux d'Arcys et que tu ne veuilles pas que des inconnus connaissent ton vrai nom. Mais, tu l'as dit à Zach. Pourquoi ne pas te confier à Sophie, aussi ? Je suis sûre qu'elle gardera ton secret.

Moment de gêne.

Uma est peut-être innocente, mais elle est loin d'être idiote. Je suis certain qu'elle a bien compris que Sophie est moi sommes devenus plus que des amis. Est-ce que ça la dérange ? Si elle est toujours amoureuse de moi, je ne vois pas comment ça ne pourrait pas être le cas. Mais, elle semble vraiment apprécier Sophie et elle pense qu'elle mérite que je sois honnête avec elle. Et elle a entièrement raison.

—Tu as raison, dis-je. D'ailleurs, j'ai décidé de tout lui dire la prochaine fois que je la vois.

Avec un peu de chance, ce sera la semaine prochaine, vu que son père l'a complètement monopolisée ces derniers temps.

Uma soupire de soulagement.

—Bonne décision.

Le silence s'installe entre nous pendant un moment.

—Tu es allée au dîner de répétition de Raphael ? Je demande. Maman m'avait dit qu'elle voulait t'y amener.

Uma se frappe le front.

—J'allais t'en parler ! J'arrive pas à croire que ça fait déjà une semaine...Elle secoue la tête. Le temps passe clairement plus vite ici qu'au Népal.

—C'est sûr, dis-je.

Elle penche la tête sur le côté.

—Tu viens au mariage demain ?

—Non.

—Tu devrais.

—C'est Maman qui t'a dit de m'en parler ? Je mets les coudes sur la table et me frotte le visage. Elle n'arrête pas de dire qu'on ne peut pas reprocher les choix de Sébastien à Raphael.

—Marguerite a raison. Uma inspire vivement. En tout cas, je me suis bien amusée, à part un moment un peu bizarre.

Je lève les sourcils.

—J'ai entendu une conversation par hasard. Elle se tortille, mal à l'aise. Quelqu'un a appelé Marguerite quand nous étions sur la terrasse. Après qu'elle ait demandé qui appelait, elle a écouté pendant longtemps et puis...

Uma arrête de parler, hésitante.

—Qu'est-ce qu'elle a dit ? Je l'incite à en dire plus.

—Elle a dit qu'elle était ravie d'apprendre que leurs intérêts correspondaient. Elle a demandé à la personne à l'autre bout du fil de la laisser réfléchir et qu'elle rappellerait.

—Sûrement, un donateur potentiel.

—C'est ce que je me suis dit aussi. Uma me regarde bizarrement. Mais lorsqu'elle a rappelé cette personne quelques minutes plus tard, elle a dit : « Je vous appellerai ce soir pour vous parler des détails, mais si mon plan se déroule comme prévu, vous repartirez en Floride avec votre fille. »

Je pousse un cri de surprise.

La personne qui l'appelait était-elle le père de Sophie ? Ont-ils uni leurs forces pour nous séparer ? Ça expliquerait sa visite soudaine et toutes les soirées et diverses activités qui empêchent Sophie de me voir.

Je jette un œil à Uma. On dirait qu'elle est sur le point de pleurer.

—Qu'est-ce qu'il y a ? Je demande.

—Je n'aurais pas dû te le dire. Elle se tord les poignets. Marguerite a toujours été si gentille avec moi, j'ai l'impression de la trahir...Mais c'est juste que ce qu'elle fait n'est pas bien...et injuste pour toi et Sophie.

Je la fixe longuement du regard.

—Uma, je vais être direct. Est-ce que tes intérêts ne sont pas aussi les mêmes que ceux de Maman et du père de Sophie ? Est-ce que tu ne veux pas que Sophie s'en aille ?

Elle cligne des yeux.

—Pourquoi je voudrais ça ? Elle te rend heureux, c'est évident. Et je suis ton amie.

Une ampoule s'allume dans ma tête.

Uma n'est pas amoureuse de moi. Ce n'était qu'une illusion que Maman s'est faite. Elle a vu quelque chose qui n'existait pas, et elle me l'a fait voir aussi, juste par sa seule volonté et sa force de persuasion. Parce qu'elle voulait que son fils préféré épouse la protégée qu'elle avait choisie.

C'est très Marguerite, ça.

Elle parle beaucoup de bienveillance, mais sa bienveillance a un prix - contrôler les vies de ses proches.

—Oh, mon dieu ! Uma se frappe la bouche de la main. Tu crois que je suis amoureuse de toi.

—Je...

Elle secoue la tête.

—Évidemment, je suis sûre que c'est ce que Marguerite t'a dit.

Je ferme les yeux un moment pour réfléchir.

—Maman t'a-t-elle dit que toi, tu es amoureuse de moi ?

—Oui, des millions de fois. Et que tu es la raison pour laquelle je suis venue en France.

—Mais ce n'est pas le cas.

Elle secoue la tête.

—C'était pour l'école de broderie. Et pour échapper à un mariage arrangé sans que mes parents ne perdent la face.

Je passe ma main dans les cheveux.

—Maman t'a-t-elle dit que *j'étais* amoureux de toi ?

Elle hoche la tête.

Ma mâchoire se crispe.

—Ne t'inquiète pas. Uma sourit. Je n'y ai jamais cru. Je suis certaine que tu m'aimes, mais seulement en tant qu'amie. Je ne t'ai jamais vu me regarder comme tu regardes Sophie ou comme… d'autres hommes me regardent.

—Soit dit en passant, j'ajoute, je ne t'ai jamais vue *me* regarder de cette manière non plus.

Elle sourit.

Nous restons silencieux pendant un long moment, puis je me lève.

—Je ferais mieux de dire la vérité à Sophie, avant que son père ne le fasse.

Uma hoche la tête.

—Et s'il te plaît, viens au mariage de Raphael.

—Je viendrais.

Même si ce n'est pas pour me réconcilier avec mes frères, ce sera pour demander des comptes à Maman.

VINGT-DEUX

SOPHIE

Alors que j'admire le lieu du mariage, un somptueux hôtel particulier au cœur de Paris, je me dis que ç'aurait été bien d'avoir mon téléphone pour prendre un selfie. Je l'aurais envoyé à Noé, juste pour l'impressionner. Mais mon téléphone a disparu depuis hier midi. J'ai cherché partout dans le bureau et mon appartement, et je me suis appelée avec le téléphone de Papa, mais rien.

Il a sûrement été volé dans mon sac-à-main pendant le déjeuner.

Mais, ça ne me dérange pas trop. J'avais sauvegardé toutes mes données sur le cloud et le téléphone était un vieux modèle avec un écran cassé. Papa m'a annoncé qu'il allait m'acheter le modèle le plus récent et le plus cool demain. Parce qu'il se sent coupable. Je ne comprends pas pourquoi avoir choisi le restaurant où mon téléphone a été volé fait que la disparation de mon téléphone est de sa faute, mais bon, si M. Bander a besoin d'un prétexte pour choyer sa princesse, je ne vais pas l'en empêcher.

Le maître d'hôtel nous entraîne vers la terrasse où des apéritifs et des amuse-gueules sophistiqués sont servis. Si j'ai bien compris, le mariage religieux a eu lieu hier, en Alsace, où la mère de la mariée est pasteur. Seule la famille et les amis proches étaient conviés. Ce matin, une cérémonie plus importante a été célébrée à la mairie de leur arrondissement et maintenant, c'est le dîner pour un cercle de connaissances plus étendu.

Qui - surprise, surprise - inclut Papa et moi.

Une jolie Française aux alentours de la cinquantaine s'approche de nous avec une petite fille adorable dans les bras.

—Ludwig ! Je suis si heureuse que vous ayez pu venir. Elle hoche la tête vers le bébé. Voici Lily, ma petite-fille, avec la permission des jeunes mariés.

Papa me montre du doigt.

—Voici ma fille, Sophie.

—Ravie de vous rencontrer, Sophie, dit-elle. Je m'appelle Marguerite.

La mère de Noé s'appelle aussi Marguerite. Ça devait être un nom à la mode pour cette génération.

Je souris.

—Enchantée. Et félicitations pour le mariage de votre fils !

—Merci, ma chère. Elle regarde Papa. Je suis heureuse d'être ici, mais je suis aussi impatiente de me remettre au travail.

—Comme je vous comprends, dit-il.

Elle se tourne vers moi.

—Je dirige une fondation caritative. Le responsable et le personnel sont tout à fait compétents mais cependant...Vous voyez, je suis une philanthrope qui met la main à la pâte.

Elle sourit et me regarde de haut en bas.

—Magnifique, dit-elle à Papa, en lui donnant un regard appuyé.

Son hochement de tête est imperceptible, mais tout aussi significatif.

—Absolument.

Pourquoi ai-je l'impression qu'ils me font participer à une sorte de jeu dont ils ne m'ont pas expliqué les règles ?

—Avez-vous rencontré Raphael et Mia ? Marguerite demande.

Je suis son regard jusqu'au superbe couple, entouré d'un groupe d'invités de l'autre côté de la pièce.

—Pas encore, je réponds. Mais j'en suis impatiente.

Une jeune femme un peu garçon manqué avec un appareil photo professionnel autour du cou, arrive vers nous. Juste derrière elle, un homme beau, mais à l'air distant, tient un bébé dans ses bras.

—Veuillez m'excuser un instant ? Marguerite sourit furtivement, puis s'éloigne rapidement.

La femme avec l'appareil photo s'arrête près de nous.

—Bonjour, je m'appelle Diane, la photographe non officielle de ce mariage.

Elle tend la main.

Je la lui serre.

—Chéri, dit-elle à l'homme tenant le bébé. Tu peux te mettre là-bas avec Tanguy pour que je prenne une photo rapidement.

L'homme va à l'endroit désigné et pose.

Une fois qu'elle a terminé, Diane se tourne à nouveau vers moi.

—J'espère que nous pourrons discuter plus tard, quand j'en aurais fini de mes obligations officielles et non officielles.

L'homme raide passe le bébé à une femme d'une cinquantaine d'années, une nounou, je suppose, qui l'amène dans le jardin.

Il tend la main.

—Sébastien d'Arcy.

Je lui serre la main, après Papa.

Papa se tourne vers moi.

—Ce jeune homme est le Comte Sébastien d'Arcy du Grand-Thouars de Saint-Maurice, propriétaire de l'une des entreprises les plus florissantes d'Europe.

Je n'ai jamais vu de comte, ni d'aristocrate, auparavant.

Est-ce que je suis censée faire une *courbette* ?

Nan. Après tout, je ne suis pas devant la Reine d'Angleterre.

Bizarre comme Papa a insisté sur son titre et son nom tarabiscoté. Se pourrait-il qu'il soit tellement impressionné qu'il en ait oublié qu'il était Américain et un « *conch* » de Floride pur et dur en plus ? À Key West, les formalités ne sont pas très prisées. En général, Papa appelle toutes les personnes par leur surnom, quels que soient leur statut ou position.

Il y a autre chose qui me dérange.

C'est la dernière partie du nom à rallonge du comte d'Arcy. Je ne sais pas pourquoi, mais j'ai l'impression de reconnaître ces sonorités...Attendez une minute ! Le château où Noé m'a amenée en septembre s'appelait Thouars-Maurice. Et son propriétaire s'appelait Sébastien. Ça ne peut pas être une coïncidence. J'y crois pas ! Le Compte d'Arcy du Grand-Thouars de Saint-Maurice est Sébastien, le pote de Noé.

Pas croyable !

—J'ai visité votre domaine extraordinaire le mois dernier, je lui dis avec un sourire.

Ses sourcils se lèvent et j'en déduis que Noé ne lui a pas dit qu'il m'avait demandé de lui donner un coup de main pour vendre le bien.

Mais en fait, pourquoi l'aurait-il fait ? Ce n'est pas comme si l'un d'entre nous allait en tirer une commission.

Le Comte d'Arcy ouvre la bouche comme pour dire quelque chose, puis la referme et me sourit poliment.

—Je suis content qu'il vous ait plu. En fait, le domaine est à mon frère.

—À Raphael ?

—Non, mon autre frère.

De plus en plus étrange.

Je suis certaine que Noé avait dit que le propriétaire du domaine était son ami Sébastien, pas le frère de son ami Sébastien.

Mais pourquoi diable m'aurait-il menti ? Pourquoi est-ce que quelqu'un prendrait la peine de mentir à propos d'un détail mineur si peu important ?

J'ai dû avoir mal compris.

Mais alors pourquoi ne m'a-t-il pas dit que son ami était un comte ? Sûrement parce que le titre de Sébastien ne signifie rien pour Noé. Il ne définit pas Sébastien aux yeux de Noé.

D'accord.

Ce qui m'embête quand même, c'est pourquoi Noé m'a dit que son ami avait besoin d'argent, alors que clairement, ce n'est pas le cas de Sébastien d'Arcy. Ce n'est peut-être pas la situation de l'*autre* frère de Sébastien. Je demanderai à Noé...

Qui est juste là, à seulement quelques mètres de moi, en train de discuter avec la mariée. Et avec Uma.

Que fait-il ici ? Que fait Uma ici ?

Bon sang, mais bien sûr ! C'est le mariage du frère de son ami. Noé a été *invité.*

Et il a choisi de venir ici avec Uma.

—Pardon, dis-je à Papa et Sébastien en me dirigeant vers Noé.

—Alors, est-ce que je dois t'appeler Dr. Mia Stoll, titulaire d'un doctorat ? Je l'entends demander à la mariée.

—Ça serait un chouia excessif, elle répond.

—Dr. Mia Stoll alors, suggère Uma.

La mariée secoue la tête.

—Trop pompeux.

Noé penche la tête.

—Pourquoi pas simplement docteur?

La mariée sourit.

—Pourquoi pas juste : Mia ?

Noé et Uma échangent un regard et hochent la tête ensemble.

—Oui, docteur.

Je me joins au trio secoué par les fous-rires.

Le sourire de Noé disparaît et il pâlit au moment où il me voit.

—Sophie ! Uma m'embrasse. Je suis contente de te voir ici !

Je marmonne quelque chose. Mia prononce des mots, auxquels je réponds. J'espère que mon autopilote utilise des expressions appropriées au contexte.

Uma passe son bras dans celui de Mia et s'en va avec elle.

Noé et moi nous fixons du regard.

—Sophie, dit-il. J'avais peur que cela se produise...j'ai essayé de t'appeler toute la journée d'hier...

—J'ai perdu mon téléphone.

Il avale sa salive.

—Je suis allé chez toi et j'ai attendu, mais tu n'es pas rentrée...

—Je suis sortie avec mon père et j'ai dormi chez ma mère.

—C'est ce que je me suis dit. Il inspire profondément. Est-ce qu'il t'a dit quelque chose sur moi ?

Un sentiment d'appréhension me serre la poitrine.

—Qu'est-ce que tu veux dire ?

—Alors, je suppose qu'il ne t'a rien dit. Les lèvres de Noé forment une ligne dure. Il t'a juste amenée ici à la place.

Mon menton commence à trembler.

—Je n'ai pas été complètement honnête avec toi, dit Noé.

Je le dévisage et soudain, je *sais.*

Tous les morceaux du puzzle se mettent en place, formant une image qui explique tout.

—Tu *es* l'autre frère du Comte d'Arcy, dis-je.

Il acquiesce.

—Tu es le propriétaire du domaine que tu m'as fait visiter le mois dernier.

Il acquiesce à nouveau.

—Pourquoi ?

Avant de pouvoir répondre, je baisse le ton de ma voix et je dis, moqueuse :

—Je suis Noé Masson, joueur de water-polo et livreur de pizzas.

Les muscles sur son visage sont tellement tendus qu'on dirait qu'ils vont rompre tout moment.

—Pourquoi toute cette comédie ? Je demande.

Il me saisit la main.

—Ce n'était pas une comédie, Sophie. Je *suis* Noé Masson, gardien de water-polo et livreur de pizza. C'est la personne que j'ai décidé d'être.

—Et pourtant, dis-je avec un sourire narquois, ton frère est un comte richissime et tu vaux, toi-même, au moins quinze millions.

Il ne dit rien.

—Tu ne m'as même jamais dit que tu avais un frère, dis-je. Deux frères !

—Je ne voulais pas...il commence.

Je prends une voix masculine à nouveau.

—Je te loue un minuscule appartement et j'aide mon ami à vendre son domaine. Oh non, attends, c'est *mon* domaine ! Ma mère est bénévole pour une fondation caritative. Oh non, attends, c'est *sa* fondation ! Uma n'est qu'une amie. Oh non, attends, en fait c'est ma fiancée avec qui je suis allée au mariage de mon *frère*.

—Non, ce n'est pas ma fiancée ! s'écrie Noé. Ce n'est pas ce que tu crois.

Quelques têtes se tournent vers nous.

—Avec toi, rien n'est comme je crois, dis-je.

—Sophie, s'il te plaît, est-ce qu'on peut aller quelque part de privé, que je puisse t'expliquer mes raisons...et m'excuser correctement ?

—Laisse tomber. Je retire vivement ma main de la sienne et regarde autour de moi.

Papa est penché contre le mur près d'une décoration fleurie et il m'observe avec angoisse.

Je cours vers lui.

—Tu peux me ramener chez moi ?

Il hoche la tête et cinq minutes plus tard, nous sommes dans un taxi, en direction de mon appartement.

Lorsque je ne vois plus l'hôtel particulier, je m'essuie les yeux du dos de la main et je me tourne vers Papa.

—Ramène-moi à la maison, à Key West ?

VINGT-TROIS

NOÉ

Oscar me lance un air blessé, suivi d'un grognement frustré, puis d'un long gémissement hululé. Cette séquence particulière signifie : « Pourquoi ne partages-tu pas ton sandwich ? Je pensais que nous étions amis. »

—Tu as grossi, mon pote. Je le caresse. Le véto a dit qu'il fallait faire attention à ton poids.

Oscar gémit un peu plus et file jusqu'au petit espace entre le placard et le mur où il reste longtemps. Au bout d'un moment, il en sort et se dirige directement vers le salon, où il monte sur le canapé pour sa sieste de l'après-midi.

Je me suis toujours demandé ce qu'il faisait dans ce coin. C'est peut-être son lieu de méditation, où il pratique ses exercices de respiration et se rappelle que la vie n'est pas si mal et où il retrouve sa joie de vivre. Il se pourrait aussi que c'est l'endroit où il planque une pile de cartes postales de jolies demoiselles canines qu'il regarde dans les moments de crise émotionnelle. Quoi qui se passe dans cette cachette, ça marche, parce qu'il en ressort toujours joyeux.

J'aimerais bien avoir un endroit comme ça.

Parce que si je ne suis pas en pleine crise émotionnelle, alors je ne sais pas où je suis.

Sophie n'a pas répondu à mes appels pendant les deux jours après le mariage. Lorsque j'ai appelé à l'interphone de son bâtiment, elle ne m'a pas laissé entrer. Ensuite, je suis parti à Athènes pour un match de la Coupe LEN. L'équipe est restée pendant quelques jours de plus pour visiter l'Acropole et profiter de la vie nocturne locale.

Zach et moi sommes rentrés. Je suis allé directement au bureau de Sophie depuis l'aéroport. Ses collègues m'ont annoncé que ma propriétaire avait résilié son stage et était repartie aux États-Unis pour raisons personnelles. Une jeune femme amicale m'a dit que Mademoiselle Bander avait fait appel à l'agence pour s'occuper de mon bail.

—Je suis là pour vous aider si vous avez besoin de quoi que ce soit, elle m'avait dit, en me donnant sa carte.

—Merci, tout va bien.

En sortant, je me demandais comment elle aurait réagi si je lui avais dit la vérité, qui n'avait pas changé depuis juillet.

J'ai besoin d'embrasser Sophie Bander.

J'en ai tellement besoin que je pense sérieusement à aller à Key West pour essayer d'arranger les choses avec elle. J'ai tout foutu en l'air, ça ne fait aucun doute. Mais j'avais des circonstances atténuantes.

Sophie m'avait toujours dit qu'elle épouserait l'homme des rêves de son père. Elle avait un projet de vie pour son avenir, en tant que magnat de l'immobilier en Floride. Elle repartait à Key West à Noël pour commencer. Ce que nous vivions n'était pas sérieux.

Arrête ton cirque, Noé.

Ce ne sont pas des « circonstances atténuantes ». Ce sont des excuses nulles et pathétiques. En réalité, Sophie avait été honnête et franche avec moi du début à la fin.

Et moi, je lui ai menti.

Tu m'étonnes qu'elle soit furieuse contre moi.

Le problème c'est que je ne peux pas aller à Key West maintenant. Mon équipe a besoin de moi. Pour la première depuis que Lucas a fondé le club, nous avons une véritable possibilité de remporter le titre national. Nous sommes au milieu d'une saison de dingue, engagés dans deux championnats qui se chevauchent, le Championnat de France et la Coupe LEN. Nous nous entraînons plusieurs heures par jour et nous nous déplaçons tout le temps.

J'ai dû arrêter mon job de livreur de pizza.

Lucas nous dit que maintenant que les Nageurs de Paris ont gagné suffisamment de matchs pour être pris au sérieux, il a de grands projets pour le club. Sa première action sera d'embaucher un publiciste qui trouvera des sponsors et des contrats publicitaires pour les joueurs.

Espérons que ça se fasse, et bientôt.

Parce que je ne vais plus avoir d'argent. Le domaine n'a pas encore été vendu. Tu parles, je n'ai même pas eu le temps d'embaucher un agent. Et même lorsque je le ferai, je n'ai pas l'intention de conserver le fruit de la vente. En supposant que l'estimation de Sophie est correcte, la majorité des quinze millions ira à la fondation de Maman, comme prévu. Il y aura aussi une énorme taxe à payer et peut-être même des frais d'avocat si Sébastien conteste la vente.

Ce qu'il pourrait faire, vu qu'il est si attaché à la préservation du patrimoine d'Arcy.

Est-ce que c'est une si mauvaise chose que ça ?

Je sursaute à cette pensée venue de nulle part. Quoi que, ce n'est pas tout à fait vrai. Depuis que Sophie et moi sommes allés en Bourgogne, mon esprit n'arrête pas de faire apparaître des images de vignes taillées, de la vue du parc depuis le Salon Bleu et de Sophie ébahie devant la grandeur délabrée du château.

—Cet endroit est magnifique, évidemment, pas juste de

l'extérieur, elle avait dit alors que nous partions. Il a une belle âme. J'espère que le nouveau propriétaire le verra et l'aimera comme il le mérite.

Quelqu'un sonne à la porte, alors que j'avale le dernier morceau de mon sandwich. Oscar se réveille un instant, puis referme ses yeux. Il a une confiance totale dans ma capacité à m'occuper de l'intrus.

Ça doit être Maman.

Elle va m'amener à un « chouette » nouveau restaurant qu'elle a découvert dans le quartier et c'est pour ça que je viens de manger un sandwich. Les « chouettes » restaurants de Maman sont souvent du genre à servir des portions magnifiquement présentées, mais minuscules, qui me laissent toujours sur ma faim.

Je laisse Maman entrer, en jetant un œil à ma montre. La réservation est pour 19 heures. Donc, j'ai une bonne heure pour lui poser les questions qui me démangent depuis le mariage de Raphael.

Elle se dirige dans le salon et s'assoit le plus loin possible d'Oscar. Elle dit qu'il est trop dépenaillé. Elle n'a pas tout à fait tort.

—Tu as invité M. Bander au mariage de Raphael, juste pour qu'il amène Sophie et qu'elle découvre la vérité sur moi, dis-je sans préambule.

Elle me regarde longuement.

—Tu n'aurais pas dû lui mentir.

—Tu as raison, je n'aurais pas dû. Et tu n'aurais pas dû t'en mêler, ou tu aurais dû me conseiller de tout lui dire. Mais à la place, tu t'es servie de moi pour faire avancer tes projets.

—J'avais tes intérêts à cœur, dit-elle. Et c'était la même chose pour Ludwig qui était très inquiet que sa fille unique ruine son avenir.

—En étant avec moi ?

—En abandonnant ses rêves pour une amourette.

C'était plus qu'une amourette, je brûle de lui dire.

Sinon, pourquoi est-ce que mes sentiments se renforceraient chaque jour et chaque semaine, au lieu de s'estomper ? Pourquoi est-ce qu'être avec Sophie me semblerait si parfait, comme si j'avais trouvé la femme qui était faite pour moi ?

Mais je reste silencieux, craignant que dire ces choses à voix hautes rende le départ de Sophie encore plus dur à supporter.

—Au fait, dit Maman, je suis contente que ta petite peccadille ait conduit Ludwig jusqu'à moi. Quel homme merveilleux et droit ! Il croit autant dans les œuvres caritatives que moi. Je suis certaine qu'il fera un don important à ma fondation sous peu.

—Sans aucun doute. Je plisse les yeux vers elle. Et donc à vous deux, vous avez trouvé la solution géniale au problème que Sophie et moi avions créé.

—Ne sois pas si cynique, dit Maman avant de minauder : Je dois dire que notre solution *était* géniale de simplicité et d'efficacité.

—Non, mais tu t'entends ?!

Elle hausse les épaules.

—Je n'ai rien fait de mal. Sophie est gentille, mais ce n'est pas la fille pour toi.

—Parce que *tu* sais qui est la fille pour moi.

—Eh bien oui, je le sais. Elle lève un sourcil. Uma.

Évidemment.

Le regard de Maman s'adoucit.

—Elle t'aime.

—Oui, dis-je. En tant qu'ami.

—Ne sois pas bête.

—Elle me l'a dit elle-même.

Maman cligne des yeux, manifestement troublée.

—Ce n'est pas possible.

—Et pourtant si. Maman...je comprends que nous paraissions

parfaitement assortis, mais nous ne sommes pas attirés l'un par l'autre.

—Tu dis juste ça pour me blesser. Elle arrange ses jambes et lisse sa jupe. Tu es contrarié.

Le sarcasme me tord la bouche.

—Non, sans blague.

—Tout ce que je voulais, c'était ton bonheur.

—Ça ne t'es pas venu à l'esprit de me demander si je n'avais pas déjà trouvé le bonheur avant de le détruire ?

Elle cligne à nouveau des yeux.

—Tu sais quoi, Maman, tu devrais commander des marionnettes pour la fondation et commencer des spectacles.

Elle se tortille, mal à l'aise.

—Je ne pense pas que ce soit une priorité pour les enfants que nous aidons.

—Ça ne sera pas que pour eux...ça sera surtout pour toi. Tes marionnettes feront *exactement* ce que tu veux qu'elles fassent. Et tes spectacles - chacun d'entre eux - se terminera exactement comme tu veux qu'il se termine.

Elle lève une main tremblante et se frotte la tempe gauche, une expression de souffrance sur le visage.

Une migraine.

C.-à-d. mon signal pour que je m'excuse et que je revienne sur tout ce que j'ai dit, parce que je viens juste de réaliser qu'elle a raison. Parce que c'est comme ça que nous fonctionnons.

Mais c'est fini.

Aucun d'entre nous n'émet un son pendant un moment.

Puis, Maman cesse de frotter sa tempe et me fixe dans les yeux.

—Je t'aime, Noé. S'il te plaît, crois-moi lorsque je te dis que tout ce que j'ai fait était dicté par l'amour.

—Oh, je te crois. Je hoche la tête vigoureusement. Mais il y a un problème. Ton amour m'a rendu amer. Il a empoisonné ma relation avec Séb et Raph, et maintenant avec Sophie aussi. Je dirais qu'il y a quelque chose qui ne va pas avec ton amour.

Elle renifle et s'essuie les yeux.

Mais pas cette fois-ci.

—Ton amour est cassé, Maman, dis-je. Il a besoin de sérieuses réparations.

Elle se lève et sort en trombe de l'appartement.

Je ne tente pas de l'arrêter.

Mes pensées retournent plutôt au château. Plus j'y pense, moins je comprends pourquoi je n'ai pas apprécié l'enthousiasme de Sophie pour le domaine. Elle ne faisait qu'être elle-même. Sincère et authentique. D'une honnêteté rafraîchissante. Frappée par quelque chose d'exceptionnel, sans avoir peur de le dire.

Est-ce que cela n'est pas mille fois préférable à l'hypocrisie ?

VINGT-QUATRE

SOPHIE

Regarder le soleil se coucher dans le Golfe du Mexique, le ciel illuminé de teintes de violet et d'orange, me fait penser à la vue sur le parc du château de Noé. J'avais annoncé que c'était la plus belle vue du monde, encore plus magnifique que les couchers de soleil de Key West. Je m'étais extasiée sur le château et son domaine, et j'avais même déclaré que j'aurais tout fait pour mettre la main dessus. Y compris me marier avec quelqu'un envers qui je n'éprouvais aucun sentiment profond.

La honte.

Cette conversation est, sans aucun doute, l'épisode le plus mortifiant de ma vie. À chaque fois que j'y pense, j'en ai les joues qui brûlent. Pourquoi, non mais pourquoi, j'ai dit ces trucs ?

J'essayais juste de gagner le débat.

Et apparemment, il a reçu le message.

Avec un soupir, je me pousse du milieu de la banquette vers le côté du bateau, en espérant que les amis de Doug, Tim and Rosalind, ne remarqueront pas mes joues enflammées.

—À quoi tu penses, baby ? Doug m'interpelle de derrière le gouvernail. C'est beau, hein ?

Je ne me rappelle plus le nombre de fois où j'ai presque demandé à Doug de m'appeler *bébé*. Il le ferait sûrement en hommage à mon côté français. Mais il y a un risque que de l'entendre dire *bébé* ne fasse qu'empirer les choses pour moi. Essayer d'oublier Noé est déjà assez difficile, je n'ai pas besoin d'un rappel quotidien de ce qu'il me murmurait quand nous faisions l'amour.

Ça ne fait que deux mois, mais j'ai l'impression que mes vacances parisiennes se sont terminées il y a une éternité. En même temps, il me semble que ce n'était qu'hier.

—Le coucher de soleil ou ton bateau ? Je demande à Doug en tournant la tête pour lui décocher un grand sourire.

Rosalind et Tim gloussent.

—Le bateau, Doug sourit à son tour, très fier de son nouveau yacht étincelant.

—La meilleure vue du monde ! Je m'écrie.

Dire que j'étais une fille incapable de mentir quoi qu'elle fasse.

Cette fille a disparu.

Le nouveau moi a grandi et a tout compris.

Démonstration.

—Hé, j'ai un peu la nausée, dis-je à Doug. Tu pourrais me ramener au ponton ?

Il me lance un regard du style « oh, ma pauvre chérie ».

—Bien sûr. Ça te dérange si nous continuons sans toi ?

—Pas du tout !

Ça, ce n'est pas un mensonge. Les amis de Doug sont bien gentils, mais nous n'avons aucun intérêt en commun et rien du tout à nous dire.

Avec Doug, au moins je peux parler business.

De retour chez moi - j'ai de nouveau emménagé chez Papa, jusqu'à ce que je trouve un nouvel appartement - je me prépare un cranberry cooler et je m'assois sur le porche.

Quand j'ai bu la moitié de mon verre, mon téléphone sonne

dans ma poche. C'est Noé. Je ne réponds jamais quand il m'appelle, en me disant que ce sera sa dernière tentative. Mais ça fait huit semaines qu'il continue, parfois quotidiennement et il ne donne pas signe de vouloir s'arrêter.

Papa dit que je devrais juste bloquer son numéro. Il a raison, c'est ce que je devrais faire.

Je réponds à l'appel.

—Sophie ? Il a l'air incrédule.

—Oui. J'ai répondu pour te dire d'arrêter de m'appeler.

Vous voyez ? Je mens tellement bien maintenant, ça fait peur.

En fait, j'ai répondu pour entendre le son de sa voix. Et aussi, parce que c'est si difficile d'arrêter de penser à lui, d'oublier ses yeux, son sourire, quand nous étions au lit…

—J'arrêterai de t'appeler si c'est ce que tu veux vraiment, dit-il. Mais s'il te plaît, écoute-moi en premier ?

Je soupire.

—C'est bon, Noé. Je ne suis plus en colère. Tu m'as caché des choses, parce que tu n'avais aucune raison de les révéler. Nous n'étions pas dans une relation sérieuse.

—C'est vraiment ce que tu penses ?

—Oui et je pense que mon départ mélodramatique du mariage de ton frère était complètement ridicule. J'espère que tu n'avais pas grand-chose à expliquer.

—Tu as changé, dit-il.

—Eh bien, tant mieux. Et toi ? Tu as vendu le domaine ?

—J'ai donné mon fonds en fiducie à la fondation de Maman et j'ai gardé le domaine.

—Que vas-tu faire avec ?

—Séb et Raph vont m'aider pour couvrir les rénovations et l'entretien initial.

—Ah bon, Séb et Raph ? Les frères que tu détestais tant que tu ne m'as même pas parlé de leur existence.

Il y a un bref silence, puis il dit :

—C'en est fini pour moi de détester.

Tant mieux pour toi.

—Comment se passe le championnat ? Je demande.

—Nous avons détruit Bordeaux et Nancy et réussi à battre Marseille, ce qui a surpris tout le monde, vu qu'ils dominent tellement le championnat. La semaine prochaine, nous allons à Strasbourg pour la finale.

—Bonne chance.

—Merci, j'en aurai besoin. Il hésite. Pas seulement pour le match, mais pour...tout. Le livreur de pizza a maintenant un énorme domaine, un château délabré et un vignoble qui n'est pas rentable en l'état. Je ne sais pas du tout par où commencer.

—Embauche un gestionnaire ou fais venir un associé.

—C'est à ça que j'ai pensé.

—Arrête d'y penser, agis.

Il rigole.

—Ça m'a fait plaisir de te parler..., je commence à dire.

—Voudrais-*tu* être mon associée et diriger tous les super projets dont tu as eu l'idée en Bourgogne ?

Waou.

—Merci de ton offre, dis-je, mais je vais dire non.

—Sophie, je...

Cette fois-ci, c'est à mon tour de l'interrompre.

—Je suis sur le point de recevoir une demande en mariage.

—De qui ?

—Un très gentil homme d'ici, notre plus gros concurrent, en fait. Enfin, ex-concurrent, maintenant.

—Et ton ex-concurrent a-t-il noté une date sur ton calendrier ? Il demande, la voix pleine de sarcasme.

—Eh bien oui. Samedi prochain, à *Louie's Backyard*.

Franchement, je ne sais pas pourquoi je lui donne la date et l'heure. C'est pas comme s'il allait prendre un avion de Paris pour venir me *sauver*.

De toute façon, je n'ai pas *besoin* d'être sauvée.

Il y a une pause, avant que Noé ne reprenne la parole.

—Je suppose que tu as l'intention de dire oui.

—Carrément.

J'ai vraiment l'intention de dire oui, malgré mes crises de panique au milieu de la nuit, les doutes qui m'assaillent et le fait que je sais que je n'éprouverai jamais pour Doug les sentiments que j'éprouve...que j'*éprouvais* pour Noé.

—Ce n'est pas un peu tôt pour te demander en mariage ? Il demande. Ça ne doit pas faire beaucoup plus de deux mois que vous sortez ensemble.

—Pourquoi attendre ? Doug et moi sommes parfaitement assortis, personnellement et professionnellement.

Sauf que mon corps refuse toujours de lui donner plus qu'un petit bisou occasionnel sans langue.

C'est le retour à la frigidité pour moi.

Doug dit que ça ne le dérange pas. Il prétend que mon côté « sage » est l'une des choses qu'il aime chez moi. Je ne lui ai jamais dit pourquoi je suis revenue de Paris plus tôt que prévu, mais il a trouvé une explication tout seul. Cette ville était trop décadente pour Sophie Bander. Doug est extrêmement fier de sortir avec la femme la plus coincée de Key West.

L'image de la tête blonde de Noé entre mes cuisses écartées avec mes doigts fouillant ses cheveux souples pour le guider défile devant mes yeux.

C'est difficile de croire que cette femme c'était moi.

Mais ce qui s'est passé à Paris, reste à Paris.

—Une fois, tu m'as dit, commence Noé, que tu évitais les sentiments parce qu'ils embrouillent ton jugement.

—Et alors ?

—Tu ne vois pas que c'est ce qui t'arrive maintenant ? Tu laisses un sentiment brouiller ton jugement. Et ce n'est même pas un bon sentiment.

—De quoi tu parles ?

—De la colère.

Je ne dis rien.

—Tu es toujours en colère contre moi, dit-il. Et tu veux me faire autant de mal que je t'en ai fait.

—Ça n'a rien à voir avec toi ! Je me fiche de toi maintenant. Je vais épouser Doug parce que c'est le genre d'homme avec qui j'ai toujours voulu finir.

—Écoute-moi, *bébé*. Ne fais pas les mêmes erreurs que moi. J'ai laissé la colère me guider pendant des années, mais les choses n'étaient pas aussi noires et blanches que le croyais. Les méchants avaient des circonstances atténuantes et la sainte...n'étaient pas aussi parfaite que ça.

—Alors, tu t'es retourné contre Marguerite ?

—Bien sûr que non. Je l'aime toujours et j'admire son engagement envers son œuvre. Mais je ne suis plus l'outil de sa vengeance.

—Je suis bien contente de le savoir, dis-je.

—*Bébé...*

—Prends bien soin de toi, Noé.

Et sur ce, je raccroche.

VINGT-CINQ

NOÉ

La première chose que je vois quand je sors de l'avion est un énorme panneau sur le terminal passager : BIENVENUE À LA RÉPUBLIQUE CONCH.

Je souris.

Sophie m'avait expliqué comment Key West avait réussi à faire « sécession » des États-Unis pour protester contre quelque chose dans les années quatre-vingts. Je savais que les locaux aimaient leur fausse indépendance, mais je ne m'attendais pas à voir un panneau à l'aéroport.

L'autre surprise c'est qu'il ne fait pas aussi chaud que ce à quoi je m'attendais. En même temps, *c'est* la mi-décembre.

C'est presque l'*hiver*.

Après la douane, je me dirige vers la file de taxis. L'hôtel que j'ai réservé est excentré et cher, mais c'est le prix à payer pour une réservation de dernière minute. Et ne parlons même pas de mon billet en classe affaires, je n'ai jamais autant payé pour un vol en avion. En fait, pour rien. J'ai vidé mon compte épargne et je suis à découvert, mais je n'ai pas touché au compte pour la rénovation du domaine que Séb et Raph ont ouvert.

Ça m'aurait mis mal à l'aise.

Dans le taxi, je donne l'adresse au chauffeur. Quelque chose à l'air de l'amuser, mais il met mon sac dans le coffre et part.

Exactement une minute plus tard, le taxi s'arrête devant le jardin d'une grande maison en bois où un panneau indique que nous sommes arrivés à *Marnie's Bed and Breakfast.*

J'aurais mis cinq minutes à pied pour venir ici.

—Vingt dollars, dit le chauffeur en montrant la grille tarifaire collée à l'extérieur de la voiture.

Je paye, prend mon sac et me dirige vers l'entrée du bed-and-breakfast. Dans ma vision périphérique, je remarque quelque chose de bizarre à quelques mètres sur ma gauche. C'est une statue d'iguane que quelqu'un a placée sous le palmier.

Ça doit être la version locale du nain de jardin.

L'iguane penche sa petite tête et se précipite sur le tronc pour disparaître dans les frondes de l'arbre.

Noé, tu n'es plus à Paris.

Après m'être enregistré à l'accueil, avoir pris une douche et enfilé des vêtements propres, il fait déjà nuit.

—Nous sommes loin de *Louie's Backyard* ? Je demande au type à la réception.

—Vingt minutes en voiture. Vingt-cinq maximum.

—Vous pourriez m'appeler un taxi ?

—Je viens d'essayer pour un autre client, dit-il, mais l'attente est d'environ trente minutes. Il y la Convention des Éleveurs de volailles.

—Tant pis, j'irai à pied.

—C'est trop loin pour y aller à pied, dit le réceptionniste, vous pourriez louer un de nos vélos.

Je pourrais et c'est ce que je fais.

Au point où j'en suis, chaque instant gagné, même si ce n'est que cinq minutes, pourrait changer ma vie.

Le réceptionniste me donne des directions, ainsi qu'un casque et un cadenas et me laisse partir.

Ce n'est qu'une fois que je roule dans la nuit le long d'une bande étroite entre l'océan et l'autoroute, les yeux plissés en raison du vent et de la pluie, que j'admets que j'aurais dû marcher.

Ce n'est pas le vélo qui pose problème, c'est moi.

Je suis le maillon faible, épuisé par deux vols consécutifs et pas assez de nourriture. Le réceptionniste avait dit que ce serait un jeu d'enfant.

—Il suffit de rouler le long de la mer, de passer devant *l'AIDS Memorial, Higgs Beach* et *Casa Marina*, jusqu'à ce que vous voyiez *Louie's Backyard.*

Peut-être que plutôt de lui faire confiance, j'aurais dû demander une carte ou, au moins, la description de l'*AIDS Memorial.* Mais maintenant, je roule à l'aveuglette, séparé de l'océan à gauche par une glissière de sécurité basse et de la route sur ma droite par rien. Je n'ai aucune idée d'où je suis.

Soudain, ma roue avant rencontre un obstacle, et je fais un salto avant au-dessus du guidon et par-dessus la glissière.

Merde !

Au moins, je ne vais pas me noyer, je me dis pendant ma chute.

Boum ! Splash !

Je ne me noie pas, mais ce n'est pas parce que je suis nageur professionnel.

C'est parce que mes fesses heurtent le fond sablonneux de l'océan et je tombe sur le côté.

L'eau est si basse qu'elle me couvre à peine, même lorsque je suis couché.

Je me redresse en position assise et je ris, me sentant à la fois soulagé et ridicule de m'être attendu à un plongeon plus grave.

Lorsque j'ouvre la porte de *Louie's Backyard*, je suis complètement trempé et j'ai mal un peu partout. Est-ce que j'ai dit qu'il était neuf heures du soir ?

Je vois Sophie à une table à côté de la fenêtre, avec un homme soigné autour de la trentaine. Il y a deux assiettes à dessert vides sur la table, l'addition et des pièces de monnaie.

Merde !

Il a déjà dû lui faire sa demande en mariage.

—Salut, je leur dis avant de tourner mon regard sur Sophie. On peut parler ?

—Noé ! Elle tente de se lever, mais se renfonce dans sa chaise.

L'homme me dévisage.

Je fixe Sophie du regard. Mes cheveux et mes vêtements dégoulinent d'eau pour former une flaque par terre. Ma seule préoccupation est de savoir si j'arrive trop tard ou si je peux convaincre Sophie de ne pas se marier avec ce type. Il se tourne vers elle.

—Qui est-ce ?

—Quelqu'un que j'ai rencontré à Paris, dit-elle, sous le choc.

Il étudie son visage.

—Tu veux que je lui *demande* de partir ?

Le ton de sa voix implique clairement un potentiel de violence, si jamais je refusais d'obtempérer.

Mon pote, je suis peut-être trempé, mais je suis plus costaud que toi.

Mes yeux sont fixés sur la bouche de Sophie. Dieu qu'elle m'a manquée !

J'espère qu'elle va dire « non » à son prétendant. Je prie pour qu'elle ne me dise pas « sors d'ici » !

Sophie lui lance un tout petit sourire.

—Excuse-moi, Doug. Noé et moi avons encore quelque chose à régler.

Elle se lève.

Doug se lève aussi.

—Tu en es sûre ?

Elle hoche la tête.

—Appelle-moi s'il essaye le moindre truc, dit-il.

—Oui. Elle avance à grands pas vers la sortie.

Je la suis. Une fois dehors, elle continue à marcher vite. J'adopte la même cadence et je me range à côté d'elle. Dix minutes plus tard, nous sommes sur une plage vide.

Elle s'assoit en se serrant les genoux et lève les yeux vers moi.

Je m'effondre à côté d'elle.

—Parle, dit-elle, le regard fixé sur l'océan.

—Est-ce que tu as dit oui à Doug ?

Elle continue de regarder droit devant.

—Qu'est-ce que ça pourrait faire si j'ai dit oui ?

Merde.

Je me prends la tête dans les mains.

—J'ai dit non, dit-elle dans un soupir.

Je me tourne vers elle.

Maintenant, elle me regarde et même dans le noir, je vois le trouble qui traverse ses yeux.

—Je suis débile, dit-elle. Doug est vraiment un beau parti.

—Alors pourquoi as-tu dit non ?

—Je ne peux pas m'imaginer...faire l'amour avec lui.

Impulsivement, je saisis sa main.

—Je t'aime, Sophie.

Elle cligne des yeux.

—Et ta merveilleuse Uma dans tout ça ?

—Elle est toujours merveilleuse et le sera toujours. Je lève sa main jusqu'à mes lèves. Mais elle n'a pas d'effet sur mon rythme cardiaque ou sur la dureté de ma queue.

J'appuie mes lèvres sur le dos de sa main, me rappelant sa peau. *Ooh, quel bonheur.* Retournant sa main, j'embrasse l'intérieur de sa paume, son poignet, ses doigts.

—Tu n'étais pas censé être à Strasbourg maintenant ? Elle demande.

—J'aurais dû, et pourtant je suis ici.

Elle fronce les sourcils.

—Mais c'est la finale, l'opportunité de gagner cette médaille d'or dont tu rêves…

—Il y a un remplaçant pour chaque joueur, y compris moi. C'est pas grave.

Le pli entre ses sourcils se creuse.

J'expire longuement.

—D'accord, la vérité. Ils pourraient perdre. Et dans ce cas, ils me détesteront. D'ailleurs, ils me détestent déjà. Je me déteste de les avoir laissés en plan comme ça.

—Tu n'aurais pas dû !

Je plonge mon regard dans ses yeux expressifs.

—Je n'ai aucun regret Sophie. Si tu veux bien me laisser une autre chance, je laisserai tout tomber pour toi et je viendrai habiter ici.

Ses yeux s'écarquillent.

—C'est vrai ?

—Sans aucune hésitation.

Elle penche la tête sur le côté, l'air toujours préoccupé.

—Peut-être que je pourrais trouver un club de water-polo par ici, dis-je en lui faisant un clin d'œil. Ou une pizzeria qui a besoin d'un livreur.

Elle se rapproche de moi et regarde dans mes yeux.

—Tu ferais vraiment ça pour une deuxième chance avec moi ?

Je hoche la tête.

Ses lèvres s'ouvrent légèrement.

Je me penche en avant et je les prends. Douces, pleines, chaudes. Tenant son visage, je lèche ses lèvres. Elle les écarte pour me laisser entrer. *Nom de dieu, ce goût !* Je le déguste, en poussant ma langue plus profondément. J'ai soif d'elle. Cinquante-sept jours de besoin de ça, de la désirer, de me réveiller avec une érection monumentale, furieux d'être réveillé du rêve où je pouvais la tenir.

Je ne vais plus jamais me passer de Sophie aussi longtemps que ça.

Jamais.

Lorsque nous rompons notre baiser pour reprendre notre respiration, elle appuie son front contre le mien et murmure :

—Je reviendrai en France avec toi.

Je me recule et étudie son visage, incrédule.

Elle sourit.

—Tu en es sûre ? Je demande.

Elle hoche la tête.

—Je t'aime.

Je la prends dans mes bras et je l'embrasse à nouveau, avec avidité.

Quelques instants plus tard, elle se recule. Il y a un mélange de surprise et d'euphorie dans ses magnifiques yeux, alors qu'elle guide ma main sous le bord de sa robe.

Du bout des doigts, je frôle l'intérieur de sa cuisse, jusqu'à toucher le tissu de sa culotte. Qui est humide. J'applique un peu plus de pression, en faisant glisser mes doigts un peu plus loin.

Le tissu n'est pas juste humide, il est trempé.

Si nous n'étions pas sur une plage publique, je baisserais la fermeture de mon jean, je la poserais en travers de mes cuisses et je la pénétrerais comme un dingue.

—*Bébé*, je murmure, en passant un doigt sous la culotte et dans sa fente chaude et glissante.

Ses yeux basculent vers le ciel.

Lorsqu'elle concentre à nouveau son regard sur mon visage, ses traits ont pris une expression déterminée à laquelle je ne m'attendais pas.

—Il nous faut une chambre.

—On peut aller dans mon hôtel ? Je retire mon doigt.

—Oui. Elle attrape son sac à main et se relève. Allons-y.

Je reste assis, en attendant que mon érection se calme.

Ça prend du temps, surtout que l'envie de Sophie joue des tours à ma volonté.

Mais ce n'est pas grave, parce que l'urgence dans sa voix est satisfaisante en soi. Et pour ce qui est de l'envie dans ses yeux, elle vaut tout l'or du championnat que j'ai perdu en venant ici.

Elle vaut tout l'or du monde.

VINGT-SIX

SOPHIE

Quand nous arrivons enfin dans la chambre de Noé après une marche forcée d'une demi-heure, nous avons tous les deux besoin d'une douche.

Alors, nous la prenons ensemble et un préservatif se joint à nous.

Dès que nous avons lavé la sueur et le sable de nos corps, Noé met le préservatif et me fait reculer contre le mur carrelé. Je gémis sous l'effet de son corps appuyé contre le mien. Il m'embrasse doucement, puis plus fort et il s'applique à nouveau à m'amener au point d'excitation que j'avais atteint à la plage.

Ça ne prend pas beaucoup de temps.

En vérité, je crois bien que je pourrais y arriver en regardant juste sa poitrine musclée ruisselante d'eau ou en le fixant dans ses yeux bleus dans lesquels je pourrais me noyer, dans lesquels je me suis noyée.

Je ne peux plus être sauvée.

Il murmure mon nom, alors qu'il me caresse la poitrine et suce mes tétons durcis. Ses mains parcourent mon corps, frottant, s'agrippant, pressant.

Lorsqu'il plie les genoux pour me soulever haut contre lui, je jette mes bras autour de son cou et mes jambes autour de sa taille. Mon corps se tend de désir alors qu'il dévore ma bouche. Je n'ai plus qu'une pensée, sa queue contre ma chatte et combien je la veux. Tout mon être est lourd, douloureux, me tire vers lui, me supplie de le sentir.

Je suis prête.

Si prête que je suis sur le point d'exploser.

Et c'est exactement ce que je fais, quelques secondes après qu'il se soit enfoncé jusqu'au fond de moi.

Le plaisir de l'orgasme qui me traverse est intense et choquant. Plus rien n'existe dans mon monde hormis cette sensation. Mon corps est connecté à mon esprit profondément, de manière presque surnaturelle, j'en ai le souffle coupé.

Lorsqu'il s'estompe, en me laissant à la fois satisfaite et sur ma faim, je réalise que je viens de ressentir un plaisir que je n'avais jamais connu auparavant.

J'en veux encore - j'ai en encore *besoin* - autant de fois et aussi souvent que Noé le pourra.

—Est-ce que tu viens de...? Il demande, n'osant pas prononcer le mot.

Je hoche la tête.

—Bien joué. Un sourire satisfait s'étale sur son visage.

Je souris aussi.

—Ça ne me dérangerait pas de recommencer.

Il cesse de sourire et me pénètre. Son mouvement est cinglant et brusque, au contraire de la longue poussée d'avant, mais c'est si délicieusement érotique que j'en ai le souffle coupé.

Il commence à me donner des coups de bélier et je m'accroche de toutes mes forces à son cou, en laissant le plaisir monter en moi. Mes doigts creusent sa chair alors qu'il me pilonne, férocement, s'abandonnant à son propre besoin. Nos corps se tendent ensemble, les muscles raides, le sang palpitant, les cœurs pantelants.

À chaque retrait, je me sens plus vide que jamais. Avec chaque poussée, je suis propulsée plus près d'un autre orgasme.

Lorsqu'il me parcourt de part en part, me faisant crier, Noé grogne et se laisse jouir aussi. Nos voix se mêlent alors que nos corps tremblent de plaisir.

Ensuite, nous nous essuyons et nous installons au lit.

—Un autre ? Il demande, l'air enthousiaste et terriblement content de lui.

—Ça suffit pour ce soir, je suis épuisée.

Il me touche la joue.

—Demain matin, alors.

Il caresse mon visage, lorsque je remarque un petit creux entre ses sourcils.

—Quelque chose ne va pas.

—Ton projet de vie. Il fronce le sourcil. Et ton rêve de devenir l'associée de ton père et les agents immobiliers les plus importants de Floride ?

Je touche le creux au-dessus de sa clavicule et pose ma main sur son cou puissant.

—Tous les bons projets peuvent être ajustés. Je lancerai ma conquête du monde depuis Paris.

Il plonge son regard dans le mien pendant longtemps.

—Et pourquoi ne pas le lancer de Bourgogne ?

—Tu me demandes de gérer le domaine, pour que tu puisses jouer professionnellement au water-polo ?

—Oui.

—J'adorerais, dis-je, mais ça ferait de toi mon patron, ce que...

Il appuie un doigt contre mes lèvres, m'empêchant de parler.

—Je ne te demande pas de t'occuper de *mon* domaine en tant que gestionnaire. Je te demande si tu voudrais bien me faire l'honneur de gérer *notre* domaine, en tant que mon épouse.

ÉPILOGUE

SOPHIE

J'observe le grand hall du Château d'Arcy, rempli de musique, de lumière et de gens -exactement ce pour quoi il a été construit - et je souris, satisfaite.

Les deux derniers mois ont été très chargés pour moi et Noé.

Zach s'était surpassé à Strasbourg, en marquant un nombre incroyable de buts. D'ailleurs, tous les joueurs avaient tout donné pour que le club remporte la médaille d'or. Malheureusement, ils ne pouvaient pas autant se concentrer sur l'attaque que lors des matchs précédents, parce que le gardien remplaçant avait besoin de plus d'aide que Noé pour bloquer les offensives incessantes des adversaires.

Ce n'est pas pour rien que Strasbourg avait gagné l'or depuis trois saisons consécutives.

À la fin de la dernière période, le score était à égalité et l'arbitre avait annoncé une séance de tirs au but.

Dans des circonstances normales, cela aurait été l'opportunité parfaite pour les arrêts non moins parfaits de Noé. Mais à ce moment-là, il se trouvait de l'autre côté de l'océan pour essayer d'arrêter quelque chose de complètement différent.

Son club avait perdu.

De retour à Paris, les Nageurs célébraient encore la médaille d'argent - une première pour la ville - mais l'équipe ne pouvait s'empêcher de penser qu'elle était passée tout près de l'or.

L'entraîneur de Strasbourg avait pris sa retraite à la fin janvier, comme il l'avait annoncé, et Lucas lui avait succédé à la tête de l'équipe nationale.

Le jour après notre atterrissage à Charles de Gaulle, Noé était allé à l'entraînement à la piscine. Il était prêt à se faire sermonner par Lucas et ses coéquipiers et à être renvoyé du club.

Il fut sermonné, mais finalement, Lucas choisit de lui donner une deuxième chance.

—Si jamais tu me refais ça, avait dit l'entraîneur, tu es mort.

Noé avait juré que c'était la dernière fois.

Car il n'avait absolument pas l'intention de refaire une demande en mariage.

Car sa première demande avait été acceptée.

Et c'est pour cela que maintenant, le grand hall est rempli de gens élégants en cette soirée glaciale de la fin février.

Noé et moi célébrons nos fiançailles.

Tout le monde est là.

Ma mère, qui a l'air jeune et séduisante dans sa robe rouge pailletée.

Mon père, grand, beau et si Denzel Washington.

Marguerite, lui faisant les yeux doux.

Un tas de philanthropes et de hauts responsables que Marguerite a invités pour leur parler de la fondation.

Les frères de Noé, Raphael et Sébastien, leur femme, Mia et Diane, les bébés Lily et Tanguy, et des membres de leur belle-famille.

Sue et deux autres de mes amies de Floride.

Uma, magnifique dans un sari brodé d'or et d'argent.

Jacqueline et tout le reste du personnel du château.

Toute l'équipe de Noé et leurs invités.

Les Derzians.

Oscar.

De la musique jazzy joue en fond sonore et plusieurs couples dansent.

Noé est en pleine discussion avec ses frères, avec qui il a passé beaucoup de temps récemment. Raphael dit quelque chose de drôle ou - vu l'expression espiègle sur son visage - quelque chose de coquin et Noé et Sébastien éclatent tous les deux de rire. C'est incroyable comme ces trois-là se sont rapprochés en quelques mois. Évidemment, les deux aînés étaient proches dès le début, mais Noé leur avait à peine parlé depuis que Marguerite l'avait brusquement emmené avec elle au Népal quand il avait huit ans.

Je suppose que les liens du sang *sont* plus forts que tout.

Leur nouvelle relation fait certes plaisir à voir, mais le trio est aussi un vrai bonheur pour les yeux, Noé étant le plus grand, le plus costaud et le plus blond du lot.

Je devrais vraiment arrêter de reluquer mon fiancé comme ça - j'aurais tout le temps de le faire quand les invités seront partis.

Au prix d'un effort important, je détache mes yeux de lui et cherche la sœur de Diane, Chloé, qui est architecte et revendeuse de biens immobiliers. Je veux lui demander conseil à propos des rénovations que nous prévoyons au printemps.

Alors que je balaie la pièce pour trouver une femme petite qui correspond à sa description, j'aperçois Marguerite se déhanchant vers Papa.

—Ludwig ! Elle lui touche le bras. Enfin, vous voilà.

—Comment allez-vous ? Il demande poliment.

Quand j'avais appris l'implication de Papa dans ce que Noé et moi appelons maintenant le « Complot des Parents », je lui avais fait la tête pendant une semaine.

Et puis, je lui ai pardonné.

C'est mon père après tout.

Je sais qu'il a envoyé un gros chèque au Népal le mois dernier et Marguerite a répondu en écrivant qu'elle aimerait lui montrer à quel point elle est reconnaissante en personne.

Beurk.

—J'ai été très occupée, dit-elle, mais je suis aussi ravie de lancer tous ces nouveaux programmes de santé, de logement et d'alphabétisation, grâce à l'argent qui est arrivé au cours des derniers mois.

—C'est une excellente nouvelle.

—Bon, Ludwig, dit-elle d'une voix rauque. À propos de cette promesse que je vous ai faite dans ma lettre...

—Ah, la voilà, l'interrompt Papa, en faisant un signe de la main à Maman. Cat, par ici !

Une fois qu'elle s'est approchée, il la prend par la main et l'amène à lui.

—*Comment ça va,* Marguerite ? demande Maman avec un sourire tendu.

Le sourire de ma belle-mère est tout aussi sommaire.

—Très bien, Catherine.

—Cat est ma petite amie, dit Papa à Marguerite.

Oh. Mon. Dieu.

Je savais qu'il était sorti au restaurant avec Maman quelques fois, mais le fait qu'il l'appelle sa *petite amie* signifie que la relation ravivée est passée au niveau supérieur.

Un sourire espiègle danse dans les yeux de Papa.

Oh, j'adore ce sourire.

Marguerite se tourne vers Maman.

—Je croyais que vous étiez divorcés.

—Nous le sommes, dit Maman.

Papa porte la main de Maman à ses lèvres.

—J'espère mettre fin à cette malheureuse situation bientôt.

Quoi ?

Je suis foudroyée sur place.

Maman laisse échapper un souffle.

—Est-ce que je suis fou d'espérer ça ? lui demande Papa.

Elle plisse les yeux vers lui.

—Tu me demandes vraiment ce que je pense ?

Il fait oui de la tête.

Elle fait une grimace.

—J'ai peur que nous gâchions tout à nouveau ?

—Nous ne gâcherons rien, dit-il. Je te le promets. Et pour te persuader, je ne suis plus le directeur de mon agence. Mon nouvel associé, Doug Thompson, prendra soin des activités quotidiennes pour que je puisse passer au moins la moitié de l'année en France auprès de mes deux amours.

C'est trop beau pour être vrai.

Le visage de Maman s'éclaire d'un énorme sourire.

—Alors, c'est oui !

—Félicitations, Marguerite marmonne et se retire rapidement.

—Ouiiiiiiiii ! Quelqu'un pousse un cri de joie, en frappant dans ses mains.

Cela pourrait être ou ne pas être moi.

Je me précipite vers eux et les enveloppe tous les deux dans mes bras.

—Papa, Maman, dis-je, vous venez de transformer mon rêve le plus cher en réalité.

Maman et Papa se fixent du regard, les yeux brillants.

Je leur fais un bisou sur la joue.

—Bon les amoureux, vous m'excusez un moment ? Je vais partager ce scoop avec mon fiancé.

Alors que je me dirige vers Noé, qui discute maintenant de quelque chose avec Zach, il se tourne vers moi et me regarde dans les yeux.

Un petit miracle se produit.

Malgré toutes les lois de la physique - quantique ou autre - malgré la distance entre nous, je sens qu'il me touche de la manière la plus intime possible.

De son âme à mon âme nue.

<< <> >>

NOTE DE L'AUTEURE

Le water-polo, qui est l'un des premiers sports olympiques, est un passe-temps national en Hongrie, en Serbie et au Monténégro, et est très populaire dans la plupart de l'Europe. Mais, chose incompréhensible, il est sous-financé dans d'autres parties du monde, y compris la France et les États-Unis.

Pour cette histoire, j'ai inventé plusieurs clubs de water-polo, j'ai modifié les programmes de diverses compétitions et j'ai ajouté quelques « faits », comme Paris remportant une médaille d'argent dans le championnat national.

Toutefois, j'ai essayé de rester aussi près de la réalité que possible.

Merci d'avoir lu l'intégrale LES FRÈRES DARCY!
J'espère que vous avez aimé.

Ça vous tente un aperçu de l'histoire de Zach et Uma?

Alors, tournez la page pour lire un extrait de UN JEU RISQUÉ, tome 1 de la série «Jeux dangereux» !

EXTRAIT DE UN JEU RISQUÉ

SÉRIE JEUX DANGEREUX

Il était censé prendre soin d'elle, pas l'embrasser à lui couper le souffle...

Uma, jeune fille au pair, est à l'opposé de ce que Zach, père célibataire, recherche. C'est la nounou de son fils. Vingt-trois ans et encore vierge, elle vient d'une famille hindoue aux mœurs très conservatrices. Sans oublier qu'elle est presque fiancée à son coéquipier.

Zach sait tout ça. *Alors pourquoi ne peut-il pas contenir son désir pour elle ?*

S'il y a un homme qui ne devrait pas attirer Uma, c'est le père de l'adorable petit garçon de cinq ans dont elle s'occupe. Après une séparation difficile avec la mère de son fils, Zach ne cherche pas l'amour. Il est le capitaine d'une équipe de water-polo à Paris et un entrepreneur de talent qui n'a qu'à claquer des doigts pour avoir n'importe quelle femme. Sans attaches.

Pas étonnant qu'il fasse tout pour éviter Uma !

Mais lorsqu'avec l'aide d'une bonne bouteille de vin, Zach avoue toutes les « cochonneries » qu'il aimerait lui faire, Uma le stupéfie en révélant que ça lui plairait bien, à elle aussi.

Quel autre choix a-t-il que de s'exécuter ?

Et puis, ce n'est pas la fin du monde. Ils sont tous les deux adultes et raisonnables. Ils vont juste un peu s'amuser, et puis chacun suivra son chemin, comme si de rien n'était.
Comme si des *sentiments* ne s'étaient pas déjà mis en travers de leur route.

ZACH

Une fois que Sam a fermé les yeux, je sors de sa chambre sur la pointe des pieds et je descends dans la cuisine. Il y a une boîte de chocolats artisanaux délicieux dans l'un des placards au-dessus de l'évier. J'ai l'intention d'en manger un comme récompense pour ne pas avoir posé les yeux sur Uma depuis ce matin.

En étant aussi silencieux que possible et sans allumer la lumière, j'ouvre la boîte. Une truffe au champagne solitaire me fixe depuis le fond de celle-ci.

La dernière.

Il faudra que j'en rachète demain. Vu qu'Uma et moi adorons ces chocolats, j'en achète une boîte chaque semaine, depuis qu'Uma a découvert la boutique dans une petite rue derrière la place du marché. Nous les cachons pour ne pas tenter Sam et nous en mangeons un ou deux chaque soir, après qu'il soit allé au lit.

—*Mon prééééécieux,* je murmure à la truffe en prenant la voix de Gollum.

Uma rigole dans mon dos.

Je ne l'avais pas entendue entrer.

—Alors, qu'est-ce qu'on fait maintenant ? demande-t-elle en

levant les yeux vers moi. Je vois bien qu'on s'est tous les deux glissés ici comme des voleurs gourmands, mais il ne reste qu'une truffe.

—J'étais là le premier, dis-je.

—Que d'une seconde ! Elle fait la moue. J'ai *vraiment* besoin de ce chocolat à ce moment précis de ma vie.

—Moi, aussi.

Elle met les mains sur ses hanches et relève le menton.

—Ce n'est pas très galant de ta part, Zach.

—Ce n'est pas parce que tu es une femme que tu peux obtenir tout ce que tu veux, dis-je en haussant un sourcil. En plus, la galanterie est devenue obsolète dans les années soixante.

—D'accord, laisse tomber la galanterie, mais tu n'oublierais pas l'impartialité ? Je suis un poids plume par rapport à ton poids... euh... King Kong. En tant qu'athlète pro, ce serait *sportif* que tu te retires de la compétition.

Son inventivité me fait marrer.

—C'est bien tenté, Uma. Mais ça n'a aucune chance de marcher.

Elle soupire de frustration.

—Voilà, dis-je, maintenant tu as découvert ma vraie nature et mon déplorable manque de galanterie.

—Oui. C'est ça.

Elle plisse le menton avant de dire :

—On peut la couper en deux ?

Elle est vraiment tenace.

Je cède presque, mais cette joute verbale est trop amusante pour que j'y mette fin en faisant preuve de clémence.

—Hum... fais-je en penchant la tête sur le côté et en fixant la minuscule confection saupoudrée de cacao, comme si je réfléchissais à sa proposition. Nan. Elle est trop petite.

—Alors, tu vas vraiment la manger tout seul.

J'acquiesce.

—Exactement. Et tu peux te consoler avec un Toblerone.

Elle fait une grimace.

—Comment peux-tu comparer du chocolat au lait industriel à cette…fontaine de saveurs et de bien-être ?

—Très bien, dis-je en souriant, ne mange pas de Tob…

Elle s'empare du chocolat dans la boîte et se précipite à travers la porte vers le jardin. Je laisse tomber la boîte et je me lance à sa poursuite. Elle fourre le chocolat dans sa bouche.

—Tricheuse ! Je plisse les yeux en faisant de mon mieux pour l'intimider du regard. Tu vas me le payer !

Elle s'élance en essayant de revenir dans la maison.

Je lui bloque le passage, la dominant de toute ma hauteur. Uma recule, se tourne et court vers l'autre côté du jardin. Je la suis, juste derrière elle. Elle ne crie pas, sans aucun doute pour ne pas réveiller Sam, dont la fenêtre est ouverte juste au-dessus de nous.

Pendant deux ou trois minutes, je pourchasse Uma dans le jardin en silence. Je suis plus rapide, mais elle est plus agile. En plus, je n'ai aucune idée de la manière dont je vais lui faire « payer » son vol ; du coup je ne suis pas à fond dans la poursuite. Au troisième tour, Uma passe sous mon bras et fonce dans la maison, à travers la cuisine et vers les escaliers.

Elle espère arriver jusqu'à sa chambre et s'y enfermer.

Sûrement pas.

J'accélère et je réduis la distance entre nous. Elle grimpe les marches comme elle peut. Je lui attrape les épaules, mettant fin à son illusion de pouvoir courir plus vite que moi. En riant, elle essaie de s'échapper. Je l'enveloppe de mes bras pour la tenir. Elle arrête de se débattre. Je la tire vers moi, en resserrant mon étreinte. Elle ne rit plus.

Pendant quelques instants, nous ne faisons plus le moindre mouvement, ni le moindre bruit, appuyés l'un contre l'autre, essoufflés.

Sa poitrine se soulève sous mes avant-bras.

J'appuie doucement contre ses petits seins, ses tétons...

J'entends mon cœur battre dans mes oreilles.

Une pulsion d'homme des cavernes m'incite à la balancer sur mon épaule et à la porter dans un endroit privé où je pourrais m'occuper d'elle. Je suis choqué et tenté simultanément. Pour résister à mes propres envies, je plante fermement mes pieds dans l'escalier et je refuse de bouger un seul muscle de mon corps.

Uma se trouve une marche plus haut sur l'escalier, sa nuque dangereusement proche de mon visage, ce qui rend mon combat contre moi-même encore plus difficile qu'il ne l'est déjà. Comme d'habitude, ses cheveux noirs soyeux sont rassemblés en chignon, qui s'est ébouriffé en courant.

Je fixe son cou délicat.

Je veux l'embrasser.

Je meurs de l'embrasser.

Je ne peux pas.

Parce que... il y a des raisons... de bonnes raisons... si je pouvais juste m'en rappeler d'au moins une.

Là !

C'est la nounou de Sam.

C'est bien, mais pas suffisant...

C'est la presque fiancée de mon ami.

En quelque sorte.

De toute façon, elle n'a pas d'expérience et visiblement, elle n'a pas les idées claires à l'instant.

Très bien.

Je détends assez mon emprise pour qu'elle puisse s'esquiver et filer.

Sauf qu'elle ne le fait pas.

À la place, elle se colle contre moi.

Fin de l'extrait

A PROPOS DE L'AUTEURE

Alix Nichols est une incorrigible accro à la caféine et une fan inconditionnelle de monsieur Darcy, surtout incarné par Colin Firth.

Elle a reçu les Prix Kindle Scout et Dante Rossetti en tant qu'auteure de romances. C'est à l'âge de six ans qu'elle écrit sa première comédie romantique. Composée d'une douzaine de pages cousues ensemble et reliées dans du papier kraft de couleur pourpre, elle faisait preuve de beaucoup de créativité sur le plan de l'orthographe.

Des décennies plus tard, Nichols écrit toujours. Son orthographe s'est améliorée (quelque peu) et ses livres ont figuré parmi les best-sellers aux États-Unis, au Royaume-Uni et en France.

Elle vit actuellement en France avec sa famille et leur chien presque humain.

Pour la contacter en ligne :

Blog : alixnichols.com/fr
Facebook : facebook.com/AlixNicholsAuteure
Pinterest : pinterest.com/AuthorANichols
Goodreads : goodreads.com/alixnichols

Imprimé en France
FROC031812180919
22190FR00019B/469/P

9 791035 906740